诗词名家讲

叶嘉莹 主编

陈 斐 执行主编

诗经译注（上）

（风）

祝敏彻　赵浚　刘成德　张文轩　侯兰生　郭芹纳

译 注

中国出版集团

東方出版中心

图书在版编目（CIP）数据

诗经译注／祝敏彻等注译. —上海：东方出版中心，2020.8
ISBN 978-7-5473-1637-5

Ⅰ. ①诗… Ⅱ. ①祝… Ⅲ. ①古体诗－诗集－中国－春秋时代②《诗经》－译文③《诗经》－注释 Ⅳ. ①I222.2

中国版本图书馆CIP数据核字（2020）第064768号

丛书主编　叶嘉莹
执行主编　陈　斐
出版统筹　梁　惠
责任编辑　梁　惠
封面设计　今亮后声 HOPESOUND pankouyugu@163.com

诗经译注

祝敏彻　赵　浚　刘成德　张文轩　侯兰生　郭芹纳　译注

出版发行　东方出版中心
地　　址　上海市仙霞路345号
邮政编码　200336
电　　话　021- 62417400
印 刷 者　上海中华商务联合印刷有限公司

开　　本　890mm × 1240mm　1/32
印　　张　21.5
字　　数　503千字
版　　次　2020年8月第1版
印　　次　2020年8月第1次印刷
定　　价　108.00元

“诗词名家讲”丛书总序

叶嘉莹

中国是一个诗的国度。孔子说:“不学诗,无以言。”读诗不仅可以雅化言辞,而且能够美化心灵。我之喜爱和研读古典诗词,本不出于追求学问、知识的用心,而是出于古典诗词中所蕴涵的一种感发生命对我的感召和召唤。在我看来,兴发感动的力量与作用,正是中国古典诗歌所具含的一种极可宝贵的质素。中国传统诗论早就对此做过深入阐发。《诗大序》述及诗歌创作时,即曾提出“诗者,志之所之也”及“情动于中而形于言”的说法,可见内心情志之有所兴起感发的活动,实在乃是诗歌创作的一种基本动力。真正伟大的诗人,不仅用生命来写作诗篇,而且用生活来实践诗篇。优秀的诗篇,往往蓄积了古代伟大之诗人的所有心灵、智慧、品格、襟抱和修养。所以,中国有着源远流长的“诗教”传统,非常重视读者读诗时兴发感动、变化气质的作用。孔门说诗,就一直重视诗之“兴”的作用,既说“兴于诗”,又说“诗可以兴”。在中国文化之传统中,诗歌最可宝贵的价值和意义,就正在于它可以从作者到读者之间,不断传达出一种生生不已的感发的生命,让人葆有一颗关怀宇宙万物与社会人生的不死的心灵。

而我们讲诗的人所要做的，就正是要引导读者体认诗歌中兴发感动的作用，使诗人的心魂得到又一次再生的机会。不过诗人的品质各不相同，写作能力也高下各异，因而一个优秀的说诗人，就不仅应具有能体认诗歌中之兴发感动之生命的能力而已，还需要有一种能分辨出其作品中之感发生命之品质与其写作艺术之高下的修养，并且能加以传述、说明，使聆讲者也能有此种感发与分辨，如此才可以说完成了一种对诗歌中感发生命之传承的责任与使命。

现在喜欢诗词的朋友越来越多，但市面上真正能够引导人领会诗篇所蕴涵的感发之生命的读物却极为罕见。有鉴于此，我们经过详细调查、反复斟酌，编选了这套“诗词名家讲”丛书，按专题分辑推出。所选书籍，大都是夏承焘、程千帆、钱仲联、霍松林等20世纪国学根底深厚、研究和创作兼擅的名家泰斗为大众撰写的诗词普及读物。这些读物，往往言简意赅，深入浅出，既能传达古典诗词的神髓，又可切合现代读者的需求。而且，它们已经经过时间的检验和淘洗，具备了和中华优秀诗词一样的“经典”属性。通过阅读它们，读者朋友们不仅可以了解关于诗词的基本知识，领略鉴赏和创作诗词的主要法门，而且可以“尚友古人”，与千百年来的诗人做朋友，感受那一颗颗关怀宇宙万物与社会人生的不死的心灵，让自己的心灵也得到陶冶、净化。

读诗的好处，就在于可以培养我们拥有一颗美好的活泼不死的心灵。我们作为一个现代人，虽然不一定要再学习写作旧诗，但是如果能学会欣赏诗歌，则对于提升我们的性情品质，实在可以起到相当的作用。孔子与他的学生子夏讨论“巧笑倩兮，美目盼兮，素以为绚兮”的诗句，可以使子夏联系到“礼后乎”的修养。王国维也从晏殊、欧阳修等人的相思怨别之词，联想到“古今之成大事业、大学问者”的三种境界。凡此种种都说明，在中国的诗词中，确实存在有一条绵延不已的、感发之生命的长流。希望这套“诗词名家讲”丛书，能够引领广大的读者朋友们，不仅可以体认到这条生命的长流，在兴发感动中获得生命的享受与快乐，而且可以汇入到这条绵延数千年的生命长流中来，为之推波助澜，使之永不枯竭！

前 言

《诗经》是我国有文字记载的第一部诗歌总集。流传至今,极为珍贵。它不仅是我国传统文化的源头,也是研究上古汉语词汇、语法,特别是语音的重要资料,值得我们认真研读。

最初,《诗经》被称为《诗》或者“诗三百”。秦代曾遭焚毁,至汉代又得以流传,且被官方奉为垂教万世的经典之一,从此便被尊称为“诗经”。

汉代传授《诗经》的共有四家。齐诗传自齐人辕固,鲁诗传自鲁人申培,燕诗传自燕人韩婴,毛诗传自鲁人毛亨和赵人毛苌。齐、鲁、韩三家为今文经学,毛诗为古文经学。东汉以后,毛诗日渐兴盛,并为官方所承认;齐、鲁、韩三家则逐渐衰落。我们今天看到的《诗经》,就是“毛诗”。

《诗经》实有诗305篇,所反映的内容相当丰富,涵盖了当时的政治、经济、军事、文化以及世风民俗等社会生活的各个方面,是一幅绚丽多彩的历史画卷。它分为风、雅、颂三类。“风”指十五国风(简称《国风》),共有诗歌160篇。其中周南、召南和豳是地名;王是指东周王畿洛阳,其余都是诸侯国名。其地域大约相当于今陕西、山西、河南、河北、山东及湖北北部一带。国风中的诗歌，只有《豳风》全部是西周时期的作品，其他除少数产生于西周之外，大部分诗歌都是东周时期的作品。

《国风》是《诗经》中最为精彩的部分。它以生动活泼、形象感人的语言，真实而深刻地反映了广大民众的思想感情。

《国风》中有不少反映婚姻和爱情的诗篇。如《关雎》、《汉广》、《摽有梅》、《静女》、《鄘风·柏舟》、《芄兰》、《木瓜》、《东门之墠》、《出其东门》、《蒹葭》、《月出》等，都是生动感人的爱情诗篇。这些诗歌中的人物形象皆鲜明可爱，具有历久弥新的艺术之美。《桃夭》、《绸缪》，反映新婚之乐；《女曰鸡鸣》等篇则表现家庭生活的幸福和谐。《国风》中还有不少篇章表现的是妇女的不幸，表达了"弃妇"的忧怨之情。如《邶风·柏舟》、《日月》、《终风》、《谷风》、《氓》、《遵大路》等，都是有名的"弃妇诗"。这些诗篇既有对喜新厌旧、忘恩负义的丈夫的谴责，又有被遗弃女子的和泪哭诉，并显示出她们的坚强个性。在"婚嫁诗"中，还有一些是描写贵族女子出嫁的诗篇。如《卫风·硕人》描写齐侯之女、卫侯之妻庄姜的出嫁场面。由于充分运用了比喻和铺叙的手法来描绘庄姜的形象，遂使该诗获得"美人图"的美誉。《国风》中还有一类"悼亡诗"，抒发了主人公对亡逝者浓烈而凄切的深情，《绿衣》、《葛生》就是代表。

《国风》中还有许多诗篇，从各个角度、各个层面不同程度地反映了广大民众饱受的徭役之苦和兵灾之难。如《陟岵》、《杕杜》、《鸨羽》、《鸱鸮》、《东山》、《采薇》、《北山》、《何草不黄》等篇，反映了久戍不归的战士、征夫的遭遇及其内心的情感，表现了他们对战争的厌倦、对家乡的思念和对和平生活的向往。《汝坟》、《草虫》、

《殷其雷》、《雄雉》、《伯兮》、《有狐》、《君子于役》等，则写出了思妇的哀伤。当然，《秦风》中的《无衣》等少数诗篇，又以其慷慨、豪迈的诗句，反映了同仇敌忾、斗志昂扬的爱国激情。

《国风》中的“农事诗”，以诗的语言反映了当时的农耕情况。《豳风·七月》就是最具代表性的一篇。《芣苢》、《十亩之间》等诗篇则描述了欢乐的劳动场面，风格明快自然。

《伐檀》、《硕鼠》二诗，或以辛辣、犀利的笔触，对统治者加以揭露和嘲讽；或采用径直责问的方式，来宣泄他们对尸位素餐的“君子”们的不平和怨愤。《国风》中的一些“送别诗”写得感人至深：《邶风·燕燕》中的“瞻望弗及，伫立以泣”，真实地表现出兄妹之间的骨肉之情；《秦风·渭阳》中的“悠悠我思”，则表达了甥舅之间深沉的离愁别绪。

《国风》中还有一些“讽刺诗”，是直接揭露统治者无耻丑行的。如《墙有茨》、《新台》、《南山》、《敝笱》、《载驱》、《株林》诸篇，针对具体的人和事，讽刺在位者私通甚至霸占儿媳的丑行。至若《黍离》则摅故国之思，《载驰》写爱国之情，《黄鸟》描述殉葬之悚慄，都是传诵千古的名篇。此外，《国风》中还有一些祭祀诗、庆贺诗、招隐诗、寓言诗等等，也都写得相当精彩。

“雅”分为《大雅》和《小雅》。其中《小雅》74篇，多数是西周晚期的作品，只有少数篇目可能是东周作品。其作者既有上层和下层的贵族，也有一些地位低微者。

《小雅》中数量较多的首先是“燕飨诗”，如《鹿鸣》、《鱼丽》、《南有嘉鱼》、《南山有台》、《湛露》、《彤弓》、《菁菁者莪》、《宾之初筵》等。这些诗歌主要是赞颂上层社会的欢乐与融洽，因为周代是个农业宗法制社会，必须倚靠宗亲关系来维系其政权的稳定，所以，天子、诸侯就经常利用宴饮聚会，借助享乐，来发挥其“亲亲之道”和宗法之义，表现出浓厚的宗法观念和政治需求。

《小雅》中也有一些诗篇的题材与《国风》相同，如《采绿》、《隰桑》、《白华》等可谓“爱情诗”，《四牡》、《鸿雁》、《北山》、《黍苗》、《采薇》等可谓“徭役诗”，《我行其野》、《谷风》等可谓“弃妇诗”，《杕杜》可谓“思妇诗”，而《采薇》、《何草不黄》、《出车》等“征战诗”，更是有关战争、劳役方面的名作。它们或传达出师必胜的豪迈激情，或渲染威武雄壮的军威，或赞颂统帅将领的赫赫声势和战功。如“昔我往矣，杨柳依依。今我来思，雨雪霏霏”（《采薇》）等名句，至今仍脍炙人口。

《小雅》中最能动人魂魄的诗篇，是那些具有强烈忧患意识的“政事诗”、“忧乱诗”。面对周室衰微、奸邪当权、赋税苛重、天灾频仍、社会混乱、民不聊生的现状，一些忧国哀民、悯时伤乱的臣子，向当政者发出讽谏。《节南山》、《正月》、《十月之交》、《雨无正》以及《沔水》、《小旻》、《小弁》、《大东》、《四月》、《无将大车》、《小明》、《车舝》等篇，就是这一类型的作品。这些针砭时弊的诗篇，或直抒胸臆，痛快淋漓，或悲愤填膺，陈词激切，谴责奸佞的胡作非为与朝臣的全身远祸，悲悼国运的气数已尽，感叹自身遭遇的不幸。忠正之气和怨愤之情衍溢诗表，读来发人深思，令人心境难平。

《小雅》中的“祭祀诗”，反映出祭祀在古人的生活中所占有的重要地位。如《天保》、《楚茨》、《信南山》、《甫田》、《大田》等篇，有的是祭祀先公先王的乐歌，有的是祭祀宗庙的祷词，其内容主要是歌颂神灵，祈求福禄。

此外，《小雅》中的《都人士》、《常棣》、《采菽》、《吉日》、《祈父》、《瞻彼洛矣》、《裳裳者华》、《庭燎》、《皇皇者华》、《小宛》、《白驹》、《青蝇》等篇分别表达了怀念、友爱、朝仪、田猎、颂贺、勤政、访贤、教子、隐逸、睦邻等内容。凡此种种，都是当时社会生活的反映。

《大雅》31篇，都是西周时期的作品，其作者主要是上层贵族。观其内容，一是唱颂了周民族的历史。《生民》、《公刘》、《绵》、《皇矣》、《大明》五篇，将周人由产生到强大，最终灭掉殷商，建立西周王朝的历史过程，完整地表现出来。二是反映祭祀活动的歌功颂德之作。这些祭祀活动，往往是和周民族史诗结合在一起，从不同的侧面反映了当时的人们敬天祭祖的精神信仰。三是所谓的“讽谏诗”，如《泂酌》、《卷阿》、《民劳》、《板》、《荡》、《抑》、《桑柔》、《瞻卬》、《召旻》等篇。其作者的身份和社会地位较高，他们也是深怀忧虑，以诗进言，于抨击朝政、愤激规谏的同时，也表现出无可奈何的悲哀。四是所谓的“战争诗”，或描写天子、诸侯的武功，如《江汉》；或描写战争历程，如《常武》。此外，还有一些描写燕飨、祈祷、赞颂、朝见、赠别等内容的诗篇。

“颂”包括《周颂》、《鲁颂》和《商颂》，它们是宗庙祭祀之乐。《周颂》31篇，为西周初期的诗歌，是周王室祭祀文王、太王、武王、成王、康王、后稷之诗。另一部分内容是祈求丰年或者酬谢诸神的乐歌，还有劝诫农官和庆祝丰收的颂诗。

《鲁颂》4篇，都是称颂鲁僖公的作品。《商颂》5篇，大约是殷商中后期的作品。前三首为祭歌，后两首当是颂诗，主要写商部族的历史传说和神话。

《诗经》有着相当高的艺术成就。其中最为突出的艺术特色，是“赋、比、兴”的大量运用。“赋”，就是铺陈叙述；“比”，就是比喻；“兴”，就是“托物于事”，触物兴词。《诗经》中，这三种手法往往交互使用，而很多诗篇的起兴，常常和下文有着直接或隐约的内在联系：或烘托环境，或渲染气氛，或比附题旨，是构成诗歌艺术境界的有机组成部分。

重章叠句和双声叠韵的大量使用，是《诗经》的又一显著特色。重章叠句这一形式，能够尽兴地表达感情，强化感情的抒发，收到回环往复、一唱三叹的艺术效果。双声叠韵（如“窈窕”叠韵、“参差”双声、“辗转”双声兼叠韵）词语的运用，则有助于感情的表达和景物的描绘。另外，《诗经》中还有十分丰富的叠音词，如“关关”、“萋萋”、“夭夭”、“灼灼”、“翘翘”等，均可增强诗歌语言的音乐美感。

《诗经》对后世文学产生了巨大影响。历代有成就的文人骚客，无不从这一文学瑰宝中汲取丰富的营养。如研究者认为《桃夭》“开千古词赋咏美人之祖”（姚际恒《诗经通论》），《邶风·燕燕》为“万古送别之祖”（王士禛《分甘余话》），朱守亮《诗经评释》评《葛生》谓“不仅知为悼亡之祖，亦悼亡诗之绝唱也。”方玉润《诗经原始》谓《芣苢》“当时竹枝词也”，《桑中》“此后世所谓无题诗也”。《诗经》的押韵方式，为后世诗歌用韵奠定了基础，唐诗宋词元曲等所使用的各种押韵方式，都可以在《诗经》中溯到源头。

由于古今语音发生了很大的变化，因此，用现代语音来读上古时代的《诗经》，势必有许多地方不再押韵。前人由于缺乏“时有古今，地有南北”的时地观念，缺乏语音发展变化的历史观念，不大知道不同历史时期的语音是各不相同的。他们为了读来押韵，便临时改变某个字的读音。这就是所谓的“叶（xié）音说”，朱熹正是集其大成的代表。如《关雎》末章：“参差荇菜，左右采之。窈窕淑女，琴瑟友之。”“采”与“友”宋人读来不再押韵，朱熹就改变了这两个字的读音，可是，他这么一改，反而与古音不合。“叶音说”对后世影响甚大,不少人尚未认识到它的根本要害在于缺乏历史的观点,缺乏发展变化的观念,在古诗注释中依旧沿用。如 20 世纪 80 年代上海古籍出版社出版的《诗经选译》中,仍见到“叶音说”的影响。像《周南・汉广》第二章:“翘翘错薪,言刈其楚。之子于归,言秣其马。”为了与“楚”字押韵,注云:“马,读作母。”此与朱熹的叶音正同。在当代的网络上,也有《诗经》注释者不加分辨地沿用“叶音说”,因此,有必要指出“叶音说”的错误。我们必须明白,今天读来不再押韵的诗句,是古今语音发展变化的结果。

历代注释、研究《诗经》的成果很多。西汉毛亨《传》、东汉郑玄《笺》、唐孔颖达《毛诗正义》最为通行,他如朱熹的《诗集传》、陈奂的《诗毛氏传疏》、马瑞辰的《毛诗传笺通释》、黄焯的《诗说》、王力的《诗经韵读》、余冠英的《诗经选译》、向熹的《诗经词典》、夏传才的《诗经研究史概要》、闻一多、朱自清等学者的有关著作以及大量的论文,都是研习《诗经》的重要参考文献。

1978 年,张文轩、侯兰生、郭芹纳三人,有幸随导师祝敏彻先生攻读汉语史研究生。祝先生是著名语言学家王力先生的高足,继承了王力先生培养研究生的方法,重视理论与实践的结合。为了提高研究生的能力和水平,他安排我们三位研究生为《诗经》作注,并标识韵部,语译诗句,写出初稿后,让赵浚、刘成德两位老师修改,最后由他修正、定稿。继晷焚膏,三易其稿,1984 年由甘肃人民出版社出版,1985 年获甘肃省委、省政府优秀图书奖。我们三位研究生也都按导师的要求,在完成译注的基础上,撮其心得,各自完成并发表了一篇论文。

本书以中华书局 1980 年影印版《十三经注疏》(由阮元主持校刻)本为依据。词义的解释,则以《毛传》、郑笺及孔颖达疏为主,同时参考朱熹的《诗集传》、王引之的《经义述闻》与《经传释词》、马瑞辰的《毛诗传笺通释》及今人研究成果，博采众说，择善而从，以期帮助读者在读懂文字、理解诗句含义的基础上，领会作品的思想内容。

今于导师祝先生过世多年之后，本书承蒙叶嘉莹先生厚爱，列入其主编的“诗词名家讲”丛书。修订工作由我们当年的三位研究生承担，实为对导师祝先生的最好纪念。为此，我们夜以继日，历时数月，逐字核校，对原书的衍夺讹舛等排印之误及乏妥之处，做了认真修改，并进一步统一了体例，改写了“前言”。为了与丛书体例一致，删去了每首诗之后的“韵部”及书后附录“诗经入韵字总表”。尽管如此，限于我们的水平，不足之处在所难免，恳请海内外方家批评指正。

2020 年 1 月 20 日

张文轩　侯兰生　郭芹纳　谨识

目　录

风

周南

❖ 召南

邶风

鄘风

卫风

王风

郑风

❖ 齐风

魏风

唐风

秦风

陈风

桧风

曹风

豳风

风

周　南[1]

关　雎[2]

这首情歌描述了一个男子对一位“窈窕淑女”的深沉爱慕和执着的追求。

关关雎鸠[3]，	关关和唱的雎鸠，
在河之洲[4]。	双栖在河中小洲。
窈窕淑女[5]，	姑娘漂亮又温柔，
君子好逑[6]。	正是我的好配偶。
参差荇菜[7]，	荇菜有短又有长，
左右流之[8]。	前后左右采摘忙。
窈窕淑女，	姑娘温柔又漂亮，
寤寐求之[9]。	做梦也在把她想。
求之不得，	我单相思姑娘不理，
寤寐思服[10]。	白天黑夜思念不止。
悠哉悠哉[11]，	想念她啊想念她，
辗转反侧[12]。	翻来覆去卧不安席。
参差荇菜，	荇菜有高又有矮，

左右采之[13]。	左右下手摘得快。
窈窕淑女，	姑娘苗条又洁白，
琴瑟友之[14]。	我弹琴瑟来求爱。
参差荇菜，	荇菜长短不分行，
左右芼之[15]。	左采右拣分两旁。
窈窕淑女，	姑娘苗条又漂亮，
钟鼓乐之[16]。	奏乐迎她作新娘。

[1] 周南：西周初期，周公旦住东都洛邑（今河南洛阳东北），统治东方诸侯，周南当是在周公统治下的南方的诗歌，地区包括洛阳以南直到湖北省江汉流域。

[2] 关雎：篇名。《诗经》中的篇名绝大多数是从每首诗的第一句中选字命名的，多数选用两个字，也有一些选用一字、三字或四字作为篇名的。

[3] 关关：鸟相和鸣声。雎鸠（jū jiū）：水鸟名，又名王雎，即鱼鹰。相传这种鸟雌雄情意专一，如果一只死了，另一只也就忧思不食，憔悴而死。所以诗中借它起兴，比喻男女之间真挚的爱情。

[4] 河：黄河。古代所说的河专指黄河。洲：水中的陆地。按：由河中小洲上鸣叫的雎鸠引起下文，这种表现手法叫兴（xìng）。借物起兴，取譬引类，是国风常用的表现手法，诗中举草木鸟兽来表达作者思想感情的词句都是兴词。借来起兴的事物和所要表现的事物之间，在意义上有一定联系，但解释时不能牵强附会。

[5] 窈窕（yǎo tiǎo）：文静而美好的样子。多指女子体态情貌的美好。淑：品德好。《诗经》中常用来赞美女子。

[6] 君子：古代指地位高的人，以后指人格高尚的人。逑（qiú）：匹，这里是配偶。逑又写作“仇”。

[7] 参差（cēn cī）：长短不齐。荇（xìng）菜：水草名，即莕菜。俗名金银莲儿，多年生草本，可食。

[8] 流：通“摎”（依马瑞辰说），采摘。

[9] 寤(wù)：睡醒。寐(mèi)：睡着。

[10] 思服：想念。服：想。

[11] 悠哉：想念啊。悠：忧思的样子。哉：语气词，啊。

[12] 辗(zhǎn)转：转动。反侧：翻来覆去。

[13] 采："採"的古字，摘。

[14] 琴瑟(sè)：弦乐器。琴五弦或七弦，瑟二十五弦。友：动词，亲爱(依朱熹说)。这句是说用琴瑟作乐表达对她的爱慕之情。

[15] 芼(mào)：通"覒"，择取。与"采"义同。《诗经》中常有这种情况：即为了押韵，变换使用同义词。

[16] 钟鼓：钟鼓是声音宏大的打击乐器，多用于祭祀和庆贺。乐之：使她快乐。这句是说娶她时钟鼓奏乐使她快乐。

葛覃

这首诗写一个女子洗衣整装，准备回娘家看望父母的愉快心情。

葛之覃兮[1]，	葛藤长得长又长，
施于中谷[2]，	枝儿伸到谷中央，
维叶萋萋[3]。	叶儿茂盛翠汪汪。
黄鸟于飞[4]，	一群黄雀在飞翔，
集于灌木[5]，	飞来落在灌木上，
其鸣喈喈[6]。	啾啾鸣叫把歌唱。

葛之覃兮，	葛藤长得长又长，
施于中谷，	枝儿伸到谷中央，
维叶莫莫[7]。	叶儿茂盛色苍苍。
是刈是濩[8]，	收割煮丝不怕忙，

为絺为绤[9]，	织的葛布分两样，
服之无斁[10]。	穿上它呀心欢畅。
言告师氏[11]，	告诉我的女师傅，
言告言归[12]。	我要探亲回娘家住。
薄汙我私[13]，	洗干净我的便衣，
薄澣我衣[14]。	浆洗好我的礼服。
害澣害否[15]？	该洗啥甭洗啥我心里有谱，
归宁父母[16]。	干干净净回娘家看父母。

[1] 葛(gé)：多年生蔓草，茎长二、三丈，缠绕他物生长，茎的纤维是制葛布的原料。覃(tán)：延长。

[2] 施(yì)：移，这里是延伸的意思。中谷：即谷中。这种"倒言"现象，《诗经》中常见。

[3] 维：语助词，无意义。用在句首或句中。萋萋(qī qī)：茂盛的样子。

[4] 黄鸟：《诗经》中的黄鸟有的指黄莺，有的指黄雀。凡言成群飞鸣时都指黄雀。这里指黄雀。于：语气词。

[5] 集：群鸟栖止在树上。灌木：丛生的矮小的树木。

[6] 喈喈(jiē jiē)：传得很远的鸟叫声。

[7] 莫莫：与上文"萋萋"意思相同。

[8] 是：代词，代葛。刈(yì)：割。濩(huò)：通"镬"，锅。这里用如动词，用镬煮。煮葛是为了剥取纤维，用来织布。

[9] 絺(chī)：细葛布。绤(xì)：粗葛布。

[10] 服：穿。斁(yì)：厌弃。

[11] 言：语助词，用在句首或句中。师氏：以向妇女进行伦理道德教育为职业的老年妇女。

[12] 归：即下文的"归宁"。出嫁的女子回娘家探亲叫归宁。这句和上句实为一句，意思是"我告诉师氏回娘家"。因为是一句两读，所以把"言告"又重复一遍，凑足字数。这是《诗经》中常见的又一句法特点。

[13] 薄：语首助词，无意义。汙(wū)：洗去污垢。私：平时穿的衣服。

[14] 澣(huàn)："浣"的异体字，洗。衣：这里指礼服。与上句"私"对言。

[15] 害澣害否：什么衣服该洗，什么衣服不该洗。害(hé)：通"曷"，与"何"同义。

[16] 宁：安，这里是"问安"的意思。

卷耳

这是一首怀念远行在外的丈夫之诗。妻子思念在外奔波的丈夫，无心采摘卷耳，她把筐儿放到路旁，凝神想象着丈夫在旅途中的各种情景。

采采卷耳[1]，	采了又采采卷耳，
不盈顷筐[2]。	半天不满一竹筐。
嗟我怀人[3]，	想起我那远行人，
寘彼周行[4]。	便把筐儿放路旁。
陟彼崔嵬[5]，	我且登上那高山，
我马虺隤[6]。	我的马儿腿发软。
我姑酌彼金罍[7]，	我把酒杯来斟满，
维以不永怀[8]。	一醉了事免怀念。
陟彼高冈，	我且登上那高冈，
我马玄黄。	马儿累得变了样。
我姑酌彼兕觥[9]，	牛角杯里的酒全喝光，
维以不永伤。	暂喝醉了忘忧伤。

陟彼砠矣[10]，	我且登上石头山，
我马瘏矣，	我的马儿已累病，
我仆痡矣，	仆人无力来支撑，
云何吁矣[11]！	忧愁太多说不尽。

[1] 采采：采了又采。卷耳：又名“苍耳”，一种菊科植物，叶子像老鼠的耳朵，嫩苗可以吃。

[2] 盈：满。顷筐：一种类似簸箕的斜口筐，筐浅，很容易装满。

[3] 嗟（jiē）：叹词。怀人：想念的人，指她的丈夫。

[4] 寘（zhì）：放置。周行（háng）：大路（依朱熹说）。

[5] 陟（zhì）：登。崔嵬（wéi）：高山。这句以下都是妇人想象她丈夫骑马过山岗的种种情况。

[6] 我：妇人设想的她丈夫的自称。以下几个“我”同此。虺隤（huǐ tuí）：病。下文的玄黄、瘏（tú）、痡（pū）都是病的意思。

[7] 姑：姑且。酌（zhuó）：斟酒。罍（léi）：一种盛酒或水的形似壶的器具。金罍：指用黄金缀饰，刻有云雷图像的罍。

[8] 以：以字下面省略宾语“之”，这里是“籍此”的意思。永：长。

[9] 兕觥：用野牛角做成的酒杯。兕（sì）：独角野牛。觥（gōng）：酒杯。

[10] 砠（jū）：土顶的石山。

[11] 云：语助词，无意义。何：多么。吁（xū）：通“忏”，忧愁。

樛　木

这首诗主题是祝福，它祝愿亲人幸福快乐。

南有樛木[1]，	南山树枝向下弯，
葛藟累之[2]。	地上葛藟往上缠。
乐只君子[3]，	祝愿君子乐无边，

福履绥之[4]。 愿你福禄永平安。

南有樛木， 南山树枝向下弯，
葛藟荒之[5]。 葛藟密密来遮掩。
乐只君子， 祝愿君子乐无边，
福履将之[6]。 愿你福禄无灾难。

南有樛木， 南山树枝向下弯，
葛藟萦之[7]， 葛藟条条往上盘。
乐只君子， 祝愿君子乐无边，
福履成之[8]。 福禄临门遂心愿。

[1] 樛(jiū)木：又作“朻”，枝干向下弯曲的树木。

[2] 葛、藟(lěi)：都是藤蔓植物。藟像葛，但比葛粗大，蔓生，开花后结有红黑色的小浆果。累(léi)：缠绕。

[3] 只：语助词。用在句中或句末。

[4] 履(lǚ)：通“禄”，与“福”同义。绥(suí)：安。

[5] 荒：遮掩。

[6] 将(jiāng)：扶助。

[7] 萦(yíng)：缠绕。

[8] 成：成就，动词。

螽　斯

这是一篇以螽斯为喻，祝人多子多孙的贺词。

螽斯羽[1]，　　蚱蜢儿展翅飞翔，
诜诜兮[2]。　　后面跟着一大帮。
宜尔子孙，　　祝愿你的子孙们啊，
振振兮。　　也一样众多兴旺。

螽斯羽，　　蚱蜢儿展翅飞翔，
薨薨兮。　　一群一群闹嚷嚷。
宜尔子孙，　　祝愿你的子孙们啊，
绳绳兮。　　也一样又多又壮。

螽斯羽，　　蚱蜢儿展翅飞翔，
揖揖兮[3]。　　密密麻麻你挤我撞。
宜尔子孙，　　祝愿你的子孙们啊，
蛰蛰兮。　　也一样济济一堂。

[1] 螽(zhōng)：蝗虫的一种，俗称“蚱蜢”。绿色或褐色，翅上有透明发音器，可发声。相传一次能生九十九子，古人把它当成多子多孙的象征。斯：语助词。“螽斯”连用已久，一般把它看成一个词。羽：虫的翅膀也称羽。这里用作动词，是展翅飞翔的意思。

[2] 诜诜(shēn shēn)：众多。以下振振、薨薨(hōng hōng)、绳绳、蛰蛰(zhé zhé)，都是众多兴盛的意思。古人认为多子即多福。

[3] 揖揖：会聚。

桃　夭

这首诗写姑娘出嫁时，人们用热情洋溢的诗句赞美她，祝愿她婚后幸福。

桃之夭夭[1]，	桃树啊繁茂长大，
灼灼其华[2]。	枝头挂满火红的花。
之子于归[3]，	姑娘出嫁到婆家，
宜其室家[4]。	公婆喜欢丈夫夸。
桃之夭夭，	桃树啊美丽妖娆，
有蕡其实[5]。	果实累累满枝梢。
之子于归，	姑娘出嫁到婆家，
宜其家室。	夫妻恩爱乐陶陶。
桃之夭夭，	桃树啊长的旺盛，
其叶蓁蓁[6]。	枝叶儿郁郁葱葱。
之子于归，	姑娘出嫁到婆家，
宜其家人。	全家欢乐满堂春。

[1] 夭夭(yāo yāo)：娇美而茂盛的样子。

[2] 灼灼(zhuó zhuó)：形容桃花盛开，红艳如火。华(huā)：古“花”字。

[3] 之：指示代词，这。子：古代男女均可称子，这里指女子。于：动词词头。归：古代女子出嫁叫归。后世就用“于归”指出嫁。

[4] 宜：和顺，用如动词，使动用法。室家：家庭。下章“家室”同义。其：代词，她的。

[5] 有：形容词词头。蕡(fén)：果实繁多的样子。实：果实。

[6] 蓁蓁(zhēn zhēn)：树叶茂盛的样子。

兔　罝

这首诗赞美一个张网捕兔的猎人的威武神情。

肃肃兔罝[1]，	细细密密好兔网，
椓之丁丁[2]。	打桩声叮叮作响。
赳赳武夫[3]，	看他雄赳赳气昂昂，
公侯干城[4]。	保卫公侯谁能伤。
肃肃兔罝，	细细密密好兔网，
施于中逵[5]。	兔网设在大路上。
赳赳武夫，	看他雄赳赳气昂昂，
公侯好仇[6]。	真是公侯的好搭档。
肃肃兔罝，	细细密密好兔网，
施于中林。	兔网设在林中央。
赳赳武夫，	看他雄赳赳气昂昂，
公侯腹心[7]。	堪作公侯的将和相。

[1] 肃肃：网目细密的样子。兔罝：捕兔之网。罝(jū)：网。

[2] 椓(zhuó)：敲击。丁丁(zhēng zhēng)：打网桩的声音。设网时，先把木桩楔入地中，然后在桩上张网。

[3] 赳赳(jiū jiū)：勇武的样子。

[4] 干城：干是盾牌，城是城墙，都是用来保卫防御的器物。干城连称，就是保卫者之意。

[5] 施：放置。逵(kuí)：四通八达之路。中逵：逵中的“倒文”。

[6] 仇(qiú)：同“逑”，这里是好助手的意思。

[7] 腹心：同心同德的人，即同党(依朱熹说)。

芣苢

这首诗描绘妇女们采摘车前子的欢乐的劳动场面。

采采芣苢[1]，	车前子采了一把又一把，
薄言采之[2]。	继续采摘不停下。
采采芣苢，	车前子采了一把又一把，
薄言有之[3]。	快呀快呀快采它。
采采芣苢，	车前子采了一把又一把，
薄言掇之[4]。	弯腰躬身拾起它。
采采芣苢，	车前子采了一把又一把，
薄言捋之[5]。	顺着茎儿捋取它。
采采芣苢，	车前子采了一把又一把，
薄言袺之[6]。	手提衣襟兜上它。
采采芣苢，	车前子采了一把又一把，
薄言襭之[7]。	掖起衣襟兜上它。

[1] 采采：采了又采。芣苢(fú yǐ)：植物名，俗名车前子，可食，又可入药。

[2] 薄言：都是动词词头。采之：等于说“去采些车前子吧”，是妇女们的

相邀之词。

[3] 有：诗中为"采取"的意思。指见到芣苢后动手采取。

[4] 掇(duó)：拾取。

[5] 捋(luō)：顺着茎成把地抹取。今北方口语中还保留着这个词。

[6] 袺(jié)：手提着衣襟来兜东西。

[7] 襭(xié)：把衣襟掖在带间来兜东西。比手提衣襟兜得更多些。

汉　广

这是一首写单相思的情歌。诗人用一系列比喻表现了一个男子求女而不得的失望心情。

南有乔木[1]，	南方有树虽说高，
不可休息[2]。	不能休息荫凉少。
汉有游女[3]，	汉江姑娘虽俊俏，
不可求思[4]。	要想追求难办到。
汉之广矣，	汉水浩荡宽无边，
不可泳思[5]。	空手横渡难上难。
江之永矣[6]，	长江水大更浩瀚，
不可方思[7]。	木筏不能到对岸。
翘翘错薪[8]，	地里的柴草长得杂，
言刈其楚[9]。	荆条割了一大把。
之子于归，	姑娘若愿给我嫁，
言秣其马[10]。	喂饱马儿去迎她。
汉之广矣，	汉水浩荡宽无边，

不可泳思。	空手横渡难上难。
江之永矣，	长江水大更浩瀚，
不可方思。	木筏不能到对岸。

翘翘错薪，	地里的柴草长得杂，
言刈其蒌[11]。	芦蒿割了一大把。
之子于归，	姑娘若愿给我嫁，
言秣其驹[12]。	喂饱马儿去迎她。
汉之广矣，	汉水浩荡宽无边，
不可泳思。	空手横渡难上难。
江之永矣，	长江水大更浩瀚，
不可方思。	木筏不能到对岸。

[1] 乔木：高耸的树木。

[2] 休：即“庥荫”的“庥”，树荫遮盖。息：疑“息”作“思”，因为“求”与“休”押韵，而不与“息”押韵（依孔颖达说）。

[3] 汉：汉水。发源地在今陕西宁强县北，东流入湖北省，至汉阳入长江。游女：出游的女子。女子出游，是汉魏以前长江、汉水一带的风俗（依朱熹说）。

[4] 思：语尾助词，无意义。

[5] 泳：潜水而行叫泳，这里与游同义。

[6] 江：长江。古时“江”是长江的专名。永：长。

[7] 方：筏。把木（或竹）编在一起做成的渡水工具。这里用如动词，用筏渡水。

[8] 翘翘（qiáo qiáo）：高大的样子。错：错杂。薪：柴。

[9] 楚：荆。

[10] 秣（mò）：喂牲口。这两句是设想之词。意为如果追求的女子嫁给我，我就要喂马驾车去娶她。但这种愿望无法实现，所以又用反复的咏叹来表示内心的失望。古代婚礼中有新郎骑马举烛在前面开路的仪式。大概用

薪当烛,用刍秣马,所以《诗经》中写到婚礼时常用薪、秣马等词(依马瑞辰说)。

[11] 蒌(lóu):蒌蒿,多年生草本植物。一说蒌通“芦”。

[12] 驹(jū):小马,少壮的马。

汝坟

这首诗写一个女子对繁重的劳役官差迫使夫妻不能团聚的怨恨心情。

遵彼汝坟[1],	汝水堤上走一遭,
伐其条枚[2]。	砍得树枝当柴烧。
未见君子,	丈夫远行哪里找?
惄如调饥[3]。	思如饥渴苦煎熬。
遵彼汝坟,	汝水堤上走一遍,
伐其条肄[4]。	顺手砍点小树干。
既见君子,	总算见到丈夫面,
不我遐弃[5]。	庆幸没把我抛一边。
鲂鱼赪尾[6],	鲂鱼摆动红尾巴,
王室如燬[7]。	王命火急催你出发。
虽则如燬,	虽说官差十万火急,
父母孔迩[8]!	也得侍奉父母照顾家。

[1] 遵:顺着道路走。彼:代词,那。汝:汝水,在河南省。坟:大堤。

[2] 条:树枝。枚:细树干。

[3] 惄(nì)：思念。调：又作"輖"，通"朝(zhāo)"，早晨。这句是说如同早上饿肚子想食物一样想念丈夫。

[4] 肄(yì)：砍伐过后新生的小枝。

[5] 遐(xiá)：远。"不遐我弃"即"不遐弃我"。意思是幸喜没有远远地抛弃我。

[6] 鲂(fáng)鱼：和鳊鱼相似，银灰色，有的尾部红色。赪(chēng)：红色。后世用"赪尾"指忧劳。传说鱼劳累了尾巴由白变红。

[7] 燬(huǐ)：火。

[8] 孔：甚。迩(ěr)：近。由于王政酷烈，丈夫暂时回家，但仍要远出服役，妻子婉言而怨。

麟之趾

这是一首赞美公侯贵族品德信厚、子孙兴旺的诗。

麟之趾[1]，	麒麟有脚不踩小草，
振振公子[2]。	王孙公子心肠真好。
于嗟麟兮[3]！	歌唱您啊，仁厚的麒麟！
麟之定[4]，	麒麟额头平又平，
振振公姓[5]。	王孙公子怜悯百姓。
于嗟麟兮！	歌唱您啊，仁厚的麒麟！
麟之角[6]，	麒麟有角不伤生灵，
振振公族。	王孙公子厚道待人。
于嗟麟兮！	歌唱您啊，仁厚的麒麟！

[1] 麟(lín)：麒麟。亦写作"骐驎"。古人传说它是"麋(mí)身、牛尾、一角"的神兽，在太平盛世才会出现。诗中用它来起兴，比喻王族的公子不是一般常人。趾(zhǐ)：脚。传说麒麟这种神兽不践踏生草和生虫。

[2] 振振：仁厚的样子。公子：王族后裔。

[3] 于嗟：叹美之词。于：通"吁(xū)"。

[4] 定：通"顶"，额。

[5] 公姓：指子孙。下章"公族"义同。

[6] 角：传说麟角顶端有肉，有威力而不用。

召　南[1]

鹊　巢

这是一首以鸠居鹊巢起兴描写贵族女子出嫁之诗。

维鹊有巢，	喜鹊儿搭好了巢，
维鸠居之[2]。	鸤鸠用它当新房。
之子于归，	这个女子出嫁了，
百两御之[3]。	百辆车迎她作新娘。
维鹊有巢，	喜鹊垒好了新窝，
维鸠方之。	鸤鸠却往里面挪。
之子于归，	姑娘出嫁从大路上过，
百两将之[4]。	迎送的车儿可真多。
维鹊有巢，	喜鹊刚把窝筑下，
维鸠盈之[5]。	鸤鸠就来挤满它。
之子于归，	姑娘出嫁场面大，
百两成之[6]。	百辆彩车娶到家。

[1] 召(shào)南：召，地名，在今陕西岐山县西南，是周初封给召公奭(shì)的采邑。召南当是召公统治下的南方(今陕西西南至汉水中上游一带)的民间歌谣。

[2] 鸠(jiū)：鸤鸠。有人说是八哥。鸠鸟自己不会筑巢，常栖息在喜鹊巢中。居：占有。下章“方”字义同此。

[3] 两(liàng)：“辆”的古字。车有两轮，所以把车叫辆。百两：极言车多，不是确指。御：迎。

[4] 将：这里与“送”同义。

[5] 盈：满。

[6] 成：完功，成就。这里指迎回。

采　蘩

这首诗写妇女们(贵族宫中的女佣人)到池沼、山坳去采白蒿，采了拿去给公侯贵族们祭祀用。

于以采蘩[1]？	到哪里采摘白蒿？
于沼于沚[2]。	到那小洲和池沼。
于以用之？	采了白蒿干什么？
公侯之事[3]。	公侯祭祀离不了。
于以采蘩？	到哪里采摘白蒿？
于涧之中[4]。	在小溪流过的山坳。
于以用之？	采了白蒿干什么？
公侯之宫[5]。	公侯祖庙离不了。
被之僮僮[6]，	首饰繁盛又严整，
夙夜在公[7]。	黎明备祭在公侯宫。
被之祁祁，	首饰华美又繁盛，

薄言还归。　　　　　　祭罢回到寝室中。

[1] 于：介词，在。以：语气词（依马瑞辰说）。“于以”连用，在这儿有“在何处”的语气。蘩（fán）：白蒿。古人用它敬神。

[2] 沼（zhǎo）：池。沚（zhǐ）：水中的小块陆地。

[3] 事：这里指祭祀之事。

[4] 涧（jiàn）：夹在两山间的水流。

[5] 宫：指宗庙。

[6] 被：把假发编结在自己的头发上叫被，又作髲（bì）。这里指首饰。僮僮（tóng tóng）：盛貌，形容首饰繁多的样子。下文“祁祁”（qí qí）义同。

[7] 夙（sù）：早晨。“夙夜”在这里不是并列结构，而是指早夜，即天色将明的时候（依马瑞辰说）。公：指公侯办公的处所。

草　虫

这首诗写妻子思念远行未归的丈夫的忧伤，想象见到丈夫时的欢乐。

喓喓草虫[1]，　　　　草虫儿振翅叫呱呱，
趯趯阜螽[2]。　　　　循声跳来了小蚂蚱。
未见君子，　　　　　好多天没见丈夫的面，
忧心忡忡[3]。　　　　忧虑不安心乱如麻。
亦既见止，　　　　　除非丈夫回了家，
亦既觏止[4]，　　　　相见亲热谈起话，
我心则降[5]！　　　　我的心儿这才放下。

陟彼南山，　　　　　慢悠悠登上那南山，

言采其蕨[6]。	蕨菜儿摘了几篮篮。
未见君子，	好多天没见丈夫的面，
忧心惙惙[7]。	心中忧愁总把他盼。
亦既见止，	除非盼到他回家园，
亦既觏止，	相见恩爱意缠绵，
我心则说[8]！	我的心儿这才喜欢。
陟彼南山，	沿着南山往上爬，
言采其薇[9]。	边爬边采薇菜芽芽。
未见君子，	好多天没见丈夫的面，
我心伤悲。	满怀悲伤心如刀剐。
亦既见止，	除非丈夫回到了家，
亦既觏止，	既能相见得欢聚，
我心则夷[10]！	我的心儿才乐开了花。

[1] 喓喓(yāo yāo)：草虫的叫声。象声词。草虫：和蝗虫同类但颜色绿，右前翅有发声镜，振翅发声。今俗称蝈蝈。

[2] 趯趯(tì tì)：跳跃的样子。阜螽：蝗虫的幼虫。因为小，还不能飞，只能跳。

[3] 忡忡(chōng chōng)：忧虑不安的样子。

[4] 亦：语首助词，无义。觏(gòu)：遇见。止：语末助词。

[5] 降：下，放下。

[6] 蕨(jué)：俗名蕨菜，嫩叶可吃。根含淀粉，也可食用。

[7] 惙惙(chuò chuò)：忧愁的样子。

[8] 说(yuè)：后作“悦”。

[9] 薇(wèi)：即巢菜。多年生草本，嫩叶叫巢菜，可做蔬菜。

[10] 夷(yí)：平静，喜悦。

采 蘋

古礼，女子出嫁前，必先在宗室祭祀，“牲用鱼，芼之以蘋藻”。这首诗写的就是采蘋祭祖之事。

于以采蘋[1]？	在哪儿去采摘大萍？
南涧之滨[2]。	到南山下的溪水之滨。
于以采藻[3]？	在哪儿去采摘水藻？
于彼行潦[4]。	就在那水沟池沼。
于以盛之？	采了萍藻用啥装？
维筐及筥[5]。	就用那圆筥和方筐。
于以湘之[6]？	这些萍藻用啥煮？
维锜及釜[7]。	就用那铁锅和铜釜。
于以奠之[8]？	煮好的萍藻献哪边？
宗室牖下[9]。	就摆在宗庙的窗下面。
谁其尸之[10]？	谁向祖先供祭品？
有齐季女[11]。	就是那美丽的少夫人。

[1] 蘋(pín)：大萍，俗名四叶菜。生长在浅水中，与浮萍同类异种，叶大有根。

[2] 滨(bīn)：水边。

[3] 藻(zǎo)：即聚藻，生在水底中。

[4] 行潦(lǎo)：山涧流动的沟水。

[5] 筥(jǔ):盛物的圆形竹器。方形的叫“筐”,圆形的叫“筥”。

[6] 湘:通“鬺”,煮(依马瑞辰说)。

[7] 锜(qí):有足的锅。釜:古代炊器。敛口,圜底,或有两耳。

[8] 奠(diàn):置,这里指摆设祭礼。

[9] 宗室:宗庙。牖(yǒu):窗。

[10] 尸:主持,动词。

[11] 齐:齌(jī)的省借,美好的样子(依马瑞辰说)。季:少。季女,这里指少妇。

甘　棠

这是一首怀念召伯的诗。相传召伯南行,劝农、听讼,曾在甘棠树下休息。

蔽芾甘棠[1],	这棵棠梨树虽不大,
勿翦勿伐[2],	不要摧残别践踏,
召伯所茇[3]。	召伯曾经歇凉在树下。
蔽芾甘棠,	这棵棠梨树虽不大,
勿翦勿败[4],	不要摧残毁坏它,
召伯所憩[5]。	召伯曾经歇脚在树下。
蔽芾甘棠,	这棵棠梨树虽不大,
勿翦勿拜[6],	不要摧残拔掉它,
召伯所说[7]。	召伯曾经坐在这树下。

[1] 蔽芾(bì fèi)：小的样子。一说茂盛的样子。甘棠(táng)：棠梨，又叫白棠。

[2] 翦(jiǎn)：断，与“伐”意近。伐：砍伐。

[3] 召(shào)伯：即召公，名奭(shì)。曾为三公，与周公分治诸侯，为二伯，所以又称召伯。茇(bá)：在草舍住宿。这里指在树下休息。

[4] 败：毁，这里与“伐”同义。下文“拜”同此。

[5] 憩(qì)：休息。又作“愒”。

[6] 拜：拔。

[7] 说(shuì)：又作“税”，止息。

行　露[1]

这首诗写一个蛮横的已婚男子以打官司为手段，强迫一个女子嫁给他。这个女子严词拒绝，终不屈服。

厌浥行露[2]，	大道上露水漉漉，
岂不夙夜[3]，	不是不想早起赶路，
谓行多露[4]。	怕露水打湿鞋和裤。
谁谓雀无角[5]，	谁说麻雀没长角，
何以穿我屋？	为什么能把我的屋穿破？
谁谓女无家[6]，	谁说你没有妻子，
何以速我狱[7]？	为什么逼我到牢狱里？
虽速我狱，	即使逼我到牢狱里，
室家不足！	我还是不嫁你！

谁谓鼠无牙，	谁说老鼠没有牙，
何以穿我墉[8]？	为什么能打通我的墙？
谁谓女无家，	谁说你没有妻子，
何以速我讼[9]？	为什么逼我打官司？
虽速我讼，	即使逼我打官司，
亦不女从[10]！	我还是不从你！

[1] 余冠英先生认为："一个强暴的男子硬要聘娶一个已有夫家的女子，以兴起讼狱作为压迫女方的手段。女子的家长并不屈服，这首诗就是他给对方的答复"(见余冠英《诗经选译》)。谨录以备考。

[2] 厌浥(yè yì)：湿漉漉的样子。行(háng)：道路。

[3] 夙夜：早夜。参见《召南·采蘩》注[7]。

[4] 谓：通"畏"(依马瑞辰说)。这三句是以道上多露喻恶人当道。

[5] 谓：说。以下几句是以雀用角穿屋比喻男子的强暴。

[6] 女：汝，你。家：这里指通过媒人纳聘礼求女为妻的礼节。下文"室家"同此。

[7] 速：招致。狱：打官司。

[8] 墉(yōng)：墙。

[9] 讼(sòng)：打官司。与上文"狱"同义。孙诒让《周礼正义》引黄氏度说："小曰讼，大曰狱。"

[10] 女从：从女。否定句中宾语"女"前置。

羔　羊

这是一首描写卿大夫养尊处优的诗。诗人生动地描绘了那些身穿素白皮袄，从官府回家吃饭的卿大夫悠闲自得的生活情趣。语言含蓄而幽默。

羔羊之皮，	身穿羊羔皮袄一件，
素丝五紽[1]。	白丝花纹细细锁边。
退食自公[2]，	从官府回家去吃饭，
委蛇委蛇[3]。	从容自得样子悠闲。
羔羊之革，	羊羔皮袄身穿一件，
素丝五緎。	密密白丝装饰缝间。
委蛇委蛇，	从容自得样子悠闲，
自公退食。	散朝后回家去吃饭。
羔羊之缝[4]，	羊羔皮袄又轻又暖，
素丝五总[5]。	钩衣缝用细白丝线。
委蛇委蛇，	从容自得样子悠闲，
退食自公。	散朝后回家去吃饭。

[1] 素：白。五：古文作×。这里指用白丝线交叉缝成×（五）状的花纹，也是一种装饰。紽（tuó）：衣缝。下文"緎"（yù）、"总"同此。这句是说用白丝线织成带子装饰皮衣的衣缝（依孔颖达说）。

[2] 退食：退朝回家吃饭（依朱熹说）。自公：从公门出来。

[3] 委蛇（wēi yí）：叠韵联绵词，徐行有度，怡然自得的样子。

[4] 缝（fèng）：这里指羔羊皮衣的缝合处。

[5] 总（zōng）：丝数名。古以丝八十根为一总。

殷其雷

这首诗写妻子思念服役在外的丈夫，盼望他快快回家。

殷其雷[1]，	雷声隆隆响，
在南山之阳[2]。	响在南山阳坡上。
何斯违斯[3]？	你为何离家去远方？
莫敢或遑[4]。	不敢偷闲整年忙。
振振君子，	仁厚的丈夫啊，
归哉归哉！	快回家啊快回家！
殷其雷，	雷声隆隆响，
在南山之侧。	响在南山旁。
何斯违斯？	你为何离家去远方？
莫敢遑息。	不敢休息忙又忙。
振振君子，	仁厚的丈夫啊，
归哉归哉！	快回家啊快回家！
殷其雷，	雷声隆隆响，
在南山之下。	响在南山下。
何斯违斯？	你为何离家去远方？
莫敢遑处[5]。	不能安居心悬挂。
振振君子，	仁厚的丈夫啊，
归哉归哉！	快回家啊快回家！

[1] 殷(yīn)：雷声，象声词。马瑞辰说："以雷声之远而可闻，兴君子之远而难见。""以雷有声云雨兴，以雷雨相连兴夫妇之相依。"

[2] 阳：山的南面叫阳。

[3] 何斯违斯：前"斯"字指代君子，后"斯"字指代这地方。违：离开。这句是说君子为何远离这地方？

[4] 或：通“有”。遑(huáng)：闲暇。这句意思是“不敢有空闲的时间”，即不敢休息。

[5] 处：止居。与上章“息”同义。

摽有梅

这首诗写一位女子渴望及时成婚，她希望求婚的男子抓紧时间来求婚，不要耽误时机。

摽有梅[1]，	梅子落地纷纷，
其实七兮[2]。	树上还剩七成。
求我庶士[3]，	想娶我的小伙子，
迨其吉兮[4]！	要赶上吉日良辰。
摽有梅，	梅子落地纷纷，
其实三兮[5]。	树上还剩三成。
求我庶士，	想娶我的小伙子，
迨其今兮！	今日成婚莫再等。
摽有梅，	梅子落地纷纷，
顷筐塈之[6]。	多得要用筐儿盛。
求我庶士，	想娶我的小伙子，
迨其谓之[7]！	现在成婚休磨蹭。

[1] 摽(biào)：落下。有：名词词头。

[2] 实：果实。七：表多数。指掉剩的梅子还有十分之七。

[3] 庶：众。士：指未婚的青年男子。

[4] 迨(dài)：及，趁。吉：善，这里指好时机。这句是说爱我的小伙子要抓住好机会来求婚。

[5] 这句意思是掉剩的梅子只剩十分之三了。

[6] 塈(jì)：通“摡(xì)”，取。这句是说用顷筐取梅，说明梅子全落地了。这对“迨其吉”来说，时间更紧迫了。

[7] 谓之：“谓”通“会”。毛亨说“会之”，就是不待礼，会而行之(不需要具备媒聘之礼，男女就可以相会而婚配)。西周奴隶社会婚姻制度，允许每年二月未婚的三十岁的男子、二十岁的女子，不受媒聘之礼的限制，可以自由选择对象结为夫妇。“会之”，大概就是指这段可以不依礼而结婚的时机。

小　星

这首诗写一个小官吏被迫为王事日夜奔波而忿恨不平的心情。

嘒彼小星[1]，	小星星儿微光闪亮，
三五在东[2]。	三个五个挂在东方。
肃肃宵征[3]，	急急忙忙连夜赶路，
夙夜在公[4]。	起早睡晚为公侯奔忙。
寔命不同[5]。	只恨我的命运和人家不一样！
嘒彼小星，	小小星儿微光闪亮，
维参与昴[6]。	参星昴星在东边天上。
肃肃宵征，	半夜赶路急忙忙，
抱衾与裯[7]。	还要抱着被子和床帐。
寔命不犹[8]。	只恨我这命和人家不一样！

[1] 嘒(huì)：微小的样子。

[2] 三五：形容星稀，指傍晚或天快亮的时候（依朱熹说）。

[3] 肃肃：急急忙忙的样子。宵征：连夜赶路。宵：夜。征：行。

[4] 夙夜：早晨和夜晚。公：这里指官差。

[5] 寔(shí)：同“实”（依朱熹说）。

[6] 参(shēn)、昴(mǎo)：都是星宿名。

[7] 衾(qīn)：被子。裯(chóu)：帐子。

[8] 犹：如。不犹，即不如。

江有汜

这是一首写弃妇的哀怨诗。她认为丈夫今天抛弃她，以后一定会后悔。

江有汜[1]，	江水分支又合一，
之子归[2]，	那个姑娘嫁给你，
不我以[3]。	你不同我在一起。
不我以，	你不同我在一起，
其后也悔[4]。	将来后悔来不及。
江有渚[5]，	江水被小洲分开又合一，
之子归，	那个姑娘嫁给你，
不我与[6]。	你不同我在一起。
不我与，	你不同我在一起，
其后也处[7]！	将来苦痛来不及。

江有沱[8]， 长江沱江分开又合一，
之子归， 那个姑娘嫁给你，
不我过[9]。 你不愿和我在一起。
不我过， 你不愿和我在一起，
其啸也歌[10]！ 将来你会悲伤又叹息！

[1] 汜(sì)：分出之后又汇入主流的支流叫汜。诗中用江水的始分而终合，暗喻妻子对丈夫抱着幻想：现在被抛弃，以后会同归于好。

[2] 之子归：见《周南·桃夭》注[3]。这里指丈夫所娶的新妇。

[3] 以：犹“与”。不我以：不同我在一块儿。

[4] 其后：指被抛弃以后。也：句中语气词。悔：悔恨，指丈夫后悔。

[5] 渚(zhǔ)：指水中的小块陆地，有渚则水分流而又合，含义与“汜”相同。

[6] 与：同，跟。

[7] 处：忧愁。朱骏声《说文通训定声》说：“处假借为癙，实为鼠。”参见《小雅·雨无正》：注[37]。鼠思：忧思。

[8] 沱(tuó)：长江上游的支流。在今四川省中部，于泸州市汇入长江。

[9] 过：这里与“以”同义。

[10] 啸歌：啸，敛口发出的细长声音。这里指以长啸和歌声抒发悔恨之情。

野有死麕

这首诗描写的是一位猎人用獐和鹿挑诱一个渴望获得爱情的女子，结果成功了。

野有死麕[1]， 野地里躺着死麕，
白茅包之[2]。 白茅草索把它捆。

有女怀春[3]， 姑娘暗暗动春心，
吉士诱之[4]。 小伙子趁机来逗引。

林有朴樕[5]， 森林里小树丛生，
野有死鹿， 在那儿躺着死鹿，
白茅纯束[6]。 白茅草把它包住。
有女如玉。 有位姑娘啊美如玉。

“舒而脱脱兮[7]， “慢慢地来啊手脚轻，
无感我帨兮[8]！ 不要撼动我的围裙，
无使尨也吠[9]！” 也不要把狗儿惊！”

[1] 野：远郊。麕(jūn)：獐子，今作“麇”。

[2] 白茅：草本野生植物，初夏开白花。包：裹。

[3] 怀春：思春。指男女情欲萌动。

[4] 吉士：男子的美称。诱：挑逗引诱。

[5] 朴樕(sù)：丛生的小树，可做柴。

[6] 纯(tún)：通“屯”，聚集。“纯束”与上文“包之”同义。缠束；包裹。

[7] 舒：迟缓。脱脱(tuì tuì)：舒缓的样子，又轻又慢的样子。

[8] 无(wù)：通“毋”，不要，别。感：“撼”的古字，动。帨(shuì)：佩巾。妇女遮在胸腹前的巾子。

[9] 尨(máng)：长毛狗。以上三句是女子对“吉士”所说的话。

何彼襛矣

这是一首描写周天子女儿下嫁诸侯的婚嫁诗。赞其车马服饰之美盛。

何彼襛矣[1]？	什么花儿开得那样美丽繁盛？
唐棣之华[2]！	原来是唐棣树开的花啊！
曷不肃雍[3]？	谁家的车铃响得那样和谐？
王姬之车[4]！	原来是王姬的车马啊！
何彼襛矣？	什么花儿开得那样美丽繁盛？
华如桃李。	原来是桃李开的花。
平王之孙[5]，	那是平王的孙女出嫁，
齐侯之子。	那是齐侯的儿子成家。
其钓维何[6]？	钓鱼要用什么钓？
维丝伊缗[7]。	合股丝线少不了。
齐侯之子，	齐侯的儿子娶配偶，
平王之孙。	平王孙女做阿娇。

[1] 襛(nóng)：本为“衣厚貌”，这里以衣厚比拟花繁盛的样子。

[2] 唐棣(dì)：树名，花有白有红。华：古“花”字。

[3] 曷(hé)：与上文“何”意同。肃：肃整。雍(yōng)：和谐。这里谓车马行动的肃整和谐。《礼记》：“鸾和之美，肃肃雍雍。”鸾和是古时车上的铃。鸾在衡，和在轼，车一走动，铃声响起，谐和悦耳。

[4] 王姬：周王的女儿。因周王姬姓，所以叫姬。因是周王之女，所以不称字而称王。

[5] 平王：指周平王宜臼。

[6] 维：语气词，帮助判断。

[7] 伊：当与“维”同。缗(mín)：钓鱼的细丝绳。

驺 虞

这首诗赞扬驺虞官管理有方，而使禽兽得到了繁殖。

彼茁者葭[1]，	那儿芦苇长得密又粗，
壹发五豝[2]。	一会儿射中五头大野猪。
于嗟乎驺虞[3]！	好呵好呵，驺虞管理真有术！
彼茁者蓬[4]，	那儿蓬蒿长得密又粗，
壹发五豵[5]。	一会儿射中五头小野猪。
于嗟乎驺虞！	好呵好呵，驺虞管理真有术！

[1] 茁(zhuó)：草木生长壮盛的样子。葭(jiā)：芦苇。葭和下章的“蓬”都指猪藏匿的地方。

[2] 壹：一下子。一说语气词。发：射箭。豝(bā)：二岁的野猪。

[3] 驺(zōu)虞：为天子掌管禽兽的官。

[4] 蓬：蓬蒿，野草名。

[5] 豵(zōng)：一岁的野猪。

邶[1] 风

柏 舟

这是一首弃妇的怨诗。它表现了弃妇满腹牢骚无处诉说，想“奋飞”而不得的郁闷心情。

泛彼柏舟[2]，	河里有条柏木舟，
亦泛其流[3]。	随波逐浪任漂流。
耿耿不寐[4]，	夜半叹息无止休，
如有隐忧[5]。	心中装着许多愁。
微我无酒[6]，	不是家里无美酒，
以敖以游[7]。	也不是没处去遨游。
我心匪鉴[8]，	我的心儿不是镜，
不可以茹[9]。	不是啥忧愁都能包容尽。
亦有兄弟[10]，	也有亲兄和亲弟，
不可以据[11]。	可叹不能做依凭。
薄言往愬[12]，	我向他们诉苦衷，
逢彼之怒。	他们对我怒冲冲。
我心匪石，	我心不是石头蛋，
不可转也。	哪能随便来拨转。

我心匪席，	我心不是草席片，
不可卷也[13]。	哪能任意来翻卷。
威仪棣棣[14]，	仪容举动有尊严，
不可选也[15]。	不能屈从表奴颜。
忧心悄悄[16]，	忧愁缠心好烦闷，
愠于群小[17]。	群小把我当仇人。
觏闵既多[18]，	遭灾遇难诚然多，
受侮不少。	蒙羞受辱也不少。
静言思之[19]，	静坐细想这些事，
寤辟有摽[20]。	抚心捶胸恨难消。
日居月诸[21]，	太阳啊月亮啊！
胡迭而微[22]？	为啥轮流暗无光？
心之忧矣，	无限忧伤压心上，
如匪浣衣[23]。	像堆没洗的脏衣裳。
静言思之，	这些事儿仔细想，
不能奋飞！	恨不能高飞去他方！

[1] 邶(bèi)：古国名。周武王封殷纣王儿子武庚於邶。邶在殷都朝歌(今河南省淇县)以北，后来并入卫国。

[2] 泛：飘浮流动的样子，下文的“泛”是动词，飘浮之意。

[3] 亦：语助词，无义。流：水流之中。这两句用在水中飘浮的孤舟比喻妇人被弃而无所依托。

[4] 耿耿：心情忧烦焦灼的样子。

[5] 如：而，连词。隐：通“殷”，忧痛。

[6] 微：非，不是。

[7] 敖：出游。后作“遨”。这两句从音节上分为两句，从语法上只能算一句。意思是我不是因为没有酒可以带着去遨游、解忧，而是因为忧愁深重，不能用携酒出游来排除。

[8] 匪：不是。鉴(jiàn)：镜子。

[9] 茹(rú)：容纳。意为我的心不像镜子，不是随便什么都可以容纳的。比喻不能把忧愁闷在心中不说出来。

[10] 兄弟：指母家兄弟。

[11] 据：依靠、依赖。

[12] 薄言：见《周南·芣苢》注[2]。愬(sù)：诉说。

[13] 卷：同“捲”。这两句是说自己的心志坚平超过石头和席子。

[14] 威仪：指合乎礼节的尊严仪容。棣棣(dì dì)：盛多的样子。

[15] 选：通“巽(xùn)”，屈挠退让。

[16] 悄悄：忧愁的样子。

[17] 愠(yùn)：怨恨。群小：指众妾(依朱熹说)。

[18] 觏(gòu)：见《召南·草虫》注[4]。闵(mǐn)：指痛心的事，即苦难。

[19] 静：审，仔细(依马瑞辰说)。言：词头。

[20] 辟：通“擗”，拊心。有：通“又”。摽：击。这里指用手捶击。这两句意为仔细想来，夜不成寐，常常用手抚心、捶胸。

[21] 居、诸：都是语助词，带有感叹的语气。

[22] 迭：更替、替换。微：昏暗。日喻丈夫，月喻众妾，是说丈夫也像众妾一样昏聩。

[23] 这两句是说心中的许多忧愁就像一堆没洗的脏衣裳。

绿　衣

这是一首悼亡诗。诗人由自己身上穿的衣裳想起了缝制这件衣服的亡妻，心中充满了无限的怀念与忧伤。

绿兮衣兮，	苍绿色的外衣啊，
绿衣黄里[1]。	绿外衣罩着黄内衣。
心之忧矣，	心中的忧愁啊，
曷维其已[2]！	何时才能止息！
绿兮衣兮，	苍绿色的上衣啊，
绿衣黄裳。	绿上衣连着黄裙裳。
心之忧矣，	心中的忧伤啊，
曷维其亡[3]！	何时才能遗忘！
绿兮丝兮，	翠绿色的丝线啊，
汝所治兮[4]。	都经你亲手整理。
我思古人[5]，	思念你啊我的亡妻，
俾无訧兮[6]。	你使我少犯多少过失。
絺兮绤兮[7]，	粗葛衣啊细葛衣，
凄其以风[8]。	穿上身凉风习习。
我思古人，	思念你啊我的亡妻，
实获我心[9]。	你实在称我的心意！

[1] 衣：上衣，套在外面的衣服，比里衣短。里：里面的衣服，比上衣长。

[2] 已：止。曷：何，什么时候。维：助词。

[3] 亡：通“忘”。

[4] 治：理，指理丝。

[5] 古人：指亡故之人，此指亡妻。

[6] 俾（bǐ）：使。訧（yóu）：过错。

[7] 絺绤：见《葛覃》注[9]。

[8] 凄(qī)：凉。凄其以风，因风而凄。其：语气词。

[9] 获：得，称。

燕　燕

旧说这是一首写卫庄姜送归妾的惜别诗。郑玄说："庄姜（卫庄公夫人）无子，以陈女戴妫（庄公妾）生子名完（史称公子完）为己子，庄公薨，完立，而州吁（庄公的另一妾生的儿子）弑之，故戴妫大归于陈，而庄姜送之，作此诗也。"姑从旧说。

燕燕于飞[1]，	空中翩翩双飞燕，
差池其羽[2]。	翅膀参差上下展。
之子于归[3]，	女回娘家永不返，
远送于野。	送别她到城外边。
瞻望弗及[4]，	人已远去望不见，
泣涕如雨。	眼泪如雨流满面。

燕燕于飞，	空中翩翩双飞燕，
颉之颃之[5]。	飞上飞下打回旋。
之子于归，	女回娘家永不返，
远于将之[6]。	依依惜别送得远。
瞻望弗及，	人已离去望不见，
伫立以泣[7]。	久久站立泪满面。

燕燕于飞，	空中翩翩双飞燕，
下上其音[8]。	上下鸣叫凄惨惨。
之子于归，	女回娘家永不返，
远送于南。	远送来到城南边。
瞻望弗及，	人已离去望不见，
实劳我心[9]。	我心悲伤肝肠断。

仲氏任只[10]，	仲氏这人情义深，
其心塞渊[11]。	心地诚实思虑远。
终温且惠[12]，	性格温柔又和善，
淑慎其身。	品德美好行为端。
先君之思[13]，	“不忘先君常思念”，
以勖寡人[14]。	临别对我多劝勉。

[1] 燕燕：鸟名，或单称燕。于：动词词头。

[2] 差(cī)池：与“参差”同义，不齐。

[3] 于归：这里指大归。“大归”是回归娘家后永不返回夫家。

[4] 瞻(zhān)：往前看。

[5] 颉(xié)：向下飞。颃(háng)：向上飞。(依段玉裁说)

[6] 将：见《召南·鹊巢》注[4]。

[7] 伫(zhù)：长时间地站立。

[8] 下上其音：指燕子飞上飞下的鸣叫声。

[9] 劳：忧。

[10] 仲氏：戴妫的字，古代对平辈称字不称名。任：以恩爱相亲。

[11] 塞：实，诚实。渊：深，指想问题深远。

[12] 终：既。副词。“终……且……”，等于说“既……又……”。温：温和。惠：恭顺。

[13] 先君：已死的前君主。旧说这里指卫庄公。

[14] 勖(xù)：勉励。寡人：古代君王自称，意思是寡德之人。旧说这儿是庄姜自称。

日　月

这也是一首弃妇的怨诗。弃妇谴责丈夫对她始爱终弃，忘恩负义。她看出了丈夫是个心不专一的人，说这样的人不值得留恋——“俾也可忘”。

日居月诸[1]，	太阳啊，月亮啊，
照临下土[2]。	永远把大地来照耀。
乃如之人兮[3]，	可是这个人啊，
逝不古处[4]。	待我没有过去好。
胡能有定[5]，	他心不专一常动摇，
宁不我顾[6]。	竟要把我往外抛。
日居月诸，	太阳啊，月亮啊，
下土是冒[7]。	永远把大地来照耀。
乃如之人兮，	可是这个人啊，
逝不相好。	现在却不同我相好。
胡能有定，	他心不专一常动摇，
宁不我报[8]。	过去的恩爱竟忘掉。
日居月诸，	太阳啊，月亮啊，
出自东方。	从东升起照四方。

乃如之人兮,	可是这个人啊,
德音无良[9]。	话儿好听行为不良。
胡能有定?	他心不专一哪有定常?
俾也可忘[10]。	这样的人可以把他忘。

日居月诸,	太阳啊,月亮啊,
东方自出。	总是从东方升起。
父兮母兮[11],	我的爹呀我的娘呀,
畜我不卒[12]。	他爱我可不爱到底。
胡能有定,	他朝三暮四不专一,
报我不述[13]。	他待我无情又无义。

[1] 参见《邶风·柏舟》注[21]。

[2] 下土:日月在上,地在下,所以说下土。

[3] 乃如:表转折的连接词。之人:这个人。指抛弃女子的男子。

[4] 逝:发语词。古(gù):旧时,过去的。古处:谓以过去的情义同我相处,即像过去那样爱我。

[5] 胡:何,这里当"不"讲。定:这里指心意专一。

[6] 宁(nìng):竟。表示出乎意料之外的副词。顾:想念,眷念。

[7] 冒:覆照。这儿与"照临"同义。

[8] 报:报答。

[9] 德音:好听的话。无良:指行为不好。

[10] 俾也可忘:使我成为可遗忘的人。俾(bǐ):见《邶风·绿衣》注[6]。

[11] 父兮母兮:人痛苦时常呼唤父母。

[12] 畜:通"慉"(xù),爱;喜爱。卒:终,到头。

[13] 述:遵循。不述:指不遵循义理。

终风

这首诗写一个女子对粗暴无理、喜怒无常的丈夫的矛盾心情。她对丈夫留恋不舍，希望丈夫也以同样的态度待她。

终风且暴[1]，	大风刮起太凶暴，
顾我则笑[2]。	回头看我脸堆笑。
谑浪笑敖[3]，	他待我戏谑、放肆又骄傲，
中心是悼[4]。	我心中伤悲更烦恼。
终风且霾[5]，	大风扬尘灰蒙蒙，
惠然肯来[6]。	他高兴时候才登门。
莫往莫来[7]，	他不来我也不敢去问，
悠悠我思。	想到这里我心好烦懑。
终风且曀[8]，	大风吹得天昏昏，
不日有曀[9]。	一会晴了一会阴。
寤言不寐，	思前想后睡不成，
愿言则嚏[10]。	希望他能知我心。
曀曀其阴[11]，	天空灰灰暗无光，
虺虺其雷[12]。	雷声隆隆震天响。
寤言不寐，	睡不着前思又后想，
愿言则怀[13]。	他若把我想我心才欢畅。

[1] 终……且：见《邶风·燕燕》注[12]。暴：疾。此言不但刮风，而且刮得很大，比喻丈夫不但发脾气，而且发得很凶。

[2] 顾：回头看。则：而。笑：指戏弄。

[3] 谑(xuè)：调笑。浪：行为放肆不拘。敖：通“傲”，傲慢。四字连用，意为调戏、戏谑。是对上句“笑”的具体说明。

[4] 中心是悼：即心中悼是。悼(dào)：悲伤。是：指代以上戏谑之事。

[5] 霾(mái)：大风吹起尘土而使天空昏暗。

[6] 惠然：顺心。这句意思是男的什么时候高兴了，他才来找我寻开心。

[7] 莫往：不前往他住的地方。莫来：不来我处。莫：不。

[8] 曀(yì)：天阴有风。

[9] 不日：不久。有：通“又”。这句是说，天晴了，不久又阴了。

[10] 愿：思，思念。指丈夫思我。嚏(tì)：打喷嚏。民间传说：打喷嚏就说明有人在说自己。这位女子希望丈夫思念她而使她打喷嚏。即希望他能同我思念他一样思念我。

[11] 曀曀(yì yì)：等于说“暗暗”。阴暗的样子。

[12] 虺虺(huǐ huǐ)：雷声。

[13] 怀：安，指心安。

击 鼓

这首诗写卫国的兵士被遣去作战，久戍不归而产生的对家人的思念和对当权者的怨恨。

击鼓其镗[1]，	擂起战鼓响咚咚，
踊跃用兵[2]。	操着刀枪忙练兵。
土国城漕[3]，	人家担土筑漕城，
我独南行。	偏偏叫我往南行。

从孙子仲[4]，	跟着头领孙子仲，
平陈与宋[5]。	平定邻国陈和宋。
不我以归[6]，	回老家偏没我的份，
忧心有忡[7]。	烦恼忧愁气难平。
爰居爰处[8]，	在这儿歇在这儿爬，
爰丧其马[9]。	就在这儿丢了马。
于以求之[10]？	将来要在哪儿找到它？
于林之下。	就在那南方的树林下。
“死生契阔”[11]，	“死生离合心不变”，
与子成说[12]。	你我立下了这誓言。
执子之手，	紧紧握着你的手，
“与子偕老”[13]。	“白头偕老是心愿”。
于嗟阔兮[14]，	如今一个北来一个南，
不我活兮[15]！	要想见面难上难。
于嗟洵兮[16]，	如今离别这样远，
不我信兮[17]！	我们的心愿难实现。

[1] 镗(tāng)：鼓声。象声词。

[2] 踊跃：练兵时的击刺动作。兵：兵器。

[3] 土：用如动词，指担土修筑工事等土功。国：指卫的国都。城：用如动词，筑城。漕(cáo)：卫邑。在今河南省滑县东南。这句连同下句是说别人或者在国都做土功，或者在漕邑筑城，唯独我南行作战。

[4] 从：跟随。孙子仲：当时卫国率兵南征的将领。

[5] 平：平定。陈：陈国。宋：宋国。均在今河南省境内。这句是说平定陈、宋二国的纠纷(依姚际恒说)。

[6] 以：犹“与”,参与。这句是说不让我参与归国的队伍,即不让我回国,留下戍卫。

[7] 忡(chōng)：忧虑不安的样子。

[8] 爰(yuán)：于是,在这里。居：停留。这里指临时驻扎或休息。处：同“居”。

[9] 丧：丢失。

[10] 于以：见《召南·采蘩》注[1]。这一章表现了军心涣散,毫无斗志的情况。

[11] 契(qì)：合。阔：离。这句是说不论生死合离,我们都不要相忘。此句与以下两句都是卫国士兵回想与妻子离别时相誓的情况。

[12] 子：指军士的妻。成说：成言,成约,即立下了誓言。

[13] 偕(xié)：同,一起。

[14] 于(xū)嗟：叹词。阔：疏远,这里指离家遥远。

[15] 活：通“佸(huó)”,聚会。这两句意为离家遥远,使我不能和妻子相会。

[16] 洵(xún)：远,又作“敻”。指远离家庭,与“阔”同义。

[17] 信(shēn)：通“伸”,实现。不伸,这里指白头偕老的愿望不得实现。

凯　风

这是一首写给母亲的歌,儿子赤心奉母并自责未能报答母亲的养育之恩。

凯风自南[1],	和风徐徐从南吹,
吹彼棘心[2]。	吹得酸枣树儿生幼苗。
棘心夭夭,	酸枣树儿幼苗慢慢长,
母氏劬劳[3]。	母亲一生辛苦尽操劳。

凯风自南，	和风徐徐从南吹，
吹彼棘薪[4]。	吹得酸枣树儿成新柴。
母氏圣善[5]，	母亲贤惠又慈爱，
我无令人[6]。	无奈我们子女不成材。
爰有寒泉，	有股泉水清又长，
在浚之下[7]。	蜿蜒流过浚城旁。
有子七人，	七个儿子无用场，
母氏劳苦。	母亲劳苦照样忙。
睍睆黄鸟[8]，	黄鸟美丽又和顺，
载好其音[9]。	叫声啾啾真好听。
有子七人，	七个儿子没品行，
莫慰母心。	不能安慰慈母的心。

[1] 凯风：南风。凯：欢乐。南风长养万物，万物喜乐，所以把南风叫凯风。南风和暖，比喻母亲。

[2] 棘(jí)：初生的小酸枣树。心：这里指酸枣树初生时的尖刺。棘从生心赤，兴众子赤心奉母。

[3] 劬(qú)劳：劳苦。劬：劳；劳苦。

[4] 棘薪：已经长成可以做柴的棘。喻子女长大成人。

[5] 圣善：在这里“圣”与“善”同义。

[6] 令：善。

[7] 浚(jùn)：卫国的城邑。

[8] 睍睆(xiàn huǎn)：好看的样子。应作“睆睆”(依马瑞辰说)。

[9] 载：语首助词，无义。后二章言七子不能愉母，泉鸟之不如也。

雄雉

这首诗写妻子思念久役在外的丈夫，她责问当权者：为何排斥既不害人、也不贪求的真正君子，而使他远离朝廷呢？

雄雉于飞[1]，	公野鸡在眼前飞翔，
泄泄其羽[2]。	噗啦噗啦扇着翅膀。
我之怀矣[3]，	我那怀念的亲人啊，
自诒伊阻[4]。	却阻隔在那遥远的异乡。
雄雉于飞，	公野鸡在眼前飞翔，
上下其音。	飞上飞下鸣叫欢唱。
展矣君子[5]，	亲人啊，我实在把你想，
实劳我心。	想你实在想断了我的肠。
瞻彼日月，	望着那升了又落的太阳和月亮，
悠悠我思[6]。	我的忧愁天天在增长。
道之云远，	道路这样遥远漫长，
曷云能来[7]？	他怎样才能回到我的身旁？
百尔君子[8]，	公侯老爷挤满朝廷，
不知德行。	却不懂什么是好品行。
不忮不求[9]，	他不贪求又不害人，
何用不臧[10]？	是什么缘故不重用？

[1] 雉(zhì):野鸡。

[2] 泄泄(yī yī):鼓动翅膀的样子。这两句用雄雉起兴,意思是雄雉近在眼前,可听到它的叫声,可看到它的花羽毛。可是丈夫久役在外,既不见其人,又不闻其声。

[3] 怀:怀念。

[4] 诒(yí):遗。伊(yī):指示代词,那。阻:阻隔。

[5] 展:诚,确实。与下文“实”同义。这句是说君子啊,我确实想念你。

[6] 悠悠:长久。

[7] 云:句中助词,无义。曷:怎么。

[8] 百:泛指,与“凡”同义。

[9] 忮(zhì):忌恨。不忮:指对人不忌恨,即不加害于人。不求:指对物不贪求。

[10] 用:为,介词。臧(zāng):好,吉祥。这两句的意思是,我丈夫不忮不求,这样的人有什么不好呢?言外之意是,我丈夫品德这样好,你们为什么不让他回到朝廷来呢?

匏有苦叶

这是一首姑娘盼嫁的诗。姑娘从渡口的景物联想到自己的婚事,希望这年秋天就成亲。

匏有苦叶[1],	葫芦熟了叶儿枯,
济有深涉[2]。	河水虽深也能渡。
深则厉[3],	水深连着衣裳浮,
浅则揭[4]。	水浅提起长裙裤。
有瀰济盈[5],	河水上涨白茫茫,
有鷕雉鸣[6]。	一群野鸡叫嚷嚷。

济盈不濡轨[7]，	河水虽满才到车轴上，
雉鸣求其牡[8]。	母野鸡鸣叫是找搭档。
雍雍鸣雁[9]，	群雁声声叫不停，
旭日始旦[10]。	太阳初升天刚明。
士如归妻[11]，	你如有心来迎亲，
迨冰未泮[12]。	要趁河水未结冰。
招招舟子[13]，	船夫招揽乘客多，
人涉，卬否[14]。	别人过河我不过。
人涉，卬否，	别人过河我不过，
卬须我友[15]。	我在等待我的阿哥。

[1] 匏（páo）：葫芦。涉水的人腰间常系它，以防沉溺。苦：通“枯”。

[2] 济：渡，这里指渡口。涉：徒行过河。这两句是说秋天葫芦熟了，河水涨了，喻婚姻有障碍，但可以克服。

[3] 厉：连衣徒行渡水。

[4] 揭：提起衣裳涉水。

[5] 有：词头。瀰（mí）：水深满的样子。有瀰：等于说“瀰瀰”，形容水势浩大，茫茫一片的样子。盈：满。

[6] 鷕（yǎo）：雌野鸡的叫声。有鷕：等于说“鷕鷕”，一片鸡叫声。

[7] 濡（rú）：湿。轨：车轴的两头。这句意为水虽深也是刚淹到车轴，要过河仍可以。古人常乘车过河，娶嫁更要乘车，所以女子关心水位。

[8] 牡（mǔ）：雄性动物。

[9] 雍雍（yōng yōng）：群雁的和鸣声。

[10] 旭日：初升的太阳。旦：早晨，即天明。

[11] 归妻：娶妻。归：使动用法，使妻归到自己家里。

[12] 迨（dài）：趁。泮（pàn）：通“牉”，合。指河水冻结。古人以春秋两

季为嫁娶正时，结冰而止。

[13] 招招：用手势打招呼的动作。舟子：船夫。

[14] 卬(áng)：我。否：不。

[15] 须：等待。

谷　风

这也是一首写弃妇怨恨之情的诗。诗人把故夫的无情与弃妇的痴情写得缠绵悱恻，十分感人，是《诗经》中的抒情名篇之一。

习习谷风[1]，	山谷烈风飒飒，
以阴以雨[2]。	阴雨绵绵罩大地。
黾勉同心[3]，	我顺从努力随你心意，
不宜有怒。	你不应对我大发脾气。
采葑采菲[4]，	好比采摘蔓菁和萝卜，
无以下体[5]。	不能因叶子不好把根弃。
德音莫违[6]，	从前的恩义不要忘记，
及尔同死。	和你白头偕老不分离。
行道迟迟[7]，	一步步走啊腿儿难移，
中心有违[8]。	脚向前、心却不忍别离。
不远伊迩[9]，	多送几步路你也不愿意，
薄送我畿[10]。	我出了门你却站在院子里。
谁谓荼苦[11]？	谁说那荼菜其苦无比？
其甘如荠[12]！	比我的痛苦它甜如荠！

宴尔新昏[13]，	你新婚欢乐如痴如醉，
如兄如弟。	你们像兄象妹何等亲密。
泾以渭浊[14]，	泾水同渭水相比才显得浑，
湜湜其沚[15]。	泾水停下来也一样清新。
宴尔新昏，	你欢欢喜喜度新婚，
不我屑以[16]。	不肯再理会我这旧人。
毋逝我梁[17]，	我的拦鱼坝别让人踩，
毋发我笱[18]。	我的捕鱼篓别让人开。
我躬不阅[19]，	如今连自身也被亏待，
遑恤我后[20]！	哪有工夫把走后的事来安排。
就其深矣，	就像过河遇到河水深，
方之舟之[21]；	我只好乘筏坐船到对岸；
就其浅矣，	就像过河遇到河水浅，
泳之游之。	我就游泳，涉水过河滩。
何有何亡[22]，	看看家中有什么短缺，
黾勉求之。	我都尽力添置配全它。
凡民有丧[23]，	看到邻居谁家困难大，
匍匐救之[24]。	我就尽力去帮谁家。
能不我慉[25]，	你不但再不把我喜爱，
反以我为雠[26]。	反把我当仇人真不应该。
既阻我德[27]，	我的好处你全然不理睬，
贾用不售[28]。	好比货物没处去售卖。

昔育恐育鞫[29]，	想当年常怕吃穿不够，
及尔颠覆[30]。	我们一块儿艰苦与共。
既生既育[31]，	如今生活好吃喝不愁，
比予于毒。	你却把我看成是毒虫。
我有旨蓄[32]，	我腌了好菜一坛又一坛，
亦以御冬[33]。	为的是冬天吃菜不断。
宴尔新昏，	欢欢乐乐结新婚，
以我御穷[34]。	让我卖力挡穷困。
有洸有溃[35]，	又打又骂对我粗声粗气，
既诒我肄[36]。	重活脏活全往我身上堆积。
不念昔者，	以前的恩爱你全不念及，
伊余来塈[37]！	那时节你和我何等亲密。

[1] 习习：象声词。风声。谷风：来自大谷的风，指暴风。

[2] 以阴以雨：又阴又雨。喻丈夫对妻子的态度非常恶劣，暴怒起来就像突如其来的大风，脸色如同阴雨天气。

[3] 黾(mǐn)勉：努力去做。

[4] 葑(fēng)：蔓菁。菲(fěi)：萝卜。

[5] 下体：指根茎。葑、菲的根和叶都可以吃，但以根为主，叶子并不美。这句是说采摘蔓菁、萝卜，不能因为叶子不好看而抛弃它们的根，比喻不能因妻子色衰而抛弃她。

[6] 德音：指起初丈夫对自己说的恩爱话。莫违：不要违背。

[7] 迟迟：行步缓慢的样子。

[8] 违：相背。这里指妇人被弃回娘家路上脚向前迈，心却不忍离开，心足相背。

[9] 伊(yī)：句中语气词。迩(ěr)：近。

[10] 畿(jī)：门槛。这两句意为丈夫不愿远送，只送到门槛以内就止步了。

[11] 荼(tú)：苦菜。

[12] 荠(jì)：菜名，有大小数种，以小荠的味最美。这两句意为谁说荼苦，同我的痛苦相比，它像荠菜一样甜。

[13] 宴：欢乐。新昏：即新婚。指丈夫与别人结婚。昏："婚"的古字。

[14] 泾(jīng)：泾水，源于宁夏回族自治区南部六盘山东麓，东南流经甘肃，在陕西高陵与渭水汇合。渭：渭水。发源于甘肃，流入陕西，汇入黄河。

[15] 湜湜(shí shí)：水清澈的样子。沚(zhǐ)：应作"止"。水流动便浊，停止便清。沚，诗中指停止不动的水，即澄净的水，所以用湜湜来形容。(依马瑞辰说)这两句以泾水自比，以渭水喻新人。意思是泾水同渭水相比才显得浑浊，喻自己和新人相比才显得丑。

[16] 不我屑以：即不屑以我。耻与某人相交叫不屑。这句是说不肯同我在一起了。以：与。

[17] 毋：否定副词，不要。逝：去，往。梁：为拦鱼而筑的石堰，里面安放着笱来捕鱼。

[18] 发：开。笱(gǒu)：捕鱼用的竹篓。这种篓口大脖子细，篓身又大又长。篓脖子处安有倒刺，使鱼易进难出。这两句是要求丈夫不要让新人动她的东西，表现出对过去生活的留恋。

[19] 躬：身。阅：容。

[20] 遑(huáng)：闲暇。恤(xù)：担忧。后：指离开以后的事。这两句紧承上文转折，意思是转而一想，连自己本身他都容不得，哪有工夫去考虑我走后的事呢！

[21] 方：见《周南·汉广》注[7]。舟：船，用如动词。

[22] 何有：什么有，我使之多。何无：什么没有，我使之有。本章以前四句为喻，即用渡水比喻治家，意思是家事无论难易，我都努力操持。

[23] 丧：灾难。

[24] 匍匐：双声字，人爬行叫匍匐，形容办事用力勤苦。

[25] 这句原文是"不我能慉"，现据《说文》改之。能：通"宁"，竟，曾。慉(xù)：喜爱。

[26] 雠：同"仇"。

[27] 阻：拒绝。德：指好的品德。

[28] 贾(gǔ)：卖。用：通"以"，连词，等于"而"。售：卖出。这句是比

喻，连上句意为我的一片好心被你拒绝，就像商人卖不出货物一样。

[29] 昔：从前。育：指生计。鞫(jū)：穷。这句是说从前在一起生活，惟恐发生穷困。一说“育恐”，生在恐惧之中。“育鞫”，生在困穷之际，也通。

[30] 颠覆：这里指生活环境窘困。一说是尽力于众事，难易无所避。亦通。这两句意为从前过日子惟恐困苦艰难，我和你同甘共苦。

[31] 生、育：指日子好过。连下句意为现在日子好过了，你就把我看成毒虫一样。

[32] 旨：味美。蓄：积聚。这里指收藏过冬的菜，如干菜、腌菜之类。

[33] 御：防备。

[34] 御穷：挡穷。这四句是说我蓄积美菜是为了应付冬天无菜，你乐于新婚而厌弃我，不过是把我当成挡穷的东西，日子好过就抛弃了我，就像到了春夏，扔掉冬菜一样。

[35] 洸(guāng)：粗暴。溃(kuì)：愤怒，盛怒。

[36] 诒(yí)：给。肄(yì)：劳苦。

[37] 伊余来塈：等于“惟我是爱”。来：相当于“是”。塈(jī)：通“憠”，憠即“爱”字(依马瑞辰说)。这句是承上句“昔者”来说的。意思是你不想想从前，只把我一个人爱。

式　微

这是一首反映人民怨恨差役繁重的诗。

式微，式微[1]，	天黑了，天黑了啊，
胡不归？	为什么还不能回？
微君之故[2]，	不是替老爷们把事办，
胡为乎中露[3]！	为啥要在风露中受罪！

式微，式微，	天黑了，天黑了啊，

胡不归?	为什么还不能回?
微君之躬[4],	不是为了公爷们养贵体,
胡为乎泥中!	为啥要在泥水中受罪!

[1] 式:发语词。微:通"昧",天黑。
[2] 微:非,不是。与上句的微不同。故:事。指官家的劳役。
[3] 胡为:为什么。中露:即露中。
[4] 躬(gōng):身体。

旄　丘

黎国(西周黎国,在今山西省长治市西南,周武王封帝尧之后于此)为赤狄所灭,黎国君臣逃到卫国,派人向晋国求救,晋国久久不出兵。黎国君臣因作此诗,抱怨晋国的君臣不能援救自己。

旄丘之葛兮[1],	小丘上的葛藤啊,
何诞之节兮[2]!	何时长了这么多节啊!
叔兮伯兮[3],	晋国的叔伯兄弟,
何多日也?	为啥拖延了这么多时?
何其处也[4]?	为啥按兵不动?
必有与也[5]!	必定有什么缘故!
何其久也?	为啥过了这么久?
必有以也!	必定有什么理由!
狐裘蒙戎[6],	我们的皮袄已经穿破,

匪车不东[7]。	那兵车却不开向东。
叔兮伯兮，	晋国的叔伯弟兄，
靡所与同[8]。	没有和我们的心同意同。
琐兮尾兮[9]，	我们卑微啊我们下贱，
流离之子[10]。	漂泊不定的人真可怜。
叔兮伯兮，	晋国的叔伯弟兄，
褎如充耳[11]。	怨声载道你们听不见！

[1] 旄(máo)丘：前高后低的山丘。旄：通"堥"。

[2] 诞：长大。节：植物茎上分枝长叶的地方。这句以葛藤已粗大，喻在外长久。

[3] 叔、伯：这里是称晋国的君臣。

[4] 处：止，住。这里指按兵不动。

[5] 与：与下文"以"字义通，即理由、原因的意思。

[6] 狐裘(qiú)：狐皮大衣。蒙戎(méng róng)：紊乱、蓬松的样子，这里指在外时间太久，皮衣也穿破了。

[7] 匪：通"彼"。东：向东。这句是说晋国的兵车不向东去援助黎国。

[8] 靡(mǐ)：不，无。同：同心。这句是说不与我们同心。

[9] 琐、尾：卑微、疲弊的样子。琐：细。尾：末。这一句与下一句是"倒文"，应是"流离之子，琐兮尾兮"。

[10] 流离：流浪，漂泊不定。

[11] 褎(yòu)如：褎然，塞耳之貌(依马瑞辰说)。

简　兮

这是一首恋歌。诗中描述一个姑娘赞美一位身强力壮的舞师，表露了爱他的心思。

简兮简兮[1]，	他个子大啊身体好，
方将万舞[2]。	将要跳起大舞蹈。
日之方中[3]，	红红的太阳当头照，
在前上处[4]。	他一人领队在前排跳。
硕人俣俣[5]，	他个子大啊好身材，
公庭万舞。	公堂前万舞跳起来。
有力如虎，	他力气大啊像只虎，
执辔如组[6]。	手牵缰绳轻柔如丝带。
左手执籥[7]，	左手拿着籥管舞，
右手秉翟[8]。	右手挥动野鸡毛。
赫如渥赭[9]，	舞罢脸红如涂了脂膏，
公言锡爵[10]。	公爷赏酒称赞演得好。
山有榛[11]，	高大的榛树山上长，
隰有苓[12]。	小甘草生在洼地上。
云谁之思？	我心里把谁思又想？
西方美人[13]。	从西来的美男子比谁都强。
彼美人兮，	那个美男子啊，
西方之人兮！	离开西方来到我家乡！

[1] 简：大。这里指身体魁梧高大。

[2] 方将：正要，将要。“方”、“将”二字同义，都是将要之意。万舞：古代的大型舞蹈，包括文舞和武舞两部分。武舞以盾、斧等为道具，是模拟战术的。文舞以雉尾和籥为道具，是模拟翟雉的春情的。

[3] 方中：正中。

[4] 在前上处：在前排的头上。这是领舞人（舞师）的位置。

[5] 硕（shuò）：大。俣俣（yǔ yǔ）：美貌，魁伟之貌。

[6] 辔（pèi）：马缰绳。组：丝带。这里用“组”形容缰绳整齐如一（古代一车四马，共八条缰绳，御者手牵六条），柔缓如丝带，这是善御者的标志。

[7] 籥（yuè）：古代的竹制乐器。这里指舞籥，六孔，类似笛子而长。

[8] 秉（bǐng）：手持。翟（dí）：长尾野鸡。这里指翟的羽毛。

[9] 赫：红而有光的样子。渥（wò）：沾润，染。赭（zhě）：一种红如赭土的颜料。古人用以涂面。

[10] 锡：通“赐”。爵：古代的酒杯。这句意为由于舞师跳得好，所以赏他酒喝。

[11] 榛（zhēn）：木名，似栗而小。

[12] 隰（xí）：低湿的地方。苓（líng）：草名。余冠英说：诗经里凡称“山有□，隰有□”，而以大树小草对举的往往是隐语，以木喻男，以草喻女。这里两句似乎也是这种隐语。

[13] 美人：指舞师。

泉　水

这首诗写远嫁异地的卫国贵族女子，思念家乡而不得回归的忧愁心情。

毖彼泉水[1]，	泉水汩汩流不断，
亦流于淇[2]。	汇入淇水河面宽。
有怀于卫，	家乡卫国叫人多怀念，

靡日不思[3]。	那一天不把它想几遍。
娈彼诸姬[4]，	拉住我那娇美的众姐妹，
聊与之谋[5]。	和她们把回家的事来商谈。
出宿于泲[6]，	出嫁时曾在泲地住过宿，
饮饯于祢[7]。	也曾在祢地饮过饯行酒。
女子有行[8]，	女子出嫁娘家不能留，
远父母兄弟。	远离父母兄弟难再聚首。
问我诸姑，	问我姑姑重相会要多久，
遂及伯姊[9]。	又问姐姐何时还能手拉手。
出宿于干[10]，	回国时可在干地住一宿，
饮饯于言[11]。	先在言地痛饮饯行酒。
载脂载舝[12]，	插上车销子，上好滑润油，
还车言迈[13]。	调转过车儿向前不回头。
遄臻于卫[14]，	快马加鞭直奔卫国国都，
不瑕有害[15]？	该不会有什么坏处不能走？
我思肥泉[16]，	我想念卫水想得没个完，
兹之永叹[17]。	想起来就要为它长嗟叹。
思须与漕[18]，	我还想起那须地和漕邑，
我心悠悠。	我的心更是愁思绵绵。
驾言出游[19]，	坐上车出门去游玩，
以写我忧[20]。	暂且把我的忧愁去排遣。

[1] 毖(bì)：通“泌”，泉水喷涌疾流的样子。泉水：即末章的肥泉。

[2] 淇(qí)：水名。发源于河南省林县东南淇镇东部，经过汤阴县流至淇县，汇入卫河。这两句以泉水流入卫国的淇水，喻自己想回到卫国。

[3] 靡：没有。

[4] 娈(luán)：娇美。诸姬：卫女姓“姬”，诸姬指同姓的女子。古代嫁女时，往往用新娘的妹妹和表妹做陪嫁，诸姬大概是指这些陪嫁的同姓女子。

[5] 聊：姑且。谋：商议。指商量归卫之计。

[6] 泲(jǐ)：卫国都近郊地名(依马瑞辰说)。

[7] 饯(jiàn)：用酒食送行。祢(nǐ)：地名，在卫国境内。这两句是追忆当初从卫国出嫁时所经之路。

[8] 有行：指女子出嫁。

[9] 伯姊：姑伯姊妹。这一章追忆出嫁时的情景。古时嫁女，有姑伯姊妹陪嫁，她们在陪嫁时说些勉励的话，所以嫁女也可向她们问话。

[10] 干：地名。

[11] 言：地名。与上文“干”均在女子所嫁的国境内。这两句是女子设想她回卫国时的路线。

[12] 载：“载……载……”，等于现代汉语的“又……又……”。脂：涂车轴的油。舝(xiá)：又作“辖”，车轴头上的销子，卸车时把销子拔掉，套车时把销子插上。脂、舝都用如动词。

[13] 还车：使车调过头。指返回卫国。迈：行。

[14] 遄(chuán)：疾速。臻(zhēn)：到达。

[15] 不瑕：该不会，疑词(依马瑞辰说)。这句是说该不会有什么害处吧。

[16] 肥泉：即卫水。

[17] 兹：与“此”同，指卫水。之：复指兹。永叹：长叹。

[18] 须、漕：都是卫国的地名。漕：参见《邶风·击鼓》注[3]。在今河南省滑县境内。

[19] 言：语助词。

[20] 写(xiè)：泻除，宣泄。

北门

这首诗写一个差事繁重、生活贫困的小官吏的满腹忧愁和慨叹。

出自北门，	低头走出城北门，
忧心殷殷[1]。	忧愁沉沉压在心。
终窭且贫[2]，	既寒酸来又贫困，
莫知我艰。	没有人知道我艰辛。
已焉哉[3]！	算了吧，算了吧！
天实为之，	老天有意作难我，
谓之何哉[4]！	还有什么可以说！

王事适我[5]，	王爷的差事派我做，
政事一埤益我[6]。	官府的徭役一齐加给我。
我入自外，	我从外进门脚未落，
室人交遍谪我[7]。	家人这个责备那个说。
已焉哉！	算了吧，算了吧！
天实为之，	老天有意作难我，
谓之何哉！	还有什么可以说！

王事敦我[8]，	王爷的差事逼我做，
政事一埤遗我[9]。	官府的劳役一齐加给我。
我入自外，	我从外进门脚未落，
室人交遍摧我[10]。	家人这个讽刺那个说。

已焉哉！　　算了吧，算了吧！
天实为之！　　老天有意作难我，
谓之何哉！　　还有什么可以说！

[1] 殷殷：深忧的样子。

[2] 窭(jù)：穷到无法讲究礼节。

[3] 已焉哉：等于说“算了吧”。

[4] 谓之何：说他什么。

[5] 王事：指君王委派的差事和劳役。适(zhì)：通“擿”，投，投掷。

[6] 政事：指官府委派的差事和劳役。一：一概，全部。埤(pí)：堆积，增加。益：加。

[7] 室人：家里的人。交：轮番。遍：全，都。谪(zhé)：谴责，责怪。

[8] 敦：与“擿”同义，投掷。

[9] 遗(wèi)：加，与上文“益”同。

[10] 摧：谓刺讥之言。

北　风

这首诗写卫国政治暴虐，国人不堪忍受，相约及早逃走。

北风其凉，　　寒冷的北风怒吼发狂，
雨雪其雱[1]。　　漫天的大雪纷纷扬扬。
惠而好我[2]，　　善良而相亲的朋友们啊，
携手同行[3]。　　我们一块儿投奔他乡。
其虚其邪[4]，　　再不能这样徘徊彷徨，
既亟只且[5]！　　形势紧迫大祸就要临降！

北风其喈[6]，　　疾速的北风凛冽寒冷，
雨雪其霏[7]。　　漫天的大雪下得正猛。
惠而好我，　　善良而相亲的朋友们啊，
携手同归[8]。　　我们一块儿去奔前程。
其虚其邪，　　再不能这样徘徊彷徨，
既亟只且！　　眼看灾难就要临降！

莫赤匪狐，　　红色的狐狸在眼前奔忙，
莫黑匪乌[9]。　　黑色的乌鸦在耳边叫响。
惠而好我，　　善良而相亲的朋友们啊，
携手同车[10]。　　咱们一块儿乘车向外逃亡。
其虚其邪，　　再不能这样徘徊彷徨，
既亟只且！　　眼看灾难就要临降！

[1] 雨：动词，降。其：那样。下章两个“其”同此。雱（pāng）：通“滂”，形容雪大。这两句是用风雪喻虐政。

[2] 惠而好我：性情和善而又喜欢我的人。惠：爱，指性情和善。

[3] 同行（háng）：同路。行：道路。这句是说我们同路离开这里。

[4] 其：语气词，加强反问语气，等于“岂”。虚：通“舒”。邪：一本作徐，缓慢。“虚”、“邪”同义，都是缓慢之意。

[5] 既：已经。亟：急。只、且（jū）：语气词。这两句意为形势已经很急啦，还能这样从容不迫吗？

[6] 喈：疾速的样子。

[7] 其霏（fēi）：即霏霏，同纷纷，形容雨雪下得很大。

[8] 同归：与“同行”同义。

[9] 狐、乌：古人认为狐狸、乌鸦都是不祥之物。看到的都是这些东西，说明国势危乱。又用狐狸、乌鸦喻执政者，他们都是一群坏人。

[10] 同车：与“同行”义同。

静　女

这是一首写男女幽会赠送信物的民间情歌。

静女其姝[1]，	那个姑娘温柔又漂亮，
俟我于城隅[2]。	这会儿等我在角楼上。
爱而不见[3]，	淘气逗玩她躲在一旁，
搔首踟蹰[4]。	急得我搔头皮徘徊彷徨。
静女其娈[5]，	那个姑娘温柔又好看，
贻我彤管[6]。	送我一把红色草管管。
彤管有炜[7]，	亮晶晶的草管红艳艳，
说怿女美[8]。	我爱这红管颜色鲜。
自牧归荑[9]，	从郊外给我摘来嫩茅草，
洵美且异[10]。	嫩茅草与众不同实在好。
匪女之为美[11]，	不是这茅草长得有多好，
美人之贻！	因为是美人送的才当成宝！

[1] 静女：即淑女（依马瑞辰说）。其：这样。姝（shū）：美丽，美好。

[2] 俟（sì）：等候。城隅：城角，指城根偏僻空旷的地方。

[3] 爱：通“薆”。隐藏。

[4] 搔（sāo）：挠。踟蹰（chí chú）：徘徊不定，走来走去。

[5] 娈（luán）：见《邶风·泉水》注[4]。

[6] 贻(yí)：赠送。彤(tóng)管：历来学者说法不一。一说是草，红色，管状，就是下文的“荑”，较妥。

[7] 有：词头。炜(wěi)：红光鲜明。

[8] 说：见《召南·草虫》注[8]。怿(yì)：喜欢。女：同“汝”，指“彤管”。

[9] 牧：郊外。归(kuì)：通“馈”，赠给。荑(tí)：初生的茅，与上文“彤管”同。

[10] 洵(xún)：确实。异：出奇。

[11] 匪：同“非”。见《邶风·柏舟》注[8]。这两句是说并不是彤管美，而是因为这是美人送的，所以才觉得美。

新　台

这是一首讽刺卫宣公荒淫无耻的诗。卫宣公为儿子伋娶齐女为媳，当他得知齐女容貌美丽，便改变主意，在黄河岸边修了一座新台，把齐女娶来给自己做了老婆。卫国人民对卫宣公的这一荒淫无耻的丑行，进行了辛辣的讽刺。

新台有泚[1]，	新台富丽亮光光，
河水瀰瀰[2]。	黄河水大快要涨岸上。
燕婉之求[3]，	心想嫁个英俊的美少年，
籧篨不鲜[4]。	谁知嫁了个癞蛤蟆丑得不像样。
新台有洒[5]，	新台高耸色彩鲜艳，
河水浼浼[6]。	黄河水大涨到岸边。
燕婉之求，	心想嫁个英俊的美少年，
籧篨不殄[7]。	谁知嫁了个癞蛤蟆丑得没眉眼。

鱼网之设，　　撒下鱼网便把鱼儿盼，
鸿则离之[8]。　　谁知癞蛤蟆落在网里边。
燕婉之求，　　心想嫁个英俊的美少年，
得此戚施[9]！　　却嫁了个鸡胸驼背汉！

[1] 泚(cǐ)：通“玼”，鲜明的样子。

[2] 瀰瀰(mí mí)：形容水势盛大的样子。

[3] 燕婉：仪态安详温顺，谓称心如意。燕：安。婉：顺。

[4] 籧篨(qú chú)：《毛传》释为有丑疾不能俯身的人。闻一多先生考订是蛤蟆、蟾蜍一类的东西。鲜：漂亮。

[5] 洒(cuǐ)：高峻的样子。一说“洒”通“洗”，鲜明的样子，亦通。

[6] 浼浼(měi měi)：水势盛大。与“瀰瀰”同义。

[7] 殄(tiǎn)：通“腆”，美好。

[8] 鸿：是“苦蠪”的合音，即蛤蟆、蟾蜍。离：通“罹”。陷入。

[9] 戚施：也是蛤蟆。

二子乘舟

这是一首写母亲挂念远行在外的儿子的诗。

二子乘舟，　　两个孩子乘上船，
泛泛其景[1]。　　飘荡江河路辽远。
愿言思子[2]，　　儿子远行娘思念，
中心养养[3]。　　想前思后心不安。

二子乘舟，　　两个孩子乘上船，
泛泛其逝[4]。　　飘荡江河到天边。

愿言思子，　　　　儿子远行娘思念，
不瑕有害[5]？　　　　该不会碰上灾和难？

[1] 泛泛：漂浮的样子。景：远行的样子(依马瑞辰说)。

[2] 愿：每。

[3] 养养(yàng yàng)：忧愁而心神不定的样子。

[4] 逝：去。

[5] 不瑕：见《邶风·泉水》注[15]。

鄘[1] 风

柏 舟

这首诗写一个少女看中了那个头发分披的青年，她不顾母亲的阻挠，立誓要嫁给他。

泛彼柏舟，	荡着那柏木小舟，
在彼中河。	让它在河中飘流。
髧彼两髦[2]，	那头发分披的青年，
实维我仪[3]。	才是我心中的好配偶。
之死矢靡它[4]。	我发誓到死不另求。
母也天只[5]！	母亲啊，天啊！
不谅人只[6]！	我的心事你怎么看不透！
泛彼柏舟，	荡着那柏木小船，
在彼河侧。	让它飘流在河岸边。
髧彼两髦，	那头发分披的青年，
实维我特[7]。	才是我的好侣伴。
之死矢靡慝[8]。	我发誓到死心不变。
母也天只！	母亲啊，天啊，
不谅人只！	我的心事你为啥看不见！

[1] 鄘(yōng)：国名,故地在今河南省汲县一带,是周武王的弟弟管叔的封地,后并入卫国。

[2] 髧(dàn)：头发下垂的样子。两髦(máo)：男子未成年时的发式。是把披着的头发从中分开,梳向两边,下齐眉毛,叫作"两髦"。

[3] 维：句中语气词。仪：配偶。

[4] 之：至,到。矢：誓。靡：没有。它(tuō)：指示代词,后多写作"他"。这句是说一直到死誓无他心。

[5] 只：语气词,表示感叹。

[6] 谅：体谅,谅察。

[7] 特：配偶。

[8] 慝(tè)：通"忒(tè)",改变,更改。

墙有茨

这是一首讽刺卫国统治者荒淫无耻的诗。卫宣公娶媳为妻(见《邶风·新台》),宣公死后,他的妻子宣姜与庶长子公子顽私通,卫国人作了这首诗来讽刺他们。

墙有茨[1],	墙头上的蒺藜,
不可埽也[2]。	扫也扫不完。
中冓之言[3],	卫国宫中的肮脏事,
不可道也[4]。	真是没法谈。
所可道也[5],	要是说出那些话儿呀,
言之丑也。	说了出来真丢脸。
墙有茨,	墙头上的蒺藜,
不可襄也[6]。	除也除不完。

中冓之言，　　　　卫国宫中的肮脏事，
不可详也[7]。　　　不能细细谈。
所可详也，　　　　要是详细把它谈，
言之长也。　　　　谈起丑事讲不完。

墙有茨，　　　　　墙头上的蒺藜。
不可束也[8]。　　　捆也捆不完。
中冓之言，　　　　卫国宫中的肮脏事，
不可读也[9]　　　　不能公开传。
所可读也，　　　　要是公开地传出去，
言之辱也[10]。　　传说了出去真丢脸。

[1] 茨(cí)：蒺藜。

[2] 埽：同“扫”。扫除。

[3] 中冓之言：指内室中的淫言秽语。中冓(gòu)：内室，密室。冓，“構”的古字。

[4] 道：说。

[5] 所可道也：可说的话呀。

[6] 襄：除去。

[7] 详：细说。

[8] 束：谓成捆地除掉。

[9] 读：诵言(依朱熹说)。意为“公开地说出来”。

[10] 辱：耻辱，羞辱。

君子偕老

这是一首讽刺卫宣公夫人宣姜的诗。诗人以其容貌服饰之美，来反衬其道德品行之丑恶。

君子偕老[1]，	那位男子终身的好侣伴，
副笄六珈[2]。	发髻上插着美玉簪。
委委佗佗[3]，	走起路来从容潇洒，
如山如河。	稳重得像山川河流一样平坦。
象服是宜[4]，	华丽的外服合身段，
子之不淑[5]，	可是品德不善良、心地不宽，
云如之何。	说起她来真使人不安。
玼兮玼兮[6]，	那鲜艳明亮的花纹，
其之翟也[7]。	是绘在她衣上的野鸡毛。
鬒发如云[8]，	那光亮如云的黑发，
不屑髢也[9]。	不戴假发也格外美好。
玉之瑱也[10]，	宝玉耳瑱随步轻摇，
象之揥也[11]，	象牙搔头插在后脑，
扬且之晳也[12]。	雪白的脸蛋花样的容貌。
胡然而天也[13]！	真像神女一样美丽！
胡然而帝也[14]！	真像天仙一样妖娆！
瑳兮瑳兮[15]，	那美丽、鲜艳的光采，
其之展也[16]。	是她那红纱外衣耀人眼。
蒙披绉絺[17]，	外披一件绸葛衫，
是绁袢也[18]，	贴身的内衣穿里边。
子之清扬[19]，	明媚的眼睛光闪闪，

扬且之颜也[20]。　　桃花似的脸蛋儿娇艳艳。
展如之人兮[21]，　　这样的美人儿啊，
邦之媛也[22]。　　是倾城倾国的天仙。

[1] 君子：指丈夫。偕老：相偕到老。这里指丈夫的终身伴侣。

[2] 副：通"髻(fù)"。编发做成的假髻叫髻，是王后和诸侯夫人等贵族妇女的一种装饰。笄(jī)：发笄，横插的簪子，用来插住挽起的头发。诗中指用笄把髻别在头上。珈(jiā)：加在笄上的玉饰。装饰有珈的笄是笄中最华丽贵重的一种。玉饰的数量不一，六珈是侯伯夫人所用。

[3] 委委佗佗(wēi wēi tuó tuó)：雍容自得的样子。

[4] 象服：即绘有各种物象图案的外服。是王后和诸侯夫人的服饰。宜：合适。

[5] 不淑：行为不好，行为不端。

[6] 玼(cǐ)：鲜明的样子。

[7] 翟(dí)：见《邶风·简兮》注[8]，这里指衣服上所绘的野鸡。

[8] 鬒(zhěn)：黑头发。

[9] 不屑：不用。髢(tì)：装衬假发。

[10] 瑱(tiàn)：垂在横笄两端与耳齐的玉叫瑱。

[11] 象：象牙。揥(tì)：古代妇女的一种类似簪子的首饰，又叫"搔头"。

[12] 扬：指眉毛及其上下部分。泛指脸。且：语助词。皙(xī)：白。

[13] 胡然：怎么这样。这句和下句是说：她服饰华丽，容貌娇美，使观者惊奇她怎么这样像天上神女一样。

[14] 帝：指天帝、上帝。

[15] 瑳(cuō)：鲜明的样子。

[16] 展：通"襢"(zhàn)。古代后妃及命妇的一种礼服，是红縠(hú)单衣。

[17] 蒙：覆、披。绉絺(zhòu chī)：细葛布。

[18] 绁(xiè)：通"亵(xiè)"，内衣。袢(fán)：内衣。

[19] 清扬：眼睛明亮的样子。

[20] 颜：指红颜。

[21] 展：诚。

[22] 媛(yuàn)：美女。

桑 中

这是一首写男女密约相会的民间情歌。

爰采唐矣[1]？	到哪里去把女萝采？
沬之乡矣[2]。	到那朝歌城郊外。
云谁之思？	我的心里把谁想？
美孟姜矣[3]。	美丽的孟姜让人爱。
期我乎桑中[4]，	她约我桑林中来相会，
要我乎上宫[5]，	邀我在上宫叙心怀，
送我乎淇之上矣。	送我到淇水才分开。

爰采麦矣？	到哪里去把麦苗采？
沬之北矣[6]。	到那沬乡北郊外。
云谁之思？	我的心里把谁想？
美孟弋矣。	美丽的孟弋让人爱。
期我乎桑中，	她约我桑林中来相会，
要我乎上宫，	邀我在上宫叙心怀，
送我乎淇之上矣。	送我到淇水才分开。

爰采葑矣[7]？	到哪里去把蔓菁采？
沬之东矣。	到那沬乡东郊外。
云谁之思？	我的心里把谁想？

美孟庸矣。　　美丽的孟庸让人爱。
期我乎桑中，　　她约我桑林中来相会，
要我乎上宫，　　邀我在上宫叙心怀，
送我乎淇之上矣。　　送我到淇水才分开。

[1] 爰(yuán)：於焉的合音，在何处。唐：一种蔓生的植物，又名蒙，今称女萝或菟丝。

[2] 沬(mèi)：卫国的邑名，在商代的国都朝歌之郊，今河南省淇县南。

[3] 孟姜：女子的名字。孟：兄弟姊妹的排行有时用孟、仲、叔、季做次序，孟是老大。姜：姓。下两章中“孟弋”、“孟庸”的形式与此相同。孟姜、孟弋(yì)、孟庸所指实为一人，为了押韵而变换字面，不是分指三人。

[4] 期：约。乎：同“于”。桑中：即桑树林中。古时卫地多桑。

[5] 要(yāo)：邀约，邀请。今写作“邀”。上宫：楼名。

[6] 沬之北：沬邑的北面。下章“沬之东”仿此。诗人通过地点的变化，表现了不止一次的约会。

[7] 葑：见《邶风 · 谷风》注[4]。

鹑之奔奔

一位女子像尊敬兄长一样地敬重她的丈夫，但丈夫却变了心。这女子看到那双双对对的鹑、鹊，便怒斥这负心男子连鹑、鹊也不如。一说这是卫人讽刺宣姜及公子顽败坏伦常、丧尽良心之诗。

鹑之奔奔[1]，　　鹌鹑对对相亲，
鹊之强强[2]。　　喜鹊双双飞翔。
人之无良[3]，　　我把你当兄长，
我以为兄[4]。　　你却坏了心肠。

鹊之强强，	喜鹊双双飞翔，
鹑之奔奔。	鹌鹑对对相亲。
人之无良，	我把你当君子，
我以为君[5]。	你却丧尽了良心。

[1] 鹑(chún)：鸟名，即鹌鹑。体形象小鸡，头小尾短，赤褐色，有黄白色的条纹。奔奔：形容鹑鸟居住时有固定的配偶，起飞时相随在一块。

[2] 强强(jiāng jiāng)：与“奔奔”意同。

[3] 良：善。

[4] 这句和上一句可看作“倒装”，意思是：我把你当作兄长，你却没有良心。

[5] 君：“君子”的省称。

定之方中

这是一首歌颂卫文公的诗。公元前六六〇年，狄人灭卫。在齐桓公的帮助下，新立的卫文公率领遗民在楚丘重建都市宫室，勤俭治国，致使百姓安居，国家兴盛。这首诗就反映了当时的情况。

定之方中[1]，	“营室”星儿升在天正中，
作于楚宫[2]。	文公在楚丘重建新宫。
揆之以日[3]，	用日影把方位来测定，
作于楚室。	文公在楚丘重筑新城。
树之榛栗[4]，	栽上榛树和栗树，
椅桐梓漆[5]。	并把椅、桐、梓、漆种。
爰伐琴瑟[6]。	制作琴瑟就有好材用。

升彼虚矣[7]，　　登上那荒凉的漕城，
以望楚矣。　　来把那楚丘眺望。
望楚与堂[8]，　　远看那楚丘和堂邑，
景山与京[9]。　　还有那大山与高冈。
降观于桑[10]，　　下来又去看那一片桑林，
卜云其吉[11]，　　占卜说是十分吉祥，
终然允臧[12]。　　果真是最理想的地方。

灵雨既零[13]，　　好雨降过空气鲜，
命彼倌人[14]。　　喊声小倌人来身边。
星言夙驾[15]，　　雨停星出趁早驾车，
说于桑田[16]。　　歇息要去那桑树田间。
匪直也人[17]，　　那勤劳正直的人啊，
秉心塞渊[18]，　　持心踏实谋深远，
騋牝三千[19]。　　大马、母马有了三千。

[1] 定：星名，二十八宿之一，即室宿。古人营建宫室以定星为准确定方位，故称定星，又称“营室星”。方中：正好在正中。指定星每年小雪前后于黄昏时在正南出现，古人建宫多在这时开始。《国语·周语》：“营室之中，土功其始。”

[2] 于：当读成“为”。古音“于”与“为”通（见《经义述闻》）。楚：楚丘。在今河南省濮阳县西南。据《春秋》载，卫文公于公元前六六二年夏历十一月（周历正月）修筑楚丘城。

[3] 揆（kuí）：测量。日：日影。这句是说根据日影来测定方位。

[4][5] 这两句实为一句。古制建国时凡是庙、朝、坛、壝、宫、府，都要种植名木。树：动词，栽种。榛（zhēn）、栗、椅（yī）、桐、梓（zǐ）、漆：都是树名。榛、栗的果实可供祭祀。

[6] 这句是承“椅桐梓漆”一句来说的，说明种树的目的，表现了卫国遗民对美好未来的向往。意思是现在种树，将来就可以伐木制造琴瑟。（古代制琴瑟用桐木或椅木为材，梓木做装饰，漆树的漆可油漆。）

[7] 虚：漕虚，卫国的地名。卫国被狄灭后，五千多遗民在宋国的帮助下，连夜渡河，栖居在这里。

[8] 堂：地名，楚丘有堂邑。

[9] 景山：大山。京：高丘。这句紧接上句，“景山与京”仍是“望”的宾语。

[10] 降：下来。桑：指桑田。这句意为从高处下来观察地势，选择那适宜种桑并可以住人的地方。

[11] 卜(bǔ)：在龟甲上钻孔，用火炙烤，根据龟甲上烧出的裂纹来判断吉凶。古人定居、营建宫室要问卜。

[12] 终：最后，结果。允臧：确实很好。允：确实、果真。臧：好、善。这一章是追叙筑城之前考察地形占卜抉择的情况。

[13] 灵雨：好雨。灵：好。零：雨徐徐而下。

[14] 倌(guān)人：负责驾车的小臣。

[15] 星：雨止星现叫“星”。

[16] 说(shuì)：通“税”，舍止，歇息。

[17] 匪：通“彼”，那人。指卫文公。

[18] 塞渊：见《邶风·燕燕》注[11]。

[19] 騋(lái)：大马。七尺以上的马叫騋。牝(pìn)：指母马。《左传·僖公二年》：“文公大布之衣，大帛之冠，务财训农，通商惠工，敬教劝学，授方任能。元年革车三十乘，季年乃三百乘。”与此诗所说相同。这里是通过马的蕃息来表现国家的兴盛。

蝃　蝀

这首诗写丈夫变心，妻子感叹自己已远嫁出门，没有亲人，悲愤地斥责那无情的男子。

蝃蝀在东[1]，	彩虹出现在东方天际，
莫之敢指[2]。	没有人敢指敢议。
女子有行[3]，	我自从出嫁离了家门，
远父母兄弟。	就远离了父母兄弟。
朝隮于西[4]，	早晨西方出彩虹，
崇朝其雨[5]。	大清早儿雨濛濛。
女子有行，	我自从出嫁离了家门，
远兄弟父母。	就远离了娘家父兄。
乃如之人也，	他竟是这样的人，
怀昏姻也[6]！	又想重新去结婚！
大无信也[7]，	大大地不守信用，
不知命也[8]！	哪管天理不天理！

[1] 蝃蝀(dì dōng)：虹。又作“螮蝀”。

[2] 莫：没有谁。

[3] 有行：见《邶风·泉水》注[8]。《诗经》中的“有行”，是女子自言出嫁，与“于归”义同而用法有别。

[4] 朝隮：早晨的彩虹。太阳初出时出现在西方，是下雨的迹象。隮(jī)：虹。

[5] 崇朝：即终朝，从天亮到早饭时叫终朝。崇：通“终”。雨(yù)：下雨。

[6] 怀：想。昏：“婚”的古字。见《邶风·谷风》注[13]。

[7] 无信：没有信用。指不守订婚时的诺言。

[8] 命：天命，正理。这两句含有诅咒之意，意思是：他不守信用，不管天理，必将受到惩罚。

相　鼠

这是一首怒斥在位者荒淫无耻的诗。诗中说这些家伙连老鼠都不如，充分表现了诗人对在位者的鄙视和痛恨。

相鼠有皮[1]，	看那老鼠还有一张皮，
人而无仪[2]。	做人却可以无礼仪。
人而无仪，	做人如果无礼仪，
不死何为？	还不如早早死去待怎的？
相鼠有齿，	看那老鼠还有牙齿，
人而无止[3]。	做人却可以无羞耻。
人而无止，	做人如果无羞耻，
不死何俟？	不早死去还待何时？
相鼠有体[4]，	看那老鼠还有肢体，
人而无礼。	做人却可以不讲礼。
人而无礼，	做人如果不讲礼，
胡不遄死[5]？	何不快死埋进土里？

[1] 相(xiàng)：看。动词。

[2] 仪：礼仪。

[3] 止：指人的仪态举止。

[4] 体：肢体。

[5] 胡：为什么。遄(chuán)：快。

干旄

旧说这是一首赞美卫文公群臣乐于招贤纳士的诗。

孑孑干旄[1]，	旄旗高高车后插，
在浚之郊[2]。	来到浚邑城郊下。
素丝纰之[3]，	车子四周挂丝帷，
良马四之[4]。	四匹骏马拉着它。
彼姝者子[5]，	那个贤能的人啊，
何以畀之[6]？	你用什么教益报答人家？
孑孑干旟[7]，	鹰旗高高车后插，
在浚之都[8]。	来到浚邑小城下。
素丝组之，	车子四周罩丝帷，
良马五之。	五匹骏马拉着它。
彼姝者子，	那个贤能的人啊，
何以予之？	你用什么贡献报答人家？
孑孑干旌[9]，	旌旗高高车后插，
在浚之城[10]。	来到浚邑都城下。
素丝祝之，	车上四周系丝帷，
良马六之。	六匹良马拉着它。
彼姝者子，	那个贤能的人啊，
何以告之？	你用什么高论报答人家？

[1] 孑孑(jié jié)：特出的样子。干(gān)：通"竿"。旗竿。旄(máo)：旄牛尾。干旄：指将旄牛尾系在旗竿上端作为装饰。车后插这种旗，是古代聘贤招士的一种标志。下两章"干旟"、"干旌"同此。

[2] 浚(jùn)：卫邑名。在今河南濮阳县南。

[3] 纰(pí)：织组，即编织丝条幅。这句是说用编织的丝条幅，缝在车子四周作为车帷。下两章"组"、"祝"义同。之：代词，代车。

[4] 良马四之：用四匹良马拉它(车)。下文"良马五之"、"良马六之"义同此。

[5] 姝：和顺的样子。子：指贤能的人。

[6] 畀(bì)：给。这句的"之"代求贤的人。

[7] 旟(yú)：古代的一种旗，上面画有鸟隼(一种凶猛的鸟)的图案。

[8] 都：下邑，指大城远郊的小城。

[9] 旌(jīng)：古代的一种旗，旗竿头上除装饰有旄牛尾外，下边还以野鸡羽毛为装饰。

[10] 城：都城。诸侯封邑大的，都可叫都城。

载　驰[1]

卫国被狄灭后，在宋国的帮助下，卫国遗民在漕邑安居了下来，并且立了新君卫戴公。戴公的妹妹许穆夫人赶来慰问。她为卫国谋划，主张去向大国求援。可是许国的大夫们反对她的这些行动，赶来阻拦。这就引起了她的满腹忧愤。

载驰载驱[2]，	车马奔驰不停留，
归唁卫侯[3]。	回国慰问我卫侯。
驱马悠悠[4]，	挥鞭驱马路遥遥，
言至于漕[5]。	踏进国土来到漕。
大夫跋涉[6]，	大夫们跋涉劝阻我，

我心则忧。	我心怎能不忧愁。
既不我嘉[7]，	你们纵然不同意，
不能旋反[8]。	我也不能就回去。
视尔不臧[9]，	看你们对我都埋怨，
我思不远？	难道我考虑得不深远？
既不我嘉，	纵然你们不同意，
不能旋济[10]。	我也不能就停止。
视尔不臧，	看你们与我心不同，
我思不闷[11]？	难道我想得不慎重？
陟彼阿丘[12]，	登上那阿丘的高岗，
言采其蝱[13]。	采摘贝母解愁肠。
女子善怀[14]，	女人虽然易伤感，
亦各有行[15]。	各人自有各人的主张。
许人尤之[16]，	许国大夫埋怨我，
众稚且狂[17]。	真是幼稚又狂妄。
我行其野，	我漫步在卫国的田野上，
芃芃其麦[18]。	麦苗儿茂盛青苍苍。
控于大邦[19]，	要向大国去控诉，
谁因谁极[20]？	看可以靠谁来救亡？
大夫君子[21]，	大夫们一副君子相，

无我有尤[22]。	不要怨我也别阻挡。
百尔所思[23]，	你们千百个主意，
不如我所之[24]。	也不如我决定的方向。

[1] 相传此诗是许穆夫人所作。《左传·闵公二年》："许穆夫人赋《载驰》。"

[2] 载：动词词头。驰：车马疾行。驱：赶马。

[3] 唁(yàn)：吊丧事叫唁，吊失国也叫唁。这句的"归唁"是慰问戴侯的意思。卫侯：指卫戴侯。

[4] 悠悠：形容道路漫长遥远。

[5] 漕：见《鄘风·定之方中》注[7]。

[6] 大夫：指尾随来漕劝说许穆夫人回去的许国诸臣。跋涉："草行曰跋，水行曰涉"。跋山涉水，形容路途艰苦。

[7] 不我嘉：即不以我的主张为善。嘉：善。许穆夫人主张联合大国(主要是齐国，参见《鄘风·定之方中》)助卫抗狄。

[8] 旋：马上。反："返"的古字，返回。

[9] 视：看。臧：善。连下句意为：看你们不同意我的主张，难道我考虑得不深远吗？

[10] 济：止。《尔雅·释天》："济谓之霁。""霁"是雨止的意思，所以这里"济"作"止"解。

[11] 闷(bì)：通"毖"，谨慎(依余冠英说)。

[12] 阿丘：四边高中间低的山叫丘。一边偏高就叫阿丘。

[13] 蝱(méng)：通"莔(méng)"，药草名，即贝母。

[14] 善怀：等于说"多愁易感"。

[15] 各有行：意为各有各的道路、主张。

[16] 尤：埋怨、责备。

[17] 众：见《邶风·燕燕》注[12]。

[18] 芃芃(péng péng)：草茂盛的样子。

[19] 控：走告，控诉。大邦：大国。

[20] 因：亲，亲近；因依，依靠。极：通"亟"，急速。这句是说，谁和卫国

相亲,谁就会急卫国之难。

[21] 大夫:指许国的大夫。

[22] 无:通“毋”,表示禁止,不要。有:动词词头。

[23] 尔:你们。

[24] 之:往。

卫[1] 风

淇 奥

这首诗是赞美一位庄重、威严而有文采的君子的。

瞻彼淇奥[2]，	看那淇水长长河湾多，
绿竹猗猗[3]。	绿竹如林舞婆娑。
有匪君子[4]，	那有文采的君子啊，
如切如磋[5]，	像骨角经过切磋，
如琢如磨[6]，	像玉石经过琢磨。
瑟兮僩兮[7]！	庄重啊，威严啊！
赫兮咺兮[8]！	威武啊，显赫啊！
有匪君子，	那有文采的君子，
终不可谖兮[9]！	永远不会把你忘却！

瞻彼淇奥，	看那淇水长长河湾广，
绿竹青青[10]。	绿竹青青多茁壮。
有匪君子，	那有文采的君子啊，
充耳琇莹[11]，	玲珑宝石镶嵌耳环，
会弁如星[12]。	帽边的美玉闪闪发亮。
瑟兮僩兮！	庄重啊，威严啊！
赫兮咺兮！	威武啊，显赫啊！

有匪君子，	那有文采的君子，
终不可谖兮！	永远不会把你遗忘！
瞻彼淇奥，	看那淇水长长河湾低，
绿竹如箦[13]。	绿竹成棚长得密。
有匪君子，	那有文采的君子啊，
如金如锡[14]，	像提炼出的纯金真锡，
如圭如璧[15]。	像雕琢好的玉圭玉璧。
宽兮绰兮[16]！	宽厚啊，宏雅啊！
猗重较兮[17]！	他靠着饰金的车较！
善戏谑兮[18]，	善于说那风趣话，
不为虐兮[19]！	但从不过分有伤大雅！

[1] 卫：国名，故地在今河南北部与河北南部。是周武王的弟弟康叔的封地。

[2] 淇：河名，在今河南省淇县。奥（yù）：通“澳”，水边弯曲的地方。

[3] 绿竹：淇地竹多，至汉代仍如此。所以有“淇园之竹”的说法。猗猗（yī yī）：形容竹子美好而茂盛的样子。

[4] 匪：通“斐”，有文采的样子。

[5] 切（qiē）：本指用刀切骨头。磋（cuō）：又作瑳。本指磨磋象牙。切磋：引申为在学习上研讨相正。

[6] 琢（zhuó）：治玉叫琢。磨：治石叫磨。琢磨：本指琢磨玉石，后比喻品德或文章的砥砺修饰。“切”、“磋”、“琢”、“磨”都是动词。

[7] 瑟（sè）：庄重的样子。僩（xiàn）：威严的样子。

[8] 赫（hè）：威武的样子。咺（xuān）：通“宣”，威仪显著的样子。以上五句都是用玉来比喻君子。

[9] 谖（xuān）：忘记。通“萱”，萱草，即黄花菜、金针菜，相传是令人忘忧之草。

[10] 青青：植物青壮茂盛的样子。

[11] 充耳：即“瑱”(tiàn)，见《鄘风·君子偕老》注[10]。琇(xiù)莹(yíng)：都是类似玉的美石。古时天子的瑱用玉，诸侯的用石。

[12] 这句是说弁两边的缝合处用玉装饰，像星光闪闪。弁(biàn)：古时贵族用的一种束发的皮帽。会(kuài)：缝中，缝隙。

[13] 箦(zé)：栈棚(依闻一多说)。比喻竹子极多而茂密。

[14] 金、锡：比喻君子锻炼得精纯。

[15] 圭(guī)：古玉器，长形，上端呈三角状，是贵族朝聘、祭祀、丧葬时用的礼器。璧：古玉器，平圆形，正中有小圆孔。圭、璧，比喻君子已经学成。

[16] 宽：与“绰”同为宽裕宏雅的样子。

[17] 猗：通“依”，靠。较(jué)：车厢两旁高出“轼”上的部分。古人乘车时是站着的，身体可以依靠在较上，所以“较”又称作“输”(yǐ)。较上装饰一种金质的曲钩，从车前看去，形状像向外翻着的两耳，因而又叫“辎”或“耳”。装饰有“耳”的“较”叫重较。

[18] 戏谑(xuè)：开玩笑。

[19] 虐：甚，过分。不为虐：即不过分。

考槃

这是一首描写隐士生活的诗。

考槃在涧[1]，	悠然隐居山溪旁，
硕人之宽[2]。	身材高大心宽畅。
独寐寤言，	睡醒后独自把话讲，
永矢弗谖[3]。	这乐趣永远不会忘。
考槃在阿[4]，	悠然隐居在山坡，
硕人之薖[5]。	身材高大心欢乐。

独寐寤歌，	睡醒后独自唱山歌，
永矢弗过[6]。	这隐居的志气永不消磨。
考槃在陆[7]，	悠然隐居在山冈，
硕人之轴[8]。	身材高大心坦荡。
独寐寤宿，	睡醒后独自床上躺，
永矢弗告。	发誓隐居无限长。

[1] 考槃：谓成德乐道。这里是隐居的意思。考：成，成就。槃(pán)：通“般”，乐，快乐。

[2] 硕人：指隐者。硕：大。宽：指心情宽畅。

[3] 矢：通“誓”。谖(xuān)：参见《卫风·淇奥》注[9]。

[4] 阿(ē)：山的转弯处。

[5] 薖(kē)：宽大的样子。

[6] 过：越过。弗过：谓不与人过往，不逾越隐居的生活。

[7] 陆：高而平的地叫陆。

[8] 轴：本指旋转之物(车轴)，引申为旋转、回旋。这里是盘桓不行的意思，也就是隐居的意思。

硕　人

这是一首赞美卫庄公夫人庄姜的诗。着力刻画了齐侯之女卫侯之妻庄姜的高贵美丽及其出嫁盛况，开后世描摹美人之先河。

硕人其颀[1]，	好个美人儿苗条细长，
衣锦褧衣[2]。	麻纱罩衫披在锦衣上。
齐侯之子[3]，	她是齐庄公的闺女，

卫侯之妻[4]，	是卫庄公的新娘，
东宫之妹[5]，	是齐太子的亲妹，
邢侯之姨[6]，	是邢侯的小姨娘，
谭公维私[7]。	谭公是她的亲姐丈。
手如柔荑[8]，	她双手像茅草芽一般白嫩，
肤如凝脂[9]，	皮肤像脂膏那样光润，
领如蝤蛴[10]，	脖子像蝤蛴似的粉白，
齿如瓠犀[11]。	牙齿像瓠瓜子一样均匀。
螓首蛾眉[12]，	方正的前额有一对弯弯眉，
巧笑倩兮[13]，	带有酒窝儿的微笑真美丽，
美目盼兮[14]。	秋波映动流露出无限情意。
硕人敖敖[15]，	看那美人儿身材细高，
说于农郊[16]。	停车休息在那城郊。
四牡有骄[17]，	驾车的四马多矫健，
朱幩镳镳[18]，	衔边的红绸迎风展，
翟茀以朝[19]。	她乘坐饰满雉羽的华车去上朝。
大夫夙退[20]，	诸位大臣们早告退，
无使君劳。	别让新婚的国君太操劳。
河水洋洋[21]，	黄河水浩浩荡荡，
北流活活[22]。	滔滔奔腾流向北方。
施罛濊濊[23]，	撒网入水沙沙作响，
鳣鲔发发[24]。	黄鱼鳝鱼蹦跳乱闯。

葭菼揭揭[25]， 密密的芦苇又高又长，
庶姜孽孽[26]， 姜家的妇女盛服浓妆，
庶士有朅[27]。 随从的男子威武雄壮。

[1] 硕人：指庄姜。《左传·隐公三年》："卫庄公娶于齐东宫得臣之妹，曰庄姜，美而无子，卫人所为赋《硕人》也。"硕：见《卫风·考槃》注[2]。颀(qí)：身长的样子。古代男女都以身材高大修长为美。

[2] 衣(yì)：用如动词，穿。锦：指锦衣，即有彩色花纹的丝绸衣服。褧(jiǒng)衣：用麻布缝制的单罩衣，女子出嫁时穿在外面来遮尘土。

[3] 齐侯：齐庄公。子：女儿。古代男孩女孩都叫"子"。

[4] 卫侯：卫庄公。

[5] 东宫：太子所住的宫，指齐太子得臣。这句是说庄姜和太子得臣是一母所生，表明她是嫡出，身份高贵。

[6] 邢：国名，在今河北省邢台。姨：妻的姐妹。

[7] 谭：国名。故地在今山东省历城县东南。维：是。私：女子称姊妹的丈夫叫私。

[8] 柔荑：柔软而白皙的荑草嫩芽。荑(tí)：初生的茅。

[9] 凝脂：凝结的脂肪，其色白亮光滑。

[10] 领：脖子。蝤蛴(qiú qí)：天牛的幼虫，色白而长。比喻庄姜的脖子洁白而长。

[11] 瓠(hù)：瓠子，葫芦类的植物。犀：瓠瓜的子儿。因为它又白又长，而且排列整齐，所以用来形容庄姜的牙齿整齐洁白。

[12] 螓(qín)：一种昆虫，形状像蝉，但比蝉小，它的额部宽广方正。蛾眉：蚕蛾的触须。因为它细长弯曲，所以用它来形容妇女的眉毛。

[13] 倩(qiàn)：本指人美好，这里指口颊间的美好。

[14] 盼：眼睛黑白分明的样子。

[15] 敖敖：长的样子。

[16] 说(shuì)：通"税"，休止。见《鄘风·定之方中》注[16]。农郊：近郊。

[17] 牡：雄马。骄：马肥壮高大。《说文》："马高六尺为骄。"

[18] 幩(fén)：又名扇汗、排沫，马身上的一种装饰。王公列侯是用红绸

把马嚼子露在口外两边的部分缠起来,既可扇风,使马不出汗,又作为装饰品。镳镳(biāo biāo):形容马的装饰盛多的样子。

[19] 翟(dí)茀(fú):古时妇女乘车不露面,车的前后都要遮蔽起来,用来遮蔽的东西叫“茀”。翟茀,茀上装饰着野鸡羽毛,显得高贵华丽。朝:朝见,动词。

[20] 大夫:指卫国的大夫。夙:早。退:退朝。此句和下句是诗人代为摹拟的话。

[21] 洋洋:水盛大的样子。黄河在齐卫两国之间,由齐至卫,必须渡河,所以用来起兴。

[22] 北流:指黄河向北流。活活(guō guō):河水流动的声音,象声词。

[23] 罛(gū):大鱼网。涉涉(huò huò):施网入水的声音。

[24] 鳣(zhān):黄鱼。鲔(wěi):鳝鱼。发发(bō bō):鱼掉尾的声音。

[25] 葭(jiā):芦苇。菼(tǎn):荻。揭揭:长长的样子。

[26] 庶(shù):众多。姜:齐侯姓姜,所以用来指随嫁的女子们。孽孽(niè niè):服饰盛多的样子。

[27] 士:指随从庄姜出嫁的男子。朅(qiè):高大英武的样子。

氓

这是一首弃妇的怨诗。诗中的女主角悔恨地追述她的恋爱经过和婚后的不幸遭遇,悲愤地斥责那负心缺德的男子,她不恋旧情,态度显得果断、刚强。

氓之蚩蚩[1],	那男子装得忠厚又老实,
抱布贸丝[2]。	手抱布币来换丝。
匪来贸丝,	不是真的来换丝,
来即我谋[3]。	借机来找我谈婚事。
送子涉淇,	那天送你过淇水,

至于顿丘[4]。　　送到顿丘才停止。
匪我愆期[5]，　　不是我有意误了婚期，
子无良媒。　　只怪你没有找好媒。
将子无怒[6]，　　请你不要生我的气，
秋以为期[7]。　　约定秋天为婚期。

乘彼垝垣[8]，　　登上那残缺的墙垣，
以望复关[9]。　　遥望我想念的复关。
不见复关，　　复关的人儿望不见，
泣涕涟涟[10]；　　焦急伤心泪涟涟；
既见复关，　　等到见上复关人，
载笑载言。　　高兴地笑着叙寒暄。
尔卜尔筮[11]，　　你既占课又卜卦，
体无咎言[12]。　　卦象吉利无凶险。
以尔车来，　　那你就驾着车儿来，
以我贿迁[13]。　　把我的嫁妆来搬迁。

桑之未落[14]，　　桑树的叶子还很茂盛，
其叶沃若[15]。　　碧绿润泽又鲜嫩。
于嗟鸠兮[16]，　　唉，斑鸠啊斑鸠，
无食桑葚[17]！　　别吃那醉人的红桑葚！
于嗟女兮，　　唉，痴情的姑娘啊姑娘，
无与士耽[18]！　　不要过分恋情于男人！
士之耽兮，　　男人沉溺在爱情里，
犹可说也[19]；　　说句分手马上分；

女之耽兮，　　女子沉溺在爱情里，
不可说也[20]。　　解脱不开伤透心。

桑之落矣，　　桑叶落地乱纷纷，
其黄而陨[21]。　　颜色枯黄又衰损。
自我徂尔[22]，　　自我嫁进你家门，
三岁食贫[23]。　　三年受尽苦和贫。
淇水汤汤[24]，　　被弃回家又渡淇水，
渐车帷裳[25]。　　汪汪大水淹没我车轮。
女也不爽[26]，　　我作妻子没过错，
士贰其行[27]。　　你心不专一没品行。
士也罔极[28]，　　你喜新厌旧寻快乐，
二三其德[29]。　　三心二意不是人。

三岁为妇，　　做你家媳妇整三年，
靡室劳矣[30]；　　哪一样活儿我没干；
夙兴夜寐[31]，　　天天早起又睡晚，
靡有朝矣[32]！　　没有一点闲时间！
言既遂矣[33]，　　你心满意足遂了愿，
至于暴矣[34]。　　竟然对我竖眉又瞪眼。
兄弟不知[35]，　　兄弟们哪里能体谅，
咥其笑矣[36]。　　只是讥笑也不问根源。
静言思之，　　静下心来仔细想，
躬自悼矣[37]。　　独自伤悼有谁怜。

及尔偕老，	当年发誓同到老，
老使我怨[38]。	想起誓言我恨怨。
淇则有岸，	淇水虽宽尚有岸，
隰则有泮[39]。	漯河再广也有边。
总角之宴[40]，	记得我俩小时共游玩，
言笑晏晏[41]；	青梅竹马亲密无间；
信誓旦旦[42]，	立誓时你心诚志坚，
不思其反[43]。	想不到你如今把心变。
反是不思[44]，	过去的事情不再想，
亦已焉哉[45]！	和你一刀两断不留恋！

[1] 氓(méng)：民。蚩蚩(chī chī)：忠厚老实的样子。

[2] 布：币。上古以布为货币。贸：交易，买。

[3] 即：就，接近。谋：商量。指商量婚事。

[4] 顿丘：地名，在今河南省清丰县。

[5] 愆(qiān)期：过期，拖了日期。

[6] 将(qiāng)：愿，请。

[7] 秋以为期：即以秋为期。

[8] 乘：登。垝(guǐ)：毁坏。垣(yuán)：墙。

[9] 复关：地名，男子居住的地方。

[10] 涕：泪。涟涟：泪流不断的样子。

[11] 卜：见《鄘风・定之方中》注[11]。筮(shì)：用蓍(shī)草的茎来占卦。

[12] 体：卦体，或叫卦象。即用龟、蓍占卜所显示的现象。咎(jiù)言：凶辞，不吉利的话。

[13] 贿：财物。在此指嫁妆。迁：搬迁。

[14] 这是个表时间的句子。句中主谓之间插入介词“之”，取消它的独立性。

[15] 沃若：润泽的样子。若：词尾。这两句用桑叶的茂盛喻自己年轻貌美。

[16] 于(xū)嗟：见《周南・麟之趾》注[3]。鸠：斑鸠。

[17] 桑葚(shèn)：桑树的果实，红色，可食。据说斑鸠吃多了桑葚就会昏醉，这句话比喻女子不应沉溺在爱情里。

[18] 士：指未婚的男子。耽(dān)：沉溺在欢乐中。

[19] 犹：还。说：通“脱”，解脱。

[20] 这两句是说：女子沉溺在爱情里，往往不能解脱。含有悔恨之意。

[21] 黄：枯黄。陨(yǔn)：落下。这句用桑叶的衰落比喻自己容颜衰老。

[22] 徂(cú)：往，去。

[23] 食贫：吃的东西缺乏。

[24] 汤汤(shāng shāng)：水盛大的样子。

[25] 渐：浸湿。帷裳：围在车旁的布幔，即车围子。妇女乘坐的车多用。

[26] 爽：差错，过失。

[27] 贰：不专一，用如动词。行(háng)：行为。

[28] 罔：无。罔极：无常，即没有准。

[29] 二三：用如动词，使动用法。二三其德：谓其德不专一。

[30] 靡室劳矣：没有什么家务劳动自己不做的。这句与下句“靡有朝矣”句法相同。

[31] 夙兴：起得早。夜寐：睡得晚。

[32] 朝(zhāo)：早晨。这句意为早起晚睡，没有空闲。

[33] 既：已经。遂：顺心。

[34] 暴：横暴，暴虐不仁。

[35] 不知：不体谅。

[36] 咥(xì)：笑的样子。笑：讥笑。

[37] 躬：自身，自己。悼：伤悼。这句意为自己伤悼自己。

[38] 这两句是说：想当初你曾发誓和我白头到老，如今想起来却只能徒生怨恨。

[39] 隰：应作“湿”，水名，即漯河，黄河的支流，与淇水同流于卫境。泮(pàn)：通“畔”，边。连上句意为：淇水、漯水尚有边际，而自己的愁怨却没有尽头。

[40] 总角：男女未成年时把头发扎成抓髻叫“总角”。总：扎。宴：快乐。

[41] 晏晏：柔和、和悦的样子。

[42] 信誓：表示诚信的誓言。旦旦：诚恳的样子。

[43] 不思：想不到。反：违反，变心。

[44] 是：指示代词。这，指“誓言”。

[45] 已：罢了，算了。连上句意为：他既然违反誓言，不念旧情，那也就算了吧。这种态度比《柏舟》、《谷风》篇中所表现的恋旧难舍的优柔之情显得果断坚决。

竹　竿

这是一首写妇女怀念娘家故乡和亲人的诗。

籊籊竹竿[1]，	长长的竹竿尖又细，
以钓于淇。	用它在淇水钓过鱼。
岂不尔思[2]？	难道如今不想家？
远莫致之！	路儿遥远回不去！
泉源在左，	我家左边泉源淌，
淇水在右[3]。	我家右边淇水流。
女子有行，	女儿家如今嫁了人，
远兄弟父母。	远离了兄弟和父母。
淇水在右，	我家右边淇水流，
泉源在左。	我家左边泉源淌。
巧笑之瑳[4]，	欢乐微笑露白牙，
佩玉之傩[5]。	走起路来佩玉叮当响。

淇水滺滺[6]，	淇水奔流长悠悠，
桧楫松舟[7]。	用的是桧木桨儿松木舟。
驾言出游，	有时驾起车马出门游，
以写我忧。	借以泻我心头的忧愁。

[1] 籊籊（tì tì，又音 dí dí）：长而尖削的样子。

[2] 尔：你们，指娘家亲人。

[3] 泉源：小水的源头。朱熹说即百泉，在卫国的西北部，向东南流入淇水，所以说在左。淇水在卫国的西南部，东流与百泉汇合，所以说在右。按：泉源、淇水可能是这位女子少时经常活动的地方，所以借来称代故乡。

[4] 瑳（cuō）：通"龇（zī）"，开口现齿的样子。这句是描写少女笑而现齿的娇态。

[5] 傩（nuó）：行走有节度。这句和上句是回忆她小时的天真欢乐。

[6] 滺滺（yōu yōu）：水流的样子。

[7] 桧（guì）：一种较贵重的树，像柏树。楫（jí）：短桨。

芄　兰

这首诗写小伙子戴上成人佩戴带的解锥和扳指，故意大模大样地正经起来，不理睬自己的女友，惹得女友心里交织着爱恨。

芄兰之支[1]，	萝藦结荚长尖尖，
童子佩觿[2]。	小孩子解锥佩身边。
虽则佩觿，	虽然你解锥佩身边，
能不我知[3]？	岂能再不把我恋？
容兮遂兮[4]，	瞧你从容假正经，
垂带悸兮[5]。	衣带飘动多现眼。

芄兰之叶，　　萝藦叶子圆如环。
童子佩韘[6]。　　小孩子手戴扳指圈。
虽则佩韘，　　虽然你手戴扳指圈，
能不我甲[7]？　　岂能不再和我玩？
容兮遂兮，　　瞧你从容假正经，
垂带悸兮。　　衣带飘动多现眼。

[1] 芄(wán)兰：又名“萝藦”，多年生的蔓草，可入药。芄兰的荚实倒垂，和下句中“觿”的形状相似。

[2] 童子：小孩家。是诗中女主人公对她的男友的戏谑之称。觿(xī)：象骨制作的解结的用具，形状如锥，俗名“解锥”，同时也可作为一种佩饰。“觿”和下章“韘”都是成人佩带的东西，童子佩带它是成年的标志。

[3] 能：通“而”，表转折。能不，犹“而不”。知：男女间私相爱恋，与普通“知”字的涵义不同(依闻一多说)。

[4] 容、遂：雍容安闲的样子。

[5] 悸(jì)：因害怕而心跳动。这里指衣带下垂摆动的样子。这两句是女对男的娇嗔嘲讽之辞，言外之意是：瞧你那假正经！

[6] 韘(shè)：古代射箭时带在右手大拇指上的一种缺口扳指，用以钩弦，多用象骨制成，俗称“扳指”。芄兰的叶子与“韘”相似，所以用“芄兰之叶”起兴。

[7] 甲：通“狎”。习狎，戏玩。

河　广

这首诗写一位旅居卫国的人思念自己的故乡宋国，诗人用夸张的手法，极言黄河不宽，故乡不远，表现出了旅居人殷切的思归之情。

谁谓河广[1]？　　谁说黄河广又宽？

一苇杭之[2]。	一根芦苇就能渡到对岸。
谁谓宋远？	谁说宋国路途远？
跂予望之[3]。	踮起脚尖就能望见。

谁谓河广？	谁说黄河广又宽？
曾不容刀[4]。	河宽容不下一只小船。
谁谓宋远？	谁说宋国路途远？
曾不崇朝[5]。	一个早晨就能走回还。

[1] 广：指黄河宽广。卫国在黄河北，宋国在黄河南，由卫至宋必须渡黄河。

[2] 杭：通“斻(háng)”，后作“航”。这句意思是说一根芦苇就能渡过黄河。这是极言黄河狭窄易渡，表现出强烈的思乡之情。

[3] 跂(qǐ)：通“企”。踮起脚跟。予(yú)：犹“而”。

[4] 曾(zēng)：乃，竟。刀：通“舠”，小船。

[5] 崇朝：见《鄘风·蝃蝀》注[5]。这句意思是说不用一个早晨的时间就可走到，是极言其近。

伯 兮

这首诗写一位妇人深情地相思着随王东征的丈夫，她不仅“首如飞蓬”也无心整容，而且情愿相思得心病头痛。作者就是这样透过人物的外貌，着力展示人物的心理活动。

伯兮朅兮[1]，	我的哥哥真英武，
邦之桀兮[2]。	他是国家的栋梁材。

伯也执殳[3]，　　看他双手执殳杖，
为王前驱[4]。　　为王先锋把路开。

自伯之东[5]，　　自从哥哥去征东，
首如飞蓬[6]。　　我头发散乱像飞蓬。
岂无膏沐[7]？　　难道是没有润发膏？
谁适为容[8]！　　叫我为谁来美容！

其雨其雨[9]，　　盼那大雨下一场，
杲杲出日[10]。　　天上偏出红太阳。
愿言思伯[11]，　　念念不忘把哥哥想，
甘心首疾[12]。　　情愿想得头发胀。

焉得谖草[13]，　　哪儿能找到忘忧草，
言树之背[14]。　　移来栽在我北堂。
愿言思伯，　　每当思念把哥哥想，
使我心痗[15]！　　使我心忧寸断肠。

[1] 伯：古代妻子对丈夫的称呼。朅：见《卫风·硕人》注[27]。

[2] 邦：国家。桀(jié)：英桀，指突出的人才。

[3] 殳(shū)：殳杖，兵器名，用竹制成，长一丈二尺，多由军旅的先锋执掌。

[4] 前驱：在前引导开路的人。

[5] 之：往，动词。

[6] 飞蓬：被风吹起的散乱不齐的蓬草。蓬：草名，丛生，遇风吹易散乱。

[7] 膏沐：润发的膏油。

[8] 谁适：适谁。宾语“谁”置于动词“适”之前。适：悦。为容：修饰容

貌。这句意为：我修饰容貌又为了取悦于谁呢？

[9] 其雨：等于说“下雨吧”。

[10] 杲杲(gǎo gǎo)：明亮的样子。这句和上句是比兴兼用，意为盼望下雨，却偏出太阳，比喻盼望丈夫归来却偏不能如愿。

[11] 愿言：等于说“每当”。见《邶风 · 二子乘舟》注[2]。

[12] 首疾：头痛。

[13] 谖(xuān)草：即“萱草”，参见《卫风 · 淇奥》注[9]。

[14] 树：动词，栽种。背：通“北”，此处指北堂。这两句意为：哪里能得到忘忧的谖草，我把它种在北堂下呢？言外之意是说要忘掉思念的忧愁是不可能的。

[15] 痗(mèi)：忧思成病。

有　狐

这首诗写季节已是深秋，狐狸换上了一身又厚又密的新毛。这使这位妇女联想到她那久役在外的丈夫连一件换季的衣服也没有，因此她十分忧愁。

有狐绥绥[1]，	一只狐狸缓缓行，
在彼淇梁[2]。	跑过淇水河梁上。
心之忧矣，	我的心中多忧伤，
之子无裳。	那在外的人儿没衣裳。

有狐绥绥，	一只狐狸缓缓行，
在彼淇厉[3]。	涉过淇水渡口旁。
心之忧矣，	我的心中好忧伤，
之子无带[4]。	丈夫无带束衣裳。

有狐绥绥，	一只狐狸缓缓行，
在彼淇侧[5]。	走过淇水河岸边。
心之忧矣，	我的心中好烦忧，
之子无服。	那在外的人儿没有衣服穿。

[1] 绥绥(suí suí)：徐行。形容步行迟缓的样子。

[2] 梁：见《邶风·谷风》注[17]。一、二两句是以狐狸满身的新毛兴丈夫服役在外，无衣无裳。

[3] 厉：这里指河水深及腰部但可涉过的地方。渡口。

[4] 带：束衣的衣带。

[5] 侧：这里指河岸，河边。

木　瓜

这是描写男女互赠礼物的一首情歌。

投我以木瓜[1]，	她送给我木瓜，
报之以琼琚[2]。	我拿佩玉来赠她。
匪报也，	这不单单是报答，
永以为好也[3]。	是表示永远喜爱她。

投我以木桃[4]，	她送给我木桃，
报之以琼瑶[5]。	我拿美玉来回报。
匪报也，	这不单单是回报，
永以为好也。	是表示永远俩相好。

投我以木李，	她送给我木李，
报之以琼玖[6]。	我拿玉石做回礼。
匪报也，	这不单单是回礼，
永以为好也。	是表示永远好到底。

[1] 投：投赠。木瓜：植物名，落叶灌木，果实像梨，椭圆形，成熟后呈黄色，有浓烈的香气，味涩，可入药。

[2] 报：报答，回赠。琼琚（qióng jū）：精美的佩玉。琼：美玉。这里用以修饰“琚”，表示“精美”、“美好”之义（依孔颖达说）。琚：佩玉。

[3] 好（hào）：爱，喜爱。

[4] 木桃：就是桃。因沿袭上文“木瓜”而顺呼为“木桃”。下文“木李”同。

[5] 瑶：美石。

[6] 玖（jiǔ）：黑色的玉石。

王[1] 风

黍　离

这是一首描写流浪者忧愤的诗。这个流浪汉流落他乡，生活没有着落。他触景生情，不禁悲愤交集，呼喊“苍天”。

彼黍离离[2]，	那黍子累累下垂，
彼稷之苗[3]。	那高粱还未结穗。
行迈靡靡[4]，	一路上徘徊张望，
中心摇摇[5]。	内心里摇摇荡荡。
知我者谓我心忧[6]，	知道我的说我是心烦恼，
不知我者谓我何求。	不知道的问我把谁找？
悠悠苍天[7]！	苍天啊你高高在上！
此何人哉？	是谁把我弄成这个样？
彼黍离离，	那黍子累累下垂，
彼稷之穗。	那高粱在扬花吐穗。
行迈靡靡，	一路上徬徨徘徊，
中心如醉。	心情烦乱像喝醉。
知我者谓我心忧，	知道我的说我是心烦躁，
不知我者谓我何求？	不知道的问我在找谁？
悠悠苍天！	苍天啊你高高在上！

此何人哉？	是谁把我害成这个样？
彼黍离离，	那黍子沉沉下垂，
彼稷之实。	那高粱长满了籽粒。
行迈靡靡，	一路上抬不起腿，
中心如噎[8]。	喉头塞住心里透不出气。
知我者谓我心忧，	知道我的说我是心烦忧，
不知我者谓我何求？	不知道的问我在找谁？
悠悠苍天！	苍天啊你高高在上！
此何人哉？	是谁把我害成这个样？

[1] 王：指周王朝。东周定都洛邑，领土在今河南洛阳一带。

[2] 黍(shǔ)：农作物的一种，碾成米叫黄米。离离：累累下垂的样子。

[3] 稷(jì)：高粱(依马瑞辰说)。之：助词，无义。用在这里是为了凑成四字句。

[4] 行迈：这里“迈”与“行”同义。靡靡(mǐ mǐ)：走路缓慢的样子。

[5] 中心：心中。摇摇：不安定的样子。

[6] 谓：说。

[7] 悠悠：遥远的样子。苍天：青天。

[8] 噎(yē)：气逆。

君子于役

这首诗写妻子每当鸡栖牛进栏的黄昏时候，便思念久役在外不知归期的丈夫，反映了徭役给人民带来的痛苦，抒发了一个劳动妇女的朴素真挚的感情。

君子于役[1]，　　丈夫当兵去远方，
不知其期。　　不知何日回家乡。
曷至哉[2]？　　何时才能回啊？
鸡栖于埘[3]，　　鸡儿进了窝，
日之夕矣[4]，　　太阳西边落，
羊牛下来。　　牛羊成群下山冈。
君子于役，　　丈夫当兵去远方，
如之何勿思[5]？　　叫我怎能不把他想？

君子于役，　　丈夫当兵去得远，
不日不月[6]。　　不知哪日哪月回家园。
曷其有佸[7]？　　何时能聚会啊？
鸡栖于桀[8]，　　鸡儿栖在木桩上。
日之夕矣，　　太阳落了山，
羊牛下括[9]。　　牛羊成群进了栏。
君子于役，　　丈夫当兵去得远，
苟无饥渴[10]！　　但愿他粗茶淡饭不为难！

[1] 君子：妻子对丈夫的尊称。于：动词词头。役：服劳役或兵役。

[2] 曷(hé)：何时。

[3] 埘(shí)：凿墙做成的鸡窝。

[4] 日：白天。夕：暮。

[5] 如之何：等于说“怎么”。

[6] 不日不月：无日无月。极言其久。《经传释词》：“不，无也。”

[7] 其：助词，无义。有：通“又”。《词诠》：“有，与‘又’同。”佸(huó)：聚会。

[8] 桀(jié)：木桩。

[9] 括(kuò):至。

[10] 苟:庶几。表示希望。

君子阳阳

这首诗写戍边的男子回到家,妻子不胜欢喜,夫妻歌舞自娱。

君子阳阳[1],	夫君喜洋洋,
左执簧[2],	左手拿笙簧,
右招我由房[3],	右手招我去房中唱,
其乐只且[4]!	心里该是多欢畅!
君子陶陶[5],	夫君乐陶陶,
左执翿[6],	左手拿着翿,
右招我由敖[7],	他从舞位邀我跳,
其乐只且!	兴致该有多么高!

[1] 阳阳:得意的样子。也可以写作"扬扬"、"洋洋"。

[2] 簧:一种乐器,即大笙。

[3] 由:于,从。《词诠》:"由,介词,于也。"

[4] 其:指示代词,那。只且(jū):助词,无义。

[5] 陶陶(yáo yáo):高兴的样子。

[6] 翿(dào):跳舞的时候拿的羽毛装饰的道具。

[7] 敖:舞位(依朱熹说)。

扬之水

申、甫、许三个诸侯国都是姜姓，申国是周平王母亲的娘家。按周朝的制度，某个诸侯国遇到外来侵略，其他诸侯国当联兵救援。周室东迁以后，诸侯不听王命。周平王母家有难，只有派王室直属的军队去救援。这首诗的主人公就是被派去救援的兵士之一。他思念情人，归心似箭，表露了他对这次出征的不满。

扬之水[1]，	河水缓缓流，
不流束薪[2]。	成捆的柴草漂不走。
彼其之子[3]，	我那心上人，
不与我戍申[4]。	不跟我一起到申来防守。
怀哉，怀哉，	想念哪，真想念，
曷月予还归哉[5]？	几时才能回到她身边？
扬之水，	慢慢流的河水，
不流束楚[6]。	漂不走成捆的牡荆。
彼其之子，	我那心上人，
不与我戍甫。	不跟我一块到甫来当兵。
怀哉，怀哉，	想念哪，真想念，
曷月予还归哉？	几时才能回到她身边？
扬之水，	慢慢流的河水，
不流束蒲[7]。	漂不走成捆的水杨。

彼其之子，	我那心上人，
不与我戍许。	不跟我一起到许来驻防。
怀哉，怀哉，	想念哪，真想念，
曷月予还归哉？	几时才能回到她身旁？

[1] 扬：悠扬，水缓缓流的样子。

[2] 束：成捆。薪：柴草。

[3] 彼其(jì)：他。子：人。

[4] 戍(shù)：驻守。申：西周时期的国名，姜姓。下二章诗中的“甫”，“许”也是西周时期的国名，姜姓。

[5] 曷：何。

[6] 楚：植物名，即牡荆，落叶灌木。

[7] 蒲：植物名，即水扬，生于水边的落叶乔木，属杨柳科。

中谷有蓷

一个被遗弃的女子长吁短叹，越想越后悔，最后伤心地哭了起来。

中谷有蓷[1]，	谷中的益母草，
暵其干矣[2]。	天旱晒枯了。
有女仳离[3]，	有个女子遭遗弃，
嘅其叹矣[4]。	痛苦地长叹息。
嘅其叹矣，	痛苦地长叹息啊，
遇人之艰难矣！	遇上个好人不容易！

中谷有蓷，	谷中的益母草，

暵其脩矣[5]。	天旱枯黄了。
有女仳离，	有个女子遭遗弃，
条其歗矣[6]。	哀声长叹息。
条其歗矣，	长长地叹息啊，
遇人之不淑矣[7]！	遇上了坏人真可气！
中谷有蓷，	谷中的益母草，
暵其湿矣[8]。	天旱枯萎了。
有女仳离，	有个女子遭遗弃，
啜其泣矣。	抽抽咽咽地哭泣。
啜其泣矣[9]，	抽抽咽咽地哭泣啊，
何嗟及矣[10]！	后悔怎么来得及！

[1] 中谷：谷中。谷，两山之间。蓷(tuī)：植物名，又名益母草，两年生草本，属唇形科。

[2] 暵(hàn)：晒干，干枯。

[3] 仳(pǐ)：别。仳离：即离别、离散的意思。

[4] 嘅(kǎi)：通“慨”，慨叹。

[5] 脩：干肉，这儿是干枯之意。

[6] 条：深长的样子。歗：同“啸”，撮口出长声，这里是嘘气叹息的意思。

[7] 淑：善。

[8] 湿：湿润。指生长在湿地的益母草也不免于干死。

[9] 啜泣：哭泣时抽咽的样子。

[10] 何嗟及：嗟叹后悔已来不及了。

兔 爰

周王室的政治越来越黑暗，谋求私利的人为所欲为，忠诚、正直的人却遭到陷害。这首诗写的是一个小百姓慨叹政治的腐败和自己的不幸。

有兔爰爰[1]，	兔子自由自在，
雉离于罗[2]。	野鸡却入网遭难。
我生之初，	在我出生以前，
尚无为[3]；	从政不兴瞎编；
我生之后，	在我出生之后，
逢此百罹[4]。	却遇到种种忧患。
尚寐，无吪[5]！	还是睡觉吧，不要动弹！
有兔爰爰，	兔子逍遥自在，
雉离于罦。	野鸡却落入圈套。
我生之初，	在我出生之前，
尚无造[6]，	世上没有伪造，
我生之后，	在我出生以后，
逢此百忧。	却遇上这些烦恼。
尚寐，无觉[7]！	还是安眠，不要知道！
有兔爰爰，	兔子不慌不忙，
雉离于罿。	野鸡却落入网里。
我生之初，	在我出生以前，
尚无庸[8]；	不曾有劳苦的差使；
我生之后，	在我出生之后，
逢此百凶。	却遇上这些祸事。

尚寐，无聪[9]！　　　　　还是入梦，塞住我的双耳！

[1] 爰爰(yuán yuán)：舒缓貌。

[2] 离：通“罹”。遭。罗：捕鸟兽的网。第二、三章的“罦”(fú)和“罿”(tóng)与“罗”同义。

[3] 尚：还(hái)。为：伪，指作伪之事。为、伪古通用。

[4] 罹：忧患。

[5] 寐(mèi)：睡着。吪(é)：动。

[6] 造：伪造，虚构。

[7] 觉：醒悟。

[8] 庸：劳，劳苦的差役。

[9] 聪：听(依朱熹说)。

葛　藟

这首诗描写一个少年流落异乡，孤苦伶仃，欲寄人篱下而不得，只好哀叹。

绵绵葛藟[1]，　　　　　曼长的葛和藤，
在河之浒[2]。　　　　　蓬勃地在河边生。
终远兄弟[3]，　　　　　既已远离亲人，
谓他人父[4]。　　　　　就得把别人叫爹。
谓他人父，　　　　　　虽然把人家叫爹，
亦莫我顾[5]。　　　　　人家也懒得向我一瞥。

绵绵葛藟，　　　　　　曼长的葛和藤，
在河之涘。　　　　　　蓬勃地长在河岸旁。

终远兄弟，	既已远离亲人，
谓他人母。	就得把别人叫娘。
谓他人母，	虽然把人家叫娘，
亦莫我有[6]。	人家待我也冷若冰霜。
绵绵葛藟，	曼长的葛和藤，
在河之漘。	蓬勃地长在河滨。
终远兄弟，	既已远离亲人，
谓他人昆[7]。	就得把别人称兄。
谓他人昆，	虽然把人家称兄，
亦莫我闻[8]。	人家也不屑听。

[1] 绵绵：茂密。葛：多年生草本植物，花紫红色，茎可编篮做绳，纤维可织葛布。藟(lěi)：即藤，似葛而粗大。

[2] 浒：水边。第二、三章的“涘”(sì)、“漘”(chún)与“浒”同义。

[3] 终：既。《经传释词》：“终，犹既也。”远(yuàn)：离开。兄弟：泛指亲属。

[4] 谓：称，叫作。

[5] 亦：也。莫：不。顾：看。

[6] 有：相亲。

[7] 昆：兄。

[8] 闻：听见。

采 葛

这是一首想念情人的情歌。情人虽然只离开一天，这一天就像三个月或三年那样长。

彼采葛兮[1]，　　　　那人去采葛，
一日不见，　　　　　一天没见面，
如三月兮！　　　　　就像过了三个月！

彼采萧兮[2]，　　　　那人去采萧，
一日不见，　　　　　一天没见面，
如三秋兮[3]！　　　　就像三季没见着！

彼采艾兮[4]，　　　　那人去采艾，
一日不见，　　　　　一天没见面，
如三岁兮[5]！　　　　就像欠了三年相思债！

[1] 彼：他。葛：见《王风·葛藟》注[1]。
[2] 萧：植物名，又名香蒿，多年生草本，可入药，可供祭祀。
[3] 三秋：三季。
[4] 艾：植物名，多年生草本，开黄色小花，叶制成艾绒可供针灸用。
[5] 三岁：三年。

大　车

这是一个女子向男子表示自己坚贞爱情时唱出的情歌。

大车槛槛[1]，　　　　你的大车轰轰过，
毳衣如菼[2]。　　　　你的绣衣青蓝色。
岂不尔思？　　　　　难道是我不想你？
畏子不敢[3]。　　　　只是怕你不理我。

大车哼哼[4]，	你的大车轰轰过，
毳衣如璊[5]。	你的绣衣深红色。
岂不尔思？	难道是我不想你？
畏子不奔[6]。	只是怕你不要我。
谷则异室[7]，	活着不能嫁给你，
死则同穴。	死了也要埋一起。
谓予不信[8]，	你要当我说谎话，
有如皦日[9]。	对着太阳敢发誓。

[1] 槛槛（jiàn jiàn）：车声。

[2] 毳（cuì）衣：用野兽细毛所织的布做的衣裳，是贵族的服装，上有五彩文绣，青者如菼（tǎn），红者如璊（mén）。菼：植物名，又名荻，多年生草本，属禾本科。

[3] 畏：害怕，担心。

[4] 哼哼（tūn tūn）：重迟的样子。

[5] 璊：深红色的玉。

[6] 奔：男女未经正式婚礼而结合。

[7] 谷：生，活着。

[8] 信：诚实。

[9] 皦（jiǎo）：白色。

丘中有麻

姑娘在长满了庄稼、果树的山洼里等待她的情人刘国。她等了很久，刘国终于来了。他送给她一块黑色的佩玉。

丘中有麻[1]，	小山洼里种大麻，
彼留子嗟[2]。	那小伙子生长在刘家。
彼留子嗟[3]，	那刘家的小伙子啊，
将其来施施[4]。	请你悄悄来与我说会话。
丘中有麦，	小山洼里种小麦，
彼留子国[5]。	那小伙子叫刘国。
彼留子国，	那叫刘国的小伙子，
将其来食[6]。	请你来和我一块吃。
丘中有李，	小山洼里有甜李，
彼留之子。	那是刘家的小伙子。
彼留之子，	刘家那小伙子啊，
贻我佩玖[7]。	赠送我一块黑佩玉。

[1] 丘：山洼。《说文》："四方高、中央下为丘。"麻：植物名。麻有多种，古义专指大麻。大麻，一年生草本，茎皮纤维强韧，可制绳索，织布，种子可制香料。

[2] 留：通"刘"，姓（依马瑞辰说）。子：指人。嗟：助词，用在这里是为了押韵。

[3] 彼留子嗟：第三句重第二句是为了文句整齐，便于歌唱。第二、三章仿此。

[4] 将（qiāng）：请。施施：悄悄地走路的样子。

[5] 国：男子名。

[6] 来食：来我这里吃饭。

[7] 贻（yí）：赠给。玖：黑色的玉石。

郑[1] 风

缁　衣

这首诗表现了一位贵妇人对丈夫的恩爱。她丈夫经常外出办理公事。她非常关心丈夫的衣着，尽力使他穿得体面，也吃得好。

缁衣之宜兮[2]，	你穿着黑官服正合适，
敝，予又改为兮[3]。	穿破了我给你重新制。
适子之馆兮[4]，	你到宾馆把班值，
还，予授子之粲兮[5]。	回家来我给你好饭吃。
缁衣之好兮，	你穿上黑官服真好看，
敝，予又改造兮。	穿破了我给你重新做一件。
适子之馆兮，	你到宾馆去上班，
还，予授子之粲兮。	回家来给你吃好饭。
缁衣之蓆兮[6]，	你穿着黑官服正宽畅，
敝，予又改作兮。	穿破了我给你做新衣裳。
适子之馆兮，	你到宾馆把班上，
还，予授子之粲兮。	回家来有美食给你尝。

[1] 郑：郑国原在今陕西省华县西北。周室东迁以后，郑国也迁到今河南

省新郑市，领土包括今河南省中部黄河以南。

[2] 缁(zī)衣：缁布上衣，是卿大夫听朝的正服。缁：黑色。宜：合适。

[3] 敝：破，坏。改为：重新制作。改：更，重新。为：作。第二、三章“改造”与“改作”跟“改为”同义。

[4] 适：往，到。馆：客舍，是古时候公家设立的接待宾客的地方。

[5] 粲：美餐。

[6] 蓆：宽大。

将仲子

这首诗表现了一个少女激烈的内心冲突。她无法在爱情跟家法舆论的压力之间做出选择。后来如何呢？不知道。余音袅袅，给人留下了想象的余地。

将仲子兮[1]，	仲子啊，我求求你，
无踰我里[2]，	别闯进咱巷里，
无折我树杞[3]。	别攀断我家杞树枝。
岂敢爱之？	杞树有啥可惜？
畏我父母。	怕爹娘知道这消息。
仲可怀也；	仲子啊，我怎不把你心上挂，
父母之言，	可爹娘的责骂，
亦可畏也。	也真叫人害怕。

将仲子兮，	仲子啊，你行行好，
无踰我墙，	别从我家围墙跳，
无折我树桑。	别攀断我家桑树梢。

岂敢爱之？　　　　　　桑树有啥可惜？
畏我诸兄。　　　　　　只怕兄长们知道。
仲可怀也；　　　　　　仲子啊，我怎不把你心上挂，
诸兄之言，　　　　　　可兄长们的训斥，
亦可畏也。　　　　　　也真叫人害怕。

将仲子兮，　　　　　　仲子啊，听我劝，
无踰我园[4]，　　　　　别翻进我家果园，
无折我树檀[5]。　　　　别攀断我家紫檀。
岂敢爱之？　　　　　　紫檀有啥可惜？
畏人之多言。　　　　　只怕人们传谣言。
仲可怀也，　　　　　　仲子啊，我怎不把你心上挂，
人之多言，　　　　　　可人们的闲话，
亦可畏也。　　　　　　也真叫人害怕。

[1] 将(qiāng)：请，愿。仲子：男子的字(依朱熹说)。

[2] 无：毋，不要。踰(yú)：越过。里：闾，即里门。上古二十五家所居为里。

[3] 折：弄断。杞(qǐ)：柳树的一种。

[4] 园：种植果树的园子。

[5] 檀：植物名，一名紫檀，常绿乔木。木材坚重，可做器具。

叔于田

这是一首情歌。在这个女子的心目中，那个小伙子样样都好，没人能比得上。

叔于田[1]，	三哥打猎出了门，
巷无居人。	巷子里再不见一个人。
岂无居人？	巷子里哪能没有人？
不如叔也，	谁也不及我那小三哥哟，
洵美且仁[2]。	他实在漂亮又温存。
叔于狩[3]，	三哥出门去狩猎，
巷无饮酒。	巷子里再没人会喝酒。
岂无饮酒？	哪能没人会喝酒？
不如叔也，	谁也不及我那三哥哟，
洵美且好。	他实在漂亮又有风度。
叔适野[4]，	三哥打猎远郊去，
巷无服马[5]。	巷子里再没有人把马骑。
岂无服马？	哪能没有骑马汉？
不如叔也，	谁也不及我那三哥哟，
洵美且武。	他实在漂亮又勇敢。

[1] 叔：少者。于：动词词头。田："畋"的假借字，打猎。

[2] 洵(xún)：诚然，确实。仁：慈爱。

[3] 狩(shòu)：冬天打猎。

[4] 适：往，到。野：远郊。

[5] 服：乘。朱骏声："服，假借为鞴。"《玉篇》："鞴，服也，以鞍装马也。"引申为乘。

大叔于田[1]

这首诗描写一位超群出众的青年猎人。他驾着马车在田野、沼泽里纵横驰骋，射猎禽兽。他甚至勇敢地脱去衣裳跟老虎搏斗。诗人在赞颂他的英武豪爽的同时，劝告他当心野兽伤害，表现了对这位青年猎人的敬慕和关怀。

叔于田，	小伙子整装去打猎，
乘乘马[2]。	四匹骏马驾着车。
执辔如组[3]，	手握缰绳象丝带，
两骖如舞[4]。	边马飞奔多欢快。
叔在薮[5]，	小伙子来到打围场，
火烈具举[6]。	堆堆猎火烧得旺。
袒裼暴虎[7]，	脱去衣裳跟虎拼，
献于公所[8]。	把猎物献给我郑公。
将叔无狃[9]，	小伙子往后别这样，
戒其伤女[10]。	当心野兽把你伤。

叔于田，	小伙子整装去打猎，
乘乘黄[11]。	四匹黄马驾着车。
两服上襄[12]，	中间两匹抬头走，
两骖雁行[13]。	两匹边马稍靠后。
叔在薮，	小伙子来到打猎场，
火烈具扬。	篝火烧起一行行。

叔善射忌[14]，	小伙子弯弓无虚发，
又良御忌。	驾车本领真可夸。
抑磬控忌[15]，	马车飞驰尘埃起，
抑纵送忌[16]。	东奔西突快无比。
叔于田，	小伙子出外去打猎，
乘乘鸨[17]。	四匹灰马驾着车。
两服齐首，	中间两马齐头进，
两骖如手。	边马就像双手伸。
叔在薮，	小伙子驰骋围猎场，
火烈具阜[18]。	团团篝火火焰旺。
叔马慢忌，	小伙子的马儿渐慢走，
叔发罕忌[19]。	也很少把箭射出去。
抑释掤忌[20]，	最后放下箭筒盖，
抑鬯弓忌[21]。	把弓箭一起藏起来。

[1] 大叔于田：这首诗与前一首同名，但这一首较长，为了区别于前一首，称之为“大叔于田”。长与大是近义词。

[2] 乘(chéng)乘(shèng)马：驾着四匹马拉的车。乘(chéng)：驾。乘(shèng)：四。古时一车四马叫乘(shèng)，乘(shèng)车必驾四马，因而乘(shèng)有时作为四的代称。

[3] 辔(pèi)：驾驭牲口用的缰绳。组：丝带。如组：四马的八条缰绳排列一起，如像一根宽丝带，很整齐，说明驾驭技术的高超。

[4] 骖(cān)：古代驾车的马，在中的叫服，在外的叫骖。如舞：像舞蹈一样整齐合拍。

[5] 薮(sǒu)：水少而草木茂盛的沼泽地。

[6] 烈：大火。具：通“俱”。具举：齐起。

[7] 袒裼(tǎn xī)：脱衣现体，赤膊。暴虎：徒步搏虎。

[8] 公：指郑国国君。所：处所。

[9] 将(qiāng)：请，愿。无：毋，不要。狃(niǔ)：习惯，习以为常。

[10] 戒：防备。其：指野兽。女：同“汝”，你。

[11] 乘(shèng)黄：四匹黄马。

[12] 上襄：马头向上昂扬。襄：同“骧”(xiāng)，马头昂起。

[13] 雁行：雁飞行每成一字形或人字形，排列很整齐。这里形容两骖整齐地跑在服马的两边。

[14] 忌：助词，无义。

[15] 抑：助词，无义。磬(qìng)控：驱车快跑的样子。

[16] 纵送：同“磬控”。马瑞辰：“磬控，双声字。纵送，叠韵字。磬控、纵送，皆言御者驰逐之貌。”

[17] 鸨(bǎo)：“駂”的假借字。《尔雅·注》：“駂，今之乌骢。”乌骢，浅青色的马。

[18] 阜(fù)：盛大。

[19] 发：射箭。罕：稀少。

[20] 释：放下。掤(bīng)：箭筒盖。

[21] 鬯(chàng)：弓囊。这里用作动词。朱骏声：“鬯，假借为韔。”韔，弓室。

清　人

旧说这首诗是讽刺郑文公的。郑文公不能指挥调遣他的大臣高克，任其率军在黄河边上消遣胡闹。这首诗所描写的正是高克率军戏耍的情形。

清人在彭[1]，	清邑的士兵驻彭城，
驷介旁旁[2]，	四马驾车气昂扬，

二矛重英[3]，	车上插着两根红缨枪，
河上乎翱翔[4]。	兵车在河边正游荡。
清人在消，	清邑的士兵驻消城，
驷介麃麃[5]，	四马披甲多威风，
二矛重乔[6]，	绑野鸡毛的长矛有两根，
河上乎逍遥[7]。	逍遥戏耍在河滨。
清人在轴，	清邑的士兵驻轴城，
驷介陶陶[8]，	四马驾车任奔腾，
左旋右抽[9]，	御者驾车车右抽剑，
中军作好[10]。	将军领着士兵玩。

[1] 清：郑国地名(在今河南中牟县西)。下面的彭、消、轴也都是地名。

[2] 驷介：四马披甲。古代一乘(shèng)车套四匹马叫驷。介：甲。上古的甲是用犀牛皮做的。旁旁：通“骑骑”(依王念孙说)，马强壮的样子。

[3] 二矛：酋矛和夷矛。重(chóng)英：酋矛长二丈，夷矛长二丈四尺，树在车上，矛头上的英饰很远都可望见。因有二矛，所以说“重”。英：红色毛羽做的装饰，缚在矛头上，相当于现代的红缨。

[4] 翱翔：本义是鸟飞的样子，这里用来形容兵车驱驰。

[5] 麃麃(biāo biāo)：威武貌。

[6] 乔：“鷮”(qiáo)的省借。鷮是一种野鸡，这里指矛头以鷮羽为饰。

[7] 逍遥：优游自得的样子。

[8] 陶陶(dào dào)：驱驰貌。

[9] 左旋：御者驱车回走。右抽：车右抽出刀剑。右：车右，又叫骖乘。车右都是勇士，任务是保护主将。战争进行中，人君或主将坐在车的中间，御者坐在左边，车右坐在右边。

[10] 中军：指主将。作好：戏闹游玩。

羔　裘

这首诗歌颂一位品格高尚的大夫。从他穿的衣裳说起，说到他的品质，他主持正义的功德，最后评价他是“邦之彦”，赞扬备至。

羔裘如濡[1]，	羊羔皮衣多绵软，
洵直且侯[2]。	毛色顺直又美观。
彼其之子[3]，	穿皮衣的那个人啊，
舍命不渝[4]。	宁死也不变信念。
羔裘豹饰[5]，	皮衣袖口装饰豹皮，
孔武有力[6]。	非常威武有勇力。
彼其之子，	穿皮衣的那个人啊，
邦之司直[7]。	是全国最公正的司直。
羔裘晏兮[8]，	身上皮衣本已鲜艳，
三英粲兮[9]。	再加三道素丝纹更是耀眼。
彼其之子，	穿皮衣的那个人啊，
邦之彦兮[10]。	不愧为国家的俊彦。

[1] 羔裘(qiú)：用黑羊羔皮缝制的衣服，是诸侯的朝服。濡(rú)：沾湿，润泽。这里形容皮毛绵软。

[2] 直：顺，正直。侯：美。

[3] 彼其之子：见《王风·扬之水》注[3]。

[4] 命：性命。渝(yú)：变。

[5] 豹饰：豹皮滚的袖口。

[6] 孔：甚。

[7] 司直：正直的主持者。司：主持。

[8] 晏：鲜艳。

[9] 三英：皮衣上的素丝饰纹。粲(càn)：鲜明。

[10] 彦：美士。

遵大路

这是一首一般所说的"弃妇诗"。这个女子跟在负心郎后面，先是拉着他的衣袖哀求，劝他不要太薄情，进而不顾一切地拉住他的手，表白自己对他割舍不下的情意。

遵大路兮[1]，	顺着大路走，
掺执子之袪兮[2]。	我拉住你衣袖。
无我恶兮[3]，	不要讨厌我呀，
不寁故也[4]。	别一下子抛弃我，一点儿不念旧。
遵大路兮[5]，	顺着大道走，
掺执子之手兮。	我拉住你的手。
无我丑兮[6]，	不要嫌我丑呀，
不寁好也[7]。	别一下子丢开我，咱们情意厚。

[1] 遵：顺着走。

[2] 掺(shǎn)：与"执"同义，拿着，拉着。袪(qū)：衣袖。

[3] 无：毋，不要。恶(wù)：讨厌，憎恨。我：恶的宾语，否定句中代词宾语前置。

[4] 不：通“勿”，别。寁(zǎn)：迅速地离开。故：旧的，原来的。

[5] 路：王引之《经义述闻》认为第二章“路”字当作“道”，与“手”、“丑”、“好”为韵。

[6] 无我丑兮：不要认为我丑陋而嫌弃我。

[7] 好：相好。

女曰鸡鸣

这是一对新婚夫妇对话的故事。第一章是夫妇的对话。第二章是男的走后，女的向往着婚后的幸福生活。第三章是男的打猎归来，女的把自己珍贵的佩玉送给他表示自己的情意。

女曰：“鸡鸣。”	女的说：“鸡叫了。”
士曰：“昧旦。”[1]	男的说：“天快亮了。”
“子兴视夜。”[2]	女的说：“你起来看看夜空吧！”
“明星有烂[3]，	男的说：“启明星已经在闪亮，
将翱将翔[4]，	鸟儿将要出来飞翔，
弋凫与雁。”[5]	我要去射野鸭和大雁。”
“弋言加之[6]，	“你射得野鸭和大雁，
与子宜之[7]。	我给你烹调成佳肴。
宜言饮酒[8]，	烹调好了来喝酒，
与子偕老。	和你恩爱直到老。
琴瑟在御[9]，	弹起琴来鼓起瑟，
莫不静好。”[10]	生活的情境多美好。”

“知子之来之[11]，	“知道你对我真关怀，
杂佩以赠之[12]。	送给你佩玉回报我的爱。
知子之顺之[13]，	知道你对我体贴细，
杂佩以问之[14]，	送给你佩玉表谢意。
知子之好之[15]，	知道你对我情意深，
杂佩以报之。”[16]	送上我的佩玉表忠心。

[1] 士：这里指男子。昧旦：又叫“昧爽”，天将亮。“鸡鸣”和“昧旦”是夜半以后相继的两个时段。

[2] 兴：起。这里指起床。

[3] 明星：金星古代叫“明星”，光色银白，亮度特强，黎明见于东方叫“启明”，黄昏见于西方叫“长庚”。有：形容词词头。烂：鲜明。

[4] 将翱将翔：这句主语是“凫与雁”，蒙下省略。

[5] 弋：用带着丝线的箭来射鸟。凫(fú)：俗名野鸭。雁：大雁。

[6] 言：助词，无义。加：施。之：指凫与雁。加之：加之于凫、雁之上，即指射野鸭和大雁。

[7] 与：同，和。宜：烹调菜肴。之：代词，指凫与雁。

[8] 饮酒：古代举行婚礼，要设酒宴，新人则要合卺(jǐn)，即后世所谓吃交杯酒。

[9] 御：身旁。

[10] 静好：安好。

[11] 之：本句句末的“之”，助词，无义。下五句皆同。

[12] 杂佩：身上的各种佩玉。“杂佩”是介词“以”的前置宾语。

[13] 顺：与己和顺。

[14] 问：遗(wèi)赠。

[15] 好：与己相好。

[16] 报：酬答。

有女同车

这首诗写一个青年对同车的一个姓姜的少女的爱慕。他对这个少女的外貌，服饰的华丽，态度的娴雅和悦耳的话音，都十分赞赏。

有女同车，	姑娘跟我同车坐，
颜如舜华[1]。	脸儿像木槿花朵儿样。
将翱将翔[2]，	车子一阵快来一阵慢，
佩玉琼琚[3]。	她佩带的美玉闪亮光。
彼美孟姜[4]，	美丽的姜家大姑娘，
洵美且都[5]。	实在娴雅又漂亮。

有女同行，	姑娘跟我同路来，
颜如舜英[6]。	脸蛋像木槿的花儿开。
将翱将翔，	车子一阵下坡一阵上，
佩玉将将[7]。	她的佩玉响叮当。
彼美孟姜，	美丽的姜家大姑娘，
德音不忘[8]。	贤德的话语人难忘。

[1] 颜：面容，脸色。舜：植物名，即木槿，落叶灌木，花大，花瓣有红、紫、白等色。华：花。

[2] 将：且。翱翔：鸟飞的样子，这里比喻车马奔驰前进。翱为急行或上坡，如鸟鼓翼奋飞；翔为徐行或下坡，如鸟平翼滑翔。

[3] 琼：形容琚之美。琚：佩玉名。

[4] 孟：排行第一。姜：姓。上古同姓不婚，贵族妇女的姓比名重要(一般平民没有姓氏)。待嫁的女子如果要加以区别，则在姓上冠以孟(伯)、仲、

叔、季，表示排行。

[5] 都：娴雅。

[6] 英：花。

[7] 将将(qiāng qiāng)：通“锵锵”，玉声。

[8] 德音：善言。

山有扶苏

女子对向她求爱的男子表示：我的条件高多了，你不行。

山有扶苏[1]，	山上大树树枝四面伸，
隰有荷华[2]。	池塘里荷花玉立亭亭。
不见子都[3]，	没遇见漂亮的子都，
乃见狂且[4]！	却碰上你这个狂人！
山有桥松[5]，	松树高高在山头，
隰有游龙[6]。	红蓼叶叶遮满沟。
不见子充，	没遇见漂亮的子充，
乃见狡童！	却碰上你这个顽皮猴！

[1] 扶苏：同“扶疏”，大树树枝四面伸展。这里用作名词。《说文》“扶”作“枎”，古“疏”通“苏”。

[2] 隰(xí)：低湿的地方。荷：植物名，一名莲，多年生草本，属睡莲科，生浅水中。华：见《小雅·有女同车》注[1]。

[3] 子都：美男子的名字。下章“子充”同语。

[4] 乃：却。《词诠》：“乃，却也。”狂：狂人(依朱熹说)。且(jū)：助词，无义。

[5] 桥松：高大的松树。桥：通“乔”，高。

[6] 游龙：植物名，即荭，一年生草本，属蓼科，叶大而色白，高达三公尺。

萚兮

这首诗以落叶（萚）起兴，写一个女子邀请一个男子一块唱歌，以表达自己内心相爱之情。

萚兮萚兮[1]，	枯叶呀枯叶，
风其吹女[2]。	风一来就要把你吹落。
叔兮伯兮[3]，	哥哥呀哥哥，
倡，予和女[4]。	你一唱我就给你和。
萚兮萚兮，	枯叶呀枯叶，
风其漂女[5]。	风一来就要把你吹落地。
叔兮伯兮，	哥哥呀哥哥，
倡，予要女[6]。	你一唱我就应和你。

[1] 萚（tuò）：树木将落的枯叶。

[2] 其：将。《经传释词》：“其，犹‘将’也。”女：通“汝”，指萚。

[3] 叔兮伯兮：叔伯，对平辈男子的昵称。

[4] 倡：通“唱”。予：女子自指。和（hè）：声音相应。女：通“汝”，指叔伯。

[5] 漂：通“飘”。吹。

[6] 要：和（hè），跟着唱。

狡童

这首民歌写一个少女因情人不理她而深感痛苦。

彼狡童兮[1]，	那个漂亮的小伙子呀，
不与我言兮。	不肯跟我搭话。
维子之故[2]，	由于你的缘故，
使我不能餐兮。	我饭也吃不下。
彼狡童兮，	那个漂亮的小伙子呀，
不与我食兮。	不肯同我进餐。
维子之故，	由于你的缘故，
使我不能息兮[3]。	我觉也睡不安然。

[1] 狡：通“姣”。美好。

[2] 维：由于。

[3] 息：歇止，休息。

褰裳

这是一个女子戏谑她的情人的一首民歌。

子惠思我[1]，	你要是真心把我爱，
褰裳涉溱[2]。	撩起下衣蹚过溱河来。

子不我思[3]，	你要是真的不把我想，
岂无他人[4]？	难道我找不到别的人？
狂童之狂也且[5]！	傻瓜你傻成了这个样！

子惠思我，	你要是真心想着我，
褰裳涉洧[6]。	撩起下衣蹚过洧水河。
子不我思，	你要是真的不把我想，
岂无他士？	难道再没个好后生？
狂童之狂也且！	傻瓜你傻成了这个样！

[1] 子惠思我：等于说“子惠而思我”。惠：爱。

[2] 褰(qiān)裳：提起下裙。褰：通“搴”，提起。裳：下裙。溱(zhēn)：水名，发源于今河南省密县东北的圣水峪。

[3] 子不我思：等于说“子不思我”。“我”是“思”的宾语。

[4] 他人：别人。

[5] 第一个“狂”字是定语，修饰名词“童”字。第二个“狂”字是谓语。这里是痴呆的意思。“之”字是插入主语和谓语之间的助词。且(jū)：助词，无义。

[6] 洧(wěi)：水名，发源于今河南省登封县东的阳城山。溱水向东南流，洧水向东流，在今密县大隗镇会合成双洎河，再向东流入贾鲁河。

丰

这首诗前两章是一位姑娘自怨自艾，悔不该当初目光短浅，错过了一门好亲事；后两章是她期望那人再赶车来，自己愿意穿上嫁衣，跟他一块去。

子之丰兮[1]，	那人面貌真丰润，
俟我乎巷兮[2]。	到大门口等我表真心。
悔，予不送兮[3]！	真后悔呀，我没有嫁给这个人！
子之昌兮[4]，	那人长得挺精神，
俟我乎堂兮。	到房门口向我来求亲。
悔，予不将兮[5]！	真后悔呀，我没有嫁给这个人！
衣锦褧衣[6]，	花绸衣上罩纱衣，
裳锦褧裳[7]。	花绸裙上罩纱裙。
叔兮伯兮，	哥哥呀好哥哥，
驾，予与行[8]。	驾车来吧，我愿将身嫁郎君。
裳锦褧裳，	花绸裙上罩纱裙，
衣锦褧衣。	花绸衣上罩纱衣。
叔兮伯兮，	哥哥呀好哥哥，
驾，予与归[9]。	驾车来吧，我愿将身嫁给你。

[1] 子：指人。之：助词，无义。丰：丰满。

[2] 俟(sì)：等待。巷：门外(依朱熹说)。

[3] 送：把姑娘送到夫家。

[4] 昌：健壮。

[5] 将：同“送”。《尔雅·释言》：“将，送也。”

[6] 第一个“衣”字用作动词，念去声，当穿衣讲。锦：这里指锦衣，即有彩色花纹的绸衣。褧(jiǒng)衣：用麻布做的单衫。《说文·衣部》：“褧，麻也。”

[7] 第一个“裳”字用作动词，当“穿”讲。

[8] 与：介词，同。后面省“尔”字。

[9] 归：出嫁。段玉裁："妇人谓嫁曰归。"

东门之墠

邻居小伙子不知道姑娘的心事，不来接近这个姑娘。姑娘不愿先去找他，只是唱出了这首情歌。

东门之墠[1]，	东门外有块坪，
茹藘在阪[2]。	坡上茜草绿茵茵。
其室则迩[3]，	那屋子像在眼前，
其人甚远。	那人儿却远隔天边。
东门之栗[4]，	东门外栗子树旁，
有践家室[5]。	有那简陋的住房。
岂不尔思？	难道是我不把你想念？
子不我即[6]。	只怪你不来到我身边。

[1] 墠(shàn)：野外除去杂草的平地。

[2] 茹藘(rú lǘ)：植物名，即茜(qiàn)草，多年生蔓草，根红色，可以作绛红色染料。阪(bǎn)：山坡，斜坡。

[3] 迩：近。

[4] 栗：即栗子树，落叶乔木，高四、五丈，果实可吃。

[5] 践：通"浅"。浅陋。

[6] 即：就，走近，靠近。

风雨

风雨交加，天色晦暗，姑娘担心情人可能不会来了。不久，他出现了，姑娘显得十分高兴。

风雨凄凄[1]，	寒风刮，冷雨浇，
鸡鸣喈喈[2]。	鸡儿喔喔叫。
既见君子[3]，	忽然见情郎，
云胡不夷[4]！	兴致怎不高！
风雨潇潇[5]，	风又猛，雨又急，
鸡鸣胶胶[6]。	鸡儿喔喔啼。
既见君子，	忽然见情郎，
云胡不瘳[7]！	病儿怎不愈！
风雨如晦[8]，	风雨交加天昏黑，
鸡鸣不已[9]。	鸡儿喔喔啼不已。
既见君子，	忽然见情郎，
云胡不喜！	心中怎不喜！

[1] 凄凄：寒冷貌。

[2] 喈喈(jiē jiē)：鸡叫声。

[3] 君子：指所期待的男子(依朱熹说)。

[4] 云：助词，无义。夷：悦。《尔雅·释言》："夷，悦也。"

[5] 潇潇：风雨声。

[6] 胶胶：鸡叫声。
[7] 瘳(chōu)：病愈，指相思病好了。
[8] 晦(huì)：夜晚。
[9] 已：止。

子　衿

这首诗写一个青年女子等候情人的焦急心情。前两章抱怨情人不来找她，后一章写她等得心烦意乱。

青青子衿[1]，	你的衣领青又青，
悠悠我心[2]。	时时萦绕在我心。
纵我不往[3]，	纵然我没去找你，
子宁不嗣音[4]！	你怎么也不捎个信！
青青子佩[5]，	青青的佩玉你身上戴，
悠悠我思。	时时浮现在我脑海。
纵我不往，	纵然我没到你那里去，
子宁不来！	你怎么不到我这里来！
挑兮达兮[6]，	我走来走去多少趟，
在城阙兮[7]。	久久等候在城楼上。
一日不见，	一天没见你的面，
如三月兮！	就像过了三月那么长！

[1] 青青：纯绿色。衿(jīn)：古人在胸前相交的衣领。

[2] 悠悠：忧思的样子。

[3] 纵：即使。

[4] 宁：难道，怎么。嗣(sì)：韩诗作“诒”。诒(yí)：寄。

[5] 佩：佩玉。

[6] 挑(tāo)、达(tà)：形容走来走去的样子。

[7] 城阙：城楼。

扬之水

一对情人在互相提醒：我们要同心同德，不要让别人钻了空子，离间我们的关系。

扬之水，	慢悠悠流的河水，
不流束楚。	漂不走成捆的牡荆。
终鲜兄弟[1]，	举目再没亲人，
维予与女[2]。	就你我相依为命。
无信人之言[3]，	别人的谗言别信，
人实迋女[4]。	他们想骗你走上邪径。

扬之水，	慢悠悠流的河水，
不流束薪。	漂不走成捆的柴禾。
终鲜兄弟，	举目再没亲人，
维予二人。	就你我人儿两个。
无信人之言，	别人的坏话别信，
人实不信[5]。	他们惯会挑拨。

[1] 终：既。鲜(xiǎn)：少。兄弟：亲属的统称。
[2] 维：同“惟”，只有。女：“汝”的假借字。
[3] 无：通“毋”，不要。
[4] 迂(guàng)：通“诳”。欺骗。
[5] 信：诚实。

出其东门

这个男子的爱情是专一的。城外那么多女子没有使他动心。他只爱那个白衣青巾(有时带绛色巾)的姑娘。

出其东门，	出了城东门，
有女如云[1]。	少女多得像彩云。
虽则如云，	虽然少女那么多，
匪我思存[2]。	都不是我的心上人。
缟衣綦巾[3]，	白衣女郎青佩巾，
聊乐我员[4]。	就她能使我欢欣。
出其闉阇[5]，	出了外城去玩耍，
有女如荼[6]。	少女多如白茅花。
虽则如荼，	虽然少女那么多，
匪我思且[7]。	都不在我的心上挂。
缟衣茹藘[8]，	白衣女郎绛佩巾，
聊可与娱。	同我欢乐的只有她。

[1] 如云：比喻众多。

[2] 存：想念。

[3] 缟(gǎo)衣：白色上衣，未嫁女所服。綦(qí)巾：淡青色的佩巾，未嫁女所带。

[4] 聊：姑且。员(yún)：通“云”。语气词。

[5] 闉(yīn)：城门外护门的小曲城，又叫瓮城。阇(dū)：瓮城的门。

[6] 如荼(tú)：像一片茅草白花，比喻众多(依马瑞辰说)。荼是茅草的白花。

[7] 且(jū)：助词，无义。

[8] 茹藘(rú lǘ)：见《郑风·东门之墠》注[2]。

野有蔓草

这个青年和他的意中人在野外不期而遇，喜出望外，要跟她诉衷肠。

野有蔓草[1]，	野地里草儿蔓延，
零露漙兮[2]。	草儿上露珠闪闪。
有美一人，	走来一个好姑娘，
清扬婉兮[3]。	眉清目秀惹人怜。
邂逅相遇[4]，	偶然在这儿遇见你，
适我愿兮。	正适合我的心愿。
野有蔓草，	野地里草儿滋长，
零露瀼瀼[5]。	草儿上露珠闪光。
有美一人，	走来一个好姑娘，
婉如清扬[6]。	眉目秀媚真漂亮。
邂逅相遇，	偶然在这儿遇上你，

与子偕臧[7]。　　找个僻静处和你诉衷肠。

[1] 蔓草：蔓生的草。

[2] 零：液体降落。漙(tuán)：露多的样子。

[3] 清扬：清，目下。扬，指眉毛及其上下部分。婉：貌美的样子。

[4] 邂逅(xiè hòu)：偶然相遇。

[5] 瀼瀼(ráng ráng)：露多的样子。

[6] 如：形容词词尾。

[7] 偕(xié)：一同。臧：通"藏"。《礼记·檀弓》："藏也者，欲人之弗得见也。"

溱　洧

郑国的风俗，三月上旬巳日，人们要去溱水和洧水边祈祷幸福，祓除不祥。这也是情人相会的好时光。本诗中的一对男女先在僻静地方见面，后去热闹处游玩，临别还互赠芍药以加深感情。

溱与洧[1]，	溱河和洧河，
方涣涣兮[2]。	春水波荡漾。
士与女[3]，	小伙子和大姑娘，
方秉蕑兮[4]。	手捧兰草满怀香。
女曰："观乎！"[5]	姑娘说："瞧瞧热闹怎样！"
士曰："既且。"[6]	小伙子道："已经看了一趟。"
"且往观乎！	"再去看看也不妨！
洧之外，	洧河那边，
洵訏且乐。"[7]	宽广热闹大伙儿喜洋洋。"

维士与女[8]，	小伙子和大姑娘，
伊其相谑[9]，	嘻哈调笑心花放，
赠之以勺药[10]。	临分手，互赠芍药表衷肠。
溱与洧，	溱河和洧河，
浏其清矣[11]。	深水清清泛绿波。
士与女，	小伙子和大姑娘，
殷其盈矣[12]。	挤满河岸坡。
女曰："观乎！"	姑娘说："去看看吧！"
士曰："既且。"	小伙子道："我已经看过。"
"且往观乎！	"还是去看看再说！
洧之外，	洧河那边，
洵讦且乐。"	宽广热闹人又多。"
维士与女，	小伙子和大姑娘，
伊其将谑[13]，	嘻哈调笑真快乐，
赠之以勺药。	临分手，互赠以芍药。

[1] 溱、洧：皆水名。见《郑风·褰裳》注[2][6]。

[2] 涣涣：水盛貌。

[3] 士与女：未婚的男子和女子。郝懿行："古以士、女为未嫁娶之称。"

[4] 秉：拿着。蕳（jiān）：兰草。一种菊科植物，有香气。古人认为手拿兰草可以防邪气。

[5] 观：观赏。

[6] 既：已经。且（jū）：助词，无义。

[7] 洵：诚然，实在。讦（xū）：大。

[8] 维：句首语气词。

[9] 伊、其：都是助词，无义。谑（xuè）：调笑。

[10] 勺药：即芍药，是蘼芜一类的香草，不是现在的芍药花。崔豹《古今注》："芍药，一名可离。故将别赠以芍药，犹相招赠以文无。文无，一名当归也。"

[11] 浏(liú)：水深而清。

[12] 殷(yīn)：众多。盈：满。

[13] 将：互相。

齐[1] 风

鸡 鸣

这首诗写国君的妻子劝国君早起去上朝，而这个贪图安逸的国君却恋床不起。

“鸡既鸣矣，
朝既盈矣。”[2]
“匪鸡则鸣[3]，
苍蝇之声。”

“东方明矣，
朝既昌矣”[4]。
“匪东方则明，
月出之光。”

“虫飞薨薨[5]，
甘与子同梦。”
“会且归矣[6]，
无庶予子憎。”[7]

“鸡已经啼了，
上朝的人到齐了。”
“不是鸡啼声，
苍蝇在嗡嗡。”

“东方大亮了，
上朝的人很多了。”
“不是东方亮，
满天明月光。”

“苍蝇飞，嗡嗡嗡，
乐意与你再入梦。”
“朝会的人要回去，
不希望人家厌恶你。”

[1] 齐：国名。吕尚受封，建都营丘（即今山东省临淄县），领土在今山东

省北部。以后疆土扩大到山东半岛；东到海，西到黄河（大致相当今卫河一线），南到穆陵关（今山东临朐、沂水界上）和泰山，北到无棣（今河北盐山、山东无棣一带）。

[2] 朝：朝廷。盈：满。

[3] 匪：非。则：之。《词诠》："则，陪从连词，与'之'同。"

[4] 昌：盛多。

[5] 薨薨（hōng hōng）：嗡嗡声。

[6] 且：将。

[7] 无：不。庶：希望。予：通"与"，给。憎：憎恶。

还

齐国贵族喜欢打猎。这首诗记叙两个猎人相遇，一齐追逐猎物，互相赞美，结下了深厚的友谊。

子之还兮[1]，	他长得精壮矫健，
遭我乎猺之间兮[2]。	与我相逢在猺山之间。
并驱从两肩兮[3]。	并马追逐两头野猪。
揖我谓我儇兮[4]。	拱手作揖夸我身手灵便。
子之茂兮[5]，	他长得相貌堂堂，
遭我乎猺之道兮。	遇我在猺山道上。
并驱从两牡兮[6]。	并马追逐两只雄兽。
揖我谓我好兮。	拱手作揖夸我漂亮。
子之昌兮[7]，	他长得多么壮健，

遭我乎狃之阳兮[8]。	遇我在狃山南边。
并驱从两狼兮，	并马追逐两只恶狼，
揖我谓我臧兮[9]。	拱手作揖夸我能干。

[1] 还(xuán)：轻快敏捷的样子。

[2] 遭：遇。狃(náo)：山名，在今山东省淄博市东。

[3] 并：一齐。驱：策马。从：追逐。肩：通“豜”(jiān)。大猪。

[4] 揖(yī)：拱手为礼。儇(xuān)：便捷。

[5] 茂：美好。

[6] 牡：雄性野兽。

[7] 昌：盛也。此指强壮。

[8] 阳：山南。古时把山的南面或水的北面称阳，把山的北面或水的南面称阴。

[9] 臧：善。

著

当时齐国结婚习俗新郎不到女家行亲迎之礼，但要打扮得很漂亮，要从大门外面一直迎接到正堂。

俟我于著乎而[1]，	他迎候我站立在屏风前，
充耳以素乎而[2]，	白丝线垂玉两耳边，
尚之以琼华乎而[3]。	琼华美石饰身间。
俟我于庭乎而[4]，	他迎候我站立在庭院中，
充耳以青乎而[5]，	耳旁垂玉丝线颜色青，
尚之以琼莹乎而[6]。	身佩琼莹宝石亮晶晶。

俟我于堂乎而[7]，	他迎候我站立在正堂，
充耳以黄乎而[8]，	耳旁垂玉丝线颜色黄，
尚之以琼英乎而[9]。	身佩琼瑛宝石映日光。

[1] 俟：见《郑风·丰》注[2]。著：大门与屏风之间。乎而：语末助词。

[2] 充耳：以白丝线悬瑱（zhèn，冠两旁下垂到耳边的玉石）。《释名》："瑱，镇也，悬当耳旁不欲使人妄听，自镇重也。"素：洁白生丝绢，这里指白丝线。

[3] 尚：加；加在上面。琼华：似玉的美石。

[4] 庭：院子。

[5] 青：指青色丝线。

[6] 琼莹：似玉的美石。

[7] 堂：堂屋。

[8] 黄：黄色丝线。

[9] 英：通"瑛"。琼英：似玉的美石。

东方之日

这首诗描述一个男子歌唱情人的美貌，并叙述她来而又去的经过。

东方之日兮，	东方太阳红又圆，
彼姝者子[1]。	那个姑娘似天仙。
在我室兮。	她正在我房间。
在我室兮，	在我房间里啊，
履我即兮[2]。	是她来到我身边。

东方之月兮。　　东方月儿已升起，
彼姝者子，　　那个姑娘真美丽，
在我闼兮[3]。　　她在我的门内立。
在我闼兮，　　在我门内立啊，
履我发兮[4]。　　就要离开我这里。

[1] 姝(shū)：美好。
[2] 履我即兮：等于说"履而即我兮"。履：踩，踏。即：就，靠近。
[3] 闼(tà)：门内。
[4] 发：出发，离开。

东方未明

百姓们被国君没早没晚地驱使，疲惫不堪。这首诗表达了积压在胸中的不满和愤慨。

东方未明，　　东方没发亮，
颠倒衣裳[1]。　　颠倒穿衣裳。
颠之倒之，　　衣裳颠倒穿，
自公召之[2]。　　只为国君唤。

东方未晞[3]，　　东方没破晓，
颠倒裳衣。　　衣裳穿颠倒。
倒之颠之，　　颠倒穿衣裳，
自公令之[4]。　　国君召唤忙。

折柳樊圃[5]，	折柳编篱围菜园，
狂夫瞿瞿[6]。	痴子瞠目不越限。
不能辰夜[7]，	咱们不论日和夜，
不夙则莫[8]！	驱遣或早或是晚。

[1] 衣：上衣。裳：下裙。

[2] 自：由。召：召唤。

[3] 晞(xī)：天色微明。

[4] 令：发号。

[5] 樊：篱笆，这里用作动词，编篱笆。圃：菜园。

[6] 瞿瞿(jù jù)：瞪眼望着、神情不安的样子。

[7] 辰：日，与夜相对。

[8] 夙：早。莫："暮"的本字。日落的时候。

南　山

桓公三年春，鲁桓公娶齐襄公的妹妹文姜为夫人。齐襄公亲自送文姜去鲁国成亲，这在当时是违背礼法的。桓公十八年春，鲁桓公带文姜访问齐国。文姜跟齐襄公私通。鲁桓公谴责了文姜。文姜告诉了齐襄公。齐襄公派公子彭生杀了鲁桓公。鲁桓公的儿子庄公即位后，文姜多次跟齐襄公相会。齐襄公跟他妹妹文姜长期保持暧昧关系，这在当时是一大丑闻。这首诗谴责了这兄妹俩，也批评鲁桓公不应该纵容文姜胡作非为。

南山崔崔[1]，	南山南山高又高，
雄狐绥绥[2]。	雄狐跟着雌狐跑。
鲁道有荡[3]，	鲁国的大道多平坦，

齐子由归[4]。	文姜从这条路嫁鲁桓。
既曰归止[5]，	文姜既然已出嫁，
曷又怀止[6]？	你心里为何把她丢不下？
葛屦五两[7]；	葛麻鞋子配成双；
冠緌双止[8]。	冠上长缨垂两行。
鲁道有荡，	鲁国的大路多平坦，
齐子庸止[9]。	文姜从这儿已走远。
既曰庸止，	既然已经出了嫁，
曷又从止[10]？	你为什么还要纠缠他？
蓺麻如之何[11]？	怎样种大麻？
衡从其亩[12]。	先要耕田亩。
取妻如之何[13]？	怎样娶老婆？
必告父母。	必先告父母。
既曰告止，	既是父母做了主，
曷又鞠止[14]？	为何让她纵欲不受阻？
析薪如之何[15]？	怎样劈木柴？
匪斧不克[16]。	没斧子不行。
取妻如之何？	怎样娶妻室？
匪媒不得。	没媒人不成。
既曰得止，	既是明媒正娶，
曷又极止[17]？	为何又让她滥情？

[1] 崔崔(cuí cuí)：山高大的样子。

[2] 绥绥：跟随的样子(依陈奂说)。

[3] 道：道路。有：形容词词头。荡：平坦。

[4] 齐子：指文姜。由：从。归：女子出嫁。

[5] 止：助词。

[6] 曷：为什么。怀：思念。

[7] 葛：见《王风·葛藟》注[1]。屦(jù)：用麻或皮革等材料制作的鞋。两：这里作量词，等于双。古代诸侯行亲迎之礼，要送给女方几双鞋，外加瑞玉作为礼物。

[8] 緌(ruí)：古人戴冠，要把两根冠缨系到颔下。打结后，冠缨的两根余头下垂，这就叫緌。

[9] 庸：用，由。义与上章诗中的“由”字同。

[10] 从：跟随。

[11] 蓺：种植。麻：见《王风·丘中有麻》注[1]。如之何：怎么样。

[12] 衡：“横”的假借字。东西耕叫横。从：“纵”的假借字。南北耕叫纵。亩：田地。

[13] 取：娶。

[14] 鞠：穷。这里指任性纵欲。

[15] 析薪：劈柴。

[16] 克：能。

[17] 极：与“鞠”同义。

甫　田

主人公是个姑娘，她小时候跟一个男孩子有一段青梅竹马的恋爱关系。后来分开了，男孩子在一个离她很远的地方，她深深地怀念着。这样过了好些年，突然，有一天他出现在她面前。他早已不是孩子了，就像一眨眼的工夫，他戴着帽子，成了一个大人。这首诗前两章是姑娘反复劝自己不要再想念他，因为这样太伤身体；第三章是叙说突然

❖ 相逢的感受。

无田甫田[1]，	别种太多的田地，
维莠骄骄[2]。	莠草跟禾苗难分。
无思远人，	别想远方的情人，
劳心忉忉[3]。	会使人耗伤心神。
无田甫田，	别种太多的田地，
维莠桀桀[4]。	莠草跟禾苗齐长。
无思远人，	别想远方的情人，
劳心怛怛[5]。	会使人心劳神伤。
婉兮娈兮[6]，	当初你年少标致，
总角丱兮[7]。	抓髻儿像犄角两只。
未几见兮[8]，	没过多久重逢，
突而弁兮[9]。	突然见你把礼帽戴起。

[1] 第一个“田”字作动词用，耕种田地。第二个“田”字是名词，田地。甫：大。

[2] 莠（yǒu）：又叫狗尾草，一年生草本植物，样子很像谷子。骄骄：草盛的样子。

[3] 忉忉（dāo dāo）：忧念貌。

[4] 桀桀：草盛的样子。

[5] 怛怛（dá dá）：忧念貌。

[6] 婉娈（luán）：年少标致。

[7] 总角：见《卫风·氓》注[40]。丱（guàn）：两束头发像牛角的样子。

[8] 未几：没有多少时候。

[9] 突而：突然。而：副词词尾。弁(biàn)：冠(guàn)，作动词，当戴上帽子讲。周代贵族男子二十岁时由父亲在宗庙里主持加冠仪式。加冠以后可以娶妻。

卢　令

这是一首赞美猎人的诗。

卢令令[1]，	猎狗项圈响“铃铃”，
其人美且仁[2]。	猎人漂亮又温情。
卢重环[3]，	猎狗戴着两项圈，
其人美且鬈[4]。	猎人漂亮头发卷。
卢重镅[5]，	大项圈套着两小圈，
其人美且偲[6]。	猎人帅气美须髯。

[1] 卢：黑色的猎狗。令令：“铃铃”的假借字，狗脖子下的环声。

[2] 仁：爱人。

[3] 重(chóng)环：两个环，称“子母环”。

[4] 鬈(quán)：头发美好貌。

[5] 镅(méi)：一环套两环。

[6] 偲(cāi)：多须的样子。

敝　笱

鲁桓公被齐襄公害死后，桓公的儿子庄公即位。鲁庄公不敢为父报仇，也不能阻止桓公的夫人文姜多次去齐国跟她哥哥齐襄公相会。这首诗批评了鲁庄公的懦弱无用，也谴责了文姜肆无忌惮的放荡行为。

敝笱在梁[1]，	破鱼笱安在石梁下，
其鱼鲂鳏[2]。	鲂鱼鳏鱼不怕它。
齐子归止[3]，	齐女回到娘家来，
其从如云[4]。	侍从多得像云彩。
敝笱在梁，	石梁下安的破鱼笱，
其鱼鲂鱮[5]。	鲂鱼鱮鱼任去留。
齐子归止，	齐国女子回娘家，
其从如雨。	侍从多得像雨下。
敝笱在梁，	破鱼笱安在堤坝口，
其鱼唯唯[6]。	大鱼小鱼自在游。
齐子归止，	齐国女子回娘家去，
其从如水。	侍从多得像流水。

[1] 敝：坏。笱(gǒu)：一种用竹子编的捕鱼器，口阔颈狭，腹大而长，颈部有用细竹编的阀门，鱼能进不能出。梁：用石头堵的堤坝，中间有一段空隙，使鱼往来。

[2] 鲂(fáng)：鱼名，又叫鳊(biān)，扁身细鳞，颜色青白，味美。鳏(guān)：鱼名，又叫鳡(gǎn)，大的有三四十斤。这里以破鱼笱捉不住鱼比喻庄公懦弱、无力制服文姜。

[3] 齐子：指文姜。归：指回齐国娘家。止：助词。

[4] 其：人称代词，这里等于“齐子之”。从(zòng)：随从的人。

[5] 鲔（xù）：鱼名，又叫鲢（lián），大的有三、四尺长。

[6] 唯唯：出入自由的样子。

载　驱

这首诗同前面《南山》、《敝笱》的共同点是都讽刺了齐襄公跟文姜的不正当关系，不同点是《南山》、《敝笱》对鲁桓公、鲁庄公也进行了批评，而《载驱》只是集中揭露了文姜在鲁桓公死后多次公开去齐国同齐襄公相会的无耻行为。

载驱薄薄[1]，	赶马快跑轮声轧轧响，
簟茀朱鞹[2]。	竹帘垂挂、红漆兽皮作车厢。
鲁道有荡[3]，	鲁国大道平展展，
齐子发夕[4]。	齐国公主启程回故乡。
四骊济济[5]，	四匹黑马多健壮，
垂辔弥弥[6]。	缰绳低垂左右晃。
鲁道有荡，	鲁国大道平展展，
齐子岂弟[7]。	齐国公主喜洋洋。
汶水汤汤[8]，	汶水浩荡波浪翻，
行人彭彭[9]。	行人接踵又摩肩。
鲁道有荡，	鲁国大道平展展，
齐子翱翔[10]。	齐国公主轻佻没个边。

汶水滔滔，	汶水澎湃浩浩荡荡，
行人儦儦[11]。	路上行人熙熙攘攘。
鲁道有荡，	鲁国大道平展展，
齐子游敖[12]。	齐国公主恣意游荡。

[1] 载：助词，无义。驱：策马。薄薄(bó bó)：马车疾驶的声音。

[2] 簟(diàn)：竹席。茀(fú)：车厢前后的遮蔽物，作用相当于现代轿车上的窗帘。朱鞹(kuò)：用红漆漆过的兽皮做的车厢。朱：大红色。鞹：兽皮。

[3] 鲁道有荡：见《齐风·南山》注[3]。

[4] 齐子：文姜。发夕：自夕发至旦。

[5] 骊(lí)：纯黑色的马。济济：漂亮的样子。

[6] 辔(pèi)：马缰绳。弥弥：柔软的样子(依朱熹说)。

[7] 岂弟(kǎi tì)：准叠韵联绵词，同"恺悌(kǎi tì)"。和乐平易，不怕羞耻。

[8] 汶(wèn)水：水名，在今山东省。汤汤(shāng shāng)：大水激流的样子。

[9] 彭彭(bāng bāng)：人多的样子。

[10] 翱翔：游戏放荡的样子。

[11] 儦儦(biāo biāo)：人多的样子。

[12] 游敖(áo)：遨游，游戏放荡的样子。

猗　嗟

旧说这是一首齐国人嘲讽鲁庄公的诗歌，明褒而暗贬。表面上把鲁庄公赞扬备至，特别称颂他武艺高强，乱臣贼子不敢有所举动，而其中却隐含着深刻的嘲讽，因为他没能报杀父之仇，也没能制止母亲文姜多次到齐国去同齐襄公相会。第二章的末句"展我甥兮"把诗人的讽刺意图一语道破，最为辛辣。

猗嗟昌兮[1]，	他的相貌好齐整，
颀而长兮[2]，	身材匀称又修长，
抑若扬兮[3]，	眉宇之间有英气，
美目扬兮，	容颜秀美神彩扬，
巧趋跄兮[4]，	风度翩翩走路快，
射则臧兮[5]。	射箭的本领实在强。

猗嗟名兮[6]，	眉宇之间有气度，
美目清兮。	一双俊眼如水清。
仪既成兮[7]，	射箭比赛的群英会，
终日射侯，	他来参加一天整，
不出正兮[8]，	没有一箭射空靶，
展我甥兮[9]！	真是齐国的好外甥！

猗嗟娈兮[10]，	他的容貌真好看，
清扬婉兮[11]。	眉清目秀惹人怜。
舞则选兮[12]，	跳起舞来合节奏，
射则贯兮[13]。	弯弓搭箭靶心穿。
四矢反兮[14]，	四箭射在一点上，
以御乱兮。	乱臣贼子心胆寒。

[1] 猗嗟（yī jiē）：叹词。昌：美好貌。

[2] 颀（qí）：修长貌。而：形容词词尾。

[3] 抑：通“懿”。美。若：形容词词尾。扬：指眉毛及其上下部分。下句“扬”同此。

[4] 趋：快走。跄（qiāng）：“跄跄”的省称，快步而有风度的样子。

[5] 臧：善。

[6] 名：目上，眉睫之间。

[7] 仪：射箭仪式。成：结束。

[8] 侯，正：张箭靶的布叫侯，箭靶叫正。正就设在侯中。

[9] 展：诚然。

[10] 娈（luán）：貌美的样子。

[11] 清扬婉兮：见《郑风·野有蔓草》注[3]。

[12] 选：齐。合于音乐节奏。

[13] 贯：穿。

[14] 反：中在一个地方。

魏[1] 风

葛屦

这是劳动妇女讽刺贵族妇人的一首诗。头一章讽刺那个贵族妇人不劳而获；第二章讽刺那个贵族妇人大模大样，心胸狭窄。

纠纠葛屦[2]，	紧密编织的葛麻鞋，
可以履霜[3]。	可以穿它踩雪霜。
掺掺女手[4]，	娇嫩纤细的女儿手，
可以缝裳[5]。	可以为人缝衣裳。
要之襋之[6]，	上好了裤腰和衣领，
好人服之[7]。	送给美人去穿上。

好人提提[8]，	美人穿上它好舒坦，
宛然左辟[9]，	扭捏身子把头偏一边，
佩其象揥[10]。	象牙首饰佩戴在发间。
维是褊心[11]，	只为她这样不容人，
是以为刺[12]。	我才把这首歌儿编。

[1] 魏：西周时分封的诸侯国，姬姓，在今山西芮城，后被晋献公所灭。

[2] 纠纠：纠结缠绕的样子。葛屦：见《齐风·南山》注[7]。

[3] 履：鞋子，这里用作动词，意思是踩。

[4] 掺掺(shān shān)：纤细貌。

[5] 裳：统指衣裳。

[6] 要(yāo)：即“腰”，用作动词，意为上裤腰。襋(jí)：衣领，用作动词，意为上衣领。

[7] 好人：美人。好，貌美，特指女子长得好看。“好人”是对那贵族妇人的讽刺性的称呼。

[8] 提提(shí shí)：美好安舒的样子。

[9] 宛然：宛转回避的样子。辟：通“避”。

[10] 象揥(tì)：用象骨做的搔头的用具，平时戴在头上作首饰。

[11] 维：句首语气词。是：指示代词，这样。褊(biǎn)心：心地狭窄。

[12] 是以：因此。为刺：进行讥刺。

汾沮洳

这是一个女子在汾河边劳动的时候赞美一个男子的情歌。她重的是人才仪表，不是地位财产；对那些宫廷贵族和国君侍从，她一个也看不上。

彼汾沮洳[1]，	在那汾河边洼地里，
言采其莫[2]。	我把莫菜来摘取。
彼其之子[3]，	那个青年男子，
美无度[4]。	美得无法赞许。
美无度，	美得无法赞许呀，
殊异乎公路[5]。	国君的侍从没人能比。
彼汾一方[6]，	在那汾河的水涯，
言采其桑。	我摘满桑叶再回家。
彼其之子，	那个青年男子，

美如英[7]。	美得像一朵花。
美如英，	美得像一朵花呀，
殊异乎公行[8]。	国君的侍从都不如他。
彼汾一曲[9]，	在那汾河河湾旁，
言采其蕢[10]。	我把泽泻采进筐。
彼其之子，	那个青年男子，
美如玉。	美得像白玉一样。
美如玉，	美得像白玉一样啊，
殊异乎公族[11]。	国君的侍从也难比得上。

[1] 汾(fén)：汾河，是黄河第二大支流，在今山西省。沮洳(jù rú)：低湿的地方。

[2] 言：助词，无义。莫(mù)：莫菜，叶厚而长，有毛刺，嫩叶可以吃。

[3] 彼其之子：见《王风·扬之水》注[3]。

[4] 无度：没法衡量。度，限度。

[5] 公路：春秋时官名，掌管国君的路车。

[6] 一方：水外之地。

[7] 英：花。

[8] 公行(háng)：春秋时官名，掌管国君的兵车。

[9] 一曲：水湾之处。

[10] 蕢(xù)：即泽泻，多年生水草，可入药。古时候也采摘它的叶子当蔬菜。

[11] 公族：春秋时官名，掌管国君宗族的事务。

园有桃

旧说这是一个大夫忧虑时政的诗。政治腐败，国本动摇，他的言论不但得不到别人理解，反而遭到非议，只好借诗言志，大有“众人皆醉我独醒”的感慨。

园有桃，	果园有桃树，
其实之殽[1]。	桃子作食品。
心之忧矣，	愁思萦回在我心，
我歌且谣[2]。	只好唱歌来解闷。
不知我者，	不知我的庸人，
谓我“士也骄”。	说我“为人不逊”。
彼人是哉[3]，	那人就这样的作为，
子曰何其？	你还说个什么？
心之忧矣，	我的忧思万端，
其谁知之？	谁解我的衷肠？
其谁知之，	谁解我的衷肠啊，
盖亦勿思[4]！	我何必苦思冥想！

园有棘[5]，	果园有酸枣，
其实之食。	酸枣作食物。
心之忧矣，	愁思萦回我心头，
聊以行国[6]。	暂且出门去走走。
不知我者，	不知我的庸人，
谓我“士也罔极”[7]。	说我“没有操守”。
彼人是哉，	那人就是这样，
子曰何其？	你还说个什么？
心之忧矣，	我的忧思万端，

其谁知之？	谁解我的衷肠？
其谁知之，	谁解我的衷肠啊，
盖亦勿思！	我何必苦思冥想！

[1] 殽(yáo)：通“肴”。吃。
[2] 歌：唱而有伴奏。谣：唱而无伴奏。
[3] 是：指示代词，这样。
[4] 盖(hé)：通“盍(hé)”。
[5] 棘：酸枣树，落叶灌木，开黄绿色小花，茎上多刺，果实小，味酸。
[6] 聊：姑且。
[7] 罔极：无常，即没有准。罔：无。

陟 岵

这首诗描写一位青年士兵遥望家乡，思念亲人。

陟彼岵兮[1]，	登上葱茏的山顶，
瞻望父兮，	遥望家乡的父亲。
父曰：“嗟，	父说：“唉，
予子行役[2]，	我儿在外当兵，
夙夜无已[3]。	日夜作战不停。
上慎旃哉[4]，	你要万事当心啊，
犹来无止[5]。”	早回来，路上别出事情。”
陟彼屺兮[6]，	登上光秃的山巅，
瞻望母兮。	遥望家乡的母亲。

母曰:"嗟,	母说:"唉,
予季行役[7],	小儿子随军服役,
夙夜无寐。	日日夜夜奔忙。
上慎旃哉,	你要万事当心啊,
犹来无弃[8]。"	早回来,别抛下我们,你见了无常。"

陟彼冈兮,	登上高高的山冈,
瞻望兄兮。	遥望家乡的兄长。
兄曰:"嗟,	兄说:"唉,
予弟行役,	弟弟在外服役,
夙夜必偕[9]。	日夜随军打仗。
上慎旃哉,	你要万事当心啊,
犹来无死。"	早回来,不要死在路上。"

[1] 陟(zhì):登上。岵(hù):多草木的山。《尔雅》:"多草木,岵。"

[2] 行役:服兵役或劳役跋涉在外。

[3] 夙(sù):早。已:止息。

[4] 上:"尚"的假借字,庶几,表示希望。慎:慎重,保重。旃(zhān):"之焉"的合音,语助词。

[5] 犹:还,还是。无:通"毋"。

[6] 屺(qǐ):没有草木的山。《尔雅》:"无草木,屺。"

[7] 季:排行最后的孩子。

[8] 无弃:无弃我而不归。

[9] 偕(xié):共同,在一块。

十亩之间

这首诗写采桑的人们散工时悠闲自得,互相招呼,相邀一起回家。

十亩之间兮[1]，　　十亩桑田间，
桑者闲闲兮[2]，　　采桑人儿散工心舒展，
行，与子还兮[3]。　　走吧，我们一起回家转。

十亩之外兮，　　十亩桑田边，
桑者泄泄兮[4]，　　采桑人儿散工心悠闲，
行，与子逝兮[5]。　　走吧，我们一起回家园。

[1] 十亩桑田之内。
[2] 桑者：采桑叶的人，一般是妇女。闲闲：从容自得的样子。
[3] 还：归，回家。
[4] 泄泄（yì yì）：闲散貌。
[5] 逝：往，离去。

伐檀

一群老百姓在林中砍伐做车的木料，又把木料运到河边。他们一边费力地劳动，一边唱歌，唱出了心中的不平和愤怒。每章最后一句用反语讥刺剥削者，表露了被剥削者的反抗呼声。

坎坎伐檀兮[1]，　　檀树砍得坎坎响，
寘之河之干兮[2]，　　砍倒放在河岸旁，
河水清且涟猗[3]。　　河水清清微波荡漾。
不稼不穑[4]，　　你们不种庄稼不收割，
胡取禾三百廛兮[5]？　　凭什么要三百家农户交租粮？
不狩不猎[6]，　　你们从来不打猎，

胡瞻尔庭有县貆兮[7]？	为什么院里有貉子挂梁上？
彼君子兮[8]，	这些正人君子啊，
不素餐兮[9]！	真是自食其力的好榜样！
坎坎伐辐兮[10]，	砍树制辐条啊声坎坎，
寘之河之侧兮，	砍倒放在大河畔，
河水清且直猗[11]。	河水清清不见波澜。
不稼不穑，	你们从来不种田，
胡取禾三百亿兮[12]？	凭什么收得禾把三千万？
不狩不猎，	你们从来不打猎，
胡瞻尔庭有县特兮[13]？	为什么院里有野物架上悬？
彼君子兮，	这些正人君子啊，
不素食兮！	难道真的不白吃饭！
坎坎伐轮兮[14]，	砍树制车轮啊声一片，
寘之河之漘兮[15]，	砍倒放在大河边，
河水清且沦猗[16]。	河水清清浪花溅。
不稼不穑，	你们不干农活不下地，
胡取禾三百囷兮[17]？	哪来三百仓粮食堆成山？
不狩不猎，	你们从来不打猎，
胡瞻尔庭有县鹑兮[18]？	为什么院里鹌鹑挂了一串串！
彼君子兮，	这些正人君子啊，
不素飧兮[19]！	你们真的不白吃饭！

[1] 坎坎：伐木的声音。檀：见《郑风·将仲子》注[5]。

[2] 寘(zhì)：放置。干：岸。

[3] 涟(lián)：水面微波。猗(yī)：句末语气词。

[4] 稼(jià)：种植谷物。穑(sè)：收割庄稼。

[5] 胡：为什么。廛(chán)：一家所居的房地。这里指一个农户所交的租税。

[6] 狩(shòu)：冬猎。这里词义扩大，泛指打猎。

[7] 庭：庭院。县：通“悬”。貆(huán)：小貉。

[8] 君子：指剥削者。

[9] 素餐：白吃。

[10] 辐(fú)：车轮的辐条。这里指做辐条用的木料。

[11] 直：水纹平直。

[12] 亿：古数十万为亿(依朱骏声说)。

[13] 特：四岁兽。这里泛指野兽。

[14] 轮：车轮。这里指做车轮用的木料。

[15] 漘(chún)：水边。

[16] 沦：小波。

[17] 囷(qūn)：圆仓。

[18] 鹑(chún)：即鹌(ān)鹑。

[19] 飧(sūn)：夕食。这里用作动词，当吃讲。

硕　鼠

农民们对于贵族统治者的残酷剥削忍无可忍，责骂他们是大老鼠，幻想有一个没有剥削没有压迫的理想地方，到那里去安居乐业。

硕鼠硕鼠[1]，	大老鼠啊大老鼠，
无食我黍[2]。	别吃我的黄小米。
三岁贯女[3]，	三年给你当奴隶，

莫我肯顾[4]。	不肯正眼把我理。
逝将去女[5]，	现在我决计离开你，
适彼乐土[6]。	找个安乐的地方去。
乐土乐土，	那安乐的去处啊，
爱得我所[7]。	才是我的立身地。
硕鼠硕鼠，	大老鼠啊大老鼠，
无食我麦。	你别吃我的小麦。
三岁贯女，	伺候你已经三年，
莫我肯德[8]。	从不给我一点儿恩德。
逝将去女，	现在我决计离开你，
适彼乐国。	去找个安乐的所在。
乐国乐国，	那安乐的所在啊，
爰得我直[9]。	才会给我以公正的对待。
硕鼠硕鼠，	大老鼠啊大老鼠，
无食我苗[10]。	你别吃我的食粮。
三岁贯女，	奉养你已经三年，
莫我肯劳[11]。	从不把我体谅。
逝将去女，	现在我决计离开你，
适彼乐郊。	去到那安乐的郊野。
乐郊乐郊，	那安乐的郊野啊，
谁之永号[12]！	再没有谁长叹与忧伤！

[1] 硕(shuò)鼠：大老鼠，比喻剥削者。硕：大。

[2] 无：通“毋”。黍：农作物的一种，碾成米叫黄米。

[3] 贯：服事，侍奉。女：通“汝”。指“鼠”，也就是指剥削者。

[4] 顾：关心，照顾。

[5] 逝：通“誓”。去：离开。

[6] 适：往，到。乐土：安乐的地方。下两章“乐国”、“乐郊”都是这样的意思。

[7] 爰(yuán)：代词。于此。所：处所，地方。

[8] 德：恩惠。这里用作动词，是施恩、报德的意思。

[9] 直：正道。

[10] 苗：粮食。孔颖达说：“谷生于苗，故言苗以韵句。”

[11] 劳(lào)：慰劳。

[12] 永号：长叹。永：长。

唐[1] 风

蟋 蟀

这是一首宣扬及时行乐的诗。诗人一方面说要抓紧时光享受，另一方面又告诫自己不要享受过分，这样才能长期保持享乐生活。

蟋蟀在堂[2]，　　蛐蛐儿钻到屋角落，
岁聿其莫[3]。　　一年的时光剩无多。
今我不乐，　　现在不来寻欢乐，
日月其除[4]。　　良辰佳日转眼过。
无已大康[5]，　　不要玩乐无休止，
职思其居[6]。　　政事也要做一做。
好乐无荒[7]，　　好玩不要太放肆，
良士瞿瞿[8]。　　贤良之士能俭约。

蟋蟀在堂，　　蛐蛐儿钻到屋里边，
岁聿其逝[9]。　　一年的时光快过完。
今我不乐，　　现在不来寻欢乐，
日月其迈[10]。　　良辰佳日去不还。
无已大康，　　不要玩乐太过分，
职思其外[11]。　　外事也要管一管。
好乐无荒，　　好玩也要有界限，

良士蹶蹶[12]。　　　　贤士做事不迟慢。

蟋蟀在堂，　　　　蛐蛐儿钻到堂屋里，
役车其休[13]。　　　　服役的车子该歇息。
今我不乐，　　　　现在不来享乐趣，
日月其慆[14]。　　　　良辰佳日白过去。
无已大康，　　　　不要玩乐太过分，
职思其忧。　　　　忧患之事常警惕。
好乐无荒，　　　　玩乐不宜太过度，
良士休休[15]。　　　　贤良之士常度不可替。

[1] 唐：古国名，在今山西翼城西，相传为祁姓，尧的后裔，被周成王所灭。周成王封其弟叔虞于此，为唐侯。以后叔虞之子继位，徙居晋水旁，改国号为晋。晋国境内的诗歌不叫晋而叫唐，是因为晋初封为唐的缘故。

[2] 蟋蟀：又名促织，北方俗名蛐蛐儿，是一种有害的昆虫，身体黑褐色，雄的好斗，两翅摩擦能发声。堂：正屋。这里泛指房屋。蟋蟀立秋后从野外钻到户内。

[3] 聿（yù）：助词，无义。其：将。莫：古“暮”字，晚。

[4] 日月：光阴。除：去，过去。

[5] 大：通“太”，过分。康：安乐。

[6] 职：应当。《词诠》：“职，助动词，当也。”居：指所处的地位或所担负的工作。

[7] 好（hào）：喜好。无：通“毋”，不要。荒：沉迷，逸乐过度。

[8] 良士：贤士。瞿瞿（jù jù）：小心谨慎的样子。《尔雅·释训》：“瞿瞿，俭也。”段玉裁：“俭者，不敢放侈之意。”

[9] 逝：离去，过去。

[10] 迈：义同上句“逝”字。

[11] 外：外事。

[12] 蹶蹶（jué jué）：行动急遽，反应敏捷的样子。

[13] 役车：供役之车。休：歇息。

[14] 慆(tāo)：逝去。

[15] 休休：安闲的样子。

山有枢

诗中讽刺的这个贵族过于悭吝，是个守财奴，引起诗人的不满和嘲笑。

山有枢[1]，	枢木生山上，
隰有榆[2]。	榆树谷中长。
子有衣裳，	你有好衣裳，
弗曳弗娄[3]。	就是不穿用。
子有车马，	你有好车马，
弗驰弗驱。	从不兜兜风。
宛其死矣[4]，	一旦离人世，
他人是愉[5]。	别人尽享用。
山有栲[6]，	臭椿长山上，
隰有杻[7]。	梓木生山洼。
子有廷内[8]，	你有好房舍，
弗洒弗扫；	不扫也不洒；
子有钟鼓，	你有钟和鼓，
弗鼓弗考[9]。	不敲又不打。
宛其死矣，	一旦离人世，
他人是保[10]。	别人占有它。

山有漆[11]，	漆树长山上，
隰有栗。	洼地栗成行。
子有酒食，	你有好吃喝，
何不日鼓瑟[12]，	何不天天来奏乐，
且以喜乐[13]，	姑且用它寻欢乐，
且以永日[14]？	姑且用它度时光？
宛其死矣，	等你呜呼一命亡，
他人入室。	你家难免别人当。

[1] 枢（shū）：刺榆，榆树的一种。

[2] 隰（xí）：湿洼地。

[3] 曳：拉。指穿着（衣服）。娄（lǚ）：曳。《毛传》："娄，亦曳也。"

[4] 宛：宛然。真切貌。

[5] 愉：快乐。是：指代快乐的对象。

[6] 栲（kǎo）：臭椿树。

[7] 杻（niǔ）：梓树的一种。

[8] 廷：同"庭"。内：内室。

[9] 鼓：击鼓。考：敲击。

[10] 保：保有。

[11] 漆：漆树。

[12] 日：每日。

[13] 且：姑且。以：用来。

[14] 永日：消磨时日。

扬之水

晋昭侯把他的叔父桓叔封在曲沃。桓叔的势力逐渐强大，准备倾覆晋侯。晋人愿意归顺桓叔,并为他的计划保密。这首诗就反映了这种情况。

扬之水[1],	河水缓缓流,
白石凿凿[2]。	水清石可辨。
素衣朱襮[3],	您穿绣领的素衣,
从子于沃[4]。	我到曲沃把您拜见。
既见君子,	受到了您的接见,
云何不乐!	怎能不满心喜欢!
扬之水,	河水慢慢流,
白石皓皓[5]。	水清石无瑕。
素衣朱绣[6],	您穿绣领的素衣,
从子于鹄[7]。	我到曲沃拜见殿下。
既见君子,	受到了您的接见,
云何其忧!	哪有忧虑牵挂!
扬之水,	河水悠悠流,
白石粼粼[8]。	白石历历可数。
我闻有命[9],	听到您的指示,
不敢以告人。	不敢向人泄露。

[1] 扬:悠扬,水缓缓流的样子。

[2] 凿凿(zuò zuò):鲜明的样子。

[3] 朱襮(bó):绣着黑白花纹、包着大红边儿的领子。诸侯的服饰。

[4] 从:跟随。子:旧说指桓叔。桓叔是晋献公的曾祖。沃:指曲沃,古

地名，在今山西省闻喜县东面。

[5] 皓皓：洁白的样子。

[6] 朱绣：同“朱襮”。

[7] 鹄：古地名。即安鹄，属曲沃。

[8] 粼粼：水清石显的样子。

[9] 命：上级对下级的指示。

椒　聊

一个女子一面采摘成熟的花椒籽儿，一面在思念意中人。

椒聊之实[1]，	花椒的果实，
蕃衍盈升[2]。	我已采了一升多。
彼其之子[3]，	那小伙子，
硕大无朋[4]。	高大没人啊能比过。
椒聊且[5]！	花椒树啊！
远条且[6]！	你枝条儿伸得多长啊！

椒聊之实，	花椒的果实，
蕃衍盈匊[7]，	多得双手捧不起。
彼其之子，	那小伙子，
硕大且笃[8]。	高大厚实好身体。
椒聊且！	花椒树啊！
远条且！	你枝条儿伸得多长啊！

[1] 椒聊：即花椒，落叶灌木，果实红色，种子黑色，可供药用或调味。段

玉裁："单呼曰'椒'，累呼曰'椒莍'、'椒聊'。"

[2] 蕃衍：繁盛众多。盈：充满。

[3] 彼其之子：见《王风·扬之水》注[3]。

[4] 硕：大。朋：比。

[5] 且(jū)：叹词。

[6] 远条：长枝条。

[7] 匊：即"掬"。两手捧。

[8] 且：并且。笃(dǔ)：厚实。

绸　缪

这是一首歌唱新婚欢乐的诗。诗中叙述一对青年男女在新婚之夜以热烈激动的感情互相赞美，爱慕、喜悦之情溢于言表。

绸缪束薪[1]，	一堆干柴捆得紧，
三星在天[2]。	三星东升日黄昏。
今夕何夕？	今夜是啥好时辰？
见此良人[3]。	见着我的好男人。
子兮子兮[4]！	哎呀呀，哎呀呀！
如此良人何[5]！	对他怎样表我心！
绸缪束刍，	紧紧扎着一捆草，
三星在隅[6]。	三星移到东南角。
今夕何夕？	今夜是啥好日子？
见此邂逅[7]。	夫妻相会盈盈笑。
子兮子兮！	哎呀呀，哎呀呀！

如此邂逅何！	你恩我爱不知怎么好！

绸缪束楚，	荆条捆得紧又紧，
三星在户[8]。	三星正对新房门。
今夕何夕？	今夜是啥好时辰？
见此粲者[9]。	见着我的好女人。
子兮子兮！	哎呀呀，哎呀呀！
如此粲者何！	恨不得秀色一口吞！

[1] 绸缪(chóu móu)：叠韵联绵词。缠绕。此诗以捆束薪、刍(chú，草)、楚(荆条)兴男女成婚之事。

[2] 三星：即参宿(shēn xiù)，二十八宿之一，因为有耀眼的三星(猎户座的β、α、γ)连成一线，所以又叫三星。三星夏历三月黄昏出现于东方天空，渐渐向南偏移，后面所说的"在隅"，即指三星已偏移东南方向。后半夜移至南方，后面所说的"在户"，即指三星已移至正南方向。由于三星移至南方，照着朝南开的门，所以说"三星在户"。

[3] 良人：古时妇人称其夫。

[4] 子兮：嗟叹声。犹"嗟咨"，叹而美之。

[5] 如……何：是一种凝固形式，当中经常插入名词、代词或名词性词组，意思是"把……怎么办"。

[6] 隅(yú)：东南角(依《毛传》)。

[7] 邂逅(xiè hòu)：原意为不期而遇，这里指不期而遇的人。

[8] 户：房门。

[9] 粲(càn)者：美丽的人。粲：美好貌。

杕　杜

这是一个远离家门、在外服役的人的哀叹。他路上栉风沐雨，千

辛万苦，没有人关心和爱护他。他在思念弟兄，羡慕那株杜梨虽然孤零零地长着，但还有茂密的枝叶覆护着它。

有杕之杜[1]，	那儿一株杜梨树，
其叶湑湑[2]。	绿叶簇簇好茂盛。
独行踽踽[3]，	独自行路多孤零，
岂无他人？	难道没个同路人？
不如我同父[4]。	但不如同父所生那样亲。
嗟，行之人，	啊，走路的大哥，
胡不比焉[5]？	怎不跟我搭个伙？
人无兄弟，	看我身边无兄弟，
胡不佽焉[6]？	怎不伸手帮帮我？

有杕之杜，	那儿一株杜梨树，
其叶菁菁[7]。	绿叶层层来盖覆。
独行睘睘[8]，	一人行路好孤独，
岂无他人？	难道没个同路人？
不如我同姓[9]。	但不如同母所生那样亲。
嗟，行之人，	啊，走路的大哥，
胡不比焉？	怎不跟我搭个伙？
人无兄弟，	看我身边无兄弟，
胡不佽焉？	怎不伸手帮帮我？

[1] 杕(dì)：树独生的样子。杜：叶落乔木，果实圆而小，味涩可食，俗名杜梨。

[2] 湑湑(xǔ xǔ)：茂盛貌。

[3] 踽踽(jǔ jǔ)：独自走路孤单的样子。

[4] 同父：同父所生,即兄弟。

[5] 比(bì)：亲近。《说文》:“比,密也。”段玉裁注:“其本义谓相亲密也。”

[6] 佽(cì)：帮助。

[7] 菁菁(jīng jīng)：茂盛的样子。

[8] 睘睘(qióng qióng)：通“茕茕”,孤独貌。

[9] 同姓：同母所生的兄弟。马瑞辰:“上古赐姓皆因其母之所生……同姓盖谓同母生者。”

羔 裘

一个女子在唱她的心声。

羔裘豹袪[1],	羔皮袍子豹皮滚袖口,
自我人居居[2]。	为了我你看他穿得多讲究。
岂无他人?	难道我不能跟别人好?
维子之故[3]。	只为的你我旧情厚。

羔裘豹褎[4],	羔皮袍子袖口镶豹皮,
自我人究究[5]。	为了我你看他穿得多整齐。
岂无他人?	难道我不能跟别人好?
维子之好[6]。	只因为我一直爱着你。

[1] 羔裘：见《郑风·羔裘》注[1]。豹袪(qū)：豹皮滚的袖口。袪：袖口。

[2] 自：由,由于。居居：衣服美盛的样子。

[3] 维：只是。故：旧交;旧情。

[4] 褎：古“袖”字。这里指袖口。

[5] 究究：同“居居”。

[6] 好：相善。

鸨 羽

劳动者为没完没了的徭役所苦，悲叹：野雁也有止息的时候，我们长年在外服役，家里田地荒芜，父母无靠，这样下去，何时是个尽头！

肃肃鸨羽[1]，	野雁扇翅沙沙响，
集于苞栩[2]。	落在丛生的麻栎树上。
王事靡盬[3]，	徭役一直不停止，
不能蓺稷黍[4]。	不能种植黍子和高粱。
父母何怙[5]？	父母依靠什么养？
悠悠苍天[6]！	遥远的苍天啊！
曷其有所[7]？	何时有安居的地方？
肃肃鸨翼[8]，	野雁沙沙扑双翅，
集于苞棘[9]。	落在酸枣树丛里。
王事靡盬，	徭役一直无休止，
不能蓺黍稷。	不能种植高粱和黍子。
父母何食？	二老拿什么吃？
悠悠苍天！	高远的苍天啊！
曷其有极[10]？	这样的日子到几时？
肃肃鸨行[11]，	野雁沙沙排成行，

集于苞桑。	落在一片桑树上。
王事靡盬，	徭役没完又没了，
不能蓺稻粱[12]。	水稻小米种不上。
父母何尝[13]？	用什么奉养爹和娘？
悠悠苍天！	高远的苍天啊！
曷其有常[14]？	何日世道能正常？

[1] 肃肃：鸟羽振动声。鸨(bǎo)：俗名野雁，身体比雁略大。传说这种鸟没有后脚趾，在树上站不稳，它一歇下便拍打翅膀。羽：鸟毛，这里指翅膀。

[2] 集：群鸟落在树上。苞(bāo)：从生的(草木)。栩(xǔ)：麻栎(lì)树，落叶乔木，花黄褐色，果实叫橡或橡斗，种子可供食用。

[3] 靡(mǐ)：无，没有。盬(gǔ)：止息。

[4] 蓺(yì)：种植。稷黍：见《王风·黍离》注[2][3]。

[5] 怙(hù)：依靠，仗恃。

[6] 悠悠苍天：见《王风·黍离》注[7]。

[7] 曷(hé)：何时。所：处所，地方。

[8] 翼：翅膀。

[9] 棘：见《魏风·园有桃》注[5]。

[10] 极：尽头。

[11] 行(háng)：行列。

[12] 粱：农作物的一种，碾成米叫小米。

[13] 尝：食。

[14] 常：正常的情况。

无　衣

这是一首感谢别人赠衣的答谢辞。

岂曰无衣，七兮[1]？	难道说无衣？我的衣服有七件。
不如子之衣安且吉兮[2]。	不如你的衣服舒服又好看。
岂曰无衣，六兮[3]？	难道说无衣？我的衣服有六件。
不如子之衣安且燠兮[4]。	不如你的衣服舒服又温暖。

[1] 七：七件衣服。
[2] 子：您。安：安适。吉：善，好。
[3] 六：六件衣服。
[4] 燠(yù)：暖。

有杕之杜

这是一个害单相思的女子的心声。

有杕之杜[1]，	一株杜梨好孤单，
生于道左[2]。	长在门外路东边。
彼君子兮[3]，	那个好人啊，
噬肯适我[4]？	来我这儿可情愿？
中心好之[5]，	我衷心地爱着他，
曷饮食之[6]？	何时侍候他用茶饭？
有杕之杜，	一株杜梨好孤单，
生于道周[7]。	长在大路的弯道边。
彼君子兮，	那个好人啊，

噬肯来游？　　可肯到我这儿玩？
中心好之，　　我衷心地爱着他，
曷饮食之？　　何时侍候他用茶饭？

[1] 有杕之杜：见《唐风·杕杜》注[1]。
[2] 道左：路东。古人家门朝南，路东称为道左。
[3] 君子：指所爱的男子。
[4] 噬(shì)：句首助词，无实义。适：往，到。
[5] 好(hào)：爱，喜欢。之：指"君子"。
[6] 曷：何时。饮(yìn)：给人东西喝。食(sì)：给人东西吃。之：指"君子"。
[7] 周：弯曲处。

葛　生

这首诗写一个妇人在思念亡夫。

葛生蒙楚[1]，　　葛藤缠上牡荆枝，
蔹蔓于野[2]。　　蔹草蔓生野地里。
予美亡此[3]，　　我的爱人不在了，
谁与独处[4]？　　有谁跟我在一起？

葛生蒙棘[5]，　　酸枣树上葛藤缠，
蔹蔓于域[6]。　　坟地里蔹草蔓延。
予美亡此，　　我的爱人离人间，
谁与独息[7]？　　有谁跟我一处眠？

角枕粲兮[8]，	绣花枕头多好看，
锦衾烂兮[9]。	锦缎花被真鲜艳。
予美亡此，	我的爱人离人间，
谁与独旦[10]？	有谁同我鸡鸣早看天？
夏之日，	夏日长长，
冬之夜，	冬夜漫漫，
百岁之后，	百年之后，
归于其居[11]。	回到墓穴去同眠。
冬之夜，	冬夜长长，
夏之日，	夏日漫漫，
百岁之后，	百年之后，
归于其室[12]。	回到墓穴他身边。

[1] 葛：(gé)：豆科植物，多年生蔓草，纤维可织葛布。蒙：覆盖。楚：植物名，一名牡荆，落叶灌木，属马鞭草科。

[2] 蔹(liǎn)：植物名，一名乌蔹母，俗名五爪藤，多年生蔓草，属葡萄科，根部可入药。

[3] 予：妇人自指。美：爱，这里指所爱的人。亡：不在。此：指人世。

[4] 与：和……在一起。独：独自一人(妇人自指)。

[5] 棘：见《魏风·园有桃》注[5]。

[6] 域：坟地。《广雅·释丘》："域，葬地也。"

[7] 息：寝息。

[8] 粲：鲜明，美好。

[9] 锦：有彩色花纹的丝织品。衾(qīn)：被子。烂：色彩鲜艳。

[10] 旦：早晨，这里当度夜讲。

[11] 居：指坟墓。

[12] 室：指坟墓。

采 苓

这个女子上过别人甜言蜜语的当，现在她一面劳动，一面慨叹人言不可轻信。

采苓采苓[1]，	采呀采，采端阳，
首阳之巅[2]。	来到首阳山头上。
人之为言[3]，	人家向你说好话，
苟亦无信[4]；	姑且存疑多想想；
舍旃舍旃[5]，	把这谎话丢一旁，
苟亦无然[6]。	不要轻易上他当。
人之为言，	即使说得天花坠，
胡得焉[7]？	说得对的有哪样？

采苦采苦[8]，	采呀采，采苦菜，
首阳之下。	来到首阳山脚下。
人之为言，	人家向你说好话，
苟亦无与[9]；	不要轻易赞同它；
舍旃舍旃，	把这谎话丢一旁，
苟亦无然。	不要随便就上当。
人之为言，	即使说得天花坠，
胡得焉？	说得对的有哪样？

采葑采葑[10]，	采呀采，采蔓菁，
首阳之东。	来到首阳山之东。
人之为言，	人家说的好听话，
苟亦无从[11]；	不要轻易就依从；
舍旃舍旃，	把这谎话丢一旁，
苟亦无然。	不要随便就上当。
人之为言，	即使说得天花坠。
胡得焉？	说得对的有哪样？

[1] 苓：通“蘦”。蘦，植物名，又名端阳，俗名金阳草，多年生草本，根茎入药。

[2] 首阳：山名，在今山西省永济市南。

[3] 为(wéi)言：造言，进谗言。

[4] 苟：姑且。无：通“毋”。

[5] 舍(shě)：放弃。旃(zhān)：“之焉”的合音。“之”是代词，“焉”是语气词。

[6] 然：认为……是对的。

[7] 胡：什么。得：取。

[8] 苦：苦菜，即荼，多年生草本植物，属菊科，可食，又可入药。

[9] 与：通“许”。赞同。

[10] 葑(fēng)：即蔓菁(mán jīng)，又名芜菁，二年生草本植物，春天开花，黄色；叶大，块根扁圆形，可以吃。

[11] 从：听从。

秦[1] 风

车 邻

这是一首反映贵族生活的诗。诗人的朋友有车马，有仆人。他们见面后弹琴吹笙，说如果不及时享受，人将转眼变老，权力和财富将转眼消失。诗中表现了剥削阶级及时行乐的腐朽思想。

有车邻邻[2]，	华盖车隆隆飞奔，
有马白颠[3]。	白额马人称良骏。
未见君子，	门重重难以闯进，
寺人之令[4]。	叫小臣报姓通名。
阪有漆[5]，	漆树生在山坡，
隰有栗[6]。	栗树长在山脚。
既见君子，	见到你格外亲热，
并坐鼓瑟[7]。	并肩坐弹奏琴瑟。
今者不乐，	现在若不寻欢乐，
逝者其耋[8]。	转眼年老空悲切。
阪有桑，	山坡高敞好栽桑，
隰有杨。	洼地潮湿种白杨。
既见君子，	见到你啊诉衷肠，

并坐鼓簧[9]。	并肩坐下吹笙簧。
今者不乐，	现在若不把福享，
逝者其亡[10]。	转眼命尽恨无常。

[1] 秦：秦国，原为周王室附庸，都邑在今甘肃省清水县北。平王东迁后，始获为诸侯，后来迁都到今陕西凤翔。秦所领地在今陕西、甘肃一带。

[2] 邻邻：通“辚辚”。车声，象声词。

[3] 颠：头顶，这里指额。古人认为白额马贵重。

[4] 寺：即“侍”。寺人，宫内的近侍小臣。令：叫，让。这句诗大意是：叫仆人向主人报告客人来访的事。

[5] 阪(bǎn)：山坡。

[6] 隰(xí)：见《唐风·山有枢》注[2]。

[7] 鼓：敲击弹奏乐器。瑟：一种乐器，有二十五根弦。

[8] 逝者：指时光流逝。其：指代我们。耋(dié)：老。七八十岁的年纪。这句是说时光流逝，使我们变老。

[9] 簧：即笙，乐器名，普通用十三根长短不同的竹管制成，用口吹奏。

[10] 亡：死。

驷　驖

旧说这是一首赞美秦襄公田猎的诗。

驷驖孔阜[1]，	四匹黑马滚瓜溜圆，
六辔在手[2]。	六条缰绳手中轻牵。
公之媚子[3]，	国君的亲信随身边，
从公于狩[4]。	陪国君打猎在冬天。

奉时辰牡[5]，	驱赶来应时的雄兽，
辰牡孔硕[6]。	雄兽个个肥大多肉。
公曰："左之[7]！"	国君命令往左奔走，
舍拔则获[8]。	弯弓放箭射中一头。
游于北园，	田猎完毕畅游北园，
四马既闲[9]。	四马步伐一样快慢。
輶车鸾镳[10]，	铃声悠扬车儿轻便，
载猃歇骄[11]。	后车载着各种猎犬。

[1] 驷驖（sì tiě）：四匹铁青马。驷：驾同一辆车的四匹马。古代一车驾四马，辕内两马，辕外两马。驖：铁青色的马。孔：甚。阜：肥大。

[2] 六辔在手：一匹马左右各一条缰绳，而辕内两马内侧互相牵连，内侧两条缰绳都系在轼前，这样御者手中只控制六条。这句是说六条缰绳只是在手中而已，并不用力去控制，表示驾车技术的高超。

[3] 媚：爱，亲爱。子：卿大夫。这里指国君所亲信的官员。

[4] 狩：冬猎。

[5] 这句是说驱赶来这个时节的雄兽，供国君打猎。奉：献，这里是驱赶的意思。时：此。辰：适时，及时。牡：雄性鸟兽。

[6] 硕：大。

[7] 左之：车往左边赶，以便从左边射杀野兽。

[8] 舍：放。拔：箭的末端，这里指箭。"舍拔"即"放箭"。

[9] 四马既闲：这句是说四匹马被训练好了，步调一致。闲：通"娴"。娴习，熟练。

[10] 輶（yóu）车：轻车。鸾镳（biāo）：带铃的马嚼子。

[11] 猃（xiǎn）：长嘴猎犬。歇骄：即"猲獢"，短嘴猎犬。

小　戎

这首诗抒发了妻子对在外服兵役的丈夫的思念之情,也赞美秦国军队装备的精良。

小戎俴收[1],	兵车轻便车厢浅,
五楘梁辀[2]。	五条皮带辕上缠。
游环胁驱[3],	约束缰绳有皮圈,
阴靷鋈续[4]。	铁环饰银真灿烂。
文茵畅毂[5],	车子高大皮褥耀眼,
驾我骐馵[6]。	青马驾车跑得欢。
言念君子,	丈夫叫人好思念,
温其如玉[7]。	温润如玉五德全。
在其板屋[8],	想起你身在前线,
乱我心曲[9]。	使我忧愁心烦乱。
四牡孔阜[10],	四匹公马肥溜圆,
六辔在手。	六条缰绳手中牵。
骐駵是中[11],	青马红马驾里面,
騧骊是骖[12]。	黄马黑马驾两边。
龙盾之合[13],	画龙盾牌立车前,
鋈以觼軜[14]。	车前套环银光闪。
言念君子,	丈夫叫人好想念,
温其在邑。	丈夫仁厚守边关。

方何为期[15]，	服役何时到期限，
胡然我念之！	怎不使我苦思念！
俴驷孔群[16]，	马披轻甲动作齐，
厹矛鋈錞[17]。	三刃长矛亮晶晶。
蒙伐有苑[18]，	盾牌彩绘如图案，
虎韔镂膺[19]。	虎皮弓套刻花纹。
交韔二弓[20]，	二弓交叉立套中，
竹闭绲縢[21]。	弓弦背面绑竹棍。
言念君子，	思念我的心上人，
载寝载兴。	难以成眠半夜醒。
厌厌良人[22]，	不忘你的好脾气，
秩秩德音[23]。	言语温存有理性。

[1] 小戎：一种轻便兵车。戎，兵车。俴（jiàn）：浅。收：也叫轸，车后横木。因与其他三面车版相合而成方形车厢，所以叫收。这里指整个车厢。这句是说兵车车厢较载重车为短。

[2] 五楘（mù）：五条彩色皮带。五条皮带互相交叉排列，井然有序。楘：车辕上加固用的革带，也作为装饰品。梁辀（zhōu）：车辕上曲前钩为穹隆形，如屋之梁，故名“梁辀”。辀：车辕。

[3] 游环：游动在服马（驾辕之马）背上用来约束两骖马外辔的环，防止骖马向外跑。胁驱：辕马外侧贴胁（腹）而过的皮带，前连轭，后系车栏，防止辕外马入辕。

[4] 阴靷（yǐn）：阴，车轼前面的横板。靷，从车前横板上引出，系在骖马马颈上的拉绳。鋈（wù）：白铜之类的白色金属。用作动词。以白铜饰物。续：车前横板上系拉绳的铁环子。

[5] 文茵：有花纹的车中所用的褥子。这里指车上坐的虎皮褥子。畅：长。毂（gǔ）：车轮中间外接辐条，内含轴头的部分。兵车的“毂”的直径比载

重车长。

[6] 骐：青黑色的马。异(zhù)：左脚是白色的马。

[7] 温：温柔和蔼。玉：玉石。古人往往用玉来比喻美好而纯洁的人。

[8] 板屋：《汉书·地理志》记载："天水、陇西山多林木，民以板为屋。"这里指边疆营房。

[9] 心曲：内心深处。

[10] 孔阜：见《秦风·驷驖》注[1]。

[11] 駵(liú)：同"骝"。黑鬃红马。是：代词，复指骐駵。中：即中服，指辕内两马。这句是说中间驾辕的是骐駵之马。

[12] 騧(guā)：黑嘴黄马。骊(lí)：黑色马。

[13] 龙盾：画有龙形的盾牌。之：代词，复指龙盾。这句是说把两个盾牌合在一起立在车前，其中一个是备用。

[14] 觼(jué)軜(nà)：觼，有舌的环，用以系辔。軜，骖马内侧的缰绳。

[15] 方：将。何：何时。期：归期。

[16] 俴：这儿是薄之意，指马披着轻薄的防护铁甲。群：合群、调和，这里指四马动作协调，步伐一致。

[17] 厹(qiú)矛：三刃矛。錞(duì)：矛头柄末端用金属做成的平底。

[18] 蒙伐：画有采羽之形的盾。伐：通"瞂"，盾。苑：花纹。

[19] 虎韔(chàng)：虎皮弓套。镂(lòu)膺：正面雕刻有花纹的弓套。膺：弓套的正面。

[20] 交韔二弓：两弓打颠倒放在弓套中，其中一弓是备用的。

[21] 闭：又作柲(bì)，不用弓时，绑在弓弦内侧的竹片，是为了保护弓弦的，也叫"弓檠(qíng)"。绲(gǔn)：绳子。縢(téng)：绑束。

[22] 厌厌：安详；安闲的样子。

[23] 秩秩：明智的。德音：好言语。

蒹 葭

这是一首情歌，抒发了对所怀念的女子可望而不可即的苦闷。

蒹葭苍苍[1]，	芦苇茂密水边长，
白露为霜。	深秋白露变成霜。
所谓伊人[2]，	我所思念的那个人，
在水一方。	她在河的那一方。
溯洄从之[3]，	逆着弯道去找她，
道阻且长[4]。	道路崎岖路又长。
溯游从之[5]，	走过河湾再往前，
宛在水中央[6]。	她好像站在水中央。
蒹葭萋萋，	芦苇茫茫一大片，
白露未晞[7]。	太阳初升露未干。
所谓伊人，	我所思念的那个人，
在水之湄[8]。	她正站在河滩边。
溯洄从之，	逆着弯道去找她，
道阻且跻[9]。	河岸高陡难登攀。
溯游从之，	走过河湾再往前，
宛在水中坻[10]。	她好像在水中小岛上站。
蒹葭采采，	芦苇一片真茂盛，
白露未已[11]。	露珠儿在叶上滚。
所谓伊人，	我所思念的那个人，
在水之涘[12]。	此时正在河之滨。
溯洄从之，	逆着弯道去找她，
道阻且右[13]。	坎坷曲折向右拐。
溯游从之，	走过河湾往前方，

宛在水中沚[14]。　　她好像站在水中小岛上。

[1] 蒹(jiān)：荻，像芦苇。葭(jiā)：芦苇。苍苍：草盛的样子。下文的“萋萋”(或作“凄凄”)、“采采”义同此。

[2] 伊人：犹言彼人。

[3] 溯(sù)：逆流而上。此处指陆行。洄(huí)：弯曲的水道。从：跟随，这里指接近。

[4] 阻：地势阻隔、路难行。

[5] 游：水流；直的水道。

[6] 宛：好像，仿佛。

[7] 晞(xī)：干，干燥。

[8] 湄(méi)：水边。

[9] 跻(jī)：登高。

[10] 坻(chí)：水中小岛。

[11] 已：止，指乾。

[12] 涘(sì)：水边。

[13] 右：往右，指迂回。

[14] 沚(zhǐ)：和“坻”同义。

终　南

这首诗赞美贵族仪表美好、服饰华丽，流露出作者羡慕贵族生活的思想感情。

终南何有[1]？　　终南山有何生产？
有条有梅[2]。　　盛产山楸与樟楠。
君子至止[3]，　　君子登上这座山，
锦衣狐裘。　　锦衣狐裘身上穿。

颜如渥丹[4]，　　面色红润气色好，
其君也哉！　　君子啊风度翩翩。

终南何有？　　终南山何物宜生长？
有纪有堂[5]。　　盛产杞柳赤白棠。
君子至止，　　君子来到此山岗，
黻衣绣裳[6]。　　身穿锦绣新衣裳。
佩玉将将[7]，　　佩玉繁多叮当响，
寿考不忘[8]。　　长命百岁永健康。

[1] 终南：终南山，在西安市南面。
[2] 条：山楸，常绿乔木。梅：楠木。
[3] 君子：指统治者。止：停留的地方。
[4] 渥丹：参见《邶风·简兮》“赫如渥赭”注[9]。
[5] 纪：通“杞”。柳树的一种。堂：通“棠”。棠，树名。有赤白二种。
[6] 黻(fú)：黑色与青色相配绣的服饰。绣裳：彩色下衣。
[7] 将将(qiāng qiāng)：象声词。后世写作“锵锵”。
[8] 寿考：长寿。忘：通“亡”。

黄　鸟

这是一首哀悼死者、控诉殉葬制度的诗。据《左传·文公六年》记载：“秦伯任好(任好，穆公名)卒，以子车氏三子奄息、仲行、鍼虎为殉，皆秦之良也，国人哀之，为之赋《黄鸟》。”

交交黄鸟[1]，　　喳喳鸣叫的黄雀，

止于棘[2]。	酸枣树上落。
谁从穆公[3]，	谁个跟随穆公去？
子车奄息[4]。	子车奄息是第一个。
维此奄息[5]，	只有这个奄息，
百夫之特[6]。	百里挑一为巨擘。
临其穴[7]，	走近那墓穴，
惴惴其慄[8]。	全身直哆嗦。
彼苍者天，	苍天呀苍天，
歼我良人[9]。	为何杀尽我英杰！
如可赎兮[10]，	如果能够替换他，
人百其身[11]。	我们愿死一百个。

交交黄鸟，	黄雀叫声多悠扬，
止于桑。	飞来落在桑树上。
谁从穆公？	谁个跟随穆公去？
子车仲行。	他姓子车名仲行。
维此仲行，	只有这个仲行，
百夫之防[12]。	一百个人也难抵当。
临其穴，	走到墓穴旁，
惴惴其慄。	战战兢兢好惊惶。
彼苍者天，	苍天呀苍天，
歼我良人。	为何杀尽我英杰！
如可赎兮，	如果能够替换他，
人百其身。	我们愿死一百个。

交交黄鸟，	黄雀儿鸣叫飞舞，
止于楚[13]。	落脚在牡荆树。
谁从穆公，	谁个跟随穆公去?
子车鍼虎。	他姓子车名鍼虎。
维此鍼虎，	只有这个勇猛的鍼虎，
百夫之御[14]！	一百个汉子也抵不住!
临其穴，	走近那墓穴，
惴惴其慄。	全身颤抖六神无主。
彼苍者天，	苍天呀苍天，
歼我良人。	为何杀尽我英杰!
如可赎兮，	如果能够替换他，
人百其身。	我们愿死一百个。

[1] 交交：鸟叫声。黄鸟：黄雀。

[2] 止：停息。

[3] 从：跟随，这里指从死，殉葬。

[4] 子车奄息：人名，子车是复姓。与下面的仲行(háng)、鍼(qián)虎是三弟兄。

[5] 维：句首语气词，只是。

[6] 特：杰出，卓异。

[7] 穴：墓穴。

[8] 惴惴(zhuì zhuì)：恐惧貌。慄(lì)：恐惧，害怕得发抖。

[9] 歼(jiān)：消灭。良人：善人;好人。

[10] 赎(shú)：赎买，这里指替换。

[11] 人百其身：连同上句是说如果可以替换的话，人们为了救子车三弟兄欲以百人赎其一身。百，百倍。

[12] 防：相当，抵得上。

[13] 楚：荆，即牡荆，一种落叶小灌木。

[14] 御：义同“防”。

晨 风

这首诗写女子未见到情人而生的忧伤和怨恨。

鴥彼晨风[1]，	那快飞的鸟儿是晨风，
郁彼北林[2]。	飞进了茂盛的北林。
未见君子[3]，	没有见到心上人，
忧心钦钦[4]。	忧愁重重不安心。
如何如何，	怎么办啊怎么办，
忘我实多！	把我遗忘太绝情！
山有苞栎[5]，	山上栎树一丛丛，
隰有六驳[6]。	洼地自有驳树林。
未见君子，	没有见到心上人，
忧心靡乐[7]。	忧心忡忡无笑容。
如何如何，	怎么办啊怎么办，
忘我实多！	把我遗忘太绝情。
山有苞棣[8]，	山上唐棣一丛丛，
隰有树檖[9]。	洼地上自有山梨树林。
未见君子，	没有见到心上人，
忧心如醉。	愁得我如醉昏沉沉。
如何如何，	怎么办啊怎么办，

忘我实多。　　把我遗忘太绝情。

[1] 鴥(yù)：鸟飞得很快的样子。晨风：鸟名，一本作“鶗风”，又叫“鹯”，似鹞，青色。

[2] 郁(yù)：林木茂盛的样子。北林：树林名。

[3] 君子：指心中思念的人。

[4] 钦钦：忧愁不忘的样子。

[5] 苞栎(lì)：丛生的柞栎树。

[6] 六驳(bó)：梓榆一类的树，因它的树皮有青白色的癣驳，所以叫驳。

[7] 靡：无，没有。

[8] 棣：唐棣，见《召南·何彼秾矣》注[2]。

[9] 树檖(suì)：赤罗，又叫山梨、豆梨，可作嫁接梨树的砧木。

无　衣

这首诗表现了秦国士兵慷慨从军，相互友爱，同仇敌忾的乐观、爱国情绪。

岂曰无衣，　　谁说没有军装，
与子同袍[1]。　　我们合穿一件战袍。
王于兴师，　　我王起兵去打仗，
修我戈矛[2]，　　快快修理戈和矛，
与子同仇。　　同你杀向一个目标。

岂曰无衣，　　谁说没有衣裳，
与子同泽[3]。　　我们合穿一件汗衣。
王于兴师，　　我王遣兵又调将，

修我矛戟[4]，　　快快修理矛和戟，
与子偕作[5]。　　我们战斗在一起。

岂曰无衣，　　谁说没有军装，
与子同裳。　　我们合穿一件裙裳。
王于兴师，　　我王遣兵又调将，
修我甲兵，　　赶快修理铠甲和刀枪，
与子偕行。　　我们一同上战场。

[1] 袍：战袍。

[2] 戈：一种长柄兵器，横刃，可以横击、钩援。矛：一种长柄兵器，直刃，可以直刺。

[3] 泽：汗衣。因贴身受汗污润泽，所以叫泽。

[4] 戟(jǐ)：一种长柄兵器，将戈、矛合成一体，既能直刺，又能横击。

[5] 偕作：一块儿行动。作：起。

渭　阳

旧说，这是秦康公送别出亡在外的舅父晋公子重耳返回晋国时的赠诗。当时康公之母(重耳之姐)已死，康公联想到母亲生前未能实现帮助重耳返回晋国的夙愿，于是产生了念母之情。"悠悠我思"便是这种情绪的流露。

我送舅氏[1]，　　我送舅父回晋国，
曰至渭阳[2]。　　一直送到渭河北。
何以赠之？　　临别用什么作馈送？

路车乘黄[3]。　　大车一辆黄马两对。

我送舅氏，　　我送舅父到渭河边，
悠悠我思[4]。　　愁思绵绵把母亲思念。
何以赠之？　　赠送什么表心愿？
琼瑰玉佩[5]。　　宝石几块美玉几串。

[1] 舅氏：舅舅。

[2] 渭阳：渭水北面。

[3] 路车：大车，诸侯乘的车。乘（shèng）黄：四匹黄马。乘：古代兵车一辆叫一乘，包括一车四马。这里指四匹马。

[4] 悠悠：绵长。

[5] 琼瑰（qióng guī）：稍次于玉的一种美石。

权　舆

这首诗抒发了一个没落贵族昔富今贫的感慨，反映了当时急遽的社会变动。

於，我乎[1]！　　唉，我呀！
夏屋渠渠[2]，　　过去住的是大院深宅，
今也每食无余。　　今天啊，顿顿没有多余的饭菜。
于嗟乎[3]！　　唉，咳！
不承权舆[4]。　　过去的好日子不能再来。

於，我乎！　　唉，我呀！

每食四簋[5]，	过去餐餐四菜不能少，
今也每食不饱。	今天啊，每顿连饭也吃不饱。
于嗟乎！	唉，咳！
不承权舆。	现在远远不如过去好。

[1] 於(wū)：语气词，表感叹。
[2] 夏：大。渠渠：深广的样子。
[3] 于(xū)嗟乎：语气词，表感叹。“于”同“吁”。
[4] 承：继续；继承。权舆：草木萌芽，引申为“起始”之意。
[5] 簋(guǐ)：盛饭菜的圆形食具。

陈[1] 风

宛 丘

有位姑娘经常在宛丘一带拿着鹭鸶羽毛扮作巫女，以跳舞为游戏。诗人爱上了她，倾诉着对她的爱慕之情。

子之汤兮[2]，	姑娘的舞姿奔放，
宛丘之上兮[3]。	手舞足蹈在宛丘上。
洵有情兮[4]，	看你啊情意深长，
而无望兮[5]。	可惜我没有指望。
坎其击鼓[6]，	皮鼓咚咚响四方，
宛丘之下。	宛丘山下又开场。
无冬无夏，	不论冬夏都这样，
值其鹭羽[7]。	挥动羽毛舞蹈忙。
坎其击缶[8]，	瓦盆敲起当当响，
宛丘之道。	热舞在宛丘路旁。
无冬无夏，	不论冬夏都这样，
值其鹭翿[9]。	鹭鸶羽毛插头上。

[1] 陈：古国名。在今河南开封以东至安徽亳县一带，原为周武王封其陶

正(官名)虞阏父之子妫满于此。后被楚灭。

[2] 汤(tàng):形容舞姿摇摆。

[3] 宛丘:中间凹下的小山丘,在陈国都城附近。(陈国都城位于宛丘附近,因而也叫陈国的都城为宛丘。)

[4] 洵(xún):见《邶风·静女》注[10]。

[5] 望:指望、希望。

[6] 坎:击鼓声。

[7] 值:持,拿着。鹭:鹭鸶,也叫白鹭。一种白色的水鸟,头上长有长羽毛。

[8] 缶(fǒu):瓦盆。古人用来敲击节乐。

[9] 翿(dào):也写作"纛",见《王风·君子阳阳》注[6]。

东门之枌

这是一首恋歌。诗中叙述一位姑娘对心爱的男子一往情深,扔下搓麻织布的活儿和他相会,并赠物定情。

东门之枌[1],	东门一带多白榆,
宛丘之栩[2]。	宛丘顶上长栎树。
子仲之子[3],	子仲姑娘熟悉这条路,
婆娑其下[4]。	常到这儿来跳舞。
穀旦于差[5],	出游选择好时辰,
南方之原[6]。	前往城南上土坪。
不绩其麻[7],	散麻一堆不去整,
市也婆娑。	婆娑起舞在市井。

穀旦于逝[8]，　　良辰吉日喜相逢，
越以鬷迈[9]。　　男男女女一路行。
视尔如荍[10]，　　看你荆葵花儿一样俊，
贻我握椒[11]。　　掏出一把花椒向我送。

[1] 枌(fén)：榆树。

[2] 栩(xǔ)：栎树。

[3] 子仲：姓氏。

[4] 婆娑(pó suō)：舞蹈的样子。

[5] 穀旦：良辰。穀：善。差(chāi)：选择。

[6] 原：高而平的地方，也叫“坪”。

[7] 绩：搓麻成绳。

[8] 逝：去，往。

[9] 越以：语助词，无义。鬷(zōng)：会聚。迈：行，走。鬷迈：一同行走。

[10] 荍(qiáo)：芘芣，又叫荆葵，夏季开花，花紫色或白色。

[11] 贻(yí)：赠。椒：花椒。古代当作香料。

衡　门

这是一首安贫乐贱者聊以自慰的吟唱诗。

衡门之下[1]，　　横木条儿钉成门，
可以栖迟[2]。　　门里一样能住人。
泌之洋洋[3]，　　泉水哗哗清又清，
可以乐饥[4]。　　喝它几口忘饥困。

岂其食鱼，	难道说你吃鱼，
必河之鲂[5]？	一定要吃黄河大鳊鱼？
岂其取妻，	难道说你娶妻，
必齐之姜[6]？	一定要娶齐国的姜姓女？
岂其食鱼，	难道说你吃鱼，
必河之鲤？	一定要吃黄河大鲤鱼？
岂其取妻，	难道说你娶妻，
必宋之子[7]？	一定要娶宋国的子姓女？

[1] 衡门：用横木或竹条绑扎成的门，这里指简陋的房子。衡，架在门窗上的横木。

[2] 栖(qī)迟：停留；游息。

[3] 泌(bì)：泉水。

[4] 乐：通“疗(liào)”。疗，治疗。

[5] 鲂(fáng)：鳊鱼，味道很鲜美。

[6] 齐之姜：齐国国君姓姜，这里指齐国的姜姓女子。

[7] 宋之子：宋国国君姓子，这里指宋国的子姓女子。

东门之池

这首诗写一个男子在城东护城河边与知心的女子相会，他为那个女子能理解他而感到高兴。

东门之池，	东门有条护城河，
可以沤麻[1]。	能泡大麻的茎与皮。

彼美淑姬[2]，　　那位明理的好姑娘，
可与晤歌[3]。　　我们见面能唱到一起。

东门之池，　　东门有条护城河，
可以沤纻[4]。　　能泡纻麻的茎与皮。
彼美淑姬，　　那位明理的好姑娘，
可与晤语。　　我们见面能拉话语。

东门之池，　　护城河从东门绕，
可以沤菅[5]。　　这儿可以泡茅草。
彼美淑姬，　　那位明理的好姑娘，
可与晤言。　　我们见面可以聊。

[1] 沤(òu)麻：浸泡大麻。沤：浸泡。

[2] 淑姬(jī)：贤惠的女子。

[3] 晤（wù)：遇见，见面。

[4] 纻(zhù)：纻麻，可织夏布。

[5] 菅(jiān)：属茅草一类的植物，叶子细长，秆高根韧，茎部沤过后，可剥皮为绳索。

东门之杨

这首诗写男女相约，黄昏后在东门外杨树下幽会。对方久久不来。自己不肯离去，直等到夜深人静，明星煌煌。

东门之杨，　　东门外边有白杨，

其叶牂牂[1]。	枝叶茂盛色苍苍。
昏以为期，	约会约在黄昏后，
明星煌煌[2]。	长庚星儿亮光光。
东门之杨，	东门外边有白杨，
其叶肺肺。	枝叶茂盛长得旺。
昏以为期，	约会约在黄昏后，
明星晢晢。	长庚星儿亮堂堂。

[1] 牂牂(zāng zāng)：草木茂盛的样子。下章“肺肺(pèi pèi)”也是草木茂盛的样子。

[2] 明星：即金星，黄昏时见于西方叫长庚，黎明时见于东方叫启明。煌煌：明亮的样子。下章“晢晢”，也是明亮的样子。

墓　门

这是一首讽劝当政者改恶从善的诗。

墓门有棘[1]，	墓门前长满酸枣树，
斧以斯之[2]。	用斧劈开一条路。
夫也不良[3]，	那人做事太可恶，
国人知之。	国中人人知他毒。
知而不已[4]，	他知而不改行如故，
谁昔然矣[5]。	长久如此不在乎。

墓门有梅[6]，　　墓门前楠树一大片，
有鸮萃止[7]。　　有猫头鹰落上边。
夫也不良，　　那人手辣心不善，
歌以讯之[8]。　　编支歌儿把他劝。
讯予不顾[9]，　　劝他他不顾念我，
颠倒思予[10]。　　倒霉时想我已枉然。

[1] 墓门：坟墓前边坟院的门。

[2] 斯：劈，砍。这是斯字的本义。

[3] 夫：成年男子的通称。这里指当政者。

[4] 已：停止，收敛。

[5] 谁昔：畴昔，从前。这句是说当政者长久以来就是这样子。

[6] 梅：楠木。见《秦风·终南》注[2]。

[7] 鸮(xiāo)：鸱(chī)鸮，猫头鹰。古人认为是不祥之鸟。萃(cuì)：聚集。止：语气词。

[8] 讯：告，谏。

[9] 予：余，我。

[10] 颠倒：这里指狼狈的处境。予：我。这句是说，当你处于窘境时，才想起我的谏劝，就来不及了。

防有鹊巢

这首诗写一个热恋的男子害怕旁人说坏话离间他和女友的关系，忧心忡忡。

防有鹊巢[1]，　　堤边树上有鹊巢，
邛有旨苕[2]。　　山丘上长满美苕草。

谁侜予美[3]？	哪个蒙蔽我的相好？
心焉忉忉[4]。	弄得我心里好烦恼。
中唐有甓[5]，	庭中路面铺方砖，
邛有旨鹝[6]。	美丽的绶草长山尖。
谁侜予美？	谁把我的相好骗？
心焉惕惕[7]。	使我提心又吊胆。

[1] 防：堤坝。

[2] 邛(qióng)：山丘。旨：本义为美味，这里是美好的意思。苕(tiáo)：一种豆科野草。也叫“紫云英”、“苕翘”。古人当菜吃。

[3] 侜(zhōu)：诳骗。

[4] 忉忉(dāo dāo)：忧愁的样子。

[5] 中：庭中。唐：庙堂下通往门口的路。甓(pì)：方砖。这句是说只有庙堂的庭院中间的通道上才铺着方砖。

[6] 鹝(yì)：一种兰科植物，也叫“绶草”、“盘龙参”。可以入药。

[7] 惕惕：担心；提心吊胆。

月　出

这首诗写一个男子在月光下遇到一个美丽的姑娘，并爱上了她，但因无法接近而忧愁。

月出皎兮[1]，	月儿出来亮堂堂，
佼人僚兮[2]。	美人月下更漂亮。
舒窈纠兮[3]，	举止安详身材曼妙，

劳心悄兮[4]。 爱她想她心惆怅。

月出皓兮， 月儿出来如白璧，
佼人懰兮。 美人月下更美丽。
舒懮受兮， 举止安详身材婀娜，
劳心慅兮。 爱她想她心忧郁。

月出照兮， 一轮明月当头照，
佼人燎兮。 美人月下更妖娆。
舒夭绍兮， 举止安详身材苗条，
劳心惨兮。 爱她想她受煎熬。

[1] 皎(jiǎo)：明亮。下文的"皓"同此。

[2] 佼(jiǎo)：美好。僚：和下文的"懰"(liú)、"燎"同义，都是美好的样子。

[3] 舒：缓，从容。窈纠(yǎo jiǎo)：与下文的"懮(yǒu)受"、"夭绍"都是形容女子身材苗条的叠韵联绵词，与"窈窕"同义。

[4] 劳心：忧心。悄(qiǎo)：与下文的"慅(cǎo)"、"惨"(当作"懆"，音cǎo)同义，都是忧愁的意思。

株　林

这首诗揭露和讽刺陈灵公与陈大夫夏御叔的妻子夏姬私通的丑行。

胡为乎株林[1]？ 为什么常到株林邑？

从夏南[2]。 为的是去见夏南。
匪适株林[3]， 不是去到株林玩，
从夏南。 为的是去会夏南。

驾我乘马[4]， 坐上我的四驾马车，
说于株野[5]。 赶到株林留连忘返。
乘我乘驹[6]， 坐上我的四驹马车，
朝食于株[7]。 到株林夏家去吃早餐。

[1] 株林：陈国大夫夏氏封邑，在今河南西华西南。

[2] 夏南：字面上指陈国大夫夏御叔的儿子夏徵舒，他的字叫子南。这里实指夏南的母亲夏姬。

[3] 匪：非。适：动词，到。

[4] 乘(shèng)马：四匹马。

[5] 说：同“税”，见《召南·甘棠》注[7]。

[6] 此句上“乘”字音为 chéng，下“乘”字音为 shèng。驹：少壮的骏马。

[7] 朝食：吃早饭。按：古人常以饮食饥饱等语隐喻男女情欲之事。因此，朝食实指性欲要求。

泽 陂

诗人在池边遇到一个美丽的女子，便以池中盛开的荷花起兴赞美她，抒发无缘与她再会的忧伤心情。

彼泽之陂[1]， 堤坝围着那池塘，
有蒲与荷[2]。 蒲草嫩绿荷花香。

有美一人，	有个美人难再会，
伤如之何[3]？	无可奈何徒悲伤。
寤寐无为[4]，	夜不成寐把她想，
涕泗滂沱[5]。	想她想得泪汪汪。
彼泽之陂，	堤坝围着那池塘，
有蒲与蕳[6]。	蒲草嫩绿莲子香。
有美一人，	有个美人好长相，
硕大且卷[7]。	高大丰满鬈发长。
寤寐无为，	夜不成寐把她想，
中心悁悁[8]。	想她想得心悲伤。
彼泽之陂，	堤坝围着那池塘，
有蒲菡萏[9]。	蒲草芙蓉里面长。
有美一人，	有个美人好长相，
硕大且俨[10]。	高大丰满又端庄。
寤寐无为，	夜不成寐把她想，
辗转伏枕。	辗转难眠伏枕上。

[1] 陂(bēi)：堤，池岸。

[2] 蒲：蒲草，一种水草，可织席。

[3] 伤：指思念美人不得见而忧伤。如之何：把它怎么办。之：它，指见不到美人而忧伤这件事。

[4] 寤寐：见《周南·关雎》注[10]，这儿是偏义词，指寤。无为：不知所为，无事可做。

[5] 涕：眼泪。泗：鼻涕。滂沱：形容泪水鼻涕止不住的样子。

[6] 蕑(jiān)：莲子。郑玄："蕑，当作莲。"

[7] 卷(quán)：发曲。

[8] 悁悁(yuān yuān)：忧愁苦闷。

[9] 菡萏(hàn dàn)：荷花的花朵。

[10] 俨：端庄。

桧[1] 风

羔裘

这首诗写诗人对桧国国君好穿华丽衣服、喜欢逍遥游玩的行为表示深切的忧虑。

羔裘逍遥[2]，	穿着羔皮礼服游玩逍遥，
狐裘以朝。	穿着狐皮朝服听政上朝。
岂不尔思[3]？	离开朝廷人们难道不想你？
劳心忉忉[4]。	想起你我的忧愁不知有多少。
羔裘翱翔[5]，	穿着羔皮礼服东游西逛，
狐裘在堂[6]。	穿着狐皮朝服走上公堂。
岂不尔思？	离开朝廷人们难道不想你？
我心忧伤。	想起你我的心实在悲伤。
羔裘如膏，	羊羔毛皮袄白如脂膏，
日出有曜[7]。	太阳底下闪耀光芒。
岂不尔思？	离开朝廷人们难道不想你？
中心是悼[8]。	想起你我不禁一阵感伤。

[1] 桧(kuài)：古国名，后被郑国吞并。故址在今河南省密县东北。

[2] 按礼仪规定：缁衣羔裘，是诸侯的朝服；锦衣狐裘，是朝天子的服装。

[3] 尔思：思你，想念你。“尔思”是“思尔”的倒装。

[4] 劳心：忧心。忉忉：见《陈风·防有鹊巢》注[4]。

[5] 翱翔：本指鸟儿飞翔的样子，这里义同“逍遥”，指无拘无束尽情地游玩。

[6] 堂：公堂，朝廷。

[7] 曜(yào)：日光。

[8] 是悼：悼是。“悼”，伤感。“是”，指国君讲究穿戴、耽于游乐的行为。

素冠

诗人称赞偶尔看到的能服丧三年的人，表示愿与他结为志同道合的朋友。反映了作者维护旧礼教的立场。

庶见素冠兮[1]，　白孝帽戴三年真少有，
棘人栾栾兮[2]，　那人服丧身消瘦，
劳心传传兮[3]。　孝子不多叫人愁。

庶见素衣兮，　白孝衣穿三年真少有，
我心伤悲兮，　这样的人少见我心愁，
聊与子同归兮[4]。　我愿与他交朋友。

庶见素韠兮[5]，　白蔽膝穿三年真少有，
我心蕴结兮[6]，　忧愁重重堵在我心口，
聊与子如一兮。　我愿像他一样有操守。

[1] 庶(shù)：幸。素冠：这里指服丧期间戴的生绢织的白孝帽。古人有臣下、子女、妻妾为国君、父母、丈夫服丧守孝三年的礼节，在服丧期间穿素色衣服，但这种礼节在春秋时期已不被人遵守，所以诗人偶尔见到恪守丧礼的人便感到有幸。

[2] 棘：通"瘠"。瘦。栾栾(luán luán)：通"脔脔"。瘦弱的样子。

[3] 劳心：见《桧风·羔裘》注[4]。慱慱(tuán tuán)：忧愁难解的样子。

[4] 聊：愿。

[5] 韠(bì)：蔽膝，皮做的围裙下裳。

[6] 蕴(yùn)结：纠结在一起。

隰有苌楚

人有妻子家室，老少一堂，是幸福的。但是由于生活困苦不堪，诗中的主人翁深深觉得家庭拖累重，他羡慕没有知觉、没有家庭负担的植物了。这首诗较深刻地反映了当时民不聊生的社会现实。

隰有苌楚[1]，	洼地上长着羊桃，
猗傩其枝[2]。	青枝绿叶真繁茂。
夭之沃沃[3]，	鲜嫩润泽长得好，
乐子之无知[4]。	羡慕你无知不思考。
隰有苌楚，	洼地上长着羊桃，
猗傩其华。	花儿盛开光彩闪耀。
夭之沃沃，	鲜嫩润泽长得好，
乐子之无家。	羡慕你一身轻松无家小。

隰有苌楚，　　　　洼地上长着羊桃，
猗傩其实。　　　　果实累累真不少。
夭之沃沃，　　　　鲜嫩润泽长得好，
乐子之无室。　　　羡慕你没有家室要关照。

[1] 苌(cháng)楚：一种蔓生植物，也叫“羊桃”、“猕猴桃”、“杨桃”。

[2] 猗傩：叠韵联绵词。柔顺貌。

[3] 夭(ǎo)：幼嫩的草木。沃沃：茂盛有光泽的样子。

[4] 乐：用如意动，以某某为乐，这里有羡慕之意。子：指苌楚。

匪　风

这首诗写一位久在异乡的人望着大路上奔驰的车辆伤感不已，希望能遇到一个西去的熟人，替他捎上一封报平安的家信。

匪风发兮[1]，　　　那风呼呼地吹，
匪车偈兮[2]。　　　那车奔驰如飞。
顾瞻周道[3]，　　　大路上前看后看多少回，
中心怛兮[4]。　　　愁得人心碎。

匪风飘兮，　　　　那风呼呼地叫，
匪车嘌兮[5]。　　　那车如飞地跑。
顾瞻周道，　　　　前看后看这条大道，
中心吊兮[6]。　　　忧愁不知有多少。

谁能亨鱼[7]？	谁会烹煮鱼？
溉之釜鬵[8]。	我给他洗涤炊具。
谁将西归[9]？	谁是西去的旅客？
怀之好音[10]。	要请他捎个平安消息。

[1] 匪：通“彼”。发：这里指刮风，下章“飘”同此。

[2] 偈(jiē)：疾驰的样子。

[3] 顾瞻：回头看。周道：大路。

[4] 怛(dá)：悲伤，惨痛。

[5] 嘌(piāo)：疾速。

[6] 吊：悲伤。

[7] 亨：“烹”的本字，煮。

[8] 溉：洗涤。之：“溉”的间接宾语，指上句的“谁”。釜(fǔ)：锅。鬵(qín)：大锅。

[9] 西归：回西面去。

[10] 怀：送，使捎带。

曹[1] 风

蜉 蝣

这首诗以朝生暮死的蜉蝣比喻那些玩物丧志而无远虑的人。诗人担忧他们也同蜉蝣一样不能久存，希望与他们一起相处而改变他们的志向。

蜉蝣之羽[2]，	蜉蝣长的翅膀，
衣裳楚楚[3]。	好比你穿的漂亮衣裳。
心之忧矣，	我担忧你与蜉蝣一样，
於我归处[4]。	愿你与我相处改变志向。
蜉蝣之翼，	蜉蝣展开两翼，
采采衣服[5]。	像你的衣服一样华丽。
心之忧矣，	看到这我忧愁叹息，
於我归息。	愿你与我相处一起。
蜉蝣掘阅[6]，	蜉蝣初生好光洁，
麻衣如雪。	你的麻衣白如雪。
心之忧矣，	看到这我心里忧愁多，
於我归说[7]。	愿你同我一起安歇。

[1] 曹：古国名，是周武王弟弟振铎的封地，故地在今山东定陶西南，公元前四八七年被宋灭。

[2] 蜉蝣(fú yóu)：一种水生昆虫。生长期极短，据说朝生暮死。

[3] 楚楚：色彩鲜明的样子。

[4] 於：同“与”(依马瑞辰说)。处：居住。“归处”与下文的“归息”旧说同义，都是相处之意。

[5] 采采：花纹绚丽的样子。

[6] 掘阅：穿穴(依马瑞辰说)，指从土中孵化出来。阅：通“穴”。

[7] 说：见《召南·甘棠》注[7]。

候　人

这首诗讽刺朝廷用人不当。不称职的小人充斥朝廷，而贤人被排斥在外不受重用。

彼候人兮[1]，	那个迎送宾客的“候人”啊，
何戈与祋[2]。	短戈竹杖扛在身。
彼其之子[3]，	那些小人挤满朝廷，
三百赤芾[4]。	穿朝服的有三百人。
维鹈在梁[5]，	鹈鹕落在石堰上，
不濡其翼[6]。	不曾沾湿它的翅膀。
彼其之子，	那些小人把官当，
不称其服。	他们不配穿大夫的衣裳。
维鹈在梁，	鹈鹕落在石堰上，

不濡其味[7]。	不曾沾湿它的长嘴。
彼其之子，	那些小人无作为，
不遂其媾[8]。	不配受到这优厚的恩惠。
荟兮蔚兮[9]，	云蒸啊雾腾，
南山朝隮[10]。	南山上早晨出彩虹。
婉兮娈兮[11]，	那样美好啊那样柔顺，
季女斯饥[12]。	这样的少女竟挨饿受穷。

[1] 候人：负责迎送宾客的官吏。

[2] 何(hè)：同“荷”，用肩扛。祋(duì)：即“殳”(shū)，见《卫风·伯兮》注[3]。

[3] 彼其之子：参见《王风·扬之水》注[3]。

[4] 芾(fú)：护裙一类的下裳，用熟皮做成。“赤芾”是大夫以上官员的朝服的一部分。

[5] 维：语气词。鹈(tí)：鹈鹕(hú)，一种长嘴水鸟，好群飞入水食鱼，也叫“掏河”。梁：见《邶风·谷风》注[17]。这里用鹈鹕落在鱼梁上不湿翅膀说明它有捕鱼的才能，以兴众小人才德浅薄而地位高贵不称其服。

[6] 濡(rú)：沾湿。

[7] 咮(zhòu)：喙，鸟嘴。

[8] 遂：称。媾(gòu)：厚，宠。这里指恩宠厚遇。

[9] 荟(huì)蔚(wèi)：草木密集的样子。引申为聚集。这里指云雾升腾的景象。

[10] 隮(jì)：虹(依马瑞辰说)。

[11] 婉(wǎn)：柔顺。娈(luán)：美好。

[12] 季女：少女。斯：助词，无实际意义。诗中以季女喻贤人。

鸤鸠

诗人勉励当政者应该使行为举动始终如一，思想意念专一不变，这样才能治理好国家。

鸤鸠在桑[1]，	布谷鸟儿栖在桑树上，
其子七兮。	均衡哺育七个小鸟成长。
淑人君子，	善人君子，道德高尚，
其仪一兮[2]。	他们的行动始终一样。
其仪一兮，	他们的行动始终一样，
心如结兮。	他的意志无比坚强。
鸤鸠在桑，	布谷鸟儿在桑树上筑巢，
其子在梅[3]。	小鸟儿在楠樟树上落脚。
淑人君子，	善良的君子啊，仪表美好，
其带伊丝[4]。	他的腰带用生丝织造。
其带伊丝，	他的腰带用生丝织造，
其弁伊骐[5]。	他头上戴的是黑皮帽。
鸤鸠在桑，	布谷鸟儿在桑树上搭窝，
其子在棘。	小鸟儿在酸枣树上落脚。
淑人君子，	善良的君子啊，端庄贤德，
其仪不忒[6]。	他的容止不出差错。
其仪不忒，	他的容止不出差错，

正是四国[7]。　　才能指正四方之国。

鸤鸠在桑，　　布谷鸟儿在桑树上筑巢，
其子在榛[8]。　　小鸟儿在榛树上安身。
淑人君子，　　善良的君子啊，行为端正，
正是国人。　　这样才能纠正国人。
正是国人，　　如果能纠正国人，
胡不万年？　　江山怎么不会永恒？

[1] 鸤鸠：布谷鸟。据说，鸤鸠喂养小鸟早晨按从上到下的次序喂，晚上按从下到上的次序喂，平均如一。

[2] 仪：仪表，这里指符合礼仪的行为。

[3] 梅：见《秦风·终南》注[2]。

[4] 带：衣带。用丝做成，围在腰里，两头垂下来。伊：句中语气词。丝：生丝，白色。

[5] 弁(biàn)：古人戴的一种帽子，国王和大夫的"弁"用皮革做成。骐：青黑色的马。引申为青黑色。

[6] 忒(tè)：差误。

[7] 正：纠正。是：指示代词。

[8] 榛：一种落叶乔木。

下　泉

这是一首小国下臣哀叹今不如昔的诗。诗人以寒泉浸草比喻大国侵凌小国，怀念周初比较安定的政治局面。

冽彼下泉[1]，　　那寒冷的泉水往外冒，

浸彼苞稂[2]。	把一丛丛狗尾草浸泡。
忾我寤叹[3]，	我夜半叹息睡不着觉，
念彼周京[4]。	怀念强盛的周王朝。
冽彼下泉，	那寒冷的泉水往外冒，
浸彼苞萧[5]。	浸泡那一丛丛萧蒿。
忾我寤叹，	我夜半叹息睡不着觉，
念彼京周[6]。	怀念强盛的周王朝。
冽彼下泉，	那寒冷的泉水往外冒，
浸彼苞蓍[7]。	把那一丛丛蓍草浸泡。
忾我寤叹，	我夜半叹息睡不着觉，
念彼京师[8]。	怀念那强盛的周王朝。
芃芃黍苗[9]，	穈子苗儿蓬蓬勃勃，
阴雨膏之[10]。	因为总有阴雨及时到。
四国有王，	四方诸侯拥戴周王，
郇伯劳之[11]。	这由于郇伯的辛劳。

[1] 冽：寒冷。下泉：泉水下流。

[2] 苞：植物丛生的样子。稂(láng)：像谷子状的一种草，也叫“童梁”、“狼尾草”、“狗尾草”、“谷经纪”等。

[3] 忾(xì)：叹息的样子。

[4] 周京：周王室所在的京城，即周朝首都。

[5] 萧：一种野草，也叫蒿子。

[6] 京周：即“周京”，为了押韵临时改变词序。

[7] 蓍(shī):一种野草,也叫“筮草”,古人用这种草的茎干占卦。

[8] 京师:首都。

[9] 芃芃:见《鄘风·载驰》注[18]。

[10] 膏:油脂。这里用为动词。意为“滋润”。

[11] 郇(xún)伯:郇侯,周文王的儿子,曾为“州伯”(诸侯之长)治诸侯有功。劳:辛苦,劳苦。

豳[1] 风

七　月

这首诗全面而详细地记录了周代北方农村的社会生活面貌。农民一年四季在统治者的监督下从事繁重的农业劳动。男人耕田、打猎、盖房，女人养蚕、纺织、缝衣。他们劳动所得的粮食、猎物、纺织品却大部分被奴隶主统治阶级剥削了去，自己吃的是野菜，住的是茅棚，冬天到了换不上棉衣。他们不仅在物质上受到残酷的剥削，政治上也受到压抑。妇女们没有人权保障，随时可能受到“殆及公子同归”之类的污辱和迫害。全诗写得真实、朴素、具体、生动，是三千多年前反映农村社会关系和农业生产的一首优秀的民间叙事长诗。

七月流火[2]，	七月火星往西移，
九月授衣[3]。	九月妇女接受做冬衣。
一之日觱发[4]，	十一月北风叫声尖，
二之日栗烈[5]。	十二月地冻三尺天气寒。
无衣无褐[6]，	粗毛短衣无一件，
何以卒岁[7]？	怎么熬过这一年？
三之日于耜[8]，	正月里修好犁，
四之日举趾[9]。	二月里去种地。
同我妇子，	带着我的老婆和孩子，
馌彼南亩[10]，	饭菜就在地里吃，
田畯至喜[11]。	田官老爷到来笑嘻嘻。

七月流火，	七月火星偏西方，
九月授衣。	九月该做棉衣裳。
春日载阳[12]，	春天太阳暖洋洋，
有鸣仓庚[13]。	黄莺叫声多嘹亮。
女执懿筐[14]，	农家女挎着深竹筐，
遵彼微行[15]，	顺着走在那小路旁，
爰求柔桑[16]。	伸手摘那嫩桑叶。
春日迟迟[17]，	春天里太阳走得慢，
采蘩祁祁[18]。	白蒿采了一担又一担。
女心伤悲，	采桑姑娘心惊又胆战，
殆及公子同归[19]。	怕被公子拉去宫里面。

七月流火，	七月里火星偏西方，
八月萑苇[20]。	八月里芦苇收割忙。
蚕月条桑[21]，	三月里把桑树修剪，
取彼斧斨[22]，	抡起那斧头，
以伐远扬[23]，	砍掉那长枝干，
猗彼女桑[24]。	手拽小枝好采嫩桑叶。
七月鸣鵙[25]，	七月里伯劳声声唱，
八月载绩[26]。	八月里织布把麻纺。
载玄载黄[27]，	丝麻染色有黑又有黄，
我朱孔阳[28]，	我染的大红色最漂亮，
为公子裳。	献给公子做衣裳。

四月秀葽[29]，	四月苦菜把子结，

五月鸣蜩[30]。	五月蝉儿叫不歇。
八月其获[31]，	八月庄稼收割忙，
十月陨萚[32]。	十月草木凋零飘树叶。
一之日于貉[33]，	十一月上山去打貉子，
取彼狐狸，	还得剥下狐狸皮，
为公子裘。	给公子哥儿做皮衣。
二之日其同[34]，	十二月一同出了城，
载缵武功[35]。	继续打猎练武艺。
言私其豵[36]，	猎得小兽归自己，
献豜于公[37]。	猎得大兽要奉献公爷。
五月斯螽动股[38]，	五月斯螽弹腿发出声，
六月莎鸡振羽[39]。	六月纺织娘翅膀动。
七月在野[40]，	蟋蟀七月在野地，
八月在宇[41]，	八月进院庭，
九月在户，	九月离门近，
十月蟋蟀入我床下。	十月钻进我的床下过冬。
穹窒熏鼠[42]，	熏出老鼠堵窟窿，
塞向墐户[43]。	塞住北窗泥好柴门。
嗟！我妇子[44]，	唉！我的孩子和老伴，
曰为改岁[45]，	这就叫作过年，
入此室处[46]。	进到这破屋里把身安。
六月食郁及薁[47]，	六月吃李子和葡萄，
七月亨葵及菽[48]。	七月煮滑菜和大豆。

八月剥枣[49]，	八月里打红枣，
十月获稻[50]。	十月里把稻收。
为此春酒[51]，	冬天酿成这春酒，
以介眉寿[52]。	老人喝了延年益寿。
七月食瓜，	七月里吃甜瓜，
八月断壶[53]，	八月里把葫芦摘，
九月叔苴[54]。	九月里拾些麻子把肚皮塞。
采荼薪樗[55]，	又摘苦菜又砍柴，
食我农夫[56]。	我们农夫吃的就是这饭菜。
九月筑场圃[57]，	九月筑好打谷场，
十月纳禾稼[58]：	十月粮食进谷仓：
黍稷重穋[59]，	小米、麻子、豆子和麦子，
禾麻菽麦[60]。	早谷、晚谷、糜子和高粱。
嗟我农夫，	我们这些庄稼汉，
我稼既同[61]，	地里农活刚刚完，
上入执宫功[62]。	又要到官府把苦役干。
昼尔于茅[63]，	白天到野外割茅草，
宵尔索绹[64]。	晚上月光下把绳绞。
亟其乘屋[65]，	赶快登上房顶修好屋，
其始播百谷[66]。	开春又要播种下田了。
二之日凿冰冲冲[67]，	十二月凿冰咚咚响，
三之日纳于凌阴[68]。	正月里搬到冰窖里藏。
四之日其蚤[69]，	二月取冰祭寒神，

献羔祭韭。	献上韭菜和羔羊。
九月肃霜[70]，	九月里天高气爽，
十月涤场[71]。	十月里清扫打谷场。
朋酒斯飨[72]，	两壶米酒大家尝，
曰杀羔羊。	还杀了一只小羔羊。
跻彼公堂[73]，	登上公爷家的殿堂，
称彼兕觥[74]：	牛角酒杯儿举头上，
“万寿无疆！”	祝一声：“万寿无疆！”

[1] 豳(bīn)：也作“邠”，古国名，在今陕西省旬邑县西。

[2] 七月：夏历七月。流：向下移动。火：星名，也叫“大火”，是二十八宿的“心宿”。夏历五月黄昏，这个星星出现于南面天空，位置最高，六月以后，逐渐向西偏移下去。

[3] 授衣：把做棉衣的事交给妇女。

[4] 一之日：一月的时候。上古夏历、殷历、周历并用。周历以十一月为岁首，殷以十二月为岁首。这里是指周历的一月，即夏历的十一月。下面所说的“二之日”、“三之日”、“四之日”指周历的十二月、一月、二月。觱发(bì bō)：又作“哔泼”。象声词，寒风吹物发出的声音。

[5] 二之日：指夏历十二月。栗烈：即“凛冽”(lǐn liè)，寒冷。

[6] 褐(hè)：粗毛织的短衣，是穷人穿的。

[7] 卒岁：了结这一年。卒：终结。

[8] 三之日：指夏历一月(正月)。于：为，这里指修理。耜(sì)：犁。

[9] 四之日：指夏历二月。举趾：抬脚走路，指下地干活。

[10] 馌(yè)：送饭。南亩：泛指一般耕种的田地。

[11] 田畯：农官。至：来，到。

[12] 春日：指夏历三月。载：开始。阳：暖和。

[13] 有：动词词头。仓庚：鸟名，也叫“黄鹂”、“黄莺”。

[14] 懿(yì)筐：深筐。

[15] 遵：沿着……走。微行(háng)：小道。

[16] 爰(yuán)：动词词头。柔桑：嫩桑叶。

[17] 迟迟：缓慢，这里指白天长。

[18] 蘩(fán)："白蒿"，多年生草本植物。据说，白蒿煮水浸蚕卵，蚕儿容易出来。白蒿也可喂养幼蚕。祁祁：众多的样子。

[19] 殆：副词，只怕。及：与。同归：指被公子抢走。

[20] 萑(huán)：芦苇的一种，即"荻"。苇：芦苇。本句萑苇指收割萑苇。

[21] 蚕月：指三月。条桑：修剪桑树。

[22] 斨(qiāng)：方孔斧。

[23] 远扬：指长得高而长的树枝。

[24] 猗：通"掎"，拉着使它偏向一边。女桑：柔弱的小桑枝。

[25] 鵙(jué)：鸟名，也叫"伯劳"。

[26] 载：动词词头。绩：捻麻线。这里泛指制作丝绸麻布。

[27] 载……载……：又……又……。玄：黑红色。

[28] 朱：大红。孔：副词，很。阳：指色彩鲜明。

[29] 秀：不开花而结子叫秀。葽(yāo)：远志。小草，夏日开花，根可入药。

[30] 蜩(tiáo)：蝉。

[31] 获：收获庄稼。

[32] 陨萚(yǔn tuò)：指草木枝叶凋落。

[33] 于：同"为"，这里指猎取。貉(hé)：像狐狸的一种野兽。

[34] 同：动词，会合(众人)。

[35] 缵(zuǎn)：继续。武功：武事，古人以打猎作为军事训练的一部分。

[36] 言：动词词头。私：自己，这里用作动词。豵(zōng)：一岁的猪。这里泛指小兽。

[37] 豜(jiān)：三岁的猪。这里泛指大兽。

[38] 斯螽(zhōng)：一种蝗类昆虫。股：大腿。斯螽振动翅膀发出声音，古人误认为是两股相切发出来的。

[39] 莎(suō)鸡：一种蝗类昆虫，也叫"纺织娘"、"梭鸡"。振羽：振动翅膀发声。

[40] 在野：指蟋蟀在田野。下面两句的主语都是蟋蟀。

[41] 宇：指屋檐下。

[42] 穹(qióng)：空隙。窒(zhì)：堵塞。熏鼠：用烟熏老鼠。

[43] 向：朝北的窗口。墐(jìn)户：在柴竹编的门上涂上泥巴。

[44] 嗟(jiē)：语气词，表示感叹。

[45] 曰：句首语气词。为：算是。改岁：进入新的一年，这里指周历。

[46] 处：居住。

[47] 郁(yù)：郁李，果实像李子。薁(yù)：野葡萄。

[48] 亨：烹的本字。葵：古人吃的主要菜蔬之一。也叫“滑菜”、“葵菜”。菽(shū)：豆。

[49] 剥(pū)：同扑，打。

[50] 获：收割。

[51] 为：酿造。春酒：冬酿春成的酒。

[52] 介：助。眉寿：长寿。人老了眉上生出长毛，叫“秀眉”，所以称长寿为眉寿。

[53] 断壶：摘下葫芦。

[54] 叔：动词，拾。苴(jū)：麻籽。

[55] 荼(tú)：苦菜。也叫曲曲菜。薪：柴。这里用作动词，取以为薪，打柴。樗(chū)：臭椿，木质差，只能当烧柴。

[56] 食(sì)：动词，给……吃。这里指养活。

[57] 场：打谷场。圃：菜园。秋后菜蔬已收，筑菜园为打谷场。

[58] 纳：入，这里指入库。禾稼：泛指粮食。

[59] 重：通“穜”，晚熟的稻子。穋(lù)：通“稑”，早熟的稻子。

[60] 禾：这里指小米。

[61] 既：已。同：聚集。指把打下的谷物送入公仓。

[62] 执：做，干。宫功：宫内事，指为统治者服的劳役。

[63] 尔：语气词。于：同“为”，动词，指割取。茅：茅草。

[64] 索：绞，搓的意思。绹(táo)：绳子。

[65] 亟(jí)：急，赶快。乘屋：指登上房顶(修理自己的房子)。

[66] 其始：指岁始，初春。

[67] 冲冲：凿冰的声音。

[68] 凌阴：冰窖。

[69] 蚤：同“早”。这里指早朝，是一种祭祀仪式。

[70] 肃霜：指秋天天高气爽。霜：通爽。

[71] 涤场：把打谷场清扫干净，表示农事已毕。

[72] 朋酒：两樽酒。斯：指示代词，复指酒。飨：享用，这儿有会餐之意。

[73] 跻（jī）：登上。公堂：公共场所。

[74] 称：举。兕觥（sì gōng）：觥，饮酒器。兕觥，形似兕头的觥。

鸱　鸮

这是一首寓言诗。诗人以鸟为喻，描绘出一个劳动者在贪恶之人（以猫头鹰为喻）的残酷压迫下，虽然拼命干活，也难免家破人亡的悲惨遭遇。

鸱鸮鸱鸮[1]，	猫头鹰啊猫头鹰，
既取我子，	你已经抢走我的子女，
无毁我室。	不要再毁坏我的家庭。
恩斯勤斯[2]，	我爱儿女一片深情，
鬻子之闵斯[3]。	养儿育女叫我好费心。
迨天之未阴雨[4]，	趁天晴朗没下雨，
彻彼桑土[5]。	赶快剥点桑树根的皮。
绸缪牖户[6]。	把门窗牢牢绑起。
今女下民[7]，	如今你们这些劣等人，
或敢侮予。	有的还想把我欺。
予手拮据[8]，	我的口足干了这又干那，

予所捋荼[9]。	我还采摘茅草花。
予所蓄租[10]，	我衔草把褥垫加，
予口卒瘏[11]，	我的口满是伤和疤，
曰予未有室家。	就这样我还没有安好家。
予羽谯谯[12]，	我的翅膀羽毛稀少，
予尾翛翛[13]。	我的尾毛渐渐脱掉。
予室翘翘[14]，	我的房子不坚牢，
风雨所漂摇[15]，	在风雨中飘摇，
予维音哓哓[16]。	我只有恐惧地声声惨叫。

[1] 鸱鸮(chī xiāo)：猫头鹰。古人认为是一种不吉祥的恶鸟。

[2] 恩：爱。斯：语气词，表感叹。勤：勤劳。

[3] 鬻(yù)："育"的假借字，指抚养。之：指代育子这件事。闵：忧愁。

[4] 迨(dài)：及，赶上。

[5] 彻："撤"的假借字，剥取。土："杜"的假借字，根。这里指桑树根的皮。

[6] 绸缪(chóu móu)：见《唐风·绸缪》注[1]。牖(yǒu)户：鸟窝。牖：窗。

[7] 女：同"汝"。下：下等。

[8] 拮据(jié jū)：双声联绵词。指鸟之筑巢，口足劳苦。

[9] 予所捋荼(tú)：荼是我所捋取的。"所"是特指代词。下句"所"字同此。荼：茅草开的小白花穗，很柔软，鸟用来填窝。

[10] 蓄：积聚。租："蒩"的假借字，又作苴，草垫。

[11] 卒：即"悴"，病。瘏：见《周南·卷耳》注[6]。

[12] 谯谯(qiáo qiáo)：羽毛衰敝的样子。

[13] 翛翛(xiāo xiāo)：羽毛干枯凋敝的样子。

[14] 翘翘(qiáo qiáo)：同"峣"，高而不稳的样子。

[15] 这句连同上句是说我的房子危险，被风雨摇动。

[16] 维：这里含有"只有"的语气。音：啼叫声。哓哓(xiāo xiāo)：恐惧的叫声。

东　山

这首诗写一个久戍在外的士兵解除了兵役后回家途中的内心活动：设想荒芜的家园，回忆新婚时的欢乐，设问三年不见面的妻子对自己的态度将怎样。

我徂东山[1]，	我到东山去打仗，
慆慆不归[2]。	久久不能回家乡。
我来自东，	今日终于离东方，
零雨其濛[3]。	濛濛细雨落身上。
我东曰归[4]，	听说将要把家归，
我心西悲。	眼望西方心悲伤。
制彼裳衣[5]，	缝好便衣把军装退，
勿士行枚[6]。	从此不再当兵衔竹枚。
蜎蜎者蠋[7]，	山蚕屈曲树上爬，
烝在桑野[8]。	桑树就是它的家。
敦彼独宿[9]，	独宿在外的小兵娃，
亦在车下。	也一样露宿在车下。

我徂东山，	我到东山去打仗，
慆慆不归。	久久不能回家乡。
我来自东，	今日终于离东方，
零雨其濛。	濛濛细雨落身上。

果臝之实[10]，	瓜蒌结子在堂前，
亦施于宇[11]。	瓜藤蔓延缠屋檐。
伊威在室[12]，	潮湿虫在室内游转，
蠨蛸在户[13]。	蜘蛛网把窗户封严。
町畽鹿场[14]，	舍旁被野鹿踏遍，
熠燿宵行[15]。	萤火虫一片光闪闪。
不可畏也，	不怕家园此情景，
伊可怀也[16]。	我仍然把它深深怀念。
我徂东山，	我到东山去打仗，
慆慆不归。	久久不能回家乡。
我来自东，	今日我终于离东方，
零雨其濛。	濛濛细雨落身上。
鹳鸣于垤[17]，	鹳鹤在土堆上叫唤，
妇叹于室。	我妻在家里哀叹。
洒扫穹室[18]，	快扫房修屋准备齐全，
我征聿至[19]。	征人我就要回家园。
有敦瓜苦[20]，	瓠瓜圆圆似从前，
烝在栗薪。	还是吊在栗木干柴边。
自我不见，	离家不能把亲人见，
于今三年。	至今整整有三年。
我徂东山，	我到东山去打仗，
慆慆不归。	久久不能回家乡。
我来自东，	今日我终于离东方，

零雨其濛。	濛濛细雨落身上。
仓庚于飞[21]，	黄莺快活地飞翔，
熠燿其羽。	它的羽毛真漂亮。
之子于归，	那人儿到我家做新娘时，
皇驳其马[22]。	迎亲的车马好几样。
亲结其缡[23]，	她娘把佩巾系在她身上，
九十其仪[24]。	十遍八遍把礼节讲。
其新孔嘉[25]，	新婚我们多恩爱，
其旧如之何[26]？	现在不知对我怎么样？

[1] 徂(cú)：往，到……去。东山：诗中主人翁去服兵役的地方。

[2] 慆慆(tāo tāo)：又作“滔滔”，与“悠悠”同，指时间很长。

[3] 零：落。濛：形容雨小而不停。

[4] 我东曰归：我在东山，听说归家。

[5] 裳衣：指老百姓穿的服装。

[6] 士：通“事”。从事。行(háng)：行阵。作战时排列的队形。枚：与筷子相似的小竹(或木)棒，用细绳系在脖子上，秘密行军时横衔口中，防止说话。这句是说不再行军作战，即不当兵了。

[7] 蜎蜎(yuān yuān)：虫类蠕动爬行的样子。蠋(shǔ)：野蚕。

[8] 烝(zhēng)：久。

[9] 敦(duī)：孤独貌。

[10] 果臝(luǒ)：一种蔓生的葫芦科植物，也叫“括搂”、“瓜蒌”、“天瓜”。果实近球形，成熟时红黄色。

[11] 施(yì)：蔓延。宇：房檐下。

[12] 伊威：后世写作“蛜蝛”，潮湿虫。

[13] 蟏蛸(xiāo shāo)：一种长脚小蜘蛛，也叫“蟢子”。

[14] 町畽鹿场：这句是说舍旁空地变成了野鹿践踏奔驰的场所。町畽(tiǎn tuǎn)：双声联绵词。舍旁空地禽兽践踏处。

[15] 熠燿(yì yào)：闪光发亮。宵行：夜间磷火随气流移动，古人把这种

流动的磷火叫“宵行”，这里指萤火虫。

[16] 伊：指示代词，指自己荒芜了的家园。

[17] 鹳(guàn)：鹤类水鸟，羽毛灰白色。垤(dié)：土堆。

[18] 穹窒：见《豳风·七月》注[42]。

[19] 我征聿至：我出征归来。聿(yù)：与语气词“曰”同。

[20] 敦：圆圆的。瓜苦：即“瓜瓠(hù)”，指瓠瓜。

[21] 仓庚：见《豳风·七月》注[13]。

[22] 皇：黄白色。驳：杂色马。

[23] 缡(lí)：佩巾，带子。古代习俗女儿出嫁时，父母为她系上。

[24] 九十：九次十次，指父母多次叮咛。仪：指做媳妇的礼节。

[25] 孔：很。嘉：美好。

[26] 旧：对新婚而言，指三年后的现在。

破 斧

这是一首赞美周公平定武庚、管、蔡之乱的诗。诗人认为周公东征是为了拯救四方诸侯，虽然战事激烈，损坏了斧斨之类的武器，但将士们没有怨言。

既破我斧[1]，	已砍坏了我的圆孔斧，
又缺我斨[2]。	又砍坏了我的方孔斨。
周公东征[3]，	周公帅师去东征，
四国是皇[4]。	打压倡乱诸侯的强梁。
哀我人斯[5]，	周公爱护我们啊，
亦孔之将[6]！	他的功绩伟大辉煌！

既破我斧，	已砍坏了我的斧，

又缺我锜[7]。　　又弄坏了我的锯。
周公东征，　　周公帅师去东征，
四国是吪[8]。　　为的是对诸侯教化。
哀我人斯，　　周公爱护我们啊，
亦孔之嘉[9]！　　他的功绩真伟大！

既破我斧，　　已砍坏了我的斧，
又缺我銶[10]。　　又损坏了我的木叉。
周公东征，　　周公帅师去东征，
四国是遒[11]。　　为的是让诸侯国巩固不垮。
哀我人斯，　　周公爱护我们啊，
亦孔之休[12]！　　他的功绩真可夸！

[1] 破：毁坏，损坏。

[2] 缺：破损。斨（qiāng）：见《豳风·七月》注[22]。斧、斨及下文的锜、銶都是武器。

[3] 周公东征：周武王死后，儿子成王年幼，由武王的弟弟姬旦（历史上称为“周公”）辅佐。武王的弟弟管叔、蔡叔（二人的封地都在殷故都朝歌——今河南省淇县一带）和纣王的儿子武庚勾结起来，联合东方的徐、奄（徐，西周国名，辖地在今江苏省泗洪一带。奄，古国名，在今山东省曲阜旧城东）等国发动了叛乱。周公调动军队，用了三年时间平定了这次叛乱。历史上把这次平叛战争称为“周公东征”。

[4] 四国：四方诸侯之国。是：指示代词，这，复指“四国”。“四国是皇”与“唯四国是皇”句式一样。皇：通“匡”。匡正。

[5] 哀：这儿含有哀怜、爱护之意。

[6] 孔：很。将：大。

[7] 锜（qí）：锯。

[8] 吪（é）：化。使动用法，使“四国”变化，即受教化。

[9] 嘉：善。

[10] 銶(qiú)：即梂，双刃臿，类似木叉一类的农具。

[11] 遒(qiú)：稳固，安定。

[12] 休：美善，喜庆。

伐柯

这首诗赞美一个自觉遵守周礼的卿大夫。诗人以砍削斧柄和娶妻为喻，说明治国必得讲礼。

伐柯如何[1]？	用啥方法削斧把？
匪斧不克[2]。	离开斧头没办法。
娶妻如何？	娶妻方法是什么？
匪媒不得。	没有媒人娶不下。
伐柯伐柯，	削斧把呵削斧把，
其则不远[3]。	削的标准在眼前。
我觏之子[4]，	我见这人堪称赞，
笾豆有践[5]。	摆设礼器合规范。

[1] 柯：斧头把。

[2] 克：能。

[3] 则：标准，指斧把的长短粗细。

[4] 觏(gòu)：见。

[5] 笾(biān)：盛果品的竹编器具，形状像“豆”。豆：盛肉食的木雕器具，形似高脚杯，有盖。“笾”和“豆”古人在宴会或祭礼时才能使用，被称为“礼器”(行礼之器)。践：排列整齐的样子。指摆设笾豆等礼器整齐有序，这

是讲"礼"的表现。

九　罭

旧说这首诗写东方诸侯国留恋东征的周公,舍不得他西归。

九罭之鱼[1],	捕鱼用细网,
鳟、鲂[2]。	捞上来的是鳟鲂。
我觏之子,	我见的这个人儿,
衮衣、绣裳[3]。	穿着绣龙的衣裳。
鸿飞遵渚[4],	鸿雁绕着小洲飞舞,
公归无所[5]?	周公西归岂无安身之处?
於女信处[6]。	不过暂时在你们这儿住。
鸿飞遵陆,	鸿雁飞翔在高处,
公归不复[7],	周公西归不再来东土,
於女信宿。	他只是暂时在你们这儿住。
是以有衮衣兮[8],	因此这儿有龙衣啊,
无以我公归兮[9],	不要让我们的周公西归,
无使我心悲兮!	不要让我们的心伤悲!

[1] 九:甚言网孔密而且小。罭(yù):鱼网。

[2] 鳟(zūn):鳟鱼,体银白色,背略带黑,肉味鲜美。鲂(fáng):见《周

南·汝坟》注[6]。

[3] 衮衣：天子或上公穿的朝服，上面绣有龙。绣裳：见《秦风·终南》注[6]。

[4] 鸿：大雁。渚(zhǔ)：水中小岛。

[5] 所：处所。

[6] 女：同“汝”，指东方诸侯国中之人互相称谓。信：再宿叫信，这里指暂时住宿。处：与下文“宿”同义，都是住的意思。

[7] 复：再来。

[8] 是以：因此。指周公“於女信宿”、“於女信处”。这句是说因为周公暂住东土，所以这儿有穿衮衣的人。

[9] 无以：别让。无：通“毋”。以：用，这儿有“使”之意。

狼跋

这首诗赞美周公处变不惊，宽容大度。

狼跋其胡[1]，	老狼前进踩颈肉，
载疐其尾[2]。	老狼后退尾挡路。
公孙硕肤[3]，	周公魁伟仪容美，
赤舄几几[4]。	足登红鞋有派头。
狼疐其尾，	老狼后退尾挡路，
载跋其胡。	老狼前进踩颈肉。
公孙硕肤，	周公魁伟仪容美，
德音不瑕[5]。	声誉美好无瑕垢。

[1] 跋：践踏。胡：下巴底下悬垂的肥肉。

[2] 载：动词词头。疐(zhì)：同"踬"，仆倒。这里指被尾巴绊倒。疐跋即踬跋，古书中多作颠沛字，都是颠倒僵仆之意。这二句是说，老狼前行则踩上颈下垂肉，向前倒下，后退则踩住尾巴，而倒在尾巴上。

[3] 公孙：公子王孙，这里指周公。硕肤：心广体胖之象。硕：大。肤：大，美。

[4] 赤舄(xì)：红鞋。舄，底子较厚的鞋，是王公们穿的。几几：盛貌。

[5] 德音：好名声。不瑕：没有瑕疵，即完美无缺。

诗词名家讲

叶嘉莹 主编

陈斐 执行主编

诗经译注（下）

（雅·颂）

祝敏彻 赵浚 刘成德 张文轩 侯兰生 郭芹纳

译注

中国出版集团

東方出版中心

目　录

雅

小　雅

颂

周颂

鲁颂

商颂

雅

小　雅

鹿鸣之什

鹿　鸣

这是一首叙述国君飨宴群臣的诗。主人以音乐、美酒赠宾客，宾客则献上治民的好办法来报答。

呦呦鹿鸣[1]，	鹿儿呦呦地鸣叫，
食野之苹[2]。	呼唤伙伴来吃苹草。
我有嘉宾，	我的好宾客真不少，
鼓瑟吹笙[3]。	弹瑟吹笙把他们相邀。
吹笙鼓簧[4]，	吹起笙来簧片颤动，
承筐是将[5]。	捧起筐儿把币帛赠送。
人之好我，	宾客们对我十分友好，
示我周行[6]。	给了我许多有益的教导。

呦呦鹿鸣，	鹿儿呦呦地鸣叫，
食野之蒿。	呼唤伙伴来吃青蒿。
我有嘉宾，	我的好宾客真不少，

德音孔昭[7]。	他们的言论实在好。
视民不恌[8]，	能教人民不苟且轻佻，
君子是则是效[9]。	就是大人君子也要效法仿照。
我有旨酒，	我有美酒，
嘉宾式燕以敖[10]。	与这些宾客宴饮遨游。
呦呦鹿鸣，	鹿儿呦呦地鸣叫，
食野之芩[11]。	呼唤伙伴来吃芩草。
我有嘉宾，	我的好宾客真不少，
鼓瑟鼓琴。	弹起琴瑟把他们相邀。
鼓瑟鼓琴，	琴瑟合奏多美妙，
和乐且湛[12]。	欢乐的气氛把宴会笼罩。
我有旨酒，	我有美酒，
以燕乐嘉宾之心。	拿来欢宴宾客，使他们快乐逍遥。

[1] 呦呦(yōu yōu)：鹿的鸣叫声。

[2] 苹(píng)：即“藾蒿”，是一种青叶白茎的野草。

[3] 笙(shēng)：簧管乐器，由簧片、笙管、斗子三部分组成。

[4] 簧(huáng)：笙的簧片，其作用是发声。

[5] 承：奉，捧。筐：诗中指用来盛币帛的器具。古代宴饮时有以筐盛币帛赠送宾客的礼节。将：行。这句是说手捧盛着币帛的筐赠送宾客以行敬宾之礼。

[6] 周行(háng)：谓至善之道。

[7] 德音：好的言论。指先王道德之教。孔：见《周南 · 汝坟》注[8]。昭：明。

[8] 视：“示”的古字。恌(tiāo)：苟且，轻薄。

[9] 则：准则，用如动词，即作为准则的意思，效：仿效。

[10] 燕：通“宴”。以：连词，等于“而”。敖：见《邶风 · 柏舟》注[7]。这

句是说与宾客又宴饮又遨游。

[11] 芩(qín)：草名，蒿属。

[12] 湛(dān)：字又作“耽”，乐之久。这里指沉浸在欢乐之中。

四　牡

这首诗写一个小臣苦于王事繁重，不能养家而满腹牢骚。

四牡騑騑[1]，	四匹公马快如飞，
周道倭迟[2]。	大道遥远又迂回。
岂不怀归？	难道我不想把家归？
王事靡盬[3]，	君王的差事没个完，
我心伤悲。	我的心该是多伤悲。
四牡騑騑，	四匹公马快如飞，
啴啴骆马[4]。	黑鬃白马喘吁吁。
岂不怀归？	难道我不想把家归？
王事靡盬，	君王的差事多成堆，
不遑启处[5]。	顾不上抽空休息一会。
翩翩者鵻[6]，	翩翩飞翔的鹁鸪，
载飞载下，	从高处飞落低处，
集于苞栩[7]。	还能在栎树上暂住。
王事靡盬，	君王的差事多得没法数，
不遑将父[8]。	顾不上奉养孤苦的老父。

翩翩者鵻，	翩翩飞翔的鹁鸪，
载飞载止，	一会儿飞一会儿停住，
集于苞杞[9]。	栖息的地方是丛生的杞树。
王事靡盬，	君王的差事多得没法数，
不遑将母。	顾不上奉养我孤苦的老母。
驾彼四骆，	驾驭那四匹黑鬃白马，
载骤骎骎[10]。	马儿奔驰把车拉。
岂不怀归？	难道我不想回家？
是用作歌[11]，	我于是将这首诗歌写下，
将母来谂[12]。	把奉养父母的心愿表达。

[1] 騑騑（fēi fēi）：马行走不停的样子。

[2] 周道：大路。倭（wēi）迟：纡回遥远的样子。

[3] 盬（gǔ）：息，停止（依王引之、马瑞辰说）。见《唐风 · 鸨羽》注[3]。

[4] 啴啴（tān tān）：喘息的样子。形容马的疲劳。骆（luò）鬃毛是黑色的白马。

[5] 不遑（huáng）：没有闲暇。启：通“跽”，跪。即古人的坐。古人席地而坐，以两膝着席，直起身子叫跪；臀部压在脚后跟上叫坐。处：居，蹲。

[6] 翩翩（piān piān）：飞翔的样子。鵻（zhuī）：俗称鹁鸪。

[7] 苞：见《唐风 · 鸨羽》注[2]。

[8] 将：奉养。

[9] 杞（qǐ）：枸杞。

[10] 骤（zhòu）：马疾驰。骎骎（qīn qīn）：马奔驰的样子。

[11] 是用：是以，因此。

[12] 谂（shěn）：告，告诉。一说思念。

皇皇者华

这是一首鼓励群臣到各地去访求贤人的诗。

皇皇者华[1]，	光彩夺目的鲜花，
于彼原隰[2]。	盛开在高原和低洼。
駪駪征夫[3]，	一群群外出的臣下，
每怀靡及[4]。	惟恐不能把贤人效法。
我马维驹[5]，	我的马粗壮高大，
六辔如濡[6]。	六根缰绳多光耀。
载驰载驱，	快快奔啊快快跑，
周爰咨诹[7]。	去多多向贤人请教。
我马维骐[8]，	我的马白底黑纹，
六辔如丝[9]。	六根缰绳如丝新。
载驰载驱，	快快跑啊快快奔，
周爰咨谋。	去多多访问贤人。
我马维骆，	我的马白身黑鬃，
六辔沃若。	六根缰绳耀眼明。
载驰载驱，	快快跑啊快快奔，
周爰咨度[10]。	去访遍各地的贤能。

我马维骃[11]，	我的马毛色花白，
六辔既均[12]。	六根缰绳好匀称。
载驰载驱，	快快跑啊快快奔，
周爰咨询。	去多多把贤人咨询。

[1] 皇皇：犹“煌煌”。见《陈风·东门之杨》注[2]。

[2] 隰(xí)：低湿的地方。见《邶风·简兮》注[12]。

[3] 駪駪(shēn shēn)：众多的样子。《说文·马部》：“駪，马众多貌。”征夫：出远门的人，即行人。这里指外出的群臣。

[4] 每：时常，往往。怀：思。这儿含有见贤思齐之义。靡及：达不到。这句话是说经常想使自己贤能，但达不到贤人的高度。

[5] 驹：马二岁叫驹，即小马。小马不能驾车，可能是为了押韵把“骄”换成了驹(依段玉裁说)。

[6] 六辔：见《邶风·简兮》注[6]。如濡(rú)：鲜艳光泽，像新染成的一样。这是说马儿训练有素，御车技术高超，缰绳虽设而不常用。下文的“沃若”同此。

[7] 周：遍，普遍。咨诹(zī zōu)：访问。咨、询义近，都是向人问事之义。诹、谋义近，都是与人商量事情之义。度(duó)：推测。

[8] 骐(qí)：青白相交毛色的马叫骐，因毛色一条青一条白，青白相交，花纹像棋盘格子，所以叫骐。参见《秦风·小戎》注[6]。

[9] 如丝：指缰绳轻轻牵在手，如丝一般。形容御车技术高超。

[10] 咨度：义同“咨诹”。

[11] 骃(yīn)：浅黑而带白色的杂毛马。

[12] 均：匀称，协调。

常　棣

这是一首劝兄弟友爱的诗。作者通过具体的事实向人们宣传兄弟情义重于朋友，兄弟相睦意义重大；同时谴责那些只能同忧患，不能共欢乐的兄弟们。

常棣之华[1]，	棠棣树上花儿盛开，
鄂不韡韡[2]。	花萼花蒂都有光彩。
凡今之人，	如今人心不古世道乖，
莫如兄弟。	比起来惟有兄弟最亲爱。
死丧之威[3]，	他死了大家吓得都躲开，
兄弟孔怀[4]。	只有兄弟去抚恤关怀。
原隰裒矣[5]，	他的尸体抛在野外，
兄弟求矣。	只有兄弟去收尸掩埋。
脊令在原[6]，	你有时像水鸟鹡鸰困在高原，
兄弟急难[7]。	这时只有兄弟来解除你的危难。
每有良朋，	你虽然也有一群好伙伴，
况也永叹[8]。	可他们只能陪你发几声长叹。
兄弟阋于墙[9]，	兄弟们有时也闹点纠纷，
外御其务[10]。	遇到外敌却团结如一人。
每有良朋，	你虽然有一群好友高朋，
烝也无戎[11]。	好久也不能帮你把事办成。
丧乱既平，	解除危机渡过了难关，
既安且宁。	日子变得舒适又平安。

虽有兄弟，	这时候便把兄弟疏远，
不如友生[12]。	只把那些朋友喜欢。
傧尔笾豆[13]，	摆上那美味佳肴，
饮酒之饫[14]。	宾主们酒足饭饱。
兄弟既具[15]，	因为把兄弟都请到，
和乐且孺[16]。	所以大家感到既亲切又热闹。
妻子好合，	你和妻子脾气相投感情好，
如鼓瑟琴。	如同琴瑟合奏一样协调。
兄弟既翕[17]，	因为又能同兄弟亲爱相好，
和乐且湛。	所以欢乐的生活长久可靠。
宜尔室家，	兄弟相好可使你的家庭和睦，
乐尔妻帑[18]。	可使你的妻子儿女欢乐幸福。
是究是图[19]，	请把这些话仔细的研究考虑，
亶其然乎[20]？	你就会相信这个道理。

[1] 常棣：木名，亦作“棠棣”，棠梨树。

[2] 鄂(è)：通“萼”。承受着花的部分，即花托。不：“柎”的本字，花萼。花与萼柎俱为一体，荣枯与共，以喻兄与弟亲同手足，应当相亲相爱，不可疏远分离。韡韡(wěi wěi)：明艳华美的样子。

[3] 威：畏惧；敬畏。

[4] 连上句意为：死丧之祸是人们所畏惧的事，但只有兄弟之间能彼此关怀抚恤。

[5] 裒(póu)：聚，聚积，指尸体聚积于野地。连下句是说如果死在外面，也只有兄弟去寻求遗尸了。

[6] 脊令(jǐ líng):即鹡鸰,水鸟名。水鸟在陆地就陷入困境,比喻兄弟遇到患难。

[7] 急难(nàn):急,用如动词。急难,为危难而急,即解救危难。

[8] 况:即"贶",赐给(依余冠英说)。

[9] 阋(xì)墙:兄弟相争于内。阋:争吵;争斗。

[10] 御:抵御。务(wǔ):通"侮"。

[11] 烝:久。一说发语词。戎:助,相助。

[12] 友生:"生",语助词(依马瑞辰说)。诗经中"友生"连文多见,似成为固定词组,均为朋友之义。

[13] 傧(bìn):陈列。笾(biān):见《豳风·伐柯》注[5]。

[14] 饫(yù):足,饱。

[15] 具:通"俱",聚集。

[16] 孺(rú):相亲,亲近。

[17] 翕(xī):合,和顺。

[18] 帑(nú):通"孥",子。

[19] 究:寻根追底。图:考虑计划。是:前置宾语,代以上的话。

[20] 亶(dǎn):相信。这两句是说你如果好好想一下我说的那些话,就会相信兄弟相好的意义就像我说的那样。

伐　木

这是一首贵族欢宴亲友的乐歌。诗人认为不断地、广泛地宴请亲友,就能消除内部矛盾,获得神灵的保佑,平平安安地享乐下去。

伐木丁丁[1],	伐木声咚咚的响,
鸟鸣嘤嘤[2]。	一群鸟啾啾地唱。
出自幽谷[3],	从深谷开始飞翔,
迁于乔木。	一直飞到高高的树上。

嘤其鸣矣，　　鸟儿啾啾地叫，
求其友声。　　想把朋友寻找。
相彼鸟矣[4]，　　看看那些鸟儿吧，
犹求友声；　　它们尚且知道把朋友寻找；
矧伊人矣[5]，　　何况我们都是知礼的人，
不求友生？　　怎能不把朋友结交？
神之听之[6]，　　神灵好像在听着人们的祈祷，
终和且平[7]。　　保佑心诚的人生活美好。

伐木许许[8]，　　锯木声音传四方，
酾酒有藇[9]。　　新酿的美酒醇又香。
既有肥羜[10]，　　还杀了一只肥羔羊，
以速诸父[11]。　　请同姓的叔伯们来品尝。
宁适不来[12]，　　宁愿客人不来叫我失望，
微我弗顾[13]。　　可不让人家说我把他们遗忘。
於粲洒扫[14]，　　房屋洒扫得干净明亮，
陈馈八簋[15]。　　八盘食品摆在席上。
既有肥牡，　　还杀了一只肥羯羊，
以速诸舅[16]。　　请来外姓的叔伯们共享。
宁适不来，　　凑巧客人不来叫我失望，
微我有咎[17]。　　可不让人家说我办事不周详。

伐木于阪[18]，　　砍伐木头在山坡前，
酾酒有衍[19]。　　新酿的美酒醇又甜。
笾豆有践[20]，　　整齐地摆上竹盘和木碗，

兄弟无远[21]。	宴请弟兄们不把他们疏远。
民之失德[22]，	你看那老百姓受朋友抱怨，
乾糇以愆[23]。	其原因不过是几口粗食淡饭。
有酒湑我[24]，	有酒就拿来醇酒让我们喝，
无酒酤我[25]。	没有酒就买来酒让我们喝。
坎坎鼓我[26]，	还有咚咚的鼓声为我们奏乐，
蹲蹲舞我[27]。	婆娑的舞蹈供我们娱乐。
迨我暇矣，	等我闲暇的时候，
饮此湑矣。	再同大家把美酒来喝。

[1] 丁丁（zhēng zhēng）：伐木声。象声词。

[2] 嘤嘤（yīng yīng）：鸟的和鸣声。

[3] 幽：深。

[4] 相（xiàng）：看。参见《鄘风·相鼠》注[1]。

[5] 矧（shěn）：况且，何况。连词。

[6] 前“之”，介词，用在主谓结构之间。后“之”，代词宾语。

[7] 终：既。参见《邶风·燕燕》注[12]。这两句是说神灵好像在察视人间，你如果待朋友心诚，神灵就会保佑你平安。

[8] 许许（hǔ hǔ）：一本作“浒浒”，即“所所”，锯木声（依段玉裁说）。

[9] 酾（shī）：古人用草筐之类滤酒，去其渣滓叫酾。酒经过滤而味醇，所以酾又引申为醇酒。藇（xù）：又作“醑（xù）”，酒味醇美。

[10] 羜（zhù）：五个月的小羊。

[11] 速：召，请。诸父：同姓的长辈们。

[12] 适：恰巧，正好。

[13] 微：不要。顾：顾念，关怀。这两句是说，我邀请朋友，宁愿朋友不能前来赴宴，使我失望，也不要让人家说我不顾念他。

[14] 於（wū）：感叹词，“啊”。粲（càn）：鲜明的样子。参见《唐风·绸缪》注[9]。后世“於粲”连用，表示对鲜明美好的赞叹。

[15] 馈（kuì）：食物。簋（guǐ）：古代盛食品的器具。参见《秦风·权舆》

注[5]。

[16] 诸舅：异姓的长辈们。

[17] 咎(jiù)：过失。连上句意为，我邀请朋友，宁愿他恰好有事不能前来赴宴，使我失望，而不要让人家说我有过错。

[18] 阪(bǎn)：山坡。

[19] 衍(yǎn)：美好的样子。一说多。

[20] 践(jiàn)：陈列整齐的样子。参见《豳风·伐柯》注[5]。

[21] 兄弟：指同辈的亲友。无远：不疏远。即都在席间之义。

[22] 失德：指失掉交友的品德。

[23] 乾糇：干粮。这里泛指普通的食品。

[24] 湑(xǔ)：醇酒。湑我：此句有省略，补足当为“有酒则以湑饮我”。

[25] 酤(gū)：买酒。这句也有省略，补足当为“无酒则沽酒饮我”。

[26] 坎坎：击鼓声。参《陈风·宛丘》注[6]。鼓：击鼓，用作动词。这句也有省略，补足当为“坎坎鼓于我”，即为我敲鼓。下句同此。

[27] 蹲蹲(cún cún)：舞蹈的样子。舞：动词，跳舞。

天 保

这是一首祭祀先公先王时唱的乐歌，内容是歌颂神灵，祈求福禄。

天保定尔[1]，	上天保佑你安定幸福，
亦孔之固。	那是非常的长久坚固。
俾尔单厚[2]，	赐给你的东西多么丰厚，
何福不除[3]？	什么幸福你还没有领受？
俾尔多益，	赐给你的东西应有尽有，
以莫不庶[4]。	没有什么东西你缺少不够。

天保定尔，　　上天保佑你安定幸福，
俾尔戬榖[5]。　　赐你许多福禄。
罄无不宜[6]，　　不顺心的事儿一件也没有，
受天百禄。　　受到的是上天赐予的百禄。
降尔遐福[7]，　　上天给你降下大福，
维日不足。　　天天降福还惟恐不足。

天保定尔，　　上天保佑你安定幸福，
以莫不兴[8]。　　你的事儿没有一件不发达兴盛。
如山如阜[9]，　　你的福宽厚如大陆巨陵，
如冈如陵[10]。　　你的福高大如崇山峻岭。
如川之方至，　　你的福长久如江河滚滚，
以莫不增。　　你的事儿没有一样不欣欣向荣。

吉蠲为饎[11]，　　准备洁净醇美的酒食，
是用孝享[12]。　　拿它来敬献神祇。
禴祠烝尝[13]，　　敬神大典春夏秋冬各有一次，
于公先王[14]。　　按时把先公先王祭祀。
君曰卜尔[15]，　　先王的替身传达神灵的旨意：
无寿无疆。　　赐你长寿没有边际。

神之吊矣[16]，　　神灵们真是和善啊，
诒尔多福[17]。　　赐给你许多幸福。
民之质矣[18]，　　百姓们真是纯朴啊，
日用饮食。　　只要天天吃饱就感到满足。

群黎百姓，	黎民百姓普遍地把你拥护，
遍为尔德[19]。	感化你的教化把美德建树。
如月之恒[20]，	像月亮一样永恒，
如日之升，	像太阳一样初升，
如南山之寿，	像南山一样长寿，
不骞不崩[21]，	永不减更不溃崩，
如松柏之茂，	像松柏一样茂盛，
无不尔或承[22]。	你的福禄将永世长存。

[1] 保：安。

[2] 单：即亶，多。厚：富有。

[3] 除（zhù）：给予；赐予。

[4] 庶：多，充足。

[5] 戬（jiǎn）：福。穀：禄。

[6] 罄（qìng）：尽。

[7] 遐（xiá）：远。这里指福禄深远广大。

[8] 兴：盛。

[9] 阜（fù）：高而平叫陆，大陆叫阜。

[10] 陵：大阜叫陵。

[11] 吉：善。指食物好。蠲（juān）：洁。饎（chì）：酒食。

[12] 孝享：敬献。孝：与享同义（依马瑞辰说）。

[13] 禴（yuè）祠烝尝：四时祭祀宗庙的祭名。春祭叫祠，夏祭叫禴，秋祭叫尝，冬祭叫烝。

[14] 公：先公。

[15] 君：先君。君曰：古人祭祀祖先时，让小孩临时充当被祭祀的祖先接受众人的膜拜，称之为“尸”。君曰指“尸”代先王说的话。卜：赐给，授予。“卜尔万寿无疆”是一句话，卜尔与君曰断为一句是形式上的断句，意思并未断开。

[16] 吊(dì)：善。

[17] 诒(yí)：赠送。

[18] 质：质朴，朴实。

[19] 遍：普遍。为：通“讹”，感化。

[20] 恒：永远，长久。“恒”的古字像月亮在天地之间，表示长久之意。

[21] 骞(qiān)：亏损。

[22] 承：引，延。或：语助词。这句是说你的福禄像松柏叶茂常青，相承而永不衰落。

采　薇

这是一首戍卒之歌。一位戍边之卒于归途中回忆其久戍难归、“一月三捷”的征戍辛劳，表达了生还归乡的哀伤。诗人寓情于景，倍增哀乐，读来感人至深。

采薇采薇[1]，	挑薇菜呀挑薇菜，
薇亦作止[2]。	薇菜芽芽刚出土。
曰归曰归，	听说回家却回不了，
岁亦莫止[3]。	一年完了还在这里住。
靡室靡家[4]，	谁害我家室撇在一旁没法顾，
猃狁之故[5]。	是因为猃狁的侵入。
不遑启居，	谁害我没有休息的闲工夫，
猃狁之故。	是因为猃狁的侵入。

采薇采薇，	挑薇菜呀挑薇菜，
薇亦柔止[6]。	薇菜苗苗脆又嫩。

曰归曰归，	听说回家却回不了，
心亦忧止。	心里忧伤真苦闷。
忧心烈烈[7]，	忧愁重重如火焚，
载饥载渴。	又饥又渴实难忍。
我戍未定[8]，	戍边的差事还没有停，
靡使归聘[9]。	没有人给我捎封家信。

采薇采薇，	挑薇菜呀挑薇菜，
薇亦刚止[10]。	薇菜秆秆硬又粗。
曰归曰归，	听说回家却回不了，
岁亦阳止[11]。	眼看又到十月初。
王事靡盬，	官差多得没个数，
不遑启处。	没有休息的闲工夫。
忧心孔疚[12]，	我心里忧愁太痛苦，
我行不来。	不能回家仍把兵役服。

彼尔维何[13]？	那繁盛鲜艳的是什么？
维常之华[14]。	是棠棣开的花。
彼路斯何[15]？	那高大华丽的是什么？
君子之车[16]。	是将帅乘坐的车马。
戎车既驾，	兵车驾起已出发，
四牡业业[17]。	四匹公马高又大。
岂敢定居，	哪敢在一个地方驻扎，
一月三捷[18]。	一月三次把猃狁攻打。

驾彼四牡，	驾起兵车上前方，
四牡骙骙[19]。	四匹公马强又壮。
君子所依[20]，	将帅靠兵车来作战，
小人所腓[21]。	士兵靠兵车把身防。
四牡翼翼[22]，	四匹马儿步伐多整齐，
象弭鱼服[23]。	象牙镶弓箭袋用鱼皮。
岂不日戒，	岂能不天天戒备警惕，
猃狁孔棘[24]。	因为猃狁入侵猛又急。

昔我往矣，	想往日离家到前方，
杨柳依依[25]。	杨柳枝叶轻轻飘荡。
今我来思，	今日离开边防回家乡，
雨雪霏霏[26]。	雨雪纷飞飘飘扬扬。
行道迟迟，	回家的道路崎岖漫长，
载渴载饥。	一路上又饥又渴煎肚熬肠。
我心伤悲，	我一肚子悲愤和怨声，
莫知我哀。	谁了解我的哀痛和悲伤。

[1] 薇：即巢菜。参见《召南·草虫》注[9]。

[2] 作：生。这里指薇菜芽儿刚开始长出。止：语尾助词。参见《草虫》注[4]。

[3] 莫(mù)：“暮”的古字。岁暮，一年将尽，即年底。

[4] 靡室靡家：戍卒长期戍边，不能奉养父母，不能结婚成家，所以有家同无家一样。

[5] 猃狁(xiǎn yǔn)：北方少数民族，西周时称猃狁，春秋时称北狄，秦汉以后称为匈奴。

[6] 柔：指初生的嫩芽。

[7] 烈烈：忧愁的样子。

[8] 定：止，止息。指戍边的差事没有停止结束。

[9] 靡使归聘：这句是说无人可以给我捎回家信。聘：问候。

[10] 刚：指薇老而坚硬。

[11] 阳：夏历十月叫“阳月”。

[12] 疚(jiù)：病痛。

[13] 尔：通“薾”，花繁盛的样子。

[14] 常：常棣。

[15] 路：大。路与上句“尔”相对，都是形容词，即大之义，不是辂(古代车又叫路)。(依胡承珙说)

[16] 君子：指将帅。

[17] 业业：雄壮高大的样子。

[18] 捷：胜，战胜。这里指打仗。

[19] 骙骙(kuí kuí)：强壮的样子。

[20] 依：这里指乘。

[21] 小人：指士兵。腓(féi)：通“庇”。庇荫，隐蔽。古代作战，一辆战车后面跟随七十二步卒，战车在前有掩护步卒的作用。

[22] 翼翼：整齐的样子。

[23] 象弭：象牙镶饰的弓。弭(mǐ)：弓两端弯曲受弦的地方。鱼服：鲨鱼皮制成的箭袋。服：通“箙”。盛弓箭的袋子。

[24] 棘：通“亟”。急，急迫。

[25] 依依：婀娜的样子。

[26] 霏霏(fēi fēi)：雨雪纷飞的样子。

出　车

这是一首出征将领胜利归来时唱的乐歌。歌中唱出了奉命出征、守护朔方、襄除猃狁的战况，并以家人之语表达出浓烈的思乡之愁。

我出我车，
于彼牧矣[1]。
自天子所[2]，
谓我来矣[3]。
召彼仆夫[4]，
谓之载矣[5]。
王事多难，
维其棘矣[6]。

驾起我的车为国奔命，
先到郊外把战马领。
走出天子的宫廷，
担负起出征的重任。
召集那些驾车的士兵，
装车的任务让他们完成。
战争形势十分严重，
我们必须赶快出征。

我出我车，
于彼郊矣。
设此旐矣[7]，
建彼旄矣[8]。
彼旟旐斯[9]，
胡不旆旆[10]。
忧心悄悄[11]，
仆夫况瘁[12]。

驾起我的车为国奔忙，
先到郊外的养马场。
龟蛇军旗设置妥当，
牦尾旗杆立在车上。
龟蛇鸟旗挂上方，
车行旗帜怎会不飘扬。
临战前我心忧愁又紧张，
车夫也为此憔悴又忧伤。

王命南仲[13]，
往城于方[14]。
出车彭彭[15]，
旂旐央央[16]。
天子命我[17]，
城彼朔方。
赫赫南仲[18]，

我王命令南仲大将，
到北方边境筑城墙。
兵车出动浩浩荡荡，
龟蛇龙旗鲜艳漂亮。
天子命令我们奔赴朔方，
在边境修筑御敌的城墙。
赫赫有名的南仲大将，

猃狁于襄[19]。	平定猃狁一扫而光。
昔我往矣，	想当初我奔赴前线，
黍稷方华[20]。	谷子糜子花还未开全。
今我来思，	今天我回到家里面，
雨雪载涂[21]。	大雪纷纷把路盖严。
王事多难，	因为战事有很多危难，
不遑启居。	所以没有休息的空闲。
岂不怀归？	难道不想早日回到家园？
畏此简书[22]。	只因害怕军令的威严。
喓喓草虫，	草虫啾啾地鸣叫，
趯趯阜螽。	阜螽随着叫声跳。
未见君子，	没有见到您，
忧心忡忡。	我心里忧愁又烦躁。
既见君子，	现在见到您，
我心则降[23]。	心才放下脸才笑。
赫赫南仲，	威名赫赫的大将南仲，
薄伐西戎[24]。	又去把西方的戎狄征讨。
春日迟迟[25]，	春季白天长又长，
卉木萋萋[26]。	草木茂盛好兴旺。
仓庚喈喈[27]，	黄鹂叫声多嘹亮，
采蘩祁祁[28]。	蒿草采了一筐又一筐。
执讯获丑[29]，	捕获了敌兵和敌将，

薄言还归。	回到京师把战俘献上。
赫赫南仲，	名声赫赫的南仲，
玁狁于夷[30]。	他把玁狁彻底平荡。

[1] 牧：郊外。参见《邶风·静女》注[9]。古代战马平时放牧郊外，有事则到郊地牵马驾车。这句是说到郊外放牧战马的地区领取马匹。

[2] 自：从。天子：指周王。所：处所。名词。

[3] 谓：使(依马瑞辰说)。下句同此。这两句是说我从朝廷受到任命而来准备出征之事。这是追忆之词，受命在先，出车在后。

[4] 仆夫：赶车的人。

[5] 谓之载矣：使他装载好作战物资，准备出征。

[6] 棘：急。参见《小雅·采薇》注[24]。

[7] 设：设置，置办。旐(zhào)：绣有龟蛇图案的旗。

[8] 建：竖立。旄：顶端饰有牦(犛)牛尾巴的旗杆。参见《鄘风·干旄》注[1]。

[9] 旟(yú)：见《鄘风·干旄》注[7]。这两句是说把画有龟蛇图像的旗悬挂在装饰着牦牛尾巴的旗杆上，然后竖立在兵车上。

[10] 旆旆(pèi pèi)：旗帜因风飘扬的样子。

[11] 悄悄：参见《邶风·柏舟》注[16]。

[12] 况瘁(cuì)：病痛；憔悴。况：寒水，引申为寒苦；憔悴(依马瑞辰说)。这两句是说"我"(将帅)受委任而戒惧，车夫也因而憔悴。反映了将士们临战前紧张的精神状态。

[13] 南仲：人名，当时的大将。详不可考。

[14] 城：用作动词，筑城墙。参见《邶风·击鼓》注[3]。方：即下文朔方，指北方边境。

[15] 彭彭(bāng bāng)：盛多的样子，一本作"骍骍"。参见《齐风·载驱》注[9]。

[16] 旂(qí)：绘有蛟龙图案的旗帜，并悬挂有铃。央央(yīng yīng)：鲜明的样子。一本作"英英"。

[17] 天子命我：这两句是南仲说的话，是向众将士传达周王的命令。

[18] 赫赫：兴盛的样子，这里指名声很大。

[19] 襄：同“攘”，除去。见《鄘风·墙有茨》注[6]。

[20] 方：正。华(huá)：开花。

[21] 涂：道路。

[22] 简书：文件书册，这里指军令。

[23] 以上六句见《召南·草虫》篇。这六句是写“我”(将帅)的妻子见到我归来转忧为喜的心理活动。

[24] 西戎：西方的少数民族。

[25] 春日迟迟：见《豳风·七月》篇注[17]。

[26] 卉(huì)：草类的总称。萋萋：茂盛的样子。参见《周南·葛覃》注[3]。

[27] 喈喈：鸟叫声。参见《周南·葛覃》注[6]。

[28] 采蘩祁祁：见《豳风·七月》注[18]。

[29] 执：活捉。讯：问。丑：众多。这里指敌军士兵。这句是说战功累累，凯旋而归。

[30] 夷：平定。

杕　杜

这是一首写思妇的诗。妻子不止日夜思念丈夫，还运用卜筮预测丈夫的归期，盼望团聚的急切心情跃然纸上。

有杕之杜[1]，	那棵甘棠孤零零，
有睆其实[2]。	结的籽儿敦敦圆。
王事靡盬，	官差多得无止境，
继嗣我日[3]。	服役期限又伸延。
日月阳止[4]，	已到十月快过年，
女心伤止，	我不由得心中怨，

征夫遑止[5]。	丈夫可该回家园。
有杕之杜，	那棵甘棠孤零零，
其叶萋萋。	它的叶子多茂盛。
王事靡盬，	官差多得无止境，
我心伤悲。	我心凄凉又悲愤。
卉木萋止，	草木叶茂色青青，
女心悲止，	我思良人好伤心，
征夫归止。	丈夫早该回家门。
陟彼北山，	登上那座高高的北山，
言采其杞[6]。	说采枸杞却呆呆儿站。
王事靡盬，	官差劳役没个完，
忧我父母[7]。	带给父母唯有忧患。
檀车幝幝[8]，	檀木车子已破破烂烂，
四牡痯痯[9]，	驾车的马儿疲惫不堪，
征夫不远。	丈夫的归期该不会太远。
匪载匪来[10]，	不装行李不回转，
忧心孔疚。	我心忧愁如病患。
期逝不至，	归期已过人不还，
而多为恤[11]。	忧虑重重心不安。
卜筮偕止[12]，	占卜算卦都用全，
会言近止，	吉兆归期在眼前，
征夫迩止[13]。	丈夫很快就见面。

[1] 杕(dì)杜：参见《唐风·杕杜》注[1]。

[2] 睆(huǎn)：果实浑圆的样子。

[3] 继嗣(sì)：延长，延续。

[4] 阳：农历十月。参见《小雅·采薇》注[11]。

[5] 这句是说丈夫这时闲了下来该回来了吧。这是妻子的设想之词。

[6] 杞(qǐ)：枸杞。枸杞夏季成熟。言：语气词。登北山是为了远望，排遣相思的苦闷，采枸杞只是一种托词。

[7] 这句是说丈夫不归，使父母也忧伤，岂止是我呢。

[8] 檀车：檀木车子。即役车。幝幝(chǎn chǎn)：破旧的样子。

[9] 痯痯(guǎn guǎn)：疲惫的样子。

[10] 载：装载。指装载行李。

[11] 恤：忧。

[12] 偕：俱，齐全。

[13] 这句是说灼龟占卜与弄蓍草占卦，显示的征兆都表明丈夫归期已近。卜筮，参见《卫风·氓》注[11]。

白华之什

鱼　丽

这是一首宴飨时唱的乐歌。诗人极力赞美主人佳肴美酒的丰盛齐全。“美万物盛多，可以告于神明矣。”

鱼丽于罶[1]，	鱼篓里捕满了鱼，
鲿鲨[2]。	黄颊吹沙样样有。
君子有酒[3]，	主人还有酒，
旨且多。	又多又可口。

鱼丽于罶，	鱼篓里捕满了鱼，
鲂鳢[4]。	鲂鱼鲖鱼样样有。
君子有酒，	主人还有酒，
多且旨。	又多又爽口。
鱼丽于罶，	鱼篓里捕满了鱼，
鰋鲤[5]。	鲇鱼鲤鱼样样有。
君子有酒，	主人还有酒，
旨且有[6]。	又多又醇厚。
物其多矣，	酒肴何其多，
维其嘉矣。	味道何其好哟！
物其旨矣，	酒肴多可口，
维其偕矣[7]。	品种多齐全哟！
物其有矣，	酒肴何盛丰，
维其时矣[8]。	时令佳品鲜哟！

[1] 丽(lí)：通“罹”，落入。罶(liǔ)：捕鱼的器具。是用养蚕的薄改制的，与“笱”同类，但较简陋。参见《邶风·谷风》注[18]。

[2] 鲿(cháng)：鱼名，又叫杨。头阔而扁，身形厚而长，因颊黄故又叫黄颊鱼。鲨(shā)：即鮀(tuó)鱼，又名吹沙。一种小鱼，体圆而有黑点。

[3] 君子：指主人。

[4] 鲂(fáng)：见《周南·汝坟》注[6]。鳢(lǐ)：又称鲖鱼、黑鱼，青褐色，体形圆长，约二尺多，肉肥美。

[5] 鰋(yǎn):即鲇鱼。
[6] 有:犹“多”。变文以协韵。
[7] 偕:俱,齐全。参见《小雅·杕杜》注[12]。
[8] 时:指得其时令,含有“新鲜”之义。

南有嘉鱼

这也是一首宴飨时唱的乐歌。

南有嘉鱼,	南方有嘉鱼,
烝然罩罩[1]。	成群游水中。
君子有酒,	主人有好酒,
嘉宾式燕以乐[2]。	燕饮同欢庆。
南有嘉鱼,	南方有嘉鱼,
烝然汕汕。	结队水中游。
君子有酒,	主人有好酒,
嘉宾式燕以衎[3]。	同饮醉方休。
南有樛木[4],	南方有树朝下弯,
甘瓠累之[5]。	葫芦藤儿朝上缠。
君子有酒,	主人有酒斟满爵,
嘉宾式燕绥之[6]。	宾主同饮好喜欢。
翩翩者鵻[7],	鹁鸪振羽舞翩翩,

烝然来思。	成群飞来叫声欢。
君子有酒，	主人有酒莫停杯，
嘉宾式燕又思[8]。	频频相劝频频干。

[1] 烝然：众多的样子。罩罩：与下文的“汕汕”都是形容鱼在水中游动的样子（依戴震、马瑞辰说）。

[2] 参见《小雅·鹿鸣》注[10]。

[3] 衎（kàn）：和乐。

[4] 参见《周南·樛木》注[1]。

[5] 甘瓠：瓠，即葫芦。甘瓠是一种味甜可食的葫芦。

[6] 绥：安。参见《周南·樛木》注[4]。

[7] 参见《小雅·四牡》注[6]。

[8] 又：通“侑”，劝，这里指劝酒。

南山有台

这是一首贵族们宴享时唱的乐歌。主要内容是赞美宾客的美德，祝愿宾客长寿。

南山有台[1]，	南山莎草长得密，
北山有莱[2]。	北山莱草长得壮。
乐只君子[3]，	欢宴这些高贵的客人，
邦家之基[4]。	他们是国家的栋梁。
乐只君子，	欢宴这些高贵的客人，
万寿无期。	祝愿他们万寿无疆。

南山有桑，	南山生青桑，
北山有杨。	北山长白杨。
乐只君子，	欢宴这些高贵的客人，
邦家之光。	他们是国家的荣光。
乐只君子，	欢宴这些高贵的客人，
万寿无疆。	祝愿他们万寿无疆。
南山有杞，	南山长枸杞，
北山有李。	北山长甜李。
乐只君子，	欢宴这些高贵的客人，
民之父母。	他们是百姓的顶头上司。
乐只君子，	欢宴这些高贵的客人，
德音不已[5]。	他们的美名传颂不已。
南山有栲[6]，	山樗长在南山上，
北山有杻[7]。	檍树长在北山岗。
乐只君子，	欢宴这些高贵的客人，
遐不眉寿[8]。	祝愿他们寿命长又长。
乐只君子，	欢宴这些高贵的客人，
德音是茂。	他们的美名传得广。
南山有枸[9]，	南山长枳枸，
北山有楰[10]。	北山长苦楸。
乐只君子，	欢宴这些高贵的客人，
遐不黄耇[11]。	祝愿他们黄发长寿。

乐只君子，　　欢宴这些高贵的客人，
保艾尔后[12]。　　祝他们的后代平安长久。

[1] 台：通“薹”。草名，又称莎草，可以做蓑笠。

[2] 莱(lái)：草名，即“藜”。又称灰藋，嫩叶可食。

[3] 乐：欢宴使之乐。只：是。指示代词，这。君子：指宾客。

[4] 邦：诸侯的统治区域叫邦，大夫的统治区域叫家。邦家合称泛指国家。基：本，根本。这句赞颂宾客是国家的栋梁。

[5] 德音：美誉，令闻。参见《邶风·谷风》注[6]及《豳风·狼跋》注[5]。这句是说他们有好名声被人经常称颂。

[6] 栲：见《唐风·山有枢》注[6]。

[7] 杻：见《唐风·山有枢》注[7]。

[8] 遐：通“何”。参见《邶风·泉水》注[15]。眉寿：见《豳风·七月》注[52]。遐不眉寿即岂不长寿，也就是能够长寿之意。这也是祝寿之辞。

[9] 枸(jǔ)：木名，即枳椇。

[10] 楰(yú)：木名，即苦楸。

[11] 黄：即黄发，指老人的头发由白又变黄，表示长寿。耇(gǒu)：人老叫耇。黄耇合称，与眉寿同义。

[12] 保艾：当作“艾保”，即“久安”的意思。艾(yì)：久。保：安。(依吴闿山《诗义会通》说)

蓼　萧

这是一首诸侯颂美天子的诗歌。

蓼彼萧斯[1]，　　那些蒿草长又长，
零露湑兮[2]。　　露珠在上闪闪亮。
既见君子，　　今天见到您，

我心写兮[3]。	我的心情好舒畅。
燕笑语兮[4]，	宴会上说说笑笑，
是以有誉处兮[5]。	所以大家都喜气洋洋。
蓼彼萧斯，	那些蒿草长又长，
零露瀼瀼[6]。	串串露珠挂在上。
既见君子，	今天见到您，
为龙为光[7]。	受到恩泽和荣光。
其德不爽[8]，	您的道德真高尚，
寿考不忘[9]。	我一辈子也不会忘。
蓼彼萧斯，	那些蒿草长又长，
零露泥泥[10]。	叶上露珠多又多。
既见君子，	今天见到您，
孔燕岂弟[11]。	您既快乐又随和，
宜兄宜弟[12]，	您真像我的亲兄弟，
令德寿岂[13]。	祝您美誉广传永快乐。
蓼彼萧斯，	那些蒿草长又长，
零露浓浓[14]。	串串露珠闪闪亮。
既见君子，	今天见到您，
鞗革冲冲[15]。	缰绳垂在马头下面。
和鸾雝雝[16]，	车铃声和谐不乱，
万福攸同[17]。	幸福都聚集在您的身边。

[1] 蓼(lù)：长大的样子。萧：蒿草。参见《王风·采葛》注[2]。斯：语气词。

[2] 零：落。露水是水汽凝结而成，古人却认为是天降下来的，所以叫零露。参见《鄘风·定之方中》注[13]。湑：即“湑湑”，露水盛多的样子。

[3] 写：除。参见《邶风·泉水》注[19]。这句是说排除了我心中的忧愁，即心情舒畅。

[4] 燕：宴饮。

[5] 誉处：安乐。誉：通“豫”，乐。

[6] 瀼瀼(ráng ráng)：露水浓的样子。参见《郑风·野有蔓草》注[5]。

[7] 龙：通“宠”，光宠。这里指热情招待。光：荣耀。这句是说受到了君子的恩惠，得到了荣耀。

[8] 爽：差，差错。参见《卫风·氓》注[26]。

[9] 寿考：高寿，长寿。这句是说至死也不忘君子以礼待人的高尚品德。

[10] 泥泥(nǐ nǐ)：露多濡湿的样子。

[11] 岂(kǎi)：同“恺”，乐，岂乐。弟(tì)：通“悌”，怡，和悦，和顺。

[12] 宜兄宜弟：言“为兄亦宜，为弟亦宜”。

[13] 令德：美好的品德。寿岂：长寿而且快乐。这句是说君子既有令闻美誉，又能快乐长寿。

[14] 浓浓：露水浓厚的样子。

[15] 鞗(tiáo)革：即鋚勒，用铜装饰的靠近马头的那一段缰绳。鞗：即鋚，缰绳靠马头那一段前头的包铜。革：即勒，带有嚼铁的笼头。冲冲：下垂的样子。这句是说缰绳系联笼头的那一端包着铜片低垂着，表示车饰的华丽和乘车者的从容自得。

[16] 和鸾：都是车铃。挂在车前横木上的铃叫“和”，挂在马口两旁的铃叫“鸾”。参见《秦风·驷驖》注[10]。雝雝(yōng yōng)：雍雍，声音和谐。参见《邶风·匏有苦叶》注[9]。

[17] 攸：所。同：聚。

湛　露

这也是贵族诸侯宴饮时唱的乐歌，反映了统治阶级夜以继日地宴

❖ 饮、不醉不罢休的享乐生活。

湛湛露斯[1]，	露珠一串又一串，
匪阳不晞[2]。	太阳不出不会干。
厌厌夜饮[3]，	夜里饮酒多安闲，
不醉无归。	人不醉倒宴不散。
湛湛露斯，	露珠一串又一串，
在彼丰草。	挂在那丛草上面。
厌厌夜饮，	夜里饮酒多安闲，
在宗载考[4]。	大厅宽敞好设宴。
湛湛露斯，	早上露珠多又多，
在彼杞棘。	沾湿了枸杞和荆棘。
显允君子[5]，	知礼诚实的贵宾们，
莫不令德[6]。	品德都好有礼仪。
其桐其椅[7]，	梧桐椅树长得好，
其实离离[8]。	果实累累下垂吊。
岂弟君子[9]，	快乐平易的贵宾们，
莫不令仪[10]。	人人都有好仪表。

[1] 湛湛（zhàn zhàn）：露盛的样子。斯：语气词。

[2] 晞（xī）：干。参见《秦风·蒹葭》注[7]。

[3] 厌厌（yān yān）：厌，即恹，安逸，安乐。参见《秦风·小戎》注[22]。

[4] 宗：宗庙，宗室。这里指宽敞广大的宫室。载：语助词。考：成。这

句是说宴会在广厦大厅之中摆设，诸侯促成其礼。

[5] 显允：英明信诚。显：明。这里指知礼，明礼。允：信，诚实。君子：指作为宾客的诸侯、贵族。

[6] 令德：见《小雅·蓼萧》注[13]。这里是说参加夜宴的宾客能用礼节约束自己，饮酒虽多而不乱。

[7] 桐：梧桐。椅：与梧桐类似的一种树。参见《鄘风·定之方中》注[5]。

[8] 离离：果实下垂的样子。

[9] 岂弟：见《小雅·蓼萧》注[11]。

[10] 令仪：美好的仪容。

彤弓之什

彤 弓

这首诗写天子宴饮有功的诸侯，并以彤弓为赏赐。

彤弓弨兮[1]，	红弓崭新弓弦松，
受言藏之[2]。	赐给功臣藏家中。
我有嘉宾[3]，	我有功臣做嘉宾，
中心贶之[4]。	真心诚意赏他们。
钟鼓既设[5]，	钟鼓摆好一旁等，
一朝飨之[6]。	一早宴请这些人。

彤弓弨兮，	红弓崭新弓弦松，
受言载之[7]。	赐给功臣藏室中。
我有嘉宾，	我有功臣做嘉宾，

中心喜之。	真心诚意爱他们。
钟鼓既设，	钟鼓摆好一旁等，
一朝右之[8]。	早宴劝酒杯杯尽。
彤弓弨兮，	红弓崭新弓弦松，
受言櫜之[9]。	赐给功臣永保存。
我有嘉宾，	我有功臣做嘉宾，
中心好之。	内心喜爱这些人。
钟鼓既设，	钟鼓摆好一旁等，
一朝酬之[10]。	早宴频频举酒盅。

[1] 彤弓：朱漆的弓，是天子专门用来赏赐有大功的诸侯或出征的大臣的。弨(chāo)：弓弦松弛的样子。

[2] 言：语气词，等于“而”。这句是说功臣接受了天子赐的红弓而把它珍藏起来。

[3] 我：天子自称。

[4] 贶(kuàng)：赏赐。中心：即内心，这里含有真心诚意之意。

[5] 钟鼓：乐器。古代贵族飨宴时都要奏乐助兴。参见《周南·关雎》注[16]。

[6] 一朝：一旦，早晨。飨(xiǎng)：大饮宴。见《豳风·七月》注[72]。

[7] 载：装在车上带回家中，即藏在家中之意。

[8] 右：通“侑”，劝酒。

[9] 櫜(gāo)：本指藏兵甲的袋子，引申为收藏之义。

[10] 酬(chóu)：劝酒，敬酒。古代饮酒的礼节是首先主人酌酒于宾，宾也酌酒于主人。主人又酌酒自饮，然后又酌酒于宾，叫酬。

菁菁者莪

这也是一首贵族们宴饮时唱的乐歌。

菁菁者莪[1]，	茂密的罗蒿，
在彼中阿[2]。	生在那山坳。
既见君子，	今天把贵客见到，
乐且有仪[3]。	我既欢乐又有礼貌。
菁菁者莪，	茂密的罗蒿，
在彼中沚[4]。	生在那水中小岛。
既见君子，	今天把贵客见到，
我心则喜。	我心高兴总是欢笑。
菁菁者莪，	茂密的罗蒿，
在彼中陵。	生在那山峁。
既见君子，	今天把贵客见到，
锡我百朋[5]。	赠我百串美玉情义高。
泛泛杨舟[6]，	杨木小船水上漂，
载沉载浮[7]。	沉沉浮浮浪中摇。
既见君子，	今天把贵客见到，
我心则休[8]。	我心安定更美好。

[1] 菁菁(jīng jīng)：茂盛的样子。参见《唐风·杕杜》注[7]。莪(é)：植物名，又叫莪蒿，罗蒿。

[2] 阿(ē)：大土山。

[3] 这句是说我心里快乐又不失礼仪。

[4] 沚：水中小洲。参见《召南·采蘩》注[2]。

[5] 锡(cì)：通“赐”。赐予，赠给。朋：古代以贝壳为货币，五贝为一串，

两串为一朋。玉也是一系五枚,二系一朋,或称为珏。此处朋当指十枚玉。古代有见面以玉相赠的礼节。

[6] 泛泛:漂流。参见《邶风·二子乘舟》注[1]。杨舟:杨木船。

[7] 沉:指船落在波谷中。浮:指船升到浪峰上。载:连词。这句是说船在水中一会儿低一会儿高,以喻未见君子时心情的不安定。

[8] 休:好。这里指喜悦而安定。

六 月

这首诗记叙大将尹吉甫奉周宣王之命,率兵北伐猃狁的经过,歌颂尹吉甫的才能和功绩。

六月栖栖[1],	六月不安宁,
戎车既饬[2]。	兵车已修整。
四牡骙骙[3],	四马强有劲,
载是常服[4]。	载着军旗行。
猃狁孔炽[5],	猃狁太凶狠,
我是用急[6]。	我国形势紧。
王于出征,	宣王命出征,
以匡王国[7]。	来保国与民。
比物四骊[8],	四骊力相等,
闲之维则[9]。	训练合标准。
维此六月,	盛夏六月中,
既成我服[10]。	做好我军衣。
我服既成,	军衣已做成,

于三十里[11]。	三十里一程。
王于出征，	宣王令出征，
以佐天子。	佐王得安宁。
四牡修广[12]，	四马大又长，
其大有颙[13]。	头高体肥胖。
薄伐猃狁，	以此伐猃狁，
以奏肤公[14]。	来把大功创。
有严有翼[15]，	将帅谨又慎，
共武之服[16]。	认真来打仗。
共武之服，	认真来打仗，
以定王国。	保卫国与王。
猃狁匪茹[17]，	猃狁不软弱，
整居焦穫[18]。	聚集在焦穫。
侵镐及方[19]，	侵占镐与方，
至于泾阳[20]。	以至到泾阳。
织文鸟章[21]，	军旗绘鸟象，
白旆央央[22]。	飘带色泽亮。
元戎十乘[23]，	先锋车十辆，
以先启行[24]。	开路在前方。
戎车既安，	兵车修齐全，
如轾如轩[25]。	前后好运转。
四牡既佶[26]，	四马滚瓜圆，

既佶且闲。　　健壮且熟练。
薄伐猃狁，　　以此伐猃狁，
至于大原[27]。　　驱赶至太原。
文武吉甫[28]，　　吉甫文武全，
万邦为宪[29]。　　万国当典范。

吉甫燕喜，　　吉甫饮喜酒，
既多受祉[30]。　　受赏很优厚。
来归自镐，　　自镐回京师，
我行永久。　　行期已长久。
饮御诸友[31]，　　宴请众朋友，
炰鳖脍鲤[32]。　　席上列珍馐。
侯谁在矣[33]，　　宴会把谁请，
张仲孝友[34]。　　孝子好张仲。

[1] 六月：夏历六月。古时冬夏不兴师，盛夏出兵，表明军情紧急。栖栖(xī xī)：皇皇不安的样子。

[2] 饬(chì)：整顿。

[3] 四牡骙骙：参见《小雅·采薇》注[19]。

[4] 常服：指旌旗。常：一种画有日月图案的旗帜。服：属，类(依姚际恒说)。一说常服即军服，亦通。

[5] 炽(chì)：盛。这里含有凶猛之意。

[6] 是用：是以，因此。参见《小雅·四牡》注[11]。

[7] 匡(kuāng)：正。这里含有救助之义。

[8] 比物：挑选以使四匹马的足力一致。古时凡有军事行动时就挑选马力相齐的马进行配备。比：齐同。物：本义是杂色牛，引申为一般的杂色。古代礼仪，祭祀、朝觐、会同用清一色的马驾车叫毛马，作战用马要挑选力量大小相等的马，叫物马。此处之“物”即是物马的简称。骊(lí)：纯黑色的马。

[9] 闲：通“娴”，习。参见《秦风·驷驖》注[9]。则：法则。这句是说训练驾车之马，使之合乎驾车的要求。

[10] 我：复数，指我军。服：指军服。

[11] 三十里：古时行军，三十里为一日的行程，叫一舍。意思是行三十里而住宿。

[12] 修：长。广：宽。指马长大肥壮。

[13] 颙(yóng)：本意是大头。这里指马硕大的样子。

[14] 奏：为，成。这里含有建立取得之意。肤公：大功。肤：大。公：通“功”。

[15] 严：威严。翼：恭敬。严翼：威严恭敬。

[16] 共(gōng)：通“恭”，恭敬。武：指军事。服：事，事情。名词。这句是说恭敬严肃地对待这次军事行动。

[17] 匪茹：不自度量，不自量力。

[18] 整居：这里含有聚集之意。焦穫(hù)：古地名，又作焦护。在今陕西泾阳北部。

[19] 镐(hào)：北方地名。不是镐京。方：北方地名。参见《小雅·出车》注[14]。

[20] 泾阳：地名，在周都丰镐附近，因在泾水之北而得名。

[21] 织文：旗帜上的图纹。织(zhì)：通“帜”，旗帜。文：色彩花纹。鸟章：指画有鸟隼的图案。这句是说旗上绘有鸟隼的图像。

[22] 白(bó)：通“帛”。旆(pèi)：旗帜末端燕尾形的飘带。央央：鲜明的样子。参见《小雅·出车》注[16]。

[23] 元：大。戎：兵车。古时作战，以大型兵车为先锋开道。乘(shèng)：古代一车四马叫一乘。

[24] 启行：开道。

[25] 如：或。轾(zhì)：车子前低后高。轩(xuān)：车子前高后低。这句是说车子能前俯亦能后仰，表示运转良好，可以使用。

[26] 佶(jí)：健壮的样子。

[27] 大(tài)原：古地名，在今甘肃省平凉市。

[28] 吉甫：即尹吉甫。当时领兵攻打猃狁的大将。

[29] 宪：法，榜样。

[30] 祉(zhǐ)：福。

[31] 御：进，这里指进馔，进食。

[32] 炰(fǒu)：烹煮。脍(kuài)：切细鱼肉，然后再煮。

[33] 侯：语助词，相当于“维”。

[34] 张仲：人名，尹吉甫的朋友。孝：指敬爱父母。友：指亲爱兄弟。这句是说尹吉甫的宴会上有贤客。

采 芑

这首诗描写奉周宣王之命南征的大将方叔所率领的军队威武雄壮的气势，并歌颂了方叔声威赫赫的战功。

薄言采芑[1]，	到哪儿去摘苦菜？
于彼新田[2]，	上开垦了两年的田里去摘，
于此菑亩[3]。	上开垦了一年的田里去采。
方叔莅止[4]，	方叔亲临练兵场，
其车三千，	列队兵车三千辆，
师干之试[5]。	士兵练武忙又忙。
方叔率止[6]，	方叔统帅这批人马，
乘其四骐[7]，	帅车由四匹黑条白马驾，
四骐翼翼[8]。	这四匹马步子一般大。
路车有奭[9]，	兵车都是红颜色涂，
簟茀鱼服[10]，	竹席作篷鲨皮作箭箙，
钩膺鞗革[11]。	马儿装束得好威武。

薄言采芑，	到哪儿去摘苦菜？

于彼新田，	在那开垦两年的田中摘，
于此中乡[12]。	又在乡民居住的地方。
方叔莅止，	方叔亲临练兵场，
其车三千，	列队兵车三千辆，
旂旐央央[13]。	龙龟蛇旗多漂亮。
方叔率止，	方叔帅军上前方，
约軧错衡[14]，	车毂缠红皮横木绘纹章，
八鸾玱玱[15]。	八只车铃响锵锵。
服其命服[16]，	穿上官服站车上，
朱芾斯皇[17]，	红色围裙亮堂堂，
有玱葱珩[18]。	青色佩玉响叮铛。

鴥彼飞隼[19]，	那些疾飞的鹞鹰，
其飞戾天[20]，	一直飞上天空，
亦集爰止[21]。	它也要栖于一定的地方。
方叔莅止，	方叔亲临练兵场，
其车三千，	列队兵车三千辆，
师干之试。	士卒练武忙又忙。
方叔率止，	方叔挥军向前进，
钲人伐鼓[22]，	击铙击鼓号令响，
陈师鞠旅[23]。	集合队伍誓远征。
显允方叔。	方叔帅位最显彰。
伐鼓渊渊[24]，	进军击鼓震天响，
振旅阗阗[25]。	回师鼓声也盛壮。

蠢尔蛮荆[26]，	愚蠢无知南蛮荆，
大邦为仇。	竟把中国当敌人。
方叔元老，	德高望重老方叔，
克壮其犹[27]。	打仗自有好计谋。
方叔率止，	统帅大军上战场，
执讯获丑[28]。	俘获了敌兵和战将。
戎车啴啴[29]，	兵车威武又雄壮，
啴啴焞焞[30]，	人马众多声浩荡，
如霆如雷。	大军经过如雷霆。
显允方叔，	显赫方叔威名扬，
征伐猃狁，	讨平猃狁建大功，
蛮荆来威[31]。	臣服蛮荆显威风。

[1] 薄言：语气词。参见《周南·芣苢》注[2]。芑(qǐ)：苦菜。可生食，也可作菜羹。

[2] 新田：开垦两年的田。

[3] 菑(zī)：新垦一年的田。

[4] 方叔：人名，周宣王时的卿士。莅(lì)：临。从上面到下面，表敬的动词。

[5] 师干：军众。试：练习。这句是说士卒们拿着武器操练。

[6] 率：统率。

[7] 骐(qí)：毛青黑色有如棋盘格子花纹的马。参见《秦风·小戎》注[6]。

[8] 翼翼：健壮整齐的样子。参见《小雅·采薇》注[22]。

[9] 路车：兵车。参见《小雅·采薇》注[15]。奭(hè)：通“赩”。红色。

[10] 簟(diàn)：竹席。茀(fú)：车上用来遮挡尘土风雨的屏障，即车篷。参见《卫风·硕人》注[19]。鱼服：用鲨皮做的箭袋。参见《小雅·采薇》注[23]。

[11] 钩：指套在马颔上金饰的络带。膺：指裹在马胸部的大带。参见

《秦风·小戎》注[19]。鞗革：见《小雅·蓼萧》注[15]。

[12] 中乡：即乡中。乡：所，指乡民居住的地方。

[13] 旂旐央央：见《小雅·出车》注[16]。

[14] 约軝(qí)：用皮革裹住兵车的车毂两端突出的部分，并涂成朱色，作为装饰。约：缠束。軝：车毂的两端。错衡：车辕前的装饰有金饰文彩的横木。错：似金银嵌饰。此指装饰文彩。衡：车辕前的横木，用来驾马。这句是形容战车的漂亮。

[15] 八鸾：系在马嚼铁两端的铃叫鸾。参见《小雅·蓼萧》注[16]。一马两铃，一车四马，共八铃，所以说八鸾。玱玱(qiāng qiāng)：象声词。

[16] 服：穿。动词。命服：官服。

[17] 朱芾(fú)：见《曹风·候人》注[4]。皇：犹煌煌，形容服饰光彩明亮的样子。

[18] 有：语气词。玱：犹玱玱。形容玉石的声音。葱：玉青色，如葱。珩(héng)：佩玉顶端的横玉，其下再系联玉石。红蔽膝、青佩玉是卿大夫官服上的衣饰。

[19] 鴥(yù)：疾飞的样子。参见《秦风·晨风》注[1]。隼(sǔn)：鹰、鹞一类的猛禽。

[20] 戾(lì)：至，到达。

[21] 爰：於。止：指止栖的地方。这两句是说隼虽然飞得很高，但也要止栖在一定的地方，以喻众士卒虽勇猛亦得听从将帅制约，不得妄动。

[22] 钲人：古人掌管击钲的官吏。钲(zhēng)：即铙，形状像钟而狭长，口向上，下有长柄。伐：击。古代作战时，击鼓进军，击铙收兵。行军时，击鼓前进，击铙停止。这句是互文见义而有省略，补足当是钲人伐钲，鼓人伐鼓。

[23] 师：古代二千五百人为一师。鞠(jū)：告。旅：古代五百人为一旅。“陈师”、“鞠旅”也是互文见义，但无省略，合并后当为“陈鞠师旅”，意思是临战前集合士卒，向他们转告天子之命，誓师出征。

[24] 渊渊：鼓声。

[25] 振旅：谓整队回师。阗阗(tián tián)：鼓声。象声词。一说盛大貌，亦通。

[26] 蠢：无知而妄动的样子。蛮：对南方少数民族的蔑称。荆：对楚国的蔑称。

[27] 这句是说方叔善于谋划。克：胜任，能够。壮：大。犹：通“猷”，谋划。

[28] 执讯获丑：参见《小雅·出车》注[29]。

[29] 啴啴（tān tān）：众盛的样子。

[30] 焞焞（tūn tūn）：盛多的样子。形容车声如雷霆。

[31] 威：通“畏”。畏服。这两句是说楚国听说方叔征伐猃狁的威风和战功后吓得来向周王朝称臣，表示畏服。

车 攻

这首诗记叙了周宣王东巡洛邑接见诸侯及沿途打猎的情形，歌颂车马装备的精良，纪律的良好，射御技术的高超，以及此行获得的巨大成功。

我车既攻[1]，	我们的车已经修坚牢，
我马既同[2]。	我们的马已经挑选好。
四牡庞庞[3]，	四匹马体壮个头高，
驾言徂东[4]。	驾起车往东都洛邑跑。
田车既好[5]，	猎车修得很漂亮，
四牡孔阜[6]。	四匹马儿气昂昂。
东有甫草[7]，	东面的圃田是好猎场，
驾言行狩。	驾车狩猎奔向东方。
之子于苗[8]，	天子出行去猎狩，
选徒嚣嚣[9]。	随从众多跟着奔走。

建旐设旄[10]，	旌旗插在车前车后，
搏兽于敖[11]。	前往敖地射禽逐兽。
驾彼四牡，	赶着四驾马车把大路过，
四牡奕奕[12]。	四匹马高大美盛前后相错。
赤芾金舄[13]，	穿着红色蔽膝黄色靴，
会同有绎[14]。	诸侯朝见天子一个接一个。
决拾既佽[15]，	扳指护臂全套牢，
弓矢既调[16]。	弓箭搭配已协调。
射夫既同[17]，	射手协助来围剿，
助我举柴[18]。	帮天子把猎物装载好。
四黄既驾，	四匹黄马驾车忙，
两骖不猗[19]。	两旁骖马不偏向。
不失其驰[20]，	车马驰骋不乱套，
舍矢如破[21]。	箭箭射出有杀伤。
萧萧马鸣[22]，	马儿悠闲地长啸，
悠悠旆旌[23]。	旌旗迎风飘飘。
徒御不惊[24]，	步卒车御静悄悄，
大庖不盈[25]。	天子厨房野味堆得好。
之子于征，	天子这次出征行，
有闻无声[26]。	只见队伍不闻喧哗声。

允矣君子，　　　　天子确实很贤能，
展也大成[27]。　　　　真是一次大功告成。

[1] 攻：治理，修缮。

[2] 同：齐。参见《小雅·六月》注[8]。这里指挑选足力相齐的马来驾车，这样可以跑得快。

[3] 庞庞(lóng lóng)：充实的样子。这里指马膘肥体壮。

[4] 言：语气词。参见《邶风·泉水》注[19]。徂(cú)：往。东：指东都洛阳。

[5] 田车：猎车。田：打猎。参见《郑风·叔于田》注[1]。好：完善。

[6] 阜(fù)：盛大。这里指马肥硕。

[7] 甫草：圃田的草地。甫：通“圃”。圃即圃田，地名，在今河南中牟县西北。

[8] 之子：指天子。苗：夏季打猎叫苗。这里泛指狩猎。

[9] 选：读为馔(zhuàn)，馔是具之意。选徒即具徒，随从的士兵。嚣嚣：人众多的样子(依王念孙、马瑞辰说)。

[10] 建旐设旄：参见《出车》注[7][8]。

[11] 搏：当作“薄”，语气词。兽：通“狩”。打猎。(依段玉裁说)。敖：地名。在今河南省荥阳县西北。

[12] 奕奕：高大美盛的样子。

[13] 赤芾：见《小雅·采芑》注[17]。金舄(xì)：以金为饰的双层底鞋。赤芾金舄是诸侯的服饰。

[14] 会同：诸侯朝见天子。有绎：等于说绎绎，继续不断的样子。

[15] 决：通“抉”，即扳指。见《卫风·芄兰》注[6]。拾：皮制的护臂，射箭时缚在左臂上。佽(cì)：通“次”，齐备；具备(依于省吾说)。这句是说射箭的准备工作已完成。

[16] 调：相称(chèn)。指弓弦的强弱和箭的轻重搭配妥当。

[17] 射夫：射手。这里指参与射猎的诸侯。同：指协力。

[18] 举柴：收取打猎后堆积的猎物。柴(zì)，谓堆积禽兽。这句是说诸侯们帮天子把猎获的大量禽兽装上车子。

[19] 两骖(cān)：四驾马车两边的马叫骖。参见《郑风·大叔于田》注

[4]。猗(yǐ)：通“倚”，偏斜。

[20] 驰：指驰骋之法。此句是说不违反驾车的法则。

[21] 舍矢：等于说“放箭”。如：连接词，而。破：射中。

[22] 萧萧：马长嘶的声音。

[23] 悠悠：闲暇的样子。这里指旌旗舒展飘扬。旆旌连称泛指旗帜。

[24] 徒：步卒。御：驾车的人。惊：喧哗。一说应作“警”，严肃警戒，亦通。

[25] 大庖(páo)：天子的厨房。不盈：是说天子取物有限度，不极欲。(依朱熹说)

[26] 这句是说，只见队伍在行进而听不见喧哗声，形容军纪严肃良好。

[27] 展：诚，真正，确实。此句赞扬周宣王此行的确能成其大功。

吉　日

这也是一首描写周宣王田猎的诗。

吉日维戊[1]，	戊日吉利好时光，
既伯既祷[2]。	祷告马神做祭享。
田车既好[3]，	田猎车子很漂亮，
四牡孔阜。	四匹大马气昂昂。
升彼大阜，	登上那座大山岗，
从其群丑[4]。	追赶野兽一大帮。
吉日庚午，	庚午日出门打猎也不错，
既差我马[5]。	天子的驾马已选过。
兽之所同[6]，	看看野兽哪儿聚集结伙，
麀鹿麌麌[7]。	看看哪儿公鹿母鹿多。

漆沮之从[8]，　　跟踪到渭北的漆沮河，
天子之所。　　这儿正好做天子打猎的场所。

瞻彼中原[9]，　　放眼看看这片平原，
其祁孔有[10]。　　地面广大禽兽全。
儦儦俟俟[11]，　　快跑的慢走的各行其便，
或群或友[12]。　　有的一伙成群，有的两个结伴。
悉率左右[13]，　　大臣率领全体随员，
以燕天子[14]。　　尽力使天子安乐喜欢。

既张我弓，　　天子的弓已拉到头，
既挟我矢[15]。　　天子的箭已握到手。
发彼小豝[16]，　　一发射中那头小母猪，
殪此大兕[17]。　　一箭射死这头大野牛。
以御宾客[18]，　　拿兽肉宴请公卿诸侯，
且以酌醴[19]。　　一面饮甜酒一面吃肉。

[1] 戊(wù)：即戊日。戊日叫刚日，又叫奇日。古人把一旬十日分为奇日与偶日，即甲、丙、戊、庚、壬是奇日，称刚日；乙、丁、己、辛、癸是偶日，称柔日。认为外事宜在刚日进行，内事宜在柔日进行。田猎是外事，在戊日进行为宜，所以说是吉日。

[2] 伯：马祖。“将用马力，必先为之祷其祖”。故古代出师前有祭祀马祖的仪式。祷：通“禂(dǎo)”。祷告。祷马无疾平安。

[3] 田车：猎车。参见《小雅·车攻》注[5]。

[4] 从：这里指追逐。群丑：众多的野兽。丑：众。指禽兽众多。

[5] 差(chāi)：挑选、选择。指挑选足力相齐的马驾车。参见《小雅·六月》注[8]、《小雅·车攻》注[2]。我：指天子，即我们的天子。

[6] 所同：所聚集之地。同：聚。

[7] 麀鹿：泛指野兽。麀(yōu)：母鹿。麌麌(yǔ yǔ)：众多的样子。

[8] 漆、沮(jū)：本为二水名，亦合称叫漆沮，漆水发源于今陕西铜川市东北，流经陕西耀州与发源于耀州北的沮水汇合南流入渭河。漆沮指今咸阳渭河以北地区。

[9] 中原：原中。

[10] 祁(qí)：大，指土地广大。孔有：指有很多禽兽。

[11] 儦儦(biāo biāo)：疾行的样子。俟俟(sì sì)：缓行的样子。

[12] 群：三只兽在一起叫群。友：两只兽在一起叫友。

[13] 悉：尽。左右：指天子左右的人。

[14] 以燕天子：以上二句是说大臣率部下各供其事，侍候天子，使之安乐开心。燕：安。

[15] 挟(xié)：手持弦矢。

[16] 发：射箭。豝(bā)：母猪。参见《召南·驺虞》注[2]。

[17] 殪(yì)：射死。

[18] 御：进，指进馔于宾客，参见《小雅·六月》注[31]。且：将。

[19] 醴(lǐ)：甜酒。这句是说以兽肉为菜肴宴请宾客而酌饮甜酒。

鸿　雁

这首诗写服役者的辛苦劳作，诗人把自己内心的痛苦和不平编成歌唱了出来，可他受到了昏官的责难。

鸿雁于飞[1]，	鸿雁高飞要远行，
肃肃其羽[2]。	两翅发出沙沙声。
之子于征[3]，	这人服役出远门，
劬劳于野[4]。	野地做工受苦辛。
爰及矜人[5]，	同伴都是穷苦人，

哀此鳏寡[6]。　　鳏寡孤独更酸心。

鸿雁于飞，　　鸿雁高飞要远行，
集于中泽[7]。　　休息聚集沼泽里。
之子于垣[8]，　　这人筑墙修王宫，
百堵皆作[9]。　　百丈高墙全筑起。
虽则劬劳，　　虽然辛苦来做工，
其究安宅[10]。　　要想安居没有份。

鸿雁于飞，　　鸿雁高飞要远行，
哀鸣嗷嗷[11]。　　发出嗷嗷哀鸣声。
维此哲人[12]，　　只有这些明白人，
谓我劬劳。　　知我唱歌舒苦闷。
维彼愚人，　　只有那些糊涂虫，
谓我宣骄[13]。　　才说我安逸有闲情。

[1] 鸿雁：鸿与雁都是水鸟，大者叫鸿，小者叫雁。
[2] 肃肃（sù sù）：鸟羽振动的声音。
[3] 之子：指服役的人。征：行。这里指服役远行。
[4] 劬：劳。见《邶风·凯风》注[3]。
[5] 及：念及。矜（jīn）人：穷苦的人。
[6] 鳏（guān）：老而无妻的人。寡：老而无夫的人。
[7] 中泽：泽中。泽：湖泽。
[8] 于垣（yuán）：等于说“筑墙”。于：语气词。垣：墙。
[9] 百堵：谓众多的墙。堵：墙长、高各一丈叫堵。引申为墙一重叫一堵。
[10] 究：终，最后。安宅：安居。宅：住宅，用作动词，居住。
[11] 嗷嗷（áo áo）：大雁的哀鸣声。这两句是以鸿雁的哀鸣起兴，喻“矜

人"作此诗是出于痛苦的呼唤。

[12] 哲人：有智慧的人，明事理的人。

[13] 宣：示。骄：指过分的言行。以上四句是说诗人以鸿雁哀鸣自比而作此歌，只有哲人才能理解唱歌是劳苦的人抒发内心的苦闷，而愚人则认为是骄逸过分的事。参见《魏风·园有桃》"我歌且谣，不知我者，谓我士也骄"。

庭燎

这首诗赞美周天子勤于政事，早起视朝，会见公卿诸侯。

夜如何其[1]？	夜到啥时辰？
夜未央[2]，	夜色尚沉沉，
庭燎之光[3]。	庭院火烛明。
君子至止[4]，	君子来朝廷，
鸾声将将[5]。	锵锵闻铃声。
夜如何其？	夜到啥时辰？
夜未艾，	夜色尚未尽，
庭燎晣晣[6]。	庭烛亮晶晶。
君子至止，	君子来朝廷，
鸾声哕哕[7]。	铃声渐渐近。
夜如何其？	夜到啥时辰？
夜乡晨[8]，	夜尽天将明，
庭燎有辉[9]。	庭烛光将烬。

君子至止，　　君子来朝廷，
言观其旂[10]。　　龙旗看得清。

[1] 其(jī)：语尾助词，表疑问。

[2] 央：尽。未央：未尽。下文“未艾”也是未尽之意。

[3] 庭燎：庭院中照明的火炬。燎：火炬。

[4] 君子：指公卿诸侯。止：语尾助词。

[5] 鸾：铃。将将(qiāng qiāng)：同“锵锵”，象声词。

[6] 晰晰：明亮的样子。

[7] 哕哕(huì huì)：有节奏的铃声。这句写早朝的人渐近，放慢了速度，因而铃声更有节奏。

[8] 乡(xiàng)晨：近晓，天将亮之时。乡：通“向”。

[9] 煇：光，光辉。辉与光浑言则同，析言则异，光强、辉弱，所以日中为光，早晨为辉。这句是说因为天将亮，庭烛显得不亮了。

[10] 言观其旂：言，语气词。旂，有蛟龙图案的旗。参见《小雅·出车》注[16]。连上句是说天色渐明，能看清早朝者车上的旗帜了。

沔　水

这是一首忧乱的诗。诗人看到时世混乱，谗言四起，正人遭殃，因而忧心不安。指出如果当权的人都能敬职守法，谗讹之言就能禁止。

沔彼流水[1]，　　弥漫的百川，
朝宗于海[2]。　　朝大海奔腾。
鴥彼飞隼，　　疾飞的鹞鹰，
载飞载止。　　稍停又飞行。
嗟我兄弟，　　叹息众弟兄，

邦人诸友[3]。	朋友及国人。
莫肯念乱[4]，	不念乱将生，
谁无父母[5]？	殃及父母亲？
沔彼流水，	弥漫的大江，
其流汤汤[6]。	那水势浩荡。
鴥彼飞隼，	疾飞的鹞鹰，
载飞载扬[7]。	向高空飞扬。
念彼不迹[8]，	众人行不当，
载起载行[9]。	我心独惆怅。
心之忧矣，	忧怨积胸膛，
不可弭忘[10]。	久久不能忘。
鴥彼飞隼，	疾飞的鹞鹰，
率彼中陵[11]。	沿山陡飞行。
民之讹言[12]，	民间的谣言，
宁莫之惩[13]。	竟无人澄清。
我友敬矣[14]，	我们谨慎小心，
谗言其兴[15]！	谗言岂能盛行！

[1] 沔(miǎn)：水流满溢的样子。

[2] 朝宗：归往。诸侯春见天子叫朝，夏见叫宗。这句是说江河归海如诸侯朝见天子。

[3] 邦人：国人。

[4] 这句是说他们没有人肯顾念发生丧乱之事。

[5] 这句是说谁没有父母妻子需要赡养呢。

[6] 汤汤(shāng shāng)：水势盛大的样子。

[7] 载飞载扬：飞是平飞，扬是飞举，向上飞。朱熹说："水盛隼扬，以兴忧念之不能忘也。"

[8] 不迹：不循道而行。

[9] 这句是说诗人忧愁很深，坐卧不安。

[10] 弭(mǐ)：止，消除。

[11] 率：循，沿着。

[12] 讹(é)：伪。这几句是说鹞鹰高飞还能沿着山陵，而民间流传的谣言错话，却没有人制止。

[13] 宁：乃，竟。惩：止。

[14] 敬：指对政事严肃认真。

[15] 其：表诘问，犹"岂"。兴：起。

鹤　鸣

这是一首通篇比兴以劝喻当权者招致在野贤人之诗。被认为是招贤诗之祖。

鹤鸣于九皋[1]，	仙鹤鸣叫虽在泽畔，
声闻于野。	声音却在原野上空回旋。
鱼潜在渊，	有的鱼儿潜入深渊，
或在于渚[2]。	有的鱼儿栖身浅滩。
乐彼之园，	我喜欢那个林园，
爰有树檀，	那儿栽种了香檀，
其下维萚[3]。	檡棘长在它下面。
它山之石，	那山石头硬又坚，
可以为错[4]。	可做琢玉的金刚钻。

鹤鸣于九皋，	仙鹤鸣叫虽在泽畔，
声闻于天。	声音传得又高又远。
鱼在于渚，	有的鱼儿栖身浅滩，
或潜在渊。	有的鱼儿潜入深渊。
乐彼之园，	我喜爱那个林园，
爰有树檀，	那儿栽种着香檀，
其下维榖[5]。	榖树长在它下面。
它山之石，	那山的石头硬又坚，
可以攻玉[6]。	可以把这山的玉石磨研。

[1] 九皋：九曲之泽，即幽深的沼泽。九，虚数，极言其多。连同下句是比喻贤者虽然隐居江湖之外，而名声显扬于四方（依严粲说）。

[2] 渚（zhǔ）：这两句是比喻贤者有的启用有的未用。

[3] 萚（tuò）：即柽，软枣树，又叫王棘，是一种棘类灌木。诗中以檀树喻贤人，以萚树喻不贤者。这三句比喻贤者当居高位，不贤者居当下位。

[4] 错：通“厝”。用来治玉的厝石。“如今之金刚钻之类”（依段玉裁说）。

[5] 榖（gǔ）：树名，即楮。树叶似桑而多涩毛，树皮可以造纸。此以榖树喻小人。

[6] 攻：治。

祈父之什

祈　父

这是一位王都卫士怒斥司马失职之诗。三呼祈父而责之，足见其不平之气。

祈父[1]！	司马将军！
予王之爪牙[2]。	我是大王勇猛的士兵。
胡转予于恤[3]，	为何把我引入忧患之境，
靡所止居[4]？	使我无处安身？
祈父！	司马将军！
予王之爪士[5]。	我是大王勇猛的兵士。
胡转予于恤，	为何把我引入忧患之地，
靡所底止[6]？	使我无处栖身？
祈父！	司马将军！
亶不聪[7]。	你确实昏聩不聪明。
胡转予于恤，	为何把我引向忧患之路，
有母之尸饔[8]。	使我不能将老母侍奉。

[1] 祈父(qí fǔ)：即司马，职掌封圻之兵甲，即掌管军事的长官。祈：通“圻”(qí)。父是男子美称。这儿以职务称人。

[2] 爪牙：犹言虎士。

[3] 转：移。这里指引入、引向之意。恤(xù)：忧愁，忧患。这里指忧患之境地。

[4] 止：与居同义，居住。

[5] 爪士：爪牙之士，与爪牙同义。

[6] 底止：到达止居的地方，与“止居”同义。底：至。

[7] 亶(dǎn)：诚然，真的。参见《小雅·常棣》注[20]。

[8] 尸饔：失去饭菜。指无人供奉。尸：失(依马瑞辰说)。饔(yōng)：熟食(依朱熹说)。此句言服役在外，不得奉养父母。

白 驹

这首诗送给一位其洁如玉而又别去隐遁的贤人。一、二章写与贤者的相聚之乐，三、四章写惧其隐遁，并望能互通音讯。主人的系马留客之举，表现出深沉的思贤之情。

皎皎白驹[1]，	马驹儿长一身洁白的毛，
食我场苗[2]。	吃我菜地里的豆苗。
絷之维之[3]，	绊住马足把缰绳拴牢，
以永今朝[4]。	留住贤人让我们尽情欢乐在今朝。
所谓伊人[5]，	所说的贤人终于驾到，
于焉逍遥[6]。	他在我这里自在逍遥。
皎皎白驹，	马驹儿洁白如雪，
食我场藿[7]。	吃我菜地里的豆叶。
絷之维之，	绊住马足把缰绳打结，
以永今夕。	让我们尽情欢乐在今夜。
所谓伊人，	所说的那位贤者，
于焉嘉客。	他在我这里做客好欢悦。
皎皎白驹，	马驹儿白生生，
贲然来思[8]。	风驰电掣地向这里飞奔。
尔公尔侯[9]，	如果您是侯伯或是大公，
逸豫无期[10]。	您就不会有这样安逸的闲空。

慎尔优游[11]，	我为您避世逍遥而忧心忡忡，
勉尔遁思[12]。	希望您不要下决心去隐遁。
皎皎白驹，	马驹儿白生生，
在彼空谷[13]。	出没于深谷幽林。
生刍一束[14]，	虽然喂马只有青草一捆，
其人如玉[15]。	但您有美玉一般的品行。
毋金玉尔音[16]，	请您不要金玉您的问讯，
而有遐心[17]。	不要有疏远我的狠心。

[1] 皎皎：洁白的样子。

[2] 场：场与圃是同一块地，春夏种菜为圃，秋冬打谷为场。见《豳风·七月》注[7]。苗：指豆苗。

[3] 絷(zhí)：绊住马足叫絷。维：系，拴住。这句是说绊系他的马而留住他。

[4] 永：长，久。用作动词，使动用法。意为使时间延长。下章"以永今夕"的"永"类此。

[5] 伊人：那人，指白驹的主人。

[6] 焉：指示代词，同"是"，这里。逍遥：闲暇自得的样子。

[7] 藿(huò)：豆叶。

[8] 贲(bēn)然：形容马疾驰的样子(依马瑞辰说)。思：语气词。

[9] 尔公尔侯：公，用作动词。成为"公"。"侯"同此。此为假设之辞。这句是说您如果成为公侯的话。

[10] 逸豫：安乐。期：时期。这两句是说您如果是公侯则将忧国病时而没有逸豫的空暇(依马瑞辰说)。

[11] 慎：这里是忧、忧惧之义。《方言》："慎，忧也。"(依马瑞辰说)优游：义同逍遥。消闲自得的样子。这句是说我忧愁你隐遁而优游。

[12] 勉：通"免"，打消，消除。遁：离去。思：语气词。此句与上句义同，也是希望贤人不要隐遁。

[13] 空谷：深谷。空：深，大。

[14] 生刍(chú)：青草，鲜草。因是刚割下来的草，故称“生”。刍：喂牲口的草。

[15] 其人：指贤人。如玉：指品德美好如玉。

[16] 毋：别，不要。金、玉：均为意动用法。这句是说别把自己的声音看得如金玉一般宝贵，不肯通音问。

[17] 遐心：疏远之心。

黄　鸟

这首诗写一个流落异国的人因受欺而返回故乡。

黄鸟黄鸟[1]，	黄莺啊黄莺，
无集于榖[2]，	不要落榖树，
无啄我粟。	不要啄我粟。
此邦之人，	此国人狠毒，
不我肯榖[3]。	不肯把我顾。
言旋言归[4]，	调头快归去，
复我邦族[5]。	返回故乡住。
黄鸟黄鸟，	黄莺啊黄莺，
无集于桑，	不要落青桑，
无啄我粱。	不要啄我粱。
此邦之人，	此国人轻狂，
不可与明[6]。	信义全不讲。
言旋言归，	调头快归去，

复我诸兄[7]。	返回我故乡。
黄鸟黄鸟，	黄莺啊黄莺，
无集于栩[8]，	不要落柞树，
无啄我黍。	不要啄我黍。
此邦之人，	此国人狠毒，
不可与处。	不能久相处。
言旋言归，	调头快归去，
复我诸父[9]。	返回我故土。

[1] 黄鸟：黄莺，又叫黄鹂。参见《周南·葛覃》注[4]。

[2] 榖：树名。参见《小雅·鹤鸣》注[5]。

[3] 穀(gǔ)：善。此言不肯以善道待我。

[4] 旋：转，指转过头，这里与“归”义同。

[5] 复：返回。邦族：邦国宗族。上古一国同族，故邦族连称，即同族之国，这里指故国。

[6] 明：通“盟”，结盟而取信。这句是说不能与此国之人共结盟约而互相守信，因为他们不讲信义。

[7] 诸兄：同族兄弟。这里指兄弟之邦，即故国。

[8] 栩(xǔ)：柞树，又叫栎。见《唐风·鸨羽》注[2]。

[9] 诸父：同姓长辈，这里指父母之邦，也是故国之意。参见《小雅·伐木》注[11]。

我行其野

这是一首远嫁异国而遭遗弃的妇女的怨诗。诗人以恶木、恶菜比喻品行丑恶的丈夫，斥责他喜新厌旧。

我行其野，	我在原野上徘徊，
蔽芾其樗[1]。	采摘臭椿的嫩芽。
昏姻之故，	我和你把姻缘结下，
言就尔居。	所以住在你家。
尔不我畜[2]，	你不爱我把我打骂，
复我邦家。	那就送我回娘家。
我行其野，	我在田野上徘徊，
言采其蓫[3]。	采摘羊蹄菜。
昏姻之故，	同你结婚把天地拜，
言就尔宿。	我才住到你家来。
尔不我畜，	你不再把我爱，
言归斯复。	我就回娘家待。
我行其野，	我在田野上徘徊，
言采其葍[4]。	采摘那葍菜。
不思旧姻[5]，	你不管旧妻在，
求尔新特[6]。	却又把新人爱。
成不以富[7]，	诚然不是为了发财，
亦祇以异[8]。	却喜新厌旧把良心坏。

[1] 蔽芾：草木刚生出来的样子，也就是小的样子。一说茂盛的样子，亦通。参见《召南·甘棠》注[1]。樗（chū）：恶木名，即臭椿。灾年，农民以其叶充饥。参见《豳风·七月》注[55]。此以行遇恶木，言己嫁人遇恶人。下二章之“蓫”、“葍”寓意相同。

[2] 畜：通“慉”，善，好。参见《邶风·谷风》注[25]。

[3] 蓫(chù)：恶菜。草名，又叫“羊蹄菜”。像萝卜，红茎，味滑而不美。

[4] 葍(fú)：亦恶菜。多年生蔓草，又名“小旋花”、“面根藤儿”。花白色，根像手指，可以蒸食，有甜味。

[5] 旧姻：旧日的妻子。

[6] 新特：新妇。特：匹，配偶。见《鄘风 · 柏舟》注[7]。

[7] 成：通“诚”，诚然。

[8] 祇(zhī)：正是，恰是。异：指新人。这两句是说你不思旧妻而求新人，诚然不是嫌贫爱富，但却是喜新厌旧。

斯 干

这是一首庆祝王宫落成的颂诗。诗人赞美王宫宏伟壮丽，祝愿君王居住此宫安宁幸福，生育贵子淑女。

秩秩斯干[1]，	新宫建在清清的涧水边，
幽幽南山[2]。	面对着幽深的终南山。
如竹苞矣[3]，	地基如竹又牢又坚，
如松茂矣。	宫室像松林遮空蔽天。
兄及弟矣，	君王的兄弟们住在里面，
式相好矣，	相互友爱亲密无间，
无相犹矣[4]。	互相信任没有猜嫌。

似续妣祖[5]，	祖先的事业我王继承，
筑室百堵，	筑起了高屋百栋，
西南其户[6]。	西墙南墙都开户开门。
爰居爰处[7]，	大家搬到这里居住，

爰笑爰语。	于是充满了笑语声。

约之阁阁[8]，	绳子把夹板牢牢捆绑，
椓之橐橐[9]。	筑土的声音咚咚作响。
风雨攸除[10]，	这里刮风下雨都无妨，
鸟鼠攸去，	鸟儿老鼠难以把身藏，
君子攸芋。	真是君王居住的好地方。

如跂斯翼[12]，	宫室挺拔像人一样肃立，
如矢斯棘[13]；	棱角似箭一般笔直；
如鸟斯革[14]，	大厦突兀像鸟惊而乍起，
如翚斯飞[15]。	飞檐如野鸡凌空展翅。
君子攸跻。	君王登上新宫听政议事。

殖殖其庭[16]，	新宫前庭平平正正，
有觉其楹[17]。	矗立着大柱一根根。
哙哙其正[18]，	向阳的地方亮又明，
哕哕其冥[19]。	背光的地方广又深。
君子攸宁[20]。	这是君王休息的寝宫。

下莞上簟[21]，	草席垫下竹席铺上层，
乃安斯寝。	君王在上面养神就寝。
乃寝乃兴[22]，	到了天亮才睡醒，
乃占我梦[23]。	给我们君王占占梦境。
吉梦维何？	大王的好梦是什么？

❖

维熊维罴[24]，	梦见了熊罴在山顶，
维虺维蛇[25]。	梦见了蝮蛇在爬行。

大人占之[26]：	太卜占后忙禀告：
维熊维罴，	梦中把熊罴见到，
男子之祥；	这是生男孩的征兆；
维虺维蛇，	梦中把蝮蛇见到，
女子之祥。	这是生女孩的征兆。

乃生男子，	男孩若生降，
载寝之床[27]，	让他睡床上，
载衣之裳[28]，	给他穿衣裳，
载弄之璋[29]。	让他玩玉璋。
其泣喤喤[30]，	哭声定洪亮，
朱芾斯皇[31]，	长大衣着多排场，
室家君王[32]。	成家立业做君王。

乃生女子，	女孩若生育，
载寝之地[33]，	让她地上睡，
载衣之裼[34]，	给她裹小被，
载弄之瓦[35]。	让她玩纺锤。
无非无仪[36]，	做个贤妻温顺无过失，
唯酒食是议[37]，	只想着把酒食料理齐备，
无父母诒罹[38]。	不给父母带来连累。

[1] 秩秩：水流动的样子。干：涧水。

[2] 幽幽：深远的样子。南山：即终南山。在周的都城镐京（今西安）的南边。

[3] 苞：草木丛生。参见《唐风·鸨羽》注[2]。这里指竹根相连，结成一体，以喻宫室地基的坚固。这两句以比喻的手法描写宫室的地基坚固，房屋的众多密集。

[4] 犹：欺诈（依马瑞辰说）。

[5] 似续：继承。妣（bǐ）祖：先妣和先祖。妣，称已故的祖父以上前辈的配偶。

[6] 西南其户：朝西朝南都开有门，是说新宫房屋甚多，方向不一。北房则门向南，东房则门向西。这里以西南概指东南西北各方。

[7] 爰：语气词，于是。

[8] 约：缠束。指用绳索捆缚筑墙用的夹板。阁阁：犹“历历”，扎束牢固整齐的样子，这句是说绳子捆缚夹板整齐均匀。绳均板直则墙壁端正。

[9] 椓（zhuó）：击，这里指以杵筑土。橐橐（tuó tuó）：象声词。筑墙时用杵筑土的声音。“椓之橐橐”与《周南·兔罝》“椓之丁丁”相同。

[10] 攸：所。除：排除，排除风雨的侵袭。这两句是说宫室严密，可免于风雨鸟鼠之害。

[11] 芋（yǔ）：通“宇”，居住。

[12] 跂：通“企”，踮起脚尖微微向前，这句形容宫室体势严正，如人恭敬地竦立着。翼：敬。

[13] 棘（jí）：急。箭行缓则枉，急则直。这句形容宫室四隅棱角分明，像疾行的箭一样平直（依朱熹说）。

[14] 革：通“翱（gē）”。鸟翼。这句形容宫室拔地而起如鸟受惊而猛然疾飞一样。

[15] 翚（huī）：有五彩羽毛的雉鸟，俗称野鸡。这句形容宫室飞檐华丽而陡峭，如同五彩缤纷的野鸡凌空飞翔一样。

[16] 殖殖：平正的样子。庭：宫殿的前庭。

[17] 有觉（jué）：言高大。楹（yíng）：柱。

[18] 哙哙（kuài kuài）：宽敞明亮的样子。正：指向阳的房子。

[19] 哕哕（huì huì）：犹昧昧，深暗的样子。冥：深幽的地方。

[20] 攸宁：安身，休息的地方。

[21] 莞（guān）：蒲草席。簟（diàn）：竹席。

[22] 兴：起床。

[23] 占梦：判断梦的吉凶。我：指我们君王。

[24] 罴（pí）：熊的一种，似熊而大。

[25] 虺（huǐ）：蛇类，又叫蝮。头大颈细，身有文采，大的长七八尺。

[26] 大人：对“太卜”的尊称。太卜为占梦之官。大通“太”。以下四句是大人占梦之辞，古人认为熊罴在山上活动是“阳”的征兆，所以生男，虺蛇藏在洞穴，是“阴”的征兆，所以生女。

[27] 载：发语词。下文均同此。按：让男孩睡在床上，表示尊男。

[28] 衣（yì）：用作动词，穿衣。裳：下裙。

[29] 弄之璋：把璋放在小孩手边让他玩。这是古代的一种风俗，希望男孩长大有好品德，能做官。弄：玩。璋：圭的一半叫璋。圭是一种上圆下方（象征天圆地方）的玉器。圭璋都是古代贵族朝聘、祭祀时的礼器。

[30] 喤喤（huáng huáng）：婴儿洪亮的哭声。古人认为婴儿哭声洪亮是长大后有出息的征兆。

[31] 参见《小雅·采芑》注[17]。意思是说男孩长大能继承爵位，穿戴命服。

[32] 室家君王：四字均用作动词，等于说“有室有家，为君为王”。按：这章写生男必贵，下章写生女必贤。

[33] 寝之地：让女孩睡在地上。这是女卑的表现。

[34] 裼（tì）：婴儿的包被。

[35] 瓦：古人纺线时所用的陶制的纺锤。弄瓦：是表示希望女子长大后能勤于女工。

[36] 仪：善。这句是说妇人对家事自己不做主，所以家中事对的错的都与自己无关。一说无非即无违，指不违背父母、公婆等人。非：违。无仪（é）：无邪。指不违背丈夫，能守妇道。

[37] 议：考虑。这句是说女子只能料理家务。

[38] 诒（yí）：给。罹（lí）：忧愁。

无 羊

这首诗歌颂王室的牛羊蕃息，并继而祝愿谷熟年丰，人丁兴旺。

谁谓尔无羊？	谁说你没有羊？
三百维群[1]。	一群羊就有三百只以上。
谁谓尔无牛？	谁说你没有牛？
九十其犉[2]。	肥大的牛就有九十头。
尔羊来思，	你的羊回到羊圈里，
其角濈濈[3]。	犄角对着犄角聚一起。
尔牛来思，	你的牛回到牛栏里卧，
其耳湿湿[4]。	一边咀嚼一边摇耳朵。
或降于阿[5]，	有的牛羊下到山根坡，
或饮于池，	有的牛羊到池边把水喝，
或寝或讹[6]。	有的走动有的安卧。
尔牧来思[7]，	你的牧人都归来，
何蓑何笠[8]，	斗笠蓑衣随身带，
或负其餱。	有的还把干粮袋背着。
三十维物[9]，	各色牛羊三十类，
尔牲则具[10]。	你的祭牲已齐备哟。
尔牧来思，	你的牧人都归来，
以薪以蒸[11]，	一路捡草又砍柴，

以雌以雄[12]。　　打了野兽除了害。
尔羊来思，　　你的羊群平安回，
矜矜兢兢[13]，　　个个体壮膘又肥，
不骞不崩[14]。　　没有减少没有亏。
麾之以肱[15]，　　抬起手臂挥一挥，
毕来既升[16]。　　全部入圈紧相随。

牧人乃梦：　　牧人梦后向人叙：
众维鱼矣[17]，　　“梦见蝗虫变成鱼，
旐维旟矣[18]。　　梦见龟蛇旗变鸟旗。”
大人占之：　　占梦先生做判断：
众维鱼矣，　　“梦见蝗虫把鱼变，
实维丰年；　　今岁一定是丰年；
旐维旟矣，　　梦见龟蛇旗把鸟旗换，
室家溱溱[19]。　　家家户户儿孙满。”

[1] 维：用在句中的语气词。

[2] 犉（rún）：牛七尺叫犉。这句是说肥大的牛很多。

[3] 濈濈（jí jí）：又作“戢戢”，聚集在一起而平和相处。这里指羊角相聚但不相抵触。

[4] 湿湿（chì chì）：耳朵摇动的样子。

[5] 或：有的。降：下。阿：丘陵。

[6] 讹：通“吪”，动，行动。见《王风·兔爰》注[5]。

[7] 牧：放牧牛羊的人。下文的“牧人”是官名，是掌管畜牧的官，与“牧”有别。

[8] 何（hè）：“荷（hè）”的本字，以肩承物。此谓披、戴。

[9] 物：杂色，这里指毛色。参见《小雅·六月》注[8]。三十：泛指品种极

多。这句是说有各色牛羊三十种。

[10] 牲：祭祀用的牛羊。这句是说祭祀所需的各种毛色之牲已齐备。古时不同的祭祀要用不同毛色的牛羊，如阳祀用骍(赤色)，阴祭用黝(黑色)等。

[11] 薪：粗柴。蒸：细小的柴。“以……以……”略等于“又……又……”。“薪”、“蒸”前都省去动词，“雌”、“雄”同此。

[12] 雌、雄：禽兽。连上句是说牧人们有余力还兼取蒸薪、搏禽兽而归。

[13] 矜矜兢兢：坚强的样子，这里指牛羊体壮。

[14] 骞(qiān)：亏损。崩：亏损。骞崩，这里指牛羊掉膘、病死、丢失等。参见《小雅·天保》注[21]。

[15] 麾(huī)：指挥。肱(gōng)：胳膊。

[16] 毕：全部。既：同“毕”。升：谓升入牢圈。这句是说牛羊听从指挥，只一挥手，全都进入牢圈。

[17] 众：当为“螽”，蝗虫。维：乃。古人认为蝗虫是鱼子变成的，鱼子旱年变为蝗，丰年水多则变为鱼，所以蝗化为鱼是丰年之兆。

[18] 旐：龟蛇旗。旟：鸟旗。参见《小雅·出车》注[9]。郊野建旐，州里建旟，州里人多于郊野，所以旐变旟是人口兴旺的吉兆。

[19] 溱溱(zhēn zhēn)：形容子孙众多的样子。

节南山

这首诗愤怒地斥责周王大权旁落，昏庸无能，以及太师尹氏结党营私和专权误国的罪行，表现了诗人对国事的深刻忧虑。

节彼南山[1]，	那座终南山高又高，
维石岩岩[2]。	岩石累累好陡峭。
赫赫师尹[3]，	显赫的尹太师谁不晓，
民具尔瞻[4]。	民众都在把你瞧。
忧心如惔[5]，	忧心如焚受煎熬，

不敢戏谈[6]。	不敢议论嘴闭牢。
国既卒斩[7]，	国家已经颓亡了，
何用不监[8]？	你为何不睁眼瞧瞧？
节彼南山，	那座终南山高又高，
有实其猗[9]。	有凹有凸弯不少。
赫赫师尹，	显赫的尹太师谁不晓，
不平谓何[10]？	为何办事不公道？
天方荐瘥[11]，	上天反复降灾祸，
丧乱弘多。	死丧祸乱实在多。
民言无嘉，	百姓对你没有一句好话，
憯莫惩嗟[12]。	你却竟然不悔过。
尹氏大师，	身居要职尹太师，
维周之氐[13]。	你是周朝的柱石。
秉国之均[14]，	国家权柄你掌握，
四方是维[15]，	诸侯靠你来维系，
天子是毗[16]，	天子靠你来辅佐，
俾民不迷[17]。	还要教民知礼义。
不吊昊天[18]，	茫茫上天太不公，
不宜空我师[19]。	不应让百姓受困穷。
弗躬弗亲[20]，	王不亲自理朝政，
庶民弗信。	百姓难把朝廷信。
弗问弗仕[21]，	对贤才不安抚不任用，

勿罔君子[22]。	天子就要受欺蒙。
式夷式已[23]，	办事应该合理又公平，
无小人殆[24]。	不要亲近众小人。
琐琐姻亚[25]，	区区舅子和连襟，
则无膴仕[26]。	更不要委以重任。
昊天不佣[27]，	茫茫上天不公平，
降此鞠讻[28]。	降下如此大灾难。
昊天不惠[29]，	茫茫上天不仁慈，
降此大戾[30]。	降下如此大祸乱。
君子如届[31]，	天子做事若英明，
俾民心阕[32]；	民众乱心能安定；
君子如夷，	天子做事若公平，
恶怒是违[33]。	民众愤怒能平静。
不吊昊天，	上天不好无恩情，
乱靡有定[34]。	祸乱猖獗不平定。
式月斯生[35]，	年年月月都发生，
俾民不宁。	使得百姓不安宁。
忧心如酲[36]，	心忧如同得酒病，
谁秉国成[37]？	试问让谁掌国政？
不自为政，	天子不把国事问，
卒劳百姓。	终于使百姓受穷困。
驾彼四牡，	驾起四马想出行，

四牡项领[38]。 四马肥壮粗脖颈。
我瞻四方， 我望四方乱纷纷，
蹙蹙靡所骋[39]。 王土缩小难驰骋。

方茂尔恶[40]， 大臣们相互仇恨，
相尔矛矣； 双方刀枪就要对阵；
既夷既怿， 忽而气消又亲近，
如相酬矣[41]。 敬酒言好相敬如宾。

昊天不平， 上天降灾不公平，
我王不宁。 使得我王不安宁。
不惩其心[42]， 太师不改邪恶心，
覆怨其正[43]。 反而怨恨正直人。

家父作诵[44]， 家父作诗来诵讽，
以究王讻[45]。 追究祸乱寻原因。
式讹尔心[46]， 希望我王心变正，
以畜万邦[47]。 养育天下亿万人。

[1] 节：通“巀(jié)”。山势高峻的样子。

[2] 维：句首语气词。岩岩(yán yán)：山石堆积的样子。

[3] 赫赫：权势地位显赫的样子。师：太师。太师、太傅、太保是周天子之下最高官员，称为三公，而太师在三公中地位又最高。尹(yǐn)：姓。

[4] 具：通“俱”。都。尔瞻：瞻尔，看着你。

[5] 惔(tán)：通“炎”。火烧。

[6] 戏谈：嬉笑言谈。指随便谈论国事。

[7] 卒：尽。斩：断。

[8] 何用：何以，为何。监：视察。

[9] 实：广大的样子。猗（ē）：通"阿"，山隅，高低不平之处（依王念孙说）。这句是说山势高低不平。

[10] 谓何：即如何。

[11] 荐：屡次。瘥（cuó）：疫病，指疾疫等灾害。

[12] 憯（cǎn）：曾，竟。惩：止，制止。谓受到教训而停止不好的行为。嗟：句末语气词。

[13] 氐（dǐ）：根本。

[14] 均：通"钧"。制作陶器时使用的转轮，借指国政大权。

[15] 四方：指四方诸侯。是：复指宾语"四方"。维：系。

[16] 毗（pí）：辅佐。

[17] 以上六句罗列太师应该做的事，但他一样也没有做到，所以招致丧乱不断发生，所以诗人向天呼喊说，不应该让百姓受穷困。

[18] 不吊昊天：即昊天不吊，与下文"昊天不傭"、"昊天不惠"义同。是怨愤而呼天的话。不吊：不善，不恤。谓不被上天哀悯庇祐。昊（hào）天：苍天，上天。

[19] 空（kòng）：穷，使穷困。使动用法。师：众。这里指百姓民众。

[20] 躬：亲。躬与亲同义。指亲自理政。

[21] 问、仕：察。二字同义，指察问。

[22] 罔（wǎng）：欺瞒，诬枉。君子：指天子。下同。勿：语气词（依王念孙说）。

[23] 式：语气词。夷：平。指办事公平，与下文的"君子如夷"相呼应。已：止。指止当所止，行当所行，与下文的"君子如届"相呼应。

[24] 无小人殆：即无殆小人，为了协韵而倒置。连上句意为：为政应任用平正之人，不要亲近那些小人。殆：近，接近。

[25] 琐琐（suǒ suǒ）：卑微细小的样子。姻亚（今作娅 yà）：姻指妻之兄弟，亚即连襟。谓有婚姻关系的亲戚。

[26] 膴仕：委以高官厚禄。膴（wǔ）：美厚。引申为高官厚禄。仕：事，指做官。

[27] 佣（yōng）：均，公平。

[28] 鞠(jū)讻：极大的灾祸。鞠：穷，极。讻：即凶，恶。

[29] 惠：仁慈，仁爱。

[30] 大戾：与上文“鞠讻”同义。戾(lì)：乖，行为违反常规，即恶之意。

[31] 届(jiè)：至，止。这里指止当所止，即行为合理。

[32] 阕(què)：止息，平息。

[33] 恶(wù)：憎恶。违：去，除去。这两句是说如果天子办事公正，民众的憎恶愤怒的情绪就可平息除去。

[34] 定：止。

[35] 式：助词，无实义。斯：这。式月斯生：指祸乱月月发生。

[36] 酲(chéng)：因饮酒过多而难受，即病酒。

[37] 国成：犹国钧。指国政的权柄。

[38] 项：大。领：脖颈。项领：本指马颈肥大，比喻大臣自恣，王不能使。

[39] 蹙蹙(cù cù)：局缩而不能舒展的样子。这句一语双关，一方面指天子势力范围日渐缩小，没有可供驰骋之地；另一方面指作者心情压抑沉闷不想驰骋。

[40] 尔：指众大臣。这两句是说，你们众大臣互相交恶，怒气冲动的时候，就瞅着对方的武器，即操起武器对打。

[41] 酬：劝酒。这一段写小人喜怒无常，所以君子无所适从。

[42] 不惩其心：指尹氏不警戒不改悔邪恶之心。

[43] 正：指纠正师尹错误的贤臣。

[44] 家父(fǔ)：周大夫，本诗的作者。这是诗人自称其名。诵(sòng)：指可以吟唱的诗。

[45] 究：追查，寻求。王讻：王恶。这句是说追究王政昏乱的原因。

[46] 讹：通“吪”。使动用法。改变。尔：指周王。

[47] 畜：养。

正　月

这也是一首大夫忧国刺君的诗。诗人为国王昏聩、群小专权、民不聊生、国之将亡而忧伤不止。

正月繁霜[1]，	正阳之月降大霜，
我心忧伤。	我见灾异心忧伤。
民之讹言[2]，	民众都把谣言讲，
亦孔之将[3]！	荒诞离奇流传广！
念我独兮[4]，	想到自己独惆怅，
忧心京京[5]。	忧思浩荡如长江。
哀我小心[6]，	我心悲哀国将亡，
癙忧以痒[7]。	忧愁太甚病卧床。

父母生我，	父母生我人世间，
胡俾我瘉[8]！	为何使我遭灾难！
不自我先，	祸乱何不生我前，
不自我后[9]。	何不退后若干年。
好言自口，	好话出自人之口，
莠言自口[10]。	坏话同样出人口。
忧心愈愈[11]，	见此我心更忧愁，
是以有侮。	因此常受人欺侮。

忧心惸惸[12]，	忧思深长难排遣，
念我无禄[13]。	想我不幸遭忧患。
民之无辜，	人民无辜受磨难，
并其臣仆[14]。	都被当作奴隶看。
哀我人斯，	哀叹我们这些人，

于何从禄[15]？	将到何处寻乐园？
瞻乌爰止，	看那乌鸦落一边，
于谁之屋？	停在谁家屋檐前？

瞻彼中林，	看看那片树林中，
侯薪侯蒸[16]。	只有柴草一丛丛。
民今方殆，	人们的大难就要来临，
视天梦梦[17]。	看那上天昏昏沉沉。
既克有定[18]，	如果上天有了定准，
靡人弗胜。	没有谁能把天意胜。
有皇上帝，	伟大上帝不开恩，
伊谁云憎？	不知上帝把谁恨？

谓山盖卑[19]，	小人说山低不高峻，
为冈为陵。	其实是高冈和大岭。
民之讹言，	民间谣言这样凶，
宁莫之惩[20]。	竟然不能去查禁。
召彼故老[21]，	却召老臣来询问，
讯之占梦[22]。	又召太卜来占梦。
具曰"予圣"[23]，	都说自己是圣人，
谁知乌之雌雄[24]？	乌鸦的雌雄谁能辨认？

谓天盖高，	人说上天高又高，
不敢不局[25]。	走路却不敢不弯腰。
谓地盖厚，	人说大地厚又厚，

不敢不蹐[26]。	走路却慢慢移脚步。
维号斯言[27]，	说出这样的话来，
有伦有脊[28]。	是有道理可参考。
哀今之人，	哀叹当今世上人，
胡为虺蜴[29]！	为何像蜥蜴一样胆子小！

瞻彼阪田[30]，	看那山坡贫瘠地，
有菀其特[31]。	有棵小苗长得高。
天之扤我[32]，	上天用风摧残我，
如不我克。	惟恐不能把我吹倒。
彼求我则[33]，	天子当初求贤把我召，
如不我得。	惟恐不能把我得到。
执我仇仇[34]，	后来待我又傲慢，
亦不我力[35]。	又不再要我去效劳。

心之忧矣，	心中忧愁难排解，
如或结之[36]。	纠缠如绳打了结。
今兹之正[37]，	当今朝政弊太多，
胡然厉矣[38]！	为什么这样暴虐！
燎之方扬[39]，	燎原野火烧正旺，
宁或灭之。	却有人想把它扑灭。
赫赫宗周，	镐京曾经多显赫，
褒姒灭之[40]。	却被褒姒轻毁灭。

终其永怀[41]，	我的忧愁已不少，

又窘阴雨[42]。　　阴雨绵绵更烦恼。
其车既载，　　车上货物已装好，
乃弃尔辅[43]。　　竟把轴上夹木来丢掉。
载输尔载[44]，　　等到车坏货物坠落，
“将伯助予”[45]。　　叫声“老兄帮忙”已晚了。

无弃尔辅，　　别丢弃轴上夹木，
员于尔辐[46]。　　要加固你的车辐。
屡顾尔仆[47]，　　频频回头看你的车夫，
不输尔载。　　这样才不坠落货物。
终踰绝险[48]，　　这样才能把险关安渡，
曾是不意[49]。　　可当初对这些你却不在乎。

鱼在于沼，　　鱼在池沼中游玩，
亦匪克乐。　　也不能快乐平安。
潜虽伏矣，　　就是潜伏在深渊，
亦孔之炤[50]。　　目标也十分明显。
忧心惨惨[51]，　　心中忧愁没有边，
念国之为虐。　　伤心国政暴虐空前。

彼有旨酒[52]，　　他有美酒一桶桶，
又有嘉殽。　　又有嘉殽数不清。
洽比其邻[53]，　　宴请的只是身边小人，
昏姻孔云[54]。　　亲近的只是舅子连襟。
念我独兮，　　想我为国独担心，

忧心慇慇[55]。	忧思深长无止境。
佌佌彼有屋[56]，	猥琐小人有房屋，
蔌蔌方有榖[57]。	卑陋奸佞有福禄。
民今之无禄，	如今百姓无幸福，
天夭是椓[58]。	天降灾祸加痛苦。
哿矣富人[59]，	富人还可把日度，
哀此惸独[60]。	我哀怜这些鳏寡孤独。

[1] 正月：指周历六月，即夏历四月。古人认为这时“阴气”（寒气）已绝，“阳气”（热气）已盛，即所谓“纯阳”，称这月为“正阳之月”，简称“正月”，不同于岁首之正月。繁：多。夏天降大霜是反常现象，古人认为是灾祸将至的不祥之兆。因此下句说“我心忧伤”。

[2] 讹言：妖言，谣言。参见《小雅·沔水》注[13]。

[3] 将：大。

[4] 独：指自己独自忧国伤时。

[5] 京京：忧愁不能排除的样子。

[6] 小心：思忌、忧思之心。

[7] 癙（shǔ）：忧，忧而成病。痒（yáng）：忧思成病。与搔痒的“痒”字不同，《说文》搔痒字正字作“蛘”，痒是异体字。

[8] 瘉（yù）：病。引申为灾难。

[9] 这两句意为忧患的降临不在我生之前，也不在我生之后，即偏巧让我碰上。

[10] 莠（yǒu）言：丑恶之言。这两句是说当面说好话，背后说坏话。

[11] 愈愈：忧惧的样子。

[12] 惸惸（qióng qióng）：忧愁的样子。

[13] 无禄：无福，即不幸。禄：福运。

[14] 臣仆：古代以罪人为臣仆。并：都，俱。这两句是说把无罪的人民都当罪人看待。

[15] 于何从禄：从何而获禄。以下四句是说举世都穷困，到哪儿能获得福禄呢？正如乌鸦不知栖止于哪一家屋檐才好。古人认为乌鸦择富贵人家而栖，现在大家皆穷，所以难以栖止。

[16] 侯：乃。薪、蒸：见《小雅·无羊》注[11]。这里比喻小人。这两句是说林中本是大木之处，而今却只有薪蒸，比喻朝廷应有贤者却只聚集小人。

[17] 梦梦：昏暗不明的样子。

[18] 有定：指上天有止乱之意。连同下三句是说，如果上天有止乱的心意，那么就没有人能改变天意。意思是说人间有如此灾难是上天有意降下的，那么伟大的上天因为憎恨谁而降下灾难呢？

[19] 盖：本来(依吴昌莹说，见《经词衍释》)。卑：低小。

[20] 宁莫之惩：竟然不去制止。宁：竟然。惩：制止。以上四句是说小人说山本来就是矮小的东西，其造谣如此明显，周王却竟然相信而不制止。

[21] 故老：元老，旧臣。

[22] 占梦：指占梦之官。

[23] 故老和占梦之官都说自己是“圣人”。

[24] 这句是说真假难分。

[25] 局：弯曲，谓伛偻着身子，不能伸直。

[26] 蹐(jí)：小步走路。形容谨慎恐惧的样子。蹐地即“如履薄冰，战战兢兢”之意，以上四句比喻法网密集，陷阱四布，使人恐怖可畏。

[27] 号：呼。斯言：指上四句话。

[28] 伦：道理。脊：又作“迹”，与“伦”同义。

[29] 虺(huǐ)：参见《小雅·斯干》注[25]。蜴：蜥蜴。蛇和蜥蜴见人就逃，这里用来比喻人的局蹐。

[30] 阪(bǎn)田：山坡上的田地。

[31] 菀(yù)：茂盛茁壮的样子。特：特出的禾苗，这儿诗人以特出的壮苗比自己。

[32] 抗(wù)：动摇。这里有“摧折”的意思。这两句是模拟小苗口气而说，上天对茁壮的小苗加以摧残，惟恐不能。

[33] 彼：指周天子。则：语尾助词(依马瑞辰说)。一说这句应与下句八字为一句，作“彼求我则如不我得”，也通(依俞樾说)。

[34] 执我：犹言待我。仇仇(qiú qiú)：傲慢的样子。

[35] 力：用。不我力：即不用我。

[36] 结：指绳子打结。这两句是说忧愁排解不开，就像绳子打结一样。

[37] 正：通“政”。

[38] 厉：恶，暴虐。

[39] 燎(liáo)：放火烧田。这里指燎原烈火。扬：指火势盛。

[40] 褒姒(bāo sì)：西周末年褒国的女子，周幽王三年(公元前779年)被献于周，成为幽王的宠妃，后立为后。

[41] 终：既。永怀：指长久的忧伤。怀：忧伤。

[42] 窘：困迫。阴雨：喻遭受的灾难很多。

[43] 辅：夹持车毂的两条直木，用以增强轮辐的承重力。这几句以御车喻执国政。(依段玉裁、马瑞辰说)

[44] 载：语助词。输：颠覆，坠落。尔载：你的货物。载，指装载于车的货物。

[45] 将(qiāng)：请。见《卫风·氓》注[6]。伯：对男子的通用敬称。

[46] 员(yún)：益，增益，增强。辐(fú)：车轮上的辐条。这句是说并木于辐条上，增加车轮的承受力。

[47] 顾：回头看。仆：赶车的人。

[48] 踰：渡过。绝险：指最危险的地方。以上五句是假设之辞，下一句是针对此五句而言，是说如果“用辐”、“增辐”、“顾仆”，那么车就会渡过险关，不至于如今日这样遇难，可是当初你却对这些事情毫不在意。

[49] 不意：不放在心。

[50] 孔：甚，非常。炤(zhāo)：明显。以上四句是说大难临头，难以躲避。

[51] 惨惨：犹“戚戚”，忧愁。参见《陈风·月出》注[4]。

[52] 彼：指那些得势的小人们。

[53] 洽：合，融洽。比：亲近。邻：近，指他所亲近的小人。

[54] 云：周旋。

[55] 慇慇：即殷殷。参见《邶风·北门》注[1]。

[56] 佌佌(cǐ cǐ)：卑小的样子。这里指猥琐的小人。

[57] 蔌蔌(sù sù)：鄙陋的样子。有穀：谓有福禄。穀：禄。

[58] 天：灾难。是：指民众。椓：“椓(zhuó)”的讹字。打击。是椓：椓

是。代词宾语“是”前置。这句是说上天降灾惩罚民众。

[59] 哿(gě)：可；欢乐。

[60] 惸(qióng)独：孤独无靠的人。惸：本指无兄无弟，这里指孤独无所依靠的人。

十月之交

这也是一首忧国刺君的讽喻诗。诗人谴责小人把持朝政、嬖妾蛊惑王心；指出“下民之孽，匪降自天”，而完全是由昏君奸臣造成的。

十月之交[1]，	十月日月相会交，
朔月辛卯[2]。	这月初一是辛卯。
日有食之[3]，	日食这天发生了，
亦孔之丑[4]。	这个征兆太不好。
彼月而微，	上次月蚀光很少，
此日而微。	这次太阳无光耀。
今此下民，	如今这些老百姓，
亦孔之哀。	也真可怜受煎熬。
日月告凶[5]，	日亏月蚀显凶兆，
不用其行[6]。	因为他们离轨道。
四国无政[7]，	四方之国无善政，
不用其良。	因为没有用贤人。
彼月而食，	上次月亮生月食，
则维其常[8]；	则是正常小事情；

此日而食，	这次太阳生日食，
于何不臧[9]！	却是多么不吉庆！

烨烨震电[10]，	雷声隆隆电光闪，
不宁不令。	政教不善民不安。
百川沸腾，	江河横流大泛滥，
山冢崒崩[11]。	山顶崩溃变平川。
高岸为谷，	高高山崖变河谷，
深谷为陵。	深深河谷变高山。
哀今之人，	哀叹现今执政者，
胡憯莫惩[12]！	惩止恶政还不晚！

皇父卿士[13]，	皇父领头权总揽，
番维司徒[14]，	番氏来把民众管，
家伯维宰[15]，	家伯掌刑把狱断，
仲允膳夫[16]，	仲允专门管御膳，
棸子内史[17]，	棸子能把爵禄颁，
蹶维趣马[18]，	蹶氏掌握车马权，
楀维师氏[19]，	楀氏充当监察官，
艳妻煽方处[20]。	娇妻受宠把坏事干。

抑此皇父[21]，	噫！皇父竟然这样说，
岂曰不时[22]？	“难道役使民众时机错？”
胡为我作[23]，	为何派我服劳役，
不即我谋？	不先找我说一说？

彻我墙屋[24]，	急忙拆毁我住所，
田卒污莱[25]。	良田终被草淹没。
曰予不戕[26]，	皇父说“害民没有我，
礼则然矣[27]。	我照礼法这样做”。
皇父孔圣，	皇父自认很聪明，
作都于向[28]。	在向地筑起新城。
择三有事[29]，	选择三个管事人，
亶侯多藏[30]。	都是真正大豪门。
不慭遗一老[31]，	不愿留下一个老臣，
俾守我王。	来保卫我王宫。
择有车马[32]，	选择有车马的贵族，
以居徂向[33]。	统统都往向地送。
黾勉从事[34]，	勤勤恳恳办事情，
不敢告劳[35]。	不敢诉说我难辛。
无罪无辜，	无罪无辜也挨整，
谗口嚣嚣[36]。	进谗小人乱纷纷。
下民之孽[37]，	天下小民罪孽重，
匪降自天。	但都不是天降临。
噂沓背憎[38]，	当面说笑背后恨，
职竞由人[39]。	竞相进谗把人坑。
悠悠我里[40]，	无穷无尽的忧愁，
亦孔之痗[41]。	使我痛苦病重。

四方有羡[42]，	四方之人皆高兴，
我独居忧。	我独忧伤多愤懑。
民莫不逸，	众人安逸图清静，
我独不敢休。	我独奔波不敢停。
天命不彻[43]，	天命既不正常，
我不敢效，	我不敢向朋友学样，
我友自逸[44]。	自己图安详。

[1] 十月：周历十月，夏历八月。交：日月交会。古人认为每月的初一是日月交会之时。日月交会而有日食。

[2] 朔：每月的初一。据梁代天文学家虞邝等人推算，周幽王六年(公元前七七六年)十月初一辰时(上午八点左右)曾发生过日食，与此诗所载相符。

[3] 食：通“蚀”，物体毁坏叫蚀，日、月有阴影侵蚀，故称“日食”、“月食”。

[4] 孔：很。丑：恶。古人认为日食是一种灾异，觉得丑恶可怖。

[5] 日月告凶：上天以日、月之食警告周之君臣，将有凶祸发生。

[6] 行：道，正轨。

[7] 无政：无善政。

[8] 古人以日月象征君臣，所以重日食而轻月食。

[9] 于：感叹词，何，多么。

[10] 烨烨(yè yè)：电光闪闪的样子。震：雷。

[11] 冢(zhǒng)：山顶。崒：通“碎”，崩坏(依马瑞辰说)。

[12] 憯(cǎn)：曾，乃。惩：制止，禁止。

[13] 皇父：人名。周幽王的卿士、宠臣。卿士：六卿之长。

[14] 番(fān)：姓。司徒：官名，掌天下土地之图、人民之数。

[15] 家伯：人名。宰：即冢宰，掌刑法。

[16] 仲允：人名。膳夫：管天子饮食。

[17] 棸(zōu)：姓。内史：掌管官吏的升降、爵禄的予夺。

[18] 蹶(guì)：姓。指蹶父。趣(cǒu)马：掌管天子之马的官。

[19] 楀(jǔ)：姓。师氏：掌管监察的官。以上七人都是周幽王时怙恶为

非的奸臣。

[20] 艳妻：指褒姒。煽：炽盛。这里指得宠于天子。方处：指同处于朝廷中，居于周天子左右，从旁鼓动天子干坏事。

[21] 抑：发语词。

[22] 这句是皇父说的话："难道说我役使民众不合时宜?"不时：违背农时。此言皇父不自以为役使民众是违背了农时。

[23] 我作：使我劳作。

[24] 彻：拆毁。

[25] 污：田中积满了水，指水淹。莱(lài)：指田中长满野草。这两句是说皇父派人拆了我的房屋，强迫我往向(地名)地迁移。因我服役顾不上种地，使田中积水长草。

[26] 曰：指皇父说。戕(qiāng)：残害。

[27] 礼：礼法。这二句是皇父说："我这样做(指拆屋废田)不是伤害百姓，按照礼法就应该这样。"

[28] 都：大邑。向：地名。在今河南省济源市南，周代属东部洛阳畿内之地。

[29] 三有事：指三卿。

[30] 侯：维，乃。多藏(zàng)：贪淫而有蓄藏的富人。以上四句写皇父看出周室危殆，于是在向地作都，预备逃难，同时选择有财富的人作卿士。

[31] 慭(yìn)：肯，愿。老：老臣，旧臣。

[32] 有车马：指有车马的富人。

[33] 以居徂向：前往向地。居：语气词。徂：往。

[34] 黾勉：见《邶风·谷风》注[3]。

[35] 告劳：诉说劳苦。

[36] 嚣嚣(áo áo)：众口谗毁的样子。

[37] 孽(niè)：妖孽，灾祸。

[38] 噂沓(zǔn tà)：相聚多言。噂：一作"僔"，聚，聚集。沓：话多。这句是说那些小人们聚则多言以相悦，背则互相憎恨。

[39] 职：主，专门。竞：争着；着力。"由人"与"自天"相对而言，是说"下民之孽"是由竞相进谗的小人及听信谗言的昏君造成的。

[40] 里：通"瘦"，忧病。

[41] 痗(mèi)：见《卫风·伯兮》注[15]。

[42] 有羡：羡然，欢乐的样子。

[43] 天命不彻：指天命不循道而行。彻：道。

[44] 此八字为一句。

雨无正[1]

这也是一首忧国刺君的诗。国遭饥馑，群臣离散，而周天子仍然听信“巧言如流”的小人，继续为恶。

浩浩昊天，	浩荡上天大无边，
不骏其德[2]。	不把恩惠施人间。
降丧饥馑[3]，	降下饥馑和丧乱，
斩伐四国[4]。	四方民众遭苦难。
旻天疾威[5]，	上天残暴不公道，
弗虑弗图。	不曾斟酌不思考。
舍彼有罪[6]，	有罪之人你不管，
既伏其辜[7]；	隐瞒其罪又放掉；
若此无罪，	为何竟将无罪者，
沦胥以铺[8]。	反遭迫害受煎熬。

周宗既灭[9]，	西周镐京已灭亡，
靡所止戾[10]。	国不安定人心丧。
正大夫离居[11]，	上大夫们离京奔他乡，
莫知我勚[12]。	没有人知我艰苦备尝。

三事大夫[13]，	三公六卿众大夫，
莫肯夙夜。	不肯为国出力量。
邦君诸侯，	那些诸侯和邦君，
莫肯朝夕[14]。	也不肯为国为民费心肠。
庶曰式臧[15]，	希望天子能改恶从善，
覆出为恶[16]。	哪知他作恶仍和过去一样。
如何昊天[17]？	上天啊你说这怎办？
辟言不信[18]。	正确的话儿王不听。
如彼行迈，	他就好像一个行路人，
则靡所臻[19]。	漫无目的东闯西奔。
凡百君子[20]，	公卿大夫先生们，
各敬尔身[21]。	各自应该正其身。
胡不相畏，	为何臣下不畏君，
不畏于天？	为何都不畏天命？
戎成不退[22]，	外患严重尚未平息，
饥成不遂[23]。	灾荒蔓延民不安定。
曾我暬御[24]，	我们侍御的众小臣，
憯憯日瘁[25]。	为国事忧愁如害病。
凡百君子，	公卿大夫先生们，
莫肯用讯[26]。	没一人肯劝谏尽忠。
听言则答[27]，	周王听了顺言喜应答，
谮言则退[28]。	听了谏言退斥人。

哀哉不能言！	悲哀啊忠良不能把话讲，
匪舌是出[29]，	不是舌头长了疮，
维躬是瘁。	只怕大祸降身上。
哿矣能言[30]！	小人能说又会道，
巧言如流，	巧言应变如水淌，
俾躬处休[31]。	能使自己乐而康。
维曰于仕[32]，	人们都说去做官，
孔棘且殆[33]。	做官紧张又危险。
云不可使[34]，	王命不正不去干，
得罪于天子。	得罪天子不好办。
亦云可使，	王命不正若去干，
怨及朋友。	朋友纷纷来抱怨。
谓尔迁于王都[35]，	劝你们搬回王都，
曰予未有室家[36]。	却说“我没有房子哪儿住，
鼠思泣血[37]，	而且忧伤常痛哭，
无言不疾[38]。	没有一句话不被人厌恶”。
昔尔出居，	过去你们从王都搬出，
谁从作尔室？	谁给你们盖的房屋？

[1] 本诗的篇名意义不详。一说篇首当有“雨无其极，伤我稼穑”八字。

[2] 骏：长，长久。德：恩惠。

[3] 饥馑(jǐn)：灾荒，饥荒。谷不熟为饥，蔬不熟为馑。

[4] 斩伐：残害，即谓“政不顺天，残害下民”。

[5] 旻(mín)天：义同昊天。古人对天有五种称呼，即春为昊天，夏为苍

天，秋为旻天，冬为上天，总为皇天。但往往以其中的一个称天。疾威：凶恶，暴虐。

[6] 舍：置；舍弃。

[7] 既：尽。伏：隐藏。指隐藏其罪，而欲全有罪之人。辜：罪。

[8] 沦胥：相率牵连。铺："痡(pū)"的假借字，病痛。以上四句是说上天暴虐不公道，放过那些有罪的人，完全隐瞒他们的罪状，而无罪之人反被迫害沦于痛苦中。

[9] 周宗：当为宗周。指西周镐京。一说周为宗主国。"既灭"是指周失去了宗主的地位。

[10] 戾：定。止戾：安定。郑笺："是时诸侯不朝王，民不堪命，王流于彘，无所安定也。"

[11] 正大夫：六官之长。

[12] 勩(yì)：劳苦，疲劳。

[13] 三事大夫：三公。周以太师、太傅、太保为三公。

[14] 夙夜、朝夕：都是指早起晚睡，以勤国事。邦君：封国的君长，亦即诸侯。

[15] 庶：庶几。表示希望之意。曰：语助词。式臧：行善。式：用。臧：善。

[16] 覆：犹"反"。连上句意为人们希望周王能改旧从善，但他反而为恶不悛。

[17] 如何昊天：表示悲痛呼天而诉说。

[18] 辟言：法度之言。辟(pì)：法。

[19] 臻(zhēn)：止。

[20] 凡百君子：指群臣。

[21] 敬尔身：使你们各自的行为恭敬，敬君臣之礼。

[22] 戎：兵祸。这句指外患严重。退：平息。意指西周末年，犬戎入侵镐京，尚未退去。

[23] 遂：安，此二句言兵祸已成而不能退之，饥荒造成人民不安定。

[24] 曾：乃，而。暬(xiè)御：国君的近侍。暬：日狎习相嫚也。

[25] 憯憯(cǎn cǎn)：忧愁的样子。瘁：见《小雅·出车》注[12]。

[26] 讯：当作"谇(suì)"。谇：谏。用谇，以兵患、饥荒劝谏周天子。

[27] 听言：顺耳的话。指讨好天子的话。答：应答，谓应答而封官重用。

[28] 谮(zèn)言：即谏言。退：斥退，不用。

[29] 出："瘁"的省借字，病(依马瑞辰说)。

[30] 哿矣能言：哿，可。参见《小雅·正月》注[59]。这句连同下二句是说能言的人可以说话，他们投君所好，使自己处于安乐之地。

[31] 休：安乐。

[32] 维：语气词。于：往。

[33] 棘：急，这里含有促迫、紧张之意。

[34] 不可使：指王命不正而不从。使：从。这句及下面的"亦云可使"都是臣答君之辞。

[35] 尔：指离开王都的诸臣。

[36] 以下三句都是离开王都的臣子们说的话。

[37] 鼠思：即癙思，忧思。参见《小雅·正月》注[7]。泣血：泪尽而继之以血，形容悲痛已极。

[38] 疾：通"嫉"。憎恨，疾恶。这句是说我们所说的话无不被疾恶，此谓怕到王都遭到报复。

小旻之什

小　旻

旧说这是周大夫讥刺幽王(或厉王)的诗歌。诗人见天子任用小人，惑于邪谋，而深深地为国家前途忧虑。

旻天疾威[1]，	上天肆虐的威灵，
敷于下土[2]。	弥漫在大地上空。
谋犹回遹[3]，	邪门歪道的计谋，

何日斯沮[4]？	哪天才能告终？
谋臧不从[5]，	好计谋你不依从，
不臧复用[6]。	坏计谋反而采用。
我视谋犹，	我看那些计谋，
亦孔之邛[7]。	深深为它而惶恐。
潝潝訿訿[8]，	小人勾结而拆君子的台，
亦孔之哀。	我深深为这而悲哀。
谋之其臧，	那些好计谋，
则具是违[9]；	你全不理睬；
谋之不臧，	那些坏计谋，
则具是依。	你却全信赖。
我视谋犹，	我看那些计谋，
伊于胡底[10]！	不知弄出什么结果来！
我龟既厌，	我的龟甲占卜已经厌烦，
不我告犹[11]。	吉凶不再告诉我们。
谋夫孔多，	只因为谋士太多，
是用不集[12]。	议事不成众说纷纭。
发言盈庭[13]，	说话声充满厅堂，
谁敢执其咎[14]？	谁敢把过失担承？
如匪行迈谋[15]，	像那走路请教路人一样，
是用不得于道。	因而找不到治国的途径。
哀哉为犹，	可悲呀那些坏计谋，

匪先民是程[16]，	不把古代的贤人仿效，
匪大犹是经[17]。	不遵循治国的大道。
维迩言是听[18]，	只把浅近之言听信，
维迩言是争[19]。	只说浅近之言美妙。
如彼筑室于道谋，	如同路旁盖屋问行人，
是用不溃于成[20]。	所以事情办不成。
国虽靡止[21]，	国家虽然不安定，
或圣或否[22]。	有人有远见有人是无赖。
民虽靡膴[23]，	百姓虽说无规程，
或哲或谋[24]，	有人聪明有人有计谋，
或肃或艾[25]。	有人品德端正有人有治国之才。
如彼泉流，	人才就像那清澈泉水往下流，
无沦胥以败[26]。	不要都在污泥沟里埋。
不敢暴虎[27]，	不敢徒手搏虎，
不敢冯河[28]。	不敢涉水过河。
人知其一，	人们只知道这些，
莫知其他。	却不知道更多。
战战兢兢[29]，	我却战战兢兢，
如临深渊，	就像走近深渊，
如履薄冰。	就像踩上薄冰。

[1] 旻(mín)天：见《小雅·雨无正》注[5]。疾：虐，猛烈。

[2] 敷：布，施。下土：大地。

[3] 犹：谋画，计谋。回：邪。遹(yù)：邪僻。

[4] 斯：乃，才。沮(jǔ)：终止。

[5] 臧：善。从：依从。

[6] 复：反。《广雅·释言》："复，反也。"

[7] 亦：助词。孔：甚。之：指示代词，这，"邛"的宾语，前置。邛(qióng)：忧病，动词。

[8] 潝潝(xī xī)：互相附和。訿訿(zǐ zǐ)：诋毁别人的样子。

[9] 具：全，都。是：代词，此，"违"的宾语，前置。

[10] 伊：助词，无义。于：到。胡：哪里。底：至。

[11] 犹：道。这里指吉凶之道。

[12] 是用：因此。"是"作介词"用"的宾语。用：因。集：成，成就。

[13] 盈：充满。庭：厅堂。

[14] 执：承担。咎(jiù)：过失，罪过。

[15] 匪：彼。行迈：行走。这里"迈"与"行"同义。谋：计议。

[16] 匪：非。先民：指古时的贤人。是：指示代词，复指"先民"。程：效法。

[17] 大犹：大道，指治国的礼法。犹：道。经：遵循。

[18] 维：通"唯"。唯：只有，唯独。迩(ěr)言：浅近之言。

[19] 争：争辩。

[20] 溃：遂，达到。

[21] 靡(mǐ)：不。止：定(依朱熹说)。

[22] 或：有的人。圣：聪明睿智，看得深远。

[23] 膴(hū)：法则。

[24] 哲：有智慧。谋：有计谋。

[25] 肃：恭敬。此指品德端庄的人。艾(yì)：通"乂(yì)"。治理，有治事能力。

[26] 无：同"毋"，不要。沦胥：全都。以：连词，而。败：毁坏。

[27] 暴虎：徒手搏虎。

[28] 冯(píng)河：徒步过河。

[29] 战战：恐惧发抖的样子。兢兢：小心谨慎的样子。

小 宛

老父亲训诲儿子说：你得像我一样，为人要谨慎，仪表要恭肃，要辛勤做事，不能玷辱父母，还要把你的孩子教育好。

宛彼鸣鸠[1]，	那小小的斑鸠，
翰飞戾天[2]。	高高飞上青天。
我心忧伤，	我的心啊多忧伤，
念昔先人[3]。	追思逝去的祖先。
明发不寐[4]，	通宵达旦难入眠，
有怀二人[5]。	把我的父母怀念。
人之齐圣[6]，	诚敬聪明的人，
饮酒温克[7]。	饮酒温和有节制。
彼昏不知[8]，	那昏聩不明智的人，
壹醉日富[9]。	酒醉之后就放肆。
各敬尔仪[10]，	各人的容止要恭肃谨慎，
天命不又[11]。	天命不会降临二次。
中原有菽[12]，	平原田野里的豆子，
庶民采之[13]。	百姓采摘匆忙。
螟蛉有子[14]，	螟蛉的幼子，
蜾蠃负之[15]。	蜾蠃来孵化抚养。
教诲尔子，	教诲你的儿女，

式榖似之[16]。	让他们品德和你一样。

题彼脊令[17]，	看那鹡鸰，
载飞载鸣[18]。	边飞边鸣。
我日斯迈[19]，	我得每天奔走，
而月斯征[20]。	你得每月远行。
夙兴夜寐[21]，	要早起晚睡勤奋努力，
无忝尔所生[22]。	别玷辱养育你的人。

交交桑扈[23]，	飞来飞去的青雀，
率场啄粟[24]。	为啄粟粒满场绕。
哀我填寡[25]，	可怜我老病无依靠，
宜岸宜狱[26]。	还得把讼事来关照。
握粟出卜[27]，	手握粟米去占卜，
自何能榖[28]？	怎样才能得吉兆？

温温恭人[29]，	温和谦恭的人儿，
如集于木[30]；	像在树上栖身；
惴惴小心[31]，	既恐惧来又小心，
如临于谷[32]；	像向深谷走近；
战战兢兢[33]，	战战兢兢，
如履薄冰。	如同踩上薄冰。

[1] 宛(wǎn)：小的样子。鸣鸠：鸟名，即斑鸠，羽色背面灰褐，头颈及体下面灰白色、微红，颈后有黑色的半轮纹。

[2] 翰：高(飞)。戾(lì)：至。

[3] 先人：祖先。

[4] 明发：天亮。这里有通宵达旦的意思。寐：睡着。

[5] 二人：指父母。

[6] 齐(zhāi)：通"斋"。庄敬，诚敬。圣：聪明睿智，看得深远。

[7] 温(yùn)克：含蓄宽厚以自持。温：通"蕴"。克：自加克制。

[8] 昏：昏聩。知：智。

[9] 富：甚(依朱熹说)。

[10] 敬：恭肃。《说文》："敬，肃也。"仪：仪态。

[11] 又：复。不又：不会再来。

[12] 中原：原中。原：宽广平坦的地方。菽(shū)：豆的总称。

[13] 庶民：众人。

[14] 螟蛉(míng líng)：桑叶上的小青虫(依朱熹说)。

[15] 蜾蠃(guǒ luǒ)：蜂的一种，体青黑，细腰，常用泥土在墙上或树枝上做窝，捕捉螟蛉等小虫放在窝里，留作将来幼虫的食物，然后产卵，封闭窝口。古人错以为蜾蠃养螟蛉为己子。负：孵(依马瑞辰说)。

[16] 式：用。穀：善。似：通"嗣"。继承。

[17] 题(dì)：通"睇(dì)"。视。脊令(jí líng)：即鹡鸰。我国常见的为白脸鹡鸰，体小尾长，头黑额白，背黑色，腹部白色。飞行为波状，静止时常低昂其尾。常在水边捕食昆虫，是益鸟。

[18] 载……载……：又……又……，边……边……。

[19] 斯：则，乃。迈：行。

[20] 而：你。征：远行。

[21] 夙(sù)：早。兴：起来。

[22] 无：毋。忝(tiǎn)：辱。尔所生：生你的人。

[23] 交交：鸟飞来飞去的样子。桑扈(hù)：鸟名，又名窃脂，俗名青雀。嘴黄色，头部黑色，腹部和背部皆淡灰褐色，翼紫黑，中央有白条纹，脚淡黄褐色。

[24] 率(shuài)：循。场(cháng)：平坦的空地，农家翻晒粮食及脱粒的地方。粟：泛指谷物。

[25] 哀：可怜。《说文》："哀，闵也。"填(diān)："瘨"(diān)的假借字，

病。寡：老而无夫的人。这里泛指穷苦无靠的老人。

[26] 宜："且"字形近之讹。且，仍（依马瑞辰说）。岸：通"犴（àn）"。牢狱。狱：牢狱。乡亭之系曰犴，朝廷曰狱。这里犴狱都引申为诉讼。

[27] 粟：即糈（xǔ），祭神用的精米，占卜以后作为给卜人的报酬。

[28] 自：从。穀：善。

[29] 温温：表情柔和的样子。恭人：宽和谦恭的人。

[30] 集：栖止。木：树。

[31] 惴惴（zhuì zhuì）：恐惧担忧的样子。

[32] 临：走近。谷：山谷。

[33] 战战兢兢：见《小雅·小旻》注[29]。

小 弁

旧说周幽王立褒姒为后，立褒姒所生的伯服为太子，废掉了原来的太子宜臼，并准备杀掉他。宜臼忧虑万分，而作此诗。诗中的"君子"指周幽王。

弁彼鸒斯[1]，	快乐飞翔的寒鸦，
归飞提提[2]。	成群地飞回巢窝。
民莫不穀[3]，	人人的日子都好过，
我独于罹[4]。	唯独我愁眉紧锁。
何辜于天[5]？	哪里得罪了上天？
我罪伊何[6]？	我的罪过到底是什么？
心之忧矣，	心里忧愁啊，
云如之何[7]？	叫我真是莫奈何？
踧踧周道[8]，	平坦的王畿大道，

鞫为茂草[9]。	蔓延着茂密的荒草。
我心忧伤，	我心中的忧伤，
惄焉如捣[10]。	难受得像棍子在捣。
假寐永叹[11]，	和衣睡觉长叹气，
维忧用老[12]。	长年的悒郁催人老。
心之忧矣，	心里忧愁啊，
疢如疾首[13]。	火辣辣头痛实难熬。

维桑与梓[14]，	见了桑树和梓树，
必恭敬止[15]。	定然要毕恭毕敬。
靡瞻匪父[16]，	人无不敬仰父亲，
靡依匪母[17]；	无不依恋母亲；
不属于毛[18]，	谁不是父母的骨肉，
不离于里[19]。	谁不是父母所生？
天之生我，	上天生了我，
我辰安在[20]？	我的好日子何处寻？

菀彼柳斯[21]，	茂盛的柳树上，
鸣蜩嘒嘒[22]。	蝉声唧唧。
有漼者渊[23]，	深深的水潭边，
萑苇淠淠[24]。	芦荻摇曳。
譬彼舟流[25]，	像那船儿随水漂，
不知所届[26]。	不知要停在哪里。
心之忧矣，	心里发愁啊，
不遑假寐[27]。	顾不得打盹把眼闭。

鹿斯之奔[28]，	鹿在那里走跳，
维足伎伎[29]。	四只脚儿迅跑。
雉之朝雊[30]，	雄野鸡早上叫，
尚求其雌[31]。	准是把雌野鸡找。
譬彼坏木[32]，	就像一棵病树，
疾用无枝[33]。	因病没有枝条。
心之忧矣，	我心里的忧愁啊，
宁莫之知[34]！	难道没有人知道！
相彼投兔[35]，	看那投网的兔子，
尚或先之[36]。	尚且有人把它先放。
行有死人[37]，	路上躺的死人，
尚或墐之[38]。	尚且有人把他埋葬。
君子秉心[39]，	君子啊你的居心，
维其忍之[40]。	可真够残忍无良。
心之忧矣，	我的心多么悲伤啊，
涕既陨之[41]。	泪水滚滚往下淌。
君子信谗[42]，	君子听信谗言，
如或酬之[43]。	像有人向他敬酒。
君子不惠[44]，	君子不以仁慈为怀，
不舒究之[45]。	对坏话不从容追究。
伐木掎矣[46]，	砍树要拖住树梢，
析薪杝矣[47]。	劈柴要顺着纹路。
舍彼有罪[48]，	放过了真的罪犯，

予之佗矣[49]！	让我把罪名背负！
莫高匪山[50]，	高莫过于那青山，
莫浚匪泉[51]。	深莫过于那流泉。
君子无易由言[52]，	君子说话别随便，
耳属于垣[53]。	有耳贴墙边。
无逝我梁[54]，	别上我的石梁头，
无发我笱[55]。	别开我的捕鱼笱。
我躬不阅[56]，	我现在无所容身，
遑恤我后[57]！	怎顾得为身后担忧！

[1] 弁(pán)：快乐的样子。鷽(yù)：鸟名，又名鹎鶋(bēi jū)，即寒鸦。斯：助词，无义。

[2] 提提(shí shí)：群飞的样子。

[3] 穀：善。

[4] 于：助词，无义。罹(lí)：心忧。

[5] 辜(gū)：犯罪。

[6] 伊：是。

[7] 云：助词，无义。

[8] 踧踧(dí dí)：平坦的样子。周道：去周国的道路。

[9] 鞫：通"艽(qiú)"(依朱骏声说)。荒草蔓延。

[10] 惄(nì)：忧思伤痛。捣：用棍棒的一端撞击(参用朱熹说)。

[11] 假寐：和衣而睡。永：深长。

[12] 维：助词，无义。忧：作介词"用"的宾语，前置。用：因。

[13] 疢(chèn)：热病。如：连词，而。疾首：头痛。疾：痛。

[14] 梓(zǐ)：梓树，落叶乔木，开浅黄色花，木材可供建筑及制造器物之用。

[15] 恭敬：端庄而有礼貌。止：助词。

[16] 靡(mǐ)：不。瞻：敬仰。匪：非。

[17] 依：依恃。

[18] 属(zhǔ)：附着。毛：毛在外，指父。(参用《毛传》。)

[19] 离(lì)：附着。里：指母。(参用《毛传》。)

[20] 辰：好时日。安：哪里。

[21] 菀(yù)：通“郁”。草木茂盛的样子。斯：助词，无义。

[22] 蜩(tiáo)：蝉。嘒嘒(huì huì)：蝉鸣声。

[23] 漼(cuǐ)：水深的样子。渊：深潭。

[24] 萑(huán)：荻的别名，是苇的一种。苇：芦苇。淠淠(pèi pèi)：飘动貌。

[25] 譬(pì)：比方。流：随水漂流。

[26] 届：到。

[27] 遑：闲暇。

[28] 斯：助词，无义。

[29] 维：助词，无义。伎伎(qí qí)：奔走舒徐的样子。

[30] 雉(zhì)：野鸡。朝(zhāo)：早晨。雊(gòu)：野鸡叫。

[31] 尚：庶几。

[32] 坏：病。

[33] 疾：病。在这里作介词“用”的宾语，前置。用：因。

[34] 宁：难道。莫：没有人。

[35] 相(xiàng)：察看。投兔：指兔子投入罗网。

[36] 尚：尚且。或：有人。先之：先放掉它。

[37] 行(háng)：道路。

[38] 或：有人。墐(jìn)：通“殣”。掩埋。

[39] 秉心：存心，居心。秉(bǐng)：操持。

[40] 其：代词，指“君子”。忍：忍心，残忍。

[41] 涕：眼泪。陨(yǔn)：坠落。

[42] 谗(chán)：谗言，毁谤或挑拨离间的话。

[43] 或：有人。酬：向客人敬酒。之：代词，指“君子”。

[44] 惠：仁慈。

[45] 舒：迟缓；从容。究：追究。

[46] 掎(jǐ)：拖住。

[47] 析：劈柴。薪：木柴。杝(zhì)：顺着木理劈柴。
[48] 舍：舍弃，放过。有罪：有罪之人，这里指谗者。
[49] 予：我。之：指示代词，指"罪"。佗(tuó)：加。
[50] 匪：彼。
[51] 浚(jùn)：深。
[52] 无：毋。易：轻易。由：介词，于。
[53] 属(zhǔ)：接连。垣(yuán)：墙。
[54] 无：毋。逝：往，去。梁：见《齐风·敝笱》注[1]。
[55] 发：打开。笱：见《齐风·敝笱》注[1]。
[56] 躬：身体。阅：容纳。
[57] 遑：见本篇注[27]。恤(xù)：忧虑。

巧　言

一个周大夫伤于谗言，他用古圣王的贤能来批评当时天子(诗中称"君子")的昏庸，并愤怒地谴责了进谗的小人。

悠悠昊天[1]，	遥远宽广的上天啊，
曰父母且[2]。	应当做人的父母。
无罪无辜[3]，	人家本没有罪过，
乱如此怃[4]！	竟然遭此大祸！
昊天已威[5]，	上天实在太严苛，
予慎无罪[6]。	我确实没有罪过。
昊天泰怃[7]，	上天也太暴虐，
予慎无辜。	我确实毫无罪恶。

乱之初生，	祸乱萌芽之际，

僭始既涵[8]；	谗言得到包涵；
乱之又生，	乱子不断发生，
君子信谗。	君子听信谗言。
君子如怒[9]，	君子怒责谗人，
乱庶遄沮[10]；	乱子就被阻止；
君子如祉[11]，	君子嘉许贤人，
乱庶遄已[12]。	乱子立即消失。

君子屡盟，	君子屡次盟誓，
乱是用长[13]；	乱子因此增长；
君子信盗[14]，	君子相信坏人，
乱是用暴[15]。	乱子因此膨胀。
盗言孔甘[16]，	坏人之言甜蜜，
乱是用餤[17]；	乱子因此加剧；
匪其止共[18]，	不是他们专心供职，
维王之邛[19]。	而是对王有害无益。

奕奕寝庙[20]，	高大秀丽的寝庙，
君子作之[21]；	为君子所建造；
秩秩大猷[22]，	秩序井然的规章，
圣人莫之[23]。	圣人早计谋到。
他人有心[24]，	别人有心思，
予忖度之[25]；	我就能够揣测知道；
跃跃毚兔[26]，	奔跑的狡兔，
遇犬获之[27]。	遇到猎狗就被捕获了。

荏染柔木[28]，	柔嫩的小树，
君子树之[29]。	君子培育出。
往来行言[30]，	往来路人有言语，
心焉数之[31]。	听者心有数。
蛇蛇硕言[32]，	欺人的大话，
出自口矣；	从他口里出；
巧言如簧[33]，	尽说些漂亮话儿，
颜之厚矣[34]！	他脸皮真厚！

彼何人斯[35]，	那是什么人，
居河之麋[36]？	居住在河滨？
无拳无勇[37]，	没力气又没胆量，
职为乱阶[38]。	倒是致乱的祸根。
既微且尰[39]，	小腿生疮脚发肿，
尔勇伊何[40]？	你的勇气又如何？
为犹将多[41]，	欺骗搞得又大又多，
尔居徒几何[42]？	与你相处的人能有几个？

[1] 悠悠：遥远的样子。

[2] 曰：为。且(jū)：助词，无义。

[3] 辜：罪。

[4] 怃(hū)：通“幠(hū)”。大。

[5] 已：甚，太。威：严厉。

[6] 慎：诚(依《毛传》)。

[7] 泰：通“太”。怃(wǔ)：高傲。《尔雅·释言》：“怃，傲也。”应引申为暴虐、荒乱。

[8] 僭(jiàn)：通“谮(zèn)”。谗言。涵：包容；容纳。

[9] 怒：谴责。

[10] 庶：庶几，也许可以。遄(chuán)：速。《尔雅·释诂》："遄，速也。"沮(jǔ)：终止。

[11] 祉(zhǐ)：喜。谓见贤者之言喜而纳之。

[12] 已：止。

[13] 是用：因此。

[14] 盗：地位低贱的小人。

[15] 暴：猛烈。

[16] 孔：很。甘：甜。

[17] 餤(tán)：进，增加。

[18] 匪：非。其：代词，指"盗"。止：通"职"。职位，职守。作"共"的宾语。共：供其职守，尽职。

[19] 邛(qióng)：忧病。

[20] 奕奕(yì yì)：大貌。寝庙：古代统治阶级的宗庙有庙和寝两部分，庙是前面接神之处，寝是后面藏先祖衣冠之处。

[21] 作：建造。

[22] 秩秩：井然有序的样子。猷(yóu)：道，规章制度。

[23] 莫：通"谟"。谋划。

[24] 心：心思。

[25] 忖(cǔn)：揣测，思量。度(duó)：揣测，估计。

[26] 跃跃(tì tì)：同"趯趯"。跳得很快的样子。毚(chán)兔：狡兔。

[27] 获：擒获。"获"的主语是"犬"。之：代词，指"毚兔"。

[28] 荏(rěn)染：柔弱的样子。

[29] 树：种植。

[30] 行言：行道之言，路人之言。

[31] 焉：乃，则。数：辨(依朱熹说)。

[32] 蛇蛇(yí yí)：浅薄而自大的样子。硕：大。

[33] 巧言：漂亮话。簧：乐器里薄叶状的发声振动体。

[34] 颜：颜面。之：这。

[35] 彼：那。斯：助词，无义。

[36] 麋(méi)：通"湄(méi)"。河岸。

[37] 拳：力气。

[38] 职：祇(zhī)，只，仅仅(依马瑞辰说)。阶：因由。

[39] 微：通“癓(wēi)”。小腿生湿疮。尰(zhǒng)：同“瘇”(zhǒng)，脚肿。

[40] 尔：你。伊：助词，无义。

[41] 犹：欺诈。《广雅》：“犹，欺也。”将：大(依朱熹说)。

[42] 居：相处。徒：徒众。

何人斯

一位在官场倾轧中遭人暗算的卿士，听见两个原先的好友在门外说话而不见进来劝慰自己，马上怀疑他们就是谗害自己的小人。他愤怒地摆出三牲诅咒他们。

彼何人斯[1]？	那是什么人？
其心孔艰[2]。	居心太阴狠。
胡逝我梁[3]，	怎去我石梁，
不入我门？	不进我家门？
伊谁云从[4]？	随从谁行路？
维暴之云[5]。	随从那暴公。

二人从行[6]，	两人相随行。
谁为此祸？	哪个构此祸？
胡逝我梁，	怎去我石梁，
不入唁我[7]？	不来劝慰我？
始者不如今[8]，	当初可不像今日，

云不我可[9]。	不来肯定我。
彼何人斯？	那是什么人？
胡逝我陈[10]？	怎进我院门？
我闻其声，	只听他说话，
不见其身。	不见那本人。
不愧于人，	对人无愧心，
不畏于天。	对天不惶恐。
彼何人斯，	那是什么人，
其为飘风[11]？	就像起旋风？
胡不自北？	怎不从北走？
胡不自南？	怎不从南行？
胡逝我梁？	怎去我石梁？
祇搅我心[12]。	搅我心不宁。
尔之安行[13]，	说你缓行吧，
亦不遑舍[14]。	也无暇停留。
尔之亟行[15]，	说你疾驰吧，
遑脂尔车[16]？	又给车膏油？
壹者之来[17]，	你来这一趟，
云何其盱[18]！	使我添忧愁！
尔还而入[19]，	你返回时进门，
我心易也[20]。	我心就高兴。

还而不入，	返回不进门，
否难知也[21]。	难知你的心。
壹者之来，	你来这一趟，
俾我祇也[22]。	使我愁成病。
伯氏吹埙，	老大吹埙响，
仲氏吹篪[23]。	老二吹篪和。
及尔如贯[24]，	你我像手足，
谅不我知[25]。	难道不了解我。
出此三物[26]，	摆出三牲来，
以诅尔斯[27]！	咒你遭横祸！
为鬼为蜮[28]，	你是鬼怪还是妖精，
则不可得；	我就看不清；
有靦面目[29]，	只要你有人的脸皮，
视人罔极[30]。	我就可以把你辨认。
作此好歌，	我作这首歌，
以极反侧[31]。	就是穷究你的反侧之心。

[1] 彼：那。斯：助词，无义。

[2] 孔：很。艰：险恶。

[3] 胡：何。逝：往，去。梁：见《齐风·敝笱》注[1]。

[4] 伊：助词，无义。谁：作动词“从”的宾语。

[5] 暴：暴公，周王卿士。之：代词，复指“暴”。

[6] 从：跟随。

[7] 唁(yàn)：对遭遇不幸的人表示慰问。

[8] 者：指示代词，指时间。

[9] 可：认可，肯定。

[10] 陈：堂下至院门的通道。《尔雅·释宫》："堂途谓之陈。"

[11] 飘风：旋风，暴风。

[12] 祇（zhī）：恰巧。搅：扰乱。

[13] 之：助词，无义。安：徐（依朱熹说）。

[14] 遑（huáng）：闲暇。舍（shè）：休息，停留。

[15] 亟（jí）：急切。

[16] 脂：这里用作动词，膏（gào），为车搽油。

[17] 壹：一。

[18] 盱（xū）：忧愁。《尔雅·释诂》："盱，忧也。"

[19] 还：返回。

[20] 易：和悦。

[21] 否：助词，无义。

[22] 俾（bǐ）：使。祇（qí）：通"疷（qí）"。忧愁成病。

[23] 伯氏吹埙（xūn），仲氏吹篪（chí）：伯仲，兄弟的次第。氏，指人。埙，古代吹奏的乐器，土制，大如鹅卵，形似秤锤，六孔。篪，古代吹奏的乐器，竹制，单管横吹。埙篪两种乐器合奏，声音和谐。

[24] 及：与。贯：连属（zhǔ）。

[25] 谅：诚（依朱熹说）。

[26] 三物：指犬、鸡、豕。祭神用的"三牲"。

[27] 诅（zǔ）：祈求鬼神加祸于敌对的人。斯：助词，无义。

[28] 蜮（yù）：古代传说的一种能含沙射人的动物。

[29] 靦（tiǎn）：人面之貌。

[30] 罔极：没有尽头。罔：无。极：尽头。

[31] 极：穷究。反侧：反复无常，不正直。

巷　伯

依王肃说，巷是宫内道名，伯就是长，巷伯即宫内门巷之长官名。

巷伯即诗中自称的“寺人孟子”，他遭到小人诬陷，悲愤地赋成此诗，表现了作者对于谗佞的深恶痛绝之情。

萋兮斐兮[1]，	各色的花纹相错综，
成是贝锦[2]。	做成贝纹的织锦。
彼谮人者[3]，	那个诬陷别人的家伙，
亦已太甚！	做事也太阴狠！
哆兮侈兮[4]，	张开口啊张大嘴，
成是南箕[5]。	成了南天的簸箕。
彼谮人者，	那个害人的家伙，
谁适与谋[6]！	谁喜欢跟他商议！
缉缉翩翩[7]，	切切低语来往频，
谋欲谮人。	一心只想诬陷人。
慎尔言也[8]，	劝你说话要慎重，
谓尔不信[9]。	否则别人不相信。
捷捷幡幡[10]，	能言善辩口悬河，
谋欲谮言。	一心图谋坑害我。
岂不尔受[11]？	上面怎不听你说？
既其女迁[12]！	可你不久要招祸！
骄人好好[13]，	小人得志喜不自禁，
劳人草草[14]。	好人被诬满脸愁云。

苍天苍天，	苍天啊苍天，
视彼骄人[15]，	你看看那得意的小人，
矜此劳人[16]。	怜悯我这不幸的愁人。
彼谮人者，	那个诬陷人的家伙，
谁适与谋！	谁爱跟他商量！
取彼谮人[17]，	抓住那个坏家伙，
投畀豺虎[18]。	投给虎豹豺狼。
豺虎不食，	豺狼虎豹不吃，
投畀有北[19]。	丢到寒冷的北方。
有北不受，	北方不接受，
投畀有昊[20]。	把他扔到天上。
杨园之道[21]，	杨园的道路，
猗于亩丘[22]。	横穿山坡地。
寺人孟子[23]，	我内官孟子，
作为此诗[24]。	悲愤写此诗。
凡百君子[25]，	请正人君子，
敬而听之[26]。	倾听我心志。

[1] 萋(qī)斐(fěi)：文采错杂的样子。萋通“缕”。《广韵》：“缕斐，文章相错貌。”

[2] 是：此。贝锦：有贝形彩色花纹的丝织品。

[3] 彼：那。谮(zèn)：说坏话诬陷别人。

[4] 哆(chǐ)：张口。侈(chǐ)：大。

[5] 箕(jī)：箕宿，二十八宿之一，有四颗星，古人将它们联系起来想象成

为簸箕形。箕宿和斗宿同出现于南方天空时，箕宿在南，斗宿在北。《史记·天官书》："箕主口舌。"

[6] 适(shì)：悦(依马瑞辰说)。

[7] 缉缉：通"咠咠(qī qī)"。交头接耳私语的声音。翩翩：往来不息的样子。

[8] 慎：当心。尔：指谗人。

[9] 谓：认为。信：诚实。

[10] 捷捷：巧辩的样子。幡幡：反复进言的样子。

[11] 尔：作动词"受"的宾语。受：接受。

[12] 既：不久之后。其：将。女：汝，作动词"迁"的宾语。迁：移及；转移。

[13] 骄人：骄傲得志的小人。好好：喜悦的样子。

[14] 劳人：忧虑之人(参用马瑞辰说)。草草：劳心的样子。

[15] 视：看，审察。

[16] 矜(jīn)：怜悯，同情。

[17] 取：拿。

[18] 畀(bì)：给。

[19] 有：名词词头。北：北方寒冷不毛之地。

[20] 昊(hào)：指天。

[21] 杨园：园名。道：路。

[22] 猗：通"倚"。倚，依。亩丘：小高地。《释名·释丘》："亩丘，丘体满一亩之地也。"

[23] 寺人：宫内的近侍小臣。孟子：寺人的名字。

[24] 为：赋。

[25] 凡：所有的。百：众多。

[26] 敬：慎。

谷　风

这是一首"弃妇诗"。被遗弃的女子数落没良心的男子。第一、二章以谷风习习比喻二人恩爱，以风吹雨淋比喻关系恶化。第三章说东风吹来，草木滋生；然而草是会枯死的，叶是会陨落的，你不想我的许多恩爱，却记住一点不愉快的事情，是不公平的。

习习谷风[1]，	东风和煦吹，
维风及雨[2]。	风吹雨淅沥。
将恐将惧[3]，	危难忧患时，
维予与女[4]；	只有我亲附你；
将安将乐，	平安快乐时，
女转弃予[5]。	你反把我抛弃。

习习谷风，	东风和煦吹，
维风及颓[6]。	风吼雷声起。
将恐将惧，	危难穷苦时，
寘予于怀[7]；	抱我在怀里；
将安将乐，	平安快乐时，
弃予如遗[8]。	弃我如敝屣。

习习谷风，	东风和煦吹，
维山崔嵬[9]。	风吹遍山顶。
无草不死，	无草不枯死，
无木不萎。	无叶不黄陨。
忘我大德[10]，	忘我大恩德，
思我小怨。	记我小怨恨。

[1] 习习：风柔和的样子。谷风：东风。《尔雅·释天》："东风谓之谷风。"

[2] 维：句首语气词。

[3] 将："当"的假借字(依朱骏声说)。

[4] 与：亲附。女：汝。

[5] 转：反。

[6] 颓：通"䨨(zhuī)"。雷(依闻一多说)。

[7] 寘：同"置"。

[8] 遗：丢掉。

[9] 崔嵬：山巅。

[10] 德：恩惠。

蓼 莪

一个穷人终年劳累也不能养活父母。他哀叹自己太穷，不能报答父母养育之恩。

蓼蓼者莪[1]，	高高的是莪蒿，
匪莪伊蒿[2]。	不是莪蒿，是蒿草。
哀哀父母[3]，	可怜父母亲，
生我劬劳[4]。	养我真辛劳。
蓼蓼者莪，	高高的是莪蒿，
匪莪伊蔚[5]。	不是莪蒿，那是蔚。
哀哀父母，	可怜父母亲，
生我劳瘁[6]。	养我真劳累。

瓶之罄矣[7]，	酒瓶空荡荡，
维罍之耻[8]。	酒瓮愧难当。
鲜民之生[9]，	孤子活在世，
不如死之久矣。	不如早死亡。
无父何怙[10]？	没爹仰赖谁？
无母何恃？	没娘怎依仗？
出则衔恤[11]，	出门怀忧伤，
入则靡至[12]。	进门空荡荡。
父兮生我，	爹曾喂养我，
母兮鞠我[13]，	娘曾养育我，
拊我畜我[14]，	抚爱供饭食，
长我育我[15]，	培育我生长，
顾我复我[16]，	照管真忙碌，
出入腹我[17]。	出入抱着我。
欲报之德[18]，	想报爹娘大恩德，
昊天罔极[19]。	恩德如天大无边。
南山烈烈[20]，	南山突兀起，
飘风发发[21]。	暴风呼啸过。
民莫不穀[22]，	人人生活好，
我独何害[23]！	为何独我遇灾祸！
南山律律[24]，	南山多险峻，
飘风弗弗[25]。	暴风真强劲。

民莫不穀，　　　　人人光景好，
我独不卒[26]。　　　独我不得尽孝心。

[1] 蓼蓼(lù lù)：又长又大的样子。莪(é)：植物名，即莪蒿，多年生草本，生在水田里，叶嫩时可食。莪蒿在这里比喻美菜。

[2] 匪：非。伊：是。蒿：植物名，即青蒿，两年生草本。青蒿在这里比喻贱草。第二章"蔚"义同此。

[3] 哀哀：可怜。《说文》："哀，闵也。"

[4] 劬(qú)劳：辛苦。

[5] 蔚(wèi)：植物名，即牡蒿，多年生草本。

[6] 劳瘁：劳累。

[7] 瓶：盛酒的容器，供斟酌。罄(qìng)：空，尽。

[8] 罍(léi)：盛酒的大容器，可装十斗。耻(chǐ)：羞愧。

[9] 鲜(xiǎn)：孤，指父母死去。

[10] 怙(hù)：依仗。下句"恃"义同此。

[11] 衔恤：心怀忧愁。恤：忧愁。

[12] 靡：没。至：到。这句是说进门无所归依。

[13] 鞠(jū)：养育。

[14] 拊：抚摸。畜：养育。

[15] 育：培育。

[16] 顾：照管。复：往来，指为了照管婴儿而忙碌。

[17] 腹：怀抱。

[18] 之：他们。

[19] 昊(hào)天：天。罔：无。极：穷，尽。

[20] 烈烈：高峻貌。

[21] 飘风：旋风，暴风。发发(bō bō)：风疾吹声。

[22] 穀：善。

[23] 害：祸害，灾祸。

[24] 律律：同"烈烈"。

[25] 弗弗：同"发发"。

[26] 卒：终，指终养父母。

大 东

旧说谭(周时国名,故城在今山东省济南市历城区东南)大夫由于各诸侯国向周王朝不断纳贡服役,自己国家的人民也困于役而伤于财,而周王朝政治十分昏暗,整个西周社会阶级关系在剧烈变动,凡此种种,都使他悲感交集,故作此诗以咏其志。后三章说天上星汉灿烂,并不能减轻我们的苦难。相反,箕宿的底牢固,斗宿的柄向西,仿佛在为周王朝继续盘剥各国人民帮忙似的。

有饛簋飧[1],	饭盒里熟食盛满,
有捄棘匕[2]。	枣木的饭勺儿弯弯。
周道如砥[3],	西去的大道如砥石平,
其直如矢[4]。	这条大道啊直如箭。
君子所履[5],	贵族老爷从上面走,
小人所视[6]。	小百姓们跟后边。
睠言顾之[7],	回过头来把大道望,
潸焉出涕[8]。	禁不住涕泪涟涟。
小东大东[9],	东方的大小各邦,
杼柚其空[10]。	织机上纱线早用光。
纠纠葛屦,	丝绒缠绕的葛麻鞋,
可以履霜[11]。	竟可以踩雪踏霜。
佻佻公子[12],	轻佻的世家公子,
行彼周行[13]。	走在这西去大路上。

既往既来[14]，	看见他去而又来，
使我心疚[15]。	使得我心中忧伤。
有冽氿泉[16]，	旁出的凛冽的清泉，
无浸获薪[17]。	别浸泡着割下的柴草。
契契寤叹[18]，	睡不着啊连声哀叹，
哀我惮人[19]。	怜悯我国人疲劳。
薪是获薪[20]，	把这割倒的薪当柴草，
尚可载也[21]。	尚可装车拉回蓄积。
哀我惮人，	可怜我劳累的国人，
亦可息也[22]。	也应当休养生息。
东人之子[23]，	东方各国的臣民，
职劳不来[24]；	只是劳苦不受抚慰；
西人之子[25]，	西方京师的青年，
粲粲衣服[26]。	衣服华丽鲜美。
舟人之子[27]，	周朝世臣后裔，
熊罴是裘[28]；	只求猎获熊罴；
私人之子[29]，	私家仆隶子孙，
百僚是试[30]。	占据百官高位。
或以其酒[31]，	有人享用美酒，
不以其浆；	还说这不是酒浆；
鞙鞙佩璲[32]，	有人佩着瑞玉，
不以其长。	还说带子不够长。

维天有汉[33]，	天上银河一条，
监亦有光[34]。	看它发出亮光。
跂彼织女[35]，	织女三星成角，
终日七襄[36]。	每天织纹七行。
虽则七襄，	虽说每天七行，
不成报章[37]。	不能反复织成锦章。
睆彼牵牛[38]，	牵牛星虽明亮，
不以服箱[39]。	不能用来驾车箱。
东有启明，	早晨东方启明星闪闪，
西有长庚[40]。	傍晚西天长庚星放光。
有捄天毕[41]，	毕宿一柄两岔，
载施之行[42]。	都只排列成行。
维南有箕[43]，	南方有箕星，
不可以簸扬。	不能用它来簸扬。
维北有斗[44]，	北方有斗星，
不可以挹酒浆[45]。	不能用来舀酒浆。
维南有箕，	南方有箕星，
载翕其舌[46]；	口舌吸向上；
维北有斗，	北方有斗星，
西柄之揭[47]。	高举斗柄往西向。

[1] 饛(méng)：容器装满的样子。簋(guǐ)：古代祭祀时盛黍稷的圆形器物。飧(sūn)：熟食。

[2] 捄(qiú)：弯曲的样子。棘匕(jí bǐ)：用枣木做的饭勺。棘：这里指枣木。匕：饭勺。

[3] 周道：去周国的道路。砥(dǐ)：平平的磨刀石。

[4] 矢：箭。

[5] 所：代词，用在动词前，代“周道”。履：走过。

[6] 视：仿效。《广雅》：“视，效也。”

[7] 睠(juàn)：回头久看的样子。言，形容词词尾。顾：回头看。之：指“周道”。

[8] 潸(shān)：流泪的样子。焉：形容词词尾。涕：眼泪。

[9] 小东：东方小国。大东：东方大国。(依朱熹说)

[10] 杼柚(zhù zhóu)：指织布机。杼：织布机上的筘(kòu)，经线从筘齿间通过，它的作用是把纬线推到织口。柚：织布机上固定经线的部分。

[11] 纠纠葛屦，可以履霜：见《魏风·葛屦》注[2]。

[12] 佻佻：轻薄不耐劳苦的样子。公子：诸侯的贵臣。

[13] 周行：大道。

[14] 既：已然，表示动作完成。

[15] 疚(jiù)：痛苦。

[16] 有：形容词词头。冽(liè)：寒冷的样子。氿(guǐ)泉：从旁出的泉。

[17] 无：毋。浸：泡。获：割倒。薪：柴草。

[18] 契契：忧苦的样子。寤：醒。

[19] 哀：怜悯。惮：通“瘅(dàn)”。劳累致病。

[20] 第一个“薪”，意动词，以“是获薪”为薪。是：指示代词。指“获薪”。

[21] 载(zài)：用车装。

[22] 亦：也。可：应当。息：休息。

[23] 东人：东方诸侯国的人。

[24] 职：祇(zhī)，只，仅仅。来(lài)：慰劳。

[25] 西人：周王国的人。

[26] 粲粲：华丽的样子。

[27] 舟人：大人，指周朝的世臣。舟：通“周”，大(依马瑞辰说)。

[28] 裘：通“求”。

[29] 私人：私家奴仆。

[30] 僚：官。是：指示代词，作“试”的宾语，复指“百僚”。试：用。《说文》：“试，用也。”

[31] 或：有人。这里指“私人之子”占据高位者。以：用。

[32] 鞙鞙(xuàn xuàn)：佩玉貌。璲(suì)：瑞玉。

[33] 汉：银河，是由无数小星聚成的淡云似的带状天体。

[34] 监：视。

[35] 跂(qì)：分列角隅貌。织女：星名，有三颗星，属天琴座，形如等边三角形，居于银河北面。

[36] 七襄(xiāng)：织女星每天自卯时至酉时七个时辰，移动七格，就像织的锦纹有七。襄：反复移动，变更位置。

[37] 报：反复，往来。章：彩色图案。《考工记》：“赤与白谓之章。”这里指织锦。

[38] 睆(huàn)：星星明亮的样子。牵牛：星名，有三颗星，属天鹰座，居于银河南面，与银河北面的织女星相对。

[39] 以：用。服：驾。箱：车箱。

[40] 启明：金星黎明见于东方叫启明。长庚：金星黄昏见于西方叫长庚。

[41] 捄(qiú)：长而弯曲的样子。天毕：指毕宿，二十八宿之一，有六颗星，形状如毕。毕是田猎之网。朱骏声：“毕星一柄两歧。”

[42] 载：助词，无义。施：陈设。行：行列。

[43] 箕(jī)：箕宿，二十八宿之一，有四颗星，古人联系起来想象成为簸箕形。

[44] 斗：斗宿，二十八宿之一，有六颗星(非北斗七星)，古人联系起来想象成为斗形。斗，古时的舀酒之器，有斗身，有斗柄。箕、斗二宿同出现于南方天空时，箕宿在南，斗宿在北。

[45] 挹(yì)：舀。

[46] 翕(xī)：吸引，收缩。舌：簸箕盛物的部分。这里指箕宿四星当中的空间。

[47] 柄：斗柄。揭：上举。

四　月

旧说这是一个周大夫在慨叹自己的不幸遭遇。第一、二、三章说自己受尽苦难，忧烦成疾。第四、五、六章埋怨执政者昏聩凶残，自己动辄得咎。第七、八章哀叹自己无法脱离困境，只好借诗诉说哀伤。

四月维夏[1]，	四月立了夏，
六月徂暑[2]。	六月热难当。
先祖匪人[3]？	祖先不是人？
胡宁忍予[4]！	竟让我受灾殃！
秋日凄凄[5]，	秋天凉风起，
百卉具腓[6]。	百草渐枯萎。
乱离瘼矣[7]，	忧烦积成病，
爰其适归[8]？	我往何处归？
冬日烈烈[9]，	冬日风凛冽，
飘风发发[10]。	狂风呼啸急。
民莫不穀[11]，	别人都好过，
我独何害[12]？	怎只我受祸？
山有嘉卉[13]，	山上草木美，
侯栗侯梅[14]。	栗梅遍山窝。
废为残贼[15]，	在位者惯为凶残事，

莫知其尤[16]。	没人知道他罪过。
相彼泉水[17]，	看那泉水淌，
载清载浊。	时清时浑浊。
我日构祸[18]，	我每日遭祸患，
曷云能穀[19]？	怎能得好过？
滔滔江汉[20]，	滔滔江汉水，
南国之纪[21]。	南国众水归。
尽瘁以仕[22]，	尽心竭力做，
宁莫我有[23]。	竟不善待我。
匪鹑匪鸢[24]，	那些老雕和鹞鹰，
翰飞戾天[25]；	高飞上青天；
匪鳣匪鲔[26]，	那些鲟鱼和鲔鱼，
潜逃于渊[27]。	潜水进深渊。
山有蕨薇[28]，	山上生蕨薇，
隰有杞桋[29]。	洼地杞桋长。
君子作歌[30]，	君子作此歌，
维以告哀[31]。	借以诉哀伤。

[1] 四月：指夏历四月。下句“六月”同。维：助词，无义。

[2] 徂(cú)：始(依郑玄说)。暑：热。

[3] 先祖：祖先。匪：通“非”。

[4] 胡：何。宁：竟。忍：残刻。予：我。

[5] 凄凄：凉风。

[6] 卉：草的总称。腓(féi)：枯萎。

[7] 乱：祸乱。离：通“罹”(lí)。忧患。瘼(mò)：病。

[8] 爰：何处(依闻一多说)。适：往。

[9] 烈烈：等于说凛冽。

[10] 飘风发发：见《小雅·蓼莪》注[21]。

[11] 穀：善。

[12] 害：祸害。

[13] 嘉：美好。

[14] 侯：助词，无义。

[15] 废：习惯于。为：做。残贼：残贼之事。

[16] 莫：没有人。其：代词，指执政者。尤：过失。

[17] 相(xiàng)：看。

[18] 日：每日。构：通“遘”。遭遇。祸：灾难。

[19] 曷：何，怎么。云：助词，无义。

[20] 江：长江。汉：汉水。

[21] 南国：指中国南方。纪：纲。这句意思是江汉二水是南方众水的纲纪。

[22] 尽瘁：尽力劳苦。仕：通“事”。

[23] 宁：见本篇注[4]。莫：不。有：通“友”。相亲。

[24] 匪：彼。鹑(tuán)：通“鷻(tuán)”。雕，一种猛禽。鸢(yuān)：鹞鹰。

[25] 翰：高(飞)。戾(lì)：至。

[26] 鳣(zhān)：鱼名，即鲟鱼，身体呈纺锤形，长自六七尺至两丈不等。鲔(wěi)：鱼名。与鳣类似。

[27] 渊：深水，深潭。

[28] 蕨(jué)：植物名，多年生草本，野生，嫩时可吃，地下茎可制淀粉。薇(wēi)：植物名，一年或二年生草本植物，又叫巢菜或野豌豆，花紫红色，种子可吃。

[29] 隰(xí)：低湿的地方。杞(qǐ)：枸(gǒu)杞，落叶灌木，夏天开花。果实红色，叫枸杞子，可以入药。桋(yí)：植物名，又名赤楝(sù)，常绿乔木，木材细密坚韧，可作车辋。

[30] 君子：诗人自指。

[31] 维：句首语气词，只，只是。告：诉说。哀：忧伤。

北山之什

北　山

一个苦于劳役的人在抱怨世上的事情不公平。从这首诗可以看出当时阶级对立的情况。

陟彼北山[1]，	登那北山上，
言采其杞[2]。	采摘枸杞子。
偕偕士子[3]，	我的身体壮，
朝夕从事[4]。	朝夕做公事。
王事靡盬[5]，	官差没个完，
忧我父母[6]。	父母怎度日？
溥天之下[7]，	普天之下，
莫非王土；	哪儿不是大王的土地；
率土之滨[8]，	四海之内，
莫非王臣[9]。	哪个不是大王的臣民。
大夫不均[10]，	执政的大夫不公平，
我从事独贤[11]。	唯我工作最多最艰辛。
四牡彭彭[12]，	四匹雄马行道上，
王事傍傍[13]。	官差纷繁日夜忙。

嘉我未老[14]，	看中我还不算老，
鲜我方将[15]，	喜欢我的身子壮，
旅力方刚[16]，	夸奖我膂力强，
经营四方[17]。	差遣我办事走四方。
或燕燕居息[18]，	有人安逸地在家休息，
或尽瘁事国[19]。	有人为国事耗尽精力。
或息偃在床[20]，	有人悠闲地躺在床上，
或不已于行[21]。	有人奔波忙碌苦难当。
或不知叫号[22]，	有人不知人间有烦恼，
或惨惨劬劳[23]。	有人劳苦在外心惆怅。
或栖迟偃仰[24]，	有人游手好闲多逍遥，
或王事鞅掌[25]。	有人官差紧催日夜忙。
或湛乐饮酒[26]，	有人沉湎美酒寻欢作乐，
或惨惨畏咎[27]。	有人提心吊胆怕犯过错。
或出入风议[28]，	有人出入宫门纵横议论，
或靡事不为[29]。	有人事无大小什么都做。

[1] 陟(zhì)：登上。

[2] 言：动词词头，无义。杞(qǐ)：枸杞。参见《小雅·四月》注[30]。

[3] 偕偕(xié xié)：强壮的样子。士子：诗人自指。

[4] 从事：等于说治事。从：参与其事。

[5] 王事靡盬：见《唐风·鸨羽》注[3]。

[6] 忧：为……发愁。

[7] 溥(pǔ)：普遍。

[8] 率：循。土："王土"。之：往，到。滨：海滨。

[9] 臣：王的下属，包括官吏和百姓。

[10] 均：平均，均匀。

[11] 贤：劳苦。《广雅・释诂》："贤，劳也。"

[12] 牡：雄畜，这里指公马。彭彭：行进貌。

[13] 傍傍(bēng bēng)：没完没了的意思。

[14] 嘉：喜欢，看上。《尔雅・释诂》："嘉，善也。"

[15] 鲜：同嘉。《尔雅・释诂》："鲜，善也。"方：正当。将：壮。

[16] 旅：通"膂"。刚：强。《尔雅・释诂》："刚，强也。"

[17] 经营：规划治理；奔走劳作。

[18] 或：代词，有的人。燕燕：安逸貌。

[19] 尽瘁：尽力劳苦。国：这里实际上指统治者。

[20] 偃(yǎn)：仰卧。

[21] 已：止。行(háng)：道路。

[22] 叫号：呼喊。

[23] 惨惨：忧愁貌。劬(qú)劳：劳累。劬：辛苦。

[24] 栖迟：叠韵联绵词。游息。

[25] 鞅掌：叠韵联绵词。烦劳。

[26] 湛(dān)：通"媅(dān)"。欢乐。

[27] 咎(jiù)：罪过。

[28] 风(fěng)：同"讽"。微言劝告。

[29] 靡(mǐ)：无。

无将大车

旧说这是一位周大夫自叹与小人共事，徒然遭受忌害，忧思万端，苦无出路，只好劝慰自己，干脆不想这些，过一天算一天。

无将大车[1]，	别扶大车走，
祇自尘兮[2]。	不然招尘土。
无思百忧，	别想忧患事，
祇自疧兮[3]。	徒然乱心曲。

无将大车，	别扶大车走，
维尘冥冥[4]。	濛濛飞灰尘。
无思百忧，	别想忧患事，
不出于熲[5]。	越想越烦闷。

无将大车，	别扶大车走，
维尘雍兮[6]。	尘埃漫天舞。
无思百忧，	别想忧患事，
祇自重兮[7]。	身心白受苦。

[1] 无：通“毋”。不要。将(jiāng)：扶。大车：牛车(参用朱熹说)。

[2] 祇(zhī)：只，仅仅。尘：用作动词，当尘埃污染讲。

[3] 疧(qí)：病。

[4] 冥冥：昏晦。

[5] 熲(jiǒng)：光亮。此句谓不得出于光明之道。

[6] 雍：通“壅”，遮蔽。

[7] 重(chóng)：劳累，拖累。

小　明

一位被贬职到荒远地方去的官吏，从二月初到岁暮，政事纷繁，不知归期。他感到屈辱,又不敢表现出来。他想念朝中要好的同僚。他知道同僚也在想念他。无可奈何,只有祝愿他们勤谨供职,爱护忠良,不要让更多的志士仁人像自己一样再被贬职。

明明上天[1], 明察的上天,
照临下土[2]。 俯视着人间。
我征徂西[3], 我向西远行,
至于艽野[4]。 来到这荒原。
二月初吉[5], 从二月初起,
载离寒暑[6]。 历夏暑冬寒。
心之忧矣, 心中多隐忧,
其毒大苦[7]。 痛苦更难言。
念彼共人[8], 思念朝中友,
涕零如雨[9]。 泪如雨涟涟。
岂不怀归[10]? 难道不想回?
畏此罪罟[11]。 法网难触犯。

昔我往矣[12], 我离朝廷日,
日月方除[13]。 旧岁才刚去。
曷云其还[14]? 何时能回朝?
岁聿云莫[15]。 今年又快完。
念我独兮, 念我孤身客,
我事孔庶[16]。 政事又纷繁。
心之忧矣, 心中多忧愁,
惮我不暇[17]。 勤苦不得闲。

念彼共人，	思我朝中友，
睠睠怀顾[18]。	每每回头看。
岂不怀归？	难道不想回？
畏此谴怒[19]。	就怕受责难。
昔我往矣，	昔日我走时，
日月方奥[20]。	日暖风也柔。
曷云其还？	何时才能回？
政事愈蹙[21]。	政事更迫促。
岁聿云莫，	今年已快完，
采萧获菽[22]。	采萧又收豆。
心之忧矣，	心中如汤煮，
自诒伊戚[23]。	自己添痛苦。
念彼共人，	想我朝中友，
兴言出宿[24]。	起床出房走。
岂不怀归？	难道不想回？
畏此反覆[25]。	就怕挨报复。
嗟尔君子[26]，	啊！各位同僚，
无恒安处[27]。	不要安逸居处。
靖共尔位[28]，	安心地供奉职位，
正直是与[29]。	把正人君子赞助。
神之听之[30]，	上帝得知这些，
式穀以女[31]。	会赐给你们福禄。

嗟尔君子，	啊！各位同僚，
无恒安息[32]。	莫把日月虚度。
靖共尔位，	安心地供奉职位，
好是正直[33]。	要把那忠良爱护。
神之听之，	上帝得知这些，
介尔景福[34]。	会多给你们赐福。

[1] 明明：明察貌。

[2] 照：察看。临：居上视下。土：地。

[3] 征：远行。徂（cú）：往。

[4] 艽（qiú）野：远荒之地。《说文》："艽，远荒也。"

[5] 二月：指夏历（今称阴历）二月。初吉：指自朔（阴历每月初一）至上弦（阴历每月初八前后）的一段时间。

[6] 离：经历。寒暑：冬寒夏暑。

[7] 毒：毒物，毒药。大（tài）：同"太"。苦：味苦。言心中如有药毒。

[8] 念：常思。彼：那。共人：恭慎之人，指僚友。共，通"恭"。

[9] 涕：泪。零：落。

[10] 怀：思念。

[11] 罟（gǔ）：网。罪罟：法网。

[12] 昔：从前。往：去。

[13] 日月：一年的光阴。除：去。《广雅・释诂》："除，去也。"

[14] 曷：何时。云：助词，无义。其：将。

[15] 岁：一年。聿：助词，无义。莫："暮"的本字。日落的时候。

[16] 孔：甚。庶：众多。

[17] 惮（dàn）：通"瘅"。劳苦。暇：空闲。

[18] 睠睠（juàn juàn）：反顾的样子。顾：回头看。

[19] 谴（qiǎn）：责备，谴责。怒：谴责。

[20] 奥（yù）：通"燠"。暖。

[21] 蹙（cù）：紧迫。

[22] 萧：见《王风・采葛》注[2]。获：收。菽：豆。

[23] 诒(yí):给。伊:此。戚:忧患,悲哀。

[24] 兴:起,起床。宿:宿处。

[25] 反覆:变动无常,指意外的报复。

[26] 嗟:叹词。尔:你。君子:指僚友。

[27] 无:毋。恒:常。安:逸乐。处:休息。

[28] 靖:安静,专一。共:通“供”。位:职位。

[29] 正直:正直的人。是:代词,复指“正直”。与:帮助,援助。

[30] 神之听之:第一个“之”,助词,无义。第二个“之”,代词,作谓语“听”的宾语。

[31] 式:用。穀:禄位,俸禄。以:与。女:汝。

[32] 息:歇止,休息。

[33] 好(hào):爱,喜欢。

[34] 介:给予。景:大。

鼓　钟

这首诗写作者在淮水边上听到钟鼓琴瑟之声、宗庙之乐,思念淑人君子,心里感到悲伤。

鼓钟将将[1],	敲钟声锵锵,
淮水汤汤[2],	淮水翻波浪,
忧心且伤。	心中真忧伤。
淑人君子[3],	正人君子啊,
怀允不忘[4]。	诚信不曾忘。
鼓钟喈喈[5],	钟声响喈喈,
淮水湝湝[6],	淮水涌洪波,

忧心且悲[7]。	心中哀愁多。
淑人君子，	正人君子啊，
其德不回[8]。	品行无奸邪。
鼓钟伐鼛[9]，	撞钟敲大鼓，
淮有三洲[10]，	淮水浮三洲，
忧心且妯[11]。	心中多哀愁。
淑人君子，	正人君子啊，
其德不犹[12]。	品行无诈诬。
鼓钟钦钦[13]，	敲钟声钦钦，
鼓瑟鼓琴，	奏瑟又弹琴，
笙磬同音[14]。	笙磬配和声。
以雅以南[15]，	雅乐南乐起，
以籥不僭[16]。	籥舞好齐整。

[1] 鼓：敲击，有时作弹奏解。将将（qiāng qiāng）：钟声。

[2] 淮水：今称淮河，源出河南省，流经安徽、江苏的北部。汤汤（shāng shāng）：大水疾流的样子。

[3] 淑：善。《尔雅 · 释诂》："淑，善也。"

[4] 怀：心存。允：诚信。《尔雅 · 释诂》："允，信也，诚也。"

[5] 喈喈（jiē jiē）：钟声。

[6] 湝湝（jiē jiē）：大水疾流的样子。

[7] 悲：哀痛，伤心。

[8] 德：品行，作风。回：邪僻。

[9] 伐：击。鼛（gāo）：大鼓。

[10] 洲：水中的陆地。

[11] 妯(chōu)：动，不平静。

[12] 犹：欺诈。

[13] 钦钦(qīn qīn)：钟声。

[14] 磬(qìng)：古代乐器，用石或玉做成。同音：乐声和谐。

[15] 以：为(依《毛传》)。雅：雅乐，古正乐，统治者祭祀、朝会时所用的音乐。南：西夷之乐(依《毛传》)。

[16] 籥(yuè)：籥舞(依朱熹说)，古代的一种舞蹈，又叫文舞。僭(jiàn)：乱。

楚 茨

这是一首完整地记录宗庙祭祀的诗歌。第一章是说庄稼丰收，酿酒作食，准备祭祀。第二章是宰割牛羊，做成肴馔，陈列祭坛，祝师向神灵祈祷。第三章是大宴宾客。第四章是祝师向人们传达神灵的旨意。第五章是奏乐送神，宴飨亲族。第六章是亲人互相祝福，要把好日子永远过下去。

楚楚者茨[1]，	丛生茂密的蒺藜，
言抽其棘[2]。	把它们都已除去。
自昔何为[3]？	为什么先得这样？
我艺黍稷[4]。	我要种高粱、小米。
我黍与与[5]，	我的谷子茂密，
我稷翼翼[6]。	我的高粱整齐。
我仓既盈[7]，	我的谷仓装满，
我庾维亿[8]。	我的粮囤充溢。
以为酒食[9]，	用来酿酒做食，

以享以祀[10]。　　用在宗庙享祭。
以妥以侑[11]，　　用来祭神敬酒，
以介景福[12]。　　用来祈求福气。

济济跄跄[13]，　　态度恭敬端庄，
絜尔牛羊[14]，　　洗刷干净牛羊，
以往烝尝[15]。　　准备用来祭享。
或剥或亨[16]，　　先是宰割烹煮，
或肆或将[17]。　　后是奉进陈上。
祝祭于祊[18]：　　祝师在庙门祷告：
“祀事孔明[19]。　　“祭祀盛大而堂皇。
先祖是皇[20]，　　先祖多么伟大，
神保是飨[21]。　　神灵安坐宴享。
孝孙有庆[22]，　　孝孙有善行，
报以介福[23]，　　赐给大福分，
万寿无疆[24]。”　　万年长寿永无疆。”

执爨踖踖[25]，　　掌灶人恭敬敏捷，
为俎孔硕[26]，　　盛肉的木盘宽阔，
或燔或炙[27]。　　烧肉和烤肉罗列。
君妇莫莫[28]，　　主妇神情肃穆，
为豆孔庶[29]。　　装肉的器具真多。
为宾为客[30]，　　来了许多宾客，
献酬交错[31]。　　劝酒和回敬交错。
礼仪卒度[32]，　　礼仪都合于法度，

笑语卒获[33]。	言笑与时机相合。
神保是格[34]，	神灵来到这里，
报以介福，	赐予我们大福，
万寿攸酢[35]。	为万年长寿把酒喝。
我孔熯矣[36]，	我们很恭敬诚挚，
式礼莫愆[37]。	礼仪也没有过失。
工祝致告[38]，	祝官又作祈祷，
徂赉孝孙[39]。	神来给孝孙赏赐福气。
“苾芬孝祀[40]，	“供献的祭品喷香，
神嗜饮食[41]。	神喜爱这些饮食。
卜尔百福[42]，	赐给你们百种福气，
如几如式[43]。	祭祀如神期待又合法式。
既齐既稷[44]，	祭品齐全而又及时，
既匡既敕[45]。	孝孙诚正态度谨敕。
永赐尔极[46]，	永远赐你无限福禄，
时万时亿[47]。”	它有时成万有时成亿。”
礼仪既备[48]，	礼仪周详齐备，
钟鼓既戒[49]。	钟鼓准备敲击。
孝孙徂位[50]，	孝孙前往祭位，
工祝致告。	祝官又致告辞。
神具醉止[51]，	神灵都已饮醉，
皇尸载起[52]。	神像随之站起。
鼓钟送尸[53]，	敲钟奏乐送神，

神保聿归[54]。	神灵于是归去。
诸宰君妇[55]，	众庖丁和主妇，
废彻不迟[56]。	收拾祭坛迅疾。
诸父兄弟[57]，	诸位父老兄弟，
备言燕私[58]。	尽宴享骨肉情义。
乐具入奏[59]，	乐队都入寝庙高奏，
以绥后禄[60]。	大家安享祭祀的酒肉。
尔殽既将[61]，	你们的肴馔已经用过，
莫怨具庆[62]。	大家无怨都来庆祝。
既醉既饱[63]，	酒已喝醉饭已饱，
小大稽首[64]。	无论长幼都稽首。
神嗜饮食，	神灵爱吃这饮食，
使君寿考[65]。	将要让你享高寿。
孔惠孔时[66]，	做事顺于义理合时宜，
维其尽之[67]。	尽心竭力莫迟疑。
子子孙孙，	子子孙孙纂绪业，
勿替引之[68]。	不要废止永延续。

[1] 楚楚：茂盛貌。茨：即蒺藜，一年生草本植物，茎横生在地面上，开小黄花。果实有刺，也叫蒺藜，可入药。

[2] 抽：拔除。棘：指“茨”。《方言》：“凡草木刺人，江湘之间谓之棘。”

[3] 自昔：从前。何为：为什么这样做。

[4] 艺：种植。黍：见《王风·黍离》注[2]。

[5] 与与：蕃盛的样子。

[6] 翼翼：同“与与”。

[7] 既：已经。盈：充满。

[8] 庾(yǔ)：禾谷露天堆积，类似现在的囤(参用马瑞辰说)。维：助词，无义。亿：数词。十万，万万。

[9] 以：用。为：做。

[10] 享：献。祀(sì)：祭祀祖先鬼神。

[11] 妥：使尸安坐。《尔雅·释诂》："妥，止也。"古代祭祀，让小孩扮作神或先祖的形象，接受供献，这就叫尸，后代尸被画像代替。侑(yòu)：劝吃劝喝。

[12] 介：求。景：见《小雅·小明》注[34]。

[13] 济济(jǐ jǐ)：整齐美好的样子。跄跄(qiāng qiāng)：步履从容有节的样子。

[14] 絜：即"洁"，用作使动。

[15] 以：用。往：去。烝(zhēng)尝：冬祭叫烝，秋祭叫尝。这里统指祭祀。

[16] 或：无定代词，这里指时间先后。剥：分解皮肉。亨(pēng)：即"烹"字。

[17] 肆：陈列。将：捧持送往。《尔雅·释言》："将，送也。"

[18] 祝：祭祀时致颂词的人。祭：祭告。祊(bēng)：宗庙门内祭祖之处。

[19] 孔：甚。明：盛，完备。

[20] 是：指示代词。皇：赞美。

[21] 神保：尸的嘉号(依朱熹说)。飨(xiǎng)：通"享"。

[22] 孝孙：祭祀者自称。庆：善。《广雅·释诂》："庆，善也。"

[23] 报：报应。介：大。

[24] 万寿：万年长寿。无疆：没有疆界，就是无限的意思。

[25] 爨(cuàn)：灶。踖踖(jí jí)：恭谨局促的样子。

[26] 为：有。俎(zǔ)：古代祭祀时放祭品的器物。孔：甚。硕：大。

[27] 燔(fán)：烧熟的肉。炙(zhì)：烤熟的肉。

[28] 君妇：主妇(依朱熹说)。莫莫：肃静而敬谨的样子。

[29] 为：有。豆：古代盛肉或其他食品的器皿。孔：甚。庶：多。

[30] 为：有。

[31] 献：敬酒。酬：报答。

[32] 卒：尽。度：合于礼度。

[33] 获：合于时宜(参用朱熹说)。

[34] 格：来。《尔雅·释言》："格，来也。"

[35] 攸(yōu)：助词，无义。酢(zuò)：客人向主人敬酒。这里泛指互相敬酒。

[36] 孔：甚。熯(rán)：恭敬。

[37] 式：用。莫：没有。愆(qiān)：过失。

[38] 工祝：祝官；主持祭祀司仪的人。

[39] 徂(cú)：往。赉(lài)：赐予。

[40] 苾(bì)：馨香。芬：芬芳。孝祀：享祀，祭祀时献的供品。《尔雅》："享，孝也。"享：献。祀：祭品。

[41] 嗜(shì)：喜爱。

[42] 卜：赐予。百：众多。

[43] 几：期。式：节度。

[44] 齐：齐全。稷：通"亟"。迅速。

[45] 匡：诚正，端正。敕(chì)：谨。《尔雅·释言》："敕，谨也。"

[46] 极：至。

[47] 时：时常。亿：十万。

[48] 既：已经。备：齐备。

[49] 戒：准备。

[50] 位：堂下西面的位置。

[51] 具：皆。止：助词，无义。

[52] 皇尸：对尸的尊称。皇：大。载：助词，无义。

[53] 鼓：敲击。

[54] 聿(yù)：助词，无义。

[55] 宰：宰夫，即庖丁。

[56] 废：拿走。彻：通"撤"，收拾。迟：缓。《广雅·释站》："迟，缓也。"

[57] 父：对老年男子的尊称。

[58] 备：尽。燕：通"宴"，指宴享。私：亲属之情。

[59] 具：皆。入：进。这里指进入寝庙。寝庙分前后，前面是接神之处，叫庙；后面是藏先祖衣冠之处，叫寝，送神之后在这里宴飨。

[60] 绥：安享。禄：祭祀用的酒肉。

[61] 殽(yáo)：通“肴”，指做熟的鱼肉等。将：奉进。

[62] 莫：没有。怨：抱怨。庆：贺。

[63] 既：已经。

[64] 小大：指长幼。稽(qǐ)首：古时的一种礼节，跪下，拱手至地，头也至地，过一会再起。

[65] 寿考：长寿；高寿。

[66] 孔：甚。惠：顺。指顺于义理。时：合于时宜。

[67] 维：通“唯”，只，只有。其：代词，指“君”。尽：竭力做到。

[68] 替：废。引：接续。

信南山

这也是一首描写宗庙祭祀的诗歌。前四章铺陈农事与祭祀的关系，第五章写供献牺牲，第六章用简练的笔墨描写冬祭的情况。

信彼南山[1]，	辽阔的南山之野，
维禹甸之[2]。	是夏禹治水时把它开辟。
畇畇原隰[3]，	平坦肥沃的原野，
曾孙田之[4]。	后人耕种在这里。
我疆我理[5]，	我们划界经营，
南东其亩[6]。	纵横耕耘田地。
上天同云[7]，	天上阴云密布，
雨雪雰雰[8]，	四处落雪纷纷，
益之以霡霂[9]，	加上濛濛春雨，
既优既渥[10]。	土地肥沃滋润。

既霑既足[11]，　　下了透雨墒情好，
生我百谷[12]。　　庄稼长得更茂盛。

疆埸翼翼[13]，　　田埂直又端，
黍稷彧彧[14]。　　谷子高粱长得欢。
曾孙之穑[15]，　　后人种的谷物，
以为酒食。　　拿来酿酒做饭。
畀我尸宾[16]，　　敬祖先又宴嘉宾，
寿考万年[17]。　　求得长寿万年。

中田有庐[18]，　　田中有草屋，
疆埸有瓜[19]。　　田畔香瓜熟。
是剥是菹[20]，　　削皮腌起来，
献之皇祖[21]。　　用它祭先祖。
曾孙寿考，　　后人享高寿，
受天之祜[22]。　　受到天赐福。

祭以清酒[23]，　　祭祀供上清酒，
从以骍牡[24]，　　再供赤色的雄畜，
享于祖考[25]。　　献给先祖先父。
执其鸾刀[26]，　　拿着带铃的刀，
以启其毛[27]，　　划开那纯色的皮毛，
取其血膋[28]。　　取出鲜血和脂膏。

是烝是享[29]，　　冬祭献上供品，

苾苾芬芬[30]，	酒食气味馨香，
祀事孔明[31]。	祭祀仪式堂皇。
先祖是皇[32]，	先祖仪态端庄，
报以介福[33]，	赐予我们大福，
万寿无疆[34]。	万年长寿无疆。

[1] 信(shēn)：通“伸”。长远的样子。南山：即终南山，在陕西省西安市长安区南面。这里南山指南山之野(依马瑞辰说)。

[2] 维：是。甸(diàn)：动词。治理。

[3] 畇畇(yún yún)：农田平整的样子。原隰(xí)：广而平叫原，低湿的地方叫隰。这里泛指田野。

[4] 曾(zēng)孙：祭祀者自称。孙之子为曾孙，曾孙以下对于先祖都自称曾孙。田：耕作。

[5] 疆：界。这里用作动词，当正其田界讲。理：治理。

[6] 南东：等于说纵横。这里用作动词，当纵横耕耘讲。亩：田地。

[7] 同云：阴云密布。

[8] 雨(yù)：落下。雰雰(fēn fēn)：霜雪纷降貌。

[9] 益：增加。霡霂(mài mù)：双声联绵词。小雨。

[10] 优：丰，多，充裕。渥(wò)：沾润。

[11] 霑：亦作“沾”。沾湿。足：充足。

[12] 生：使生长。百：众。

[13] 疆埸(yì)：田畔。埸：畔。翼翼：整齐的样子。

[14] 彧彧(yù yù)：茂盛的样子。

[15] 穑(sè)：收获。

[16] 畀(bì)：给予。尸：见《小雅·楚茨》注[11]。宾：客。

[17] 寿考：见《小雅·楚茨》注[65]。

[18] 中田：田中。庐：田中屋。

[19] 瓜：指甜瓜，一年生草本植物，果实椭圆形，有香气，味甜。主要生吃，古人有时风成瓜干腌渍供祭祀或食用。

[20] 剥：削。菹(zū)：盐渍。

[21] 皇祖：对先祖的尊称。

[22] 祜(hù)：福。

[23] 清酒：清洁的酒。

[24] 从：跟随。骍(xīng)：牛马等毛皮红色。牡：雄畜。

[25] 享：献。祖考：死去的祖父。《尔雅·释亲》："父为考。"

[26] 执：拿着。鸾刀：带铃的刀。銮，铃。

[27] 启：开，这里指划开。

[28] 膋(liáo)：脂膏。

[29] 烝(zhēng)：冬祭。

[30] 苾苾芬芬：等于说苾芬。见《小雅·楚茨》注[40]。

[31] 孔明：见《小雅·楚茨》注[19]。

[32] 皇：见《小雅·楚茨》注[20]。

[33] 报：报应。介：大。

[34] 万寿无疆：见《小雅·楚茨》注[24]。

甫　田

这是一篇祭祀宗庙的祷告词。祷告者是一个领主。他祈求神灵降雨，保佑他获得大丰收；祈求神灵赐福，让他万寿无疆。

倬彼甫田[1]，	广阔的大田，
岁取十千[2]。	年产粮以万数。
我取其陈[3]，	我拿那些陈粮，
食我农人[4]。	养活我的农夫。
自古有年[5]。	自古丰年常有。
今适南亩[6]，	今天我来到田地里，
或耘或耔[7]，	有的除草有的在培土，

黍稷薿薿[8]。	黍子高粱长得稠。
攸介攸止[9]，	长大了，收获了，
烝我髦士[10]。	提拔我能干的人手。
以我齐明[11]，	用我祭祀的谷物，
与我牺羊[12]，	和我纯洁的牛羊，
以社以方[13]。	祭祀土神和四方之神。
我田既臧[14]，	我的田里庄稼好，
农夫之庆[15]。	是农夫们的幸运。
琴瑟击鼓[16]，	弹起琴瑟敲起鼓，
以御田祖[17]，	以此迎接神农氏，
以祈甘雨[18]。	以此祈求降甘霖。
以介我稷黍[19]，	以此让我的高粱黍子都长大，
以穀我士女[20]。	以此养活我们庶民。
曾孙来止[21]，	曾孙来时，
以其妇子[22]；	带着老婆孩子；
馌彼南亩[23]，	送饭到田间，
田畯至喜[24]。	农官来后很喜欢。
攘其左右[25]，	让给他身旁人，
尝其旨否[26]。	尝尝味道鲜不鲜。
禾易长亩[27]，	料理满地的庄稼，
终善且有[28]。	长势又好苗又蓄。
曾孙不怒[29]，	曾孙见了很高兴，
农夫克敏[30]。	农夫工作出色有才干。

曾孙之稼[31]，	曾孙的庄稼，
如茨如梁[32]。	如像房顶和车梁。
曾孙之庾[33]，	曾孙的粮囤，
如坻如京[34]。	如像小洲和高岗。
乃求千斯仓[35]，	于是需要上千仓库，
乃求万斯箱[36]。	于是需要上万车箱。
黍稷稻粱[37]，	黄米、大米、小米、高粱，
农夫之庆。	这是农夫们的喜庆。
报以介福[38]，	赐给我们大福，
万寿无疆[39]。	万年长寿无疆。

[1] 倬(zhuō)：大(依朱骏声说)，即面积广阔。甫：大。《尔雅·释诂》："甫，大也。"

[2] 岁：年。

[3] 陈：这里指陈谷。

[4] 食(sì)：拿东西给人吃。农人：指固定在领主土地上的农奴。

[5] 有年：丰年(依朱熹说)。

[6] 适：往，到。南亩：泛指田地。

[7] 或：无定代词，这里指"有的农人"。耘：除草。耔(zǐ)：给禾苗根部培土。

[8] 黍：见《王风·黍离》注[2]。薿薿(yǐ yǐ)：茂盛的样子。

[9] 攸(yōu)：于是。介：大，这里指庄稼长大。止：至。这里指庄稼收割(参用陈奂说)。

[10] 烝(zhēng)：进。等于说"拔擢"。髦士：能干的人。《尔雅·释言》："髦，俊也。"俊：能干。士：任事之人。这里指领主手下督促农奴干活的人。

[11] 齐(zī)明：同"齍盛(zī chéng)"(依朱骏声说)，祭祀所用的谷物。

[12] 牺：用以祭祀的牛(依马瑞辰说)。

[13] 社：土地之神。这里用作动词，当祭土地之神讲。方：祭四方之神，祈求保护万物长成。

[14] 臧：善。

[15] 农夫：指固定在领主土地上的农奴。庆：幸福。

[16] 琴瑟：用作动词，当弹琴鼓瑟讲。

[17] 御：通“迓”(yà)。迎。田祖：即神农氏，传说他始制耒、耜，教民务农。

[18] 甘：美好；使人满意的。

[19] 介：大。这里用作使动词。

[20] 穀：养活(依朱骏声说)。士女：男女。泛指众人。

[21] 曾孙：见《小雅·信南山》注[4]。止：助词。

[22] 以：介词，表率领。妇子：女人和孩子。

[23] 馌(yè)：送饭。南亩：泛指田地。

[24] 田畯(jùn)：农官。至：来到。喜：欢喜。

[25] 攘(ràng)：通“让”。谦让。左右：身边跟随的人。

[26] 旨：滋味美。

[27] 易：整治田亩，芟除草秽。长：整个的；满。亩：田地。

[28] 终：既。有：多。

[29] 怒：发脾气。

[30] 克：能。敏：努力，奋勉。

[31] 稼：谷物。

[32] 茨：茅房的上盖。梁：车梁。指庄稼密如茅房顶，秆粗如车梁。

[33] 庾：见《小雅·楚茨》注[8]。

[34] 坻(chí)：渚，小洲，水中高地。京：高丘。指粮囤大如小洲，高如山岗。

[35] 乃：于是。求：要求。斯：句中助词。无实义。

[36] 箱：车箱。

[37] 稻粱：见《唐风·鸨羽》注[13]。

[38] 报：报应。介：大。

[39] 万寿无疆：见《小雅·楚茨》注[24]。

大　田

这是一篇祷告词。祷告者是个小领主。他说庄稼长势很好，希望

❖ 神灵保佑田里别长杂草，请神灵除掉害虫，请神灵降雨。他供献给神灵的，除了牛羊和谷物食品，还有一点善行，就是收获以后允许寡妇到地里去拾遗漏的谷穗。

大田多稼[1]。	大田种谷种得多。
既种既戒[2]，	选好籽种修好农具，
既备乃事[3]。	做好一切准备工作。
以我覃耜[4]，	用我铦利的农具，
俶载南亩[5]，	开始下地干活，
播厥百谷[6]。	把五谷种子散播。
既庭且硕[7]，	禾苗又直又茁壮，
曾孙是若[8]。	曾孙顺心真欢乐。
既方既皂[9]，	庄稼结穗灌浆，
既坚既好。	颗粒坚实真不错。
不稂不莠[10]。	别长狼尾草和狗尾草。
去其螟螣[11]，	除掉吃苗心、吃苗叶的害虫，
及其蟊贼[12]，	还除掉吃苗根、吃苗节的蛀虫，
无害我田稚[13]。	不许害我田中禾。
田祖有神[14]，	神农氏有灵验，
秉畀炎火[15]。	把它们抓起丢进火。
有渰萋萋[16]，	乌云涌起，
兴雨祁祁[17]。	细雨淅沥。
雨我公田[18]，	既下进我公田，

遂及我私[19]。　　　　还下到我私田里。
彼有不获稚[20]，　　　那儿庄稼没割尽，
此有不敛穧[21]；　　　这儿割倒没捆起；
彼有遗秉[22]，　　　　那儿遗下一束禾，
此有滞穗[23]。　　　　这儿谷穗弃在地。
伊寡妇之利[24]。　　　给寡妇一点利益。

曾孙来止[25]，　　　　曾孙来时，
以其妇子[26]，　　　　带着老婆孩子，
馌彼南亩[27]，　　　　送饭到田里，
田畯至喜[28]。　　　　田官来到很欢喜。
来方禋祀[29]，　　　　整洁身心来祭祀，
以其骍黑[30]，　　　　用这红牛、黑猪羊，
与其黍稷[31]，　　　　和这黄米、高粱米，
以享以祀[32]，　　　　供上祭坛献神灵，
以介景福[33]。　　　　祈求大大的福气。

[1] 稼：种庄稼。

[2] 既：已。种(zhǒng)：种子。这里用作动词，当选种讲。戒：备。指整修农具。

[3] 备：通“服”。服：治(依马瑞辰说)。乃：其。

[4] 以：介词，用。覃(yǎn)：通“剡”。剡：锐利。耜(sì)：古代一种类似锹的农具，为农业劳动的基本工具。

[5] 俶(chù)：开始。载(zài)：事。从事于。南亩：泛指田地。

[6] 厥：其。百：众。

[7] 庭：直。硕：大。

[8] 曾孙：见《小雅·信南山》注[4]。是：指示代词，作“若”的前置宾语。

若：顺。谓顺于其心。

[9] 方：通“房”。庄稼生稃(fū)还没灌浆叫房(稃是小麦等植物的花外面包着的硬壳)。皂(zào)：橡实(栎树的果实)。这里指灌浆之稃像皂形。

[10] 不：通“勿”。稂(láng)：即狼尾草，多年生草本植物，长在田里很像谷子。莠(yǒu)：又名狗尾草，一年生草本植物，长在田里也很像谷子。

[11] 去：除掉。螟(míng)：吃苗心的害虫。螣(tè)：吃苗叶的害虫。

[12] 蟊(máo)：吃苗根的害虫。贼：吃苗节的害虫。

[13] 稚：幼禾。这里泛指禾。

[14] 田祖：见《小雅·甫田》注[17]。神：神灵。

[15] 秉：抓住。畀(bì)：给予。炎：火光向上的样子。

[16] 渰(yǎn)：阴云。萋萋(qī qī)：通“凄凄”，云盛的样子。

[17] 兴：发作。祁祁：盛多的样子。

[18] 雨(yù)：落下。公田：《国语·晋语》：“公食贡，大夫食邑，士食田，庶人食力。”公田是给上层领主交纳贡赋的土地。私田属下层领主所有。

[19] 遂：于是。及：达到。私：指私田。

[20] 彼：那儿。不：未。获：收割。稚：泛指禾。

[21] 此：这儿。敛：收拢，聚集。穧(jì)：割倒而没有捆的禾。

[22] 秉：禾束。

[23] 滞：遗漏，遗弃。

[24] 伊：指示代词，等于说那。利：收益。

[25] 止：见《小雅·甫田》注[21]。

[26] 以其妇子：见《小雅·甫田》注[22]。

[27] 馌彼南亩：见《小雅·甫田》注[23]。

[28] 田畯至喜：见《小雅·甫田》注[24]。

[29] 方：正在。禋(yīn)祀：祭祀。

[30] 以：介词，用。骍(xīng)：牛马等毛皮红色。

[31] 黍：见《王风·黍离》注[2]。

[32] 享：献。

[33] 介：求。景：大。

瞻彼洛矣

诗中称颂周天子任命的一位最高军事领导人，描绘了他全副武装的雄姿，祝愿他长寿，希望他好好保卫周天子的最高统治地位和国家的安全。

瞻彼洛矣[1]，	看那北洛水呀，
维水泱泱[2]。	波澜壮阔。
君子至止[3]，	将军来到北洛河，
福禄如茨[4]。	受到赏赐极多。
韎韐有奭[5]，	戎服的蔽膝是红色，
以作六师[6]。	指挥六军齐动作。
瞻彼洛矣，	看那北洛水呀，
维水泱泱。	波澜壮阔。
君子至止，	将军来到北洛河，
鞞琫有珌[7]。	刀鞘上面装饰多。
君子万年[8]，	祝愿将军寿命长，
保其家室[9]。	保卫王族无差错。
瞻彼洛矣，	看那北洛水呀，
维水泱泱。	波澜壮阔。
君子至止，	将军来到北洛河，
福禄既同[10]。	爵禄汇集多又多。

君子万年，　　祝愿将军寿命长，
保其家邦[11]。　　保卫国家无差错。

[1] 瞻(zhān)：望。洛：水名，又名北洛水，即今陕西北洛河。

[2] 泱泱(yāng yāng)：水深广貌。

[3] 至：到达。止：助词。

[4] 福禄：爵命为福，赏赐为禄(依郑玄说)。茨：茅屋的上盖。

[5] 韎韐(mèi gé)：染红的熟皮做的蔽膝物。古人戎服以韎韐蔽膝，这里用韎韐指代戎服。奭(shì)：赤貌。

[6] 作：指挥。六师：即六军。周有六军。

[7] 鞞琫(bǐng běng)：有纹饰的刀鞘。珌(bì)：有文采的样子。刀鞘上的纹饰，天子以玉，诸侯以金。

[8] 万年：万岁。

[9] 保：安。家室：指王族。安其家室则无篡弑之祸(依郑玄说)。

[10] 同：聚集。

[11] 家邦：国家。

裳裳者华

一个年轻的统治者，能文能武，仪表不凡。诗人很赞赏他，认为他继承先人的爵禄是当之无愧的，能够得到神灵的赐福。

裳裳者华[1]，　　鲜花盛开，
其叶湑兮[2]。　　绿叶蕃盛。
我觏之子[3]，　　我遇见这个人，
我心写兮[4]。　　一见就舒心。
我心写兮，　　我一见就舒心，

是以有誉处兮[5]。　　因而不胜欢欣。

裳裳者华，　　鲜花盛开，
芸其黄矣[6]。　　弥望一片花黄。
我觏之子，　　我遇见这个人，
维其有章矣[7]。　　他遵循礼法规章。
维其有章矣，　　他遵循礼法规章，
是以有庆矣[8]。　　所以得到褒奖。

裳裳者华，　　盛开的鲜花，
或黄或白。　　黄花白花各一簇。
我觏之子，　　我遇见的这个人，
乘其四骆[9]。　　乘着驷马疾走。
乘其四骆，　　乘着驷马疾走，
六辔沃若[10]。　　六条缰绳飘舞。

左之左之[11]，　　向左向左，
君子宜之[12]。　　他赶得不错。
右之右之[13]，　　向右向右，
君子有之[14]。　　他得心应手。
维其有之[15]，　　因为他才德兼有，
是以似之[16]。　　所以继承了世禄。

[1] 裳裳(cháng cháng)：鲜明的样子。华(huā)：花。
[2] 湑(xǔ)：茂盛。

[3] 觏(gòu):遇见。之:指示代词,这。子:指男子。

[4] 写(xiě):宣泄。谓心情舒畅,不遗憾。

[5] 誉处:愉悦。

[6] 芸黄:双声联绵词。花草黄盛的样子。

[7] 其:指示代词,指"之子"。章:礼文。

[8] 庆:奖赏。

[9] 骆:黑鬃的白马。

[10] 辔:缰绳。沃若:柔美润泽的样子。若:形容词词尾。

[11] 左:左行(xíng)。指文事、吉事,如政治、祭祀等。

[12] 君子:即"之子"。宜:适合。

[13] 右:右行。指武事、凶事,如兵戎、死丧等。

[14] 有:有能力。

[15] 其:指示代词,指"君子"。

[16] 似:通"嗣(sì)"。继承。

桑扈之什

桑　扈

这首诗所歌颂的"君子"是方伯连帅(一方诸侯之长)一类的人物。诗中赞扬他具有各种美德和卓越的军事才能,受到上天保佑,诸侯各国靠他保卫,各国人君必须以他为楷模才能多受天赐之福,否则就不可能。

交交桑扈[1],	飞来飞去的青雀,
有莺其羽[2]。	羽毛上有美丽的纹路。
君子乐胥[3],	君子平安快乐,

受天之祜[4]。　　受到天赐之福。

交交桑扈，　　飞来飞去的青雀，
有莺其领[5]。　　颈上的花纹斑斓。
君子乐胥，　　君子平安快乐，
万邦之屏[6]。　　是诸侯各国的屏藩。

之屏之翰[7]，　　他是屏藩和栋梁，
百辟为宪[8]。　　诸侯以他为楷模。
不戢不难[9]，　　他又谨慎又小心，
受福不那[10]？　　他受的福禄会不多？

兕觥其觩[11]，　　兕觥的角上翘，
旨酒思柔[12]。　　美酒口感醇厚。
彼交匪敖[13]，　　不侮慢不骄傲，
万福来求[14]。　　万福自然辐辏。

[1] 交交：鸟飞来飞去的样子。桑扈(hù)：鸟名，又名窃脂，俗名青雀。嘴黄色，头部黑色，腹部和背部皆淡灰褐色，翼紫黑，中央有白条纹，脚淡黄褐色。

[2] 莺：鸟羽毛有文彩貌。

[3] 乐(lè)：安乐。胥(xū)：助词，无义。

[4] 祜(hù)：福。

[5] 领：颈。

[6] 万：众多。邦：国。屏：屏障。比喻捍卫者。

[7] 翰：通“榦(gàn)”。骨干，栋梁。

[8] 百：众多。辟(bì)：人君。宪：榜样。

[9] 不：助词。无实义。戢(jí)：收敛，约束。难：通“戁(nǎn)”。敬惧。

[10] 那(nuó)：多。

[11] 兕觥(sì gōng)：形似兕头的觥。兕：雌性的犀牛。觥：酒杯。觩(qiú)：角弯曲的样子。

[12] 旨：味美。思：助词，无义。柔：柔和。

[13] 彼：通“匪”。非；不。交：通“姣”、“绞”。侮慢。敖(ào)：通“傲”。傲慢。

[14] 求：通“逑(qiú)”。聚集。

鸳　鸯

这是一首“颂祷之辞”。诗中反复祝愿这位被祝的“君子”长寿万年，永远享福。

鸳鸯于飞[1]，	鸳鸯在空中飞舞，
毕之罗之[2]。	用网扣来用罗捕。
君子万年[3]，	君子万年长寿，
福禄宜之[4]。	福禄该他享受。
鸳鸯在梁[5]，	鸳鸯在石梁栖息，
戢其左翼[6]。	收敛它的左翼。
君子万年，	君子长寿万年，
宜其遐福[7]。	该有久远的福气。
乘马在厩[8]，	驾车的马在马厩，
摧之秣之[9]。	铡碎草来喂谷物。

君子万年,	君子万年长寿,
福禄艾之[10]。	福禄将他养护。
乘马在厩,	驾车的马在马棚,
秣之摧之。	喂饲料要铡碎草。
君子万年,	君子生命万年长,
福禄绥之[11]。	福禄由他安享。

[1] 鸳鸯:鸟,像野鸭,体形较小,嘴扁,颈长,趾间有蹼,善游泳,翼长,能飞。雌雄成对地生活在水边。于:动词词头。

[2] 毕:畋猎之网,网小而柄长。这里用作动同,等于说用毕捕捉。之:代词,指"鸳鸯"。罗:网。这里用作动词,指以罗网捕鸟。

[3] 万年:万岁。

[4] 宜:合适,相称。之:代词,指"君子"。

[5] 梁:见《齐风·敝苟》注[1]。

[6] 戢(jí):收敛。

[7] 遐(xiá):久远。

[8] 乘(shèng)马:驾车的马。厩(jiù):马棚。

[9] 摧(cuò):通"莝(cuò)"。铡草。秣(mò):喂饲料。

[10] 艾:养护。

[11] 绥(suí):安享。

頍弁

这首诗用对话的形式,把统治者宴请兄弟亲友的场面写得很生动。主人公对来客表示欢迎,说人生短暂,亲友难得见面,今夜且开怀畅饮,得乐且乐。"及时行乐"的享乐思想表达得很明白。

“有頍者弁[1]，	“来人饰頍戴着帽，
实维伊何[2]？”	这是什么人？”
“尔酒既旨[3]，	“你的酒味香，
尔殽既嘉[4]。	你的肴馔美。
岂伊异人[5]？	怎会来别人？
兄弟匪他[6]。”	除了兄弟没有谁。”
“茑与女萝[7]，	“茑和女萝，
施于松柏[8]。	爬上松树和柏树。
未见君子，	没有见到君子，
忧心奕奕[9]。	心中只发愁。
既见君子，	见到君子后，
庶几说怿[10]。”	方才喜心头。”

“有頍者弁，	“来人饰頍戴着帽，
实维何期[11]？”	这是什么人？”
“尔酒既旨，	“你的酒味香，
尔殽既时[12]。	你的肴馔佳。
岂伊异人？	怎会来别人？
兄弟具来[13]。”	兄弟们全来啦。”
“茑与女萝，	“茑和女萝，
施于松上。	爬上松树干。
未见君子，	没有见到君子，
忧心怲怲[14]。	胸中愁装满。
既见君子，	见到君子后，
庶几有臧[15]。”	才觉心里甜。”

“有頍者弁，	“来人饰頍戴着帽，
实维在首。”	帽子高高戴头上。”
“尔酒既旨，	“你的酒味美，
尔殽既阜[16]。	你的盛馔香。
岂伊异人？	怎会来别人？
兄弟甥舅。”	兄弟甥舅一大帮。”
“如彼雨雪[17]，	“像那下雪之前，
先集维霰[18]。	先落雪糁一片。
死丧无日[19]，	不知哪天就会死，
无几相见[20]。	人生难得多见面。
乐酒今夕[21]，	今夜且痛饮，
君子维宴[22]。”	君子来欢宴。”

[1] 頍(kuǐ)：古代用以固冠的发饰。弁(biàn)：古时的冠名。通常在穿礼服的时候才用，有爵弁和皮弁之分。弁在这里用作动词，等于说戴帽子。

[2] 实：通“寔(shí)”。寔：此。维：助词。伊：助词。

[3] 尔：你的。旨：滋味美。

[4] 殽：通“肴”，指做熟的鱼肉等。嘉：美好。

[5] 异人：等于说他人。异：别的。

[6] 兄弟：泛指兄弟亲戚。匪：非。

[7] 茑(niǎo)：植物名。落叶小乔木，茎略能爬蔓，叶子掌状分裂，略作心脏形，表面有柔毛，花带绿色，果实球形。女萝：植物名，即松萝，地衣类的植物，体丝状，向下垂，灰白色，有许多细而短的侧枝，基部附着在松树或其他树木的树皮上。可入药。

[8] 施(yì)：移，延及。

[9] 奕奕(yì yì)：忧愁的样子。

[10] 庶几：差不多。说(yuè)：喜悦。怿(yì)：喜欢。

[11] 期：助词。

[12] 时：善。

[13] 具：皆。

[14] 怲怲(bǐng bǐng)：忧甚貌。

[15] 有：为(wéi)。臧：善，好。

[16] 阜(fù)：丰盛。

[17] 雨(yù)：落下。

[18] 霰(xiàn)：空中降落的白色不透明的小冰粒，常呈球形或圆锥形。多在下雪前出现。俗称雪珠或雪糁(shēn)。

[19] 丧(sàng)：亡。无日：等于说要不了几天。

[20] 无几：没有几次。

[21] 乐：欢乐。酒：这里用如动词，当饮酒讲。

[22] 宴：举行宴会。

车　舝

旧说这是周大夫为反对幽王王后褒姒而作的诗。大夫希望有位贤德的少女嫁给周幽王，以取代惑君误国的褒姒。首章幻想新娘快要到来。中间三章幻想新娘已到，群臣对她竭诚欢迎。末章又想象新娘正在路上走着，点明这首诗并非写实。诗人最后用“高山仰止，景行行止”这样的颂词表达了对这位贤后的仰慕和向往。

间关车之舝兮[1]，	大车的轮轴嘎吱响，
思娈季女逝兮[2]。	娇美的少女行路快。
匪饥匪渴[3]，	不知饥来不知渴，
德音来括[4]。	善言美女要嫁到这儿来。
虽无好友[5]，	虽然不是好朋友，
式燕且喜[6]。	都来赴宴乐开怀。

依彼平林[7]，	那平地上茂密的林木，
有集维鷮[8]。	一群鷮雉落在上头。
辰彼硕女[9]，	美丽善良的高大女郎，
令德来教[10]。	要用美德来教化众庶。
式燕且誉[11]，	宴会上一片喜气洋洋，
好尔无射[12]。	我们喜爱你没有厌足。
虽无旨酒，	虽然酒浆不甘美，
式饮庶几[13]。	希望你能多饮几壶。
虽无嘉殽，	虽然菜肴不丰盛，
式食庶几。	希望你能吃个舒服。
虽无德与女[14]，	虽然我们没有恩惠给你，
式歌且舞。	还是唱起歌来跳起舞。
陟彼高冈，	登上那高山顶，
析其柞薪[15]。	砍柞树来作柴薪。
析其柞薪，	砍柞树来作柴薪，
其叶湑兮[16]。	它的叶子多茂盛。
鲜我觏尔[17]，	我们很少看见你，
我心写兮[18]。	可是一见就舒心。
高山仰止[19]，	抬头举目见高山，
景行行止[20]。	顺着大道走向前。
四牡騑騑[21]，	四匹公马不停蹄，
六辔如琴[22]。	六根缰绳如琴弦。

觏尔新昏[23]，　　看见你来行婚礼，
以慰我心。　　我心这才免悬念。

[1] 间关：双声兼叠韵联绵词。车轮转动时车辖的摩擦声。舝(xiá)：同“辖”。插入轴端孔穴、固定车轮和车轴的销钉。

[2] 娈(luán)：娇美。季女：少女。季：少者之称。逝：往。谓往嫁之。

[3] 匪：不。

[4] 德音：美好的言辞。括(kuò)：会合。

[5] 无：非。《经传释词》：“无，非也。”

[6] 式：助词。燕：通“宴”。宴：举行宴会。

[7] 依：草木茂盛的样子。平林：平地上的树林。

[8] 集：群鸟落在树上。鷮(jiāo)：动物名，雉的一种，体长不及一尺，尾长五六尺，羽色浓赤，尾色更赤，胸部及翼有白斑。

[9] 辰：美善的样子。硕：大。

[10] 令：美好。德：德行。教：教导。

[11] 誉：通“豫”。欢乐。

[12] 好(hào)：喜爱。无射(yì)：同“无斁(yì)”。无厌。

[13] 庶几：希望。

[14] 德：恩惠。与(yǔ)：给。女：通“汝”。

[15] 析：劈，砍。柞(zuò)：植物名，又名麻栎(lì)树，落叶乔木，花黄褐色，果实叫橡或橡斗，种子供食用，木材坚硬，可制家具，供建筑，树皮可鞣皮或做染料，叶子可喂柞蚕。薪：柴。

[16] 湑(xǔ)：茂盛。

[17] 鲜(xiǎn)：少。觏(gòu)：遇见。

[18] 写：宣泄。谓心情舒畅，不遗憾。

[19] 仰：仰望。止：当作“之”(依马瑞辰说)。

[20] 景行(háng)：大路。景：大。行：路。行(xíng)：走。止：当作“之”(依马瑞辰说)。

[21] 牡(mǔ)：雄畜。这里指公马。騑騑(fēi fēi)：马行不止的样子。

[22] 辔(pèi)：缰绳。

[23] 昏：“婚”的本字。

青　蝇

这是诸侯国之间修补双边关系时所用的一首诗。诗中把说过不利于双边关系的话的人斥为四处乱飞的肮脏的绿苍蝇。

营营青蝇[1]，	飞来飞去的绿苍蝇，
止于樊[2]。	落上了篱笆。
岂弟君子[3]，	和乐平易的君子啊，
无信谗言[4]。	别信毁谤人的话。
营营青蝇，	飞来飞去的绿苍蝇，
止于棘[5]。	落在酸枣树上。
谗人罔极[6]，	毁谤者言谈多变，
交乱四国[7]。	搅得各国关系紧张。
营营青蝇，	飞来飞去的绿苍蝇，
止于榛[8]。	落上了榛树。
谗人罔极，	毁谤者言语多反复，
构我二人[9]。	是想让你我冲突。

[1] 营营：飞来飞去的样子。《广雅·释训》："营营，往来也。"青蝇：苍蝇的一种，又叫金蝇，俗名绿苍蝇。

[2] 止：停止。樊：篱笆。

[3] 岂弟(kǎi tì)：准叠韵联绵词。同"恺悌(kǎi tì)"。和乐平易。

[4] 无：毋。谗(chán)言：毁谤的话，挑拨离间的话。

[5] 棘：即酸枣树。落叶灌木，开黄绿色小花，茎上多刺，果实小，味酸。

[6] 谗人：毁谤人的人。罔(wǎng)：无。罔极：等于说无常，没有准儿。

[7] 交：一齐，同时。乱：扰乱。四国：四方诸侯之国。

[8] 榛(zhēn)：落叶乔木，叶子互生，圆形或倒卵形，雄花黄褐色，雌花鲜红色，结球形坚果，果仁可以吃，又可榨油。

[9] 构：挑拨，离间。

宾之初筵

这首诗完整地描述了一次盛大的酒宴。第一章写宴会开始，饮酒以后举行射礼。第二章写奏乐祭祖，然后开怀畅饮，再举行射礼。第三、四章写客人酒醉以后越闹越凶，主人很有意见。第五章是主人发出怨言，埋怨那些酒量不大而又爱喝酒，喝了就胡说八道的人。

宾之初筵[1]，	客人开始就座，
左右秩秩[2]。	左右甚有秩序。
笾豆有楚[3]，	竹笾木豆行列清晰，
殽核维旅[4]。	肉菜果品装满食具。
酒既和旨[5]，	酒性平和味美，
饮酒孔偕[6]。	饮酒动作整齐。
钟鼓既设[7]，	钟鼓乐器摆好，
举醻逸逸[8]。	举杯敬酒有序。
大侯既抗[9]，	箭靶大布已竖立，
弓矢斯张[10]。	弓上绷弦箭搭起。
射夫既同[11]，	射手已经会集，

献尔发功[12]。 显你射箭功力。
发彼有的[13]， 把箭射上箭靶，
以祈尔爵[14]。 以求敬你一杯。

籥舞笙鼓[15]， 执籥而舞吹起笙，
乐既和奏[16]， 音乐和谐地演奏，
烝衎烈祖[17]， 进享有功的先祖，
以洽百礼[18]。 协调众多的礼数。
百礼既至[19]， 各种礼节都已行，
有壬有林[20]。 仪式盛大样儿稠。
锡尔纯嘏[21]， 赐给你们大福分，
子孙其湛[22]。 后代子孙乐悠悠。
其湛曰乐， 乐哉悠悠兴冲冲，
各奏尔能[23]。 各人表现自己的射术。
宾载手仇[24]， 客人又亲自选好比射的对手，
室人入又[25]。 主人进来又继续敬酒。
酌彼康爵[26]， 请喝完那一大杯，
以奏尔时[27]。 祝你们胜利显身手。

宾之初筵， 客人开始就座，
温温其恭[28]； 态度温和谦恭；
其未醉止[29]， 没喝醉的时候，
威仪反反[30]； 表情举止庄重；
曰既醉止， 喝醉以后，
威仪幡幡[31]， 举止轻浮，

舍其坐迁[32]，	离开坐席到处转，
屡舞仙仙[33]。	屡屡翩跹起舞。
其未醉止，	没喝醉的时候，
威仪抑抑[34]；	举止谨小慎微；
曰既醉止，	喝醉以后，
威仪怭怭[35]。	态度放任恣睢。
是曰既醉[36]，	这叫真喝醉了，
不知其秩[37]。	忘了遵守常规。

宾既醉止，	客人已经醉了，
载号载呶[38]；	吵闹喧嚣不止；
乱我笾豆，	弄乱了我的笾豆，
屡舞僛僛[39]。	手舞足蹈颠三倒四。
是曰既醉，	这叫真喝醉了，
不知其邮[40]。	觉察不到他的过失。
侧弁之俄[41]，	歪戴的帽子往下斜，
屡舞傞傞[42]。	屡屡醉舞不止。
既醉而出[43]，	喝醉后就该离去，
并受其福[44]；	大家一起享福气；
醉而不出，	喝醉不离去，
是谓伐德[45]。	这叫损德悖理。
饮酒孔嘉[46]，	饮酒很美气，
维其令仪[47]。	全凭饮者好威仪。

凡此饮酒，	但凡这样饮酒，

或醉或否[48]。	有的喝醉有的不。
既立之监[49]，	设立酒监来督察，
或佐之史[50]。	又设酒史作记录。
彼醉不臧[51]，	那醉汉自以为光彩，
不醉反耻[52]。	不醉的认为他耻辱。
式勿从谓[53]，	不要接着再劝酒，
无俾大怠[54]。	别让醉汉傲慢太出丑。
匪言勿言[55]，	没有话就不要说，
匪由勿语[56]。	没有缘由少开口。
由醉之言[57]，	醉酒以后说胡话，
俾出童羖[58]。	无角羖羊都说得出。
三爵不识[59]，	才饮三杯就迷糊，
矧敢多又[60]！	怎敢给他再添酒！

[1] 初：开始。筵(yán)：古人席地而坐时铺的竹席。引申指座位。这里用作动词，当入席(就座)讲。

[2] 左右：指筵之左右。秩秩：有秩序的样子。

[3] 笾(biān)豆：都是古代盛食物用的器具，有点像带高座的盘。笾是竹做的，豆是木做的。《尔雅·释器》："木豆谓之豆，竹豆谓之笾。"有：形容词词头。楚：排列整齐貌。

[4] 殽：通"肴"。核：有核的果品。旅：陈列。

[5] 和旨：指酒性平和，滋味又美。

[6] 孔：甚。偕(xié)：齐一。

[7] 设：陈设。

[8] 举酬：举所劝之酬爵。逸逸：往来有序的样子。

[9] 侯：张箭靶的布。侯有等级之分。天子熊侯白质，诸侯麋侯赤质；大夫布侯，画以虎豹；士布侯，画以鹿豕。古人习射或较射，竖一木架，架上张设兽皮，叫皮侯，或张设布，布上画兽形，叫布侯。皮侯、布侯上加个圆形或方形

的布块叫作质。射以中质为胜。抗：举；竖起。

[10] 斯：指示代词，复指宾语“弓矢”。张：拉紧弓弦。

[11] 夫：男子之称。同：齐，聚。

[12] 献：表现给人看。尔：你的。发：射箭。功：功力。

[13] 彼：指示代词。那。的：箭靶。

[14] 祈：求。尔爵：饮尔之爵。爵，古代的酒杯，有三条腿。此处以爵代表酒。古代射礼，射中者饮酒。以祈尔爵，即祈求射中而饮酒。

[15] 籥(yuè)舞：执籥而舞。籥：一种像笛子的乐器。笙：一种乐器，用十三根装有簧的竹管和一根吹气管装在一个锅形的座子上制成。鼓：吹。古代敲击弹奏都叫鼓。

[16] 和：和谐。奏：演奏。

[17] 烝(zhēng)：进献。衎(kàn)：快乐。《尔雅·释诂》：“衎，乐也。”这里用为使动词。烈祖：有功业的先祖。《尔雅·释诂》：“烈，业也。”

[18] 洽(qià)：协调。百：众多。

[19] 至：周到，齐备。

[20] 有：通“又”。壬(rén)：盛大。《尔雅·释诂》：“壬，大也。”林：多。《广雅·释诂》：“林，众也。”

[21] 锡：通“赐”。纯：大。《尔雅·释诂》：“纯，大也。”嘏(gǔ)：福。

[22] 湛(dān)：通“媅(dān)”。欢乐。

[23] 奏：进献，奉献。能：本领。

[24] 载：乃，就。手仇：即自由寻找射箭的对手。手：取(《毛传》)。仇(qiú)：配偶。

[25] 室人：家人。又：复，这里意思是再舀。

[26] 酌：饮。康：空。

[27] 时：善。《广雅·释诂》：“时，善也。”

[28] 温温：表情柔和的样子。恭：谦恭。

[29] 其：代词，指“宾”。止：助词。

[30] 威仪：这里指仪容举止。反反：慎重的样子。

[31] 幡幡(fān fān)：轻浮的样子。

[32] 迁：徙。

[33] 屡：多次。仙仙：同“跹跹”。舞步轻盈的样子。

[34] 抑抑：慎密的样子。《尔雅·释训》："抑抑，密也。"

[35] 怭怭(bì bì)：轻佻，不庄重。

[36] 是：这。曰：为。

[37] 其：代词，指醉者。秩：常规。

[38] 载：助词，无义。号(háo)：呼喊。呶(náo)：喧闹。

[39] 僛僛(qī qī)：醉舞的样子。

[40] 邮：通"尤"。过失，罪过。

[41] 侧：歪。弁：见《小雅·頍弁》注[1]。之：助词，无义。俄：倾斜的样子。《广雅》："俄，斜也。"

[42] 傞傞(suō suō)：醉舞的样子。

[43] 出：离去。

[44] 并：一齐。其：那。

[45] 是：这。谓：为。伐：败坏，损害。

[46] 孔：甚。嘉：好。

[47] 其：代词，指人。令：美好。仪：仪态。

[48] 或：无定代词，有的人。

[49] 之：代词，指饮酒者。监：纠察得失的官。

[50] 或：副词，又。佐：辅助。之：代词，指"监"。史：负责记录言行的官。这种史与史官不是一回事。

[51] 不：助词，无义(依马瑞辰说)。臧：善。

[52] 耻：认为耻辱。

[53] 式：助词。从：从而。谓：劝饮(参用马瑞辰说)。

[54] 无：毋。俾：使。大(tài)：同"太"。怠：轻慢，不敬。

[55] 匪：非，无。《词诠》："匪，同动词，无也。"

[56] 由：缘由。语：说。

[57] 由：介词，于。

[58] 童：牛羊无角曰童。羖(gǔ)：黑色公羊。羖皆有角。童羖，无角之羖羊，必无之事。

[59] 识(zhì)：记住。

[60] 矧(shěn)：何况。又：复，这里意思是再舀。

鱼藻

这首诗讽刺周幽王饮酒作乐，荒于政事，不恤下民。

鱼在在藻[1]，	鱼在水藻里游，
有颁其首[2]。	露出大大的头。
王在在镐[3]，	周王正在镐京，
岂乐饮酒[4]。	乐呵呵地饮酒。
鱼在在藻，	鱼在水藻里游，
有莘其尾[5]。	露出长长的尾巴。
王在在镐，	周王在镐京，
饮酒乐岂。	饮酒乐无涯。
鱼在在藻，	鱼在水藻里游，
依于其蒲[6]。	擦着那香蒲过。
王在在镐，	周王在镐京，
有那其居[7]。	宫室真安乐。

[1] 第二个“在”是介词，相当于“于”。藻：隐花植物的一大类，没有根、茎、叶等部分的区别，有叶绿素可以自己制造养料。种类很多，海水和淡水里都有。

[2] 有：形容词词头。颁（fén）：头大的样子。

[3] 镐（hào）：周朝初年的国都，在今陕西西安西南。

[4] 岂（kǎi）：通“恺（kǎi）”。乐（lè）。

[5] 莘(shēn):长(cháng)的样子。

[6] 依:靠着。其:指示代词,那。蒲:植物名,即香蒲,多年生水草,叶长而尖,可以编席、蒲包和扇子。根茎长在泥里,可以吃。

[7] 那(nuó):美好,安适。居:住处。

采 菽

这首诗描写周王朝全盛时期的一次诸侯朝天子仪式。旌旗林立,侯伯各站在自己的旗下。旗帜按爵位不同而各异,等级森严。天子对诸侯各有赏赐。诸侯感恩戴德,非常高兴。

采菽采菽[1],	采豆叶呀采豆叶,
筐之筥之[2]。	方筐圆筐来装它。
君子来朝[3],	诸侯前来朝天子,
何锡予之[4]?	天子赐予他什么?
虽无予之,	虽然没有什么给,
路车乘马[5]。	赐予华车四匹马。
又何予之?	还给了些啥东西?
玄衮及黼[6]。	衮衣绣裳带斧花。
觱沸槛泉[7],	泉水汩汩向上涌,
言采其芹[8]。	来到泉边采水芹。
君子来朝,	诸侯前来朝天子,
言观其旂[9]。	瞻望旌旗分卑尊。
其旂淠淠[10],	旌旗林立随风飘,

鸾声嘒嘒[11]。	旗上铃声如鸾鸣。
载骖载驷[12]，	驾着三马、四马车，
君子所届[13]。	诸侯各到那里停。
赤芾在股[14]，	红色蔽膝股前挂，
邪幅在下[15]，	裹腿斜缠在膝下，
彼交匪纾[16]，	不紧勒来不松缓，
天子所予。	这些都是天子发。
乐只君子[17]，	诸侯们真高兴，
天子命之[18]。	天子赐物给他。
乐只君子，	诸侯们真快乐，
福禄申之[19]。	福禄又有增加。
维柞之枝[20]，	栎树枝上，
其叶蓬蓬[21]。	叶子密匝匝。
乐只君子，	诸侯们真高兴，
殿天子之邦[22]。	镇守天子的国家。
乐只君子，	诸侯们真快乐，
万福攸同[23]。	万福集于他。
平平左右[24]，	治理国家的臣子，
亦是率从[25]。	都听他的话。
泛泛杨舟[26]，	漂浮的杨木舟，
绋纚维之[27]。	大绳把它牵系住。
乐只君子，	诸侯们真高兴，

天子葵之[28]。　　　　天子按功德赐福禄。
乐只君子，　　　　　诸侯们真快乐，
福禄膍之[29]。　　　　福禄又在增厚。
优哉游哉[30]，　　　　得意洋洋啊，
亦是戾矣[31]。　　　　这真是到了头。

[1] 菽(shū)：豆。这里指豆叶。采豆叶用来在宴会上做羹(参用郑玄说)。

[2] 筐：用作动词，用筐装。之：代词，指"菽"。筥(jǔ)：圆形的竹筐。这里也用作动词，用筥装。《毛传》："方曰筐，圆曰筥。"

[3] 君子：指诸侯。朝：朝见。

[4] 锡：通"赐"。予：给。之：代词，指"君子"。

[5] 路车：人君之车。乘(shèng)：四。乘车必驾四马，因以乘(shèng)为四。

[6] 玄：黑中带红。衮(gǔn)：古代王和公侯穿的绣有卷龙的礼服。黼(fǔ)：绣有黑白相间的斧形花纹的礼服。

[7] 觱沸(bì fèi)：双声联绵词。泉涌的样子。槛(jiàn)：通"滥(jiàn)"。滥泉：水向上涌的泉。《尔雅·释水》："滥泉，正出。正出，涌出也。"

[8] 言：助词，无义。芹(qín)：指水芹，植物名，多年生草本，生在水田、湿地等处，嫩叶可食。

[9] 旂：泛言旌旗。马瑞辰："《周官》：'上公建旂九旒，侯伯七旒，子男五旒。'观其所建旌旂，则诸侯之尊卑等级判焉。"

[10] 淠淠(pèi pèi)：飘动貌。

[11] 鸾(luán)：铃名。据说响起来声音像鸾的叫声。鸾：传说中凤凰一类的鸟。嘒嘒(huì huì)：象声词。古代旂上有铃。《尔雅·释天》："有铃曰旂。"

[12] 载：助词，无义。骖(cān)：一车驾三马。驷(sì)：一车驾四马。骖和驷都用如动词。

[13] 所：代词，指地方。届：到。《觐礼》："公侯伯子男皆就其旂而立。"

[14] 芾(fú)：通"韨(fú)"。古代的一种祭服，熟皮做的，用以蔽膝。股：大腿。

[15] 邪幅(bī):裹腿。邪:通"斜"。幅:裹腿。裹腿斜缠,所以叫斜幅。

[16] 彼:通"匪"。非,不。交:通"绞"。紧。纾(shū):缓。

[17] 只:助词,无义。

[18] 命:号令。

[19] 申:重(chóng)。《尔雅·释诂》:"申,重也。"

[20] 柞(zuò):见《小雅·车舝》注[15]。

[21] 蓬蓬:茂盛的样子。

[22] 殿:镇守。天子之邦:指"君子"统治力量所及的诸侯国。《小雅·北山》:"溥天之下,莫非王土。"周天子是全国土地的最高所有者,所以把诸侯国称为"天子之邦"。邦:国。

[23] 万:众多。攸(yōu):助词,无义。同:聚集。

[24] 平平(pián pián):治理有序的样子。左右:指"君子"之臣。

[25] 亦:也。是:代词,指"君子"。率从:顺从。率:遵循。

[26] 泛泛:漂浮的样子。杨:植物名,即杨树,落叶乔木,木材可作器物。

[27] 绋(fú):大绳。缅(lí):绳索。维:系。

[28] 葵:通"揆"(kuí),度量,考察。

[29] 膍(pí):厚。《尔雅·释诂》:"膍,厚也。"

[30] 优哉游哉:从容自得的样子。

[31] 是:此。戾(lì):至。《尔雅·释诂》:"戾,至也。"

角　弓

这是一首为上层统治者争夺爵禄、弟兄之间反目成仇而感慨的诗。诗的第一、二章劝告兄弟们搞好关系,要为下民做出榜样。第三、四、五章表扬互相包涵的弟兄,谴责那些不度德量力、争权夺利、搞坏了弟兄关系的人。第六章又劝告这些人应该兄弟亲善,以得到下民拥护。第七、八章写由于那些人根本不听劝告,像野蛮人一样行事,诗人无可奈何,只能表示非常忧虑。

骍骍角弓[1]，	张弛便利的角弓，
翩其反矣[2]。	不张就向外翻。
兄弟婚姻[3]，	对兄弟和亲家，
无胥远矣[4]。	千万不要疏远。
尔之远矣[5]，	你疏远了亲戚，
民胥然矣[6]。	下民都那样干。
尔之教矣[7]，	你教下民为善，
民胥效矣[8]。	他们当然也照办。
此令兄弟[9]，	这些弟兄品德好，
绰绰有裕[10]。	家道殷实手头宽。
不令兄弟，	那些弟兄品德坏，
交相为瘉[11]。	互相嫉恨成祸患。
民之无良[12]，	别人品德不好，
相怨一方[13]。	你埋怨对方。
受爵不让[14]，	接受爵禄不相让，
至于已斯亡[15]。	自己的不善行为全忘光。
老马反为驹，	老马当驹担大任，
不顾其后。	不管以后怎么办。
如食宜饇[16]，	饭食吃饱就相宜，
如酌孔取[17]！	舀酒怎能没个完！

毋教猱升木[18]，	不用多余教猕猴上树，
如涂涂附[19]。	又像泥上附着泥。
君子有徽猷[20]，	大人先生有善行，
小人与属[21]。	小人自然来凭依。
雨雪瀌瀌[22]，	大雪漫天飘，
见晛曰消[23]。	一晒自然消。
莫肯下遗[24]，	不谦卑舍弃私利，
式居娄骄[25]。	一味在那儿专横骄傲。
雨雪浮浮[26]，	大雪纷纷下，
见晛曰流[27]。	一晒自然化。
如蛮如髦[28]，	不通情理如蛮夷，
我是用忧[29]。	我的心忧像针扎。

[1] 骍骍(xīng xīng)：弓调得很好，张弛便易的样子(依段玉裁说)。角弓：两端装饰着角的弓。

[2] 翩：向外翻的样子。反：向外翻。

[3] 婚姻：今俗称"亲家"。《说文》："婚，妇家也。""姻，婿家也。"

[4] 无：毋。胥(xū)：相，相互。

[5] 尔：你。

[6] 胥：皆。然：如此，这样。

[7] 教(jiào)：训诲。

[8] 效：学，仿效。

[9] 令：善。

[10] 绰绰(chuò chuò)：宽裕的样子。裕：富饶，富足。

[11] 瘉(yù)：损害，嫉恨。

[12] 无良：不善。

[13] 相：表示一方对另一方的动作。

[14] 爵：爵禄。

[15] 斯：连词，乃，就。亡：通“忘”。忘记。言但怨人之不让己，而忘乎己不让人。

[16] 如：好像。饫(yù)：饱。

[17] 如：而。酌：舀酒。孔：甚。

[18] 猱(náo)：猕猴。升：上。

[19] 第一个“涂”字是动词，抹泥。第二个“涂”字是名词，泥。附：附着。

[20] 徽：美，善。猷(yóu)：道。

[21] 与：亲附。属(zhǔ)：连属。

[22] 雨(yù)：落下。瀌瀌(biāo biāo)：大雪纷飞的样子。

[23] 晛(xiàn)：日光。曰：助词，无义。

[24] 下：谦下。遗：遗弃。

[25] 式：因而。娄(lǚ)：通“屡”。多次。骄：傲。

[26] 浮浮：大雪纷飞的样子。

[27] 流：化成水流失。

[28] 蛮：我国古代对南方少数民族的称呼。髦(máo)：古代西南少数民族名。字也作“髳(máo)”。这里借蛮髦表示粗野、不通情理。

[29] 是用：因此。是：此，作介词“用”的提前宾语。用：因。忧：忧虑。

菀　柳

周幽王无道，刑罚不中。一个遭到流放的大臣发出了怨言，并且告诫别人：柳荫本来可以乘凉，周王本来应该侍奉，但是幽王暴虐，各人还是以明哲保身为宜。

有菀者柳[1]，	有繁茂的柳树，
不尚息焉[2]？	谁不愿去树下休息？

上帝甚蹈[3]，	周王甚无恒心，
无自昵焉[4]。	别亲近他自讨苦吃。
俾予靖之[5]，	他叫我治理国事，
后予极焉[6]。	后来却又把我贬斥。
有菀者柳，	有繁茂的柳树，
不尚愒焉[7]？	谁不想去树下乘凉？
上帝甚蹈，	周王心思常变，
无自瘵焉[8]。	别亲近他自找祸殃。
俾予靖之，	让我治理国事，
后予迈焉[9]。	后来却把我流放。
有鸟高飞，	鸟儿高高飞，
亦傅于天[10]。	快迫近蓝天。
彼人之心[11]，	周王的心思，
于何其臻[12]？	哪里才有边？
曷予靖之[13]，	为什么让我治理国家，
居以凶矜[14]！	又使我处境凶险！

[1] 菀(yù)：通“郁”。草木茂盛的样子。柳：柳树。

[2] 尚：庶几，表示希望的意思。息：休息。

[3] 上帝：指周王。蹈：动，变动不定。言无恒心。

[4] 无：毋。昵：亲近。

[5] 俾(bǐ)：使。予：我。靖：安。

[6] 后：后来。予：我。这里作动词“极”的宾语。极：通“殛(jí)”。诛罚。

[7] 愒(qì)：休息。字亦作“憩”。

[8] 瘵(zhài)：病。
[9] 迈：远行。
[10] 傅：至,迫近,接近。
[11] 彼人：指周王。
[12] 何：哪里。臻：达到。
[13] 曷(hé)：怎么。
[14] 居：处于。凶矜：凶危的境地。矜,危险。

都人士之什

都人士

诗人怀念曾来自王都又回到王都去了的贵族男女,赞赏他们的教养、谈吐、装束、发式,但不得再见,只能心中向往而已。

彼都人士[1],	那王都来的男子,
狐裘黄黄[2]。	狐皮衣服黄下摆。
其容不改[3],	他们的装束有定式,
出言有章[4]。	他们的谈吐有文采。
行归于周[5],	他们已回王都去,
万民所望[6]。	万民盼望他再来。
彼都人士,	那王都来的男子,
台笠缁撮[7]。	头戴草帽黑布冠。
彼君子女[8],	那贵族家的女子,
绸直如发[9]。	头发厚密如青缎。

我不见兮，	我不能看见他们，
我心不说[10]。	心里惆怅不喜欢。
彼都人士，	那王都来的男子，
充耳琇实[11]。	耳旁垂着小圆石。
彼君子女，	那贵族家的女子，
谓之尹吉[12]。	人称尹氏或姞氏。
我不见兮，	我不能看见他们，
我心苑结[13]。	心中郁闷难消释。
彼都人士，	那王都来的男子，
垂带而厉[14]。	腰间衣带往下垂。
彼君子女，	那贵族家的女子，
卷发如虿[15]。	发束后翘如蝎尾。
我不见兮，	我不能看见他们，
言从之迈[16]。	想跟上去把他们追。
匪伊垂之[17]，	不是衣带往下垂，
带则有余。	衣带太长而有余。
匪伊卷之[18]，	不是发束故意鬈，
发则有旟[19]。	按风尚自当扬起。
我不见兮，	我不能看见他们，
云何盱矣[20]！	心中该是多忧虑！

[1] 彼：指示代词。都：王都，指周的都城镐京。

[2] 裘：毛皮衣服。

[3] 其：代词，指“彼都人士”。容：仪容，装束。

[4] 章：文采。

[5] 行：往。周：指周都镐京。

[6] 所：代词，放在动词前，代表接受动作的事物，这里指“彼都人士”。望：瞻望，景仰。

[7] 台（tái）：草名。也作“薹（tái）”。又称夫须，多年生草本，高三四尺，叶可制笠。笠：用竹或草编成的帽子，可以遮雨、遮阳光。缁（zī）：黑色。撮（cuō）：古代一种束发的小帽。

[8] 君子：指地位高的人。

[9] 绸直如发：言其发既稠密又直。绸，通“稠”。密。如，形容词尾。

[10] 说（yuè）：喜悦。这个意义后代写作“悦”。

[11] 充耳：见《齐风·著》注[2]。琇（xiù）：似玉的美石。实：果实，这里形容美石之圆。

[12] 谓：称。之：代词，指“彼君子女”。吉：原写作姞（jí）。尹、姞：即尹氏、姞氏，贵族女子的姓。

[13] 苑（yùn）结：郁结，积聚不得发泄。苑，通“蕴”。郁闷，不舒畅。

[14] 而：如。厉：束衣大带下垂的部分。

[15] 卷（quán）发：头上发束翘起的部分。卷，也写作“鬈”。虿（chài）：蝎子一类的毒虫，尾长而上翘。

[16] 从：随从。之：代词，指“彼都人士”与“彼君子女”。迈：远行。

[17] 匪：非。伊：助词，无义。

[18] 卷（quán）：同“鬈”，动词，把头发弄鬈。

[19] 旟（yú）：飞扬貌。

[20] 云：助词，无义。盱（xū）：忧愁。

采　绿

这是一首情歌。前两章是女主人公在焦急地等待着那位男子。

❖ 后两章是女主人公要为那位男子打猎、钓鱼做准备工作，并愿意跟他一起去钓鱼。

终朝采绿[1]，	荩草采了一早晨，
不盈一匊[2]。	可是还不满一捧。
予发曲局[3]，	我的头发乱蓬蓬，
薄言归沐[4]。	还是回家洗干净。
终朝采蓝[5]，	蓝草采了一早晨，
不盈一襜[6]。	还是不满一围腰。
五日为期[7]，	说好五天就回来，
六日不詹[8]。	可都六天还没到。
之子于狩[9]，	这人去打猎，
言韔其弓[10]。	我用袋子装弓箭。
之子于钓，	这人去钓鱼，
言纶之绳[11]。	我为他搓好钓鱼线。
其钓维何[12]？	他钓什么鱼？
维鲂及鲔[13]。	鲂鱼和鲔鱼。
维鲂及鲔，	鲂鱼和鲔鱼，
薄言观者。	让我看看去。

[1] 终朝(zhāo)：古人一日两餐，从日出到吃早饭时间为终朝。绿(lù)：通“菉(lù)”。菉是植物名，即荩(jìn)草，一年生草本，叶子卵状披针形，花灰绿色或带紫色，颖果长圆形。茎和叶可以做黄色染料。

[2] 盈：满。匊(jū)：两手捧。后来写作“掬”。

[3] 予：我。曲局：鬈曲。

[4] 薄言：都是动词词头。沐(mù)：洗头。

[5] 蓝：植物名，即蓼(liǎo)蓝，一年生草本，秋季开花，花落后结三菱形小果，叶子含蓝汁，可以做蓝色染料。

[6] 襜(chān)：系在身前的围裙。

[7] 期：约定的时日。

[8] 詹：至，到达。

[9] 之：指示代词，这。子：指男子。于：动词词头。狩(shòu)：冬猎。这里泛指打猎。

[10] 韔(chàng)：古时装弓的袋子。这里用作动词，等于说把弓装进袋子。

[11] 纶(lún)：钓丝。这里作动词，整理(钓丝)。之：代词，他。绳：钓丝。

[12] 其：代词，指“之子”。

[13] 鲂(fáng)：鱼名，形状跟鳊鱼相似而较宽，银灰色，胸部略平，腹部中央隆起。鲔(xù)：鱼名，又名鲢鱼，身体侧扁，鳞细，背青黑色，腹部白色。

黍 苗

周宣王封申伯于谢，派遣召伯率领众人去谢营造城邑。这首诗借役夫之口歌颂召伯的功绩。从诗中可以看到广大役夫这次南行受到的千辛万苦，也可以听到他们在竣工后急切要求回家过安定生活的呼声。

芃芃黍苗[1]，	密密层层的黍苗，
阴雨膏之[2]。	阴雨滋润着它们。
悠悠南行[3]，	遥远的南方之行，

召伯劳之[4]。　　召伯来慰劳众人。

我任我辇[5]，　　我们负重拉辇，
我车我牛[6]。　　我们把牛车赶。
我行既集[7]，　　我们南行已结束，
盖云归哉[8]！　　干嘛还不回还！

我徒我御[9]，　　我们乘车又徒步，
我师我旅[10]。　　我们排成队伍走。
我行既集，　　我们南行已结束，
盖云归处[11]！　　干嘛还不回家住！

肃肃谢功[12]，　　严正的谢邑工程，
召伯营之[13]。　　召伯筹划建筑它。
烈烈征师[14]，　　威武的南行队伍，
召伯成之[15]。　　召伯组织调度它。

原隰既平[16]，　　高原低地已整平，
泉流既清[17]。　　泉水河流已治清。
召伯有成[18]，　　召伯取得成功，
王心则宁[19]。　　周王方才安心。

[1] 芃芃(péng péng)：植物茂盛的样子。黍(shǔ)：农作物的一种，碾成米叫黄米。

[2] 膏(gào)：润泽。之：代词，指“黍苗”。

[3] 悠悠：遥远的样子。

[4] 召(shào)伯：即召穆公虎，周文王的庶子，召公奭(shì)之后。召是他的采邑。劳：慰劳。

[5] 任：负重。辇(niǎn)：人拉的车子。这里用作动词，当拉车讲。

[6] 车：用作动词，赶车。牛：用作动词，牵牛。

[7] 集：成。谓营谢之役完成。

[8] 盖(hé)：通“盍(hé)”。何不。云：助词，无义。

[9] 徒：步行。御：驾车。

[10] 旅：五百人的队伍。师：五旅为师。这里“师旅”是军队的通称。

[11] 处：止息。

[12] 肃肃：严正的样子。谢：古地名，在今河南省唐河县南。周宣王封申伯于此。功：工役之事，指工程。

[13] 营：营造。之：代词，指“谢功”。

[14] 烈烈：威武的样子。《尔雅·释训》：“烈烈，威也。”

[15] 成：组织。之：代词，指“征师”。

[16] 原：高而平的地方。隰(xí)：低湿的地方。平：平治土地。

[17] 泉：泉水。流：河流。清：清治河流。

[18] 成：成就。

[19] 王：周王。

隰　桑

这是一首情歌。女主人公一见她所爱的男子就喜形于色，说话声也更加响亮了。但是她不好意思表白对他的爱慕，只好每天思念他。

隰桑有阿，	洼地桑枝柔，
其叶有难[1]。	叶子鲜又嫩。
既见君子[2]，	见了心上人，
其乐如何！	别提多高兴！

隰桑有阿[3]，	洼地桑枝柔，
其叶有沃[4]。	叶子肥又亮。
既见君子，	见了心上人，
云何不乐[5]！	怎不喜洋洋！
隰桑有阿，	洼地桑枝柔，
其叶有幽[6]。	叶子黑黝黝。
既见君子，	见了心上人，
德音孔胶[7]。	缠绵情意深。
心乎爱矣[8]，	心里爱着他，
遐不谓矣[9]？	何不对他讲？
中心藏之[10]，	心里藏着他，
何日忘之？	何日能相忘？

[1] 隰桑有阿(ē),其叶有难(nuó)：有：形容词词头。“阿难”本叠韵联绵词,柔美貌,这里单用。

[2] 君子：指情郎。

[3] 阿：“阿难”的省语。

[4] 沃：茂盛。

[5] 云：助词,无义。

[6] 幽(yǒu)：通“黝(yǒu)”。黑色。

[7] 德音：善言。参见《邶风·谷风》注[6]。胶：牢固。

[8] 乎：语气词。

[9] 遐(xiá)：通“胡”。何,为什么。谓：对(某人)说。

[10] 中心：心中。之：代词,他。下句“之”字同此。

白 华

一个男子,他所爱的那个高个女子跟他好一阵,坏一阵,最后干脆丢开他到别处去了,害得他忧愁烦恼,嘴里骂她薄情,心里又割舍不下。

白华菅兮[1],	菅草入水浸泡,
白茅束兮[2]。	再用白茅扎腰。
之子之远[3],	这人去那远方,
俾我独兮[4]。	使我孤单难熬。
英英白云[5],	轻纱一般的雾气,
露彼菅茅[6]。	滋润那菅草白茅。
天步艰难[7],	我的时运艰难,
之子不犹[8]。	这人并不思考。
滮池北流[9],	滮池流向北边,
浸彼稻田[10]。	灌溉着沿岸稻田。
啸歌伤怀[11],	长啸歌咏好伤心,
念彼硕人[12]。	把那高个儿思念。
樵彼桑薪[13],	砍那桑枝当柴烧,
卬烘于煁[14]。	我在炉边把火烤。
维彼硕人,	那个女子个儿高,

实劳我心[15]。	实在害得我好苦恼。
鼓钟于宫[16]，	在屋子里敲钟，
声闻于外。	声音传到外面。
念子懆懆[17]，	我想她想得忧烦，
视我迈迈[18]。	她见我却不喜欢。
有鹙在梁[19]，	秃鹙停在石梁，
有鹤在林[20]。	仙鹤栖在树林。
维彼硕人，	那个高个美人，
实劳我心。	实在愁苦我心。
鸳鸯在梁[21]，	鸳鸯停在石梁，
戢其左翼[22]。	收敛它的左翼。
之子无良[23]，	这人品性不善，
二三其德[24]。	再三改变主意。
有扁斯石[25]，	那里一块扁石，
履之卑兮[26]。	踩上仍嫌太低。
之子之远，	这人去那远方，
俾我疧兮[27]。	使我忧思成疾。

[1] 白华(huā)：植物名，即菅(jiān)，多年生草本，叶子细长而尖，花绿色，结颖果，褐色，茎部经过沤渍，剥取纤维可以制作绳索、草鞋等。菅：这里指沤渍过的菅。

[2] 白茅：植物名，多年生草本，春季先开花，后生叶子，花穗上密生白毛。

古代用白茅捆扎东西。束：捆。

[3] 之：指示代词，这。子：指女子。之：往，到。远：远方。

[4] 俾(bǐ)：使。独：孤独。

[5] 英英：轻明的样子。白云：水上轻明的雾气。

[6] 露：润泽。《说文》："露，润泽也。"

[7] 天步：等于说时运。

[8] 犹：谋划。

[9] 滮(biāo)池：古水名，在今陕西省西安市西北。

[10] 浸：灌溉。

[11] 啸：撮口发出长而清越的声音。伤怀：伤心。

[12] 念：思念。硕：大。

[13] 樵(qiáo)：砍柴。薪：柴火。

[14] 卬(áng)：我。烘(hōng)：向火取暖。煁(chén)：可以携带的灶。

[15] 劳：忧愁。

[16] 鼓：敲击。宫：室。

[17] 懆懆(cǎo cǎo)：忧愁貌。

[18] 迈迈：不悦。

[19] 鹙(qiū)：古书上说的一种水鸟，头和颈上都没有毛。梁：见《齐风·敝笱》注[1]。

[20] 鹤：鸟类的一种，头小颈长，嘴长而直，脚细长，翼大善飞。

[21] 鸳鸯：见《小雅·鸳鸯》注[1]。

[22] 戢其左翼：见《小雅·鸳鸯》注[6]。

[23] 无良：不善。

[24] 二三：谓不专一；反复无定。德：心意。

[25] 斯：指示代词，这。

[26] 履：踩在上面。之：代词，指"石"。卑：低。

[27] 疷(qí)：病。

绵　蛮

一个长途跋涉的公差，饥渴劳累，又担心不能按上面规定的期限赶到目的地。在这种无可奈何的情况下，他用幻想安慰自己。他幻想有一个大官的车队路过这里，这个大官会同情他、帮助他。每章前四句是自己叫苦，后四句是幻想中的情景。

绵蛮黄鸟[1]，	华丽的金丝雀，
止于丘阿[2]。	停止在山弯处。
道之云远[3]，	路途长又远，
我劳如何[4]？	看我多辛苦？
“饮之食之[5]，	“让他喝水吃饭，
教之诲之[6]。	开导劝慰一场。
命彼后车[7]，	指示随行马车，
谓之载之[8]。”	招呼让他坐上。”
绵蛮黄鸟，	华丽的金丝雀，
止于丘隅[9]。	停在山角边。
岂敢惮行[10]，	岂敢怕走路？
畏不能趋[11]。	只怕走得慢。
“饮之食之，	“让他喝水吃饭，
教之诲之。	开导劝慰一场。
命彼后车，	指示随行马车，
谓之载之。”	招呼让他坐上。”
绵蛮黄鸟，	华丽的金丝雀，
止于丘侧[12]。	停在半山腰。
岂敢惮行？	岂敢怕走路？

畏不能极[13]。　　只怕走不到。
"饮之食之，　　"让他喝水吃饭，
教之诲之。　　开导劝慰一场。
命彼后车，　　指示随行马车，
谓之载之。"　　招呼让他坐上。"

[1] 绵蛮：花纹缛密的样子（参用马瑞辰说）。黄鸟：即金丝雀，面部至胸部黄色，腰部黄绿色，腹部白色，尾巴和翅膀黑色。

[2] 止：止息。丘：土山。阿（ē）：曲处。

[3] 道：路。之：助词，无义。云：助词，无义。

[4] 劳：劳苦。

[5] 饮（yìn）：给人东西喝。食（sì）：给人东西吃。

[6] 教：开导。诲：劝说。

[7] 命：指使。后车：后面随行的车。

[8] 谓：告诉。载：乘。

[9] 隅（yú）：山角。

[10] 惮（dàn）：畏难，有所顾忌。行：步行。

[11] 趋：快走。

[12] 侧：侧面。

[13] 极：至，到达。《尔雅·释诂》："极，至也。"

瓠　叶

郑玄说这是庶人在农事结束以后饮酒会朋友的诗。诗中"君子"，指庶人中有德行者。

幡幡瓠叶[1]，　　瓠叶上下翻，

采之亨之[2]。	摘来煮菜汤。
君子有酒，	君子酿有酒，
酌言尝之[3]。	舀来尝一尝。
有兔斯首[4]，	这儿有只兔，
炮之燔之[5]。	包起火上烤。
君子有酒，	君子酿有酒，
酌言献之[6]。	舀来敬宾客。
有兔斯首，	这儿有只兔，
燔之炙之[7]。	火上烤得嫩。
君子有酒，	君子酿有酒，
酌言酢之[8]。	舀来敬主人。
有兔斯首，	这儿有只兔，
燔之炮之。	烧得香喷喷。
君子有酒，	君子酿有酒，
酌言酬之[9]。	舀出敬嘉宾。

[1] 幡幡(fān fān)：翻动的样子。瓠(hù)：瓠子，植物名，一年生草本，茎蔓生，花白色，果实细长、圆筒形，表皮淡绿色，果肉白色，可以做蔬菜。瓠叶嫩的时候也可以做羹，味美。

[2] 亨(pēng)：同“烹”。

[3] 酌：舀酒。

[4] 斯：指示代词。首：量词，头，只。

[5] 炮(páo)：把带毛的肉涂上泥烧烤。燔(fán)：烧炙。

[6] 献：向客人敬酒。

[7] 炙：烤。

[8] 酢(zuò)：客人向主人敬酒。

[9] 酬：客人向主人祝酒后，主人再向客人进酒。

渐渐之石

这是一首歌唱东征的诗。诗人用路途的遥远，行军的劳苦，和滂沱大雨给军队带来的困难，来反衬勇士们急如星火地前进，有进无退，誓死不二的英雄行为和献身精神。

渐渐之石[1]，	峻峭的山石，
维其高矣。	它巍然高耸。
山川悠远[2]，	山高水长啊，
维其劳矣[3]。	路途多辛勤。
武人东征[4]，	勇士们东征，
不遑朝矣[5]。	不及等天明。

渐渐之石，	高耸的山石，
维其卒矣[6]。	它实在险峻。
山川悠远，	山高水长啊，
曷其没矣[7]？	何日有个尽？
武人东征，	勇士们东征，
不遑出矣[8]。	不曾想回程。

有豕白蹢[9]，　　猪儿白蹄子，
烝涉波矣[10]。　　向前蹚水行。
月离于毕[11]，　　月亮靠毕宿，
俾滂沱矣[12]。　　将有大雨淋。
武人东征，　　勇士们东征，
不遑他矣[13]。　　誓死无二心。

[1] 渐渐(chán chán)：通“巉巉”。山石高峻的样子。

[2] 川：河流。悠：长。

[3] 劳：劳苦。

[4] 武人：战士。

[5] 不遑：无暇。遑：闲暇。朝(zhāo)：早晨。

[6] 卒：“崒”(zú)的假借字，高峻而危险。

[7] 曷：何时。没：尽，尽头。

[8] 出：离开，脱离。

[9] 豕(shǐ)：猪。蹢(dí)：蹄。

[10] 烝(zhēng)：进。涉：蹚水。波：水波。

[11] 离：“罹”(lí)的假借字，遭。毕：指毕宿。毕宿，二十八宿之一，有八颗星，形状如毕。毕是畋猎之网。

[12] 俾(bǐ)：使。滂沱：雨下得很大。这里用作动词。

[13] 他：别人，其他的事。

苕之华

这是挣扎在死亡线上的穷人悲愤的歌声。

苕之华[1]，　　紫葳开花啊，

芸其黄矣[2]。	颜色赤黄。
心之忧矣，	心中忧虑啊，
维其伤矣！	该多悲伤！
苕之华，	紫葳开花啊，
其叶青青。	叶子青青。
知我如此，	早知我这样，
不如无生！	不如不要生！
牂羊坟首[3]，	瘦母羊头大身子小，
三星在罶[4]。	鱼笼只有三星照。
人可以食[5]，	人要吃饭缺不了，
鲜可以饱[6]。	可很少能够吃得饱。

[1] 苕(tiáo)：植物名，落叶木质藤本，茎能攀援上升，夏秋开黄红色花。也叫紫葳或凌霄。之：助词，无义。华：开花。

[2] 芸：见《小雅·裳裳者华》注[6]。

[3] 牂(zāng)：母羊。坟：大。羊瘠则首大。羊瘦说明地上的青草不多了。

[4] 三星：指参宿(shēn xiù)。参宿是二十八宿之一，有耀目的三星(猎户座的β、α、γ)连成一线。罶(liǔ)：竹制的捕鱼工具。三星空照捕鱼笼，说明水中已无鱼虾。

[5] 食：动词，吃。这句是说，不论食物好坏、多少，人们总得吃一点以维持生命。

[6] 鲜(xiǎn)：少。

何草不黄

繁重的徭役，使人民背井离乡，长期在外奔波，痛苦不堪。

何草不黄？	哪种草不枯黄？
何日不行？	哪一天不赶路？
何人不将[1]，	哪个人不奔走，
经营四方[2]？	劳作于四方各处？
何草不玄[3]？	哪种草不变黑红？
何人不矜[4]？	哪个人不打光棍？
哀我征夫[5]，	可怜我们这些征夫，
独为匪民[6]？	难道说就不是人？
匪兕匪虎[7]，	不是犀牛和老虎，
率彼旷野[8]。	却天天走在旷野中。
哀我征夫，	可怜我们这些征夫，
朝夕不暇。	整日里没有闲空。
有芃者狐[9]，	皮毛蓬松的狐狸，
率彼幽草[10]。	在深草丛中奔忙。
有栈之车[11]，	板棚镶边的役车，
行彼周道[12]。	走在大路上。

[1] 将：行。《广雅·释诂》："将，行也。"

[2] 经营：往来。直行为经，周行为营。这里指奔走劳作。

[3] 玄：黑红色。这里形容枯草的颜色。

[4] 矜(guān)：通"鳏(guān)"。鳏夫，指老而无妻的人。

[5] 征夫：远行之人。

[6] 独：唯独。匪：非。民：人。谓不被当人看待。

[7] 匪：非。兕(sì)：古代犀牛类的兽。

[8] 率：循，行。旷：空阔。

[9] 芃(péng)：兽毛蓬松的样子。

[10] 幽：深。

[11] 栈车：役车。栈：编竹木为棚。《说文》："栈，棚也。"

[12] 周道：大路。

大　雅

文王之什

文　王

这首诗是西周初期的作品。作者是一位身居国家高位的权威人物。他认为殷的灭亡，是因为殷王的行为违背了天命；周有天下，是因为文王施行德政，赢得了天命。要求殷的遗民按天意行事；要求全国贵族吸取殷商灭亡的教训，效法文王，修养德行，达到长治久安。作者这种天命观是不可信的，但诗人要求人们不忘前朝经验的做法对社会的发展是有促进作用的。

文王在上，	文王神灵在天上，
於昭于天[1]。	他的光辉啊，把天照亮！
周虽旧邦，	我周虽然受封久远，
其命维新[2]。	上帝命文王新建帝邦。
有周不显[3]，	我周朝威名四海显扬，
帝命不时[4]。	天命归我，及时恰当。
文王陟降[5]，	文王神灵时升时降，
在帝左右。	他无时不在上帝身旁。
亹亹文王[6]，	文王为国操劳不息，

令闻不已[7]。	他的美名流传不已。
陈锡哉周[8]，	上帝把天下赐给周朝。
侯文王孙子[9]。	王位只传给文王的儿子和孙子。
文王孙子，	他们都是文王的儿子和孙子，
本支百世[10]。	子孙嫡庶百代延袭；
凡周之士，	凡是周朝的公卿百官，
不显亦世[11]。	也代代显赫，享有福气。
世之不显，	代代显赫，享有福气，
厥犹翼翼[12]。	他们仍是小心翼翼，献计献策。
思皇多士[13]，	但愿众多优秀人材，
生此王国。	产生我们大周王国。
王国克生[14]，	王国最能扶植人材，
维周之桢[15]。	他们都是国家的栋梁。
济济多士[16]，	人材济济满庙堂，
文王以宁[17]。	文王心神得安详。
穆穆文王[18]，	文王严肃和蔼待人，
於缉熙敬止[19]。	一心为国啊，光明磊落！
假哉天命[20]，	伟大的天命不可改变，
有商孙子[21]。	殷商的子孙应该明白。
商之孙子，	殷商的子孙啊，
其丽不亿[22]。	他们人丁何止成千上百。
上帝既命，	上帝既然做了安排，
侯于周服[23]。	就应全心全意臣服周国。

侯服于周，	全心全意臣服周朝，
天命靡常[24]。	天命没有永恒之道。
殷士肤敏[25]，	殷朝人士壮美敏捷，
祼将于京[26]。	来到京城助祭宗庙。
厥作祼将，	他们在助祭的时候，
常服黼冔[27]。	常穿戴殷朝的衣帽。
王之荩臣[28]，	你们是周王忠顺之臣，
无念尔祖[29]。	再不要把祖先念叨。

无念尔祖，	再不要把祖先念叨，
聿修厥德[30]。	人人都把德性修好。
永言配命[31]，	让行为永合天命，
自求多福。	由自身求大福来到。
殷之未丧师[32]，	殷朝政治清明之时，
克配上帝[33]。	事事也能符合上帝的旨意。
宜鉴于殷[34]，	应当借鉴殷的灭亡，
骏命不易[35]。	天命归周，来之不易。

命之不易，	天命归周，来之不易，
无遏尔躬[36]。	别由你们毁掉天命。
宣昭义问[37]，	切要宣明文王德政，
有虞殷自天[38]。	要记住殷的命运由天而定。
上天之载[39]，	天老爷行事的时候，
无声无臭[40]。	既无气味，也无声音。
仪刑文王[41]，	大家都来效法文王，

万邦作孚[42]。　　天下自然相信顺从。

[1] 於(wū)：叹词，相当于“啊”。昭：明，光亮。

[2] 命：天命。

[3] 有：名词词头。不：通“丕”，大。下句的“不”同。显：显露，显扬。

[4] 帝：上帝。时：意为“及时”。

[5] 陟(zhì)降：升降。

[6] 亹亹(wěi wěi)：通“勉勉”，勤勉的样子。

[7] 令闻：善誉，美好的声誉。已：止。

[8] 陈：布，施。锡：赐。哉：始。

[9] 侯：语气词，义同“维”。“维”通“唯”，这里有“只有”的意思。孙子：子孙。

[10] 本：指嫡传子孙。支：指庶族子孙。百世：百代。

[11] 不：见本篇注[3]。世：代，这里意思是“代代”。

[12] 厥：代词，他们(的)，指上章所说的“凡周之士”。犹：计谋。翼翼：努力恭敬的样子。

[13] 思：想，希望。皇：形容词，美的，优秀的。多士：大批人才。

[14] 克：能。生：这里作使动词用，意思是“使……生长”，即“培育”，“扶植”。

[15] 桢：树干，这里意为“骨干”，“栋梁”。

[16] 济济：众多的样子。

[17] 以：介词，它后面省略了宾语“之”(多士)。

[18] 穆穆：既严肃又和蔼的样子，多用来形容君主的神态。

[19] 於：见本篇注[1]。缉熙：光明。敬：严肃。止：语气词。

[20] 假：大(依朱熹说)。

[21] 有：名词词头。“有商”，即“商”。

[22] 丽：数目。不亿：不止一亿，这里极言其多。

[23] 侯：维，句首语气词，有“只”的意思。于：介词，对，向。服：臣服。

[24] 靡：无，没有。常：常规。

[25] 肤：壮美。敏：敏捷。

[26] 祼(guàn)：一种祭祀名，也叫“灌祭”。将：行。京：京师，首都。

[27] 黼(fǔ)：黼裳，绣有黑白花纹的礼服。冔(xǔ)：殷人戴的礼帽。

[28] 荩(jìn)：忠。

[29] 无：同“毋”，不要。

[30] 聿(yù)：动词词头，无实际意义。

[31] 永：永远，经常。言：动词词头。无实际意义。配：合，符合。

[32] 师：众，众人，百姓。

[33] 克：能。

[34] 宜：应当。鉴：镜子。这里用作动词，意为“借鉴”。于：介词，从。

[35] 骏：大。易：容易。

[36] 遏(è)：止，这里意为“中断”。躬：身。

[37] 宣：宣扬。昭：明。义：善，好。问：同“闻”。“义问”与上面的“令闻”同义。

[38] 有：又。虞：想到，考虑。

[39] 之：助词，加在主语“上天”和谓语“事”之间，使本句具有“……的时候”的意思。载：事。

[40] 臭：气味。

[41] 仪刑：法度，标准。仪：象。刑：法。这里“仪刑”作意动词用，意为“把……当作法度”，即“取法”、“效法”。

[42] 万邦：万国，指“天下”。作：兴起。孚：信实。

大　明

这首诗记叙了王季、文王的成亲经过，描述了武王伐纣的宏伟场面。作者认为上帝根据人间君王的善恶决定赋予或取消其享有王位的权力。从王季开始，上帝就失去了对殷商的信任，而把天命向周转移。作者认为天命的向背和政治的兴衰是一回事。从本诗可以看出商衰周兴的历史。本诗以时间先后为顺序，叙事有条不紊，具体真切。每章之间蝉联递系，结构严密。

明明在下[1]，　　　　人间君主政治清明，赫赫在上[2]。　　必然感应显现天庭。
天难忱斯[3]，　　上帝主意不是不变，
不易维王[4]。　　作君王也不那么轻松。
天位殷适[5]，　　王位本由纣王继承，
使不挟四方[6]。　　可上帝不让他把四方统领。

挚仲氏任[7]，　　挚国公主名叫大任，
自彼殷商[8]，　　她从殷商属地出发，
来嫁于周，　　遥远地嫁到了周国，
曰嫔于京[9]。　　在我京都合欢成亲。
乃及王季[10]，　　王季于是有了佳偶，
维德之行[11]。　　他事事都按美德而行。
大任有身[12]，　　大任很快怀孕了啊，
生此文王。　　文王于是在人间诞生。

维此文王，　　就是这位文王，
小心翼翼。　　办事小心，严肃认真。
昭事上帝[13]，　　一片诚心侍奉上帝，
聿怀多福[14]。　　靠行动求来了大福降临。
厥德不回[15]，　　他的品德纯正无邪，
以受方国[16]。　　因此四方诸侯向他靠拢。

天监在下[17]，　　上帝明察人世善恶，
有命既集[18]。　　天命已向周国移转。
文王初载[19]，　　文王风华正茂之年，

天作之合[20]。	上天安排好了姻缘。
在洽之阳[21]，	在那洽水的北岸，
在渭之涘[22]。	在那渭水的岸边。
文王嘉止[23]：	文王见大姒连声赞美：
大邦有子[24]。	“贵国公主非同一般。”
大邦有子，	贵国公主非同一般，
伣天之妹[25]。	好比九天仙子下凡。
文定厥祥[26]，	送上聘礼定下良缘，
亲迎于渭[27]。	亲自迎娶到渭河岸边。
造舟为梁[28]，	制造船只连成浮桥，
不显其光[29]。	大大显示周国的体面。
有命自天，	大命来自上天，
命此文王：	命令这位文王：
于周于京[30]，	“在周国的京城，
缵女维莘[31]，	莘国有漂亮的姑娘，
长子维行[32]，	长女大姒出嫁来周，
笃生武王[33]。	天厚赐她生下武王。”
保右命尔[34]：	保佑命令武王：
燮伐大商[35]。	“联合诸侯讨伐殷商。”
殷商之旅[36]，	殷纣王所纠集的大军，
其会如林[37]。	集会起来像一片森林。
矢于牧野[38]，	武王在牧野誓师：

维予侯兴[39]。	“只有我军势在正兴，
上帝临女[40]，	上帝亲自察看你们，
无贰尔心[41]。	千万不要怀有贰心。”
牧野洋洋[42]，	牧野一望广阔无边，
檀车煌煌[43]，	檀木兵车气势雄壮，
驷騵彭彭[44]。	黑鬃红马气宇轩昂。
维师尚父[45]，	尚父太公是参谋总长，
时维鹰扬[46]。	指挥我军像雄鹰飞扬。
凉彼武王[47]，	就是他辅佐武王，
肆伐大商[48]，	纵兵进击，讨伐殷商，
会朝清明[49]。	早晨战斗结束，从此天下安康。

[1] 下：指人间。“明明在下”，即“在下明明”，意为人间君王的政治清明。

[2] 上：指天上。“赫赫在上”，即“在上赫赫”，意为人君的清明政治一定会显现于天上，上帝眼中是很清楚的。赫赫：明显的样子。

[3] 忱(chén)：信实。这里意为“执着不变”。斯：句末语气词，表示感叹。

[4] 不易维王：即“维王不易”。维：句首语气词。易：容易。

[5] 天位：天子之位。适：配给，享有。

[6] 挟(xié)：这里意为“据有”。四方：天下。

[7] 挚：古代国名。仲：排行第二。氏任：姓任。挚国国君姓任。这里指挚国任姓国君的第二个姑娘“大任”。

[8] 自彼殷商：挚国属殷王管辖，大任出嫁到周，就是从殷商地方出发的。

[9] 曰：动词词头，无实际意义。嫔(pín)：妇女。这里活用为动词，意为“出嫁”。京：周的首府。

[10] 乃：副词，于是，就。及：配与。王季：大王的儿子，文王的父亲。

[11] 维：同“唯”，句首语气词。之：代词，复指“行”的提前宾语“德”。

“维德之行”即“行维德”。

[12] 身：有身，怀孕。

[13] 昭：明，意为光明磊落地。事：侍奉，效忠。

[14] 聿：动词词头，无实际意义。怀：来，希求。

[15] 厥：代词，他的。回：违背正道，邪。

[16] 以：介词，凭，靠。“以”后省略了宾语“之”（指“厥德不回”的行为）。受：接受，接纳。方国：四方来附的小国。

[17] 监：监视。下：人间。

[18] 有：名词词头，无实际意义。命：天命。集：降落。

[19] 载：年。

[20] 之：代词，他们，指文王和大任。合：配。

[21] 洽(hé)阳：洽水北岸。洽水在今陕西合阳县，早已干涸。大姒是古莘国的姑娘。古莘国就在今合阳县。

[22] 涘(sì)：水边。

[23] 嘉：赞美。止：句末语气词。

[24] 大邦：大国，指莘国。子：姑娘，指大姒。这是一句赞美的话。

[25] 俔(qiàn)：好比，好像。

[26] 文：礼。祥：吉事，指定婚之喜。

[27] 迎：迎娶。

[28] 梁：桥。这里指用船连起来的浮桥。

[29] 不：通“丕”，大。

[30] 于周于京：等于说“于周京”。于：在。第二个“于”字是衬字，无实际意义。

[31] 缵(zuǎn)：同“嬇”，皮肤白皙的美女。维：语气词，帮助判断。莘：古国名，姒姓。

[32] 长子：长女，指大姒。行：出嫁。

[33] 笃：厚。

[34] 保右命尔：保佑你命令你。尔：指文王。

[35] 燮(xié)：协助。一说协和，联合。

[36] 旅：军队。

[37] 会：会集。如林：像森林中的树木一样众多。

[38] 矢："誓"的假借字。牧野：地名。在今河南省淇县西南，位于商都朝歌南七十里。

[39] 维：同"惟"，句首语气词，有"只"的意思。侯：语气词，加强肯定语气。兴：兴起。

[40] 临：从上往下看。女：指参加会战的诸侯和将士们。

[41] 无：同"毋"，不要。本句是说：你们不能怀有贰心。

[42] 洋洋：辽阔广大的样子。

[43] 檀：檀树，木质坚实可制兵车。煌煌：鲜明的样子。

[44] 驷騵(yuán)：泛指驾车的战马。一辆兵车驾四匹马叫"驷"。红马黑鬃白腹叫"騵"。彭彭：强盛的样子。

[45] 维：句首语气词。师：大师，即军师，总参谋长。尚父：姜太公吕望，字子牙，武王尊称为"尚父"。

[46] 时：当时。鹰扬：像雄鹰展翅飞扬。

[47] 凉：《韩诗》作"亮"。《尔雅·释诂》："亮，右也。"佐助的意思。

[48] 肆：纵兵疾驰的样子。

[49] 会朝：会战的早晨。清明：(取得胜利，以至)天下清明。

绵

这首诗记述了周文王的祖父古公亶父带领周人从豳迁到岐山周原的历史过程。这次迁居后，周人有了肥沃的田地，开始建造大型宫室，对周围外族、小国采取了比较灵活的怀柔政策，因此周国日益强大。诗人歌颂了古公亶父的这些历史功绩。

绵绵瓜瓞[1]，	大瓜小瓜接连不断，
民之初生[2]，	我们周国的祖先，
自土沮漆[3]。	从杜水迁到漆水岸边。
古公亶父[4]，	直到古公亶父时代，

陶復陶穴[5]，	居住的是地窝子、窑洞，
未有家室。	还没有房子和宫殿。
古公亶父，	好个古公亶父，
来朝走马[6]。	清晨带臣民驰马上路。
率西水浒[7]，	沿着渭河岸向西迁徙，
至于岐下[8]。	一直迁徙到岐山之麓。
爰及姜女[9]，	同他的妻子姜家长女，
聿来胥宇[10]。	一块儿处处察看新居。
周原膴膴[11]，	周地平阔而肥沃，
堇荼如饴[12]。	堇菜、苦菜甘甜如蜜。
爰始爰谋[13]，	认真思考，认真谋划，
爰契我龟[14]。	契刻龟板，卜凶占吉。
曰止曰时[15]，	卜辞说“停留”、“不错”，
筑室于兹。	“可在这里修筑宫室”。
乃慰乃止[16]，	于是人心安定，就此居留，
乃左乃右[17]。	人群有的住左，有的住右。
乃疆乃理[18]，	丈量田地划疆界，
乃宣乃亩[19]。	挖沟开渠修田垄。
自西徂东[20]，	从周原的西头到东头，
周爰执事[21]。	人人各务其业，辛勤劳动。
乃召司空[22]，	于是召来了司空，

乃召司徒[23]，	于是召来了司徒，
俾立室家[24]。	让他们把宫室建筑。
其绳则直，	先用绳墨来正方位，
缩版以载[25]，	再束夹板装土筑墙，
作庙翼翼[26]。	建起来的宗庙巍峨严肃。
捄之陾陾[27]，	抬筐运土人众多，
度之薨薨[28]。	振臂投土声雷鸣。
筑之登登[29]，	筑墙之声相呼应，
削屡冯冯[30]。	铲削墙壁声呼呼。
百堵皆兴[31]，	百堵墙壁筑起了，
鼛鼓弗胜[32]。	喜庆的鼓声响个不停。
乃立皋门[33]，	于是建起了王都的外城门，
皋门有伉[34]。	外城门多么高大宏伟。
乃立应门[35]，	于是建起了王宫的正门，
应门将将[36]。	正门多么雄伟严正。
乃立冢土[37]，	于是建立了高大的社庙，
戎丑攸行[38]。	兵戎等祭祀都在这儿进行。
肆不殄厥愠[39]，	既没消除对混夷的仇恨，
亦不陨厥问[40]。	也没停止对他们的聘问。
柞棫拔矣[41]，	刺人的柞树拔除干净，
行道兑矣[42]。	行走的道路条条畅通。
混夷駾矣[43]，	混夷奔逃，无处藏身，

维其喙矣[44]。	走投无路，只得归顺。
虞芮质厥成[45]，	虞芮二国争执请求评论，
文王蹶厥生[46]。	文王用德政感动了他们。
予曰有疏附[47]，	我说德政能使疏者变亲，
予曰有先后[48]。	我说德政就能前后照应。
予曰有奔奏[49]，	我说德政容易宣传教化，
予曰有御侮[50]。	我说德政能够抵御敌人。

[1] 绵绵(mián mián)：接连不断的样子。瓞(dié)：小瓜。

[2] 民：周的先民。

[3] 土：通“杜”，(《齐诗》作“杜”)指杜水。流经今陕西省麟游、武功二县。周人原在邰(今陕西武功)，公刘时期由邰迁到了豳(现陕西省彬县、旬邑一带)。沮：沮水。漆：漆水，在今陕西省彬县西北。

[4] 古公亶(dàn)父：文王的祖父。“古公”是号，“亶父”是名(或字)。后来又追称为“太王”。

[5] 陶：同“掏”，挖土。“復”：也作“寝”。《广雅》：“寝，窟也。”是现代北方人住的“窑洞”。穴：《郑笺》：“凿地曰穴。”是现代北方人住的“地窝子”，即在平地上挖下去，上面搭上顶棚的住屋。

[6] 走马：《玉篇》引作“趣马”。乘马疾驰的意思。

[7] 率：循，沿着。浒(hǔ)：水边。

[8] 岐下：岐山脚下。岐山在今陕西省岐山县。

[9] 爰：动词词头。及：与，同。姜女：大姜，古公亶父的妻子。

[10] 聿：动词词头。胥：相，视察。宇：屋檐下。这里指居住的地方。

[11] 周：地名，在岐山南面。原：平坦广阔的高地。膴膴(wǔ wǔ)：肥美的样子。

[12] 堇(jǐn)：堇菜，也叫堇葵。《说文》：“堇，草也。根如荠，叶似细柳，蒸食之甘。”荼(tú)：苦苦菜。饴(yí)：米糖。

[13] 始：与“谋”同义，思谋。

[14] 契：刻。古人占卜，先在龟板上刻下眼儿，然后放在火上烤，根据裂缝的形状判断吉凶。

[15] 止：停止，居住。时：通“是”，对。

[16] 迺(nǎi)：“乃”的异体字，于是。慰：安心。

[17] 左右：即东西。

[18] 疆：较大的田界。这里作动词用，意为划分田界。理：指细分田界。

[19] 宣：指开发沟垄。亩：田垄，这里作动词用，意为修治田垄。

[20] 徂(cú)：往，到。

[21] 周：普遍。爰：动词词头。执事：干事，劳动。

[22] 司空：负责工程建设的卿官。

[23] 司徒：负责土地民众的卿官。

[24] 俾(bǐ)：使。立：建。

[25] 缩：束。用绳把筑墙的两块版(板)套起来，里面填上土，筑实后，再把绳子抽掉。载：装。板内装土，筑实成墙。

[26] 翼翼：庄严高耸的样子。

[27] 捄(jū)：筐中装土。陾陾(réng réng)：众多的样子。

[28] 度(duó)：往两版间投土。薨薨(hōng hōng)：投土发出的声音。

[29] 登登：筑墙发出的声音。

[30] 屡：“娄”的假借字，墙上突出不平的地方。冯冯：铲削墙面发出的声音。

[31] 堵：五版为一堵。兴：起，作。

[32] 鼛(gāo)：一种大鼓。弗胜：不止。

[33] 皋门：即“高门”，京城外城的门。

[34] 有：形容词词头。伉(kàng)：高大。

[35] 应门：王宫的正门。

[36] 将将：高大庄严的样子。

[37] 冢(zhǒng)：高大。土：社，祭土地神的庙。

[38] 戎：军事。丑：众人。攸：所，特指代词，表示“……的地方”。古代遇兵戎大事，都要在社庙祭祀。

[39] 肆：既。殄(tiǎn)：绝。这里作使动词用，意为“杜绝”，“消除”。愠(yùn)：恨，怒。

[40] 陨(yǔn)：损，废止。问：聘问，指礼节性的往来。

[41] 柞(zuò)：即柞木，一名“蒙子树”，“凿刺树”，常绿灌木或小乔木，生棘刺。柞棫(zuò yù)：即柞(依孔颖达疏)。拔：拔除。

[42] 兑(duì)：通。

[43] 混夷：也作“昆夷”，外族名。駾(duì)：突奔，逃窜。

[44] 维：句首语气词，有“只”的意思。喙(huī)：“瘃”的假借字，困顿。指没有出路而归服。

[45] 虞芮(ruì)：两个小国名。质厥成：请求文王评定他们之间的是非。据《毛传》说，虞芮二国的国君因互相争夺田地相持不下，便到西伯文王那儿去评理。到周国境内，见“耕者让畔，行者让路”。到村落间，见“男女异路，班白不提挈”。到朝廷上，见“士让为大夫，大夫让为卿”。于是他们自惭形秽，所争的田谁也不要了。质：问。成：平。

[46] 蹶(jué)：动。这里作使动词用，意为“感动”。生：同“性”。指人的本性。

[47] 予：我，作者自称。疏附：使疏远的人亲近。

[48] 先后：《毛传》：“相道前后曰先后。”意思是在前后察看道路。

[49] 奔奏：四处宣传。

[50] 御侮：防御外侮。

棫　朴

在这首诗中，作者认为君王周围的大臣们有极重要的作用，他们应当由优秀人才担任。因此，君王一定要注意培育人才。这种思想虽然是为统治阶级服务的，但其强调众人的作用，强调人才的重要，今天仍有借鉴的意义。

芃芃棫朴[1]，	茂盛的棫树朴树林，
薪之槱之[2]。	砍下成堆烧柴祭神。

济济辟王[3]，	君王的仪表庄严恭敬，
左右趣之[4]。	左右的大臣们紧随遵命。
济济辟王，	君王的仪表非凡，
左右奉璋[5]。	大臣们手捧玉璋。
奉璋峨峨[6]，	捧玉璋礼仪隆重，
髦士攸宜[7]。	俊士们做得恰当。
淠彼泾舟[8]，	船儿在泾河漂动，
烝徒楫之[9]。	众水手运桨不停。
周王于迈[10]，	周王出兵去征伐，
六师及之[11]。	后面跟着堂堂六军。
倬彼云汉[12]，	银河多么灿烂鲜明，
为章于天[13]。	给天穹绘上了彩纹。
周王寿考[14]，	周王已经年老高龄，
遐不作人[15]？	哪能不抓紧造就新人？
追琢其章[16]，	他的仪表如雕花刻纹，
金玉其相[17]。	他的品质如美玉良金。
勉勉我王[18]，	我们的君王操劳不停，
纲纪四方[19]。	把四方治理经营。

[1] 芃芃(péng péng)：草木茂盛的样子。棫：参见《大雅·绵》注[41]。朴：植物名，榆科，落叶乔木。

[2] 薪：柴。这儿作动词用，意为“砍取”。之：代词，指“棫朴”。槱（yǒu）：堆积薪柴，点火烧起以祭天。古时出征则祭天。

[3] 济济：容貌美好的样子。辟王：君王。据《郑笺》、《诗序》说，是指周文王。

[4] 左右：指身边的大臣们。趣之：紧紧跟随着他。

[5] 奉：捧着。璋：一种玉器，像“圭”的一半，顶端作斜锐角形，是朝廷举行朝聘、祭祀、丧葬等活动时使用的礼器。

[6] 峨峨：盛大隆重的样子。

[7] 髦（máo）士：俊士，杰出的人才。攸宜：所宜，应做的事。

[8] 淠（pì）：船在水面飘动前进的样子。泾：水名，参见《邶风·谷风》注[14]。

[9] 烝徒：众徒，许多水手。烝：众。楫（jí）：划船的桨。这里用作动词，意为划。之：代词，指上句的“舟”。

[10] 于：动词词头。迈：出发。这里指出兵征伐。

[11] 六师：六军。《毛传》：“天子六军”。及：跟随。之：代词，指上句的“周王”。

[12] 倬（zhuō）：显明。云汉：银河，天河。

[13] 章：花纹。

[14] 寿考：高龄，长寿。《郑笺》：“文王是时九十余矣，故云寿考。”

[15] 遐（xiá）：通“何”，为什么。作人：造就人才。

[16] 追琢：雕琢。追：通“雕”。上古“追”、“雕”音近，可以假借。其：指示代词，那个。

[17] 相：质地，指雕琢的材料。

[18] 勉勉：勤奋不已的样子。

[19] 纲纪：“纲”本是网上的大绳。“纪”本是丝的头绪。后把“纲纪”引申为法纪。这里用为动词，意为“用法纪治理”。

旱麓

诗中的“君子”指的是统治阶级的成员。作者认为性格和善、平易近人的“君子”可以得到上天的大福；要想求得大福，必须行为端正，不走歪门邪道。本诗在歌颂中隐含着讽刺。除第四章外，其余每章都是前两句起兴，后两句写实。第三章形象鲜明，比喻深刻，强调“君子”只有扶植大批人才，才能有所作为。

瞻彼旱麓[1]，	远望那旱山山脚，
榛楛济济[2]。	榛子赤荆葱茏茂密。
岂弟君子[3]，	善良平易的君子，
干禄岂弟[4]。	以平易之德求得福气。
瑟彼玉瓒[5]，	皎洁光亮的玉瓒，
黄流在中[6]。	金黄米酒盛在中间。
岂弟君子，	善良平易的君子，
福禄攸降[7]。	福禄降在他的身边。
鸢飞戾天[8]，	苍鹰翱翔在广阔蓝天，
鱼跃于渊。	鱼儿跳跃于万丈深渊。
岂弟君子，	善良平易的君子，
遐不作人[9]？	何不让人才大批涌现？
清酒既载[10]，	清亮的美酒已经斟满，
骍牡既备[11]。	红色的公牛已经备好。
以享以祀[12]，	把酒献上，把牲祭上，
以介景福[13]。	以此祈求把大福得到。

瑟彼柞棫[14]，	柞树棫树十分茂盛，
民所燎矣[15]。	是因为众人把杂草烧尽。
岂弟君子，	善良平易的君子，
神所劳矣[16]。	正是神灵佑助的好人。
莫莫葛藟[17]，	葛藟像瓜藤般蔓延，
施于条枚[18]。	攀绕着树枝和树干。
岂弟君子，	善良平易的君子，
求福不回[19]。	正道求福心眼不偏。

[1] 瞻：往高处、远处看。旱麓：旱山的山脚。旱山在陕西汉中的南郑县。

[2] 榛(zhēn)：见《邶风·简兮》注[11]。楛(hù)：一种红色荆条。济济：茂密的样子。

[3] 岂弟(kǎi tì)：后世写作“恺悌”。性格和善，平易近人的样子。参见《小雅·蓼萧》注[11]。

[4] 干禄：这里指求取上天的赏赐。干：动词，求取。禄：指天的赏赐。岂弟：这儿意为容易、顺心。

[5] 瑟：质纯光亮的样子。玉瓒(zàn)：以玉为柄的金勺，是一种高贵的赏赐物。《郑笺》说：“殷王帝乙时，王季(文王父亲)为西伯，以功德受此赐。”

[6] 黄流：一种米酒。用黑黍和香草酿成，用于祭祀和降神。

[7] 攸：所。特指代词。

[8] 鸢(yuān)：老鹰。戾(lì)：至，到。

[9] 遐不作人：见《大雅·棫朴》注[15]。

[10] 清酒：一种祭祀美酒，冬酿夏成。载：盛，斟在酒杯里。

[11] 骍(xīng)牡：赤色牲口，用来祭祀。周人祭祀崇尚赤色。

[12] 以享以祀：参见《小雅·楚茨》注[10]。

[13] 介：通“丐”，祈求。

[14] 瑟：茂密的样子。柞棫：参见《大雅·绵》注[41]。

[15] 所燎：燎的结果。
[16] 所劳：安抚的人。劳：安抚。
[17] 莫莫：蔓延的样子。葛藟：参见《周南·樛木》注[2]。
[18] 施(yì)：蔓延，攀附。条：树枝。枚(méi)：树干。
[19] 不回：意思是不用邪门歪道。回：邪。

思　齐

这首诗赞美文王的优秀品质和良好作风。他严于执法，不徇私情；注意纳谏，严肃谨慎；重视人才，宽以待人。因此，使周国能抗过灾难，日渐强盛。诗中还歌颂了太王的妻子太姜、王季的妻子太任及文王的妻子太姒，说明文王有美德是继承了祖德的结果。

思齐大任[1]，	庄重聪明的大任啊，
文王之母。	她是文王的母亲。
思媚周姜[2]，	柔顺可爱的周姜啊，
京室之妇[3]。	她是大王的妻子。
大姒嗣徽音[4]，	大姒继承了她们美好的声誉，
则百斯男[5]。	于是文王有了众多的儿子。
惠于宗公[6]，	文王忠于祖先的遗训，
神罔时怨[7]，	神对他没有嗟怨，
神罔时恫[8]。	神对他也不痛恨。
刑于寡妻[9]，	文王用德行示范给自己的妻子，
至于兄弟，	也示范给自己的兄弟，
以御于家邦[10]。	进而以此把宗族国家治理。

雝雝在宫[11]，	文王在王宫平易从容，
肃肃在庙[12]。	文王在宗庙恭敬稳重。
不显亦临[13]，	亲临百姓，德行光明，
无射亦保。	安民治国，努力勤奋。
肆戎疾不殄[14]，	即使大灾大难接二连三，
烈假不瑕[15]。	功业仍然发展而无过失。
不闻亦式[16]，	没有名气的人也被任用，
不谏亦入[17]。	没有面谏的意见也能受理。
肆成人有德[18]，	不仅成年人有好品德，
小子有造[19]。	年轻人也能建功立业。
古之人无斁[20]，	已故的文王自强不息，
誉髦斯士[21]。	乐于选拔这些优秀的人物。

[1] 思：语气词，表感叹。齐：庄重。大任：文王父亲王季的妻子。

[2] 媚：妩媚，可爱。周姜：大姜，大王古公亶父的妻子，文王的祖母。

[3] 京室：王室。

[4] 大姒：文王的妻子。参见《大雅·大明》注[32]。嗣(sì)：继承。徽音：美音，指美好的声誉。

[5] 则百斯男：即“斯男则百”。斯：指示代词，此，这。男：儿子。百：极言文王儿子众多，未必是实际数字。

[6] 惠：顺从。宗公：宗庙先公，祖宗。

[7] 罔：无。时：通“是”，代词，此，这，作“怨”的前置宾语。怨：怨恨。

[8] 恫(tōng)：痛心。

[9] 刑：法纪。这里用作动词，意思是“按法纪要求”。寡妻：正妻，第一夫人。

[10] 御(yà)：通“迎”，这里表示“进而”。家：家族。邦：国家。

[11] 雝雝(yōng yōng):同“雍雍”,很谦和的样子。

[12] 肃肃:十分严肃的样子。庙:宗庙。

[13] 不显亦临:本句连同下一句“无射(yì)亦保”语义不明,历代注本分歧较大。《郑笺》的解释是“有贤才之质的不明者,亦得观于礼;于六艺无射才者亦得观于礼”。我们认为郑对“不显”一语的解释是不正确的。对下一句的“无射”解释为“无射才者”亦不当。不显即丕显,很光明。临,临民,即接近人民视察民事。射,与“斁”同,厌倦。保,使民安。这句是说治理民众没有厌倦之时。

[14] 肆:参见《大雅·绵》注[39]。戎疾:大病,指严重的灾难。作后面动词“殄”的前置宾语。殄:参见《大雅·绵》注[39]。

[15] 烈:功业。假:壮大。瑕:疵。过失。

[16] 不闻:指不闻达于朝廷者,即没有名气的人。式:用。

[17] 入:采纳,接受。

[18] 成人:大人。古人到二十岁举行“冠礼”,就算是“成人”了。

[19] 小子:年青娃娃。有造:有作为。

[20] 古之人:古人,指已故的文王。斁(yì):厌,满足。

[21] 誉:通“豫”,乐也。髦:通“芼”,选择。(依马瑞辰说)斯:指示代词,这。

皇　矣

这首诗主要叙述周的祖先开国创业的历史以及文王伐密、崇等小国的事迹。诗中说古公亶父徙居周原,开垦荒地,为周的兴盛奠定了基础。王季一代团结和睦,励精图治,使周崛起。文王时代有了实力,于是招降小国,进攻顽抗的敌国,开始了推进统一天下的计划。诗中始终强调周的兴起是上天的意志,军事行动也是按天帝意志进行。这种假天意来争取群众、瓦解敌人的做法,是上古统治阶级惯用的手法。

皇矣上帝[1],	伟大啊上帝,

❖

临下有赫[2]。	把下界看得多么明白!
监观四方,	他注视着四面八方,
求民之莫[3]。	以求得人民安居乐业。
维此二国[4],	就是这个殷商大国,
其政不获[5]。	政治腐败,一片漆黑。
维彼四国[6],	对于那些四方小国,
爰究爰度[7]。	把他们逐一考察、估摸。
上帝耆之[8],	上帝对殷商发火,
憎其式廓[9]。	憎其权重势大,野心勃勃。
乃眷西顾[10],	于是掉头把目光投向西方,
此维与宅[11]。	让周人在岐山安家兴国。
作之屏之[12],	拔除那些枯木朽株,
其菑其翳[13]。	不管是立木,还是倒木。
修之平之,	修理、砍平那些丛生杂树,
其灌其栵[14]。	不管是灌木,还是复发枝条。
启之辟之[15],	砍除河边、路间的杂树,
其柽其椐[16]。	不管是红柳,还是灵寿木。
攘之剔之[17],	还要精心修理枝条的,
其檿其柘[18]。	是那山桑和黄桑树。
帝迁明德[19],	上帝把福禄移给有德之人,
串夷载路[20]。	昆夷失败,奔逃夺路。
天立厥配[21],	上天为周王选立了贤德配偶,
受命既固。	周王承受天命,地位坚固。

帝省其山[22]，	上帝视察了山峦，
柞棫斯拔[23]，	柞棫拔除，成了良田，
松柏斯兑[24]。	松柏砍伐，道路平坦。
帝作邦作对[25]，	上帝使周祖立国当王，
自大伯王季[26]。	从太伯王季开始。
维此王季，	就是这个王季，
因心则友[27]，	友爱出于诚意。
则友其兄，	他衷心友爱兄弟，
则笃其庆[28]。	他衷心厚待乡邻亲戚。
载锡之光[29]，	于是上帝赐给他最高荣誉，
受禄无丧[30]，	使周国承受福禄，永不丧失，
奄有四方[31]。	进而把天下四方统一。

维此王季，	就是这个王季，
帝度其心[32]。	上帝使他能把是非分清。
貊其德音[33]，	他不宣扬自己的美名，
其德克明[34]。	他的美德昭昭分明。
克明克类[35]，	他能明辨是非、洞悉善恶，
克长克君[36]。	他能教导子弟、治理百姓。
王此大邦[37]，	当这个堂堂大国之王，
克顺克比[38]。	能使上下和顺，四方亲近。
比于文王，	等到文王继位，
其德靡悔[39]。	那种美德得到了继承。
既受帝祉[40]，	他承受了上帝的大福，
施于孙子[41]。	传给了自己的子子孙孙。

帝谓文王：	上帝告诉文王：
无然畔援[42]，	“不要那样放纵好强，
无然歆羡[43]，	不要那样贪图功利，
诞先登于岸[44]。	先要修养高尚的品德。”
密人不恭[45]，	密须人太不恭顺，
敢距大邦[46]，	胆敢抗拒我大周王国，
侵阮徂共[47]。	侵犯阮国而来到共国。
王赫斯怒[48]，	文王勃然大怒，
爰整其旅[49]。	于是率领浩浩大军，
以按徂旅[50]，	把来犯密军彻底击垮。
以笃于周祜[51]，	以此增厚周国的福禄，
以对于天下[52]。	以此答谢天下。

依其在京[53]，	密国占据高丘的有利地形，
侵自阮疆。	从阮国继续侵入我周。
陟我高冈[54]：	登上我方的山顶发布命令：
无矢我陵[55]，	“不许敌人在大山上驻扎，
我陵我阿[56]。	无论在大山，还是在丘陵；
无饮我泉，	不许敌人在流泉边喝水，
我泉我池[57]。	无论在流泉，还是在水坑。”
度其鲜原[58]，	把山地平原认真挑选，
居岐之阳[59]，	决定迁居到岐山南麓，
在渭之将[60]。	居住在渭河岸边。
万邦之方[61]，	周国是万国的榜样，
下民之王。	周王是人间的君王。

帝谓文王：	上帝对文王说：
予怀明德[62]，	“我喜欢这样的美德：
不大声以色[63]，	不偏爱音乐与美色，
不长夏以革[64]。	不依靠棍棒与鞭刑。
不识不知[65]，	温顺、谦让、淳朴、忠厚，
顺帝之则。	一心顺从上帝的规则。”
帝谓文王：	上帝还对文王说：
询尔仇方[66]，	“求教友邦，以取协作，
同尔兄弟[67]。	联合兄弟之国以加强团结。
以尔钩援[68]，	拿上你的登城钩梯，
与尔临冲[69]，	和攻城的临车、冲车，
以伐崇墉[70]。	去讨伐崇国。”

临冲闲闲[71]，	临车、冲车不断向前，
崇墉言言[72]。	崇国城堡危若累卵，
执讯连连[73]，	拘讯俘虏接连不断，
攸馘安安[74]。	割下左耳，心甘情愿。
是类是祃[75]，	在这儿祭祀阵亡将士，
是致是附[76]，	努力使对方君民前来归顺，
四方以无侮[77]。	但对四方诸侯不加侵犯。
临冲茀茀[78]，	临车、冲车勇猛冲击，
崇墉仡仡[79]。	崇国都城高耸入云。
是伐是肆[80]，	向崇都突击进军，
是绝是忽[81]，	层层围困，消灭干净，
四方以无拂[82]。	四方诸侯从此归顺。

[1] 皇：大。矣：语气词，表示感叹。

[2] 临：从上往下看。下：下界，人间。有：形容词词头。无实际意义。赫：显明的样子。

[3] 求民之莫：这一句的主语“上帝”承上省略，谓语是“求”（求取），宾语是词组“民之莫”。“莫”即“嗼”，形容词，安定。“之”，助词。

[4] 维：句首语气词，同“唯”，有“只有”的意思。二国：二国即上国，指殷商。“二”为古文“上”。参见马瑞辰《毛诗传笺通释》。

[5] 不获：不得，意思是治理得不好。

[6] 四国：四方之国。

[7] 爰：动词词头，无实际意义。究：考虑。度（duó）：与“究”同义。这句话是审度考虑，寻找适当的人选。

[8] 耆（qí）：同“诸”，怒。

[9] 式：形容词词头。廓：大。这是指他们权势大。

[10] 乃：于是，便。眷（juàn）：目光深沉地回头看，这儿作状语。西顾：回头向西看。

[11] 此维与宅：宅居。郑玄说：“见文王之德，而与之居，言天意常在文王所。”维：语气词，同“唯”，有“只”的意思。

[12] 作：起。这儿作使动词用，意思是“使……起”，即“拔起”。之：代词，指代下文的“菑”、“翳”等草木。屏（bǐng）：除去。

[13] 其：指示代词，那些。菑（zī）：长着但已干死的树。翳（yì）：倒在地上的枯树。

[14] 灌：灌木，丛生树木。栵（liè）：同“烈”，树木砍伐后复发起来的枝条（依王引之说）。

[15] 启：开。这里指砍除。辟：义同“启”。

[16] 柽（chēng）：生在河边的红柳。椐（jū）：也叫“灵寿木”，枝干上多肿节，可以做手杖。

[17] 攘（rǎng）：除。这里指芟除多余的枝条，使木材成长。剔（tī）：义同“攘”。

[18] 檿（yǎn）：木名，也叫山桑。柘（zhè）：木名，也叫“黄桑”。

[19] 明德：美德。这里指具有美德的君王（可能是指周太王古公亶父）。

[20] 串夷：即《大雅·绵》中提到的“混（读作“昆”）夷”。是周原一带的异

族部落。载路：逃奔者满路皆是(依朱熹说)。

[21] 厥：第三人称代词，他(的)。这里指古公亶父。配：配天。古以受天命为天子为配天。

[22] 省(xǐng)：观察。

[23] 柞棫：参见《大雅·绵》注[41]。斯：则，已经。

[24] 兑：参见《大雅·绵》注[42]。

[25] 作：兴起。这里作使动词用，意为“使……兴起”。邦：国家。对：配，这里指能担当国事的君王。

[26] 大(tài)伯：后世写作“太伯”，古公亶父的长子。王季：古公亶父的小儿子，名叫季历，也尊称为“公季”。

[27] 因心：衷心，从内心里。则：连词，相当于“而”。友：友好，团结。

[28] 笃：厚。这里意为“看重”，“厚待”。庆：善。指与周友好的人。

[29] 载：于是。锡：同“赐”。之：第三人称代词，指王季。作动词“锡”的间接宾语。光：光彩，荣誉。王季的哥哥太伯和虞仲自动出走，王季继承了王位。本句意思是上帝让王季继位。

[30] 无丧：不丧失。

[31] 奄：全，包括无余。

[32] 度(duó)：忖度，估量。

[33] 貊(mò)：《韩诗》作“貘”，寂静。这儿作动词用。意思是不声张，不夸饰。德音：好名声。

[34] 克：能够。明：彰明。

[35] 明：这儿作动词用，意思是能够明辨是非。类：这儿用作动词，意思是能分清善恶。

[36] 长(zhǎng)：长辈。这儿用作动词，意思是能够教育好子弟，像个长辈样子。君：君王，一国之主。这儿用作动词，意思是能管理好国事，尽到君王责任。

[37] 王(wàng)：动词，统治，管理。

[38] 顺：和顺。比：亲近。

[39] 比：及，到。靡悔：没有遗恨之处。靡：无，没有。悔：悔恨。

[40] 祉(zhǐ)：福。

[41] 施(yì)：延伸，延及。孙子：子孙。

[42] 无：同“毋”，不要。然：指示代词，这样。畔援：即“畔换”、“泮奂”、

“跋扈”,连绵字,放纵好强的样子。

[43] 歆(xīn)羡:羡慕,喜爱别人的好东西。

[44] 诞:句首语气词。岸:道之极致处(依朱熹说),指最高尚的品德。

[45] 密:古国名,也叫“密须”,姞姓,在今甘肃省灵台县西。恭:恭敬,有礼貌。这里指服从。

[46] 距:同“拒”,对抗,抗拒。

[47] 侵:进攻。阮、徂、共:三个小国名(依《郑笺》说)。

[48] 赫斯:赫然,发怒的样子。

[49] 爰:于是,便。整:整顿,准备出征。旅:军队。

[50] 按:压。这里意思是消灭。徂旅:指密人进犯的部队。

[51] 笃:厚。这里用作动词,意思是“增强”、“充实”。祜(hù):福。

[52] 对:答,答谢。

[53] 依:凭。京:高丘。

[54] 陟(zhì):登上。

[55] 无:同“毋”,不要。矢:阵列(军队)。陵:丘陵。

[56] 阿:大陵。本句的“我陵”是承上重复,与“我阿”组成四字句。

[57] 我泉我池:本句的“我泉”也是承上重复,与“我池”组成四字句。

[58] 度(duó):估量,权衡。鲜(xiǎn)原:山地与平原。“鲜”是“巘”(yǎn)的假借字,“巘”是大山上的小山。

[59] 阳:山的南面。

[60] 将:侧,旁。

[61] 方:典范,学习的榜样。

[62] 怀:想,希望。

[63] 大:形容词,这里作意动词用,意思是“以……为大”,即“崇尚”。以:连词,与,和。

[64] 长(zhǎng):不及物动词,这里作使动词用,意思是“使……长”,即“助长”。夏:夏楚,指扑刑,即用棍棒打人的肉刑。革:皮鞭,指鞭刑。即用皮鞭抽打人的肉刑。本句意思是:不主张用酷刑使人信服。

[65] 不识不知:本句的“不识”和“不知”是并列关系。意思是不钻学问,不显示聪明,保持淳朴忠厚状态。

[66] 询:求教,协商。仇方:同盟国,友邦。“仇”,匹配,对儿。

[67] 同：动词，聚集。这儿意思是“团结”、“联合”。“兄弟”：《后汉书》引作“同尔弟兄”，“兄”是阳部字，与“王”、“方”押韵。“兄弟”是后人传写颠倒的。

[68] 以：介词，用，拿。钩援：攻城用具，也叫“钩梯”。用它钩着城壁，攀援而上。

[69] 临冲：临车和冲车，两种攻城战车。

[70] 墉(yōng)：城。

[71] 闲闲：形容兵车的强盛(依王念孙说)。

[72] 墉：城。从文义看，这里指崇国的地方城邑，下面的“墉”指都城。言言：高大的样子。

[73] 执：捉拿，拘捕。讯：审问。连连：接连不断的样子。

[74] 攸：所。馘(guó)：动词，把俘虏割下左耳。“攸馘”即“所馘”，指被割耳朵的俘虏。安安：顺从，不反抗的样子。

[75] 是：指示代词，这儿。类：祭名，将出师而祭天神。祃(mà)：祭名。在所征之地为牺牲将士而举行的祭祀。本句意思是“类(于)是，祃(于)是”。

[76] 致：使至。附：使……依附。

[77] 四方以无侮：本句意思是“无(不)侮(欺侮)四方”。宾语“四方”前置。以：连词，而。

[78] 茀茀(fú fú)：义同本章第一句中的“闲闲”。

[79] 仡仡(yì yì)：同“屹屹”，高耸的样子。

[80] 肆：纵兵突击。

[81] 绝：动词，隔断，指严密围困。忽：动词，消灭。

[82] 拂：违背，反抗。本句句式和“四方以无侮”同。

灵　台

这首诗的主题思想是周文王提倡文治，深得人心。周国音乐和谐，教化施行。老百姓事文王如父，乐于为他出力；鸟兽虫鱼各得其所，它们在文王面前也很驯服。诗中描绘出了一片升平景象。这显然是站在统治阶级立场上的歌功颂德之作。但作者不是在说教，而是对一桩桩事实的生动描写。这种写法在《大雅》中是难得见到的。

经始灵台[1]，	动手修灵台，
经之营之[2]。	拉绳又插牌。
庶民攻之[3]，	百姓拼命干，
不日成之。	几天修起来。
经始勿亟[4]！	让他们干活不要急！
庶民子来[5]。	可百姓像亲生子一样急忙来。
王在灵囿[6]，	文王来到动物园，
麀鹿攸伏[7]。	对对麋鹿地上玩。
麀鹿濯濯[8]，	对对麋鹿肥美光泽，
白鸟翯翯[9]。	只只鸟儿羽毛洁白。
王在灵沼，	文王来到水池边，
於牣鱼跃[10]。	满池鱼儿欢快跳跃。
虡业维枞[11]，	设置立柱、横板、崇牙，
贲鼓维镛[12]。	大鼓、大钟齐挂着。
於论鼓钟[13]，	啊，钟鼓的声音多么和谐，
於乐辟雝[14]。	啊，"辟雍"的气氛多么欢乐！
於论鼓钟，	啊，钟鼓的声音多么和谐，
於乐辟廱。	啊，"辟雍"的气氛多么欢乐！
鼍鼓逢逢[15]，	鳄鱼皮鼓响声咚咚，

矇瞍奏公[16]。　　　　盲人乐师歌颂功德。

[1] 经始：意思是开始兴建。灵台：观看所谓的天像妖祥的高台。周文王时所建(依郑玄说)。

[2] 经：量度。之：代词，指灵台的基址。营：标划。

[3] 庶民：群众。攻：修建。

[4] 亟：通“急”。

[5] 子来：像儿子一样跑来。“子”在这里用作状语。

[6] 灵囿(yòu)：天子的动物园。

[7] 麀(yōu)：母鹿。攸：所，指“麀鹿”所处的地方。这个“攸”作后面动词“伏”的前置宾语。

[8] 濯濯(zhuó zhuó)：肥美的样子。

[9] 翯翯(hè hè)：羽毛洁白丰满的样子。

[10] 於(wū)：叹词，相当于“啊”。牣(rèn)：牛肥的样子。这里指鱼儿肥壮。

[11] 虡(jù)业：指悬挂钟鼓的架子。“虡”是架的立柱，“业”是刻有齿形花纹的木板，装在横木上。维：连词，与，和。枞(cōng)：“业”上悬挂钟磬的地方，也叫“崇牙”。

[12] 贲(bēn)：大鼓。镛(yōng)：大钟。

[13] 论：同“伦”，这里指鼓声钟声配合得很和谐。

[14] 辟廱(yōng)：天子所设的最高文教机关。

[15] 鼍(tuó)：一种鳄鱼，也叫“猪婆龙”，皮可以蒙鼓。逢逢：象声词，形容敲鼓的声音。

[16] 矇瞍(méng sǒu)：指瞎眼乐师。有眼珠但已失明的叫“矇”。眼珠也没有了的叫“瞍”。上古的宫廷乐师一般都由瞎子充任。公：同“功”。

下　武

这首诗赞扬武王坚持孝道，保持先祖的美德，继承、推进了王业。

❖ 作品强调君王要注意自我修养，要用自身的行为为臣民树立楷模，诗中的武王洋溢着励精图治的进取精神。这诗很可能是周朝早期的作品。

下武维周[1]，	只有周国后继有人，
世有哲王[2]。	代代都有英明国君。
三后在天[3]，	三位先王已经升天，
王配于京[4]。	武王配做镐京的主人。
王配于京，	武王配做镐京的国君，
世德作求[5]。	凡祖传美德他都继承。
永言配命[6]，	永远不违背上天意志，
成王之孚[7]。	养成君王信实的品行。
成王之孚，	养成君王信实的品行，
下土之式[8]。	才能做下民百姓的榜样。
永言孝思[9]，	把孝道永远记在心里，
孝思维则[10]。	记住孝道才是治国之纲。
媚兹一人[11]，	谁都热爱这位天子，
应侯顺德[12]。	他能体现善良的品行。
永言孝思，	把孝道永远记在心里，
昭哉嗣服[13]。	继承王业啊，磊落光明！
昭兹来许[14]，	光明磊落啊，后代的人，

绳其祖武[15]。	他紧跟着祖宗的脚步。
於万斯年[16]，	啊，再过千年万年，
受天之祜[17]。	他的子孙也承受着上天大福。

受天之祜，	承受着上天大福，
四方来贺。	四方诸侯都来朝贺。
於万斯年，	啊，再过千年万年，
不遐有佐[18]？	怎么不需要诸侯辅佐？

[1] 下：后面。武：足迹。这里引申为继承。维：语气词，同“唯”，有“只有”的意思。

[2] 哲王：明智的君王。

[3] 三后：三王，这里指太王、王季、文王。

[4] 王：指武王。配：相称，相配。于：介词，在。京：镐(hào)京，在今西安市西。

[5] 世德：代代相传的美德。这里作后面动词“求”的前置宾语。作：则，乃。

[6] 永：永远，长久。言：动词词头。命：天命。

[7] 成：成就。孚：信实。

[8] 下土：天下四方。式：法式，榜样。

[9] 孝思：即“思孝”，想着孝道，与上面的“配命”对文。“孝”为前置宾语。

[10] 则：法则，楷模。

[11] 媚：爱。兹：这，指武王。

[12] 应：应承，担当。侯：语气词，义同“维”。顺德：和善的品德。

[13] 昭：光明，作本句的谓语。哉：语气词，表示感叹。嗣(sì)：继承。服：事业。

[14] 兹：通“哉”。来许：后进，后嗣。来：后世。许：所。

[15] 绳：继承。武：足迹。

[16] 於：叹词，相当于“啊”。万斯年：即“斯年万”。“斯”，指示代词，

此，这。

[17] 祜(hù)：福。

[18] 不遐：即“遐不”。“遐”通“胡”，何，怎么。佐：辅助。

文王有声

这篇诗歌颂了文王和武王。文王伐崇，定都关中平原的丰邑，为武王统一天下奠定了基础。武王灭殷，征服了四方诸侯，统一了天下，建都镐京，完成了文王的遗愿，光大了文王的事业。作品最后指出，武王还把谋略传给了子孙，为周朝的长期繁荣安定作了安排。本诗是宫廷颂词，每章后面有“某某烝哉”一句，加强了颂扬的气氛。

文王有声[1]，	文王有美好的名声，
遹骏有声[2]。	还在不断地扩大名声。
遹求厥宁[3]，	他一心求得天下安宁，
遹观厥成。	他一心要看到周国的成功。
文王烝哉[4]！	文王真是伟大的人君！
文王受命，	文王接受了天命，
有此武功。	才有这赫赫武功。
既伐于崇[5]，	既征伐了崇国，
作邑于丰[6]。	又在丰建立了都城。
文王烝哉！	文王真是伟大的人君！
筑城伊淢[7]，	挖了壕沟筑起城，

作丰伊匹[8]。	修建丰城正相称。
匪棘其欲[9]，	不是急于满足个人的欲望，
遹追来孝[10]。	而是追随先人的德政。
王后烝哉[11]！	文王真是伟大的人君！
王公伊濯[12]，	文王的功业这样辉煌，
维丰之垣[13]。	恰似丰都高大的城墙。
四方攸同[14]，	四方归于统一，
王后维翰[15]。	文王是天下的栋梁。
王后烝哉！	文王真是伟大的人君！
丰水东注，	丰水滔滔流向东方，
维禹之绩[16]。	这是禹王治水的功绩。
四方攸同，	四方归于统一，
皇王维辟[17]。	武王是天下难得的君王。
皇王烝哉！	武王真是伟大的人君！
镐京辟廱[18]，	镐京也建起了学府“辟廱”。
自西自东，	无论从南到北，
自南自北，	还是从西到东。
无思不服[19]。	人人从心眼里服从。
皇王烝哉！	武王真是伟大的人君！
考卜维王[20]，	武王占卦问卜，
宅是镐京[21]。	才决定建立这个镐都。

龟维正之[22]，	是神龟作出了正确的判断，
武王成之[23]。	武王才完成了灿烂宏图。
武王烝哉！	武王真是伟大的人君！
丰水有芑[24]，	丰水岸边长满了苦菜，
武王岂不仕[25]？	武王难道无所作为？
诒厥孙谋[26]，	他把韬略传给了子孙，
以燕翼子[27]。	帮助他们安定了王业的基础。
武王烝哉！	武王真是伟大的人君！

[1] 声：美好的声誉。

[2] 遹(yù)：句首语气词，无实际意义。有：名词词头。骏：大。

[3] 厥：代词，指代天下、国家。

[4] 烝：伟大。

[5] 崇：参见《大雅·皇矣》篇注[4]。

[6] 丰：本为崇国地，在今陕西长安西北沣河以西，周文王伐崇侯虎后从岐山迁都到这里。

[7] 伊：此，这。淢(xù)：同“洫”，护城河。

[8] 伊匹：与此(指旧有城沟)匹配，相称。“伊”是“匹”(匹配)的前置宾语。

[9] 匪：同“非”。棘：同“急”。欲：私欲。

[10] 追：追随。来：往，指前世(依王引之说)。孝：这里指前人美德(依王引之说)。

[11] 后：君。“王后”仍指文王。

[12] 公：通“功”，功业。伊：这样。濯：大。

[13] 维：语气词，帮助判断。垣(yuán)：城墙。

[14] 攸同：向他会合。攸：所，代词，作动词“同”(会合，统一)的前置宾语。

[15] 翰(hàn)：又长又硬的羽毛，引申为骨干。

[16] 绩：功绩。

[17] 皇王：大王，指武王。辟：国君，天子。

[18] 辟廱：参见《大雅 · 灵台》注[14]。

[19] 思：心。

[20] 考：参考，思虑。卜：占卜。

[21] 宅：居住的地方。这里用作动词。是：代词，这个。

[22] 龟：古人占卜，把龟板烧烤，根据裂纹判断吉凶是非。正：决定，判断。

[23] 成：活用为使动词，意思是"使……成"，即"完成"，"建成"。

[24] 芑（qǐ）：一种野菜，即苦菜。参见《小雅 · 采芑》注[1]。

[25] 仕：干事，指有所作为。

[26] 诒（yí）：传给。孙：与下句"子"互文见义，指子孙。谋：谋略，计划。

[27] 燕：安。翼：帮助。

生民之什

生　民

这首诗记叙了周人的始祖后稷诞生成长的故事。其中包含着神话传说的成分，但也可以看出最早的周人在经济上重视农业，思想上信仰天帝。诗中的记载，有助于我们对原始社会后期的人类生活情况的了解。本诗和《史记 · 周本纪》等历史著作中的记载有很多一致处，具有较高的史料价值。

厥初生民[1]，	最早的周人出生人间，
时维姜嫄[2]。	他的母亲就是姜嫄。
生民如何[3]？	这位周人是怎样生的？
克禋克祀[4]，	姜嫄能诚心不懈地祭祀，

以弗无子[5]。	禳除不祥，求生儿子。
履帝武敏[6]，	有一天她踩在上帝拇趾印上，
歆[7]。	顿时感到昏天动地。
攸介攸止[8]。	于是她独室居住，
载震载夙[9]。	于是她身怀有孕、保重身体。
载生载育[10]，	于是她生下了儿子，
时维后稷[11]。	这个儿子就是后稷。
诞弥厥月[12]，	胎儿怀了整整十月，
先生如达[13]。	头胎生子却像生只小羊。
不坼不副[14]，	母体全无一点伤痕，
无菑无害[15]，	母子全无一点灾殃，
以赫厥灵[16]。	这就显示出后稷的灵异。
上帝不宁？	难道是上帝内心涌起波浪？
不康禋祀[17]？	难道上帝不满意我的祭祀？
居然生子[18]！	竟这样让我生下儿子！
诞寘之隘巷[19]，	把后稷放到狭窄巷里，
牛羊腓字之[20]。	得到牛羊的保护和爱抚。
诞寘之平林[21]，	把后稷放到平原密林里，
会伐平林[22]。	正碰上有人到那里去砍树。
诞寘之寒冰，	把后稷放在寒冷的冰面上，
鸟覆翼之[23]。	群鸟飞来用翅膀遮护。
鸟乃去矣，	鸟儿刚刚飞走，
后稷呱矣[24]，	后稷就哇哇地哭。

实覃实訏[25]，	哭声又长又洪亮，
厥声载路[26]。	哭声充满了道路。
诞实匍匐[27]，	后稷才会爬行，
克岐克嶷[28]，	就能领会人意，分辨事物，
以就口食[29]。	就能挨门挨户乞求口食。
蓺之荏菽[30]，	后稷种下大豆，
荏菽旆旆[31]，	大豆很快地长起，
禾役穟穟[32]，	谷穗长得很俊美，
麻麦幪幪[33]，	大麻麦子茂又密，
瓜瓞唪唪[34]。	大瓜小瓜硕果累累。
诞后稷之穑[35]，	后稷种植庄稼，
有相之道[36]。	他有一套好办法。
茀厥丰草[37]，	拔除那众多的野草，
种之黄茂[38]。	种上那良种的谷物。
实方实苞[39]，	庄稼按时发芽打叶苞，
实种实褎[40]。	按时由低长到高。
实发实秀[41]，	按时拔节和扬花，
实坚实好[42]。	按时秆硬穗头大。
实颖实栗[43]，	按时灌浆谷粒饱，
即有邰家室[44]。	受封到邰成室家。
诞降嘉种[45]，	上天赐给后稷良种，
维秬维秠[46]。	有黑糜子“秬”、黑糜子“秠”，

维糜维芑[47]，	还有红糜子“糜”和白糜子“芑”。
恒之秬秠[48]，	遍地种上“秬”和“秠”，
是获是亩[49]。	收割下来堆满垄。
恒之糜芑[50]，	满地种上“糜”和“芑”，
是任是负[51]。	又挑又背往回送。
以归肇祀[52]。	回家开始祭神灵。
诞我祀如何？	祭祀神灵怎样祭？
或舂或揄[53]，	有人舂米有人舀，
或簸或蹂[54]。	有人簸来有人搓。
释之叟叟[55]，	淘米声音“籔籔”响，
烝之浮浮[56]。	蒸米热气“噗噗”冒。
载谋载惟[57]，	又思考来又商量，
取萧祭脂[58]，	拿来油脂和香蒿，
取羝以軷[59]。	牵来祭路神的大公羊。
载燔载烈[60]，	又是烧来又是烤，
以兴嗣岁[61]。	祈求来年得兴旺。
卬盛于豆[62]，	我把祭品盛木豆，
于豆于登[63]。	我把祭品盛瓦登。
其香始升，	香气开始往上升，
上帝居歆[64]：	上帝享受挺高兴：
胡臭亶时[65]。	“何以香味这样浓？”
后稷肇祀，	自从后稷兴祭祀，
庶无罪悔[66]，	几乎没有大灾难，

也迄于今[67]。　　　　平安无事到如今。

[1] 厥：代词，义同“其”，指周国。初：开头，最早时期。生：动词，生下。民：人。

[2] 时：通“是”，指示代词，这。维：语气词，帮助判断。姜嫄(yuán)：也写作“姜原”，后稷的母亲。据《史记·周本纪》说，姜原是“帝喾(kù)元妃”。

[3] 生民如何：即“如何生民”。如何：怎样。

[4] 克：能，能够。禋(yīn)：这里指十分诚心地祭祀。祀(sì)：这里指不间断地祭祀。

[5] 弗：通“祓”(fú)，祓除，古人为除灾去邪举行的仪式，即“禳解”。本句指因“无子”而禳解，以求生下儿子。

[6] 履：践，踏，踩在上面。帝：上帝。武敏：脚印的大拇趾处。武：足迹，脚印。“敏”同“拇”，大拇趾(依《尔雅·释训》说)。

[7] 歆(xīn)：震动，警异。

[8] 攸：代词，指姜嫄。做后面动词“介”的前置宾语。句中第二个“攸”字是衬字。介：通界，隔开。止：居住。

[9] 载：则。震：同娠(shēn)：怀孕后胎儿跳动。夙(sù)：同“肃”，慎戒。

[10] 载生载育：即“载生育”，第二个“载”字是衬字。“育”义同“生”，分娩，养下。

[11] 时：通“是”，这。

[12] 诞：句首语气调，下几章的“诞”都一样。弥：满，到期。月：指怀孕的月份。

[13] 先生：头胎生育。达：同“羍”，小羊。

[14] 不坼(chè)不副：指安全分娩，母体未受损伤。坼：绷裂。副：剖开。

[15] 菑：同“灾”。

[16] 赫：显示出。这里用作动词。厥：代词，指后稷。

[17] 康：安，满意。“不康”意思是“对……不满”。

[18] 居然：徒然，白白地，指未合而孕。

[19] 寘：同“置”，放置。之：代词，指初生的后稷。隘(ài)：狭窄。

[20] 腓(féi)：避开。字：爱护。

[21] 平林：平地的林子。

[22] 会：适逢，恰好遇到。

[23] 覆翼：即“翼覆”，用翅膀盖住。

[24] 呱(gū)：哭的声音。

[25] 覃(tán)：长，这里形容哭声长。訏(xū)：大，这里形容哭声大。

[26] 载：满。

[27] 实：正当，才。匍匐：爬行，指八九个月的时候。

[28] 克：能。岐：领会人意的样子。嶷(yí)：能分辨事物的样子。

[29] 以：连词，同“而”。就：求。口：指大人的口。

[30] 蓺：同“艺”，种植。之：代词，指土地。荏菽(rěn shū)：也写作“戎菽”，大豆。

[31] 旆旆(pèi pèi)：长得很快的样子。

[32] 禾役：《说文》引作“禾颖”，禾穗。穟穟(suì suì)穗头长得美好的样子。

[33] 幪幪(měng měng)：茂密的样子。

[34] 瓞(dié)：小瓜。唪唪(běng běng)：也写作“菶菶”，茂盛的样子，这里形容瓜结得很繁。

[35] 穑(sè)：种植庄稼。

[36] 相：视察，观察。道：方法，本领。本句是说，后稷种庄稼时，有看清什么土地该种什么的本领。《史记·周本纪》也说后稷“相土之宜，宜谷者稼穑焉。”

[37] 茀(fú)：治，拔除。丰：茂盛。

[38] 之：代词，指拔除了野草的土地。黄茂：指良种谷子。

[39] 实：通“是”，代词，这，这样。方：通“放”，这里指开始发芽。苞：通“包”，这里指包叶，长出叶子。

[40] 种：短。褎(xiù)：长。

[41] 发：茎秆拔节上长。秀：开花。

[42] 坚：茎秆硬。好：穗又好又大。

[43] 颖：穗，这里用作动词，意思是“穗头下垂”，即已灌浆。栗：意为谷粒成熟饱满。

[44] 即：就，到……去。指后稷接受尧封，到邰去成家立业。有：名词词头。邰(tái)：地名，在今陕西省武功县西南二十五里。

[45] 降：天降，天赐。嘉种：良种。

[46] 秬(jù)：黑黍，黑糜子。秠(pī)：黑黍的一种。据《尔雅·释草》说，

秠是一个谷壳里有两个米粒的黑黍。

[47] 穈(mén)：红穈子。芑(qǐ)：白穈子。

[48] 恒：通“亘”，遍，满。本句“恒”后省略了谓语“种”。之：代词，指土地。

[49] 是：代词，这，指成熟了的“秬”与“秠”，作后面动词的前置宾语。获：收割。亩：田垄，这里用作动词，意思是堆积在田垄上(依朱熹说)。

[50] 本句句式与“恒之秬秠”同。

[51] 任：肩挑。负：背(动词)。

[52] 肇(zhào)：开始。

[53] 或：无定代词，有的人。舂(chōng)：臼中舂谷脱皮。揄(yóu)：从臼中把米舀取出来。

[54] 蹂：通“揉”，揉搓。簸的过程中，对未脱尽皮的米粒再用手揉搓。

[55] 释：淘。之：代词，指米。叟叟：形容淘米的声音。

[56] 烝：“蒸”的古字。浮浮：蒸米时热气冒出发出的声音。

[57] 谋：商议。惟：思考。

[58] 萧：植物名，即香蒿。祭脂：指牛羊油脂，祭祀时和上香蒿燃烧，使香气四溢。

[59] 羝(dī)：公羊。以：介词，用，拿。后面省略了宾语“之”(公羊)。軷(bá)：祭祀名，用来祭路神。

[60] 燔(fán)：焚烧，对上文“萧”、“祭脂”而言。烈：加在火上烤熟(用来献神)，对上文“羝”而言。

[61] 以：介词，用，拿。后面省宾语“之”(指“燔”、“烈”等行动)。兴：兴旺。这里作使动词用，意为使“嗣岁”兴旺，即祈求来年五谷丰登。嗣岁：新到的一年，来年。

[62] 卬(áng)：人称代词，我。豆：一种木制的高脚杯子。

[63] 登：一种陶制食器。本句“于豆”重复上句“于豆”，有凑够四字的作用。

[64] 居：安，满意地。歆：享受。

[65] 胡：何，怎么。臭：气味，指祭品发出的香气。亶(dǎn)：诚然，实在。时：通“是”，不错。这句是上帝赞美的话。

[66] 庶：庶几，几乎。罪悔：罪过。“无罪悔”，无罪过，意思是上帝没有降下惩罚性的灾难。

[67] 以：连词，而。迄：至。

行苇

这首诗记叙了周天子和同族弟兄们共同宴饮的盛况。他们吃肉喝酒，击鼓唱歌，射箭比赛，互祝长寿。诗的主题是强调王族血亲之间的团结，以便巩固新生的周王朝的政权。从这首诗中，我们看到了当时统治阶级奢华享乐的生活，同《豳风・七月》等篇反映出来的劳动人民的苦难生活形成了鲜明的对照。

敦彼行苇[1]，	路边苇子一团团，
牛羊勿践履。	牛羊啊不要踏践。
方苞方体[2]，	苇子发芽才长茎，
维叶泥泥[3]。	叶儿茂盛软绵绵。
戚戚兄弟[4]，	兄弟之间多亲密，
莫远具尔[5]。	只要亲近不要疏远。
或肆之筵[6]，	有的座位只铺竹席，
或授之几[7]。	有的座位加置几案。
肆筵设席[8]，	座位铺上竹席，几案摆上竹垫，
授几有缉御[9]。	加置几案的有人侍伴。
或献或酢[10]，	有的敬酒，有的回敬，
洗爵奠斝[11]。	洗尽酒爵，斟酒祭洒地面。
醓醢以荐[12]，	带汤肉酱往上端，
或燔或炙[13]。	有人烤肉，有人烤肝。

嘉殽脾臄[14]，　　名菜不乏肝脾舌调，
或歌或咢[15]。　　有人唱歌，有人把鼓敲。

敦弓既坚[16]，　　彩绘雕弓多坚硬，
四鍭既钧[17]。　　四支利箭多匀称。
舍矢既均[18]，　　拉弓放箭支支中，
序宾以贤[19]。　　名列前茅为上宾。
敦弓既句[20]，　　彩绘雕弓弯如钩，
既挟四鍭[21]。　　四支利箭握在手。
四鍭如树[22]，　　四箭中靶如手插，
序宾以不侮[23]。　　尊卑有序，义重礼稠。

曾孙维主[24]，　　成王是东道主，
酒醴维醹[25]。　　那酒味真醇厚。
酌以大斗[26]，　　用大斗把酒斟，
以祈黄耇[27]。　　以此祈求长寿。
黄耇台背[28]，　　对长寿的老人，
以引以翼[29]。　　又牵引来又搀扶。
寿考维祺[30]，　　高龄者就是吉祥，
以介景福[31]。　　保佑老人得大福。

[1] 敦（tuán）：圆堆形的，一团团的。行（xíng）：道路。

[2] 方：副词，才。苞：叶苞。这里用作动词，指叶子打苞，发芽。体：茎秆。这里用作动词，指形成茎秆。

[3] 泥泥：柔软娇嫩的样子。

[4] 戚戚：亲密的样子。

[5] 莫：否定性无定代词，意思是“没有谁”。远：疏远。具：同“俱”，都。尔：通“迩”，近，亲近。

[6] 或：无定代词，意思是“有的人”。肆：摆，设。之：代词，他，复指“或”。筵：座位上铺的席子。

[7] 授：给予。几：长方形的小桌，类似现在北方的炕桌，通常是供老年人凭倚的。

[8] 席：“席”与“筵”都是席子。古人席地而坐，把铺在地下的叫“筵”，把铺在小桌面上的叫“席”。

[9] 缉(qī)：轮换不断。御：侍奉，服务，这里指侍奉的人。

[10] 献：指向客人进酒。酢(zuò)：指客人用酒回敬主人。

[11] 爵：一种酒器。奠：把酒倒在地上。斝(jiǎ)：爵的别称。据《毛传》说，夏代叫琖，殷代叫斝，周代叫爵。

[12] 醓醢(tǎn hǎi)：带汤的肉酱，今西北人叫“臊子”。以：介词，用，拿。它的宾语是前置的“醓醢”。荐：献上。

[13] 燔(fán)：烤。炙(zhì)：也叫“炮”，类似今天的“炒”。

[14] 嘉殽：好菜。臄(jué)：舌头。

[15] 咢(è)：用手击鼓。

[16] 敦：通“雕”。敦弓：雕弓，绘有花纹的弓。古代天子用雕弓，诸侯用彤(红色)弓，大夫用黑弓。

[17] 鍭(hóu)：金属箭头，这里指箭。钧：指箭头与箭身比例得当，重量平衡。

[18] 舍：放，发。均：指都射中了。

[19] 序：排列次第。以：介词，依照，按。贤：能，指射得优异的。

[20] 句(gōu)：同“勾”，这里指弓拉得很满的样子。

[21] 挟：持，拿。

[22] 树：栽植，插。这里意思是用手插上。

[23] 不侮：这里意思是恭敬严肃，按礼办事。

[24] 曾孙：指成王。

[25] 醴(lǐ)：甜酒。醹(rú)：醇厚，酒味浓。

[26] 酌：斟酒。大斗：一种长柄酒器，像勺子。

[27] 祈：求。黄耇(gǒu)：高寿。

[28] 台背：同“鲐背”，指年寿高迈的老人。

[29] 引：在前面引导。翼：在旁边扶持。
[30] 寿考：高寿。祺：吉祥。
[31] 介：助。景：大。

既　醉

这首诗同上一篇《行苇》一样，也是描写宫廷宴会的。王室祭祀完毕，天子和诸侯们照例要大吃大喝。诸侯们酒足饭饱，他们便向天子祝福。扮演先王神灵的"公尸"也向天子和诸侯们祝福。从诗中可以看到，那些身居高位、脱离人民的达官贵人，一心向往的是长寿多福，多子多孙。本诗在写法上多用"顶针"格和问答式，文义连贯，语气跌宕，风格上有其独到之处。

既醉以酒[1]，	喝醉了您的美酒，
既饱以德[2]。	饱享了您的恩惠。
君子万年，	祝愿您万年长寿，
介尔景福[3]。	上天助您大福大贵。
既醉以酒，	酒醉了您的美酒，
尔殽既将[4]。	您的菜肴质美味香。
君子万年，	祝愿您万年长寿，
介尔昭明[5]。	神灵助您与日齐光。
昭明有融[6]，	您的光辉与日俱增，
高朗令终[7]。	光明伟大完美终身。
令终有俶[8]，	有善始才有善终，

公尸嘉告[9]。	公尸用善言嘉语告诫国君。
其告维何[10]？	告诫的内容是些什么？
笾豆静嘉[11]。	“竹笾木豆漂亮清洁。
朋友攸摄[12]，	朋友们助你祭祀，
摄以威仪。	助祭时恭敬庄严彬彬有礼。”
威仪孔时[13]，	“礼仪十分得体，
君子有孝子[14]。	天子又是孝子。
孝子不匮[15]，	孝子代代不断，
永锡尔类[16]。	永远赐给你们福气。”
其类维何？	“赐给的福气是些什么？
室家之壸[17]。	王室日渐昌盛兴旺。
君子万年，	祝愿您万年长寿，
永锡祚胤[18]。	福禄无疆，子孙满堂。”
其胤维何？	“赐给的子孙怎么样？
天被尔禄[19]。	上天用福禄把你们保护。
君子万年，	祝愿您万年长寿，
景命有仆[20]。	大命有子孙来肩负。”
其仆维何？	“大命怎样附着于你？
釐尔女士[21]。	上天赐给你们杰出的女人。
釐尔女士，	赐给你们杰出的女人，

从以孙子[22]。　　　　子子孙孙便永无穷尽。”

[1] 既：已经。以：介词，用，拿。“醉以酒”即“以酒醉”，古代介宾结构作状语往往置动词后，下一句也是这样。

[2] 德：恩德，恩惠。

[3] 介：佑助。尔：您。这是王族弟兄们在宴会上向天子祝贺的话。

[4] 将：通“臧”，好，味美。《广雅·释诂》：“将，美也。”本句与上篇《行苇》的“敦弓既坚”等句的句式相同。

[5] 昭明：光明。

[6] 融：十分明亮。

[7] 高朗：高明。令终：善终。

[8] 俶(chù)：始。

[9] 公尸：祭祀时装扮先祖接受祭礼的人。后世一般用画像或塑像来代替。嘉告：用善言美词祝告。

[10] 何：什么。

[11] 笾(biān)豆：古代祭祀时盛祭品的两种器具。静嘉：清洁优美。

[12] 攸：所，代词，指主祭人，作后面动词的前置宾语。摄：佐助。

[13] 孔：很。时：通“是”，恰当，合适。

[14] 有：通“又”。

[15] 匮(kuì)：尽，绝。

[16] 锡：通“赐”，给予。类：善，好事，福气。

[17] 之：代词，复指动词。“壸(kǔn)”：宫中小道，引申为“广”。这里意思是扩充、广大。

[18] 祚(zuò)：福禄。胤(yìn)：后嗣，子孙。

[19] 被：覆盖。

[20] 景：大。仆：附，附着。这里指着落。

[21] 釐：通“赉(lài)”，赐予。

[22] 从：随，跟随。

凫鹥

祭祀后的第二天，天子又要专门宴请扮演先王神灵的“公尸”。这首诗写的正是这次宴饮。诗中“公尸”赞美天子的盛情招待，天子感谢“公尸”沟通人神，给自己带来了福禄。本诗音韵和谐，句子多用对偶，富有节奏感。

凫鹥在泾[1]，	野鸭、银鸥游在河中，
公尸来燕来宁[2]。	公尸前来赴宴散心。
尔酒既清[3]，	您的美酒实在醇清，
尔殽既馨[4]。	您的菜肴香味远闻。
公尸燕饮，	公尸来此赴宴饮酒，
福禄来成[5]。	福禄会来成全您的大功。
凫鹥在沙[6]，	野鸭、银鸥落在沙滩，
公尸来燕来宜[7]。	公尸前来赴宴游玩。
尔酒既多，	您的酒喝了一坛又一坛，
尔殽既嘉[8]。	您的菜肴味美新鲜。
公尸燕饮，	公尸来此赴宴饮酒，
福禄来为[9]。	福禄会来助您成功。
凫鹥在渚[10]，	野鸭、银鸥栖息水洲，
公尸来燕来处[11]。	公尸来此赴宴逗留。
尔酒既湑[12]，	您的美酒滤得清亮，

尔殽伊脯[13]。	您的菜肴有那五香肉脯。
公尸燕饮，	公尸来此赴宴饮酒，
福禄来下[14]。	福禄下降，好像水流。
凫鹥在潨[15]，	野鸭、银鸥游在两水相会处，
公尸来燕来宗[16]。	公尸来此赴宴，尊为上宾。
既燕于宗[17]，	已在宗庙设过盛宴，
福禄攸降[18]。	福禄一定降落您身。
公尸燕饮，	公尸来此赴宴饮酒，
福禄来崇[19]。	福禄到来，会毫无止境。
凫鹥在亹[20]	野鸭、银鸥游在山峡水流之中，
公尸来止熏熏[21]。	公尸到来温雅和悦。
旨酒欣欣[22]，	饮过您的芳香美酒，
燔炙芬芬[23]。	吃了您喷香的烤肉烧肉。
公尸燕饮，	公尸来此赴宴饮酒，
无有后艰[24]。	此后会顺遂无忧。

[1] 凫(fú)：水鸟名，即野鸭。鹥(yī)：水鸟名，即鸥。泾：水名，发源于宁夏，流经甘肃，入陕西与渭水相合。

[2] 公尸：参见《大雅·既醉》注[9]。燕：通“宴”，宴饮。宁：安闲，这里意为散心，休息。

[3] 尔：指主人，即天子。

[4] 馨(xīn)：香气远闻，指香味浓烈。

[5] 成：成全，实现。

[6] 沙：指水边沙滩。

[7] 宜：适宜。这里义同上章的“宁”。

[8] 嘉：美，好。

[9] 为：与“成”同义。

[10] 渚(zhǔ)：水中的小岛。

[11] 处：止，休息。

[12] 湑(xǔ)：滤过的酒。这里意思是滤过。

[13] 伊：指示代词，那个。脯(fǔ)：肉干。

[14] 下：降。

[15] 潨(cōng)：小水会入大水的地方。

[16] 宗：尊，尊崇。

[17] 宗：指宗庙。

[18] 攸：所，代词，指天子，作“降”的前置宾语。

[19] 崇：重复，多。

[20] 亹(mén)：水流峡中，两岸如门之处。

[21] 熏熏：温和的样子。

[22] 旨酒：美酒。欣欣：香气浓的样子。

[23] 燔炙(fán zhì)：烧烤肉食的两种方法。这里指烧烤好的肉食。参见《小雅·瓠叶》注[5]。芬芬：气味很香的样子。

[24] 艰：难。

假 乐

这首诗从内容看，好像是成王宴饮臣子、诸侯时乐工唱的颂歌。歌颂成王能安民任吏，受到上天的佑助；并教谕群臣、诸侯应恪守祖宗的法规，遵从人民的意志，忠于自己的职守，不要辜负天子的关怀，目的是长期维护封建统治。本诗韵脚甚密，几乎句句入韵；每章换一次韵，适合于歌唱。

假乐君子[1]，　　　　天子完美和善，

显显令德[2]。	他的美德十分明显。
宜民宜人[3]，	他的臣民各得其所，
受禄于天。	他领受福禄于上天。
保右命之[4]，	上天对他保佑指点，
自天申之[5]。	上天对他告诫劝勉。
干禄百福[6]，	他有许许多多的福禄，
子孙千亿[7]。	他的子孙成千成万。
穆穆皇皇[8]，	子孙们肃敬又磊落，
宜君宜王[9]。	有的为君有的为王。
不愆不忘[10]，	没有过失也不妄为，
率由旧章[11]。	事事遵循老法旧章。
威仪抑抑[12]，	天子的仪表既美且有风度，
德音秩秩[13]。	美好的声誉时时流传。
无怨无恶[14]，	他没有私恨和私怨，
率由群匹[15]。	事事能照众人意志办。
受福无疆，	领受上天的福无际无边，
四方之纲[16]。	四方的法纪才不紊乱。
之纲之纪[17]，	天子是四面八方的总管，
燕及朋友[18]。	诸侯卿士赖之以安。
百辟卿士[19]，	他手下的诸侯和公卿，
媚于天子[20]。	对他都尊敬和喜欢。
不解于位[21]，	天子要忠于自己的职守，

民之攸塈[22]。　　百姓全靠他生息居安。

[1] 假：通“嘉”，美好。乐（lè）：和乐。君子：指天子。据《诗序》、郑《笺》说，指成王。

[2] 显显：很显著的样子。令德：美德。

[3] 宜：适，安。这里作使动词用，意思是“使……安适”。民：指普通百姓。人：指大小官吏。

[4] 右：同“佑”。命：命令，指示。之：代词，指上文的“君子”，即天子。

[5] 申：申饬，告诫。

[6] 干：千，俞越《群经平议》：“干当作千，形似而误。”

[7] 千亿：极言数目多，这是一种夸张手法。

[8] 穆穆：既严肃又和蔼的样子。皇皇：光明正大。

[9] 君：指诸侯。王：指天子。

[10] 愆（qiān）：超过限度，指犯过失。

[11] 率：全，都。

[12] 抑抑：慎重严密的样子。又通“懿”，懿懿，美。

[13] 德音：美好的声誉。秩秩：不间断的样子。

[14] 怨：恨。恶（wù）：厌恶，憎恶。

[15] 群匹：群众。

[16] 纲：网上的大绳，这里意思是“骨干”、“核心”。

[17] 纪：丝的头绪。这里意思是“总领”、“头头”。

[18] 燕：安。及：到。朋友：指公卿百官。

[19] 百辟（bì）：百王，指诸侯们。卿士：指卿大夫们。

[20] 媚：爱。于：介词，被。

[21] 解（xiè）：同“懈”，怠惰，不尽力。

[22] 攸：所，特指代词。塈（xì）：生息。“民之攸塈”即“民之所息”，“使民生息的人”。

公　刘

这首诗叙述了周的远祖公刘率领周族从邰（今陕西武功）迁豳（今

陕西旬邑、彬县一带）的历史事迹。诗人歌颂了公刘不安现状、勇于开拓的创业精神；刻画了他深谋远虑、勤劳刚毅的性格，塑造出了一个具有高度组织才能的古代部落首领的英雄形象。

笃公刘[1]！	忠诚厚道的公刘！
匪居匪康[2]。	他从不懒惰，从不苟安。
乃埸乃疆[3]，	他修好地垄，又修田埂，
乃积乃仓[4]。	屋内外粮满囤来谷满仓。
乃裹餱粮[5]，	他和大伙儿带上干粮，
于橐于囊[6]，	装满了大袋和小囊，
思辑用光[7]。	想使众人和睦从而把国威发扬。
弓矢斯张[8]，	他把弓绷紧，把箭带上，
干戈戚扬[9]。	举起盾牌，紧握戈、矛、戚、扬。
爰方启行[10]。	于是开始出发，离开了故乡。

笃公刘！	忠诚厚道的公刘！
于胥斯原[11]。	他详细察看了这块山原。
既庶既繁[12]，	迁来的人络绎不绝，
既顺乃宣[13]，	人们安下身来开荒种田，
而无永叹[14]。	没有一个人长吁短叹。
陟则在巘[15]，	公刘一会儿登上山峦，
复降在原[16]。	一会儿又下到川原。
何以舟之[17]？	他身上佩带着什么？
维玉及瑶[18]，	只有美丽的佩玉和佩瑶，
鞞琫容刀[19]。	还有那精致的带鞘宝刀。

笃公刘！	忠诚厚道的公刘！
逝彼百泉[20]，	他到众泉喷涌的水源，
瞻彼溥原[21]。	眺望那广阔的川原。
乃陟南冈，	他又登上了南冈，
乃觏于京[22]。	从京邑向四面了望。
京师之野[23]，	京邑的野外，
于时处处[24]，	早来的有了安身新屋，
于时庐旅[25]，	新来的也有了临时住房。
于时言言[26]，	人们到处说说笑笑，
于时语语[27]。	人们到处闹闹嚷嚷。

笃公刘！	忠诚厚道的公刘！
于京斯依[28]。	他决定在京邑安身。
跄跄济济[29]，	大臣们严肃端庄，
俾筵俾几[30]，	请他们就筵入席，
既登乃依[31]。	登上席位，有几依凭。
乃造其曹[32]，	派人到那猪群，
执豕于牢[33]，	从牢圈执杀做荤，
酌之用匏[34]。	用大瓢来把酒斟。
食之饮之[35]，	劝他们饱餐佳肴，痛饮欢畅，
君之宗之[36]。	大家拥戴公刘做宗主、做君王。

笃公刘！	忠诚厚道的公刘！
既溥既长，	那新开的土地越来越广，
既景乃冈[37]，	登山观测日影，确定方向。

相其阴阳[38]，	视察那山的阴面和阳面，
观其流泉。	观察那河流的高低走向。
其军三单[39]，	他的军队分三班轮换，
度其隰原[40]，	把平原洼地全部丈量，
彻田为粮[41]。	开垦田地种谷产粮。
度其夕阳[42]，	再把山的西面丈量，
豳居允荒[43]！	豳地的地面实在宽广！

笃公刘！	忠诚厚道的公刘！
于豳斯馆[44]。	他在豳地修建房舍。
涉渭为乱[45]，	他建造船只渡过渭水，
取厉取锻[46]。	去采取石砧和磨刀石。
止基乃理[47]，	房舍的基地已经清理，
爰众爰有[48]。	于是人口增加，财物成堆。
夹其皇涧[49]，	人们住满了皇涧两岸，
溯其过涧[50]。	一直延伸到了过涧对面。
止旅乃密[51]，	住户越来越密，
芮鞫之即[52]。	人们便向芮水两岸迁徙。

[1] 笃(dǔ)：厚，忠厚。公刘：后稷的曾孙，名刘，"公"是国人对国君的尊称。

[2] 匪：通"非"，不。居：和"康"同义，都是安的意思。公刘原来在邰(tái，在今陕西武功县)。

[3] 乃：于是。埸(yì)：田地的小界。疆：田地的大界。"埸"和"疆"都用作动词，指修治田界田垄。

[4] 积：指在露天积聚粮食。仓：指在仓库里存放粮食。

[5] 裹：包装。餱(hóu)粮：干粮。

[6] 于：介词，在。橐(tuó)：没有底的袋子，装上东西后，用绳绑住两头。囊：有底的口袋。

[7] 思：想。辑：和睦。用：以便，从而。光：光大。

[8] 斯：指示代词，此，这，这里复指前置宾语“弓矢”。张：把弓弦绷紧。

[9] 干：盾牌。戈：平头戟，一种长柄武器。戚：一种长柄武器，像大斧。扬：斧形长柄武器，类似“戚”。

[10] 爰：于是。方：开始。启：开。行：路。

[11] 胥：相，视察。斯：指示代词，这。

[12] 既：已经。庶：与本句的“繁”同义，都是众多的意思，指随公刘迁来的人已经很多。

[13] 顺：安，安下身。宣：耕种。

[14] 永叹：长叹，意为困苦忧愁。

[15] 陟：登。巘(yǎn)：和大山不连的小山，这里泛指小山。

[16] 复：又。降：下。原：广而平的高地，这里泛指平地。

[17] 何以：以何，用什么。舟：通“周”，环绕。之：代词，他，指公刘的身上。

[18] 维：语气词，帮助判断。及：和。瑶：像玉的美石。

[19] 鞞(bǐng)琫(běng)：这里指镶有玉饰的刀鞘。“鞞”，刀鞘。“琫”，刀鞘上的玉饰。容刀：指装饰过的佩刀。

[20] 逝：往，到……去。百泉：众泉。

[21] 瞻：观望，视察。溥(pǔ)：广大。

[22] 觏(gòu)：看。于：介词，在。京：豳的邑名，当在南冈的上面。

[23] 京师：京邑。

[24] 于时：于是。“时”通“是”。处：居住。“处处”是动词“处”的重叠。

[25] 庐旅：可能本来写作“庐庐”或“旅旅”。“庐”、“旅”同义，都指寄居，暂住。

[26] 言：说话。“言言”是动词“言”的重叠。

[27] 语：对话。“语语”是动词“语”的重叠。

[28] 于：介词，在。斯：则，就，便。依：安居。

[29] 跄跄(qiāng qiāng)：走动从容安闲的样子。济济：表情庄严恭敬的样子。

[30] 俾(bǐ)：使，这里有请的意思。筵(yán)：竹席，铺在地上的坐具。古人席地而坐。几：一种矮桌。古人用来凭靠身体的。

[31] 登：指登上“筵”。依：指依凭“几”。

[32] 造：到。亦说同“告”。其：代词，那。曹：群，这里指猪群。

[33] 执：捉。豕(shǐ)：猪。牢：指猪圈。

[34] 酌：斟酒。之：代词，他们，指众宾客。匏(páo)：匏瓜，也叫葫芦，这里指把葫芦剖两半做的瓢。

[35] 食：吃。饮：喝。这句中的“食”，“饮”都作使动词用。

[36] 君：君王。之：代词，指公刘。宗：宗主。这句中的“君”、“宗”也都作使动词用，意思是“使……当宗主”。

[37] 景：同“影”。这里用作动词，指为定方向而测日影。冈：这里用作动词，意为登上高冈。

[38] 相：看，视察。其：代词，它(的)，指山冈。阴：山的北部。阳：山的南部。

[39] 其：代词，他(的)，指公刘。三单：三批，以便轮流服役。“单”通“禅”，有更番代替的意思。

[40] 度(duó)：丈量。隰(xí)：低湿的地方。

[41] 彻：治，指开荒垦田。为：作，这里意为生产。

[42] 夕阳：指山的西面(山的东面叫“朝阳”)。

[43] 居：住，这里指居住的地面。允：实在，的确。荒：大，广阔。

[44] 于：介词，在。斯：则，就，于是。馆：馆舍，房屋。这里活用为动词。意思是修造房舍。

[45] 为：制作。乱：乘船在水的中流横渡，这里指过河用的船。

[46] 厉：同“砺”，磨刀石。锻：炼金属时所用的石砧。

[47] 止基：房舍的基址。理：治理。

[48] 爰：于是。众：人多。有：财物丰足。

[49] 其：代词，那。皇涧：涧水名。

[50] 溯：向，面对着。过涧：涧水名。

[51] 旅：寄居。密：众多。

[52] 芮(ruì)：也写作“汭”，豳地水名。鞫(jū)：也写作“泦”，水边向外凸处，这里指芮水岸边。之：代词，复指前置宾语“芮鞫”。即：就，意为“移往”。

泂 酌

《诗序》说，这首诗是“召康公戒成王”而作的。从本诗内容来看，确实是规劝君王之辞。每章前三句起兴，后两句写实。意思是：河里的流水，与人的生活好像无关，但汲取来，经过沉淀，就可以为人的生活服务；作为君王，本与老百姓有天壤之别，但经过自我修养，变得和善可亲，就能为老百姓做出好事，受到老百姓的拥戴。

泂酌彼行潦[1]，	远处汲来那流动的水，
挹彼注兹[2]，	舀取它注入锅里，
可以餴饎[3]。	可以用它把饭菜蒸熟。
岂弟君子[4]，	和善可亲的君主，
民之父母。	它是老百姓的父母。
泂酌彼行潦，	远处汲来那流动的水，
挹彼注兹，	舀取它注入盆里，
可以濯罍[5]。	可以用它洗涤酒壶。
岂弟君子，	和善可亲的君主，
民之攸归[6]。	老百姓真心向他归服。
泂酌彼行潦，	远处汲来那流动的水，
挹彼注兹，	舀取它注入盆里，
可以濯溉[7]。	可以用它把东西清洗。
岂弟君子，	和善可亲的君子，

民之攸塈[8]。	他能使老百姓休养生息。

[1] 泂(jiǒng)：远。酌：斟，舀。行潦(lǎo)：流潦，流动的水。

[2] 挹(yì)：舀取。注：倾注，倒入。兹：指代词，此，这。

[3] 馈(fēn)：蒸，馏。饎(xī)：饭菜。

[4] 岂弟(kǎi tì)：后世写作"恺悌"，形容词，和善可亲。君子：指君王。

[5] 濯(zhuó)：洗涤。罍(léi)：一种壶形容器，用以盛酒或水。

[6] 攸归：所归，意为"向往的人"。

[7] 溉：也是洗涤的意思。

[8] 塈(xì)：养息。攸塈：休养生息的人。

卷阿

这首诗是一位臣子在对歌会上唱给天子听的一首歌辞。诗中祝福天子福禄长寿，希望天子能重视人才，爱护人才。这首诗使我们可以看到上古统治阶级所举办的对歌会的情景。

有卷者阿[1]，	弯曲的山峦，
飘风自南[2]。	从南面吹来了旋风。
岂弟君子[3]。	和善可亲的君王，
来游来歌，	来这儿游玩、唱歌，
以矢其音[4]。	借机献上我的歌声。
伴奂尔游矣[5]，	您尽情地游玩啊，
优游尔休矣[6]。	您恬静地休息啊！
岂弟君子，	和善可亲的君王，

俾尔弥尔性[7]，	愿您享尽天年，
似先公酋矣[8]。	就像先王的善终一样。
尔土宇昄章[9]，	您的土地、宫室、疆域，
亦孔之厚矣[10]，	也够得上非常宽广。
岂弟君子，	和善可亲的君王，
俾尔弥尔性，	愿您享尽天年，
百神尔主矣[11]。	众神听从您的主张。
尔受命长矣，	您接受天命时间不短，
茀禄尔康矣[12]。	天赐福禄使您安乐健康。
岂弟君子，	和善可亲的君王，
俾尔弥尔性，	愿您享尽天年，
纯嘏尔常矣[13]。	天赐的大福使您常享。
有冯有翼[14]，	您后有凭靠，旁有辅佐，
有孝有德，	您既有孝行，又有美德，
以引以翼[15]。	还有人引路，有人扶持。
岂弟君子，	和善可亲的君王，
四方为则[16]。	您是天下四方的准则。
颙颙卬卬[17]，	您态度严肃，形象高大，
如圭如璋[18]。	像圭玉一样纯洁无瑕，
令闻令望[19]。	美好的声誉传播四方。
岂弟君子，	和善可亲的君王，

四方为纲。	您是天下四方的纪纲。
凤凰于飞，	凤凰展翅飞翔，
翙翙其羽[20]，	羽翼索索作响，
亦集爰止[21]。	它只落在要落的地方。
蔼蔼王多吉士[22]，	君王的人才济济一堂，
维君子使[23]，	他们都听从您的役使，
媚于天子[24]。	受到您的恩宠和赞赏。
凤凰于飞，	凤凰展翅飞翔，
翙翙其羽，	羽翼索索作响，
亦傅于天[25]。	它的背紧靠着天上。
蔼蔼王多吉人[26]，	君王的人才济济一堂，
维君子命[27]，	他们都听从您的役使，
媚于庶人[28]。	您是百姓爱戴的君王。
凤凰鸣矣，	凤凰鸣叫啊，
于彼高冈[29]。	在那高高的山冈上。
梧桐生矣，	梧桐生长啊，
于彼朝阳[30]。	在那东面的山坡上。
菶菶萋萋[31]，	梧桐长得蓬勃茂盛，
雝雝喈喈[32]。	凤凰叫得雍雍和谐。
君子之车，	君王的车子，
既庶且多[33]。	既漂亮又众多。

君子之马，　　君王的骏马，
既闲且驰[34]。　　既稳当又能奔波。
矢诗不多，　　我献的诗并不多，
维以遂歌[35]。　　只不过随口对对歌。

[1] 有：形容词词头，无实际意义。卷：弯曲。阿：大的丘陵。

[2] 飘风：旋风。

[3] 岂弟(kǎi tì)君子：参见《大雅·泂酌》注[4]。

[4] 矢：陈，献上。其：代词，这里是说话人自称，我的。音：指歌声。

[5] 伴奂(pàn huàn)：形容词，也写作“畔援”，闲暇自乐的样子。尔：您，指君王。矣：句末语气词，这里表示感叹。

[6] 优游：形容词，悠闲自如的样子。

[7] 俾(bǐ)：使，这里有“希望”的意思。弥：满，终，到尽头。性：性命。

[8] 先公：已故的父王。酋：终，义同上句的“弥”。

[9] 土：土地。宇：房屋。昄(bǎn)章：即“版图”。“昄”当作“版”。

[10] 孔：副词，很，非常。之：助词，的。厚：丰厚，多。

[11] 主：这里用作动词，意为“作……的主人”，即“统领……”。本句“主”的宾语是前置的“百神”。

[12] 茀(fú)：福。康：安。这里作使动词用，意为“使……安”。本句“康”的宾语是前置的代词“尔”。

[13] 纯：大。嘏(gǔ)：福。常：常享(依朱熹说)。

[14] 冯(píng)：同“凭”，依靠。翼：辅协。

[15] 以：连词，而。引：引导，指在前面带路。翼：指在两旁扶持。

[16] 为：作为。则：法式，典范。

[17] 颙颙(yóng yóng)：仰慕的样子。卬卬(áng áng)：高大。卬：通“昂”，高。

[18] 圭、璋：圭和璋都是朝廷用的精美的玉器。

[19] 令：善，美好。闻：指名声。望：也指名声。

[20] 翙翙(huì huì)：象声词，形容翅羽发出的声音。

[21] 亦：副词，只。爰：于。止：停，住。这里用作名词，指应当止息的地方。

[22] 蔼蔼(ǎi ǎi):众多的样子。吉士:美士,指优秀人才。

[23] 维:句首语气词,这里有“只”的意思。君子:指天子。使:驱使,用。

[24] 媚:爱。于:介词,被。

[25] 傅:同“附”,贴着。

[26] 吉人:同上章的“吉士”。

[27] 命:令,使,意同上章的“使”。

[28] 庶人:群众,老百姓。

[29] 于:介词,在。

[30] 朝阳:指山的东面。

[31] 菶菶(péng péng):同下面的“萋萋”(qī qī),都指草木长得十分茂盛的样子。

[32] 雝雝(yōng yōng):同下面的“喈喈”(jiē jiē)一样,都指鸟儿鸣叫声很和谐的样子。

[33] 庶(shù):众多,这里有堂皇、盛大的意思。

[34] 闲:安闲,驯良。驰:马快跑。

[35] 维:句首语气词,有“只是”的意思。遂:对,答。

民　劳

《诗序》说:“《民劳》,召穆公刺厉王也。”厉王是成王的七世孙,历史上有名的昏君。从诗的内容看,这是一位老臣的谏诗,被谏者是一位受到天子(即厉王)器重的年轻的辅相。在厉王的残酷压迫下,周国的人民已经到了难于活下去的地步,周国动乱四起,很不安宁。诗作者恐怕厉王执迷不悟而垮台,因此建议他们稍微减轻对民众的压榨,用安抚和镇压两种手段解决矛盾,稳定局面。

民亦劳止[1],	老百姓已经劳苦不堪,
汔可小康[2]。	也该让他们稍得安康。

惠此中国[3]，	应爱护京都这些民众，
以绥四方[4]。	以此安定四面八方。
无纵诡随[5]，	不要放纵刁民奸吏，
以谨无良[6]。	以便使不良行为收敛。
式遏寇虐[7]，	一定要制止歹徒作乱，
憯不畏明[8]。	他们竟无所畏忌的作恶多端。
柔远能迩[9]，	要安抚附近和边远的人们，
以定我王[10]。	以便使君王稳坐江山。

民亦劳止，	老百姓已经劳苦不堪，
汔可小休。	也该让他们休息几天。
惠此中国，	应爱护京都这些民众，
以为民逑[11]。	以便符合人民的心愿。
无纵诡随，	不要放纵刁民奸吏，
以谨惛怓[12]。	以便使动乱行为收敛。
式遏寇虐，	一定要防止歹徒作乱，
无俾民忧[13]。	不要叫老百姓们既忧且怨。
无弃尔劳[14]，	不要丢掉您过去的功绩，
以为王休[15]。	以便为君王多做贡献。

民亦劳止，	老百姓已经劳苦不堪，
汔可小息。	也该让他们喘一口气。
惠此京师，	应关心京师这些民众，
以绥四国。	以便使四方人民安息。
无纵诡随，	不要放纵刁民奸吏。

以谨罔极[16]。	以便刹住那些歪风邪气。
式遏寇虐，	一定要制止歹徒作乱，
无俾作慝[17]。	不要叫他们行凶放肆。
敬慎威仪[18]，	要严肃谨慎又有威仪，
以近有德[19]。	让有德君子接近自己。

民亦劳止，	老百姓已经劳苦不堪，
汔可小愒[20]。	也该让他们稍作缓歇。
惠此中国，	应关心京师这些民众，
俾民忧泄[21]。	让人们把心中忧愤排泄。
无纵诡随，	不要放纵刁民奸吏，
以谨丑厉[22]。	以使丑行恶迹能够绝灭。
式遏寇虐，	一定要制止歹徒作乱，
无俾正败[23]。	不要让政事遭受挫折。
戎虽小子[24]，	您虽然年纪还轻，
而式弘大[25]。	您的行为是民众的准则。

民亦劳止，	老百姓已经劳苦不堪，
汔可小安。	也该让他们能过上安静的生活。
惠此中国，	应关心京都这些民众，
国无有残[26]。	京都不能出现杀人放火。
无纵诡随，	不要放纵刁民奸吏，
以谨缱绻[27]。	要提防坏人的串联勾结。
式遏寇虐，	一定要制止歹徒作乱，
无俾正反[28]。	不能使国家有任何差错。

王欲玉女[29]，	君王在把你栽培器重，
是用大谏[30]。	我才苦口婆心把你劝说。

[1] 劳：疲劳，劳累。止：句末语气词。表示感叹。

[2] 汔(qì)：庶几，也许可以，表示希望。小：稍微，表示程度。康：安定。

[3] 惠：爱护。中国：即"国中"，指都城。

[4] 绥：安定，安抚。四方：指四方诸侯。

[5] 无：通"毋"，副词，不要。纵：放纵。诡随：不怀好意，诡诈猾狡的人(依王引之说)。

[6] 谨：小心，收敛。这里作使动词用，意为"使……收敛"。无良：不良，指不良行动。

[7] 式：动词词头。遏：遏止，阻止。寇虐：指抢劫、残害行为。这里指人民群众的反抗行动。

[8] 憯(cǎn)：通"曾"，竟然。明：光明。

[9] 柔：安，安抚。这里作使动词用，意为"使……安"。能：与"柔"是同义词，安。这里也作使动词用。迩(ěr)：近。

[10] 定：这里作使动词用，意为"使……安定"。

[11] 逑(qiú)：匹配，合心的人。

[12] 惛怓(hūn náo)：喧哗、动乱。这里指动乱行为。

[13] 无：通"毋"，副词，不要。俾(bǐ)：使。

[14] 尔：您，指诗人劝告的地方。劳：功绩。

[15] 休：美。这里指好事。

[16] 罔极：作恶无穷极之人，即行为极端不正之人。

[17] 慝(tè)：恶。

[18] 敬慎：严肃慎重。

[19] 近：接近。有德：这里指有德的人。

[20] 愒(qì)：同"憩"，休息。

[21] 泄：排去，排出。

[22] 丑厉：丑恶。这里指有丑恶行为的人。

[23] 正：通"政"，政事。败：毁坏。

[24] 戎：通"汝"，代词，你。

[25] 式：标准，模范。

[26] 残：杀害，伤害。

[27] 缱绻（qiǎn quǎn）：不离散的样子。这里指坏人互相勾结的行为。

[28] 反：颠覆。

[29] 玉：这里作意动词用，意为"把……当作宝玉"。女：通"汝"，您。

[30] 是用：即"是以"，因此。大：这里表示"谏"的程度，意为郑重地。

板

《诗序》说："板，凡伯刺厉王也。"凡伯是厉王时的卿士。从内容看，这首诗是一位老臣给年轻的天子的谏词。由于这位天子的骄奢淫逸，天意不顺，国家贫困，民不聊生。周人是用天命观来统一人们的思想的。周人所说的天意实际上就是民意，所说的天的态度就是人民的态度。从这首诗中所说的"天之方难"、"天之方虐"等，可以看出当时人民群众的不满和反抗已到了很严重的程度。诗人为了维护天子的地位，苦口婆心，进行劝谕，但这位昏君听不进去，已到了不可救药的地步。这首诗在我们面前浮现出了一位骄横无知的天子和一位忠心耿耿、深谋远虑的老臣的形象。本诗多用比喻，说理深刻。韵脚甚密，便于吟唱。

上帝板板[1]，	上帝朝令夕改，
下民卒瘅[2]。	使百姓劳苦艰难。
出话不然[3]，	你说的话不合道理，
为犹不远[4]。	你定的计划只顾眼前。
靡圣管管[5]，	又不把圣人之道作为行动准则，
不实于亶[6]。	你说要诚实，但又不兑现。
犹之未远[7]，	你的计谋实在想得不远，

是用大谏。　　因此我郑重地提出意见。

天之方难[8]，　　上天正在降下灾难，
无然宪宪[9]。　　你不要这样洋洋自得。
天之方蹶[10]，　　上天正在降下动乱，
无然泄泄[11]。　　你不要这样多嘴多舌。
辞之辑矣[12]，　　你的指令合于实际，
民之洽矣[13]。　　老百姓就会融洽和谐，
辞之怿矣[14]，　　你的指令合于民心，
民之莫矣[15]。　　老百姓就会安定守业。

我虽异事，　　我和你虽然职务不同，
及尔同僚[16]。　　但我和你却是同僚。
我即尔谋[17]，　　我要给你提点意见，
听我嚣嚣[18]。　　你一听就心躁耳烦。
我言维服[19]，　　我说的话是国家大事，
勿以为笑。　　你不要觉得浅薄可笑。
先民有言[20]，　　古人早就说过：
询于刍荛[21]！　　“要向乡野劳动人民请教！”

天之方虐[22]，　　天老爷正在逞现凶暴，
无然谑谑[23]。　　你不要这样开心嬉笑。
老夫灌灌[24]，　　我是一片真心诚意，
小子跻跻[25]。　　你小子却这般骄傲。
匪我言耄[26]，　　不是我以老卖老，

尔用忧谑。	是你把忧患当作玩笑。
多将熇熇[27]，	你这样得寸进尺的演变下去，
不可救药[28]。	那你的毛病永远得不到治疗。
天之方懠[29]，	天老爷正在发怒，
无为夸毗[30]。	你却说大话或随声附和。
威仪卒迷[31]，	威仪终于迷乱失常，
善人载尸[32]。	好人个个都和木偶差不多。
民之方殿屎[33]，	百姓们正在痛苦呻吟，
则莫我敢葵[34]。	却没有人敢把我们过问。
丧乱蔑资[35]，	天下大乱、民穷财尽，
曾莫惠我师[36]。	竟然没有人顾念百姓。
天之牖民[37]，	天老爷引导人民的时候，
如埙如篪[38]，	像吹奏埙篪一样柔和动人，
如璋如圭[39]，	像用玉制成圭璋一样的礼器，
如取如携。	像取带物件一样称心如意。
携无曰益[40]，	对百姓不要挟持强迫，
牖民孔易[41]。	引导人民就十分容易。
民之多辟[42]，	老百姓之所以不走正道，
无自立辟[43]。	是因为当权者不能以道德律己。
价人维藩[44]，	善良的人是国家的篱笆，
大师维垣[45]。	人民大众是国家的围墙。
大邦维屏[46]，	富强的友邦是国家的屏障，

大宗维翰[47]。 血亲王族是国家的臂膀。
怀德维宁[48]， 重视道德是国家安宁的保证，
宗子维城[49]。 王子王孙是国家的长城。
无俾城坏[50]， 固然不应使长城毁坏，
无独斯畏[51]。 但也不要只把这事担心。

敬天之怒[52]， 严肃对待上天的发怒，
无敢戏豫[53]。 不敢戏嬉游玩、马马虎虎。
敬天之渝[54]， 严肃对待上天的灾异，
无敢驰驱[55]。 不敢纵情取乐、无拘无束。
昊天曰明[56]， 上天的眼睛是明亮的，
及尔出王[57]。 你进进出出，他能看到。
昊天曰旦[58]， 上天的听觉是清晰的，
及尔游衍[59]。 你去游逛，他也知道。

[1] 板板：通“反反”，反复无常。

[2] 卒瘅(dàn)：《韩诗外传》引作“瘁瘅”，劳累成疾。

[3] 然：是，对的。

[4] 为：动词，作制定。犹：谋，计谋，计划。

[5] 靡：无，没有。圣：圣人(依朱熹说)。管管：无所依傍，放任自恣的样子。

[6] 实：实行。亶(dǎn)：诚实，信用。

[7] 犹：副词，还。之：动词，去，往。

[8] 之：助词，加在主语“天”和谓语“难”的中间，取消这个句子的独立性。表示一种时间概念。方：正在。

[9] 无：通“毋”，不要。然：指代词，这样。宪宪：通“欣欣”，洋洋得意的样子。

[10] 蹶(jué)：动荡。

[11] 泄泄(yì yì)：通“谁谁”，多嘴多舌，妄发议论的样子。

[12] 辞：言辞，言论。这里指君王的指示，政令。辑：合宜，适合。

[13] 洽(qià):和谐。

[14] 怿(yì):喜悦。这里意为合于心意。

[15] 莫:安定。

[16] 及:与,和。僚:一起做官的人。

[17] 即:就,到……跟前。谋:考虑,出主意。

[18] 嚣嚣:喧哗,叫嚷。这里作谦辞用。

[19] 维:语气词,帮助判断。服:事。

[20] 先民:前人,古人。

[21] 询:问,请教。刍荛(chú ráo):指打柴割草的人。

[22] 虐:暴虐,残酷。

[23] 谑谑(xuè xuè):戏弄,开玩笑。

[24] 老夫:诗人自称。灌灌:即“款款”,诚恳的样子。

[25] 小子:指被谏的对方。蹻蹻(jiǎo jiǎo):骄傲的样子。

[26] 耄(mào):古人称八十岁为“耄”。

[27] 熇熇(hè hè):火势炽盛的样子。这里意为变得非常严重。

[28] 药:这里用作动词,意为治疗。

[29] 懠(qí):愤怒。

[30] 夸:通“诗”,大言。毗(pí):附,随声附和。

[31] 卒:终究。迷:迷乱,失常。

[32] 载:则,就。尸:古代祭祀时由人装扮的神像,不说话,像木偶一样,这里用作动词,意为变成了“尸”。

[33] 殿屎(xī):愁苦地呻吟。

[34] 莫:否定性无定代词,“没有谁”。葵:通“揆(kuí)”,管理,这里意为监督。它的宾语是前置的“我”。

[35] 蔑:无,没有。资:资财,财物。

[36] 曾:竟。惠:爱,关心。师:众,老百姓。

[37] 牖(yǒu):通“诱”,诱导,开导。

[38] 埙(xūn):古代一种陶制吹奏乐器,圆形,中空,有六个音孔。篪(chí):古代一种竹管乐器。单管横吹。

[39] 璋:和“圭”一样都是朝廷所用的玉制礼器。“璋”是“圭”的一半。“璋”顶端作斜锐角形。

[40] 携无曰益：益，借为“搤”（同“扼”）。《说文》：“搤，捉也。”这一句是说要对人民因势利导，不是说要捉住他们，加以强迫。

[41] 孔：很。易：容易。

[42] 辟：也写作“僻”，邪辟，不走正道。

[43] 无自立辟：指掌权者不要自己做邪僻之事。

[44] 价：善，大。藩：藩篱，屏障。

[45] 师：众。垣(yuán)：墙。

[46] 大邦：大国，指与本国关系友好的强国。

[47] 大宗：国王的嫡派宗族。翰：又长又硬的羽毛，这里意为骨干。

[48] 怀德：以德为怀，指很重视德。

[49] 宗子：君王的嫡子。

[50] 俾(bǐ)：使。

[51] 独：只。斯：代词，这。指上句“城坏”这件事。畏：害怕。本句“畏”的宾语是前置的代词“斯”。

[52] 敬：动词，严肃对待，尊敬。

[53] 戏豫：嬉游逸乐。

[54] 渝(yú)：变化。这里指突异。

[55] 驰驱：赶马疾驰。这里指放任自恣。

[56] 昊(hào)天：大天，即天。曰：动词词头，无实际意义。

[57] 及：与，同。王：通“往”。

[58] 旦：明。

[59] 衍：水往外溢。这里与“游”字构成并列复合词，意为“游荡”。

荡之什

荡

《诗序》说：“《荡》，召穆公伤周室大坏也。厉王无道，天下荡荡无纲纪文章，故作是诗也。”这首诗除第一章外，其余七章都托文王的话来批评殷王的暴政和分析殷朝倾覆的原因。如果《诗序》的结论可信的话，显然是在厉王“弭谤”政策的高压下，忠心耿耿的诗人是借桑喻槐、婉言规劝，而作此诗。诗中所说的殷王的暴行与史书记载相符。引述别人的话来表达作者的思想是本诗的一大特点。

荡荡上帝[1]，	至大至公的上帝，
下民之辟[2]。	你是下界百姓的君王。
疾威上帝[3]，	果断威严的上帝，
其命多辟[4]。	你有时温和，有时癫狂。
天生烝民[5]，	虽然上天降生亿万百姓，
其命匪谌[6]。	但天命却非经久不更。
靡不有初[7]，	每人每事都有自己的开头，
鲜克有终[8]。	但很少能够得到善终。

文王曰咨[9]，	文王说：哎呀呀，
咨女殷商[10]。	你这个殷商的国君！
曾是强御[11]，	你竟然如此强暴专横，
曾是掊克[12]。	你竟然如此盘剥人民。
曾是在位，	你竟然如此在位供职，
曾是在服[13]。	你竟然如此处理事情。
天降滔德[14]，	天赋予了你傲慢的品质，
女兴是力[15]。	你努力施展这种本能。

文王曰咨，	文王说：哎呀呀，
咨女殷商。	你这个殷商的国君！

而秉义类[16]，	你秉性邪恶，
强御多怼[17]。	一贯强暴，对头很多。
流言以对：	听信流言，以之应对：
寇攘式内。[18]	强盗小偷，一概收罗。
侯作侯祝[19]，	他们又是造谣，又是诅咒，
靡届靡究[20]。	没有底线，没有终结。

文王曰咨，	文王说：哎呀呀，
咨女殷商。	你这个殷商的国君！
女炰烋于中国[21]，	你在国内咆哮作恶，
敛怨以为德[22]。	招来怨恨，反而作为美德。
不明尔德[23]，	因为你品德低劣，
时无背无侧[24]。	所以失去了依靠和辅佐。
尔德不明，	因为你品德低劣，
以无陪无卿[25]。	所以失去了陪伴和寄托。

文王曰咨，	文王说：哎呀呀，
咨女殷商。	你这个殷商的国君！
天不湎尔以酒[26]，	上天不让你沉湎酒色，
不义从式[27]。	也不让你去干不道义的事情。
既愆尔止[28]，	你的举动没有节制，实在过分，
靡明靡晦[29]，	不论是天晴，还是天阴。
式号式呼[30]，	你总是大声呼喝，
俾昼作夜[31]。	竟把白昼当成了黑夜。

文王曰咨，	文王说：哎呀呀，
咨女殷商。	你这个殷商的国君！
如蜩如螗[32]，	人民动乱，像秋蝉一样躁鸣，
如沸如羹[33]。	政局动荡，像沸汤一样翻滚。
小大近丧，	大小诸侯都众叛亲离，
人尚乎由行[34]。	你还照旧一意孤行。
内奰于中国[35]，	在国内激起了人民的愤怒，
覃及鬼方[36]。	就连鬼方也忍无可忍。

文王曰咨，	文王说：哎呀呀，
咨女殷商。	你这殷商的国君！
匪上帝不时[37]，	不是上帝不对，
殷不用旧。	是你丢掉了旧的传统。
虽无老成人[38]，	即使没有德高望重的老臣，
尚有典刑[39]。	也还保存着典章律刑。
曾是莫听[40]，	你竟连这个也不理睬，
大命以倾[41]。	难怪你的国家就要覆倾。

文王曰咨，	文王说：哎呀呀，
咨女殷商。	你这个殷商的国君！
人亦有言：	人们早就说过：
颠沛之揭[42]，	树木在路旁仆倒，
枝叶未有害，	枝叶仍然完好，
本实先拨[43]。	但根儿早已烂了。
殷鉴不远[44]，	殷朝可借鉴之事不算太远，

在夏后之世。　　就在那夏桀王期间。

[1] 荡荡：广阔无边的样子。

[2] 辟(bì)：君主。

[3] 疾威：果断威严的样子。

[4] 命：本性、品质。辟(pì)：通“僻”，邪僻，乖戾。

[5] 烝民：众民，天下所有的人。

[6] 匪：通“非”，不。谌(chén)：诚信，不变。

[7] 靡：无，没有。

[8] 鲜(xiǎn)：少。克：能。

[9] 咨(zī)：叹词，唉。

[10] 女：同“汝”，你。

[11] 曾：竟，竟然。是：代词，如此，这样。强御：强梁，暴虐。

[12] 掊(póu)克：聚敛，搜刮。

[13] 服：事，职。

[14] 滔：傲慢。德：德行，品质。

[15] 兴：起。是力：力是，竭力实行这个。

[16] 而：同“尔”，你。秉：执，握在手里。义类：义：同“俄”，邪。类：通“戾”恶。

[17] 强御：这里指强梁霸道的人。怼(duì)：怨恨。

[18] 寇：盗匪。攘：偷，窃取。式：任用。

[19] 侯：语气词，义同“维”(唯)，这里有“只”的意思。作：通“诅”，诅咒，说坏话。祝：诅咒。

[20] 靡：无，没有。届：极，尽头。究：终，穷尽。

[21] 炰烋(páo xiào)：即“咆哮”，叫嚣，骄傲自负的样子。

[22] 敛：聚积。

[23] 本句意为“尔德不明”，为了押韵而谓语前置。

[24] 时：通“是”。同下一句的“以”互文见义，意为“是以”，因此。背：后背，指依靠的力量。侧：侧面，旁边，指扶持的人。

[25] 陪：伴随，指同道好友。卿：辅佐的人。

[26] 湎(miǎn)：沉迷。这里作使动词用，意为“使……沉迷”。

[27] 从式：从用，顺从任用。本句的宾语是前置的“不义”。

[28] 既：已，已经。愆：过，超过限度。止：容止。本句的主语是“尔止”，谓语是前置的“既愆”。

[29] 明：亮，指晴天。或指白天。晦：暗，指阴天，或指昏夜。

[30] 式：动词词头。

[31] 俾(bǐ)：使。

[32] 蜩(tiáo)：昆虫名，蝉。螗(táng)：昆虫名，也叫“蝘(yǎn)”，蝉的一种。

[33] 羹：有肉块的汤。本句第二个“如”字是衬字，无意义。

[34] 人：指纣王。乎：于。尚：副词，还。由：介词，按，顺着。

[35] 奰(bì)：发怒。中国：指中原一带地方。

[36] 覃：延伸。鬼方：在商的西北方的异族小国。

[37] 时：是，对。

[38] 老成人：指德高望重的老臣。

[39] 典刑：法典刑律。

[40] 莫：不。本句“听”的宾语是前置代词“是”。

[41] 大命：王位，政权。以：介词，因。倾：覆，灭亡。

[42] 颠沛：拔倒。揭：举。这里指仆倒而上露出来的树根。

[43] 本：树根。实：确实。拨：通“败”，坏，断绝。

[44] 鉴：可以引为借鉴的事。

抑

这也是一首规劝君王的诗。这位君王追求享乐，不听意见。规劝者是他的长辈，是一位富有政治经验的老臣。他为国事忧心忡忡，以邻国国君听谣误国的事实为例，晓以利害，希望引起君主的警惕。他从如何处理国事，到如何生活起居，反复叮咛，一片苦心跃然纸上。

抑抑威仪[1]，　　严密谨慎有威仪，

维德之隅[2]。	这是有德之人的特点。
人亦有言：	人们有一句古话：
“靡哲不愚[3]。”	“聪明人有时也糊涂。”
庶人之愚[4]，	一般人糊涂，
亦职维疾[5]。	是由于天赋的缺陷；
哲人之愚，	聪明人糊涂，
亦维斯戾[6]。	则是他自身的罪愆。

无竞维人[7]，	比别人更有才能的人，
四方其训之[8]。	四方的生灵就由他教化。
有觉德行[9]，	有正直德行的人，
四国顺之。	各国人民便顺从他。
讦谟定命[10]，	全面考虑，制定国家政令，
远犹辰告[11]。	把长远的计划及时传达。
敬慎威仪，	严肃谨慎、很有威仪，
维民之则[12]。	这才是人民的典范。

其在于今，	可是他在今天，
兴迷乱于政[13]。	在政治上倡导混乱。
颠覆厥德，	他的德行已经败坏，
荒湛于酒[14]。	成天把酒色迷恋。
女虽湛乐从[15]，	你只想追求享乐，
弗念厥绍[16]。	不想想那王位的继传。
罔敷求先王[17]，	不广泛探求先王经验，
克共明刑[18]。	不能执行明文法典。

肆皇天弗尚[19]，	即使上天不给你帮忙，
如彼泉流，	也不应像那涓涓的流泉一样，
无沦胥以亡[20]。	不应沦落泥沼而自行消亡。
夙兴夜寐[21]，	应黎明即起、深夜而眠，
洒扫庭内[22]，	认真洒扫外院和内堂，
维民之章[23]。	因为你是人民的榜样。
修尔车马，	准备好你的马匹、车辆，
弓矢戎兵[24]。	以及那弓箭和刀枪。
用戒戎作[25]，	以便防备战争的爆发，
用逷蛮方[26]。	以便治服反叛的蛮方。

质尔人民[27]，	你应当使人民安居乐业，
谨尔侯度[28]，	你应认真遵守诸侯的法度，
用戒不虞[29]。	以便防止发生意外事故。
慎尔出话，	你的发言应当小心谨慎，
敬尔威仪，	你的仪态应当恭敬严肃，
无不柔嘉[30]。	一切都要恰到好处。
白圭之玷[31]，	洁白的玉圭若有污点，
尚可磨也[32]。	还可以把它磨掉。
斯言之玷[33]，	发出的言语若有污点，
不可为也[34]。	驷马难追，无法改造。

无易由言[35]，	不要轻率讲话，
无曰苟矣[36]。	不要草率行事。
莫扪朕舌[37]，	虽然没有人禁止我说话，

言不可逝矣[38]。	但是言语不能随便出口。
无言不雠[39]，	没有一句话不会发生反应，
无德不报。	没有一点恩德得不到报答。
惠于朋友[40]，	你的话如果有益于朋友，
庶民小子。	以至于子民百姓。
子孙绳绳[41]，	你的子孙会代代繁盛，
万民靡不承[42]。	天下万民无不把你尊崇。
视尔友君子，	看看你友好的权贵，
辑柔尔颜[43]，	个个柔声悦色，看你脸面，
不遐有愆[44]？	这怎么能不把错误犯？
相在尔室[45]，	即使你在家独居，
尚不愧于屋漏[46]。	也不能愧对射窗光线。
无曰不显，	不要说屋里昏暗，
莫予云觏[47]。	没有人能把我看见。
神之格思[48]，	神明的到来啊！
不可度思[49]，	向来无法猜测，
矧可射思[50]。	何况引起了他的讨厌！
辟尔为德[51]，	人们把你作为道德的标准，
俾臧俾嘉[52]。	以便做到尽美尽善。
淑慎尔止[53]，	应当注意你美好的举止，
不愆于仪[54]。	不要超出礼仪的规范。
不僭不贼[55]，	只要不存坏心、不犯错误，
鲜不为则[56]。	那就很少不以你的行动为范。

投我以桃，	人们投给我桃子，
报之以李。	我用李子向他回赠。
彼童而角[57]，	无角的小羊长出了角，
实虹小子[58]。	实际上是把小孩欺骗。
荏染柔木[59]，	性质柔软的木材，
言缗之丝[60]。	加上丝弦便做成了弓。
温温恭人[61]，	温良恭敬的君子，
维德之基。	美德是他的根本。
其维哲人[62]，	他是聪明的人，
告之话言[63]，	告诉他善意的话，
顺德之行[64]。	就会按理实行。
其维愚人，	他是糊涂的人，
覆谓我僭[65]。	反而说我不真不诚。
民各有心。	确实人们各有各心。
於乎小子[66]，	年轻的人啊，
未知臧否[67]。	你还不知道什么是善恶。
匪手携之，	我不仅手拉手把你教导，
言示之事[68]。	还要用具体事例比说。
匪面命之[69]，	我不仅面对面向你指点，
言提其耳。	还要提着耳朵反复叮咛。
借曰未知[70]，	如果说你年幼无知，
亦既抱子[71]。	也已经抱上了孩子。
民之靡盈[72]，	如果人们不自满自足，

谁夙知而莫成[73]？	哪能早知而晚成？
昊天孔昭[74]，	上天看得十分明白，
我生靡乐。	我一生没有快乐。
视尔梦梦[75]，	看你整天浑浑噩噩，
我心惨惨[76]。	我心里格外难过。
诲尔谆谆[77]，	我苦口婆心地教育你，
听我藐藐[78]。	你把我的话当作风吹过。
匪用为教[79]，	不但不用于国事政令，
覆用为虐[80]。	反而当作笑话戏谑。
借曰未知，	如果说你年幼无知，
亦聿既耄[81]。	也已经白发染遍了鬓角。
於乎小子，	年轻的人啊，
告尔旧止[82]。	我劝告你不是一回两回。
听用我谋，	你听了些我的主张，
庶无大悔[83]。	这才没有大的后悔。
天方艰难，	上天正降下苦难，
曰丧厥国[84]。	就要灭亡你的王国。
取譬不远，	不远的地方就是例子，
昊天不忒[85]。	上天从来不会有啥差错。
回遹其德[86]，	如果你德行不正、逆天行事，
俾民大棘[87]。	终将给人民带来大祸。

[1] 抑抑：严密谨慎的样子。

[2] 维：语气词，帮助判断。隅：角落。这里意为棱角，特点。

[3] 靡：无，没有。哲：形容词，有智慧，聪明。这里指有智慧的人。

[4] 庶人：普通人，一般的人。

[5] 亦：只，只不过。职：耳朵能辨识很细微的声音，这里指人的辨识能力。疾：病，有毛病。

[6] 斯：则，就。戾：罪。

[7] 竞：强。

[8] 其：语气词，无实际意义。训：顺，顺从。之：代词，指上句的“人”。

[9] 觉：通“梏”，意为又直又大。

[10] 讦(xū)：大。谟(mó)：谋，考虑。命：命令，号令。

[11] 犹：谋，计划。辰：时，这里意为“及时”。

[12] 则：法，典范。

[13] 兴：兴起。

[14] 荒湛：《韩诗外传》引作“荒愖”，即荒耽，沉迷。

[15] 虽：通“唯”，只是。从：从事，追求。本句“从”的宾语是“湛乐”。

[16] 绍：继承，继续。这里指王位的继承。

[17] 亡：无，没有。敷：普遍，广泛。

[18] 克：能。共(gǒng)：通“拱”，执行。明刑：已公布的罚刑。

[19] 肆：语气词，即使。尚：佑助。

[20] 无：通“毋”，不要。沦胥：沦落，没落。以：连词，而。

[21] 夙(sù)：早晨。兴：起，起来。寐(mèi)：睡。

[22] 庭：院落。

[23] 章：表，表率。

[24] 戎兵：兵器。

[25] 用：用来，用以。“用”是介词，后面省略了宾语“之”。戒：戒备。戎：战争。作：兴起。

[26] 逷(tì)：通“剔”，除，治。

[27] 质：成，安定。这里做使动词用，意为“使……安定”。

[28] 侯度：诸侯应遵守的法度。谨：小心，不马虎。这里做使动词用，“使……不马虎”。

[29] 不虞：不虑，意想不到的事。

[30] 柔嘉：美好。柔：安。嘉：善。

[31] 玷(diàn)：小缺点，污点。

[32] 尚：还。

[33] 斯：指代词，这。

[34] 为：作，改造。

[35] 由：从，出。由言：发言。

[36] 曰：动词词头。苟：意为苟且行事。

[37] 扪(mén)：持，握住。朕(zhèn)：代词，我。

[38] 逝：走去，跑掉。

[39] 雠(chóu)：对，答。反应。

[40] 惠：爱，喜欢，于：介词，被。

[41] 绳绳：延续不断的样子。

[42] 靡：无，没有。承：奉，拥戴。

[43] 辑柔：和柔，柔和。颜：颜面，脸面。

[44] 遐(xiá)：通“何”。愆：过错。

[45] 相(xiàng)：看。

[46] 屋漏：指透进来的光线。

[47] 莫：否定性无定代词，没有人。云：同“曰”，动词词头。觏(gòu)：看见。本句“觏”的宾语是前置的“予”。

[48] 格：至，来到。思：句末语气词，表感叹。以下两句中的“思”同此。

[49] 度(duó)：测度。

[50] 矧(shěn)：何况。射(yì)：通“斁”，厌恶。

[51] 辟(bì)：法。这里作意动词用，意为“以……为法”，即效法，学习。

[52] 臧：善，好。嘉：善，美。

[53] 淑：美好。这儿作状语，意为“很好地”。止：容止，仪表。

[54] 愆：过分，超过限度。

[55] 僭(jiàn)：有的版本上写作“谮”。僭、谮，古通用，差失，差错。贼：残害，戕害。

[56] 鲜(xiǎn)：少。

[57] 童：有没角的羊。角：这里作动词用，意为“长角”。

[58] 虹：溃乱。

[59] 荏染：柔软的样子。

[60] 言：动词词头。缗(mín)：被，安上。丝：指丝弦。

[61] 温温：宽柔的样子。

[62] 其：代词，他。

[63] 之：代词，他。话言：这里指古人的良言。

[64] 之：代词，它，指上句的“话言”，作动词“行”的前置宾语。

[65] 覆：反，反而。僭：不信，不真诚。

[66] 於乎：通“呜呼”，叹词。

[67] 臧否(pǐ)：善恶好坏。

[68] 言：动词词头。示：显示。之：代词，他，指上文的“小子”。

[69] 匪：通“非”，不但，不仅。面：当面。命：指点。

[70] 借：借口，假托。

[71] 既：已经。

[72] 之：助词，加在主语“民”和谓语“靡盈”之间，取消这个句子的独立性，作为下一句的时态状语。意为“当民靡盈的时候”。靡：无，没有。盈：满，指自满自足。

[73] 夙：早。知：智。莫：同“暮”，晚。

[74] 昊(hào)天：大天。孔：很。昭：明。

[75] 梦梦：昏聩迷乱的样子。

[76] 惨惨：忧愁不乐的样子。

[77] 诲：教导。谆谆：详细耐心地教导的样子。

[78] 藐藐(miǎo miǎo)：忽略，不理睬的样子。

[79] 为：作为。教：教令。

[80] 虐：通“谑”，戏谑，嘲弄。

[81] 聿：语气词，无实际意义。耄(mào)：八九十岁，指年老。

[82] 旧：久，时间长了。止：句末语气词，表感叹。

[83] 庶：庶几，差不多。悔：悔恨。

[84] 曰：动词词头。

[85] 忒(tè)：差错。

[86] 回遹(yù)：邪僻，违逆不正。

[87] 棘：通“急”，困急，陷于困境。

桑柔

《诗序》："《桑柔》，芮伯刺厉王也。"芮伯即卿士芮良夫。《左传·文公元年》曾引过本诗中的诗句，并说本诗是芮良夫所作。诗中表现了诗人对厉王的暴政十分不满，对国内的灾难痛心不已。本诗最可贵之处在于诗人认为人民群众的反叛是由统治者的无道引起的，下面的歪斜是由上面的不正造成的。诗中表现出诗人对人民群众的深切同情，对当权奸邪的极度痛恨和对国家命运的无限关切。

菀彼桑柔[1]，	柔软的桑枝一片葱茏，
其下侯旬[2]。	下面铺满了浓密的树荫。
捋采其刘[3]，	一天便把叶儿采了个干净，
瘼此下民[4]。	使天下百姓煎熬成病。
不殄心忧[5]，	每时每刻忧虑忡忡，
仓兄填兮[6]。	好久以来令人伤心。
倬彼昊天[7]，	明察一切的老天爷啊，
宁不我矜[8]？	难道对我们毫不怜悯？
四牡骙骙[9]，	四马大车轻快地飞奔，
旟旐有翩[10]。	旗帜哗啦啦迎风飘动。
乱生不夷[11]，	内乱爆发、此起彼伏，
靡国不泯[12]。	没有一个国家能这样生存。
民靡有黎[13]，	老百姓中见不到老人，
具祸以烬[14]。	都由于灾祸而成了灰烬。

於乎有哀[15]，	该是多么悲哀啊，
国步斯频[16]！	国家的步履如此艰辛！

国步蔑资[17]，	国运艰难、民穷财尽，
天不我将[18]。	上天不把我们佑助。
靡所止疑[19]，	没有一个地方安身，
云徂何往[20]？	到底往哪儿迈步？
君子实维[21]，	君子之人信实不误，
秉心无竞[22]。	持心端正、无须角逐。
谁生厉阶[23]，	是谁制造了这个祸端，
至今为梗[24]？	至今阻塞了前进的道路？

忧心慇慇[25]，	忧愁的心儿按捺不住，
念我土宇[26]。	一心想着我居住的乡土。
我生不辰[27]，	我这辈子生得不是时候，
逢天僤怒[28]。	刚好遇上了老天爷发怒。
自西徂东，	从西头走到了东头，
靡所定处。	到处没有安身之处。
多我觏痻[29]，	见到的都是疾病灾祸，
孔棘我圉[30]。	我们在边塞更是危急困苦。

为谋为毖[31]，	做出计划、制定命令，
乱况斯削[32]，	混乱状况就能削平。
告尔忧恤[33]，	我告诉你要忧念国家安抚人民，
诲尔序爵[34]。	我告诉你要按照实际才德任用贤人。

谁能执热[35]，	谁个为了消除闷热，
逝不以濯[36]？	能离开水池而不去洗濯？
其何能淑[37]？	不然那怎能得到好结果？
载胥及溺[38]。	只能一起被洪水淹没。
如彼溯风[39]，	正如有人迎风站立，
亦孔之僾[40]。	只能憋得喘不过气。
民有肃心[41]，	人们本来怀有治国的雄心，
荓云不逮[42]。	但形势不使他们为国出力。
好是稼穑，	只好隐居去种庄稼，
力民代食[43]。	自食其力养活自己。
稼穑维宝[44]，	庄稼确实是宝贝，
代食维好。	靠它代替俸禄确甚美气。
天降丧乱，	上天降下了祸乱，
灭我立王？	要消灭我们拥立的君王？
降此蟊贼[45]，	上天降下了这么多虫害，
稼穑卒痒[46]。	使庄稼遭了灾殃。
哀恫中国[47]，	哀痛啊，我们的国家，
具赘卒荒[48]。	接二连三发生疾病灾荒。
靡有旅力[49]，	人们一个个精疲力尽，
以念穹苍[50]。	没有办法只有祈祷上苍。
维此惠君[51]，	只有这位和顺的君王，
民人所瞻[52]。	人们都把他瞻望。

秉心宣犹[53]，　他一心全面安排国事，
考慎其相[54]。　慎重地选用左右辅相。
维彼不顺[55]，　只有那个暴虐君王，
自独俾臧[56]。　自己只为自己着想。
自有肺肠，　他另有一副肝肺心肠，
俾民卒狂[57]。　使百姓劳累成疾、精神失常。

瞻彼中林[58]，　远望山坡上的树林，
甡甡其鹿[59]。　那麋鹿成群并行。
朋友已谮[60]，　朋友之间已不信任，
不胥以穀[61]。　互相不再友好同情。
人亦有言：　前辈曾有一句格言：
“进退维谷。”[62]　“进退无路，陷入绝境。”

维此圣人，　只有这个圣人，
瞻言百里。　看的说的不是只顾眼前。
维彼愚人，　只有那个蠢人，
覆狂以喜[63]。　无所忧虑，颠狂喜欢。
匪言不能，　不是说不能这样，
胡斯畏忌[64]？　为什么害怕人们提到长远？

维此良人，　唯独这些贤德的人，
弗求弗迪[65]。　不想做官，无所妄求。
维彼忍心[66]，　唯独那些凶残的人，
是顾是复[67]。　眼盯官位，死不回头。

民之贪乱[68]，	他们盼望天下大乱，
宁为荼毒[69]？	为什么他们的心如此狠毒？
大风有隧[70]，	大风又快又猛，
有空大谷[71]。	山谷又宽又空。
维此良人，	只有这些贤人，
作为式穀[72]。	能起模范作用。
维彼不顺，	只有那些歹徒，
征以中垢[73]。	才穿行在污垢中。
大风有隧，	大风吹得又快又猛，
贪人败类[74]。	贪财小人败坏了贤德的人。
听言则对[75]，	听到顺承的话句句答对，
诵言如醉[76]。	听到规劝的话昏昏如醉。
匪用其良，	不但不用那优秀人材，
覆俾我悖[77]。	反而使我们颠倒是非。
嗟尔朋友[78]，	啊，你们这些朋友，
予岂不知而作[79]。	我难道不知道你们的所作所为？
如彼飞虫，	即使像那天上飞行的鸟虫一样善飞，
时亦弋获[80]。	有时也会被人用箭射中捕获。
既之阴女[81]，	我既去把你们保护，
反予来赫[82]。	你们反而向我发怒。
民之罔极[83]，	人们之所以行为不正，

职凉善背[84]。	是因为主事者信任反复小人。
为民不利，	他们干起害民事来，
如云不克[85]。	好像只怕力所不能及。
民之回遹[86]，	人们之所以走上邪道，
职竞用力[87]。	是因为主事者勾心斗角，用尽心力。

民之未戾[88]，	人们之所以不得安定，
职盗为寇[89]。	是因为主事者自己为寇。
凉曰不可[90]，	只要你说一声不可，
覆背善詈[91]。	他反转身来就要诅咒，
虽曰匪予[92]，	即使说我千错万错，
既作尔歌[93]。	我也写下了这首诗歌。

[1] 菀(wǎn)：茂盛的样子。桑柔：即“柔桑”，柔嫩的桑枝。

[2] 侯：语气词，义同“维”，表示判断。旬：通“匀”，均布，遍布。

[3] 捋(luō)：握着树枝把叶子抹下来，速度较快的一种采摘法。刘：指稀疏的残叶。

[4] 瘼(mò)：病痛，疾苦。这里作使动词用，意为“使……痛苦”。

[5] 殄(tiǎn)：尽，绝。

[6] 仓兄：通“怆怳(恍)(chuàng huǎng)”，伤感、凄凉的样子。填：同“陈”，久，指时间长了。

[7] 倬(zhuō)：明亮的样子。

[8] 宁：疑问副词，难道。矜(jīn)：怜悯，同情。本句“矜”的宾语是前置的“我”。

[9] 四牡(mǔ)：指驾车的四匹公马，古人一车驾四马。骙骙(kuí kuí)：马奔走不息的样子。

[10] 旟(yú)：一种旗帜，上面画有鸟隼。旐(zhào)：也是一种旗帜，上面画有龟蛇。有：形容词词头。翩：飘动的样子。

[11] 夷：平，平息。

[12] 靡：无，没有。泯(mǐn)：灭，消灭。

[13] 黎：老(依马瑞辰说)。

[14] 具：同“俱”，都。以：介词，因，由于。它的宾语是前置的“祸”。烬：灰烬，火后余物，这里意为剩下不多。

[15] 於乎：同“呜呼”，叹词。

[16] 步：行走。这里指抽象意义的行动。斯：是，如此。频：急促，危急。

[17] 蔑资：无资，没有财货，指陷入困境。

[18] 将：动词，扶持。

[19] 止：居。疑：通“觺”，定，安身。

[20] 云：义同“曰”，动词词头。徂(cú)：动词，去，往。何：代词，哪里，作“往”的前置宾语。

[21] 实维：即“维实”，“维”起判断作用。

[22] 秉心：执心，存心。无：通“毋”，不要。竞：竞争。

[23] 厉：怨，灾祸。阶：台阶。这里引申为根源，因由。

[24] 为梗：作梗，从中阻塞，制造困难。

[25] 慇慇：心情十分沉重的样子。参见《邶风·北门》注[1]及《小雅·正月》注[55]。

[26] 土：乡。宇：指住屋。

[27] 辰：时。

[28] 僤(dàn)：厚。这里形容“怒”的程度，意为“大”。

[29] 觏(gòu)：看见。痻(mín)：病。

[30] 孔：很，非常。棘：通“急”，急困。圉(yǔ)：边陲，边远地方。

[31] 为：作，制定。毖：通“必”，敕，命令。

[32] 况：状况。斯：则，就，便。削：平定。

[33] 恤(xù)：安抚。忧恤：忧国恤人。

[34] 诲：教诲，教导。序：排列。

[35] 执热：即“治热”，消除热。

[36] 逝：去，离开。以：介词，用。濯(zhuó)：洗，浴。

[37] 淑：善，好。

[38] 载：则，就，便。胥及：相与。

[39] 溯（sù）：逆流而上，这里意为迎着，面对着。

[40] 僾（ài）：呼吸受阻不通的样子。

[41] 肃心：上进心，指治理好国家的雄心。一说为恭敬的心意。

[42] 荓（pīng）：使。云：有。逮：及，达到。

[43] 力民：使民出力。这个“力”作使动词用。代食：代替国家的俸禄。

[44] 维：语气词，帮助判断。

[45] 蟊（máo）：吃禾苗根的一种害虫。贼：吃禾苗杆节的一种害虫。

[46] 卒：通“瘁”，病。痒（yáng）：病。

[47] 恫（tōng）：痛心。

[48] 具：同“俱”，都。赘（zhuì）：属，连在一起。荒：灾荒。本句的谓语是“具赘”，因受韵脚影响而前置。

[49] 旅力：即“膂力”，体力。

[50] 穹苍：苍天。

[51] 惠：和顺。

[52] 所：代词，指上句的“惠君”，是“瞻”的前置宾语。

[53] 宣：遍，全面地。犹：谋，计划。

[54] 考：考查，指善于选择。慎：谨慎，指小心使用。相：助手，辅佐者。

[55] 不顺：不和顺，这里指“不顺之君”。

[56] 独：指个人，做动词“俾（使）”的前置间接宾语。臧：善，好。

[57] 卒：通“瘁（cuì）”，病，劳累成疾。狂：迷惑混乱。

[58] 中林：即“林中”。

[59] 甡甡（shēn shēn）：对对成群的样子。

[60] 谮（jiàn）：通“僭”，不信任。

[61] 胥：相。以：与。穀：善，友好。

[62] 谷：山谷，这里意为绝境。

[63] 覆：反，反而。以：连词，义同“而”，连接两种动作。

[64] 胡：何，为什么。斯：代词，这，作“畏忌”的前置宾语。畏忌：害怕。

[65] 弗：否定副词，不。求：访求，求取。迪：进，进用。指做官。

[66] 忍：狠心，凶残。

[67] 是：代词，这，指上句的“忍人”，作前置宾语。顾：回过头来看，意为

顾念。复：返回，意为念念不忘，舍不得。

[68] 贪：欲，想要。

[69] 宁：反问语气副词，难道。为：作为，算是。荼(tú)毒：毒害，作恶。

[70] 有：形容词词头。隧：通“遗”，古人把速度很快的风叫“遗风”，这里做形容词用，意为猛、快(依王引之说)。

[71] 本句的主语是“大谷”，谓语是“有空”，为凑韵脚而倒置。

[72] 式：用。榖：善。

[73] 征：行走。中垢：即“垢中”，污秽之中。

[74] 败：坏，败坏。类：善。一说族类。

[75] 听言：顺从的话，即好听的话。对：回答。

[76] 诵言：即“讽言”，“谏言”，规劝的话。

[77] 悖(bèi)：混乱。

[78] 嗟：叹词，相当于“啊”。

[79] 予：代词，我。而：通“尔”，你们。

[80] 弋(yì)获：射获。“弋”是用拴有细绳的箭射。

[81] 之：动词，往。阴：作动词用，覆盖，掩护，保护。女：代词，你们。

[82] 赫：怒声呵斥，吓唬。

[83] 罔极：没有准则，指行为不正。

[84] 职：职掌，主管。这里指主管者，即当权者。凉：通“谅”，信任。善背：指善于反复的小人。

[85] 克：胜，到头。

[86] 回遹(yù)：违逆不正。

[87] 竞：竞争，角逐。

[88] 戾：安定。

[89] 盗：偷，做贼。为：作。

[90] 凉：薄，稍微。

[91] 善：大，狠。詈(lì)：骂。

[92] 匪予：即“予匪(非)”。

[93] 尔：这里意为这个。

云 汉

宣王时期，遇到了连年大旱，诗中引用宣王的话描述了大旱造成的可怕局面。当时，人类抗御自然灾害的能力很低，只能把希望寄托在苍天上帝和祖宗神灵的佑助上。但是，无论怎样祭祀祈祷，旱神仍然肆意为虐，流不下一滴同情的眼泪。这首诗使我们看到了两千多年前，我们的祖先在久旱不雨的死亡线上挣扎的悲惨情景。

倬彼云汉[1]，	那明亮刺眼的银河，
昭回于天[2]。	随着天体的旋转而闪烁。
王曰於乎[3]，	君王说：唉呀，
何辜今之人[4]！	今天的人到底有什么罪过！
天降丧乱，	上天降下了灾祸，
饥馑荐臻[5]。	饥荒连年相接。
靡神不举[6]，	没有神灵不曾祭祀，
靡爱斯牲[7]。	没有吝惜祭祀的牲畜。
圭璧既卒[8]，	玉圭玉璧都用完了，
宁莫我听[9]？	怎么没有一个神灵听我？
旱既大甚，	旱象已经十分严重，
蕴隆虫虫[10]。	热气炽烈，灼人肤痛。
不殄禋祀[11]，	祭祀一天也没有停止，
自郊徂宫[12]。	从郊外祭到了内宫。
上下奠瘗[13]，	祭天祭地，献满了祭品，

靡神不宗[14]。	没有一个神灵不被尊奉。
后稷不克[15]，	先祖后稷无能为力，
上帝不临。	上帝也不下来享用。
耗斁下土[16]，	眼巴巴要晒坏了土地，
宁丁我躬[17]？	怎不叫我忧虑满心中！

旱既大甚，	旱象已经十分严重，
则不可推[18]。	谁也不能把它解除。
兢兢业业[19]，	人人胆战心惊，
如霆如雷[20]。	就像听到雷霆震怒。
周余黎民[21]，	周族剩下的老人，
靡有孑遗[22]。	没有几个得以幸存。
昊天上帝[23]，	苍天啊上帝，
则不我遗[24]。	就是不给我帮助。
胡不相畏[25]，	叫我怎么能不害怕，
先祖于摧[26]？	先祖的事业怕难保住！

旱既大甚，	旱象已经十分严重，
则不可沮[27]。	谁也不能把它阻住。
赫赫炎炎[28]，	骄阳似火，十分炎热，
云我无所[29]。	使我没有一个荫蔽之处。
大命近止[30]，	生命就要停止，
靡瞻靡顾[31]。	无法瞻前顾后。
群公先正[32]，	在天的朝廷公卿之灵，
则不我助[33]。	谁也不把我们帮助。

父母先祖，	我们的先祖父母，
胡宁忍予[34]？	为什么对我们忍心不顾？
旱既大甚，	旱象已经十分严重，
涤涤山川[35]。	河不流水、山不长草。
旱魃为虐[36]，	旱神发疯似地胡作非为，
如惔如焚[37]。	就像大火遍地燃烧。
我心惮暑[38]，	我心里害怕炎炎暑热，
忧心如熏。	忧愁的心像烟火在熏燎。
群公先正，	在天的朝廷公卿之灵，
则不我闻[39]。	谁也不把我们慰问。
昊天上帝，	苍天上帝啊，
宁俾我遁[40]？	难道你要使我们陷入绝境？
旱既大甚，	旱象已经十分严重，
黾勉畏去[41]。	我要努力把旱神驱除。
胡宁瘨我以旱[42]？	为什么竟用大旱把我们摧残？
憯不知其故[43]。	我实在是找不到缘故。
祈年孔夙[44]，	每年很早就祈祷丰年，
方社不莫[45]。	祭祀四方土地之神也不算晚。
昊天上帝，	苍天啊上帝，
则不我虞[46]。	谁也不把我们保护。
敬恭明神，	我对神明一向恭恭敬敬，
宜无悔怒[47]！	不应该对我狠心发怒！

旱既大甚，	旱象已经十分严重，
散无友纪[48]，	国家散乱，失去纲纪。
鞫哉庶正[49]，	公卿大夫毫无办法，
疚哉冢宰[50]，	朝内宰相也痛苦着急。
趣马师氏[51]，	就连我的马夫、卫兵，
膳夫左右[52]，	左右侍从、灶房厨师，
靡人不周[53]，	也人人倾囊救济，
无不能止[54]。	都为救灾出了气力。
瞻卬昊天[55]，	仰望茫茫苍天，
云如何里[56]！	叫我怎么摆脱满怀愁绪！
瞻卬昊天，	仰望茫茫苍天，
有嘒其星[57]。	只见那星星亮晶晶。
大夫君子，	公卿大夫们啊，
昭假无赢[58]。	不要满足于祭祀的行动。
大命近止，	即使国运快要完结，
无弃尔成。	也不要放弃成功的信心。
何求为我[59]？	我还有什么要求？
以戾庶正[60]。	必须使各级官员信念坚定。
瞻卬昊天，	仰望茫茫苍天，
曷惠其宁[61]？	何时才能赐给安宁？

[1] 倬(zhuō)：明亮的样子。云汉：银河，天河。

[2] 昭：光亮。回：回转。不同时节银河在天上的方向，位置不一样，所以说“回”。

[3] 於乎：通“呜呼”，叹词。

[4] 辜：罪。本句实为“今之人何辜”，为了押韵，使主语后置。

[5] 饥馑(jǐn)：灾荒。古人认为“谷不熟为饥，蔬不熟为馑”。荐：两次，重复。臻：至。

[6] 靡：无，没有。举：奉，指祭祀。

[7] 爱：吝惜。斯：指代词，这些。牲：祭祀用的牲口。

[8] 圭璧：指祭神所用的玉圭玉璧。卒：尽，完了。意为多次祭祀，连这些玉器都用完了。

[9] 宁：表反问的疑问副词，难道。莫：没有神灵。本句“听”的宾语是前置的“我”。

[10] 蕴(yùn)隆：即“郁隆”，指热气郁积得很盛。虫虫：韩诗作“烔烔”，热气炽烈的样子。

[11] 殄(tiǎn)：断绝，停息。禋(yīn)祀：指祭祀。“禋”是祭祀的一种形式，燃柴升烟，再把祭物加上焚烧。

[12] 徂(cú)：往，到。宫：指宗庙。

[13] 奠：放在地上献。瘗(yì)：埋，指埋在土里献。

[14] 宗：奠，敬奉。

[15] 后稷：名弃，是周人的始祖。克：能，胜。“不能”，指无能为力，没有办法。

[16] 耗斁(dù)：损伤，败坏。下土：下界，指人间。

[17] 宁：语气副词，怎么。丁：安宁。躬：身。

[18] 则：连词，表转折，可，可是。推：去，排除。

[19] 兢兢：恐惧的样子。业业：危险的样子。

[20] 霆：霹雷，很猛烈的雷。

[21] 黎：老。

[22] 孑(jié)遗：剩余。

[23] 昊(hào)天：大天。

[24] 遗(wèi)：赠送。这里意为“援助”。本句“遗”的宾语是前置的代词“我”。

[25] 胡：何，怎么。相畏：畏，害怕。

[26] 于：动词词头。摧：毁灭。本句的宾语是前置的“先祖”。

[27] 沮(jǔ)：止住。

[28] 赫赫：旱气炽热的样子。炎炎：十分炎热的样子。

[29] 云：荫，庇荫（依马瑞辰说）。所：地方。

[30] 大命：生命。止：停止。

[31] 瞻：往上看。顾：回头看。

[32] 群公先正：指已经去世的朝廷公卿。

[33] 不我助：即“不助我”。

[34] 胡：何，为什么。宁：竟然。忍：狠心，这里活用为动词，意为狠心对待。予：代词，我。

[35] 涤涤：涤荡无余的样子。

[36] 旱魃（bá）：旱神。为虐：作恶。

[37] 惔（tán）：燃烧。

[38] 惮（dàn）：害怕，畏惧。

[39] 闻：同“问”，恤问，安慰。

[40] 俾（bǐ）：使。遁（dùn）：困，无出路。

[41] 黾（mǐn）勉：勉力，努力。畏：惧怕。这里指惧怕的东西，即旱神。去：这里作使动词用，“使……去”，即“除去”。本句“去”的宾语是前置的“畏”。

[42] 瘨（diān）：病。这里作使动词用，意为“使……病”，即“摧残”。以：介词，用，拿。

[43] 憯（cǎn）：通“曾”，竟然。故：缘故，原因。

[44] 祈：祈祷，祷求。年：年成，丰年。孔：很。夙（sù）：早。

[45] 方：指祭四方。社：指祭土地神。莫：同“暮”，晚，迟。

[46] 虞：抚育，佑助。本句“虞”的宾语是前置的“我”。

[47] 宜：应该。悔：恨。

[48] 友：通“有”。纪：丝的头绪，这里指纲纪，正常的礼仪制度。

[49] 鞫（jū）：穷困，没有办法。哉：语气词，表示感叹。庶正：众官之长，指朝内卿士。本句谓语是前置的“鞫哉”。

[50] 疚（jiù）：病，痛苦。冢宰：大宰，朝廷最高的行政长官。

[51] 趣马：给天子掌管马匹的人。师氏：守卫宫门的人。

[52] 膳夫：给君王做饭的人。左右：指君王身边的服务人员。

[53] 周：通“赒”，救济。

[54] 本句意为“无人因不能而止”，即都为救灾出尽了力量。

[55] 卬（yǎng）：通“仰”，仰望。

[56] 云：语气词。如何：像什么。意为怎么办。里：通“痤”，忧愁。本句的谓语是前置的“如何”。

[57] 嘒（huì）：明亮。

[58] 昭假：招至，请神明到来，指祀祷神灵的活动。昭：通“招”。假：至（依朱熹说）。无：通“毋”，不要。赢（yíng）：满，满足。

[59] 本句意为“为我何求”。

[60] 戾：定，安定。

[61] 曷：通“何”，什么时候。惠：爱，这里意为因爱怜而赐予。其：指代词，那。宁：安宁，指降下雨来。

崧　高

这首诗是周朝卿士尹吉甫写的，朝内其他官员把它赠送给了申伯。诗中描述了申伯受宣王委派去治理周朝南方的申国。诗中善于运用人物的语句来表达人物的思想感情，君臣依依惜别之情刻画得很细腻。诗末点出了作者姓名，还写明了赠送者对本诗的评语，这也是本诗的特点之一。

崧高维岳[1]，	最高的山就是四岳，
骏极于天[2]。	极其峻伟，耸入九天。
维岳降神，	是四岳降下了神灵，
生甫及申[3]。	使申伯和甫侯降生人间。
维申及甫，	只有申伯和甫侯，
维周之翰[4]。	才是周朝坚强的骨干。
四国于蕃[5]，	他们是四方诸侯的屏藩，

四方于宣[6]。	把德泽向天下布宣。
亹亹申伯[7]，	申伯勤勤恳恳，
王缵之事[8]。	宣王使他继承先祖的事业。
于邑于谢[9]，	让他筑城于谢，
南国是式[10]。	给南方各国作出楷模。
王命召伯[11]，	宣王指示召伯：
定申伯之宅[12]。	“为申伯去规划住宅。
登是南邦[13]，	使他治理好南方，
世执其功[14]。	世世代代建功立业。”
王命申伯，	宣王命令申伯：
式是南邦。	“你要做南方国家的楷模。
因是谢人[15]，	依靠谢地的人民，
以作尔庸[16]。	建筑起你的城郭。”
王命召伯，	宣王命令召伯：
彻申伯土田[17]。	“你要计算好申伯的封地。”
王命傅御[18]，	宣王命令申伯的宰相：
迁其私人[19]。	“你负责把申伯的家人迁移。”
申伯之功，	申伯的基业，
召伯是营[20]。	由召伯规划经营。
有俶其城[21]，	城郭修得厚实壮观，
寝庙既成[22]。	祭祀的宗庙也已落成。
既成藐藐[23]，	落成的宗庙雄伟深沉，

王锡申伯[24]：	宣王又给申伯赏赐了礼当：
四牡蹻蹻[25]，	四匹公马矫健肥壮，
钩膺濯濯[26]。	马脖马肚上的带饰银光闪亮。
王遣申伯[27]，	宣王又送给申伯，
路车乘马[28]。	路车一辆、骏马四匹。
我图尔居[29]，	“我考虑了你的封地，
莫如南土[30]。	都没有南方那样适宜。
锡尔介圭[31]，	我赐给你诸侯的玠圭，
以作尔宝[32]。	你拿去作为官的符瑞。
往近王舅[33]，	上路吧！我的舅舅，
南土是保。	南方地面靠你守卫。”
申伯信迈[34]，	申伯果真出发了，
王饯于郿[35]。	宣王在郿城设宴饯行。
申伯还南，	申伯就要回到南方，
谢于诚归[36]。	果真要回到谢邑上任。
王命召伯，	宣王命令召伯：
彻申伯土疆[37]。	“征收好申伯封地的田赋，
以峙其粻[38]，	以便沿途把食粮储足，
式遄其行[39]。	以便使申伯尽快赶路。”
申伯番番[40]，	申伯威武勇俊，
既入于谢，	已经进入了谢城，
徒御啴啴[41]。	他的部下人多气盛。

周邦咸喜[42]，	全城的人个个欢喜，
戎有良翰[43]。	高兴有了优秀的栋梁。
不显申伯[44]，	英明啊申伯！
王之元舅[45]，	他是君王的大舅，
文武是宪[46]。	他处处把文王武王作为榜样。
申伯之德，	申伯的品德，
柔惠且直。	温柔慈爱而刚直。
揉此万邦[47]，	他使各国团结一致，
闻于四国。	他的美名四方各国无人不知。
吉甫作诵[48]，	尹吉甫写下了这首诵词，
其诗孔硕[49]。	诵词十分宏伟别致。
其风肆好[50]，	诵词的声韵特别美妙，
以赠申伯。	把诵词赠给申伯以表心意。

[1] 崧(sōng)：山又高又大的样子。维：语气词，帮助判断。岳：指四岳：东岳泰山，南岳衡山，西岳华山，北岳恒山。四岳是古人心目中最高的山。

[2] 骏：通“峻”，高峻。极：至，达到。

[3] 甫：甫侯，周穆王的贤臣。申：申伯，宣王的舅舅，周朝贤臣。

[4] 翰(hàn)：又长又坚硬的羽毛。这里意为骨干、栋梁。

[5] 蕃：同“藩”，篱笆。这里用作动词，意为“屏蔽”，“保护”。它的宾语是前置的“四国”。

[6] 宣：宣畅，疏通。它的宾语是前置的“四方”。另依马瑞辰说：宣，通“垣”。

[7] 亹亹(mén mén)：通“勉勉”，勤勉不息的样子。

[8] 缵(zuǎn)：《韩诗》写作“践”。践：任。

[9] 于邑：为邑，建造城邑。上古“于”、“为”两字因音近通用。于谢：在谢，这个“于”是介词。“谢”：地名，在今河南唐河县南，是申伯的封地。

[10] 是：代词，这个，复指“式”的前置宾语“南国”。式：法式，样子。这里用作动词，意为“作出榜样”。

[11] 召伯：召穆公，名虎。

[12] 宅：住地。

[13] 登：成，治理好。南邦：南方各国。

[14] 世：代，代代。执：持，坚持。功：功业，事业。本句意为申伯的子孙将世袭他的王位。

[15] 因：依，依靠。

[16] 庸：同“墉”，城。

[17] 彻：治，指丈量地亩，制定赋税。

[18] 傅御：指申伯手下负责政事的最高长官，即申伯封国的宰相。

[19] 迁：指由京城移居封国。私人：申伯的家人。

[20] 是：代词，这，指“申伯之功”，作动词“营（经营）”的前置宾语。

[21] 有：形容词词头。俶(chù)：善，壮观。

[22] 寝庙：宗庙。宗庙的前面部分称“庙”，后面部分称“寝”，合称为“寝庙”。

[23] 藐藐(miǎo miǎo)：高大深沉的样子。

[24] 锡：通“赐”，赐予。

[25] 四牡：四匹公马，古人一车驾四马。蹻蹻(jué jué)：肥壮高大的样子。

[26] 钩膺：马的脖颈和肚子上的饰带，也叫“樊缨”或“繁缨”。濯濯：明亮的样子。

[27] 遣：送。

[28] 路车：诸侯乘的车。乘(shèng)马：四匹马。

[29] 图：谋，考虑。

[30] 莫：否定性无定代词，“没有哪个地方”。南土：南方地面。

[31] 介圭：即“玠圭”，表示诸侯身份的玉器。

[32] 宝：瑞玉，古代作为信物。

[33] 迈(jì)：语气词，无实际意义。

[34] 信：真，果真。迈：行，出发。

[35] 郿(méi)：地名，在今陕西眉县。

[36] 本句意为“诚归于谢”。诚：真，果真。于：介词，往，到。

[37] 彻：古代赋税的一种，指按十分之一征收粮款的赋税。

[38] 峙（zhì）：通“庤”，贮备，积存。粻（zhāng）：粮食。

[39] 式：用，以便。遄（chuán）：快，迅速。

[40] 番番（bō bō）：英勇威武的样子。

[41] 徒：指步行的人。御：指驾车的人。啴啴（tān tān）：人多气盛的样子。

[42] 周：遍，全。邦：国，封国。咸：皆，都。

[43] 戎：同“汝”，代词，你。这里互称，实际指“我们”。

[44] 不（pī）：通“丕”，大。显：明，英明。

[45] 元舅：大舅。

[46] 文武：指文王武王。是：指代词，这，复指“宪”的前置宾语“文武”。宪：法，这里活用为动词，意为效法。

[47] 揉：同“柔”。和顺，团结。

[48] 吉甫：尹吉甫，周朝卿士。诵：歌词，指这首诗。

[49] 孔：很。硕：大。

[50] 风：声，指音韵。肆：很，特别。

烝 民

这是卿士尹吉甫写给周宣王的贤臣仲山甫的一首诗。诗人用明白通畅的语言，把仲山甫描绘得谨慎恭敬、勤勉正直、和蔼可亲，表现了作者对仲山甫的钦敬心情。

天生烝民[1]，	上天降下亿万民众，
有物有则[2]。	为他们制定了准则。
民之秉彝[3]，	老百姓共同的性格，
好是懿德[4]。	就是喜欢那美好的品德。

天监有周[5]，	上天监视着周朝，
昭假于下[6]。	表明德行于下土。
保兹天子[7]，	为了保佐这位天子，
生仲山甫[8]。	上天生出了仲山甫。
仲山甫之德，	仲山甫的品德，
柔嘉维则[9]。	柔顺善良是准则。
令仪令色[10]，	他仪态优美、和颜悦色，
小心翼翼。	小心翼翼、兢兢业业。
古训是式[11]，	他遵循着先王的遗教，
威仪是力[12]。	努力保持着为臣的礼节。
天子是若[13]，	他对天子顺从恭敬，
明命使赋[14]。	天子让他传布自己的指令。
王命仲山甫：	宣王命令仲山甫：
式是百辟[15]，	“你要效法诸位公卿，
缵戎祖考[16]，	继承你祖宗的事业，
王躬是保[17]。	我的江山靠你保护。
出纳王命[18]，	你要接受、发布我的命令，
王之喉舌。	作我们王室的喉舌。
赋政于外，	我的政令发布出去，
四方爰发[19]。	四方诸侯便立即行动。”
肃肃王命[20]，	君王的命令非同一般，
仲山甫将之[21]。	仲山甫努力把它实行。

邦国若否[22]，	各国治理的情况好坏，
仲山甫明之[23]。	仲山甫洞察得最明。
既明且哲[24]，	他既聪明又有智慧，
以保其身。	因此便能保住自身。
夙夜匪解[25]，	他从早到晚忙忙碌碌，
以事一人[26]。	以便侍奉天子一人。
人亦有言：	人间有句谚语：
柔则茹之[27]，	“软的就吃进去，
刚则吐之[28]。	硬的就往外吐。”
维仲山甫，	只有这个仲山甫，
柔亦不茹，	软的他也不吃，
刚亦不吐。	硬的他也不吐。
不侮矜寡[29]，	他不欺侮无依无靠的穷人，
不畏强御[30]。	他不害怕无法无天的歹徒。
人亦有言：	人间还有句谚语：
德輶如毛[31]，	“道德轻如毛发，
民鲜克举之[32]。	很少有人能举它。”
我仪图之[33]，	我反复思考这句话，
维仲山甫举之，	只有仲山甫能举它，
爱莫助之[34]。	但可惜没有人帮助他。
衮职有阙[35]，	天子职责有损缺，
维仲山甫补之。	只有仲山甫能补它。

仲山甫出祖[36]，　仲山甫出行祭路神，
四牡业业[37]，　四匹公马体大膘肥。
征夫捷捷[38]，　随从士卒大步飞奔，
每怀靡及[39]。　人人只怕落后掉队。
四牡彭彭[40]，　四匹公马膘肥体壮，
八鸾锵锵[41]。　八只银铃叮叮当当。
王命仲山甫，　宣王命令那仲山甫，
城彼东方[42]。　到东方齐国修筑城防。

四牡骙骙[43]，　四匹公马结实有劲，
八鸾喈喈[44]。　八只银铃叮咚和鸣。
仲山甫徂齐[45]，　仲山甫到齐国去了，
式遄其归[46]。　希望他早日回程。
吉甫作诵[47]，　尹吉甫作了这首歌儿，
穆如清风[48]。　柔和的歌声像一股清风。
仲山甫永怀[49]，　我们永远把仲山甫怀念，
以慰其心。　用这首诗安慰他的心灵。

[1] 烝：众。

[2] 物：事，指社会上人们的各种活动。则：法则，指规范人们活动的法纪。

[3] 秉彝(yí)：秉性，秉质，正常的性格。

[4] 好(hào)：动词，喜欢。懿：美。

[5] 监：往下看，监视。有：名词词头，常用在部落名、国名、朝代名的前面。

[6] 昭：表明。假：至。

[7] 兹：指代词，此，这个。

[8] 仲山甫：即樊穆仲，周宣王的卿士。

[9] 嘉：善，善良。维：语气词，帮助判断。

[10] 令：善，美好。

[11] 古训：先王的遗训。是：代词，这，复指前置宾语“古训”。式：法。这里用作动词，意为“取法”，“遵循”。

[12] 力：用作动词，意为“用力”，“花工夫”。

[13] 若：顺，顺从。

[14] 赋：布，宣布，传扬。

[15] 百辟(bì)：百官。

[16] 缵(zuǎn)：继，继承。戎：通“汝”，代词，你。祖考：祖先。古人称父亲为“考”。

[17] 躬：身。

[18] 出：发布。纳：接受。

[19] 爰：于是，便。发：这里指行动。

[20] 肃肃：十分严肃。

[21] 将：行，实行。之：指代词，它，指上句的“王命”。

[22] 若否：臧否，善恶。若：善。

[23] 明：明了，明白。

[24] 哲：形容词，有智慧。

[25] 夙(sù)：早，早晨。匪：通“非”，不。解：同“懈”，松懈，怠慢。

[26] 事：侍奉，服务。一人：指天子。

[27] 茹：吞食，吃。

[28] 刚：坚硬。

[29] 矜(guān)：通“鳏”，老而无妻的人。寡：老而无夫的人。本句“矜寡”泛指年老无靠的人。

[30] 强御：强梁霸道的人。

[31] 輶(yóu)：轻。

[32] 鲜(xiǎn)：少。克：能够。

[33] 仪图：图谋，打算。“仪”与“图”同义并列。

[34] 爱：惜，可惜。莫：否定性无定代词，没有谁。之：代词，他，指“仲山甫”。

[35] 衮(gǔn)职：王职，天子的职责。古代君王穿的礼服叫“龙衮”，因此把王职称作“衮职”。阙(quē)：通“缺”，缺点，错误。

[36] 祖：祭祀路神。古人出行，先要祭路神。

[37] 业业：高大健壮的样子。

[38] 征夫：出外远行的人，这里指仲山甫的随从人员。捷捷：敏捷，迅速的样子。

[39] 怀：念，担心。靡：不。及：赶得上。

[40] 彭彭：《说文》引作“骑骑”，强盛的样子。

[41] 鸾(luán)：马嚼子上的铃铛，左右各一只，一车驾四马，共八只。锵锵(qiāng qiāng)：象声词，形容金属声很清脆响亮。

[42] 城：这里用作动词，意为“筑城”。东方：指齐，在今山东省。

[43] 骙骙(kuí kuí)：马体强壮的样子。

[44] 喈喈(jiē jiē)：本来形容鸟儿和鸣的声音，这里表示清脆不断的响声。

[45] 徂(cú)：往，去。

[46] 式遄：见《大雅·崧高》注[39]。

[47] 吉甫作诵：见《大雅·崧高》注[48]。

[48] 穆：柔和。

[49] 本句意为“永怀仲山甫”。

韩 奕

这首诗描述了周宣王时韩侯朝见天子和迎娶新娘的过程，并且歌颂了韩侯能团结附近少数民族部落，注意开发那些落后地区。这首诗可以帮助我们了解古韩国的面貌和当时的某些礼仪习俗。

奕奕梁山[1]，	高耸入云的梁山，
维禹甸之[2]。	大禹曾把它治理修整。

有倬其道[3]，	韩侯德行光明磊落，
韩侯受命[4]。	天子授予他神圣使命。
王亲命之[5]：	宣王亲自向他指令：
缵戎祖考[6]。	“你应把祖先的事业继承。
无废朕命[7]，	不要辜负了我的使命，
夙夜匪解[8]，	从早到晚不敢怠慢，
虔共尔位[9]。	诚心诚意坚守岗位。
朕命不易[10]，	我交给你的担子不轻，
榦不庭方[11]，	你要纠正不来上朝的各国，
以佐戎辟[12]。	以便辅佐我稳坐王位。”

四牡奕奕[13]，	四匹公马毛色光滑，
孔修且张[14]。	每匹马儿又高又大。
韩侯入觐[15]，	韩侯进京朝见天子，
以其介圭[16]，	双手捧着玠圭，
入觐于王。	进宫谒见宣王。
王锡韩侯[17]：	宣王赏赐韩侯：
淑旂绥章[18]，	有漂亮的各色彩旗，
簟茀错衡[19]，	绘彩的车辕横木和竹编车箱，
玄衮赤舄[20]，	黑色的龙袍和红色的鞋子，
钩膺镂锡[21]，	马头马身上的饰物银光闪亮。
鞹鞃浅幭[22]，	轼中缠革，还套虎皮，
鞗革金厄[23]。	皮制笼头上的金环叮当作响。

韩侯出祖[24]，	韩侯离京先祭路神，

出宿于屠[25]。	当晚在屠邑住宿。
显父饯之[26]，	显父前来为他饯别，
清酒百壶[27]。	携带着美酒百壶。
其殽维何[28]？	他的荤菜是什么？
炰鳖鲜鱼[29]。	烹熟的甲鱼和“鲜鱼”。
其蔌维何[30]？	他的素菜是什么？
维笋及蒲[31]。	新鲜的竹笋和嫩蒲。
其赠维何？	他的赠品是什么？
乘马路车[32]。	四匹骏马、一辆路车。
笾豆有且[33]，	杯盘摆满了席面，
侯氏燕胥[34]。	在京的诸侯都来宴别。

韩侯取妻，	韩侯娶的妻子，
汾王之甥[35]，	是汾王的外甥，
蹶父之子[36]。	姑蹶父的闺女。
韩侯迎止[37]，	韩侯来到蹶父村子，
于蹶之里[38]。	亲自把新娘迎娶。
百辆彭彭[39]，	百辆轿车高大漂亮，
八鸾锵锵[40]。	每辆车八只银铃叮叮当当，
不显其光[41]，	充分显示出韩侯的堂皇。
诸娣从之[42]，	陪嫁的姑娘跟着新娘，
祁祁如云[43]。	团团簇拥如天上彩云。
韩侯顾之[44]，	韩侯回头把他们张望，
烂其盈门[45]。	耀眼的光彩充满大门。

蹶父孔武[46]，	蹶父非常威武，
靡国不到[47]。	没有一个国家不留下他的脚步。
为韩姞相攸[48]，	为韩姞选择婆家，
莫如韩乐[49]。	没有哪家比韩侯家幸福。
孔乐韩土，	韩国的土地特别富饶，
川泽讦讦[50]。	河湖宽广、银波闪耀。
鲂鲔甫甫[51]，	鳊鱼鲢鱼又大又肥，
麀鹿噳噳[52]。	母鹿公鹿成群鸣叫。
有熊有罴[53]，	山上有狗熊和马熊，
有猫有虎[54]。	林中有老虎和山猫。
庆既令居[55]，	韩姞爱上了这幸福家庭，
韩姞燕誉[56]。	她生活得非常如意美好。
溥彼韩城[57]，	韩国的都城多么宽阔，
燕师所完[58]。	由北燕国的民众筑成。
以先祖受命[59]，	托先祖的福气接受王命，
因时百蛮[60]。	靠“百蛮”的力量立业建功。
王锡韩侯，	宣王赏赐给韩侯，
其追其貊[61]。	统领“追”、“貊”那些部落。
奄受北国[62]，	韩侯安抚吸收了北方各族，
因以其伯[63]。	继承了祖业，封为伯爵。
实墉实壑[64]，	韩侯在那里修筑城池，
实亩实籍[65]。	在那里划分地界、制定赋税。
献其貔皮[66]，	他给天子献来了貔皮，
赤豹黄罴。	还有赤豹、黄马熊之类。

[1] 奕奕(yì yì)：高大的样子。梁山：旧说在陕西韩城市境，后人认为在今河北省固安县。从诗的内容看，后说较妥。

[2] 甸：治理。

[3] 有：形容词词头。倬(zhuō)：显明。本句的主语是后置的“其道”。

[4] 韩侯：韩国的诸侯，武王的后代。

[5] 王：指宣王。

[6] 参见《大雅·烝民》注[16]。

[7] 无：通“毋”，不要。朕：我。

[8] 参见《大雅·烝民》注[25]。

[9] 虔(qián)：恭敬，尽心。共：通“拱”，执，坚持。

[10] 易：容易，轻松。

[11] 榦(gàn)：树干，引申为“正”。这里做使动词用，意为“使……正”。不庭方：不来庭之国(依朱熹说)。方：通“邦”，国家。

[12] 戎：代词，你，指韩侯。辟(bì)：君，宣王自称。

[13] 牡：指公马。奕奕：毛色光亮的样子。

[14] 孔：很。修：长。张：大。

[15] 觐(jìn)：见，指诸侯朝见天子。

[16] 以：用，拿。介圭：参见《大雅·崧高》注[31]。

[17] 锡：通“赐”。

[18] 淑：善，漂亮的。旂：古代旗帜的一种，上面绘有蟠绕的双龙。绥章：用彩色鸟毛或旄牛尾装饰旗杆顶端的一种旌旗。

[19] 簟茀(diàn fú)：用竹席作的车上屏蔽物。错衡：绘有花纹的车前横木。

[20] 玄衮(gǔn)：黑色的龙袍。赤舄(xì)：红色的鞋。

[21] 钩膺：参见《大雅·崧高》注[26]。镂(lòu)钖(yáng)：马额头上的一种装饰品，上面嵌有金属雕成的花纹。

[22] 鞹鞃(kuò hóng)：车前人所凭扶的扶横木(古人叫“轼”)的中段，上面用皮革缠束。浅：指浅色的虎皮。幭(miè)：车轼上的皮套，当作“幦(mì)”。

[23] 鞗(tiáo)革：用皮革做的笼头和缰绳。金厄(è)：缠在笼头上的金属环子。

[24] 祖：参见《大雅·烝民》注[36]。

[25] 屠：地名。

[26] 显父：人名，周朝公卿。

[27] 百：形容数量多。

[28] 殽(yáo)：同“肴”，菜肴，指荤菜。

[29] 炰(páo)：烹煮。鳖(biē)：类似龟的一种水生动物，也叫“甲鱼”、“王八”。鲜鱼：《说文·鱼部》：“鲜，鲜鱼也，出貉国。”可能“鲜鱼”是当时的一种美味鱼种。

[30] 蔌(sù)：素菜。

[31] 及：与，和。蒲：水生植物，嫩芽可以做菜吃。

[32] 路车：诸侯乘的车。乘(shèng)马：四匹马。

[33] 笾(biān)豆：参见《豳风·伐柯》注[5]。有：形词容词头。且(jū)：众多的样子。

[34] 侯氏：指来京觐见天子的诸侯们。燕胥：即“胥燕”，都来赴燕。胥：相。燕：通“宴”。

[35] 汾王：指周厉王。周厉王被人民群众赶下台后，住在汾水边的彘，故有此称。诗中称“汾王”，不称“厉王”，是因为尊敬韩侯的缘故。

[36] 蹶(guì)父：人名，周朝卿士，姓姞。子：女儿。上古男女都可称“子”。

[37] 止：句末语气词。

[38] 里：古代人们居住的村落单位。

[39] 百辆：形容车辆特别多。彭彭：见《大雅·烝民》注[40]。

[40] 八鸾锵锵：参见《大雅·烝民》注[41]。

[41] 不：通“丕”，大。

[42] 娣(dì)：指陪嫁的姑娘。之：代词，她，指新娘“蹶父之子”。

[43] 祁祁：众多的样子。

[44] 顾：回头看。这里是指古代迎亲时的一种礼节，也叫“曲顾”。

[45] 烂：光彩鲜明的样子。其：形容词词尾，相当于“然”。

[46] 孔：很。武：威武。

[47] 靡：无，没有。到：指受天子委托出使各国。

[48] 韩姞(jí)：指蹶父的女儿，即韩侯的妻子，因她姓姞，所以有这种称呼。相：视，看。攸：所，指姑娘的归宿，即婆家。

[49] 莫：否定性无定代词，“没有哪家”。乐：安乐，幸福。

[50] 川：河流。泽：湖沼。讦讦(xū xū)：宽大的样子。

[51] 鲂(fǎng)：鳊鱼的一种。参见《陈风·衡门》"必河之鲂"。鲊(xù)：鱼名，也叫"鲢"。甫甫：肥大的样子。

[52] 麀(yōu)：母鹿。噳噳(yǔ yǔ)：象声词，形容成群麋鹿鸣叫的声音。

[53] 罴(pí)：熊的一种，也叫"人熊"、"马熊"。

[54] 猫：指山猫。

[55] 庆：喜，喜爱。令：善，美满的。居：住处，即家庭。

[56] 燕：安。誉：乐。

[57] 溥(pǔ)：广阔，宽大。

[58] 燕(yān)：北燕国，在韩国北面，与韩同姓。师：大众。完：完成，修成。

[59] 以：因，依靠。先祖：韩侯的先祖是武王的儿子。

[60] 因：义同上句的"以"，依靠，借助。时：通"是"，指示代词，这。百蛮：指附近和当地的各个少数民族部落。

[61] 其：指示代词，那个，那些。追：与貊(mò)一样，都是当时的少数民族。

[62] 奄：安抚。北国：指北方各部族。

[63] 因以：即"以因"，以此承袭。伯：伯爵，韩侯先祖的爵位。

[64] 实：通"是"，指示代词，这儿，指上面提到的"北国"，作后面动词的前置宾语。墉：城，这里用作动词，意为筑城。壑：沟，指护城河，这里用作动词，意为挖护城河。

[65] 亩：地垄。这里用作动词，意为划分田界。籍：税，这里用作动词，意为制定赋税。

[66] 貔(pí)：类似豹子的一种猛兽。

江　汉

据《后汉书·东夷传》、《竹书纪年》等处记载，周宣王六年，曾命召穆公讨伐淮夷。本诗所写的正是这段历史事实。诗的开头部分写了召穆公率师顺汉水、长江而下的豪壮气势；中间写了出征胜利后，宣王赐封召穆公的情况。宣王让召穆公按中原政策，去开发治理东南地区。最后写了召穆公所铸的祭祖礼器上对宣王的颂词。从诗中可以看出当时君臣都在为天下的安宁、强大而努力，君臣关系融洽。

江汉浮浮[1]，	长江汉水波涛滚滚，
武夫滔滔。	武士们威风凛凛。
匪安匪游[2]，	不敢安逸，不敢游乐，
淮夷来求[3]。	是来搜求淮夷，不问他人。
既出我车，	我们的战车推上了河岸，
既设我旟[4]。	我们的旗帜插到了营前。
匪安匪舒[5]，	不敢安逸，不敢休息，
淮夷来铺[6]。	是来讨伐淮夷，列兵开战。
江汉汤汤[7]，	长江汉水浩浩荡荡，
武夫洸洸[8]。	武士们斗志昂扬。
经营四方，	南征北战、经营四方，
告成于王。	大功告成、奏报君王。
四方既平，	四方叛乱已经平息，
王国庶定[9]。	大周王国喜得安定。
时靡有争，	天下太平没有争战，
王心载宁[10]。	君王的内心才得安宁。
江汉之浒[11]，	在汉水入江的地方，
王命召虎[12]：	宣王指令召虎：

式辟四方[13]，	“你负责开辟四方，
彻我疆土[14]。	并精心治理新开的疆土。
匪疚匪棘[15]，	不要心急，不要发愁，
王国来极[16]。	拿中原的办法作为制度。
于疆于理[17]，	划好地界理好田土，
至于南海[18]。	一直扩展到南海的尽头。”
王命召虎：	宣王指令召虎：
来旬来宣[19]。	“代我巡视南北各处。
文武受命，	当年文王武王受命治国，
召公维翰[20]。	召康公曾是有力的支柱。
无曰予小子，	你不要说‘我是无名小卒’，
召公是似[21]。	你应当继承召康公的政绩。
肇敏戎公[22]，	要勤于思谋，敏于办事，
用锡尔祉[23]。	以便让我赐给你福祉。”
厘尔圭瓒[24]，	“赐给你玉圭和玉勺，
秬鬯一卣[25]。	赐给你香酒一壶。
告于文人[26]，	祭祀时告诉你的先祖，
锡山土田。	赐给了你山林土地。
于周受命[27]，	在岐周接受封地，
自召祖命[28]。	就按当年召康公的仪礼。”
虎拜稽首[29]，	召虎拜谢磕头，
天子万年！	“祝天子万年长寿！”

虎拜稽首，	召虎跪拜叩首，
对扬王休[30]。	答谢天子，颂扬恩德宏厚。
作召公考[31]：	为先祖召康公铸作了祭器，
天子万寿！	上面刻着："祝天子万年长寿！
明明天子，	英明的天子，
令闻不已[32]。	美好的名声，四处传播。
矢其文德[33]，	推广天子的德政，
洽此四国[34]。	使天下各国融洽和睦。"

[1] 江汉：长江和汉水。浮浮：强盛的样子。本句应为"江汉滔滔"，下句应为"武夫浮浮"，可能是传写有误(依王引之说)。

[2] 匪：通"非"，不是。本句第二个"匪"字是衬字，无实际作用。

[3] 淮夷：当时生活在淮河流域的少数民族。本句"淮夷"是后面动词"求"的宾语。

[4] 设：建，树起。旟(yú)：上面绘有鸟隼的一种旗帜。

[5] 舒：松缓，指休息。本句句型同上面的"匪安匪游"句。

[6] 铺(pū)：陈，列阵，指讨伐。

[7] 汤汤(shāng shāng)：大水急流的样子。

[8] 洸洸(guāng guāng)：《盐铁论》引作"潢潢"。威武的样子。

[9] 庶：幸，喜。

[10] 载：则，就。

[11] 浒：水边，畔。

[12] 召虎：召康公的后代，即召穆公，名虎，宣王辅相。

[13] 式：动词词头，无实际意义。辟(pì)：开辟。

[14] 彻：治，指划分地界，制定赋税。

[15] 疚：痛心，这里意为发愁。棘：通"急"，急躁。

[16] 极：准则。这里用作动词，意为"以……为准则"。本句意为"来极王国"。

[17] 于：动词词头。疆：指田中大界。理：指田中小界。本句"疆"、"理"

均用作动词。

[18] 于：介词，到。

[19] 来：实指“去”。第二个“来”字为衬字，无实际意义。旬：通“徇”，巡视，代天子视察。宣：泄，疏通。

[20] 召公：指召康公，名奭(shì)，召虎的始祖。翰(hàn)：又长又硬的羽毛，这里意为骨干。

[21] 是：指示代词，复指“似”的前置宾语“召公”。似：嗣，继承。

[22] 肇：谋，谋划。敏：快，迅速，用来修饰动词“肇”。戎：人称代词，通“汝”，你。公：通“功”，事。

[23] 用：以。锡：通“赐”。祉(zhǐ)：福。

[24] 厘(lí)：赐。圭：用作凭信的玉，形状上圆下方。瓒(zàn)：玉勺，古代祭祀时舀酒用的器具。

[25] 秬鬯(jù chàng)：用黑糜子和香草酿制成的酒，用祭于祀。卣(yǒu)：一种盛酒的器皿。

[26] 文人：有文德的人，指召穆公的先祖。

[27] 周：指岐周，周的发祥地岐山地区。

[28] 自：用。召祖：指召穆公的先祖召康公。

[29] 稽(qǐ)首：古代的一种跪拜礼，要跪下，拱手至地，叩头至地。

[30] 对：答，答谢。扬：称颂。休：美，善。

[31] 考：成。本句意为“作召公(召康公)庙器成”，省略了定语“召公”后面的中心词。下面五句是庙器上的铭文。

[32] 令闻：善誉，美好的声誉。已：止，完。

[33] 矢：施行，推广。

[34] 洽：融洽，协调一致。这里用作使动词，意为“使……融洽”。

常　武

这首诗记叙了周宣王帅师讨伐“徐方”的历史经过。全诗从宣王发布军令写起，到胜利班师结束，首尾十分完整。诗中歌颂了宣王高

❖ 超的谋略和他的军队的勇猛。

赫赫明明[1]。	君王多么威武英明！
王命卿士[2]，	他命令朝内的卿士，
南仲大祖[3]，	南仲的后代，
大师皇父[4]：	兼任“大师”的皇父：
整我六师，	“整顿好我的六军，
以修我戎[5]。	修理好我的甲兵。
既敬既戒[6]，	将士们一旦提高警戒，
惠此南国[7]。	便可开拔，造福南国。”
王谓尹氏[8]：	君王吩咐尹吉甫：
命程伯休父[9]，	“把我的命令传达给程伯休父，
左右陈行[10]，	把队伍左右列开，
戒我师旅[11]。	向我的军队告戒清楚。
率彼淮浦[12]，	沿着淮河岸边前进，
省此徐土[13]。	巡视一下徐国国土。
不留不处[14]，	既不准逗留，也不能驻扎，
三事就绪[15]，	把三军的动员工作准备稳妥。”
赫赫业业[16]，	王师多么煊煊赫赫，
有严天子[17]。	天子又是多么威严。
王舒保作[18]，	君王带兵缓步向前，
匪绍匪游[19]。	这不是消遣，也不是游玩。
徐方绎骚[20]，	徐方听到风声，一片混乱，

震惊徐方。	人心震动，惊恐不安。
如雷如霆，	君王的威力如雷鸣电掣，
徐方震惊。	徐地人心震荡、惊恐不安。

王奋厥武[21]，	君王鼓起了勇气，
如震如怒[22]。	犹如雷霆一般震怒。
进厥虎臣[23]，	让猛将冲锋陷阵，
阚如虓虎[24]。	怒气冲天，好像大吼的老虎。
铺敦淮溃[25]，	军队住在淮水边的高地，
仍执丑虏[26]。	接连抓来大批俘虏。
截彼淮浦[27]，	平服了淮河流域，
王师之所[28]。	成了天子军队驻扎的地区。

王旅啴啴[29]，	君王的队伍斗志昂扬，
如飞如翰[30]，	好像疾飞的雄鹰，
如江如汉。	又像倾泻的汉水和长江。
如山之苞[31]，	既像岿然不动的高山耸立，
如川之流。	又像浩浩荡荡的大川奔泻。
绵绵翼翼[32]，	军队人山人海，严肃不乱，
不测不克[33]，	不可估量，难以战胜，
濯征徐国[34]。	大规模地征伐徐国。

王犹允塞[35]，	君王的计谋确实严密可行，
徐方既来[36]。	徐方已经投降归顺，
徐方既同[37]：	徐方成了周的一部分，

天子之功。	这都是天子的功勋。
四方既平，	四方既已平定，
徐方来庭[38]。	徐方归顺了朝廷。
徐方不回[39]，	徐方已改邪归正，
王曰还归。	君王说："班师回程！"

[1] 赫赫：显赫，气势很盛。明明：英明，洞察一切的样子。本句的主语是"王"，蒙下省略了。

[2] 王：指宣王。

[3] 南仲：文王的武臣。大祖：始祖。本句有省略，意为"以南仲为大祖的"，即"南仲的后代"。

[4] 大(tài)师：古代"三公"之一，军队最高长官。皇父：人名。

[5] 以：连词，义同"而"，这里连接两个并列的动宾词组。戎：指兵器。

[6] 敬：《周官·大司马注》引作"儆"。"儆"义同"警"。本句第二个"既"字是衬字。"敬戒"，即"警戒"。

[7] 惠：爱。

[8] 尹氏：即尹吉甫，负责发布命令的卿士。

[9] 程伯休父：程国伯爵，名休父。宣王时，失去原官守，为大司马，负责军队事务。

[10] 陈行(háng)：列队。

[11] 师旅：军旅，军队。

[12] 率：循，沿着。浦：畔，水边。

[13] 省：巡视，察看。徐土：徐国的土地，指今江苏北部地区。

[14] 处：住，驻扎。

[15] 三事：指对三军的动员准备工作。就绪：准备工作。绪，妥当。

[16] 业业：高大的样子。

[17] 有：形容词词头。

[18] 王：指天子。舒保：舒安，徐缓，不急。作：起，指行军。

[19] 绍：松弛，轻松。

[20] 绎(yì)骚：扰动，不安。

[21] 奋：鼓起，振作。厥(jué)：人称代词，义同"其"，他(的)。

[22] 如震如怒：即"如震怒"，第二个"如"字是衬字，无实际意义。震：雷。

[23] 进：这里作使动词用，意为"使……进"。虎臣：如虎之臣，猛将。

[24] 阚(hǎn)：老虎发怒的样子。虓(xiāo)：老虎吼叫。

[25] 铺敦：即"铺屯"，陈列，驻扎。濆(fén)：水边高地。

[26] 仍：频繁，接连。丑：众。

[27] 截：切断，引申为整治，整顿好。

[28] 所：处所，驻地。

[29] 啴啴(tān tān)：人多势盛的样子。

[30] 如飞如翰：即"如飞翰"，第二个"如"字是衬字，无实际意义。翰：鸟名，即"文翰"，也叫"晨风"，是一种凶猛矫健，飞速很快的鸟。

[31] 之：助词，加在主语"山"与谓语"苞"之间，使这个主谓词组作"如"的宾语。苞：草木丛生的样子。这里指群山林立的样子。

[32] 绵绵：密而不断的样子。翼翼：严肃不乱的样子。

[33] 不测：不可测，不可猜度。不克：不能克，不能战胜。

[34] 濯：大，大规模地。

[35] 犹：谋，计谋。允：副词，信，实在。塞：实，严密。

[36] 来：指归服。

[37] 同：动词，会集，指集中到周朝统治之下。

[38] 来庭：来朝，来朝见天子。

[39] 回：通"违"，邪而不正。

瞻　卬

据《诗序》说，这首诗是周大夫凡伯批评周幽王的作品。幽王宠信爱妃褒姒，打击贤臣，赏不当赏，罚不当罚，昏聩到了极点。在他的统治下，虫害猖獗，疾疫流行，人民逃亡，政局不稳。诗人揭露并批评了幽王的暴虐和昏聩，大胆地提出了"乱匪降自天，生自妇人(指褒姒)"

的指责。不过诗人毕竟是统治阶级中的一员,他只能把希望寄托在幽王的改弦更张和周先祖的佑助上。诗人忧虑国家前途的心情和直率的政治态度是可贵的。

瞻卬昊天[1],	仰望着茫茫苍天,
则不惠我[2]。	可是不把我们顾怜。
孔填不宁[3],	很久以来不得安宁,
降此大厉[4]。	降下了这些大灾大难。
邦靡有定[5],	国家没有安定局面,
士民其瘵[6]。	人民在水火中熬煎。
蟊贼蟊疾[7],	又是虫害,又是疾疫,
靡有夷届[8]。	祸患简直没了没完。
罪罟不收[9],	罪网张开,不能收敛,
靡有夷瘳[10]。	一切反常,不得复原。

人有土田,	别人所有的土地田产,
女反有之[11]。	你却把它攫为己有;
人有民人,	别人所有的家人奴仆,
女覆夺之[12]。	你却把它白白夺走。
此宜无罪[13],	这个人应该是无罪的,
女反收之[14]。	你却把他拘捕;
彼宜有罪,	那个人应该是有罪的,
女覆说之[15]。	你却视作掌上明珠。

哲夫成城[16],	聪明的男子能保家卫国,

哲妇倾城[17]。	聪明的女人能使国家毁灭。
懿厥哲妇[18]，	那个美丽聪明的女人，
为枭为鸱[19]。	真是一只不祥的猫头鹰。
妇有长舌，	她有一条长长的舌头，
维厉之阶[20]。	是惹是生非的祸根。
乱匪降自天[21]，	国家的祸乱不是从天而降，
生自妇人。	而是产生于这个女人。
匪教匪诲[22]，	天子耳边听不到有益的话。
时维妇寺[23]。	听到的只是这女人和近臣的声音。

鞫人忮忒[24]，	他们用各种手法置人于死地，
谮始竟背[25]。	他们谗言害人，毫无事实可言。
岂曰不极[26]？	难道说这还不可恶？
伊胡为慝[27]？	那什么才算作恶不休？
如贾三倍[28]，	好像经商得到三倍利润，
君子是识[29]？	正人君子哪知其中门径？
妇无公事[30]？	难道妇女没有“宫事”？
休其蚕织[31]？	为啥不养蚕织帛而干预朝政？

天何以刺[32]？	上天为什么会谴责你？
何神不富[33]？	神灵为什么不赐给你福气？
舍尔介狄[34]，	你把大祸根弃置不管，
维予胥忌[35]。	却只把我们憎恨抱怨。
不吊不祥[36]，	你从不以不祥之事为可哀，
威仪不类[37]。	你的威仪失去了规范。

人之云亡[38]，	人们都说要逃亡，
邦国殄瘁[39]。	国家困苦不堪，实在危险。
天之降网，	上天降下灾异的罗网，
维其优矣[40]。	那网实在宽啊！
人之云亡，	人们都说要逃亡，
心之忧矣。	那心情实在惨啊！
天之降网，	上天降下灾异的罗网，
维其几矣[41]。	那网实在可怕啊！
人之云亡，	人们都说要逃亡，
心之悲矣。	那心情可真悲啊！
觱沸槛泉[42]，	突突直冒的喷泉，
维其深矣。	那泉眼实在不浅！
心之忧矣，	人心的忧愁啊，
宁自今矣[43]？	难道始于今天？
不自我先，	灾难不来自我生之前，
不自我后。	也不来自我死之后！
藐藐昊天[44]，	高高在上的苍天，
无不克巩[45]。	无时无刻都很坚固。
无忝皇祖[46]，	不要辱没了你的祖宗，
式救尔后[47]。	以便让祖宗救救你的后人。

[1] 瞻卬(yǎng)：即“瞻仰”，抬头向上看。

[2] 惠：爱，怜惜。本句“惠”的宾语是前置的“我”。

[3] 孔：副词，很。填：通“陈”，久，指时间长。

[4] 厉：恶，指灾祸。

[5] 靡：无，没有。

[6] 瘵(zhài)：病。这里意为十分痛苦。

[7] 蟊(máo)贼：吃庄稼的两种害虫。参见《小雅·大田》注[12]。蟊疾：疾病，病疫。这个“蟊”字是衬字，无实际意义。

[8] 夷：平。届：尽极，终了。

[9] 罟(gǔ)：网。

[10] 瘳(chōu)：病愈。这里意味恢复常态。

[11] 女：通“汝”，人称代词，你。有：取。《广雅·释诂》：“有，取也。”

[12] 覆：反，反而。

[13] 宜：应该。

[14] 收：拘，逮捕。

[15] 说(yuè)：通“悦”，喜欢。

[16] 哲：形容词，智，有智谋的。夫：男人。

[17] 哲妇：这里指褒姒。倾：倾覆，毁灭。

[18] 懿：美。厥：指示代词，此，这个。

[19] 为：是。“枭鸱”，即“鸱枭”，也就是“鸱鸮”，猫头鹰，古人认为是一种恶鸟。

[20] 维：语气词，帮助判断。厉：连同下字“阶”参见《大雅·桑柔》注[23]。

[21] 匪：通“非”，不是。

[22] 本句第二个“匪”字是衬字，无实际意义。

[23] 时：通“是”，代词，这。寺：通“侍”，指君王身边的亲近小人。

[24] 鞫(jū)：穷，穷极。这里作使动词用，“鞫人”，即“使人陷于困境”。忮忒(zhì tè)：忌恨，变化，指不断变换形式而害人的手段。

[25] 谮(jiàn)：通“僭”，不诚实，不守信用。竟：终，最后。背：反，背叛。

[26] 极：极端。这里用作动词，意为做到了头。

[27] 伊：代词，那。胡：何，为什么。为慝(tè)：作恶。

[28] 贾(gǔ)：经商，做买卖。

[29] 是：代词，这个，指上句所说的经商得三倍之利这件事，做后面动词“识”的前置宾语。识：知道，认识。

[30] 公事：即“功事”，也写作“宫事”，古人指妇女养蚕织帛的事务。

[31] 休：停止。这句是说，妇女参与国政，拨弄是非，难道无“功事”可做吗？

[32] 刺：责备，谴责。

[33] 何：为什么。富：通“福”。这里用作动词，意为“赐福”。

[34] 舍：通“捨”，丢开不管。介狄：大敌，这里指大的祸患（指褒姒）。介：大。

[35] 胥：与，跟。忌：恨。

[36] 吊：怜悯，同情。不祥：指不吉利的事。

[37] 不类：不善，不合规矩。

[38] 云：说。亡：逃跑。

[39] 殄瘁（tiǎn cuì）：尽瘁，困苦不堪。

[40] 优：优裕，宽绰。

[41] 几：危险。

[42] 觱(bì)沸：泉水喷涌的样子。槛(jiàn)泉：往上涌出的喷泉。

[43] 宁：反问语气词，难道。

[44] 藐藐(miǎo miǎo)：又高又远的样子。

[45] 克：能。巩：固，巩固。

[46] 无：通“毋”，不要。忝（tiǎn）：辱，有愧于。皇祖：大祖，祖宗。

[47] 式：用，以便。后：后代，子孙。

召　旻

这首诗和上一篇《瞻卬》的内容十分相似。据《诗序》说，这诗也是凡伯批评幽王的作品。诗中说，在幽王的包庇怂恿下，幽王身边的小人胡作非为而日益富贵，朝中贤人兢兢业业干事而遭贬斥，造成人民逃亡、外族入侵、政事日乱、国土日削的可怕局面。诗人善于用比喻、对比、反问等修辞格式进行歌咏。

旻天疾威[1]，	威严可怕的上天，

天笃降丧[2]。	接连降下丧乱。
瘨我饥馑[3]，	用饥荒折磨我们，
民卒流亡[4]。	老百姓纷纷逃难。
我居圉卒荒[5]。	从京都到边陲都荒无人烟。
天降罪罟[6]，	上天降下了罪网，
蟊贼内讧[7]，	奸臣们吵吵嚷嚷，
昏椓靡共[8]。	宦官们不努力供职。
溃溃回遹[9]，	一片混乱，邪气高涨，
实靖夷我邦[10]？	这些人怎能治理我邦？
皋皋訿訿[11]，	这些傲慢顽固造谣诽谤的小人，
曾不知其玷[12]！	天子竟不知道他们的毛病！
兢兢业业，	我们兢兢业业忧心国事，
孔填不宁[13]，	长久以来得不到安宁，
我位孔贬[14]。	还把我们的职位大大地贬降。
如彼岁旱，	正如那大旱的年景，
草不溃茂[15]，	草也长得不茂盛，
如彼栖苴[16]。	就像那冬天的干草。
我相此邦[17]，	我看这个国家，
无不溃止[18]。	到处都在烂掉。
维昔之富[19]，	他们过去的富裕，
不如时[20]？	难道不如今天？

维今之疚[21]，	我们今天的痛苦，
不如兹[22]。	更比过去苦难。
彼疏斯粺[23]，	他们是秕糠，我们是精米，
胡不自替[24]？	为什么他们自己不下台？
职兄斯引[25]！	当权者却使之更加厉害！
池之竭矣[26]，	池中的水枯竭了，
不云自频[27]；	不是说池子外边没流进水去；
泉之竭矣，	泉水干枯了，
不云自中。	不说原因在泉眼中间。
溥斯害矣[28]，	小人为害已经够普遍的了，
职兄斯弘[29]，	当权者却加以扩大，
不灾我躬[30]？	灾难怎么不延及我身？
昔先王受命[31]，	昔日文王武王接受天命，
有如召公[32]，	身边有召公一样的贤臣，
日辟国百里[33]。	国土每天以百里向前推进。
今也日蹙国百里[34]。	今天国土每天缩小百里，
於乎哀哉[35]！	哎呀，多么可悲！
维今之人，	今天的人们，
不尚有旧[36]。	不能崇尚旧有的传统！

[1] 旻(mín)天：天。疾威：狠心威严。

[2] 笃(dǔ)：厚，分量重。

[3] 瘨(diān)：病，痛苦，这里作使动词用。“瘨我”即“使我痛苦”。饥馑(jǐn)：饥荒。前面省略了介词“以”。

[4] 卒：尽，全。

[5] 居：指京都。圉(yǔ)：指边塞地区。荒：空虚。

[6] 罟(gǔ)：网。

[7] 蟊(máo)贼：吃禾苗的两种害虫，这里指朝内奸人。讧(hòng)：争吵，混乱。

[8] 昏椓(zhuó)：宫内宦官。“昏”是官名。“椓”是宫刑，宦官都要去势，所以有这种称呼。靡：无，没有。共：通“供”，供职。

[9] 溃溃：混乱的样子。回遹(yù)：邪僻，违逆不正。

[10] 靖：治理。夷：语气词，无实际意义。

[11] 皋皋：傲慢顽固。訿訿(zǐ zǐ)：即“訾訾”，诽谤。

[12] 曾：语气词，竟然。玷(diàn)：污点。

[13] 孔：副词，很。填：通“陈”，久。

[14] 贬：降低。

[15] 溃茂：即“彙茂”，茂盛。

[16] 栖苴(qī chá)：枯草。

[17] 相：视，观察。

[18] 溃止：溃陷，败乱。

[19] 维：句首语气词。

[20] 时：通“是”，这。

[21] 疚：病，痛苦。

[22] 兹：代词，这。

[23] 彼：代词，那些。疏：粗，指粗糙的米。斯：代词，这些。粺(bài)：精米。

[24] 胡：为什么。替：废，除去。本句“替”的宾语是前置的代词“自”。

[25] 职：主，掌管，这里指主事者。兄(kuàng)：通“况”，更加，又。引：引导，助长。本句“引”的宾语是前置的代词“斯”。

[26] 竭：尽，干枯。

[27] 云：说。自：介词，从，由。频：通“滨”，畔，指池边。本句意思是，池水是由池外流进去的，池子干枯了，不正是从池外没有流进水的结果吗？

[28] 溥(pǔ)：普遍。斯：形容词词尾。

[29] 弘：大。这里用作动词，意为发扬，扩大。

[30] 躬：身，自身。

[31] 先王：指文王、武王。

[32] 召公：召康公，名奭。

[33] 辟(pì)：开辟，开拓。

[34] 也：句中语气词，表示语气的顿宕。蹙(cù)：缩。

[35] 於乎：同“呜呼”，叹词，啊呀。

[36] 尚：崇尚。旧：这里做名词用，指旧的传统。

颂

周　颂

《周颂》是歌颂周先王功德的乐歌。颂是贵族们的宗庙乐歌，其内容都是对祖先的歌颂。颂本义是面貌，假借为诵。

清庙之什

清　庙

这是一首在文王之庙祭祀的乐歌，诗人歌颂众臣能够继承践行文王之德。

於穆清庙[1]，	啊，先王的宗庙多么壮美清静，
肃雝显相[2]。	助祭的显贵们多么恭敬和顺。
济济多士[3]，	众多的贤人良臣，
秉文之德[4]。	文王的道德你们执行。
对越在天[5]，	既能配合文王在天之灵，
骏奔走在庙[6]。	又能疾速奔走到庙中祭神。
不显不承[7]，	这就大显了文王的德行和尊崇了他的意志，
无射於人斯[8]。	文王自然是喜欢而不会厌恶你们。

[1] 於（wū）：即呜呼，叹词。穆：壮美。清：清静。

[2] 雝：通“雍”，和蔼。显：显贵。相：辅助，这里指助祭的诸侯公卿。

[3] 济济：众多的样子。多士：众臣。

[4] 秉文之德：执行文王之德。

[5] 这句意思是说众臣执行文王的道德，就是配合了文王在天之灵的志意。对越：即“对扬”，这里意为对答、报答。对：配。越：颂。在天：指文王在天之神。

[6] 骏：快，迅速。骏奔走即疾奔走，形容众臣勤于祭祀。在庙：指在庙中的神主，此与“在天”相对，连同上句是说众臣既能配合文王在天之灵的意志，又能按时来到庙中祭祀文王的神主。

[7] “不”：通“丕”。丕：大。显：光明。承：尊崇(依朱熹说)。在金文中“丕”常作“不”，如毛公鼎、师訇簋铭文中均有“丕显文武”一句，二“丕”字都作“不”。

[8] 射(yì)：通“斁”。斁(yì)：厌。斯：句末语气词，表示感叹。

维天之命

这也是一首祭祀文王的诗。歌颂文王之德，说它可与上天相比美。

维天之命[1]，	上天依着轨道运行，
於穆不已[2]。	美德啊，永远奋勉人们前进。
於乎不显[3]，	啊！文王之德多么光明，
文王之德之纯。	文王之德多么纯正。
假以溢我[4]？	文王以嘉美之德充实我们。
我其收之[5]。	我们收聚起来，不差半分。
骏惠我文王[6]，	我们要顺从文王的美德，
曾孙笃之[7]。	让子孙后代忠诚笃行。

[1] 维：句首语气词。天命：天道。指宇宙运行的规律。

[2] 於(wū)：连同下字“穆”见《周颂·清庙》注[1]。已：停止。

[3] 於(wū)乎：通“呜呼”。不显：很光明，参见《周颂·清庙》注[7]。

[4] 假：通“嘉”，这里指嘉美之道。溢：满盈流出来，指嘉美之道很多，如水一样多得溢了出来。溢我：以很多的嘉美之道充实我们。

[5] 其：语气词，表委婉语气，这儿有应该之意。收：收聚，收敛，与“溢”相对。

[6] 骏：驯，与惠同义，都是顺从之意。

[7] 曾孙：孙子的儿子，这里指子孙后代。笃：厚，忠实。这句是说让子孙后代忠实地执行依文王遗训制定的法度。

维 清

这也是一首祭祀文王的诗，赞美文王制定法典使周朝兴旺。

维清缉熙[1]，	多么清楚，多么英明，
文王之典[2]。	那就是文王法典的条文。
肇禋[3]，	从开始祭祀出征，
迄用有成[4]。	到现在已大功告成。
维周之祯[5]。	它是周朝吉祥的原因。

[1] 缉熙：光明，这里指法典英明。

[2] 典：法典。

[3] 肇(zhào)：始。禋(yīn)：祭祀。这里指祭祀神祇后出兵征伐敌国。

[4] 迄：至。“迄”后省略“今”。用：以，而，连词。成：成就。

[5] 祯：吉祥。

烈 文

这是一首献给参加宗庙祭祀诸侯们的乐歌，诗人以周天子的口气劝诫诸侯向文武二王学习，求贤修德，永保福禄。

烈文辟公[1]，	功赫德高的诸侯王公，
锡兹祉福[2]。	先王赐福给我们。
惠我无疆[3]，	加惠于我们没有止境，
子孙保之。	保佑我们的子孙幸福安宁。
无封靡于尔邦[4]，	不要在你的封国为恶作孽，
维王其崇之[5]。	文王自然会对你们更加尊敬。
念兹戎功[6]，	想到你们有这等大功伟业，
继序其皇之[7]。	会让你们的子孙继承爵位、享受功勋。
无竞维人，	如果任用贤人国力就无比强盛，
四方其训之[8]。	四方之国就会来归顺。
不显维德[9]，	如果有昭明崇高的德行，
百辟其刑之。	诸侯们就会效法奉行。
於乎前王不忘[10]！	啊！不要忘记文王、武王的这些遗训！

[1] 烈：业，功业，指攻伐武功。文：文德，指道德修养、教化政治。辟(bì)公：与下文的“百辟”同义，都指诸侯。

[2] 祉(zhǐ)：福。

[3] 惠：爱。恩惠。

[4] 无：通“毋”，不要。封：大。靡：损坏。这句是说不要损坏你的封国，即不要在你的封国内为恶。

[5] 崇：厚，指增大封地和爵位。亦说为尊敬。

[6] 戎：大。

[7] 序：即绪，通“续”。“继序”指使诸侯子孙继承其前辈的爵位。皇：大，这里是使动用法，“皇之”是使之大，意思是使其子孙地位更高，福禄更多。

[8] 无竞维人，四方其训之：竞，相争。人，指贤人。无竞维人：信用贤人就会无人可与你相争，即无敌。其：表委婉语气，这里含有“该会”“一定会”之意。训即驯，服从，顺从。这两句是说如果信用贤人，国家就会强大无敌，四方之国就会来顺从你。

[9] 不：通“丕”，大。显：光明。

[10] 前王：指文王、武王。

天 作

这是一首祭祀太王古公亶父的乐歌。

天作高山[1]，	天生高山好荒凉，
大王荒之[2]。	太王治理庄稼长。
彼作矣[3]，	百姓在此盖新房，
文王康之[4]。	文王使民享安康。
彼徂矣[5]，	民众纷纷把山上，
岐有夷之行[6]。	岐山道路坦荡荡。
子孙保之！	子孙永保勿丧亡！

[1] 作：起，这儿是“生”的意思。高山：指岐山。文王的祖父古公亶父因受商人侵扰被迫带领民众从豳（在今陕西省旬邑县西）迁到岐山（在今陕西省岐山县东北）下，建立了国家，号称周，所以岐山是周建国的地方。

[2] 大（tài）王：后世写作“太王”，古公亶父被尊称为太王。荒：治。荒的

本义是芜，反训为治理(依朱熹说)。

[3] 彼：指周民。作：兴起。这里指筑作宫室，在此定居。

[4] 康：安。

[5] 彼：指投奔周的人。

[6] 夷：平坦。行：名词，道。此句语意双关：一是指岐山得到开发，险阻之山变为平坦之道，二是指文王之道清明正直，平易可亲。

昊天有成命

这是一首祭祀成王、颂其功德的诗。

昊天有成命[1]，	上天早把命运安排定，
二后受之[2]。	文武二王接受了天命。
成王不敢康[3]，	成王不敢安逸骄淫，
夙夜基命宥密[4]。	早晚勤劳，恭、俭、信、宽，能使国家安宁。
於缉熙[5]，	啊，成王的品德光明，
单厥心[6]，	他的心宽厚慈仁，
肆其靖之[7]。	所以王业坚固、天下安定。

[1] 成命：定命，预定的命运。

[2] 二后：二王，指文王、武王。

[3] 成王：武王的儿子，名诵，继武王为天子。康：安，安乐。

[4] 夙(sù)夜：即夙兴夜寐(早起晚睡)。这里指为政事勤劳。基：这里可释为俭，因为礼以俭为本，本即基(依马瑞辰说)。命：信守。宥：宽，指对人宽厚仁慈。密：宁，指使国家安宁。

[5] 参见《周颂·维清》注[1]。

[6] 单：厚，指心地厚道。

[7] 肆：固，指王室坚固。其：语气词。靖：安定。之：指天下。

我 将

这是一首合祭上天和文王的乐歌，表现了对上天和先王的敬畏之情。

我将我享[1]，	我奉献贡品祈求上天保佑，
维羊维牛，	奉献的牛羊从不间断，
维天其右之[2]。	上天保佑我国泰民安。
仪式刑文王之典[3]，	我效法文王的法典，
日靖四方[4]。	天天治理，国无丧乱。
伊嘏文王[5]，	那伟大的文王啊，
既右飨之[6]。	已享祭品，保我平安。
我其夙夜，	我日夜勤劳，不敢怠慢，
畏天之威，	害怕天神发怒，降下灾难，
于时保之[7]！	于是能长久保住江山！

[1] 将：送，养，这里与“享”同义，都是奉献之意。享：献。

[2] 右：佑，助。

[3] 仪式：仪、式、刑三字同义，都是效法之意。典：参见《周颂·维清》注[2]。

[4] 靖：治。

[5] 嘏（jiǎ）：大。《说文》：“嘏，远大也。”

[6] 飨（xiǎng）：享用。

[7] 于时：即“于是”。

时迈

这是一首写周王巡狩各地，祭祀上天和山川诸神的乐歌。

时迈其邦[1]，	我王按时到各地巡狩，
昊天其子之[2]，	上天该会把他当儿子保佑，
实右序有周[3]。	上天确实佑助我周。
薄言震之[4]，	我王威震天下，
莫不震叠[5]。	谁不恐惧骇怕。
怀柔百神[6]，	又能将诸位神灵安定，
及河乔岳[7]。	亲临黄河又登泰山顶。
允王维后[8]！	我王真是天下的贤君！
明昭有周[9]，	周朝的德行多么光明，
式序在位[10]。	百官诸侯各尽其职能。
载戢干戈[11]，	收起长矛和大盾，
载櫜弓矢[12]。	良弓利箭收藏尽。
我求懿德[13]，	淳美古风都采集，
肆于时夏[14]。	在全中国推广流行。
允王保之！	我王确实能保住天命！

[1] 时：以时，按时。迈：行。邦：国，指诸侯的封国。

[2] 其：这里含有大概、该会的语气。子：这里做意动词用，意为“把……当作亲生子”。之：指周王。

[3] 序：同叙，有顺助之义，与右(佑)同义。有：名词词头。

[4] 薄言：动词词头。震：动。

[5] 叠：即“慴(zhé)”，惧怕。

[6] 怀：来。柔：安。百神：指上天和山川众神。这句连同下句是说来到大河高山、祭祀上天和山川众神，使众神安宁。

[7] 及：到，达。河：黄河。乔岳：高山，旧说指泰山。

[8] 允：信。这是一句赞叹的话，意思是说我们周王真正是天下的君主，也就是说周王不愧为天子。

[9] 明昭：光明。

[10] 式：用。序：次序，这里指对众臣的升降奖惩，井然有序。在位：指在位的诸侯和众臣。

[11] 载：则，于是。戢(jí)：聚，集中。干：盾牌。

[12] 櫜(gāo)：收藏。

[13] 懿：美好。“懿德”：这里指含有美德的遗风流俗。

[14] 肆：陈列，推广。时：通“是”，这。夏：中国。这里与“四夷”相对而言，指中原地区。

执　竞

这是一首祭祀武王、成王、康王的乐歌。

执竞武王[1]，	武王奋发图强，
无竞维烈[2]。	功业世上无双。
不显成康[3]，	多么英明啊，成康二王，
上帝是皇[4]。	上帝降福把他们赞扬。
自彼成康，	自从成王康王为君，
奄有四方[5]，	周朝广有天下四方，
斤斤其明[6]。	他们的道德多么明亮。
钟鼓喤喤[7]，	钟鼓声当当，

磬筦将将[8]，	磬管声铿锵，
降福穰穰[9]。	上天降福又多又吉祥。
降福简简[10]，	又把大福加在君臣身上，
威仪反反[11]。	君臣的礼节更加谨慎得当。
既醉既饱，	他们又醉又饱把福享。
福禄来反[12]！	福禄还不断加在身上。

[1] 执：持，握有。竞：强。

[2] 竞：相争。无竞：无敌。烈：功业。

[3] 不显：参见《周颂·烈文》注[9]。成康：成王和康王。康王名钊，继成王为天子。

[4] 是：指代“成康”。皇：美。上天降福表示对天子的赞美。

[5] 奄：覆盖，这里含有包罗无余之意。

[6] 斤斤：即昕昕，明亮之意。“昕昕”修饰“明”。明：指成康之道与德。

[7] 喤喤（huáng huáng）：钟声。这里以钟声概言鼓声。

[8] 磬（qìng）：一种石制敲击乐器，成套悬挂起来，称为“编磬”。筦：“管”的异体字，一种竹制吹奏乐器，像把两个笛子并在一起。将将：即铿锵，金石之声，这里以磬声概言磬管之声，形容声音很清亮。

[9] 穰穰（rǎng rǎng）：众多。

[10] 简简：大。

[11] 反反：参见《小雅·宾之初筵》注[30]。

[12] 反：复，“来反”即复来。

思　文

这是一首祭祀后稷、颂其功德的乐歌。

思文后稷[1]，	后稷的功德多么明显，

克配彼天[2]。	德高堪比上天。
立我烝民[3]，	使我万民生存平安，
莫匪尔极[4]。	这都是他美德的表现。
贻我来牟[5]，	他把麦种传给我国人民，
帝命率育[6]。	他秉承天命，养育百姓。
无此疆尔界，	教民种谷，不分区域远近，
陈常于时夏[7]。	把农业在全中国广泛推行。

[1] 思：语气词。文：文德。后稷：周人的始祖，名弃。

[2] 克：能。配：比。

[3] 烝民：众民。

[4] 莫匪：没有不是，即全是。极：至，这里指德之至，即最高的道德（依朱熹说）。

[5] 参见《邶风·静女》注[6]。来：小麦。牟：大麦。

[6] 率：普遍（依朱熹说）。育：养。

[7] 陈：布列，推广。常：政，这里指农政。时夏：参见《周颂·时迈》注[14]。

臣工之什

臣工

这是一首劝诫农官的诗。

嗟嗟臣工[1]，	喂，喂，百官群臣，
敬尔在公[2]。	办公事你们可要认真。

王釐尔成[3]，	周王把成法赐给你们，
来咨来茹[4]。	有事还常来商量询问。
嗟嗟保介[5]，	喂，喂，农官们！
维莫之春[6]，	现在正是暮春，
亦又何求[7]？	对农民有何要求，怎样使用？
如何新畬[8]？	新开的土地如何经营？
於皇来牟[9]，	啊，多么好的麦种，
将受厥明[10]。	将会得到好收成。
明昭上帝[11]，	多么昭明的上帝啊，
迄用康年[12]。	将赐给我们五谷丰登。
命我众人，	命令我们农人，
庤乃钱镈[13]。	准备好农具去耘耕。
奄观铚艾[14]！	很快就会看到丰收的情景。

[1] 嗟(jiē)：发语词，这儿表示呼唤对方，相当于现代汉语的“喂”。臣工：群臣，百官。工：官。

[2] 在公：在公家的事情上。这句是说你们对待公事要恭敬。

[3] 釐：通“赉”，赐予。

[4] 咨(zī)：询问，商量。茹：度，商量。

[5] 保介：即“保界”，农官。

[6] 莫(mù)：“暮”的古字。周历暮春，在夏历就是初春，即农历正月。

[7] 又：通“有”。何求：指对农人有何要求，即指使农人干什么，意思是应当抓紧农时，驱使农人耕种。

[8] 如何：奈何，怎么办。新畬(yú)：新开垦的土地。种过两年的土地叫新，种过三年的土地叫畬。这句是说对新垦的土地如何办？意思是应该整治好新垦的土地。

[9] 於皇：赞美之辞。来牟：麦子。

[10] 明：成，收成(依马瑞辰说)。连同上句是说，因为麦种好，又将获得

丰收。

[11] 明昭上帝：光明的上天。明昭：光明。

[12] 迄：至。至，同“致”，送来，这里是赐予之意。用：以。康年：丰年。这句是说上帝以丰年赐予我们。

[13] 庤(zhì)：具备，准备。乃：代词，那些。钱(jiǎn)：锹，用来翻地。镈(bó)：锄子，用来锄地。

[14] 奄：遽，疾速。铚(zhì)：短镰，这里用作动词，是收割之意。艾(yì)：即刈，收获。这句是说很快就会看到收获。

噫嘻

这也是一首劝诫农官的诗。

噫嘻成王[1]，	啊，啊，成王，
既昭假尔[2]。	你的至诚昭明的德行已感动百官。
率时农夫[3]，	又率领这些农夫，
播厥百谷。	播种各种谷物做示范。
骏发尔私[4]，	还大力开发你们的私田，
终三十里[5]。	把这方圆三十里地种遍。
亦服尔耕[6]，	你们的农活要努力去干，
十千维耦[7]。	万人并耕在田间。

[1] 噫嘻(yī xī)：叹词。

[2] 这句是说成王的昭明之德早已感动诸侯百官。昭：表明。假：通“假”，至，来。戴震说“精诚表见曰昭，贯通所至曰假”。所以上感动下及下感动上均可言“昭假”。

[3] 时：通“是”。

[4] 骏：大。私：私田。以下四句是成王告诫农官的话。

[5] 终：尽。三十里：依《周礼》之说，方圆三十二里半是一个农业行政区域，可容一万农夫耕种，由一个农官掌管。这是儒家虚构的井田制度，三十里是取其整数。

[6] 服：事，干活。亦：一本作“弈”，大。

[7] 维：语气词。耦（ǒu）：两个人并排拉犁耕地。

振 鹭

旧说这是一首赞美夏王、商王的后裔——杞国和宋国的国君到周天子宗庙助祭的乐歌。

振鹭于飞[1]，	白鹭翩翩飞行，
于彼西雝[2]。	落在西边的池中。
我客戾止[3]，	我们的贵客光临，
亦有斯容[4]。	也有这样美好的仪容。
在彼无恶[5]，	在他们的封国里不做坏事情，
在此无斁[6]。	在京师他们也受人欢迎。
庶几夙夜[7]，	希望他们日夜勤劳，
以永终誉[8]。	永葆受众人称赞的好名声。

[1] 振：即振振，鸟儿群飞的样子。鹭：白鹭，一种水鸟，羽毛洁白。

[2] 雝：通“邕”，常写为“雍”，水池。

[3] 戾（lì）：至。止：语气词。

[4] 斯：指示代词，这样。

[5] 彼：指他们的封国。

[6] 斁（yì）：厌。

[7] 庶几：表示希望之意。夙夜：这里是早起晚睡、勤劳谨慎之意。

[8] 永：长。终誉：即“众誉”，众人的赞誉。上古“终”、“众”声近通用。

丰　年

这是一首秋后祭祀社稷众神的乐歌。

丰年多黍多稌[1]；	丰年糜子、稻子收得多；
亦有高廪[2]，	装满高仓一座座，
万亿及秭[3]。	成万上亿多得数不过。
为酒为醴[4]，	醇酒甜酒快快做，
烝畀祖妣[5]，	献给众神列祖喝，
以洽百礼[6]。	各种祭品摆供桌，
降福孔皆[7]。	遍降洪福无灾祸。

[1] 黍(shǔ)：糜子。稌(tú)：稻子。

[2] 廪(lǐn)：谷仓。

[3] 及：到。秭(zǐ)：一万万亿即一亿亿。极言数目多。

[4] 为：做，酿造。醴(lǐ)：甜酒。

[5] 烝：进奉。畀(bì)：给。祖妣(bǐ)：这里指社稷之神及祖宗。

[6] 洽(qià)：会，合。百礼：指牲、玉、币和帛等祭品。

[7] 皆：普遍。一说通“嘉”，亦通。

有　瞽

这首诗描述了周代庙堂中祭祀时奏乐的盛况。

有瞽有瞽[1]，	盲人乐师有不少，
在周之庭。	演奏音乐到周庙。
设业设虡[2]，	雕花木架设置好，
崇牙树羽[3]。	木齿上面插羽毛。
应田县鼓[4]，	小鼓、大鼓、悬挂鼓，
鞉磬柷圉[5]。	石磬、柷、圉，还有鞉，
既备乃奏，	各种乐器一齐奏，
箫管备举。	同时吹起管和箫。
喤喤厥声[6]，	钟鼓之声多嘹亮，
肃雝和鸣[7]，	声音和谐又肃敬，
先祖是听。	献给先祖神灵听。
我客戾止[8]，	贵客今天也光临，
永观厥成[9]。	长久赞美此乐声。

[1] 瞽(gǔ)：盲人。古代以盲人为乐官。

[2] 业、虡(jù)：悬挂钟磬的木架。竖立于两旁的木柱叫虡，横梁叫栒，栒上有雕刻锯齿花纹的木版叫业。虡业连称指乐器架子。

[3] 崇牙：也叫"枞"(cōng)，是"业"板上悬挂钟磬的地方，突出如牙。树：植，插着。

[4] 应：小鼓。田：通"𫐐(yǐn)"，大鼓。县(xuán)鼓：悬挂的鼓。鼓本置于木座上，将鼓悬起是周朝制度。

[5] 鞉(táo)：摇鼓。柷(zhù)：古代一种木制乐器，状似上大下小的长方形木盒，无盖，中间有椎把插入底部，敲击椎把作为开始奏乐的信号。圉(yǔ)：又写作"敔(yǔ)"，也是一种木制乐器，形状像伏虎，背上刻有二十七道锯齿，用木尺击划出声，用来止乐。

[6] 喤喤(huáng huáng)：参见《周颂·执竞》注[7]。

[7] 肃雝：又肃敬又和顺。

[8] 戾止：参见《周颂·振鹭》注[3]。

[9] 永：长。这句是说客人久久赞美演奏音乐的成功。

潜

这是一首向祖先献鱼求福的乐歌。

猗与，漆沮[1]！	啊，漆水、沮河！
潜有多鱼[2]。	一网可打鱼儿许多。
有鳣有鲔[3]，	有鳣鱼、有鲔鱼，
鲦鲿鰋鲤[4]。	白鲦、鲿鱼、鲇鱼、鲤鱼都被捕获。
以享以祀，	拿来祭祀先祖，
以介景福[5]。	祈求大福，免除灾祸。

[1] 猗(yī)与：叹词，相当于“啊呀”。漆沮(jū)：陕西渭河以北的两条河流。

[2] 潜：通“罧”，又作“涔”或“椮(sēn)”，堆积水中供鱼栖止的枝条，是一种捕鱼的设施。一说潜，深水，亦通。

[3] 鳣(zhān)鲔(wěi)：参见《卫风·硕人》注[24]。

[4] 鲦(tiáo)：鱼名，也叫白鲦。鲿(cháng)：鱼名，也叫“鮠(wéi)”，一种无鳞美味鱼，呈浅灰色。鰋(yǎn)：鱼名，也叫“鲇(nián)”，一种无鳞鱼。

[5] 介：通“丐(gài)”，祈求。景：大。

雍

旧说这首诗是武王祭文王的乐歌。

有来雍雍[1]，	前来的人们面貌和善，
至止肃肃[2]。	到了庙堂肃然起敬。
相维辟公[3]，	助祭的是诸侯大臣，
天子穆穆[4]。	主祭的天子稳重恭敬。
於荐广牡[5]，	唉，献上大公牛做祭品，
相予肆祀[6]。	他们帮我祭祖祭神。
假哉皇考[7]，	伟大啊，先父的神灵，
绥予孝子[8]。	你来享用，以慰我孝子之心。
宣哲维人[9]，	你做人臣通达事理，
文武维后[10]。	你有文德武功实配做人君。
燕及皇天[11]，	你使天下安宁无灾难，
克昌厥后[12]。	你使后代子孙多昌盛。
绥我眉寿[13]，	你使我平安又长命，
介以繁祉[14]。	你把许多幸福降我身。
既右烈考[15]，	我敬劝先父把酒饮，
亦右文母[16]。	又尊敬我有贤德的母亲。

[1] 雍雍：和善。

[2] 至止：到达。

[3] 相：助，这里指助祭的人。维：语气词，帮助判断。辟(bì)公：诸侯。

[4] 穆穆：严肃的样子，与肃肃义近。

[5] 於(wū)：叹词。广：大。这句是说诸侯进献大公牛等祭品。

[6] 予：主祭的周王自称。肆：陈列。一说肆祭，祭名，亦通。

[7] 假：通“嘏”，大。皇考：父亲。“皇”是形容词，伟大，美好。

[8] 绥：安，安慰。这里作使动词用，意为“使……安”。这句是说，希望先父神灵前来享用祭品，使我的孝心得到安慰。

[9] 宣：通，明。哲：明。人：这里指臣，与君相对。这句是说先父做人臣

时通达事理，十分明智。

[10] 文武：有文德又有武功。这句是说，先父做人君时有文德武功。

[11] 燕：安，指天没有变异，不降灾。

[12] 昌：兴盛。

[13] 眉寿：长寿。

[14] 介：助，佑助。祉(zhǐ)：福。

[15] 右：通“侑”，劝酒，劝食。这里是希望先父母的神灵多享用祭品。烈考：皇考，父亲。“烈”和“皇”一样，也是形容词，意为光明、英明。

[16] 文母：有文德的母亲。文，赞美之辞。

载见

旧说这是成王率领诸侯拜谒武王庙，祭祀求福的乐歌。

载见辟王[1]，	各地诸侯见周王，
曰求厥章[2]。	讲究礼仪有规章。
龙旂阳阳[3]，	画龙旗子真漂亮，
和铃央央[4]。	车铃旗铃响当当。
鞗革有鸧[5]，	笼头饰金明晃晃，
休有烈光[6]。	仪表美好多雄壮。
率见昭考[7]，	率众拜谒武王庙，
以孝以享[8]。	献上祭品尽孝道。
以介眉寿[9]，	一求神灵赐寿考，
永言保之[10]，	二求常把平安保，
思皇多祜[11]。	三求降福多又好。
烈文辟公[12]，	诸侯大臣功德高，

绥以多福[13]。	全家平安福不少。
俾缉熙于纯嘏[14]！	使他们道德光明把大福得到！

[1] 载：语气词。一说始，初次，亦通。

[2] 曰：动词词头。章：法度，规章。

[3] 龙旂：绘刺有两龙蟠绕图案的旗帜。阳阳：色彩鲜明的样子。

[4] 和铃：铃铛。拴在车轼前的叫“和”，拴在旗上的叫“铃”。央央：铃声。

[5] 鞗（tiáo）革：马笼头和缰绳头上的饰铜。鸧（cāng）：通“玱”，金属装饰物。

[6] 休：美。烈：显明。

[7] 率：带领。昭考：指武王。古代庙制：太祖居中，其子孙分居左右。左昭右穆，依次排列。文王为穆，武王为昭，所以成王称武王为昭考。

[8] 孝：这里义同“享”，献。

[9] 介：连同“眉寿”，参见《周颂·雍》注[12][13]。“介”字贯以下三句，都是向神灵祈求的内容。

[10] 永：长久。言：动词词头。之：代词，这里是说话人自称。

[11] 皇：大。祜（hù）：福。

[12] 辟（bì）公：参见《周颂·烈文》注[1]。

[13] 以：连词。这句是说，既得平安而又多福。

[14] 俾（bǐ）：使。缉熙：光明。这里指道德光明。于：至于。纯：大。嘏（gǔ）：福。这句是说使诸侯们道德光明以至于获得大福。

有　客

旧说这首诗写封于宋的纣王之兄微子（名启）朝拜周王祖庙，备受欢迎的情形。

有客有客[1]，	我们有位好客人，

亦白其马[2]。	把白色的马儿坐乘。
有萋有且[3]，	跟来的人儿阵容壮大，
敦琢其旅[4]。	挑选的随从强壮又精明。
有客宿宿[5]，	客人住了一宿又一宿，
有客信信[6]。	还要留他再停停。
言授之絷[7]，	绊马绳索送到客人手，
以絷其马[8]。	系住马儿不让客人行。
薄言追之[9]，	终于要把客送走，
左右绥之[10]。	大臣们饯行更殷勤。
既有淫威[11]，	客人既已具有大德，
降福孔夷[12]。	福禄更容易给他降临。

[1] 客：据《诗序》说，指微子。

[2] 亦白其马：殷人崇尚白色，微子仍乘白马，表示不忘祖先。亦，乃。

[3] 有：形容词词头。萋(qī)：草茂盛的样子。且(jū)：众多的样子。萋、且这里形容随从人员精壮强盛(依马瑞辰说)。

[4] 敦(dūn)：通“雕”。“敦琢”即“雕琢”，这里意为精心选择。旅：众，这里指众随行人员。

[5] 宿宿：住一夜叫“宿”。此言住了一夜又一夜。

[6] 信信：前一个“信”字通“申”，重复。后一个“信”是名词，住两夜叫信。

[7] 言：动词词头。絷(zhí)：名词，绊马足的绳索。

[8] 这句“絷”为动词，是说系住马足，挽留客人。

[9] 薄言：动词词头。追：送。

[10] 左右：指送行的周天子的公卿大夫们。绥：安乐，此言饯行的大臣们殷勤饯别，使客人高兴安乐。

[11] 淫：大。威：德(依马瑞辰说)。

[12] 夷：“易”的假借字。此言客人既有大德，所以上天很容易把福禄降到他身上。

武

这是一首歌颂周武王功业的乐歌。

於皇武王[1]，	啊，伟大的武王，
无竞维烈[2]。	你的功业举世无双！
允文文王[3]，	文王确实是德高望重，
克开厥后[4]。	是你把后人的道路开创。
嗣武受之[5]，	武王继父业把重任担当，
胜殷遏刘[6]，	战胜殷人，制止把无辜杀伤，
耆定尔功[7]。	你的大功告成世代颂扬。

[1] 於（wū）：叹词。皇：大。
[2] 无竞维烈：功业无双。
[3] 允：副词，真的，确实。文：文德。
[4] 克开厥后：能够给他的后代开创事业。
[5] 武：足迹。
[6] 遏：止，阻止。刘：杀，指残害无辜人的暴行。
[7] 耆（zhǐ）：通“致”。

闵予小子之什

闵予小子

旧说这首诗是成王为武王服丧期满，朝于祖庙而作，后世变成了新王朝庙的乐歌。

闵予小子[1]，	可怜我这个年轻人，
遭家不造[2]，	家门遭到不幸，
嬛嬛在疚[3]。	茕茕孤独，忧伤成病。
於乎皇考，	啊，伟大的已故父亲，
永世克孝[4]。	终身能把孝道奉行，
念慈皇祖，	你怀念祖父在天之灵，
陟降庭止[5]。	仿佛看见祖父上下往来于大庭。
维予小子，	我这个年轻人，
夙夜敬止。	不论早晚时刻敬慎。
於乎皇王[6]，	伟大的先王啊，请放心，
继序思不忘[7]！	继承大业，我不忘遗命！

[1] 闵(mǐn)：通“悯”，可怜。予小子：古代天子的自称，这是对先王而言的，这里是成王自称。

[2] 造：至，由至引申为善。不造即不善，不幸，这里指武王去世。

[3] 嬛嬛(qióng qióng)：通“茕茕”，孤独哀伤的样子。疚(jiù)：病痛，痛苦。

[4] 永世：终身。

[5] 陟降：上下。止：句末语气词，表示感叹。连同上句是说，武王奉顺文王，所以思念文王，仿佛常常看见文王的神灵降至庙堂朝廷之上。

[6] 皇王：伟大的先王，这里兼指文王、武王。

[7] 序：通“绪”，绪业，指文王武王开创的事业。

访　落

这首诗写成王开始执政，希望群臣帮助他继承武王之道，以安尊

❖ 其身，长保君位。

访予落止[1]，	我开始执政的时候与众商议，
率时昭考[2]。	如何把武王的德政继承。
於乎悠哉[3]，	啊，武王的道德修养多么博大精深！
朕未有艾[4]。	我实在没有掌握它的本领。
将予就之[5]，	请帮助达到先王之道，
继犹判涣[6]。	继承先王之道，惟恐走样不准。
维予小子，	我这个人还年纪轻轻，
未堪家多难[7]。	家中多难，不能胜任。
绍庭上下[8]，	继承先王之德，上下于朝廷，
陟降厥家[9]。	上上下下去拜访群臣。
休矣皇考[10]，	美啊！先父的神灵，
以保明其身[11]。	保佑我对你的美德能躬亲力行。

[1] 访：询问，商议。落：始，指开始执政。这句是说与群臣商议我开始执政的事情。

[2] 率：遵循。昭考：指武王，参见《周颂·载见》注[7]。

[3] 於(wū)乎：屡见前注。悠：远。这里指武王之道高远。

[4] 艾：历，这里指阅历。《尔雅·释诂》："艾，历也。"这句是说没有阅历难以掌握武王之道。

[5] 将：扶助。就：接近，达到。之：指先王之道。

[6] 犹：又作"猷"，图，谋。这里指武王之道。判涣：分散。这句是说，继承武王之道常恐自己所行之事与先王之道分散不合，即继道而走样。

[7] 家多难：家中多灾难，指父亲武王去世。

[8] 绍：继续，继承。庭上下：上下于朝廷。

[9] 厥家：指群臣。大夫的封邑叫家，这里指群臣。

[10] 休：美。

[11] 保：安。明：显，尊荣。其身：我之身，成王自称。

敬之

这首诗前六句是群臣希望周天子恭敬从政的告诫之辞，后六句是周天子表示要好学求贤的回答之辞。

敬之敬之[1]！	要使态度谨慎又谨慎，
天维显思[2]，	因为上天明察一切，
命不易哉[3]。	命运由天，难保不会变动。
无曰高高在上，	莫说它高高在上，
陟降厥士[4]，	实则常降人间，政事看得分明，
日监在兹[5]。	天天在这儿监视我们。
维予小子，	我是个年轻人，
不聪敬止[6]。	怎敢不小心静听。
日就月将[7]，	我要长期努力、日有所就月有所成，
学有缉熙于光明[8]。	学习渐进，终使道德光明。
佛时仔肩[9]，	群臣要辅助我担起重任，
示我显德行。	指点我昭明上天的德行。

[1] 敬：通“警”，警戒。

[2] 维：语气词。显：明，指天道明，不昏暗，也就是说上天明察一切。思：句末语气词。

[3] 命不易：天命难保，即天命不是一成不变的，视人们的行为善恶而不断改变。

[4] 士：通“事”，这里指政事。这句是说天之神灵好像常上下于人间，查

看人们所做的事情。

[5] 监：从上往下看，监视。兹：这，这儿。

[6] 不聪敬：因不聪明(指知识不足)而不知恭敬。

[7] 日就月将：日久月长。马瑞辰说《广雅·释诂》："就，久也。"《楚辞》"恐余寿之弗将"，王逸注："将，长也。"日就月将即日久月长，也就是日积月累。这儿是长期坚持学习的意思。

[8] 学有缉熙于光明：学习渐有进步以至于终使自己道德光明。缉熙与光明散文则同，对文则缉熙者渐进之明，而光明者广大之明(依马瑞辰说)。

[9] 佛：通"弼"(古代"拂"、"弼"通用，"佛"通"拂")，辅助。时：是。仔肩：任，担负。

小毖

周灭殷两年，武王去世，成王年幼，武王弟周公旦摄政。纣王子武庚勾结武王弟管叔蔡叔，散布周公谋位的谣言，成王信流言而疑周公，致使管蔡之乱发生。这首诗写的是平定了管蔡之乱以后，成王总结教训，请求群臣辅助之辞。

予其惩[1]，	我要吸取以往的教训，
而毖后患[2]。	警惕再有后患发生。
莫予荓蜂[3]，	没有人把我辅助指引，
自求辛螫[4]。	这是我自寻的苦痛。
肇允彼桃虫[5]，	恶事起初真像鹪鹩刚学飞行，
拚飞维鸟[6]。	飞着飞着，变成大鹏腾空。
未堪家多难[7]，	家中多难已不能胜任，
予又集于蓼[8]。	我又遇到许多辛苦事情。

[1] 惩：受创伤而知戒，指管蔡之乱。

[2] 毖(bì)：小心，警惕。后世成语“惩前毖后”由这两句演变而来。

[3] 以下四句写要吸取的教训：知道因为无群臣辅助就要产生痛苦，懂得了恶事不及早根除，就会像鹪鹩一样始小而终大，造成灾祸。荓蜂：联绵字，又作屏蓬、并封、平逢，掣曳之意，这儿是辅助之意。《正义》引孙毓解释，说这句意思是说“群臣无肯牵引扶助我”。

[4] 辛：苦痛。螫(shì)：蜂刺人。这儿是疼痛之意。

[5] 允：信。桃虫：即“鹪鹩(jiāo liáo)”，一种小鸟，俗名“巧妇”。古人认为这种小鸟最后将变为大雕。古代有鹪鹩生雕的俗语，意思是说始小而终大。此处喻小患不除必酿成大祸。这句是说，恶事起初确实如鹪鹩一般，始小而终大。

[6] 拚(fān)：通“翻”，飞动的样子。

[7] 未堪：不能忍受。

[8] 集：会，遇。蓼(liǎo)：一种菜，这里指辛苦之意。这句是说我又遇到了许多辛苦之事(世道多艰，战争不息，于王者为辛苦之事)。

载芟

这是一首庆祝丰收的乐歌。

载芟载柞[1]，	清除荒草把树砍，
其耕泽泽[2]。	土地耕得松又软。
千耦其耘[3]，	耕耘之人有几千，
徂隰徂畛[4]。	前往平原，走到地边。
侯主侯伯[5]，	家长、长子来种田，
侯亚侯旅[6]，	几个弟弟跟后边，
侯强侯以[7]。	短工长工都来干。
有嗿其馌[8]，	送饭的人一大串，

思媚其妇[9]，	送饭妇人美容颜，
有依其士[10]。	耕田男子真强悍。
有略其耜[11]，	犁铧锋利把地翻，
俶载南亩[12]，	大家劳作在田间，
播厥百谷。	及时播下各种谷物。
实函斯活[13]，	种子含气活力足，
驿驿其达[14]，	苗儿纷纷破土出，
有厌其杰[15]。	先出来的长得粗。
厌厌其苗[16]，	禾苗齐整生长好，
绵绵其麃[17]。	仔细除去田中草。
载获济济[18]，	收获的人一大帮，
有实其积[19]，	禾捆堆积高又高，
万亿及秭[20]。	成千上万真不少。
为酒为醴，	醇酒甜酒快快做，
烝畀祖妣，	献给众神列祖喝，
以洽百礼。	各种祭品摆供桌。
有飶其香[21]，	造出醇酒喷喷香，
邦家之光。	宴客为国争了光，
有椒其馨[22]，	美酒香气飘四方，
胡考之宁[23]。	供养老人得安康。
匪且有且[24]，	不只这儿农活忙，
匪今斯今[25]，	不只今年收成广，
振古如兹[26]。	自古以来就这样！

[1] 载：语词。芟(shān)：割草。柞(zé)：伐木。

[2] 泽泽：即“释释”。泽，通“释”，解散之意。

[3] 耦(ǒu)：两人并耕。耘(yún)：除草，这里是耕耘之意。

[4] 徂(cú)：往。隰(xí)：低湿的土地。这里指耕地所在之处。畛(zhěn)：田畔。

[5] 侯：语气词，与“维”同。主：家长。伯：长子。

[6] 亚：指次子。旅：指众子弟。

[7] 强：因地少有余力为人耕作者叫“强”，即短工。以：用。无地而为人雇佣的人叫“以”，即长工。

[8] 有：形容词词头。以下句首之“有”均为词头，无义。嗿(tǎn)：众多的样子。馌(yè)：给在地里干活的人送饭。

[9] 思：语气词，这儿与词头“有”用法相同。媚：美丽。

[10] 依：“殷”的假借字，美，强盛。士：男子美称，这里指送饭妇人的丈夫。

[11] 略：通“挈”，锋利。耜(sì)：“耒”(lěi)上的犁头，类似后世的犁铧。

[12] 俶(chù)：开始。载：干事，从事劳作。南亩：泛指耕地。

[13] 实：种子。函：通“含”。活：生。斯：则。这句是说种子很好，内含生气，种下必生。

[14] 驿驿：通“绎绎”，苗陆续出土的样子。达：这里指破土而出。

[15] 厌：“餍”的假借字，好。杰：指最先长出的好苗。

[16] 厌：通“稖”，禾苗整齐的样子。

[17] 绵绵：详密，仔细。麃(biāo)：通“穮”，锄地薅草。此言仔细地除草。一说除草之人众多，绵绵不断，亦通。

[18] 济济：形容人很多。

[19] 实：严实，密集。积：堆积，这里指堆积在打谷场上的禾捆。

[20] 以下四句参见《周颂·丰年》注[3]。

[21] 飶(bì)：芳香。《说文》：“飶，食之香也。”这里指酒味醇香。

[22] 椒：香料。馨(xīn)：香气远闻。这儿是指酒味醇香。

[23] 胡考：寿考，长寿。宁：安。这句是说：以美酒供养老人，使他们得到安宁，即美酒可以养老。

[24] 且：通“此”，这。以下三句朱熹说“非独此处有此稼穑之事，非独今时有丰年之庆，盖自极古以来，已如此矣”。

[25] 斯：则，而，连词。

[26] 振古：自古。

良 耜

这也是一首歌颂丰收、祭祀社稷之神的诗。

畟畟良耜[1]，	犁铧锐利好使用，
俶载南亩[2]。	拿到田间把地耕。
播厥百谷，	各种谷物已播种，
实函斯活。	种子含气容易生。
或来瞻女[3]，	又来送饭把你看，
载筐及筥[4]，	带着方筐和圆篮，
其饟伊黍[5]。	筐篮盛着黄米饭。
其笠伊纠[6]，	见你斗笠翘上边，
其镈斯赵[7]，	挥动锄头不间断，
以薅荼蓼[8]。	荼蓼杂草都薅完。
荼蓼朽止[9]，	荼草蓼草已腐烂，
黍稷茂止。	糜子谷子长得欢。
获之挃挃[10]，	收割庄稼嚓嚓响，
积之栗栗[11]。	禾捆堆成一行行。
其崇如墉[12]，	垛堆高耸如城墙，
其比如栉[13]。	密集如同梳一样。
以开百室[14]，	家家开门运进粮，
百室盈止，	家家户户粮满仓。

妇子宁止[15]。	老婆孩子不再忙。
杀时犉牡[16]，	杀了这头黄公牛，
有捄其角[17]。	它的双角弯如钩。
以似以续[18]，	继续供神来享受，
续古之人[19]。	代代相传自古有。

[1] 畟畟(cè cè)：锋利的样子。耜(sì)：犁铧。

[2] 以下三句参见《周颂·载芟》注[12][13]。

[3] 或：又。金文中“或”常用作“又”。女：通“汝”，指耕田者。这句是说妇人又来送饭，看见农夫。“其笠伊纠”等五句便是其所见。

[4] 筥(jǔ)：圆形筐子。这里的筐筥是盛饭的器具。

[5] 饟(xiǎng)：同“饷”。送来的饭。伊：语气词，与“维”同。黍(shǔ)：糜子，这里指黄米饭。

[6] 纠：轻举，翘起的样子。

[7] 镈(bó)：锄子。斯：语气词。赵：又作“掴”，是“揿”的借字。《说文》：“揿，刺也。”这里指锄地。

[8] 薅(hāo)：锄草。荼蓼(tú liǎo)：两种草名。

[9] 止：句末语气词。

[10] 挃挃(zhì zhì)：收割庄稼发出的声音。

[11] 栗栗：众多的样子。

[12] 墉(yōng)：城墙。

[13] 比：排列。栉(zhì)：梳子。这句形容排比密集如梳齿，现在尚有“鳞次栉比”的成语。

[14] 百室：泛指家家户户。这句是说家家户户都打开仓门，放进新粮。

[15] 宁：安。这是对前面“或来瞻女”而言，意思是说秋收后妇女孩子不用再往地里送饭了，可以安居于家中了。

[16] 时：通“是”，这个。犉(rún)：黑嘴唇的黄牛。

[17] 有：形容词词头。捄(qiú)：通“觓”。又作“觩”，角弯曲的样子。

[18] 似：通“嗣”，与后面的“续”同义，继续，继承。“以似以续”与《周颂·载见》“以孝以享”句式相同，都是同义词组重复使用。

[19] 这句是说继承祖先,继续祭祀社稷。

丝 衣

这是一首赞美祭祀有礼、饮酒有节的诗。前五句写祭祀仪式,后四句写祭祀后饮酒的情形。

丝衣其纾[1],	丝制礼服白又亮,
载弁俅俅[2]。	戴帽恭敬上庙堂。
自堂徂基[3],	走下庙堂到门旁,
自羊徂牛。	从羊到牛细端详。
鼐鼎及鼒[4],	察看列鼎返堂上,
兕觥其觩[5],	牛角杯儿向上弯,
旨酒思柔[6]。	美酒味醇香又甜。
不吴不敖[7],	不喧哗来不傲慢,
胡考之休[8]。	长寿洪福降身边。

[1] 丝衣:白色的绸衣。纾(fóu):洁净新鲜。

[2] 载:通"戴"。弁(biàn):古代贵族戴的一种礼帽。武官戴"皮弁",文官戴"爵弁"(细布制成)。这里指"爵弁"。俅俅(qiú qiú):恭敬和顺的样子。

[3] 徂(cú):到,去。基:台阶下。这里指门旁侧堂之基。本句和下面四句是写祭祀仪式的程序。郑玄说,祭者穿礼服戴爵弁,上堂察看洗手器具,及盛放五谷果品等祭品的笾豆等祭器,然后下堂到门基,报告说洗手器具已备全。接着察看祭牲,从牛到羊,看完后返回堂上,报告说牺牲充足。然后揭去大大小小的列鼎上的防尘幂布,报告祭肉清洁。这就是祭祀的程序。

[4] 鼐(nài):大鼎。鼒(zī):小鼎。这句是说揭去大鼎小鼎上的遮尘布请神享用祭肉。

[5] 参见《小雅·桑扈》注[11]。

[6] 旨：味美。思：语气词。柔：柔和。

[7] 吴：喧哗。敖：通“傲”，傲慢。这句是说饮酒时不喧哗，不怠慢无礼。

[8] 胡：远，大。考：寿。休：美，这里指福。这句是说因祭祀饮酒有礼，所以得到长寿之福。

酌[1]

这是一首歌颂武王战胜殷商、建立了丰功伟绩的赞歌。

於铄王师[2]，	先王的军队多么精良，
遵养时晦[3]。	你统帅他们，打败昏昧的殷纣王。
时纯熙矣[4]，	于是天下大放光亮，
是用大介[5]。	所以这是大大的吉祥。
我龙受之[6]，	我受宠爱，继承王业，
蹻蹻王之造[7]。	先王的功业显赫辉煌。
载用有嗣[8]，	我能继承不衰落，
实维尔公允师[9]。	实在是因为把你当作榜样。

[1] 这首诗篇名叫“酌”，但诗中无“酌”字，毛亨解释说这是因为这首诗歌颂武王能“酌取先祖之道以养(取)天下也”，所以用“酌”为篇名。

[2] 於(wū)：叹词。铄(shuò)：通“烁”，光亮美盛的样子。

[3] 遵：率，这里指率王师。养：夺取(依毛亨说)。《说文解字》古文养作“羖”，字从攴，有夺取之意。时：通“是”。晦：暗昧，指昏庸的纣王。这句是说武王率领精良的军队打败了昏昧的殷纣王。

[4] 纯熙：明亮。

[5] 是用：是以，所以。大介：大善，大祥。

[6] 龙：通“宠”，爱。被动用法，被宠爱。之：指代王业，即下句的“王之造”。

[7] 蹻蹻（jué jué）：盛大的样子。造：作为，这里指功业。以上两句实为一句，意思是说我受武王宠爱，而继承了盛大显赫的王业。

[8] 有嗣：能够继承。

[9] 尔公：你的功业。尔：指武王。公：事。允：通“用”，与介词“以”同意。师：师法，效法，以……为榜样。“尔公允师”即“以尔事为师”。连同上句是说我之所以能够继续王业，实在是因为我效法你的缘故。

桓

这也是一首颂扬武王功德的赞歌。

绥万邦[1]，	自从武王把天下平定，
娄丰年[2]，	年年都是五谷丰登，
天命匪解[3]。	天佑周朝毫不懈怠松劲。
桓桓武王[4]，	威风凛凛的武王，
保有厥士[5]，	拥有那劲旅强兵，
于以四方[6]，	把四方残敌消灭干净，
克定厥家。	能够保证国家安宁。
於昭于天[7]，	啊，上天使武王功德昭明，
皇以间之[8]。	取代殷纣做天下的人君。

[1] 绥：安。万邦：万国，泛指天下。

[2] 娄：通“屡”。

[3] 解（xiè）：即懈，懈怠。这句是说上天对周朝不厌弃，也就是保佑周朝得天下。

[4] 桓桓(huán huán)：勇武的样子。

[5] 士：武士，即军队。又据马瑞辰解释："士"系"土"字，"厥士"即"厥土"，意即保持既有之土地为根据地。

[6] 于以：于，语气词。"以"下有省略，补足当为"以之于四方"。"之"代武力。这句是说武王用武力于四方，消灭殷商的残余势力。

[7] 於(wū)：叹词。这句是说武王功德昭明于天，也就是说上天使武王的功德显赫。

[8] 皇：君王。以：动词，为，做。间：代，代替。之：代词，指商纣王。"皇以间之"即"代之为皇"。这句是说上天使武王取代殷纣王而做天下的君主。

赉[1]

这是一首颂扬文王的赞歌，表达了后王传布文王功德的志愿和思念文王功德的心情。

文王既勤止，	文王为政事勤劳了一生，
我应受之。	我把他开创的事业继承。
敷时绎思[2]，	广泛传播文王难忘的恩情，
我徂维求定[3]。	我遍行全国，谋求天下安定。
时周之命[4]，	文王的功德是周朝的大命，
於绎思[5]。	啊，把这时常思念，铭记于心！

[1] 诗中无"赉(lài)"字，而以"赉"名篇。赉：赏赐，赠送。此诗有赐赏诸侯功臣的内容，所以以"赉"名篇。

[2] 敷：分布。时：通"是"。绎(yì)：抽引，连绵。这里不只是直接不断思念文王、武王的功德，还包括了成王以后的周天子的功德。

[3] 徂(cú)：往，去，这里指往行全国推广文王之道，连同上句是说分布文

王的功德推行文王之道，以求天下安定，永保周命。

[4] 时：通“是”。这句是说文王的功德就是周王朝的大命，遵文王之道就能永保天下。

[5] 於(wū)：叹词。这一句是说希望受封赏的诸臣时常想念文王之德而不要忘记。

般[1]

这是一首祭祀山川之神的乐歌。

於皇时周[2]！	壮美啊，我们周朝的江山！
陟其高山[3]，	天子登上高山，祭祀山川，
嶞山乔岳[4]，	看见小山大山连成片，
允犹翕河[5]。	黄河汇合众流奔向海边。
敷天之下[6]，	普天下的诸侯百官，
裒时之对[7]，	聚集在这里，受到天子接见，
时周之命[8]。	这些都与周朝的大命相关。

[1] 诗中无“般”字而以“般”名篇，据旧说“般”是快乐之意。诗中所赞颂者是为天下所乐之事。此说牵强，疑与乐谱有关。

[2] 於(wū)：叹词。皇：美。时：通“是”。

[3] 这句是说天子登山，祭山川诸神。古代有天子巡行四方登泰山祭祀山川之神的礼仪。

[4] 嶞(duò)：形容山狭长而小。乔：高。岳：高大的山。

[5] 允：信。犹：若，顺(依马瑞辰说)。翕(xì)：合，指汇合各个支流。这句是说黄河通畅无阻，循着河道汇合众流奔向大海，而不泛滥成灾。黄河自古易泛滥，这时循道而流，被认为是吉祥之事，故诗人歌颂之。

[6] 敷：通“普”。

[7] 裒(póu)：聚集。时：通“是”，代词，这儿。之：代词，指代普天之下的诸侯等百官，它的宾语是前置的代词“之”。对：对答。这句是说诸侯聚集在天子祭天之处，天子接见他们，答谢他们守邦土佑王室的辛劳。

[8] 时：通“是”，指代山川及诸侯百官。这句是说，这些都是周朝王国的基础，决定周的命运。

鲁颂

驷

这是一首歌颂牧马人的诗。

驷驷牡马[1]，
在坰之野[2]。
薄言驷者[3]：
有驈有皇[4]，
有骊有黄[5]，
以车彭彭[6]。
思无疆[7]，
思马斯臧[8]。

一群肥壮的公马，
在牧场上吃草蹓跶。
这群高头大马：
有的浅黄，有的黑身白胯，
有的漆黑，有的金黄，
拉起车来力气大。
牧人不断想法养好马，
想如何让马儿俊美使人夸。

驷驷牡马，
在坰之野。
薄言驷者：
有骓有駓[9]，
有骍有骐[10]，
以车伾伾[11]。
思无期，
思马斯才[12]。

一群肥壮的公马，
在牧场上吃草蹓跶。
这群马儿长得帅：
有的深灰，有的黄白，
有的通红，有的青黑，
拉起车来跑得快。
牧人把马儿时常记心怀，
想如何让马儿长成材。

驷驷牡马，	一群肥壮的公马，
在坰之野。	在牧场上吃草蹓跶。
薄言驷者：	这群马儿长得俊：
有驒有骆[13]，	有的黑鬃白身，有的长着鱼鳞纹，
有骍有雒[14]，	有的红身黑鬃，有的黑身白鬃，
以车绎绎[15]。	拉起车来跑个不停，
思无斁[16]，	牧人喜欢马儿情无尽，
思马斯作[17]。	想如何让马儿活泼奔腾。

驷驷牡马，	一群肥壮的公马，
在坰之野。	在牧场上吃草蹓跶。
薄言驷者，	这群马儿长得俊，
有骃有騢[18]，	有的浅灰，有的土红，
有驔有鱼[19]，	有的是白腿，有的是白眼，
以车祛祛[20]。	拉起车来快如风。
思无邪，	牧人思想纯又正，
思马斯徂[21]。	只想如何让马儿能飞奔。

[1] 驷驷（jiōng jiōng）：马体高大肥壮的样子。

[2] 坰（jiōng）：遥远的野外。

[3] 薄言：形容词词头。

[4] 驈（yù）：两胯（大腿）是白色的黑马。皇：黄中泛白，即浅黄，这里指马的毛色。

[5] 骊（lí）：纯黑色的马。黄：黄中泛红，即深红、枣红。这里指马的毛色。

[6] 以："以车"，"以之驾车"的省略。彭彭：强壮有力的样子。

[7] 思无疆：指牧人不断考虑如何养好马。

[8] 斯：语气词。臧：善，好。这句是说牧人考虑如何让马长得好。

[9] 骓(zhuī)：毛色青白相杂的马。駓(pī)：毛色黄白相杂的马。

[10] 骍(xīng)：赤色马。骐(qí)：青黑色的马。

[11] 伾伾(pī pī)：有力气的样子。

[12] 才：通"材"，这里活用为动词，意为成材。

[13] 驒(tuó)：有鱼鳞似的黑斑的青灰马。骆：黑鬃毛的白马。

[14] 骝(liú)：同"駵"，黑鬃的红马。参见《秦风·小戎》注[11]。雒(luò)：白鬃毛的黑马。

[15] 绎绎(yì yì)：不断绝的样子，这儿形容马善跑。

[16] 斁(yì)：厌，满足。

[17] 作：有作为，有用。

[18] 骃(yīn)：毛色是浅色的黑白夹杂的马，即浅灰色马。騢(xiá)：毛色为红白夹杂的马。

[19] 驔(diàn)：小腿上有长白毛的马。鱼：两眼白色的马。

[20] 祛祛(qū qū)：强壮矫健的样子。

[21] 徂(cú)：往，行。这里指奔跑。

有 駜

这首诗写鲁国君臣飨宴欢乐的情景以及颂祷的内容。

有駜有駜[1]，	马儿肥壮，马儿肥壮，
駜彼乘黄[2]。	四匹大马毛色金黄。
夙夜在公，	群臣早晚都在公堂，
在公明明[3]。	在公堂上把政事忙。
振振鹭[4]，	好像鹭鸶儿在飞翔，
鹭于下[5]。	又像鹭鸶儿落地上。
鼓咽咽[6]，	伴奏的鼓声咚咚响，

醉言舞[7]。	带醉起舞摇摇晃晃。
于胥乐兮[8]！	大家乐得心花怒放！

有駜有駜，	马儿肥壮，马儿肥壮，
駜彼乘牡。	四匹公马身高体强。
夙夜在公，	群臣早晚都在公堂，
在公饮酒。	在公堂上把美酒尝。
振振鹭，	好像一群鹭鸶联翩飞翔，
鹭于飞。	又像一只鹭鸶孤身飘荡，
鼓咽咽，	伴奏的鼓声咚咚响，
醉言归。	带醉回到家里躺。
于胥乐兮！	大家乐得心花怒放！

有駜有駜，	马儿肥壮，马儿肥壮，
駜彼乘駽[9]，	四匹青马气昂昂。
夙夜在公，	群臣早晚都在公堂，
在公载燕[10]。	公堂上面摆酒场。
自今以始，	从今开始不遭殃，
岁其有[11]。	年年丰收粮满仓。
君子有谷[12]，	诸位君子有福享，
诒孙子[13]。	传给子孙万年长。
于胥乐兮！	大家乐得心花怒放！

[1] 有：形容词词头。駜(bì)：马体肥壮的样子，这儿以肥强之马喻强力之臣。

[2] 乘(shèng)黄：四匹黄色的马。四匹马叫乘。

[3] 明明：通“勉勉”,操劳不息的样子。

[4] 振振：飞动的样子。鹭：指鹭羽。朱熹说：“鹭羽,舞者所持,或坐或伏,如鹭之下也。”这两句描写跳鹭羽舞的情景。

[5] 于：动词词头。

[6] 咽咽(yīn yīn)：通“鼘鼘”,鼓声。

[7] 言：动词词头。

[8] 胥：皆。

[9] 駽(xuān)：青黑色的马。

[10] 载：动词词头。燕：通“宴”。

[11] 其：表委婉语气。有：即有年,有好收成。

[12] 谷：福禄。

[13] 诒(yí)：遗,送给。孙子：即子孙。

泮　水

这是一首赞颂鲁侯修泮宫、征淮夷的文治武功的乐歌。

思乐泮水[1],	大家都把泮水爱,
薄采其芹[2]。	来到这里采芹菜。
鲁侯戾止[3],	鲁侯来到泮水旁,
言观其旂[4]。	只见旗儿一行行。
其旂茷茷[5],	旗儿迎风在飘扬,
鸾声哕哕[6]。	车铃声儿嘡嘡响,
无小无大,	不论卑贱和尊长,
从公于迈[7]。	跟着鲁公上殿堂。

思乐泮水，	大家都把泮水爱，
薄采其藻[8]。	来到这里采藻菜。
鲁侯戾止，	鲁侯来到泮水旁，
其马跻跻[9]。	他的马儿多健壮。
其马跻跻，	他的马儿多健壮，
其音昭昭[10]。	他的声音好洪亮。
载色载笑[11]，	和颜悦色，笑声朗朗，
匪怒伊教[12]。	耐心教导，没有怒相。
思乐泮水，	大家都把泮水爱，
薄采其茆[13]。	来到这里采莼菜。
鲁侯戾止，	鲁侯来到泮水边，
在泮饮酒。	泮宫里面摆酒宴。
既饮旨酒[14]，	席上美酒已喝完，
永锡难老[15]。	天赐长寿万万年。
顺彼长道[16]，	依照仁义大道办，
屈此群丑[17]。	治服这群淮南蛮。
穆穆鲁侯[18]，	鲁侯严肃又稳重，
敬明其德[19]。	德行昭明，谨慎稳健。
敬慎威仪[20]，	小心敬慎，仪表威严，
维民之则[21]。	人民以他为模范。
允文允武[22]，	真有文治和武功，
昭假烈祖[23]。	至诚昭明的德行感动了祖先。
靡有不孝[24]，	人人效法又赞颂，

自求伊祜[25]。	各自求福莫怠慢。
明明鲁侯[26]，	鲁侯孜孜多勤奋，
克明其德。	能够修明好德行。
既作泮宫，	已经修好了泮官，
淮夷攸服[27]。	淮夷屈服来称臣。
矫矫虎臣[28]，	勇猛如虎众战士，
在泮献馘[29]。	献敌左耳在泮宫。
淑问如皋陶[30]，	法官犹如皋陶，善于审讯，
在泮献囚[31]。	把俘虏献上泮宫。
济济多士[32]，	众多的武将和文臣，
克广德心。	能够推广鲁侯的善心。
桓桓于征[33]，	威风凛凛去南征，
狄彼东南[34]。	治服东南蛮夷人。
烝烝皇皇[35]，	武功盛大，战果辉煌，
不吴不扬[36]。	凯旋归来、肃静无声。
不告于讻[37]，	不因争功闹凶凶，
在泮献功。	在泮宫呈献战功。
角弓其觩[38]，	角弓紧绷住上翘，
束矢其搜[39]。	飞矢密集嗖嗖叫。
戎车孔博[40]，	兵车稳行很坚牢，
徒御无斁[41]。	步卒甲士斗志高。
既克淮夷，	虽把淮夷打败了，

孔淑不逆[42]。　纪律良好不胡闹。
式固尔犹[43]，　执行你的好计谋，
淮夷卒获。　淮夷终于全捉到。

翩彼飞鸮[44]，　翩翩飞翔的猫头鹰，
集于泮林。　纷纷落到泮宫之林。
食我桑黮[45]，　吃了我们的桑葚，
怀我好音[46]。　给我们叫出好声音。
憬彼淮夷[47]，　那粗野的淮夷人，
来献其琛[48]。　带着宝物进贡品。
元龟象齿[49]，　献上大龟和象牙，
大赂南金[50]。　还要多送南方铜。

[1] 思：语气词。泮(pàn)水：诸侯讲学行礼的宫殿叫泮宫。泮宫东西南三面环水，形如半璧，所以叫泮(泮，即半)。泮水指环绕泮宫的水池。这句是说人们喜欢环绕泮宫的水池。

[2] 薄：动词词头。芹：一种水菜。

[3] 戾(lì)：至。止：语气词。

[4] 言：动词词头。旂：参见《小雅·出车》注[16]。这里指旗子。

[5] 茷茷(pèi pèi)：即旆旆，飞扬的样子。

[6] 鸾：车铃。哕哕(huì huì)：铃声和谐。

[7] 公：鲁公，即鲁侯。于：动词词头。迈：行。

[8] 藻(zǎo)：一种水生植物，可做菜吃。

[9] 蹻蹻(jué jué)：强壮的样子。

[10] 其音昭昭：鲁侯的说话声音洪亮。昭昭：指声音听得显明。

[11] 载：则，于是。载……载，等于“又……又……”。色：用为动词，作色，这里指露出和气的脸色。

[12] 伊：语气词。这句是说鲁侯没有怒色，而是温和地指教臣下。

[13] 茆(mǎo)：即莼(chún)菜。

[14] 旨：美味。

[15] 难老：不易变老，即长寿。这句是说上天长赐他长寿之福。

[16] 顺：循。长道：大道，指仁义之道。

[17] 屈：服。这里做使动词用，意为“使……屈服”。丑：恶，指下文的淮夷。

[18] 穆穆：严肃的样子。

[19] 敬明其德：鲁侯恭敬诚心地进行自我修养，使他的道德昭明。

[20] 敬慎：指举动敬慎有礼。威仪：威严的仪表。

[21] 则：法，标准。

[22] 允：真正，确实。

[23] 昭假：感动，参见《大雅·烝民》注[6]和《周颂·噫嘻》注[2]。

[24] 孝：当为“斈”之误，《说文》：“斈，效也。”这句是说众人都效法先祖(依马瑞辰说)。

[25] 祜(hù)：福。

[26] 明明：即勉勉，参见《鲁颂·有駜》注[3]。

[27] 淮夷：当时居住在淮河流域的部族。参见《大雅·江汉》注[2][3]。攸：同“所”，指代原因。“淮夷攸服”即“淮夷所服”。连同上句是说，修泮宫是淮夷臣服的原因。由下文可知，淮夷是被武力征服的，而不是被所谓礼教感化的。诗人为了强调鲁侯的文治，所以这样说。

[28] 矫矫：威武矫健的样子。

[29] 馘(guó)：本作“聝”，割取敌军的左耳。古代计军功，以所割左耳之数为杀敌立功的根据。

[30] 淑：善。淑问：善于审讯。皋陶：传说中的舜的司法官，善断狱案。

[31] 囚：囚犯，这里指捉来的俘虏。上言馘指已死敌兵；此言囚，指在押俘虏。

[32] 多士：众贤士，指上文的虎臣及“淑问如皋陶”的断狱官。

[33] 桓桓：英勇威武的样子。

[34] 狄：通“剔”。剔，通“鬄”。《说文》：“鬄，剃发也。”引申为治，治理。

[35] 烝烝皇皇：都是兴盛之意，这儿形容军队声势的浩大。

[36] 吴：喧哗。参见《周颂·丝衣》注[7]。扬：扬声，高声说话。

[37] 讻(xiōng)：讼，争辩。这句是说官兵均不以争讼之事上告于治讼之官。

[38] 角弓：用牛角装饰的弓。觩(qiú)：指拉紧弓弦，弓两端所饰的牛角上翘。

[39] 束：这儿是密集之意。搜：箭疾行发出的声音。一说五十支箭为束；搜，众多。亦通。

[40] 戎车：兵车。孔：很。博：通“傅”，牢固。

[41] 徒御：步卒与驾车者。这里指战车上的甲士。斁(yì)：厌，满足。这句是说士兵没有厌战情绪。

[42] 这句是说士兵纪律良好，没有违反军法的行为。

[43] 式：语气词。尔：指鲁侯。犹：谋。这句是说将士们坚定地执行鲁侯的作战计划。

[44] 鸮(xiāo)：鸱鸮，猫头鹰，叫声难听。

[45] 桑黮(shèn)：桑果。

[46] 怀：归，送。好音：好听的声音。

[47] 憬(jǐng)：韩诗作“犷”。又《经典释文》说“憬，说文作廣音犷”。犷，粗野。(依马瑞辰说)

[48] 琛(chēn)：珍宝。

[49] 元龟：大龟，古人以大龟为宝物。

[50] 赂(lù)：赠送。南金：南方出产的铜。这句是说淮夷向鲁国君卿大夫广为赠送南方所产之铜。

闷 宫

这首诗赞颂鲁僖公振兴祖先事业的功绩，反复祝祷他福禄长寿，永保国土；并追述周人及鲁国历史，歌颂始祖后稷以下著名先祖的赫赫业绩。

闷宫有侐[1]，　　　　祖庙深闭静悄悄，

实实枚枚[2]。	高大宽广又坚牢。
赫赫姜嫄[3]，	赫赫姜嫄功德高，
其德不回[4]。	道德纯正人品好。
上帝是依[5]，	上帝对她多关照，
无灾无害[6]。	灾害统统被赶跑。
弥月不迟，	月份刚满，不迟也不早，
是生后稷。	于是后稷降生了。
降之百福，	上帝赐给他福不少，
黍稷重穋[7]，	赐他糜子谷子早晚稻，
稙稚菽麦[8]。	早种晚种的豆子麦子也赐了。
奄有下国[9]，	广有天下众国家，
俾民稼穑。	教会人民种庄稼。
有稷有黍，	谷子糜子都种下，
有稻有秬[10]。	还种稻子和黑糜。
奄有下土，	广有天下好田土，
缵禹之绪[11]。	继承大禹的业绩。
后稷之孙[12]，	后稷的子孙有大声望，
实维大王[13]。	他就是古公亶父叫太王。
居岐之阳[14]，	从豳迁居岐山之阳，
实始翦商[15]。	才开始准备灭殷商。
至于文武，	到了文王武王时期，
缵大王之绪。	继承了太王的业绩。
致天之届[16]，	奉行讨伐商纣的天意，
于牧之野[17]。	把商军打败在牧野之地。

无贰无虞[18]，	（武王说：）“别疑惑别顾虑，
上帝临女[19]。	上帝看着你。”
敦商之旅[20]，	打败了商纣王的大军，
克咸厥功[21]。	周公也同有灭殷的大功。
王曰：叔父[22]，	成王对周公说：“叔父，
建尔元子[23]，	立你的长子伯禽，
俾侯于鲁[24]。	封他为侯在鲁执政。
大启尔宇[25]，	大大扩展你的国境，
为周室辅。	成为周王室的障屏。”
乃命鲁公[26]，	于是写下书策任命，
俾侯于东。	封他做侯在周朝之东。
锡之山川，	赐给他群山河流，
土田附庸[27]。	还有田地和小国附庸。
周公之孙，	周公的远孙，
庄公之子[28]。	庄公的儿子鲁僖公。
龙旂承祀[29]，	乘坐插龙旗的车子去祭神，
六辔耳耳[30]。	车夫手牵六条缰绳柔又轻。
春秋匪解[31]，	一年四季不敢松懈怠慢，
享祀不忒[32]。	供献祭祀没有过错缺点。
皇皇后帝[33]，	祭祀伟大的上帝皇天，
皇祖后稷。	又祭祀伟大的后稷祖先。
享以骍牺[34]，	用红公牛来敬献，
是飨是宜[35]。	众神灵享用祭品意足心满。
降福既多，	天神降福已很广泛，

周公皇祖，	周公，我们伟大的祖先，
亦其福女[36]。	又赐福给你不间断。
秋而载尝[37]，	秋天祭祀神灵，
夏而楅衡[38]。	夏天就把祭牲隔栏喂养。
白牡骍刚[39]，	白公牛红公牛给神献上，
牺尊将将[40]。	画着牛的酒樽多么漂亮。
毛炰胾羹[41]，	烤猪，切肉，还有肉带汤，
笾豆大房[42]。	盛在盘里摆案上。
万舞洋洋[43]，	手执干戈跳舞多雄壮，
孝孙有庆[44]。	孝顺的子孙常吉祥。
俾尔炽而昌，	神灵使你发达又兴旺，
俾尔寿而臧[45]。	神灵使你长寿又健康。
保彼东方[46]，	安定那周朝的东方，
鲁邦是常[47]。	守住你们的鲁邦。
不亏不崩，	没有日亏月蚀、山崩地震的灾难，
不震不腾[48]。	没有百川沸腾的祸殃。
三寿作朋[49]，	三卿做你的朋友，
如冈如陵。	邦国坚固，如陵如冈。
公车千乘，	鲁公的兵车有千乘，
朱英绿縢[50]，	车上有绿绳和红缨，
二矛重弓[51]。	那是两支矛和两张弓。
公徒三万[52]，	鲁公拥有三万子弟兵，
贝胄朱綅[53]，	头盔上红线缀贝亮晶晶，
烝徒增增[54]。	士卒众多，万马千军。

戎狄是膺[55]，	打击北狄和西戎，
荆舒是惩[56]，	教训南舒和楚荆，
则莫我敢承[57]。	没有谁敢抵挡我们。
俾尔昌而炽，	神灵使你兴旺又昌盛，
俾尔寿而富。	神灵使你富裕又长命。
黄发台背[58]，	黄发鲐背是长寿的老人，
寿胥与试[59]。	你可与他们比比年龄。
俾尔昌而大，	神灵使你大福又昌盛，
俾尔耆而艾[60]。	神灵使你长寿又受尊敬。
万有千岁[61]，	你能活上千秋万岁，
眉寿无有害[62]。	眉长如发，灾害不侵。
泰山岩岩[63]，	泰山高大险峻，
鲁邦所詹[64]。	鲁国人民都仰瞻。
奄有龟蒙[65]，	广有龟山和蒙山，
遂荒大东[66]，	于是包括最东面，
至于海邦[67]。	一直延伸到海边。
淮夷来同[68]，	淮夷来把鲁侯朝见，
莫不率从[69]，	没有谁敢不跟着鲁国转，
鲁侯之功。	这都是鲁侯的业绩和贡献。
保有凫绎[70]，	拥有凫山和绎山，
遂荒徐宅[71]，	于是包括了徐国的地盘，
至于海邦。	一直延伸到海边。
淮夷蛮貊[72]。	淮夷和蛮貊小部落，

及彼南夷[73]，	以及南方的荆蛮，
莫不率从。	没有谁敢不跟着鲁国转。
莫敢不诺[74]，	没有谁敢不答应照办，
鲁侯是若[75]。	全得顺从鲁侯的心愿。
天锡公纯嘏[76]，	天赐鲁公福禄无边，
眉寿保鲁。	长命百岁，保鲁国平安，
居常与许[77]，	占有常邑和许田，
复周公之宇。	恢复周公原有的地盘。
鲁侯燕喜，	鲁侯庆祝设喜宴，
令妻寿母[78]，	祝愿妻子美好，母亲延年，
宜大夫庶士[79]，	祝愿大夫众士诸事顺心，
邦国是有[80]。	常保邦国不受侵犯。
既多受祉[81]，	鲁公已经承受了许多福祉，
黄发儿齿[82]。	头发虽黄，牙齿却又新换。
徂来之松[83]，	徂徕山上的青松，
新甫之柏[84]。	新甫山上的翠柏。
是断是度[85]，	把它们砍倒锯开，
是寻是尺[86]。	量好尺寸，砍削成材。
松桷有舄[87]，	松木粗椽一排排，
路寝孔硕[88]。	正宫很大有气派。
新庙奕奕[89]，	新庙挺拔有光彩，
奚斯所作[90]。	奚斯监造来修盖。
孔曼且硕[91]，	新庙宽广又高大，

万民是若[92]。　　顺应民心人人爱。

[1] 闷(bì)宫：祖庙。闷：闭。有：形容词词头。侐(xù)：清静。

[2] 实实：广大的样子。枚枚：结构细密的样子。

[3] 姜嫄：传说是周人的始祖母，她踩了神人的脚印而生了后稷。参见《大雅·生民》注[2]。

[4] 回：违，不正。

[5] 是：指代姜嫄。依：眷顾。现在还有"依依不舍"、"依依惜别"的说法。

[6] 本句参见《大雅·生民》注[15]。

[7] 黍：糜子。稷：谷子。重：通"穜"(tóng)，早种晚熟的谷物。穋(lù)：同"稑"，晚种早熟的谷物。

[8] 稙(zhí)：早种的谷类。稚(zhì)：同"稺"，晚种的谷类。菽(shū)：豆。

[9] 奄：覆盖。奄有即广有。马瑞辰说"奄"与"有"同义重复，"奄有"即"有"之意，亦通。

[10] 秬(jù)：黑糜子。参见《大雅·生民》注[48]。

[11] 缵(zuǎn)：继续，继承。绪：事，事业。

[12] 孙：这里指远孙，不是三代之孙。

[13] 大(tài)王：后世写作"太王"，文王的祖父古公亶父。

[14] 岐：岐山，在今陕西省岐山县。古公亶父带领周人从豳(陕西旬邑、彬州一带)迁到了岐山周原定居。阳：山的南面。

[15] 翦：同"剪"，剪断，此处是消灭之意。

[16] 届：极。极有二义，一为极至，二为极诛，此处是第二义，即"殛"，诛戮。这句是说送来了上天对商王的诛罚。

[17] 牧之野：即牧野，参见《大雅·大明》注[38]。

[18] 无：通"毋"。贰：疑惑。虞：顾虑。以下两句是武王鼓励将士不要疑惑，勇往直前之辞。

[19] 参见《大雅·大明》注[40]。

[20] 敦(duī)：治服，这里指打败。旅：军队。

[21] 咸：同。这句是说辅佐之臣周公等人同有灭商之功。

[22] 王：这里指成王。叔父：这里指武王的弟弟姬旦，尊称为周公。

[23] 元子：长子，这里指周公的长子伯禽。

[24] 侯：这里活用为动词，意为为侯，当侯。

[25] 启：开。宇：居，这里指疆土，这句是说大大开拓扩展周公伯禽的邦国疆土，也就是说给鲁侯分封大片疆土。

[26] 乃命鲁公：以下三句是成王作书策命鲁侯伯禽的内容。

[27] 附庸：不能独立而依属于大国的小国。

[28] 指鲁僖公，名申。

[29] 龙旂：参见《周颂·载见》注[3]。承祀：指参加祭祀。

[30] 六辔(pèi)：一车四马六条缰绳。耳耳：松软的样子，此句与《小雅·车舝》"六辔如琴"义近。这句的意思是说鲁侯乘坐的车子平稳前进，鲁侯从容不迫。

[31] 春秋：概指一年四季。解(xiè)：同"懈"，懈怠。

[32] 享：献。忒(tè)：过错。

[33] 后：这里指上帝。以下两句是说鲁侯祭祀上帝和后稷。

[34] 骍(xīng)牺：红色的祭牲。这里指红公牛。

[35] 这句是说众神享用祭品，感到满意。是：指代祭品。宜：适宜，合适。

[36] 福：这里用为动词，赐福。女：通"汝"，指僖公。

[37] 尝：秋祭名。

[38] 楅(bì)衡：栅栏一类设施，一说牛角上的横木，以防牛触伤人。"衡"指穿在牛鼻上的横木，亦通。

[39] 刚：通"犅"，公牛。

[40] 牺尊：画有牛象的酒尊。一说一种铸作牛一样形状的酒器，背上有口，可以注酒。将将：盛美。参见《大雅·绵》注[36]。

[41] 毛炰(páo)：连毛烤熟的小猪。胾(zì)：切开的肉。羹：带汁的肉，类似后世的红烧肉。

[42] 笾豆：食器。参见《豳风·伐柯》注[5]。大房：陈放祭品的一种几案，有上下两层，因形状似堂房，所以叫"大房"。

[43] 万舞：舞名，分文武二种，这里指执干戚而舞的武舞。参见《邶风·简兮》注[2]。洋洋：盛大的样子。

[44] 庆：福，善。

[45] 臧：善。

[46] 保：安。这里做使动词用，意为“使……安”。

[47] 常：守，守卫。

[48] 亏：日月亏蚀。崩：山崩。震：地震。腾：百川沸腾。

[49] 三寿：就是三老，即三卿：司徒、司马、司空。一说指上寿、中寿、下寿。上寿一百二十岁，中寿一百岁，下寿八十岁。

[50] 朱英：红缨，这里指矛头上的红缨。縢：绳子，这里指束弓的绿绳，重弓在弓套中用绿绳捆束。

[51] 这句是说每辆兵车上每人都有两支矛和两张弓，以备损坏。古代兵车上有三人，左边的人持弓，右边的人持矛，中间的人御车。

[52] 徒：步兵，这里泛指士兵。

[53] 朱绶(qīn)：红线。这句是说头盔上用红线缀着贝壳。

[54] 烝：众。烝徒即众徒。增增：众多的样子。

[55] 戎狄：西戎北狄。是：代词，这。膺：击。

[56] 荆舒：楚国和舒国。舒国是春秋时的小国，楚的盟国，在今安徽省北部。惩：受创而知戒，即受到教训。

[57] 承：抵御。

[58] 黄发：人老头发由白变黄。台背：同“鲐背”，因老人背生黑斑似鲐鱼之背，故称“鲐背”。黄发台背都是高龄老人的特征。这句不好懂，大概意思可能是说寿命可与黄发台背的老人相比。

[59] 胥：相，互相。试：这里释为“视”，有比拟之意。

[60] 耆(qí)：七十岁以上通称“耆”。艾：山东一带尊称老人为艾。

[61] 有：通“又”。

[62] 眉寿：长寿。人老眉长，所以把长寿叫眉寿。

[63] 岩岩(yán yán)：高峻，险要的样子。

[64] 詹：即瞻。这句是说泰山是鲁国人所瞻仰的名山。

[65] 龟蒙：指龟山、蒙山。在今山东省新汶市东南一带，长八十余里，西北一段叫龟山，东南一段叫蒙山。

[66] 遂：于是。荒：有。大东：极东。

[67] 海邦：近海的小国。

[68] 同：诸侯朝见天子叫同，小国朝见大国也叫同。

[69] 率：遵，循。

[70] 凫绎：二山名，在今山东省邹县东南。

[71] 徐宅：这里指徐国(西周徐国在今江苏省泗洪一带)。宅：居。

[72] 蛮貊(mò)：对中原以外的部族的蔑称。

[73] 南夷：指楚国。

[74] 诺：答应，这里指顺从。

[75] 若：顺从。

[76] 纯：大。嘏(gǔ)：福。

[77] 常：即常邑，疑即堂阜，鲁国地名，在今山东省蒙阴县西北。许：即许田，鲁国地名，在今山东省临沂市西北。

[78] 令：美好。这里做使动词用，意为"使……美好"。寿：这里做使动词用，意为"使……高寿"。这句是说僖公内宴，祝愿妻子贤淑美好，祝愿母亲长寿健康。

[79] 宜：使动用法，意为"使……适宜"。庶士：众士，诸卿士。这句是说僖公外宴，祝愿大夫众士诸事适宜顺利。

[80] 是有：常有。

[81] 祉(zhǐ)：福。

[82] 儿齿：老人齿落又生出的新牙，这是长寿征兆。

[83] 徂来：即徂徕山，在今山东省泰安县城东南。

[84] 新甫：即新甫山，在今山东省新泰西北。

[85] 是：指代"松"、"柏"。度(duó)：通"剫"，斫，砍伐。

[86] 寻：八尺为寻。本句"寻"和"尺"都用为动词。

[87] 桷(jué)：方形椽子。有：形容词词头。舄(xì)：粗大的样子。

[88] 路寝：即"正寝"，古代君主处理政事的宫室。

[89] 新庙：指新修建的神庙。奕奕：壮观的样子。

[90] 奚斯：公子鱼，是监造新庙的官员。一说是"奚斯所作"。同《小雅·节南山》"家父作诵"相类，奚斯是诗的作者，亦通。

[91] 曼：长。

[92] 若：顺。

商 颂

那

本诗是一首祭祀商汤的乐歌。

猗与那与[1]，	祭典多么盛大丰富，
置我鞉鼓[2]。	摆好我的摇鼓、大鼓！
奏鼓简简[3]，	敲鼓声音浑厚清楚，
衎我烈祖[4]。	娱乐我们的赫赫先祖。
汤孙奏假[5]，	汤孙把音乐进献给祖先，
绥我思成[6]。	祖先的神灵保佑我们平安。
鞉鼓渊渊[7]，	摇鼓、大鼓声音深沉平缓，
嘒嘒管声[8]。	清越高亢的声音发自笛子箫管。
既和且平，	这些声音那样和调婉转，
依我磬声[9]。	依着我的玉磬声合奏不乱。
於赫汤孙[10]，	显赫啊，商汤的子孙，
穆穆厥声[11]。	那些乐声多么美好动听。
庸鼓有斁[12]，	大钟大鼓多么美盛，
万舞有奕[13]。	挥动干戈的武舞多么整齐。
我有嘉客[14]，	我有贵客前来助祭，
亦不夷怿[15]。	他们也很高兴欢喜。
自古在昔，	从古以来远在往昔，

先民有作。	我们的祖先就已经这样做起。
温恭朝夕[16]，	学习他们温和恭顺不论朝夕，
执事有恪[17]。	祭祀从政恭敬努力。
顾予烝尝[18]，	念我四季按时祭神，
汤孙之将[19]。	该会扶助我这个商汤的孝孙。

[1] 猗(yī)："猗与"叹词。那：多。一说"那与"与"猗与"一样，都是形容美盛之辞。

[2] 鞉(táo)：摇鼓，类似后世的拨浪鼓。

[3] 简简：大。

[4] 衎(kàn)：娱乐。这里使作动词用，意为"使……愉快"。烈：显，光。烈祖：有显赫德行的祖先。

[5] 汤孙：这里不专指商汤的孙子太甲，而是商汤的子孙后代的泛称。这里指主祭的时王。奏假：奏进。假：至。这句是说进献音乐于祖先，即把音乐进献给祖先。

[6] 绥：安。这里做使动词用，意为"使……安"，即保佑。思成：据旧注，当是主祭者经过三天的闭门斋戒，前来祭祀时所产生的幻觉，似乎看见了日夜思念的天神和已死先祖的形貌。这个隐约可见的神灵就叫思成，所以"思成"就是所见之神灵。

[7] 渊渊：低沉的鼓声。

[8] 嘒嘒(huì huì)：清亮。管：管乐，指笛箫之声。

[9] 磬(qìng)：玉磬，古代奏乐以玉磬起乐和止乐，类似柷敔。

[10] 於(wū)：叹词。赫：明显。

[11] 穆穆：美。

[12] 庸：即"镛"，大钟。有：形容词词头。斁(yì)：美盛。

[13] 万舞：舞名。这里指执干戈而舞的武舞。奕：熟练整齐。

[14] 客：指来助祭的贵族。

[15] 不：通"丕"，很。夷怿(yì)："夷"与"怿"都是喜悦之意。

[16] 朝：早晨朝见君王。夕：晚上朝见君王。

[17] 执事：指祭祀朝见等事。有：形容词词头。恪(kè)：敬。

[18] 顾：顾念，想到。烝(zhēng)：冬祭名。尝：秋祭名。这里用“烝尝”泛指四时之祭。

[19] 之：代词，复指前置宾语“汤孙”。将：扶助，佑助。

烈　祖

这也是一首祭祀商汤的乐歌。

嗟嗟烈祖[1]，	啊啊，功德赫赫的祖先，
有秩斯祜[2]。	这个大福常保不断。
申锡无疆[3]，	多次地赐给子孙，
及尔斯所[4]。	一直延及到宋公的身边。
既载清酤[5]，	盛上清酒向神灵敬献，
赉我思成[6]。	神灵赐福保我平安。
亦有和羹[7]，	祭品还有五味肉汁，
既戒既平[8]。	味道可口而俱全。
鬷假无言[9]，	肃静无声，进献祖先，
时靡有争。	不吵不争，肃然无言。
绥我眉寿，	神灵保佑我长寿万年，
黄耇无疆[10]。	万寿无疆，黄发黑面。
约軧错衡[11]，	文彩壮观的车子红绳缠辕，
八鸾鸧鸧，	叮叮当当八只铃鸾，
以假以享[12]。	诸侯们乘车来把祭品献。
我受命溥将[13]，	我受天命真是又广又长，
自天降康[14]。	从上天降下福禄安康。

丰年穰穰[15]，	丰收年成五谷登场，
来假来飨[16]，	神灵又来把祭品用享，
降福无疆。	降下福禄广大无疆。
顾予烝尝[17]，	念我四季按时祭神，
汤孙之将。	会扶助我这个商汤的远孙不遗忘。

[1] 嗟：叹词。

[2] 秩：常。祜(hù)：福。

[3] 申：重复，多次。

[4] 尔：主祭之君。这是从诗人的角度说的。斯所：此处。全句是说先祖的大福延及你宋公身上，也就是说宋公继承祖先业绩而为王。

[5] 载：装，斟。酤(gū)：酒。

[6] 赉(lài)：赐予。思成：指所思念的神灵，详见《商颂·那》注[6]。

[7] 和羹：五味调和的肉汁。

[8] 戒：具备，这里指五味齐全。平：正，这里指味道适中可口。

[9] 鬷(zōng)假：同"奏假"("鬷"通"奏"，《中庸》引此诗作"奏假")。奏假：进献，参见《商颂·那》注[5]。

[10] 黄耇(gǒu)：黄发黑面，这是长寿老人的特征。

[11] 以下二句参见《小雅·采芑》注[14][15]。

[12] 假：至，到。享：献。

[13] 溥(pǔ)：广。将：长。

[14] 康：平安。

[15] 穰穰(rǎng rǎng)：众多的样子。

[16] 飨：飨又作享，在献神和神享用二义上，古只用享字，后来以享为献神祭品，以飨神为食所献祭品。此句是说神灵降至宗庙来享用祭品。

[17] 以下二句见《商颂·那》注[18][19]。

玄 鸟

这是一首宋国人祭祀他们的先王武丁的乐歌，追叙了商人的由来，歌颂了成汤的功德。

天命玄鸟[1]，	天命燕子落在地上，
降而生商[2]，	生下契来建立了商，
宅殷土芒芒[3]。	居住殷地，土地宽广。
古帝命武汤[4]，	往昔上天命威武的成汤，
正域彼四方[5]。	划分疆域，治理四方。
方命厥后[6]，	四方诸侯全都服从商王，
奄有九有[7]。	商王拥有九州，天下敬仰。
商之先后[8]，	商的先王受人崇拜，
受命不殆[9]，	接受天命毫不懈怠，
在武丁孙子[10]。	福禄传给武王汤的子孙后代。
武丁孙子，	福禄传给汤的子孙后代，
武王靡不胜[11]。	武丁一直胜利，从不失败。
龙旂十乘[12]，	诸侯乘十辆龙旗车来到京城，
大糦是承[13]。	向先王奏献黍稷酒菜。
邦畿千里[14]，	商王都城方圆千里，
维民所止[15]。	这是商民居住之地。
肇域彼四海[16]，	划分四海之内诸国疆域，
四海来假[17]，	四海之内各国前来行礼，
来假祁祁[18]。	朝见的人攘攘熙熙。
景员维河[19]，	黄河绕过景山流去，
殷受命咸宜，	殷王受天命办事样样适宜，
百禄是何[20]。	所以身受许多福气。

[1] 玄鸟：燕子。因为身黑，所以叫玄鸟。

[2] 商：据《史记·殷本纪》记载，有娀氏的女儿简狄，在野外洗澡，看见燕子下了一只蛋，就拿过来吃下去。于是怀孕生下了契(xiè)，契长大后帮助大禹治水有功，被封在商(今河南商丘)。这句是说天命燕子降落生蛋，狄简吞蛋怀孕生下契，契建立了商。实际上商之建国，国号称商，是从成汤开始的。这里追述商先祖的由来，因无史可证，所以用神话代之。

[3] 宅：居住。殷土：殷地名，不是国号。据史书记载商的先王屡迁，殷当是商的先王曾住过的地方，一般认为就是景亳，在今河南商丘附近。商自盘庚迁殷(今河南安阳小屯)后，被称为殷，这是周人对商朝人的蔑称，商朝人自始至终自称商而不称作殷。"商颂"是商的后代宋人所编，所以称"商"而不称"殷"。称殷者当是周人所改，下文的"殷受命咸宜"即是。芒芒：同"茫茫"，辽阔广大的样子。

[4] 古帝：往昔天帝。武汤：即成汤，灭了夏桀建立了商王朝，因为有灭夏的武功，所以称为武汤。

[5] 正：治理。域：邦国，这里指邦国的疆界。

[6] 方：通"旁"，普遍。后：君，指各地的部落酋长。这句是说成汤普遍地号令天下四方之国的君主，也就是说各诸侯国无不听命于成汤。

[7] 九有："有"通"域"，九有即九域，也就是九州。

[8] 先后：先君，先王。

[9] 殆：通"怠"，懈怠。

[10] 武丁：连同下句"武丁"都当为"武王"，与下面的"武王"传写颠倒了(依王念孙说)。武王，有威武之德的商王，指成汤。孙子：泛指后代。

[11] 武王：当为"武丁"的误写。史称殷高宗，是汤的十世孙。

[12] 龙旂：见《周颂·载见》注[3]。乘(shèng)：量词，指一车四马。这句是说诸侯们乘着插有龙旗的车子来到商王都城朝见商王，助祭祖先。

[13] 大糦(chī)：糦又作"饎"，酒食。大糦指黍稷，即糜子，谷子。因饎泛指酒食，也包括酒菜之类，所以译诗加了酒菜。承：奉献。

[14] 畿：王都及其周围的地区。

[15] 所止：居住的地方。

[16] 肇：通"兆"。"兆"与"域"同义，同指疆域，这里用为动词，是划分疆域之意。连同上句是说先安定王都内的人民，然后再安定四海之内各国的人民。

[17] 假：通“格”，到。来假，犹言来朝。

[18] 祈祈：通“祁祁”，众多的样子。

[19] 景：朱熹说是山名，在商的都城亳（bó），三面环水。员：这儿有周之意。“言景山四周皆大河也”。马瑞辰说“景员”是“广运”的假借字，东西为广，南北为运，“商家四面皆河，故合东西南北言之，而曰景员维河”，亦通。

[20] 何：同“荷”，担负，承受。连同上句是说殷王受天命为王，办事合理，合乎正义，所以上天赐给很多福禄，使之承受。

长　发

这是一首祭祀商之先祖的乐歌，主要歌颂了契、相土和成汤的功绩。

濬哲维商[1]，	商朝有聪明智慧的先王，
长发其祥[2]。	早就显露出吉祥的迹象。
洪水芒芒[3]，	往昔天下洪水茫茫，
禹敷下土方[4]。	大禹治水，安定四方。
外大国是疆[5]，	划分诸侯大国的边疆，
幅陨既长[6]。	夏禹的本土幅员宽广。
有娀方将[7]，	有娀氏的国家开始兴旺，
帝立子生商[8]。	上天让这国的女子生下契建立了商。
玄王桓拨[9]，	遥远的先王威武刚勇，
受小国是达[10]，	受天命建立小国，事事成功。
受大国是达。	受天命成为大国无所不通。
率履不越[11]，	从不越轨而把礼义遵循，

遂视既发[12]。	到处巡视，看到教令已行。
相土烈烈[13]，	相土威武，国势强盛，
海外有截[14]。	四海之外的诸侯全都归顺。

帝命不违[15]，	我们的祖先不违天命，
至于汤齐[16]。	直到成汤都是一样虔诚。
汤降不迟[17]，	汤王不迟不早应时而生，
圣敬日跻[18]。	聪明恭敬的品德天天上升。
昭假迟迟[19]，	他的精诚把上天久久感动，
上帝是祗[20]。	他只把上天敬奉。
帝命式于九围[21]。	上天让他给九州把法规制定。

受小球大球[22]，	他受命制定了大小纪纲，
为下国缀旒[23]，	成为诸侯国治国的榜样，
何天之休[24]。	所以受到上天的赞赏。
不竞不絿[25]，	他不急躁，也不争强，
不刚不柔。	不软弱，也不倔犟。
敷政优优[26]，	推行政教不慌不忙，
百禄是遒[27]。	众多的福禄聚在他身上。

受小共大共，	他受命制定了小律大律，
为下国骏厖[28]，	成为诸侯国英俊厚德的君主，
何天之龙[29]。	所以受到上天的赞许。
敷奏其勇[30]，	他用兵刚强勇武，
不震不动，	平平稳稳，畅行无阻，

不戁不竦[31]，	不害怕，也不恐怖，
百禄是总[32]。	所以身受许多福禄。
武王载旆[33]，	威武的汤王带旗出征，
有虔秉钺[34]。	手持斧钺，威风凛凛。
如火烈烈，	威势如火一样凶猛，
则莫我敢曷[35]。	没有谁敢阻挡我军。
苞有三蘖[36]，	树桩上虽然抽出分枝三根，
莫遂莫达[37]，	但没有哪一根把大树长成，
九有有截[38]。	于是九州全部归顺。
韦顾既伐[39]，	韦国、顾国已被占领，
昆吾夏桀[40]。	昆吾、夏桀跟着亡命。
昔在中叶[41]，	往昔在我商朝中期，
有震且业[42]。	那样威武，富有生气。
允也天子[43]，	成汤是真正的天子，
降予卿士。	上天赐给他良卿贤士。
实维阿衡[44]，	就是那个阿衡伊尹，
实左右商王[45]。	辅助汤王，左右不离。

[1] 濬(jùn)：深明，通达。哲：明智。

[2] 长：久。发：现露。祥：吉兆。

[3] 洪：大。芒芒：即茫茫。

[4] 敷：分布，这里含有治理之意。下土下界，人间。方：四方。

[5] 外大国：指周围附属国。疆：这里活用为动词，划定疆界。

[6] 幅陨：即“幅员”，指版图，疆域。“幅”指宽窄，“员”指四国。长：大。

[7] 有娀：氏族名，这里指有娀国，契的母亲是有娀氏的女儿。方：开始。将：大，壮大。

[8] 子：古代男女都称子，这里指女儿，指契的母亲狄简。这句是说天帝立有娀氏之女狄简为妃，使她生契，而契建立了商。

[9] 玄王：这里指始祖契。玄：幽远。桓拨：《韩诗》作"桓发"。英武刚毅的样子。

[10] 达：通畅。这句是说契受天命，不论建立小国还是大国，都无所不通，无所不宜。

[11] 履：礼。这句是说契能循礼不做越礼之事。

[12] 遂：于是。视：巡视。发：行。这句是说契省视人民，看到教令已实行。

[13] 相土：契的孙子。烈烈：威武强盛的样子。

[14] 海外：指诸侯国。有：形容词词头。截：齐整，这儿形容天下大治。下文"九有有截"同此。这两句是说相土继契威武强盛，四海之外的诸侯都来臣服，天下教令整齐划一。

[15] 即"不违帝命"。

[16] 齐：这里指先后齐一。这二句是说商的祖先都不违天命，直到成汤都是一样。

[17] 降：这里指降生。这句是说成汤降生适当其时。

[18] 圣：聪明。敬：恭敬。跻（jī）：升。

[19] 昭假：这里指精诚感动上天，参见《大雅·烝民》注[6]。迟迟：久久。

[20] 祗（zhī）：敬。这句是说上天命汤给九州制定法规，也就是做天下的君主。

[21] 式：法式。这里用为动词，制定法规。九围："围"通"域"，九围即九域，也就是九州。

[22] 这句是说汤受天命制定各种法规纪纲。球：通"捄"。下文的"小共大共"之"共"通"拱"。《广雅·释诂》："拱捄，法也。"

[23] 下国：指各诸侯国。缀旒（zhuì liú）："缀"是一种用来做标识的旌旗，"旒"也是一种用来做标识的旗子。"缀旒"二字平列，都是标识之意，这里用来比喻汤是诸侯国的表率。

[24] 何：通"荷"，担负。休：美，这里指美誉。

[25] 竞：争。绿(qiú)：急躁。

[26] 敷："布"，推广。优优：宽和的样子。

[27] 遒(qiú)：通"揂"，聚集。

[28] 骏：通"俊"。厖(máng)：厚。这句是说汤做诸侯国英俊厚德的君主。

[29] 龙：通"宠"。

[30] 奏：进。勇：武力。这句是说汤陈列显示武力，也就是用兵征伐。

[31] 戁(nǎn)：恐惧。竦(sǒng)：通"悚"，恐惧。

[32] 总：聚集。

[33] 武王：有武功的王，指成汤。旆(pèi)：旗。载：用车装，这里指车上插旗。

[34] 有：形容词词头。虔：勇猛强武的样子。秉：持。钺(yuè)：一种斧形长柄武器。这句是说成汤手持斧钺十分威武。

[35] 曷：通"遏"，阻止。

[36] 苞：根。蘖(niè)：砍伐后的树桩上长出的枝条。这里以苞喻桀，以三蘖喻依附夏桀的"韦"、"顾"、"昆吾"三个小国。

[37] 遂：达，成功。这里指长成大树。

[38] 九有：九州，参见《商颂·玄鸟》注[7]。

[39] 韦顾：韦国、顾国。是夏桀的盟国。

[40] 昆吾：昆吾国，也是夏桀的盟国。

[41] 中叶：中期，指商汤时代。

[42] 震：威武。业：盛大的样子。

[43] 允：诚，实。天子：指成汤。这句赞美成汤是当之无愧的真正的天子。

[44] 阿衡：即伊尹，是商汤的贤相。

[45] 左右：即"佐佑"，辅助。

殷 武

旧说这也是一首祭祀殷高宗武丁的乐歌。根据此诗最后七句，当

❖ 是时王修成武丁神庙后祭祀时唱的乐歌，歌颂武丁征伐楚国的武功，并追述成汤的光辉业绩。

挞彼殷武[1]，	武功显赫的商王，
奋伐荆楚[2]。	奋起讨伐南蛮楚人。
冞入其阻[3]，	冒险进入险阻之境，
裒荆之旅[4]。	俘获了许多楚国士兵。
有截其所[5]，	征服的地方都被治理，
汤孙之绪[6]。	这是成汤子孙武丁的功勋。
维女荆楚[7]，	你们荆楚蛮邦，
居国南乡[8]。	住在中国的南方。
昔有成汤，	从前有英明的先王成汤，
自彼氐羌[9]，	那时远自西边的氐和羌，
莫敢不来享[10]，	没有谁敢不来把贡品献上，
莫敢不来王[11]。	没有谁敢不来朝见我王。
曰商是常[12]。	他们全都守卫商的边疆。
天命多辟[13]，	上天命令各国的君主，
设都于禹之绩[14]。	在大禹平治的土地上设邑建都。
岁事来辟[15]，	每年朝见商王从不耽误，
勿予祸适[16]，	所以商王不把他们谴责惩处，
稼穑匪解[17]。	只是告诫不可把庄稼疏忽。
天命降监[18]，	上天令成汤监视民众，

下民有严[19]。 下界民众都恭恭敬敬。
不僭不滥[20]， 不乱说，也不乱动，
不敢怠遑[21]。 不敢怠慢，总是勤勤恳恳。
命于下国[22]， 成汤在诸侯国推行教令，
封建厥福[23]。 所以上天把大量福禄赐给他们。

商邑翼翼[24]， 商朝的都城宏伟齐整，
四方之极[25]。 它是四方各国学习的标准。
赫赫厥声[26]， 发布教令的声音显赫美盛，
濯濯厥灵[27]。 英明如神的品德纯洁光明。
寿考且宁， 所以武丁长寿，国家安宁，
以保我后生[28]。 来保佑我们后代子孙。

陟彼景山[29]， 登上那景山，
松柏丸丸[30]。 看到松柏直端端。
是断是迁[31]， 砍伐松柏往回搬，
方斲是虔[32]。 砍平这边削那边。
松桷有梴[33]， 长长的是那松木椽，
旅楹有闲[34]。 一排排大柱多壮观。
寝成孔安[35]。 寝庙修成神灵安。

[1] 挞：勇武的样子。马瑞辰说："《毛传》训挞为疾。《尔雅·释诂》：疾，壮也。又《说文》挞的古文作遽，从虍。段玉裁注曰：从虍，有威也。"殷武：殷王中有武功者，这里指武丁。此"殷"字当为"商"，可能是周人所改。参见《周颂·玄鸟》注[3]。

[2] 荆楚：楚，立国于荆山一带，所以称作"荆楚"或"荆"。这种称谓含有

蔑视意味。

[3] 罙(mí)：即罙，冒突。

[4] 裒(póu)：同“捊”，通“俘”，获取。旅：众，这里指兵众。

[5] 有截：齐整的样子。所：处所，这里指征服的楚地。

[6] 汤孙：成汤的后代，这里指武丁。绪：事业。

[7] 女：同“汝”，你们。

[8] 南乡：南方。这两句是说，你们楚国虽远，还是住在中国南方，意思是说楚国并非远不可及，中国(商)随时可以讨伐你们。

[9] 氐羌：氐人和羌人，古代西方的两种少数民族。

[10] 享：献，指进贡。

[11] 来王：来朝见。王：往。指诸侯往朝于王，即朝见。

[12] 是：复指前置宾语“商”。常：守，保卫。

[13] 多辟(bì)：众君，指各诸侯国的君主。

[14] 禹之绩：大禹到过的地方，即大禹治过水的地方，也就是所谓的古九州。绩：“迹”的假借字。

[15] 来辟(bì)：与来王同义。

[16] 祸：过；適：谪。这句是说商王不谴责、惩处诸侯国的君主。

[17] 匪：不，不要。

[18] 降监：下视。这是说上天命汤监视下界民众。

[19] 有：形容词词头。严：恭敬。

[20] 僭(jiàn)滥：二字同义，都是过差、乱来之意。

[21] 遑：通“荒”，指荒废正业。

[22] 命于下国：向诸侯国推行教令。命：令，指教令。下国：诸侯国。

[23] 封：大。建：立。

[24] 商邑：指商的都城。翼翼：整治雄伟的样子。

[25] 极：标准，法式。

[26] 厥声：指武丁发布政令的声音。赫赫：形容“厥声”显赫美盛。

[27] 濯濯：明亮的样子。厥灵：指武丁被商人敬如神明。“濯濯”形容“厥灵”光明纯洁。

[28] 后生：指后世子孙。

[29] 景山：山名，在商都亳。

[30] 丸丸：端直。丸：本义为圆，引申为直。

[31] 是断：指砍伐松柏。是迁：指运回松柏。

[32] 斲(zhuó)：砍。虔：截断。此句与上句句式相同，“方”与“是”互文。上句是伐木于山上，此句写整治木材于室中。

[33] 桷(jué)：方形椽子。有：形容词词头。梴(chān)：长的样子。

[34] 旅：众。楹(yíng)：厅堂前面的柱子。闲：粗大的样子。

[35] 寝：指寝庙，宗庙的后面部分叫“寝”。孔：很。安：这里指使武丁的神灵安适。